हाई स्कूल निबंध

हाई स्कूल निबंध

योगेन्द्र प्रसाद

नमस्कार
बुक्स

प्रकाशक : **नमस्कार बुक्स**

भवन संख्या 2/42 (दूसरी मंजिल), अंसारी रोड, दरियागंज, नई दिल्ली–110002

 / संस्करण : 2025 / पेपरबैक मूल्य : सात सौ रुपए

मुद्रक : आर–टेक ऑफसेट प्रिंटर्स, दिल्ली ISBN 978-93-94871-39-7

HIGH SCHOOL NIBANDH

by Shri Yogendra Prasad ₹ 700.00 (PB)

Published by **NAMASKAR BOOKS**

Building No. 2/42 (Second Floor), Ansari Road, Daryaganj, New Delhi-2

दो शब्द

हिंदी निबंध की यह पुस्तक मुख्य रूप से मैट्रिक और इंटर के छात्रों को ध्यान में रखकर लिखी गई है। वैसे इंटर के ऊपर के छात्र भी इससे लाभान्वित हो सकते हैं। निबंध की भाषा अत्यंत सरल है ताकि छात्रों को समझने में आसानी हो। पुराने विषयों के अलावा कई नए विषयों का समावेश भी पुस्तक में किया गया है। पुस्तक की सफलता-असफलता पाठकों पर निर्भर है। लेकिन मेरा विश्वास है कि निबंध की यह पुस्तक छात्रों और हिंदी प्रेमियों के लिए लाभप्रद होगी।

—लेखक

अनुक्रम

वसंत ऋतु

निराला ने लिखा है—

मैं शिशिर शीर्णा चली,
अब जाग ओ मधुमासवाली।

प्राचीन काल से लेकर आधुनिक काल तक के सभी कवियों ने वसंत के अनंत सौंदर्य का गुणगान गाया है। इसकी प्रशंसा में हर कोई गुनगुनाया है। वैसे भारत को अगर ऋतुओं का देश कहा जाए तो कोई अत्युक्ति नहीं होगी। बारहों महीने इस देश की धरती के रंगमंच पर ये ऋतुएँ अपने रूप और सौंदर्य का जलवा बिखेरती रहती हैं। प्रकृति का श्रृंगार सजाती रहती हैं। तभी तो प्रकृति में इतना आनंद है।

कभी ग्रीष्म की चिलचिलाती धूप तो कभी शरद् का सुहाना रूप। कभी शिशिर की शालीनता तो कभी हेमंत की उदासीनता। कभी सावन की साँवली घटा, तो कभी वसंत की मोहक छटा। इस प्रकार ये ऋतुएँ कभी चंचल बालिका की तरह इतराती हैं, तो कभी अल्हड़ युवती की तरह इठलाती मदमाती हैं। सबका अपना सौंदर्य है, अपना महत्त्व है, अपना निखार है। पर वसंत की तो अपनी अलग ही बहार है।

वसंत प्रकृति की जवानी की निशानी है। उसके यौवन का श्रृंगार है। इस ऋतु में जब प्रकृति अपना श्रृंगार सजाती है, तो पूरी ईमानदारी के साथ सजाती है। संक्षेप में 'वसंत एक ऋतु है'—फूलों की और रंगों की। मस्ती और उमंगों की। खुशबू और सुगंधों की। फाल्गुन मास के आते ही मलय पवन का झोंका ऋतुराज के आगमन की सूचना दे जाता है। कोयल की कूक और भँवरों के गुंजार के साथ प्रकृति ऋतुराज के स्वागत में जुट जाती है। सरसों की पीली चुनरी ओढ़कर रंग-बिरंगे फूलों से श्रृंगार सजाकर धरती नई-नवेली दुलहन की तरह सज-सँवरकर अपने प्रियतम वसंत के स्वागत में खड़ी हो जाती है। फिर तो धरती का गोरा बदन दमक उठता है। प्रकृति सुंदरी का मुखमंडल चमक उठता है। मंजरियों की भीनी मादक खुशबू से सारा आलम गमक उठता है। हर दिल में प्यार का, मनुहार का रस छलक उठता है।

इस ऋतु में प्रकृति का नजारा ही बदल जाता है। हर तरफ मादकता का समाँ छा जाता है। हरीतिमा का वितान तन जाता है। मखमली दूब का गलीचा बिछ जाता है। वृक्ष नए पल्लवों से लद जाते हैं। मंद पवन का झोंका ठहर-ठहरकर मन प्राणों में सिहरन का संचार कर जाता है। हवा के झोंकों पर वनफूलों की खुशबू तैरती रहती है। अमराइयों में नए पल्लवों के वंदनवार सज जाते हैं।

इस ऋतु में मौसम बड़ा सुहाना हो जाता है। बड़े सवेरे उषा सोने की थाल में कुमकुम भरकर धरती पर बिखेरने लगती है। सूरज अपनी स्वर्णिम किरणों से सोने की छींटे छिड़कने लगता है। दोपहर की धूप का अलसाया रूप भी कम मोहक नहीं होता। शाम में संध्या सुंदरी अपनी स्निग्ध ज्योत्स्ना का रस बरसाकर धरती के प्राणियों को स्नात कर देती है।

इतना ही नहीं, इस ऋतु में अवनि से अंबर तक शोभा का संसार बस जाता है। सौंदर्य का अंबार लग जाता है। रूप का बाजार सज जाता है। "अमराइयों में महमहाते हैं, आम तो उधर फूलों का धन्बा लिये विचरता है काम। गाँव की शांत और एकांत पगडंडियों पर सुन पड़ती है अभिसारिकाओं की पायल, तो इधर काम देवता जिसे चाहता है, कर देता है 'घायल'। इस ऋतु में कुछ ऐसी विशेषता है कि सबका दिल चोट खा जाता है। विवेक मर जाता है। वाम हो जाते हैं दक्षिण और दक्षिण हो जाते हैं वाम। उल्टे-पुल्टे होने लगते हैं सब काम।"

वन-बागों में भ्रमरों का गान, चटकती कलियों की तान, कहीं फूलों की मुस्कान, कहीं रंग-बिरंगी तितलियों की उड़ान—सबकुछ मिलकर प्रकृति के रूप में चार चाँद लगा देती हैं। अमराइयों में कोयल की कूक दिल में हूक भर जाती है। हर तरफ शोभा का संसार बस जाता है। कितना कहा जाए! दिग-दिगंत में फैले वसंत के अनंत सौंदर्य का वर्णन करना कठिन है। यही वह ऋतु है जिसने शिव जैसे साधक की तपस्या भी भंग कर दी थी।

भारत जैसे देश में मध्य फरवरी से मध्य अप्रैल का समय वसंत का समय माना गया है। वसंत का समय संधि काल है। एक ओर शिशिर के सिहरण का अंत होने लगता है, तो दूसरी ओर ग्रीष्म की प्रचंडता का आगाज भी दस्तक देने लगता है। वसंत वर्ष में एक बार आकर प्रकृति में नवीनता का संचार कर जाता है। धरती की नीरसता में सरसता भर जाता है। धरती के प्राणियों में नई ऊर्जा का संचार कर जाता है।

ऋतुओं के परिवर्तन का यह चक्र ही प्रकृति और प्राणियों को प्राचीनता पर नवीनता का संदेश सुनाता रहता है। परिवर्तन ही जीवन है। अन्यथा—"वह जीवन कोई जीवन है, जिसमें न नया परिवर्तन है।" परिवर्तन का यह चक्र नहीं होता, तो प्रकृति एकरस हो जाती। जीवन में सरसता का लोप हो जाता। वसंत मानव जीवन को भी मानो एक संदेश देता है कि सुख और दु:ख जीवन की गाड़ी के दो पहिये हैं। एक का भी संतुलन बिगड़ा

तो जिंदगी की गाड़ी भी बेपटरी हो जाएगी। वसंत का संबंध हमारे अंतर्मन से है। मन की वस्ती में अगर मस्ती है, हर्ष-उमंग है तो हर मौसम वसंत है। अन्यथा वसंत भी हेमंत है।

राम दयाल पांडेय के शब्दों में—

वसंत की पुकार है, धरा सुहागिनी रहे,
प्रभा सुहासिनी रहे, कलि सुवासिनी रहे।

वसंत की यह पुकार धरती के प्राणियों के लिए भी है। इस ऋतु का महत्त्व अन्य कारणों से भी है। इस ऋतु में हम भगवती भारती की पूजा-आराधना करते हैं। इसी ऋतु में हमारा राष्ट्रीय पर्व होली मनाया जाता है। फलों का राजा आम भी इसी ऋतु में पकने लगता है। जो भी हो, वसंत आता है फूलों की बहार लेकर और जाता है होली के बहाने रंगों की बौछार देकर।

इस ऋतु में मलय पवन का झोंका जब मन को गुदगुदाने लगता है, तो मन बरबस गुनगुनाने लगता है—

सरस वसंत समय भल पाओल, दछिन पबन बहु धीरे।
सपनहुँ रूप बचन एक भाखिए, मुख सओं दुरि करु चीरे॥

(विद्यापति)

□

वर्षा ऋतु–वर्षा की एक शाम

वसंत अगर ऋतुओं का राजा है, तो वर्षा ऋतुओं की रानी है। वसंत की अपनी बहार है, तो वर्षा की फुहारों का भी अपना अलग ही निखार है। वसंत अगर प्रकृति में सौंदर्य भरता है, तो वर्षा वसुधा की नीरसता में सरसता का संचार करती है। वसंत का सौंदर्य अनंत है, तो वर्षा का महत्त्व भी दिग-दिगंत है। सच तो यह है कि वसंत का सौंदर्य वर्षा पर ही निर्भर है। अगर वर्षा न हो तो पेट भूखा होगा, तन सूखा होगा और मन रूखा होगा। फिर भूखे पेट वसंत के सौंदर्य को कौन निहारेगा?

ग्रीष्म की प्रचंडता चारों ओर से भयानक रूप ले लेती है। धरती तपे तवे की तरह जलने लगती है। भुवन भास्कर की अग्नि वर्षा देख प्राणी जलने-झुलसने लगते हैं। सारी सृष्टि त्राहिमाम कर उठती है। हर कंठ प्यास से आकुल-व्याकुल हो उठता है। वृक्ष पत्रविहीन हो जाते हैं। खेतों में दरारें पड़ जाती हैं। फसलें सूखने लगती हैं। ऐसे समय किसान आकाश में उमड़ते-घुमड़ते बादलों की ओर आशा भरी निगाहों से देखते हैं। हाथ जोड़कर पुकार उठते हैं—

"दरसो परसो, घन बरसो।"

फिर तो बादलों को बरसना ही पड़ता है। धरती का कष्ट और नहीं देखा जाता। फिर यह धरती ही तो है, जिसने बादलों को जन्म दिया और इतनी ऊँचाई पर पहुँचा दिया है।

आषाढ़ मास के आरंभ होते ही धरती पर वर्षा की प्रतीक्षा होने लगती है। नीलगगन में उड़ते बादल धरती के प्राणियों को भरमाते रहते हैं। किसानों का मन गुहारता है—

"उतर रेत में, आक जवासा भरे खेत में मानी बादल।"

और एक दिन बादल का दिल पसीजता है। धरती की पीड़ा से व्यथित होकर शायद वह भी रो पड़ता है। फिर उसके आँसुओं की धारा वर्षा बनकर धरती को सींचने लगती है, फिर तो प्रकृति का नजारा ही बदल जाता है। वसुधा हरियाली से भर उठती है। सूखी पत्तियों, मुरझाई कलियों, सूखे पेड़, सभी नए हरे परिधान में शोभायमान होने लगते हैं। संक्षेप में, सारा वायुमंडल शीतल और शांत हो उठता है। खेतों में, वनों में, बागों

में—सर्वत्र हरीतिमा का वितान तन जाता है। धरती की तपिश मिट जाती है। नीरसता में शीतलता और सरसता का संचार हो जाता है।

खेतों में पौधे, वनों में वृक्ष और बागों में लताएँ—सब मानो स्नान कर स्वच्छ बन जाती हैं।

इस ऋतु में प्रकृति का सौंदर्य देखते ही बनता है। ऊपर आकाश में काले-काले बादलों के झुंड मस्त हाथियों की तरह दौड़ लगाते बड़े सुंदर लगते हैं। पल-पल ये बादल विभिन्न रूप धारण कर आकाश के सौंदर्य में चार चाँद लगा देते हैं। दूसरे ही पल रिमझिम की फुहार, फिर मूसलाधार बारिश कभी बूँदाबाँदी, सबकुछ वातावरण को बड़ा ही मनोहारी बना देते हैं। अहले सुबह उषा सोने की थाल में कुमकुम भरकर धरती पर लुटाती है, तो दूसरे ही पल सूरज अपनी स्वर्णिम किरणों से धरती पर सोने की छींटे छिड़कने लगता है। तालाबों में कमल के पत्तों पर जल की बूँदें मोती का भ्रम पैदा कर देती हैं।

वर्षा ऋतु में नदी-नाले सभी जलप्लावित हो उठते हैं। कलकल-छलछल बहती नदियों की धारें अपने प्रिय सागर से मिलने दौड़ पड़ती हैं। अमराइयों में झूले पड़ जाते हैं। इन झूलों पर हिचकोले खाती ग्रामीण युवतियाँ मनभावन सावन के गीतों से वातावरण को संगीतमय बना देती हैं।

"कोयलिया सावन के दिन आए,
बालमजी तोरी याद सताए।"

जैसे मधुर गीतों से वर्षा ऋतु के सौंदर्य में सोने पर सुहागा जैसी कहावत चरितार्थ हो जाती है।

वर्षा की शाम का सौंदर्य तो अवर्णनीय हो उठता है। सूरज और बादलों की आँख मिचौली आकाश को शोभा से भर देती है। सूरज की किरणें मुग्धा नाभिका की तरह कभी बादलों के घूँघट से झाँक लेती हैं, तो दूसरे ही पल लजाकर अपना मुँह छुपा लेती हैं। सांध्यकालीन आकाश की लालिमा को देखकर ऐसा प्रतीत होता है, मानो सूरज ने संध्या सुंदरी के अरुण कपोल चूम लिये हों और संध्या लाज से आरक्तिम हो उठी हो। सांध्य गगन में बादलों के बीच जब इंद्रधनुष प्रकट होता है, तो फिर आकाश का दृश्य देखते ही बनता है। कहीं झाड़ियों में जुगनुओं की जगमगाहट तो कहीं तालाब किनारे मेढकों की टर्राहट! कहीं झींगुरों की झनकार तो कहीं मोरनी की पुकार—यह सब वर्षा के रूप में रस घोल देती हैं। पत्तों पर टपकती जल की बूँदों की 'टप-टप' आवाज वातावरण को संगीतमय बना देती है।

लेकिन वर्षा का एक दूसरा रूप भी है, जो भयानक है। देखते-देखते सारा आकाश काले बादलों से आच्छादित हो जाता है। दिन में ही रात जैसा अंधकार छा जाता है।

काले-काले बादलों के झुंड इस प्रकार उमड़ने-घुमड़ने लगते हैं कि मानो सैकड़ों हाथियों के झुंड आपस में लड़ रहे हों।

अंधकार राक्षस की तरह संपूर्ण सृष्टि को निगलने जैसा बन जाता है। बीच-बीच में बादलों का गर्जन-तर्जन सुनकर धरती का कलेजा काँप जाता है। उसमें चपला की चमक दृश्य की भयानकता और बढ़ा देती है। पंत की एक कविता में बादल अपना परिचय देता हुआ कहता है—

कभी अचानक भूतों का-सा
प्रकटा विकट महा आकार।
कड़क-कड़क जब हँसते हैं हम
थर्रा उठता है संसार॥

वर्षा में विरहिणियों का कष्ट बढ़ जाता है। तन भीगता है, पर मन दहकता है। वर्षा की फुहारें उनके विरह की आग में घी का काम करती हैं। तुलसी के राम भी वर्षा की फुहारों से व्यथित होकर अपनी प्रिया की याद में खो जाते हैं—

घन घमंड नभ गरजत घोरा।
प्रिया हीन डरपत मन मोरा॥

इस ऋतु में गरीबों का कष्ट बढ़ जाता है। आवागमन ठप हो जाता है। कीड़े-मकोड़ों का प्रकोप बढ़ जाता है। बाढ़ की विभीषिका खेत-खलिहानों को डुबोती, गाँवों, घरों को लीलती प्रलय का दृश्य उपस्थित कर देती है। फिर महामारी का दौर शुरू हो जाता है। सरकार प्रत्येक वर्ष योजना बनाती है, पर लाभ कुछ नहीं होता। फसलों के नष्ट होने से दुर्भिक्ष का साया मँडराने लगता है।

लेकिन इतना सबकुछ के बावजूद वर्षा भारत जैसे कृषि प्रधान देशों के लिए ईश्वरी वरदान है। किसानों की जान है। धरती की शान है। देश का भविष्य कृषि पर आधारित है और कृषि वर्षा पर।

□

ग्रीष्म ऋतु

ग्रीष्म ऋतु का वर्णन करते हुए बिहारी ने लिखा है—

देखि दुपहरी जेठ की, छाँहौं चाहति छाँह।

सचमुच ग्रीष्म ऋतु अपनी प्रचंडता के लिए ही जानी जाती है। शिशिर का सताया सूरज मौका पाकर ग्रीष्म में धरती के प्राणियों से मानो अपना बदला चुकाने को आग बरसाने लगता है। वस्तुत: शिशिर धरती के प्राणियों को ही नहीं कँपाता, वह सूरज को भी सताता है। तभी तो शिशिर ऋतु में उसके भय से सूरज जल्दी प्रकट नहीं होता। बादलों की ओट में दुबका रहता है और ग्रीष्म में अपना बदला प्रकृति से चुका लेता है।

ग्रीष्म ऋतु में सूरज अपना रौद्र रूप धारण करता है। जीव-जंतु सभी प्राणी छाया की तलाश में भटकते रहते हैं। लगता है कि इस समय छाया भी किसी छाया की तलाश में चली जाती है। ग्रीष्म की भीषणता का बिहारी ने बड़ा ही सुंदर चित्र खींचा है—

कहलाने एकत बसत, अहि, मयूर, मृग, बाघ।
जगत् तपोवन सो कियो, दीरघ दाघ, निदाघ।

सचमुच इस ऋतु में धरती तपोवन ही तो बन जाती है। ग्रीष्म ऋतु में पछुआ हवा के झोंके मानो शरीर को छीलने लगते हैं। लू के थपेड़े तीर की तरह चुभते महसूस होते हैं। दोपहर में सर्वत्र सन्नाटा व्याप्त हो जाता है। केवल हवा की साँय-साँय की आवाज गूँजती रहती है। संक्षेप में कहें तो हर दिल आकुल, हर कंठ प्यास से व्याकुल रहता है। गाँव में किसी सघन वृक्ष की छाया में बैठे कुछ लोग ऊँघते नजर आते हैं।

एक कवि के शब्दों में—

गर्मी आई लाई प्यास
बुझती नहीं बुझाए प्यास
रोटी खाओ लगती प्यास
प्यासे रहो सताती प्यास
पानी पिओ न जाती प्यास।

ग्रीष्म ऋतु में आलस्य की अधिकता हो जाती है। काम करने की इच्छा नहीं होती। भारत के लोग अगर आलसी हैं, तो इसका एक कारण यह ग्रीष्म ऋतु भी है। इस ऋतु में अनेक प्रकार की बीमारियों का प्रकोप बढ़ जाता है। कई प्रकार के कीड़े-मकोड़े पैदा हो जाते हैं। मच्छरों का आतंक अलग परेशान करता है। चारों ओर धूल के गुबार उठते-गिरते नजर आते हैं। एक कवि के शब्दों में—

बरसा रहा है रवि अनल, भूतल तवा-सा जल रहा,
है चल रहा सन-सन पवन, तन से पसीना बह रहा।

एक वाक्य में कहें तो इस ऋतु में जीवन त्रस्त हो जाता है। हर काम अस्त-व्यस्त हो जाता है। शरीर पसीने से लश्त-पश्त बना रहता है। इस ऋतु में दिन बड़े और रातें छोटी होती हैं।

ग्रीष्म ऋतु में चाहे कितनी भी खामियाँ हों, पर भारत जैसे देश के लिए यह ऋतु लाभदायक भी है। इस ऋतु में गरीबों का गुजारा कम वस्त्र में ही हो जाता है। विभिन्न प्रकार के फल जैसे आम, लीची के गुच्छे वृक्षों की डाल से लटककर जहाँ बागों की शोभा बढ़ाते हैं, वहीं व्यापारियों की आमदनी भी बढ़ाते हैं। खुले आकाश के नीचे सोने का आनंद ही कुछ और होता है। सांध्य गगन में जब चाँद अपनी चाँदनी का रस बरसाता है, तो धरती की सारी तपिश मिट जाती है। प्राणियों की दिनभर की थकान मिट जाती है। इस ऋतु में छात्रों का मन भी प्रसन्न रहता है। सभी स्कूल-कॉलेज बंद हो जाते हैं। वे अपने घरों की ओर आने, प्रियजनों से मिलने की उत्कंठा से भर उठते हैं। बहुत से अमीर लोग पहाड़ों के सैर-सपाटे पर निकल पड़ते हैं।

एक समय था, जब ग्रीष्म ऋतु हमारे लिए दुःखदायी थी, लेकिन आज के वैज्ञानिक युग में हमारे पास ऐसे साधन हैं, जिसके आगे ग्रीष्म की प्रचंडता का वश नहीं चलता। इनका उपयोग कर हम आज ग्रीष्म को मुँह चिढ़ा सकते हैं। बिजली के पंखे, वातानुकूलित घर, फ्रीज आदि ऐसे ही साधन हैं। फिर भारत जैसे कृषि प्रधान देश के लिए भी यह ऋतु उपयोगी है। किसान अपने खेतों को फसलों के लिए इसी समय तैयार करते हैं।

□

शिशिर ऋतु

ग्रामीण क्षेत्रों में एक कहावत बहुत प्रचलित है—

गर्मी है बेशर्मी, जाड़ा है बेचारा।

लेकिन गहराई में जाकर सोचता हूँ, तो यह कहावत कुछ जँचती नहीं है। गर्मी बेशर्मी हो या न हो, पर जाड़ा बेचारा नहीं हो सकता। शिशिर वह ऋतु है, जिसके आगमन होते ही सारी धरती मानो भय से काँपने लगती है। प्राणियों का शरीर सिहर उठता है। प्रकृति भी कुछ सहम-सी जाती है। इतना ही नहीं, प्रतापी सूरज का तेज भी इस ऋतु के आगे फीका पड़ जाता है। शिशिर के भय से सूरज जल्दी निकलता नहीं, बादलों की ओट में सहमा-दुबका रहता है। उसकी किरणें भी मानो भय से पीली पड़ जाती हैं। इस दृष्टि से सोचें तो जाड़े को बेचारा कहना कितना उचित है? इतना ही नहीं, आकाश में चाँद भी अपनी चाँदनी को मलिन पाकर उदास हो जाता है। सारी रात गम के आँसू रोता रहता है। सवेरे-सवेरे हरी-भरी दूब पर शबनम की बूँदें उसके आँसू ही तो हैं। इस प्रकार शिशिर के आते ही सूरज, चाँद सभी भयभीत हैं, तो फिर जाड़ा बेचारा कैसे हो सकता है।

वर्षा के बाद शिशिर का आगमन होता है। इस ऋतु का भी महत्त्व कम नहीं है। वर्षा के जल से लस्त-पस्त धरती गुनगुनी धूप पाकर तरोताजा हो जाती है। प्रकृति में भी नई स्फूर्ति, नई ताजगी का संचार होने लगता है। हर तरफ एक अद्‌भुत शांति का समाँ बँध जाता है। बाढ़ की विभीषिका का भय जाता रहता है। नदी-नालों का डरावना रूप भी परिवर्तित होने लगता है। आवागमन सुलभ हो जाता है। वन-उपवन में रंग-बिरंगे फूलों की कतारें सज जाती हैं। बागों में बहार आ जाती है, तो तड़ागों में कमल के फूलों पर भौंरों के गुंजार गूँजने लगते हैं। विभिन्न रंगों की तितलियाँ अपने रंगीन पर पसारे फूलों पर मँडराने लगती हैं। आकाश धुलकर स्वच्छ बन जाता है। आकाश की नीलिमा में रंग-बिरंगे बादल के टुकड़े तैरकर आकाश की शोभा में चार चाँद लगा देते हैं। हरी-हरी दूबों पर ओस की बूँदें मोती का भ्रम पैदा कर देती हैं। मैथिलीशरण गुप्त ने इस दृश्य का एक अन्य स्थल पर बड़ा ही सुंदर चित्र उपस्थित किया है—

सखि नील नभस्सर से निकला
यह हँस अहा तिरता-तिरता
अब तारक मौक्ति शेष नहीं,
निकला उनको चरता-चरता।

दोपहर की अलसायी धूप का रूप भी कम आनंददायक नहीं होता। रात में लिहाफ में दुबककर सोने का मजा कुछ और ही होता है। इस ऋतु में दिन छोटे और रात बड़ी होती है। रोग का प्रकोप कम आता है। हाजमा दुरुस्त रहता है। अतः स्वास्थ्य के लिए यह ऋतु लाभदायक है। खेतों में जौ, गेहूँ की बालियों को झूमते देखकर किसानों का मन मयूर भी थिरक उठता है। हरी-हरी सब्जियों से बाजार सज जाता है। बिहार और उत्तर प्रदेश का प्रमुख छठ पर्व इसी ऋतु में मनाया जाता है।

लेकिन इस ऋतु में गरीबों का कष्ट बढ़ जाता है। उनके बच्चे पर्याप्त गर्म वस्त्र के अभाव में ठिठुरते रहते हैं। पछुआ हवा के सर्द झोंके शरीर में तीर की तरह चुभते हैं। पाले की मार से फसलें बर्बाद हो जाती हैं। जब भयानक शीत लहर चलती है, तो मानव जीवन त्रस्त हो उठता है। सारे काम अस्त-व्यस्त हो जाते हैं। यात्रा में गर्म कपड़ों की अधिकता बोझ बन जाती है। आग की तलाश में लोग भागते-फिरते नजर आते हैं।

प्रेमचंद ने अपनी प्रसिद्ध कहानी 'पूस की रात' में शिशिर की भयानकता का बड़ा ही सजीव चित्रण किया है। किसान सारी रात जागकर किस प्रकार अपने खेतों की रखवाली करता है—इसका सफल चित्रण उस कहानी में हुआ है। खेतों से फूस बटोरकर वह आग तो जलाता है, पर फूस की आग भला पूस की रात का सामना कितनी देर कर सकती है।

संक्षेप में, शिशिर ऋतु कई अर्थों में हमारे लिए लाभदायक है, तो कुछ मायनों में यह कष्टदायक भी कम नहीं है।

लेकिन आज के विज्ञान के युग में हमारे पास ऐसे साधनों की कमी नहीं है, जिसके द्वारा हम शिशिर के कष्टों से छुटकारा पा लेते हैं। इन साधनों के आगे न तो ग्रीष्म की प्रचंडता हमारा कुछ बिगाड़ सकती है, न शिशिर की भयानकता हमें डरा सकती है। हीटर, बिजली के अन्य उपकरण आदि ऐसे ही साधन हैं।

जो भी हो, गुण और अवगुण तो प्रकृति का नियम है। "जड़-चेतन गुन दोषमय बिश्व कीन्ह करतार"—हमारे लिए तो सभी ऋतुओं का समान महत्त्व है। सबका अपना रूप है, सौंदर्य है, विशेषता है, पर शिशिर का रूप तो अतुल्य है, अनुपम है और अभिनव है।

☐

शरद् ऋतु/चाँदनी रात में नौका विहार

अगर वसंत ऋतुओं का राजा है और वर्षा ऋतुओं की रानी, पर शरद् के सहज सौंदर्य के आगे दोनों ही भरते हैं पानी। वसंत की अद्‌भुत छटा, वर्षा की साँवली घटा आकर्षक है, तो शरद् का सरल और सहज रूप भी कम मोहक नहीं है। वसंत में अल्हड़ता है, यौवन की मादकता है, तो शरद् में शांति और शालीनता की पवित्रता है। नदी की लहरों की चंचलता हवा के थमने पर जैसे शांत हो जाती है, उसी प्रकार वसंत की चंचलता भी शरद् की असीम शांति में विलीन हो जाती है।

वैसे तो हमारे लिए सभी ऋतुओं का महत्त्व है, पर शरद् ऋतु हमारे लिए खास है। यही वह ऋतु है, जिसने 'मानस' के मर्यादा पुरुषोत्तम राम को भी विचलित कर दिया था। बच्चन ने लिखा है—

यह चाँद उदित होकर नभ में
कुछ ताप मिटाता जीवन का।

लेकिन राम का ताप तो और बढ़ ही जाता है। किष्किंधा के आकाश में जब शरद् का चाँद उदित होता है, तो राम को उसमें अपनी प्रिया का प्रतिबिंब नजर आता है और वे विकल हो जाते हैं। एक हूक-सी दिल में उठती है, लेकिन दूसरे ही पल अपनी भावनाओं को वश में कर अनुज से कहते हैं—

वरषा बिगत सरद रितु आई।
लछमन देखहु परम सुहाई॥

और इस प्रकार राम भी शरद् ऋतु की मुक्त कंठ से प्रशंसा करते हैं। यही वह शरद् ऋतु है, जिसने बृज की बालाओं को घूँघट खोलकर परपुरुष के सामने नाचने को विवश कर दिया था। कृष्ण की रासलीला इसी ऋतु में सजती थी।

शरद् ऋतु में न तो ग्रीष्म की आकुलता होती है, न शिशिर की व्याकुलता। सबकुछ बड़ा ही शांत और सहज सौंदर्य युक्त होता है। शरद् का आकाश धुलकर स्वच्छ बन जाता है। अहले सुबह आकाश की नीलिमा में जब उषा की लालिमा मिलती

है, तो आकाश का सौंदर्य तो देखते ही बनता है। वसंत की तरह इस ऋतु में भी रंग-बिरंगे फूलों की कतारें सज जाती हैं, हर तरफ भौंरों का गुंजार वातावरण को संगीतमय बना देता है। तितलियों के झुंड शरद् के सौंदर्य को और भी निखार देते हैं। वनों में, बागों में हरियाली का साम्राज्य बिछ जाता है। हरी दूबों पर शबनम की बूँदें मोती का भ्रम उत्पन्न कर देती हैं।

एक ऐसी ही शरद् की पूनम शाम थी। नीलांबर स्वच्छ था। क्षितिज की ओट से पूर्णेंदु ने झाँका। मधु टपक पड़ा। जगती विभोर हो उठी। रात रानी ने अँगड़ाई ली। पवन ने पंखा झुलाया। सुमन ने सौरभ फैलाया। भौंरों ने गुनगुन गाया। कलियों ने चटककर ताल मिलाया और प्रकृति सुंदरी मानो नृत्य कर उठी—झूम छननन्…।

मैं कमरे से बाहर आया। देखा, शरद् के उस अनूप रूप को, अपूर्व सौंदर्य को। मन आह्लादित हो उठा। ऊपर नीलगगन में चाँद अपनी जवानी पर था। धरती पर उसकी चाँदनी रवानी पर थी। लगता था, अवनि से अंबर तक किसी ने चाँदनी का चँदोवा तान दिया हो। हर तरफ ज्योत्स्ना का साम्राज्य फैला था। जल में, थल में, नीलगगन में चारों ओर अमल धवल चाँदनी का रस बरस रहा था और धरती के प्राणी उस स्निग्ध चाँदनी रस से स्नात हो रहे थे। तारों की झिलमिलाहट ऐसी प्रतीत हो रही थी, मानो शरद् रूपसी की नीली चुनरी में मोती जड़े हों।

मन में सोचा कि अगर ऐसे खुशनुमा मौसम का उपभोग न किया तो क्या किया! तभी दो-चार मित्र भी आ पहुँचे। झटपट नौका विहार का प्रस्ताव आया और हम सभी गंगा के तट की ओर हँसते-गाते चल पड़े।

रास्ते का दृश्य तो अलौकिक था। आज के भाग-दौड़ वाले जीवन में ऐसे दृश्यों को देखना और उसका उपयोग करना किसे नसीब होता है। जीवन की जटिलताओं में आज का आदमी तो इस कदर जकड़ चुका है कि उसके लिए शरद् की शाम हो या वसंत की शोभा, सबका महत्त्व समान है। जो भी हो, ऊपर आकाश की ओर देखा तो तारों की बारात में चाँद दूल्हा बना मुस्करा रहा था। उसकी मुस्कान चाँदनी बनकर चारों ओर फैल रही थी। खेतों में जौ, गेहूँ की बालियाँ मंद पवन के झूले पर झूल रही थीं। मानो चाँदनी रस से सराबोर होकर अपनी प्रसन्नता प्रकट कर रही हों।

हम सभी साथी आत्मविभोर होकर गंगा की ओर धीरे-धीरे बढ़ रहे थे। तभी एक शशक दौड़ता हुआ खेतों में जा छुपा। हम सभी गाँव की सीमा से दूर आ चुके थे। जिधर दृष्टि जाती थी, हर तरफ अजीब सन्नाटा और खामोशी व्याप्त थी। दूर कहीं से केवल कुत्तों के भौंकने की आवाज आ रही थी। तभी कोई पक्षी जोर से चीखता हुआ ऊपर से गुजर गया। कुछ पल के लिए ध्यान भंग हुआ। लेकिन दूसरे ही पल जब चारों

ओर दृष्टि डाली तो पाया—हर ओर शोभा का संसार बसा था। रूप का बाजार सजा था। सौंदर्य का अंबार लगा था। मन आनंद से सराबोर हो रहा था। भावनाएँ कुलाँचे मार रही थीं।

मैं सोच में डूबा था—काश! यह दृश्य, यह नजारा स्थायी होता, तो मानव जीवन कितना सुखद होता। तभी विचार आया कि सुख-दुःख तो जीवनरूपी गाड़ी के दो पहिए हैं, जिनके संतुलन से ही जीवन की गाड़ी सुचारु रूप से लीक पर चलती रहती है। किसी भी एक की अधिकता जीवन को एकरस बना देगी। पंत की कविता याद हो आई। आकाश में चाँद और बादलों की आँख-मिचौनी चलती रहती है, तभी तो आकाश सौंदर्य से युक्त है। जीवन में भी सुख-दुःख की आँख-मिचौनी का चलते रहना आवश्यक है। अन्यथा जीवन का सारा सौंदर्य ही नष्ट हो जाएगा। जीवन एकरस होकर सारे सुखों से वंचित हो जाएगा। इन्हीं सारे विचारों में खोया मैं धीरे-धीरे चल रहा था कि अचानक कुछ कोलाहल सुनकर चौंक पड़ा। ध्यान भंग हुआ तो देखा, हम सभी गंगा के किनारे खड़े थे।

किनारे का सौंदर्य भी अद्‌भुत था। गंगा की लहरों पर छोटी-बड़ी नौकाएँ इस प्रकार तैर रही थीं, मानो पालों के पंख पसारकर कई हंस एक साथ तैर रहे हों। हमने भी एक नौका किराए पर ली और इस प्रकार हमारी नौका यात्रा आरंभ हुई। किनारे वृक्ष मौन खड़े थे, मानो वे भी अपलक गंगा के सौंदर्य का अवलोकन कर रहे हों। वृक्ष की डालियाँ इस प्रकार झुकी थीं मानो गंगा की लहरों पर तैरते चाँद को वे गले लगाना चाहती हों। धीरे-धीरे किनारा दूर होता गया। जल में चाँद का प्रतिबिंब ऐसा दिख रहा था मानो सैकड़ों चाँद लहरों के झूले पर झूलते कभी पास आते तो कभी दूर हो जाते। लगता था, मानो चाँद लहरों के साथ आँख-मिचौनी का खेल खेल रहा हो। दूर पहाड़ी के उस पार कोई ढोल, झाल-मँजीरे की ताल पर गा रहा था। उसकी दूर से आती मधुर आवाज किनारे के शांत वातावरण में मानो मीठा रस घोल रही हो। किनारे पर बालू के कण ऐसे चमक रहे थे मानो किसी ने रेत में मोती के कण बिछा दिए हों। यह सब देखकर हम मंत्रमुग्ध थे। मस्ती में झूम रहे थे, तभी हमारे एक साथी ने एक मधुर आलाप छेड़ दिया। उसकी दर्द भरी मधुर आवाज पहाड़ियों से टकराकर वापस आ रही थी। सचमुच यह दृश्य अलौकिक था, अद्‌भुत था। उस सौंदर्य का वर्णन करना कठिन है।

'गिरा अनयन नयन बिनु वाणी' वाली बात सिद्ध हो रही थी। हम सभी मानो स्वप्न लोक की सैर कर रहे थे। तभी एक जोर का झटका लगा। नाव का संतुलन बिगड़ गया। नौका डगमगाने लगी। हमारे होश उड़ गए। सारी मस्ती हवा हो गई।

पता चला कि नाव किसी चट्टान से टकरा गई थी, लेकिन नाविक की कुशलता से हम सभी की जान बच गई। अब सारा मजा किरकिरा हो चुका था। रात भी गहरा गई थी। ऊपर देखा तो ऊँघता हुआ चाँद भी सोने की तैयारी कर रहा था। उसकी चाँदनी मलिन पड़ने लगी थी। हम सभी भी लौटकर अपने-अपने घर की ओर चल पड़े। लेकिन इस नौका विहार को हम जीवन में कभी भुला सकते हैं ?

□

भारतीय किसान

"कंधे पर हल, हाथ में छोटी सी लाठी, गले में अँगोछा, घुटने तक धोती, आगे-आगे बैल का जोड़ा, नंगे पाँव, बड़े सवेरे गाँव के खेतों की मेड़ पर जो जाता हुआ दिखाई दे, आप समझ लें, वह भारतीय किसान है।"

भारतीय किसान दीनता की मूर्ति और निरीहता की प्रतिमा है। उसका सारा जीवन अभावों से ग्रस्त और पीड़ाओं से त्रस्त है। हाल उसका बेहाल है। आँखें धँसी हैं। गाल गड्ढों में समा गए हैं। पेट पीठ से जा मिला है। यही परिचय है, यही इतिहास है भारतीय किसानों का। एक समय था जब भारत के किसान खुशहाल थे। उनके जीवन में पर्याप्त सुख-शांति विराजती थी। पर कालक्रम में यह देश गुलाम हुआ। शासकों ने शोषण की नीति अपनाई। क्या कृषि, क्या उद्योग हर क्षेत्र में हमारी प्रगति अवरुद्ध होती चली गई। गाँव के किसान पराधीनता के बंधन में बँधकर गरीबी और दरिद्रता के दलदल में धँसते चले गए।

भारतीय किसान भारत जैसे कृषि प्रधान देश की आन और शान हैं। गांधी ने कहा था—"भारत की आत्मा गाँवों में निवास करती है। ये किसान ही भारत की आत्मा हैं। देश की उन्नति-प्रगति इन पर ही निर्भर है। देश का भविष्य इनके कंधे पर टिका है। लेकिन यह कितने आश्चर्य की बात है कि जिसके कंधे पर देश का भविष्य टिका है, खुद उसका अपना कोई भविष्य नहीं है। जिसकी बदौलत हमारे होंठों पर लाली है, आज उसी के पास फटेहाली है। जिसकी बदौलत हमारे सिर पर ताज है, आज वही मोहताज है।" संक्षेप में, भारतीय किसानों का अतीत जितना शानदार था, आज वर्तमान उतना ही पतित है और भविष्य अंधकार से आच्छादित।

जेठ की चिलचिलाती धूप हो या बैसाख की सनसनाती हवा। शीत की भयानक लड़ी हो या सावन-भादो की मूसलाधार झड़ी। हर मौसम में किसान अपना खेत जोतता मिलेगा या मिट्टी का ढेला फोड़ता मिलेगा। फसलों की बुआई से लेकर कटाई तक हर समय खेतों में काम करता हुआ मिलेगा। खेत उसका हवनकुंड है, जिसमें वह अपने शरीर की आहुति चढ़ाता रहता है और जब यज्ञ की ज्वाला के रूप में धान, गेहूँ की बालियाँ

लहलहा उठती हैं, तो उसकी तपस्या पूरी हो जाती है। इस अर्थ में खेती उसकी तपस्या है। फिर वह अपनी तपस्या के फल को स्वयं नहीं चखता, अनाज के रूप में समाज को बाँट देता है।

सरदार पूर्ण सिंह का उपर्युक्त कथन बड़ा ही स्वाभाविक और यथार्थ से जुड़ा है। यही कारण है कि पूर्ण सिंह ने किसान को प्रकृति का साधु कहा है और उसके कार्य को हवन। इस दृष्टि से सोचें तो किसान सृष्टि का ब्रह्मा और विष्णु दोनों है।

भारतीय किसान सरल चित्त होते हैं। भोले भाव होते हैं। सादा जीवन, उच्च विचार उनके आदर्श होते हैं। वसुधैव कुटुंबकम् की भावना से वे भरे होते हैं। उनमें आज भी भारतीय संस्कृति के दर्शन हो जाते हैं। आचरण की पवित्रता, भावों की शुद्धता और चरित्र की दृढ़ता उनकी बड़ी विशेषता होती है। सुख-दुःख में वे एक-दूसरे का हाथ बँटाने को सदा तत्पर रहते हैं। भाईचारे की भावना उनमें कूट-कूटकर भरी होती है। उनके मन, वचन और कर्म समान होते हैं। ईश्वर में उनकी आस्था और भक्ति होती है। सम-विषम सभी परिस्थितियों में वे समभाव बने रहते हैं।

लेकिन जो देखा, ख्वाब निकला, जो सुना, अफसाना था, के अनुसार अतीत जितना शानदार था, आज वर्तमान उतना ही पतित है। आज उनके पास खेती के लायक पर्याप्त न जमीन है, न सिंचाई के साधन हैं। उत्तम खाद-बीज का घोर अभाव है। वैज्ञानिक साधनों की कमी अलग खलती है। ऊपर से प्राकृतिक प्रकोप कहर ढाता है। कभी अतिवृष्टि तो कभी अनावृष्टि, कभी सूखा तो कभी बाढ़ उनकी कमर तोड़ देती है। पूँजी का अभाव उन्हें कुछ करने नहीं देता।

खेतों में जब जौ, गेहूँ की बालियाँ झूमती हैं, तो किसानों का मन-मयूर भी थिरक उठता है। भविष्य के सपने साकार होने लगते हैं। 'गोबर' के ब्याह और 'सोना' के गौने की कल्पना यथार्थ का रूप लेने लगती है। लेकिन फसल के कटते ही महाजन आ धमकता है। फिर सारी फसल महाजन के घर आ पहुँचती है। सारे सपने टूटकर बिखर जाते हैं। फिर तो वही फाके मस्ती। किसानों के हिस्से खाने को गम और पीने को आँसू बच जाते हैं। उसके बाद चलता है, कर्ज का सिलसिला—जो सुरसा के मुँह की तरह बढ़ता ही जाता है और एक दिन वह किसान उसी मुँह में समाकर काल-कवलित हो जाता है। ठीक ही कहा है—"भारतीय किसान कर्ज में ही जन्म लेते हैं, कर्ज में ही पलते हैं और कर्ज में ही मर जाते हैं।" यही उनकी नियति है, भाग्य की विडंबना है।

अब इधर सरकार का ध्यान इनकी दशा सुधारने की ओर गया है। इनका जीवन स्तर ऊपर उठाने के लिए कई योजनाएँ और परियोजनाएँ लागू की गई हैं। उन्हें वैज्ञानिक साधन उपलब्ध कराए जा रहे हैं। कम मूल्य पर खाद-बीज दिए जा रहे हैं। सिंचाई के लिए बिजली-पानी की समस्या दूर की जा रही है। कृषि संबंधी कई लाभकारी कानून भी

बने हैं। समय-समय पर सरकार उनके ऋण माफ भी कर देती है। बैंक भी उनकी मदद को सदा तैयार रहते हैं।

इतना सबकुछ होते हुए भी किसानों की दशा में कुछ खास परिवर्तन होते नहीं दिखाई देते। इसका कारण उनमें शिक्षा का अभाव है, शहरों में बड़े-बड़े कृषि कॉलेजों से पढ़कर निकलने वाले युवा भले ही, कृषि संबंधी जानकारी रखते हों, लेकिन भारतीय किसान तो गाँव में बसता है। वे आज भी कृषि संबंधी विशेष जानकारियों से वंचित हैं। वे आज भी उसी पुराने साधन हल-बैल से खेती करते हैं। कुछ धनी किसान भले ही ट्रैक्टर आदि का उपयोग कर अधिक अन्न उपजा लेते हैं, लेकिन अधिकांश किसान धन के अभाव में इन वैज्ञानिक साधनों को अपनाने से वंचित रह जाते हैं।

औद्योगीकरण का भी कुछ प्रभाव कृषि पर पड़ा है। किसानों के पास खेती के अतिरिक्त आय के और कोई साधन नहीं हैं। साल के कुछ महीनों वे बेकार बैठे रहते हैं। इस खाली समय में कुछ उत्पादन कर वे अपनी आर्थिक दशा सुधार सकते हैं। इसके अलावा किसान आज भी वर्षा पर निर्भर रहते हैं। यदि वर्षा समय पर हुई तब तो ठीक है अन्यथा कभी अतिवृष्टि से तो कभी अनावृष्टि से इनकी फसल मारी जाती है। प्रत्येक वर्ष बाढ़ की विभीषिका में भी सैकड़ों एकड़ की फसलें बर्बाद हो जाती हैं।

भारतीय किसान आज भी शिक्षा के अभाव में रूढ़ियों-अंधविश्वासों से जकड़े हैं। आज कुछ राजनीतिक दल के नेता भी इन्हें बरगलाकर अपना स्वार्थ सिद्ध करने में लगे हैं। पिछले वर्ष किसानों का बड़ा आंदोलन इस बात का प्रमाण है। सरकारी योजनाओं पर भी इन्हें भरोसा नहीं होता।

अब शिक्षा का प्रचार-प्रसार हो रहा है। किसानों में चेतना आ रही है। आवश्यकता है कि वे सरकार पर भरोसा रखकर उनकी मदद करें। राजनीतिक नेताओं के बहकावे में न आकर देश की प्रगति में अपना सहयोग दें।

□

भारत में दहेज प्रथा

भारत में दहेज कोई नई प्रथा नहीं है। अति प्राचीन काल से ही इस देश में इस प्रथा का प्रचलन रहा है। हमारे प्राचीन ग्रंथ 'मनुस्मृति' में भी इसकी चर्चा आई है। रामायण काल में भी जनक ने दशरथ को काफी दहेज दिया था, ऐसा वर्णन मिलता है। लेकिन आज यह प्रथा एक विकट समस्या बन गई है। आज समाज इस प्रथा से बुरी तरह ग्रस्त और त्रस्त है। बात यह है कि उस जमाने में दहेज देना या लेना शादी की शर्त नहीं थी। पहले शादी होती थी, फिर दहेज की बात आती थी। लेकिन आज परिस्थितियाँ उलट गई हैं। आज पहले दहेज की बात होती है, तब शादी की बात होती है। इस तरह दहेज शादी की शर्त बन गया है।

पहले दहेज कोई प्रथा के रूप में प्रचलित नहीं था। शादी के बाद पिता अपनी कन्या को सामर्थ्य के अनुसार कुछ धन देता था। इसके पीछे शायद यह भावना काम करती थी कि आकस्मिक संकट के समय यह धन कन्या के काम आएगा। इसके पीछे यह भी उद्देश्य छिपा था कि कन्या यह न समझे कि पिता की संपत्ति में से उसे कुछ नहीं मिला। लेकिन आज के भौतिकवादी समाज में इसका स्वरूप बदल गया है। रूप इसका विकृत हो गया है। फलतः समाज में आज दहेज के कारण कई प्रकार की विकृतियाँ फैल गई हैं। इसके बुरे परिणाम सामने आ रहे हैं। इसके कुछ कारण हैं—

भारत में आज भी लड़कियों में उच्च शिक्षा का अभाव है। अतः वे अपने पैरों पर खड़ी नहीं हो पाती हैं। शादी के बाद उन्हें आर्थिक दृष्टि से पुरुषों पर निर्भर रहना पड़ता है। पुरुष वर्ग उनकी इसी लाचारी का फायदा दहेज के रूप में उठाता है। विदेशों में जहाँ लड़कियाँ पढ़ी-लिखी हैं, अपने पैरों पर खड़ी हैं, वहाँ दहेज की माँग नहीं होती है।

भारत में सामाजिक मान्यता के अनुसार लड़कियों की शादी अनिवार्य मानी गई है। यहाँ शादी-ब्याह को एक धार्मिक संस्कार के रूप में माना जाता है। अतः माता-पिता किसी भी कीमत पर लड़की की शादी करने को बाध्य हो जाते हैं। इस सामाजिक और धार्मिक मान्यता का उल्लंघन करने वालों को समाज में प्रताड़ित होना पड़ता है। विदेशों

में कई लड़कियाँ बिना शादी के ही जीवन गुजार लेती हैं। वहाँ कोई उनसे पूछने नहीं आता। यह भी एक कारण है कि समाज का पुरुष वर्ग इसका फायदा दहेज के रूप में उठाना चाहता है।

आज समाज की कुछ ऐसी प्रवृत्ति हो गई है कि हर माता-पिता अपनी कन्या के लिए डॉक्टर, इंजीनियर, अफसर जैसे पति को ही चाहता है। लेकिन समाज में ऐसे लड़कों की संख्या कम होती है और तब उनकी माँग बढ़ जाती है। माँग बढ़ती है, तो दहेज के रूप में कीमत भी बढ़ जाती है।

दहेज आज झूठी शान और प्रतिष्ठा का सूचक बन गया है। समाज में ऐसे लोगों की कमी नहीं है, जो अधिक-से-अधिक दहेज देने और लेने में अपनी सामाजिक प्रतिष्ठा समझते हैं। अपने धन का प्रदर्शन करना, अपनी झूठी शान के लिए वे दहेज की माँग बढ़ा देते हैं। साथ ही ऐसे लोगों की भी कमी नहीं है, जो आज अपने बेटों की डॉक्टरी, इंजीनियरिंग आदि की पढ़ाई का पूरा खर्च लड़की वालों से वसूल करना चाहते हैं।

दहेज की प्रथा को बढ़ाने में ऐसे लोगों का भी हाथ है, जिनके पास काफी मात्रा में काला धन जमा है। बड़े व्यापारी, मंत्री, ठेकेदार, तस्कर आदि ऐसे ही वर्ग में आते हैं। ये वर्ग वाले अधिक-से-अधिक दहेज देकर अपने काले धन को सफेद कर लेना चाहते हैं। और इसी बहाने समाज में अपना दबदबा भी कायम रखना चाहते हैं, लेकिन इसका बुरा परिणाम मध्यम वर्ग वालों को भुगतना पड़ता है। इस प्रकार दहेज प्रथा छूत के रोग की तरह एक वर्ग से दूसरे वर्ग में फैलती जाती है। जाति प्रथा भी इसका एक बहुत बड़ा कारण है। जातियों में भी कई उपजातियाँ हैं। हर माता-पिता अपनी कन्या का विवाह अपनी ही जाति या उपजाति में करना चाहते हैं। जिस जाति में पढ़े-लिखे लड़कों की संख्या कम है, वहाँ दहेज की माँग का बढ़ना स्वाभाविक हो जाता है।

आज का युग भौतिकवादी है। इसे कलयुग अर्थात् कल-पुर्जे का युग कहा गया है। इस युग में पैसा ही सबकुछ है। अर्थ-प्राप्ति के लिए आज का आदमी कोई भी अनर्थ कर सकता है। धन के आगे मानवता का कोई मोल नहीं रह गया है। करुणा से मानवता का मेल खत्म हो चुका है। फलत: दहेज आज एक व्यवसाय बन गया है। इसके बहाने हर बाप अपने बेटे के माध्यम से अधिक-से-अधिक धन पा लेना चाहता है। वह अपने पढ़े-लिखे बेटों को बैंक का चैक समझता है। वह सोचता है कि जब चाहेगा इस चैक को दहेज के रूप में भुना लेगा।

आज के नए-नए वैज्ञानिक आविष्कार भी दहेज को बढ़ावा दे रहे हैं। पहले घड़ी, साइकिल जैसी वस्तुओं से ही लड़के वाले खुश हो जाते थे। लेकिन आज महँगी बाइक, गाड़ियाँ हैं। चार पहिया मोटरकार हैं। ए.सी. भी हैं और भी ऐसी महँगी चीजें उपलब्ध हैं जिनके आगे घड़ी, साइकिल की पूछ समाप्त हो चुकी है। गरीब माँ-बाप इन्हीं चार पहिया

वाहन के नीचे दबकर कराह रहे हैं। संक्षेप में, दहेज की माँग सुरसा के मुँह की तरह बढ़ती ही जा रही है। दहेज का दानव पूरे समाज को निगल रहा है।

दहेज प्रथा के कारण आज कितने ही परिवार दरिद्रता के दलदल में धँसते ही जा रहे हैं। घर-द्वार बेचकर फुटपाथ पर आ जाते हैं। महाजन के चंगुल में फँसकर जीवन भर तड़पते रहते हैं। इस प्रथा के कारण ही आज परिवार में लड़कियों का जन्म एक अभिशाप जैसा लगता है। उन्हें परिवार की उपेक्षा सहनी पड़ती है। वहीं दहेज की माँग बढ़ने के भय से वे उच्च शिक्षा से वंचित हो जाती हैं। इस अर्थ में उनकी प्रतिभा का हनन होता है। इतना ही नहीं, अधिक दहेज नहीं चुका पाने की असमर्थता में गरीब घर की लड़कियाँ अंधे, लूले, लँगड़े के पल्लू से बाँध दी जाती हैं। शराबी, जुआरी व्यक्ति को सौंप दी जाती हैं। अधेड़ उम्र के लड़कों से ब्याह दी जाती हैं। नतीजा होता है—भरी जवानी में उन्हें वैधव्य का बाना धारण करना पड़ता है। इससे समाज में भ्रष्टाचार, व्यभिचार आदि को बढ़ावा मिलता है। परिवार कलह का अखाड़ा बन जाता है। दांपत्य जीवन कष्टों में ही बीतता है।

कितने अरमान, कितनी हसरतें लिये लड़कियाँ पति के घर आती हैं। एक नए परिवेश में प्रवेश करती हैं, जहाँ हर कोई अनजाना है। अगर अपने साथ दहेज की मोटी रकम लेकर आती हैं, तब तो सबकुछ ठीक-ठाक चलता है। लेकिन जो नहीं ला पातीं, उन पर यातनाओं का सिलसिला आरंभ हो जाता है। प्रताड़ना, दुत्कार, फटकार, उपेक्षा और न जाने क्या-क्या सहना पड़ता है। कभी-कभी तो उसके सामने ऐसी परिस्थिति पैदा कर दी जाती है कि वह स्वयं आत्महत्या करने पर विवश हो जाती है। इतना ही नहीं, उसे जलती आग की ज्वाला तक में झोंक दिया जाता है। मानवता के पतन की यह परकाष्ठा है।

आज समाज में चारों ओर भ्रष्टाचार, घूसखोरी, बेईमानी आदि का जो बोलबाला है, उसका कारण भी दहेज ही है। हर कन्या का पिता आज कन्या के जन्म लेते ही दहेज के लिए अधिक-से-अधिक पैसा कमाना और जमा करना चाहता है। फलतः वह जहाँ जिस पद पर है, घूस अथवा अन्य प्रकार से बेईमानी करके पैसा बचाना चाहता है।

वर्तमान सरकार इस दिशा में कई ठोस कदम उठा रही है। यद्यपि दहेज के खिलाफ पहले से कानून बना हुआ है, पर उसका कठोरता से पालन नहीं हो पा रहा है। 'तू डाल-डाल, मैं पात-पात' कहावत के अनुसार—सरकारी योजनाएँ सफल नहीं हो पाती हैं।

अतः इस प्रथा के विरुद्ध आंदोलन करने की जरूरत है। युवाओं में जागृति लानी होगी। समाज को जागरूक बनाना होगा। लड़कियों को उच्च शिक्षा के लिए प्रेरित करना होगा, ताकि आर्थिक दृष्टि से वे आत्मनिर्भर बन सकें। झूठी प्रतिष्ठा को त्यागना होगा। रूढ़ियों के दलदल से निकलकर नया दृष्टिकोण अपनाना होगा। प्राचीन मान्यताओं को

त्यागना होगा। जातिवाद से ऊपर उठना होगा। प्रेम विवाह, अंतरजातीय विवाह आदि को प्रोत्साहन देना होगा।

यह शुभ संकेत है कि अब लड़कियाँ भी पढ़ने-लिखने लगी हैं। उनमें उच्च शिक्षा का प्रचार-प्रसार हुआ है। उनके उत्थान के प्रति सरकार भी सजग है। लड़कियों को आगे बढ़ाने की दिशा में कई सरकारी योजनाएँ लागू हुई हैं। उन्हें छात्रवृत्ति, उच्च शिक्षा का खर्च आदि दिए जा रहे हैं। एक निश्चित अवधि तक उन्हें मुफ्त शिक्षा भी दी जा रही है। बैंकों के ऋण की सुविधा उपलब्ध कराई गई है। साइकिल मुफ्त बाँटी जा रही हैं। किताबें भी सरकार की ओर से उपलब्ध की जा रही हैं। 'बेटी बचाओ, बेटी पढ़ाओ' का नारा गूँजने लगा है। इस सबका फल यह हुआ है कि अब लड़कियाँ भी लड़कों की तरह हर क्षेत्र में आगे बढ़ रही हैं। हवाई जहाज उड़ा रही हैं। रेल चला रही हैं। अंतरिक्ष तक में जा रही हैं। यहाँ तक कि अब वे सेना में भी भर्ती हो रही हैं।

दहेज के विरुद्ध सरकार को ठोस कदम उठाना होगा। बिना दहेज लिये शादी करने वाले स्त्री-पुरुष को सरकारी नौकरी में प्राथमिकता देनी चाहिए। प्रेम विवाह और अंतरजातीय विवाह करने वालों की आर्थिक मदद करनी चाहिए, ताकि माता-पिता के विरुद्ध हो जाने पर वे अपना व्यवसाय ढूँढ़ सकें। समाज में दहेज लोभियों का सामाजिक बहिष्कार होना चाहिए।

मेरा तो सुझाव है कि सरकार ऐसा कानून बनाए जिसमें शादी के बाद एक निश्चित समय-सीमा के अंदर यदि किसी लड़की की संदेहास्पद स्थिति में मौत होती है, तो दहेज में दिया गया सारा धन या अन्य सामान लड़के वाले पक्ष को वापस करना होगा, इससे लड़कियों पर अत्याचार कम होगा।

□

जीवन में पर्व-त्योहारों का महत्त्व

भारत को पर्व-त्योहारों का देश कहा जाए तो कोई अत्युक्ति नहीं होगी। यहाँ के जीवन में प्रत्येक दिन कोई-न-कोई पर्व लगा ही रहता है। भारत जैसे गरीब देश में पर्व-त्योहारों की इतनी अधिकता जहाँ हमें चौंकाती है, वहीं सोचने को विवश भी करती है कि इसके पीछे कौन से कारण हैं। थोड़ा गहराई में उतरकर सोचें तो मानना पड़ेगा कि भारत की गरीबी ही यहाँ पर्वों की अधिकता का कारण है।

फिर भारत एक धर्म प्रधान देश है। यहाँ के लोगों में आज भी ईश्वर के प्रति आस्था और विश्वास है। ऐसी मान्यता है कि भारत में हिंदुओं के तैंतीस करोड़ देवी-देवता हैं और प्रत्येक पर्व किसी-न-किसी देवी-देवता से जुड़ा है। अतः पर्व की अधिकता का होना स्वाभाविक है। यहाँ समझना चाहिए कि तैंतीस करोड़ नहीं, 33 कोटि के देवता हैं अर्थात् सभी देवताओं को 33 कोटि में बाँटा गया है।

इतिहास का एक सत्य है कि जिस देश की सभ्यता जितनी प्राचीन होगी, उसकी संस्कृति भी उतनी ही महान् होगी। उसकी सामाजिक, आर्थिक, धार्मिक और सांस्कृतिक दशा उतनी ही उन्नत होगी। भारत की सभ्यता-संस्कृति दुनिया में प्राचीनतम है। यह सभ्यता कितनी ही ऊबड़-खाबड़ घाटियों से गुजरी है। कठोर चट्टानों से होकर गुजरी है। प्रगति के पथ पर चलती हुई भारतीय सभ्यता और संस्कृतियों ने कितने की चक्रवातों को झेला है। उत्थान-पतन के थपेड़े खाए हैं। विदेशों के शासन में शोषण को झेला है, लेकिन हमारी यह संस्कृति कहीं निराश या हताश नहीं हुई। आज भी यह नई ऊर्जा के साथ हमारे जीवन को प्रभावित कर रही है, हमारे सारे पर्व-त्योहार इसी संस्कृति के अंग हैं।

भारत का दर्शन भी आनंदवाद का दर्शन है। इसकी मान्यता है—हर्ष-विषाद के बीच से होकर आनंद की ओर बढ़ना और आनंद में ही विलीन हो जाना। इसीलिए इस देश में आनंद को बड़ा महत्त्व दिया गया है। यहाँ लोग गाते हैं लय में तो रोते भी हैं सुर और लय में ही। हमारे सारे पर्व-त्योहार इसी आनंदवाद की ओर संकेत करते हैं।

अधिकांश भारतीयों का जीवन अभावों से ग्रस्त है। पीड़ाओं से त्रस्त है। समस्याओं से अस्त-व्यस्त है। उनके पास खाने को गम और पीने को आँसू के सिवा कुछ नहीं है। न पेट में असन है, न तन पर वसन है, न दिल में हर्ष और उल्लास है, न हास और विलास है। न रास और परिहास है। बस केवल त्रास-ही-त्रास है। अतः पर्व-त्योहारों के बहाने, कर्ज लेकर ही सही, वे सुस्वादु भोजन तो चख लेते हैं। मिष्ठानों के स्वाद से परिचित तो हो पाते हैं। विभिन्न पकवानों की सुंगध से उनके बच्चे पुलकित तो हो पाते हैं। रंग-बिरंगे नए वस्त्रों को धारण कर हर्षित तो हो जाते हैं। भारत में इन पर्व-त्योहारों के अवसर पर आपसी सौहार्द बढ़ता है। भाईचारे की भावना बढ़ती है। संस्कृति की रक्षा होती है। अपने आदर्श पुरुषों के जीवन से प्रेरणा मिलती है। कई अवसरों पर व्यापारियों को लाभ होता है। मजदूरों को रोजगार मिलता है। मूर्तिकार, नाट्यकार, साहित्यकार आदि को समाज में प्रतिष्ठा प्राप्त होती है। संक्षेप में हमारे जीवन में आर्थिक, धार्मिक, सांस्कृतिक, व्यापारिक आदि सभी दृष्टियों से पर्व-त्योहारों का विशेष महत्त्व है।

इतना सबकुछ होते हुए भी इन पर्व-त्योहारों में कुछ बुरी प्रथा घुस आई हैं, जिन्हें दूर करना आवश्यक है। अतः रूढ़ियों के दलदल से निकलकर, बुरी प्रथाओं का अंत कर हम अपने पावन पर्व-त्योहारों की पवित्रता को बचाए रखने में सहायक सिद्ध हो सकते हैं। फिजूल खर्च को रोककर हम पर्वों को एक नया आयाम दे सकते हैं। □

होली

हम सभी जानते हैं, भारत पर्व-त्योहारों का देश है। यहाँ के जीवन में पर्व-त्योहारों का कितना महत्त्व है, यह भी हमें विदित है। सामाजिक, आर्थिक और सांस्कृतिक दृष्टि से भी इन पर्वों का महत्त्व सर्वविदित है। ऐसे ही पर्वों में होली एक महत्त्वपूर्ण पर्व है। होली की प्रतीक्षा महीनों पहले से की जाने लगती है। होली वसंत ऋतु का पर्व है। इस दृष्टि से इसका महत्त्व और बढ़ जाता है। फाल्गुन मास के आते ही मलय पवन के झोंकों के साथ होली के आगमन की आहट सुनाई पड़ने लगती है। ढोल, झाल, मँजीरे के स्वर पर गाँववालों के अंदर का उल्लास छलकने लगता है। होंठों पर होली के गीत गुनगुनाने लगते हैं—'भर फागुन बुढ़वा देवर लागे''''।'

दिन गिनते-गिनते होली की शाम आ जाती है। शाम में होलिका दहन का आयोजन किया जाता है। होलिका दहन के साथ कई किंवदंतियाँ जुड़ी हुई हैं। इनमें सबसे ज्यादा प्रचलित हिरण्यकश्यप की बहन होलिका की कहानी है। होलिका को वरदान में एक ऐसी चादर प्राप्त थी, जिसे ओढ़ लेने पर अग्नि उसे जला नहीं सकती थी। हिरण्यकश्यप के पुत्र प्रह्लाद ने जब उसके लाख मना करने पर भी विष्णु की भक्ति नहीं छोड़ी तो हिरण्यकश्यप के आदेश से होलिका प्रह्लाद को मारने की नीयत से उसे गोद में लेकर प्रज्वलित अग्नि में बैठ गई। लेकिन 'जाको राखे साइयाँ, मार सके न कोय' के अनुसार हवा का एक भारी झोंका आया और चादर होलिका के शरीर से हटकर प्रह्लाद के ऊपर गिर गई। फलतः होलिका जलकर मर गई और प्रह्लाद बच गया। उसी दिन से हिंदू संस्कृति में होलिका दहन की प्रथा चल पड़ी।

कुछ विद्वानों ने होली को शूद्रों का पर्व कहा है। इस बात में कितनी सत्यता है, यह खोज का विषय है, लेकिन हमारे यहाँ इसे राष्ट्रीय पर्व का दर्जा दिया गया है। होली प्रतीक है असत्य पर सत्य की विजय का, अधर्म पर धर्म की प्रतिष्ठा का। ईश्वर में असीम भक्ति और अनुरक्ति का। होली जीवन के खिलने का त्योहार है। होलिका दहन के बहाने हम उन तमाम रूढ़ियों को जला देते हैं, जीवन में घटित उन तमाम घटनाओं, दुर्घटनाओं को

हम जला देते हैं, जो दु:खद हैं और इस दिन से एक नई ऊर्जा से भरकर जीवन के नए परिवेश में प्रवेश करते हैं। होलिका के बहाने हम अपनी बुरी प्रवृत्तियों, निराशा, हताशा सबको अग्नि के सुपुर्द कर, सोने की तरह जीवन को निखरने देते हैं।

चैत्र मास की पहली सुबह हमारे लिए नई आशा, हर्ष-उल्लास का संदेश लेकर आती है। आकाश की नीलिमा में उषा की लालिमा अद्‌भुत दृश्य उपस्थित करती है। मानो सूरज भी होली के उल्लास में उषा के गालों पर गुलाल छिड़क रहा हो। ऊपर आकाश में सूरज उषा के साथ होली खेलता है, तो इधर धरती पर शुरू हो जाती है रंगों की बौछार। दिलों के मनुहार तो कहीं छलकता दिखता है प्यार।

सुबह होते ही धूल और कीचड़ का दौर शुरू हो जाता है, क्या बच्चे, क्या बूढ़े, युवक-युवतियाँ, सभी एक-दूसरे पर धूल-कीचड़ डालते, हँसते, चिल्लाते अजीब आनंद की अनुभूति पाते हैं। दोपहर होते ही स्नान आदि करके नए वस्त्र धारण करते हैं। फिर शुरू होती है रंगों की बरसात। कहीं उड़ते हैं, गुलाल तो कहीं लाल होते हैं गाल।

जब शिव के गण की तरह गाँव की गलियों में निकलती है युवकों की टोली तो फिर देखते ही बनती है होली। सबके ललाट पर चमकती है रोली, होंठों पर होती है मीठी बोली। हर तरफ बरसते हैं रंग, कहीं छनती है भंग। कुछ ऐसा ही होता है होली का हुड़दंग, जिसे देखकर सब रह जाते हैं दंग। इस दिन कोई नहीं बचता है—न छात्र विद्यालय में, न पुजारी शिवालय में, न दुकानदार दुकान में, न किसान खेत और खलिहान में, न सिपाही थाने में और न मजदूर कारखाने में।"

इस दिन बच्चे, बूढ़े, युवक, युवतियाँ सभी उम्र की सीमा लाँघ जाते हैं। लाज-लिहाज के बंधन तोड़ देते हैं। शील और मर्यादा को ताक पर रखकर प्यार का नाता जोड़ लेते हैं। युवतियों के हाथों में भी होती है रंगों भरी पिचकारी और होंठों पर मीठी गाली।

वैसे तो पूरे देश में होली का त्योहार धूमधाम से मनाया जाता है, लेकिन ब्रज की होली का तो जवाब नहीं होता। ब्रज की लठमार होली का आनंद लेने दूर-दूर से लोग आते हैं। कुछ विदेशी भी शामिल होते हैं। होली के दिन भंग की तरंग में सबकुछ उल्टा-पुल्टा हो जाता है। वाम हो जाते हैं दक्षिण और दक्षिण हो जाते हैं वाम। उल्टे-पुल्टे होने लगते हैं सब काम। इस दिन बच्चों की खुशी का भी अंत नहीं होता। विभिन्न प्रकार के पकवानों की महक से उनके चेहरे चमक उठते हैं। नए वस्त्रों में उनके बदन दमक उठते हैं।

शाम में कहीं कबीरा, कहीं जोगीरा गाते हुए लोग एक-दूसरे के घर जाते हैं। इन गीतों में उनके लिए आने वाले वर्ष की मंगल कामना होती है।

होली का पर्व भाईचारे का संदेश लेकर आता है। इस दिन रंगों से घुलकर मन के सारे मैल बह जाते हैं। इस दिन तन ही नहीं भीगता, मन और आत्मा भी भीगती है। इस

दिन हम अपने सारे अभावों को भूल जाते हैं। अतीत भुलाकर भविष्य की तैयारी करते हैं। इस दिन सारी कटुता, सारा वैमनस्य भुला दिया जाता है। हिंदुओं के साथ-साथ मुसलमानों की दाढ़ियाँ भी रँग जाती हैं।

लेकिन इस पर्व के साथ कुछ बुराइयाँ भी जुड़ी हैं। बहुत से लोग गाँजा, भाँग, शराब आदि पीकर गलत और अश्लील हरकतें करते हैं, जिसका समाज और बच्चों पर बुरा प्रभाव पड़ता है। समाज में भ्रष्टाचार को बढ़ावा मिलता है। बिना समझे-बूझे लोग आँखों में रंग डाल देते हैं, जिससे आँखों का कष्ट बढ़ जाता है। अतः आवश्यकता है परंपरा का पालन करते हुए इन बुराइयों से बचने की। तभी हम पर्व-त्योहारों की पवित्रता बचा सकते हैं।

□

दुर्गा पूजा

भारत के मुख्य पर्वों में दुर्गा पूजा एक प्रमुख पर्व है। यह पर्व शक्ति की देवी दुर्गा से संबंधित है। दुर्गा के माध्यम से हम शक्ति की पूजा करते हैं। आश्विन मास में यह पर्व मनाया जाता है। वैसे तो संपूर्ण भारत में इस पूजा का प्रचलन है, लेकिन बिहार, उत्तर प्रदेश में इसका प्रचलन अधिक है। दुर्गा पूजा खासकर बंगाल में बड़े धूमधाम से मनाई जाती है। बंगाली समाज में दुर्गा और काली का बड़ा महत्त्व है। मैसूर की दुर्गा पूजा पूरे देश में प्रसिद्ध है। इस अवसर पर देश और विदेश से भी लोग मैसूर आते हैं। मैसूर का राजघराना आज भी इस पूजा की परंपरा का निर्वाह करता आ रहा है। यहाँ विभिन्न प्रकार की झाँकियाँ निकाली जाती हैं, जो देखने लायक होती हैं।

जैसा कि हम जानते हैं कि हमारे सभी देवी-देवताओं की पूजा के पीछे कई प्रकार की कथाएँ जुड़ी होती हैं। दुर्गा पूजा के पीछे भी कई कहानियाँ प्रचलित हैं, जो हमारी आस्था का प्रतीक हैं महिषासुर राक्षस का अत्याचार जब बहुत बढ़ गया, तो सभी देवता त्राहिमाम कर उठे। वे सभी दुर्गा के पास गए और उन्हें अपनी-अपनी शक्ति प्रदान की। शिव, ब्रह्मा, इंद्र आदि से शक्ति पाकर दुर्गा ने महिषासुर का वध कर डाला। इसी कारण दुर्गा को महिषासुर मर्दिनी भी कहते हैं। दुर्गा ने शुंभ-निशुंभ, चामुंडा आदि कई दुर्दांत राक्षसों का संहार कर देवताओं को उनके अत्याचार से मुक्ति दिलाई। चामुंडा का वध करने से ही दुर्गा चामुंडा कहलाईं। कहते हैं कि रावण पर विजय पाने के लिए राम ने भी दुर्गा की पूजा की थी।

दुर्गा पूजा को दसहारा या दशहरा भी कहते हैं। राम ने इसी दिन रावण पर विजय पाई थी। रावण के दस सिर कहे गए हैं, जो उसके दुर्गुणों के प्रतीक थे। राम ने उसके दसों सिर काट डाले थे, अर्थात् राम के सद्गुणों के आगे रावण के दसों दुर्गुण हार गए थे, इसीलिए इसे दसहारा कहा गया है। चूँकि रावण पर राम की विजय दसवीं तिथि को हुई थी, इसीलिए इसे विजयदशमी भी कहते हैं।

आश्विन मास में दस दिनों तक हम देवी दुर्गा की पूजा का उत्सव धूमधाम से मनाते हैं। मान्यता है कि इस समय दस दिनों तक दुर्गा धरती पर निवास करती हैं। जो भी हो,

इन पर्व–त्योहारों के बहाने हम अपनी संस्कृति को सहेजते रहते हैं। वर्ष में एक बार अपने आदर्श देवी–देवताओं को याद कर उनसे अनुप्राणित होते रहते हैं।

इस अवसर पर अधिकांश हिंदू परिवारों में दुर्गा की प्रतिमा स्थापित की जाती है। कलश बैठाए जाते हैं। दस दिनों तक पूर्ण रूप से शुद्ध आचरण धारण कर हम माँ की उपासना करते हैं। सार्वजनिक स्थानों पर भी विशाल पंडाल आदि लगाए जाते हैं, जिनमें दुर्गा की सुंदर, विशाल प्रतिमाएँ स्थापित की जाती हैं। गाँव और शहरों में एक तरह की प्रतियोगिता चल पड़ती है, किस पंडाल की प्रतिमा सबसे सुंदर है। दस दिनों तक सुबह से शाम तक पंडालों, मंदिरों आदि में पूजा–पाठ, भजन–कीर्तन आदि के कार्यक्रम चलते ही रहते हैं। इस अवसर पर कलाकारों, कारीगरों, मूर्तिकारों आदि की माँग बढ़ जाती है। अत: उनकी रोजी–रोटी का भी प्रबंध हो जाता है। बंगाल के मूर्तिकारों की पूछ अधिक होती है।

दुर्गा पूजा में रामलीला का आयोजन बहुत प्राचीन काल से होता आ रहा है। इसके अलावा कहीं नाटक, तो कहीं कवि–सम्मेलन, कहीं नृत्य–गायन आदि के कार्यक्रम अधिक संख्या में होते हैं। इन आयोजनों के बहाने जहाँ कलाकारों का मान–सम्मान बढ़ता है, वहीं आय के साधन भी उन्हें प्राप्त हो जाते हैं।

मेला–प्रदर्शनी आदि के आयोजनों से भी कई कारोबारियों की आमदनी बढ़ जाती है। इस अवसर पर स्वच्छता, सफाई, पवित्रता का माहौल हर तरफ दिखाई देता है। दस दिनों तक हम घर–आँगन को, आसपास की जगहों को गोबर से लीप–पोतकर स्वच्छ बनाते हैं। पूजा के अंतिम दिन हम नवीन वस्त्र धारण करते हैं। एक–दूसरे के घर जाते हैं। पूजा की शुभकामना व्यक्त करते हैं। एक–दूसरे के गले मिलते हैं और उनके उज्ज्वल भविष्य की कामना करते हैं। क्षत्रिय लोग इस अवसर पर अस्त्र–शस्त्र की भी पूजा करते हैं।

जो भी हो, यह पर्व प्रतीक है, असत्य पर सत्य की विजय का, अधर्म पर धर्म की विजय का। इन पर्वों के बहाने हम वर्ष में एक बार अपनी संस्कृति को याद करते हैं। अपने आदर्श पुरुषों से अनुप्राणित होते हैं। नई शक्ति, नई ऊर्जा पाकर भविष्य की तैयारी में जुट जाते हैं। कहीं रामायण पाठ, तो कहीं पूजा–पाठ, कहीं ध्यान, तप, कहीं कठोर साधना आदि का दस दिनों तक ऐसा माहौल बन जाता है कि दिशाएँ भक्तिमय हो उठती हैं। इससे भक्ति की शक्ति का एहसास होता है।

इस अवसर पर कहीं–कहीं पशुओं की बलि भी चढ़ाई जाती है। यह बलि प्रथा आज के समाज में उचित प्रतीत नहीं होती। आज जहाँ सरकार की ओर से पशु संरक्षण के लिए कानून बनाए गए हैं, वही पशुओं पर इस प्रकार का अत्याचार करना कहीं से भी उचित नहीं लगता। शास्त्रों के अनुसार ऋषि मार्कंडेय ने दुर्गा के नौ रूपों की नौ औषधियों से भी तुलना की है। पृथ्वी पर पाई जाने वाली नौ औषधियाँ दुर्गा के ही नौ रूप हैं—ऐसी मान्यता है।

□

दीपावली

अन्य पर्वों की तरह दीपावली पर्व भी हिंदुओं के लिए विशेष महत्त्व रखता है। यह पर्व भारत में ही नहीं, कई दूसरे देशों में भी मनाया जाता है, जैसे नेपाल, लंका आदि। इस पर्व के साथ भी कई कहानियाँ जुड़ी हैं। इसी दिन रावण पर विजय प्राप्त कर राम अयोध्या लौटे थे और अयोध्यावासियों ने दीप जलाकर राम का स्वागत किया था। उसी दिन से भारतीय संस्कृति में इस पर्व की परंपरा का शुभारंभ हो गया। एक दूसरी मान्यता है कि इसी दिन भगवान् विष्णु ने राजा बलि की दानशीलता का घमंड तोड़ा था। इसे विष्णु का वामन अवतार भी कहा जाता है। कहते हैं कि इसी दिन कृष्ण ने नरकासुर का वध किया था। उसकी याद में आज भी भारत में स्त्रियाँ नरक निवारण चतुर्दशी व्रत का पालन करती हैं।

कुछ महापुरुषों से भी इस पर्व का नाता जोड़ा जाता है। जैनियों का मानना है कि इसी दिन महावीर जैन की मृत्यु हुई थी। स्वामी विवेकानंद भी इसी दिन महाप्रकाश में विलीन हुए थे। शायद इन महापुरुषों की याद को अक्षुण्ण रखने के लिए भी यह पर्व मनाया जाता है। दीपावली का संबंध लोग धन की देवी लक्ष्मी से भी जोड़ते हैं। कहते हैं कि समुद्र मंथन से इसी दिन लक्ष्मी प्रकट हुई थीं। यद्यपि हिंदू शास्त्रों में धन का देवता कुबेर को माना गया है। फिर कालक्रम से इस पर्व में लक्ष्मी और गणेश की पूजा का विधान कब और कैसे जुड़ गया—यह खोज का विषय है।

दीपावली पर्व के साथ कई अन्य पर्व भी जुड़े हुए हैं। इसके एक दिन पहले धनतेरस का पर्व मनाया जाता है। इस दिन सोने, चाँदी के गहने, बर्तन आदि खरीदने की परिपाटी है। मान्यता है कि ऐसा करने से लक्ष्मी प्रसन्न होती हैं। पता नहीं ये मान्यताएँ सत्य के कितना निकट हैं, लेकिन ये हमारी आस्था के अंग हैं और सदियों से हम इस परंपरा का निर्वाह करते आ रहे हैं।

दीपावली का पर्व भी हमारे लिए हर्ष-उल्लास का संदेश लेकर आता है। कुछ दिन पहले से ही अपने घर-आँगन, आसपास की सफाई आरंभ कर देते हैं। घर का टूटा-फूटा

सामान कबाड़ी को बेच देते हैं। बात यह है कि यह पर्व वर्षा ऋतु के बाद आता है। अत: बरसात की गंदगी इसी बहाने साफ हो जाती है।

वर्षा के कारण चारों ओर गंदगी का अंबार लगा होता है। चारों तरफ वातावरण दुर्गंधमय बन जाता है। इस पर्व के बहाने इनकी सफाई हो जाती है। कहते हैं कि स्वच्छता में ही ईश्वर का वास होता है। अत: यह पर्व हमें स्वच्छता का भी पाठ पढ़ाता है। दिवाली के दूसरे दिन गोवर्धन पूजा, उसके अगले दिन भैया दूज, फिर चित्रगुप्त पूजा का संबंध भी जुड़ा है।

दीपावली के दिन शाम होते ही असंख्य दीपों की मालाएँ घरों में, छतों पर, द्वार पर झिलमिलाने लगती हैं। गाँव, शहर हर जगह दीपों की जगमगाती और झिलमिलाती रोशनी अद्‌भुत दृश्य उपस्थित कर देती है। बच्चे, बूढ़े, जवान सभी के मन में उमंगों का संचार हो जाता है। कहीं फुलझड़ियाँ झड़ती हैं, तो कहीं पटाखे फूटते हैं। विभिन्न प्रकार की आतिशें आकाश में पहुँचकर अद्‌भुत शोभा भर देती हैं।

व्यापारी वर्ग के लिए दीपावली पर्व अधिक महत्त्व रखता है। इस दिन हर व्यापारी अपना बहीखाता दुरुस्त करता है। दुकानों की सफाई के साथ-साथ वे अपने आय-व्यय का भी हिसाब करते हैं। नफा-नुकसान को देखते हुए अगले वर्ष के लिए लाभ और शुभ की कामना करते हैं। इस अवसर पर अपने उधारों की उगाही भी करते हैं। फिर शाम में ही शुभ मुहूर्त में लक्ष्मी और गणेश की प्रतिमा स्थापित करते हैं और विधि-विधान से पूजा-अर्चना करते हैं। कहीं-कहीं सार्वजनिक स्थलों पर सांस्कृतिक कार्यक्रम का भी आयोजन होता है।

दीपावली अंधकार से प्रकाश की ओर जाने का संदेश देती है। इस अर्थ में यह पर्व अंधकार पर विजय पाने वाला पर्व है। उपनिषद् में भी कहा गया है, 'तमसो मा ज्योतिर्गमय।' अर्थात् हे ईश्वर, हमें अंधकार से प्रकाश की ओर ले चलो। इस दिन सभी एक-दूसरे के घर जाकर मिठाई बाँटते हैं और एक-दूसरे को दिवाली की बधाई देते हैं। अगले वर्ष के लिए शुभकामना व्यक्त करते हैं। इस दिन कहीं-कहीं धन्वंतरि वैद्य की पूजा का भी विधान है। मान्यता है कि धन्वंतरि की उत्पत्ति समुद्र मंथन से हुई थी और तभी से चिकित्सा के क्षेत्र में उनका नाम जुड़ गया।

संक्षेप में, यह पर्व कई दृष्टियों से महत्त्वपूर्ण है। दीपों की लौ में कई प्रकार के कीड़े-मकोड़े नष्ट हो जाते हैं। वातावरण स्वच्छ बन जाता है, लेकिन जहाँ इस पर्व से कई लाभ हैं, वहीं कुछ हानियाँ भी हैं।

आतिशबाजियों के कारण वातावरण प्रदूषित हो जाता है। फुलझड़ियाँ, पटाखे आदि का धुआँ शरीर के लिए घातक होता है। आतिशबाजी के कारण घरों में कभी-कभी आग लग जाती है। बच्चे भी दुर्घटना का शिकार हो जाते हैं। इस दिन जुए का

खेल भी खूब चलता है। इस जुए के कारण कितने घरों में पैसे की बर्बादी होती है। कई लोग तो घर के जेवर, बर्तन या अन्य सामान चुराकर दाँव पर लगा देते हैं और हार जाते हैं। फिर पछतावा ही हाथ लगता है। कभी-कभी इस जुए के कारण लोगों में मारपीट तक हो जाती है।

अतः आवश्यकता है, इन बुराइयों को दूर कर हम इस पर्व की गरिमा को बचाकर रखें। दिवाली हमारे जीवन में ज्ञानरूपी प्रकाश के स्मरण का उत्सव है। इस दिन केवल घर को सजाने के लिए ही दीपक नहीं जलाए जाते, बल्कि जीवन के गहन सत्य को जानने का प्रयास भी किया जाता है। इस दिन हृदय में प्रेम का दीपक जलाना चाहिए। यदि हृदय प्रकाशित न हुआ, तो फिर सैकड़ों दीये जलाने का अर्थ ही क्या रह जाएगा। अतः दिवाली के दिन केवल घर में ही दीपक न जलाएँ वरन् हृदय में कृतज्ञता का, प्रेम का, दया और सद्भाव का भी दीपक जलाने की आवश्यकता है।

□

रक्षाबंधन

रक्षाबंधन हिंदुओं का एक पवित्र पर्व है। अति प्राचीन काल से ही यह पर्व मनाया जाता रहा है। 'विष्णु पुराण' में भी इसकी चर्चा आई है। मान्यता है कि विष्णु ने जब राजा बलि की दानशीलता का घमंड तोड़ने के लिए वामन का अवतार लिया था, तो इस कथा के साथ कुछ धार्मिक रीति-रिवाज जुड़ गए और इसे रक्षाबंधन का रूप दे दिया गया। आज भी ब्राह्मण जब अपने यजमानों के हाथ में रक्षासूत्र बाँधते हैं, तो दानवीर बलि का नाम मंत्रोच्चारण में अवश्य लेते हैं।

रक्षाबंधन श्रावण मास की पूर्णिमा को मनाया जाता है। इसलिए इसे श्रावणी भी कहते हैं। इस पर्व के साथ और भी कई प्रकार की मान्यताएँ कही गई हैं। प्राचीन काल में राजा-महाराजाओं द्वारा यज्ञ किए जाते थे। इस यज्ञ में ब्राह्मण और पुरोहित राजा के हाथों में रक्षासूत्र बाँधते थे। बदले में राजा इनकी सुरक्षा का वचन देता था। तभी से यह पर्व का रूप लेकर प्रचलित हो गया। एक दूसरी मान्यता है कि प्राचीन काल में जब शिष्य गुरु के आश्रम में शिक्षा पाने जाते थे तो गुरु के हाथों में रक्षासूत्र बाँधते थे और गुरु उनकी सुरक्षा का पूरा भार लेते थे। ऋषि-मुनियों के तर्पण के साथ भी रक्षाबंधन का संबंध था, अतः उसे ऋषि तर्पण भी कहा गया है।

एक ऐतिहासिक घटना के साथ भी रक्षाबंधन का संबंध जोड़ा गया है। गुजरात के शासक बहादुर शाह ने चित्तौड़ पर आक्रमण किया था। उस समय चित्तौड़ की राजनीतिक स्थिति डाँवाँडोल थी। चित्तौड़ के राणा की मृत्यु हो चुकी थी। उस समय भारत का बादशाह हुमायूँ दिल्ली की गद्‌दी पर बैठा था। चित्तौड़ की महारानी कर्णवती ने कोई उपाय न देखकर हुमायूँ को अपना भाई मानते हुए रक्षाबंधन भेजकर चित्तौड़ की रक्षा के लिए मदद माँगी। हुमायूँ ने आने में देर कर दी और जब वह आया, तब तक चित्तौड़ के साथ-साथ सैकड़ों महिलाएँ अपनी अस्मत बचाने को जौहर की ज्वाला में जल चुकी थीं। उसी दिन से रक्षाबंधन के पर्व की शुरुआत हुई। मध्यकालीन भारत में नारियों ने अपनी रक्षा के लिए भाइयों के हाथ में रक्षासूत्र बाँधना

आरंभ किया। इन सभी कारणों से रक्षाबंधन एक पवित्र पर्व के रूप में प्रचलित हो गया।

भारत में हिंदू परिवारों में रक्षाबंधन का पर्व धूमधाम से मनाया जाता है। आज फिल्मों का युग है। इन फिल्मों में देखकर अब हिंदू ही नहीं, सभी जातियों में यह पर्व मनाया जाने लगा है।

इस दिन बहनें पवित्र भावनाओं से भरकर अपने भाई की कलाई पर रक्षासूत्र बाँधती हैं। उसके मंगल की कामना करती हैं। इस प्रकार यह पर्व भाई-बहन के प्रेम की व्यापकता और महत्ता को दर्शाता है। भाई भी इस अवसर पर बहन को कई प्रकार के उपहार देता है। इस दिन ब्राह्मण लोग भी अपने यजमानों के हाथों में रक्षासूत्र बाँधते हैं, जिससे उनकी अच्छी-खासी आमदनी हो जाती है।

लेकिन देश के अंदर एक ऐसा भी गाँव है, जहाँ के लोग रक्षाबंधन का पर्व नहीं मनाते। उनकी मान्यता है कि अगर रक्षाबंधन के दिन किसी के यहाँ बेटी पैदा हुई या किसी गाय ने बछड़े को जन्म दिया तभी वे इस पर्व को मनाएँगे, लेकिन आज तक ऐसा संयोग नहीं बैठा, अतः वहाँ रक्षाबंधन का पर्व नहीं मनाया जाता है।

□

ईद-उल-फितर

ईद-उल-फितर को मीठी ईद भी कहते हैं। यह मुसलमानों का प्रमुख पर्व है। जिस प्रकार हिंदुओं के यहाँ पर्व-त्योहारों के पीछे कोई-न-कोई कहानी जुड़ी होती है, उसी प्रकार ईद के साथ भी एक कहानी प्रसिद्ध है। इस्लाम धर्म में आदम और हौवा संसार के पुरुष और स्त्री के प्रतीक हैं। उनके अनुसार, इन्हीं दोनों से पृथ्वी पर पुरुष और स्त्री जाति का विकास हुआ है। कहते हैं कि ये दोनों पहले जन्नत में रहते थे। जिस समय खुदा ने दुनिया का निर्माण किया, उस समय उन्होंने आदम और हौवा को एक खास फल दिया, लेकिन उन्होंने उसे खाने से मना कर दिया था। लेकिन दोनों लोभी निकले। फल चखने का लोभ रोक नहीं सके और फल खा लिया। इससे खुदा उनसे नाराज हो उठे और दोनों को एक-दूसरे से अलग कर, जन्नत से निकाल बाहर कर दिया। उन्हें अलग कर संसार में भटकने के लिए छोड़ दिया। दोनों एक-दूसरे से बिछुड़ गए और पुनर्मिलन के लिए लगातार खुदा की इबादत करते रहे। काफी परेशनी झेलने के बाद खुदा ने उनकी इबादत कुबूल की और दोनों को पुनः मिला दिया। इस प्रकार दुनिया में पहली स्त्री और पहले पुरुष का मिलन हुआ। इसी खुशी में मुसलमान ईद का पर्व मनाते हैं और पर्व के बहाने खुदा के प्रति शुक्रिया अदा करते हैं।

ईद से पहले रमजान का महीना आता है। यह महीना इस्लाम धर्म में बड़ा पवित्र महीना माना गया है। उनकी मान्यता है कि रमजान के महीने में जन्नत के सारे दरवाजे खोल दिए जाते हैं। शैतान कैद कर लिये जाते हैं। रोजा रखने वाले मुसलमानों के सारे गुनाह खुदा माफ कर देता है। इसीलिए यह महीना बड़ा ही पवित्र, नेकी, भलाई और ईमानदारी का माना जाता है। इस पर्व का आरंभ यद्यपि अरब देश से हुआ है, लेकिन आज भारत में अन्य देशों की अपेक्षा यह पर्व ज्यादा धूमधाम से मनाया जाता है।

रमजान के महीने में खुदा में विश्वास करने वाले प्रत्येक मुसलमान सारे दिन उपवास में रहते है। इसी को रोजा रखना कहा गया है। शाम को वे फल-मिठाई आदि से रोजा खोलते हैं। पूरे महीने प्रत्येक रोजा रखने वाला मुसलमान सादगी और पवित्रता का

जीवन बिताता है। हर समय खुदा की इबादत में मशगूल रहता है। गरीबों को दान देता है। असहायों की सहायता करता है। सभी प्रकार की बुराइयों से दूर रहता है। पूरे महीने यही क्रम चलता है।

महीने के अंत में चाँद देखने के बाद रोजा समाप्त हो जाता है। फिर दूसरे दिन ईद का पर्व मनाया जाता है। इस दिन बच्चे-बूढ़े, युवक-युवतियाँ सभी नए वस्त्र धारण कर मस्जिद और ईदगाह में सामूहिक रूप में नमाज पढ़ते हैं। सारा दिन खुशियों का माहौल बना रहता है। मुसलमानों के यहाँ सेवई तथा अन्य प्रकार के पकवान बनते हैं। वे एक-दूसरे के घर जाकर गले मिलते हैं। एक-दूसरे को ईद की मुबारकबाद देते हैं। खुदा से उनके लिए दुआ माँगते हैं। कहते हैं कि इस दिन सच्चे मुसलमान की दुआ खुदा अवश्य कुबूल करते हैं।

□

क्रिसमस–बड़ा दिन

क्रिसमस ईसाइयों का प्रमुख पर्व है। जिस प्रकार हिंदुओं के यहाँ रामनवमी और जन्माष्टमी का त्योहार मनाया जाता है, उसी प्रकार ईसाइयों में क्रिसमस मनाया जाता है। चूँकि ईसाई पूरे विश्व में किसी-न-किसी रूप में निवास करते हैं, अतः पूरे विश्व में यह पर्व मनाया जाता है। भारत तो विभिन्न धर्मों, संप्रदायों का देश है, अतः यहाँ भी क्रिसमस का पर्व बड़े उत्साह से मनाया जाता है। प्रत्येक वर्ष इसाई लोग 25 दिसंबर को ही क्रिसमस का पर्व मनाते हैं। इस दिन वर्ष का सबसे बड़ा दिन होता है, अतः इस पर्व को बड़ा दिन भी कहा गया है।

ईसा मसीह का जन्मदिन पवित्रता का दिन माना जाता है। इस दिन की प्रतीक्षा ईसाई लोग बड़ी व्यग्रता से करते हैं। मान्यता है कि ईश्वर ने ही ईसा मसीह को लोगों की भलाई के लिए पृथ्वी पर भेजा था। इसीलिए ईसाई लोग ईसा मसीह के पुनः जन्म के लिए बार-बार ईश्वर से प्रार्थना करते हैं। इसी को क्रिसमस का पर्व कहा जाता है।

ईसाइयों के अनुसार—ईसा का जन्म पृथ्वी पर देवदूत के रूप में हुआ था। उनका जन्म 25 दिसंबर को 12 बजे रात्रिकाल में वेथलेहम शहर की एक गौशाला में हुआ था। इनकी माता मरियम थीं, जो दाउद वंश से संबंध रखती थीं। इनके जन्म लेते ही मरियम ने इन्हें जमीन पर लिटा दिया था। इनके बचपन का नाम एमानुएल था, जिसका अर्थ होता है—'मुक्ति प्रदान करने वाला।'

एक दिन पूर्व से ही गिरजाघरों को सजाया जाता है। प्रार्थना और पूजा की सामग्री इकट्ठी की जाती है। ईसाई लोग अपने घरों को भी रंग-बिरंगी रोशनी से सजाते हैं। 12 बजे रात्रि में गिरजाघरों में प्रार्थना शुरू हो जाती है। फिर दूसरे दिन भी समूहों में गिरजाघरों में प्रार्थना होती है। प्रार्थना खत्म होते ही सभी एक-दूसरे को बधाई देकर अपने घर लौट जाते हैं।

क्रिसमस का पर्व दुनिया के सभी देशों में मनाया जाता है। ईसा मसीह का संपूर्ण जीवन बड़ा ही सादगीपूर्ण रहा। वे भेड़-बकरी चराते हुए भी तत्कालीन समाज की

बुराइयों का विरोध करते रहे, लेकिन उनके विचारों का यहूदियों ने घोर विरोध करना शुरू किया।

यहाँ तक कि उन्हें जान से मारने का भी प्रयास किया, लेकिन वे डरे नहीं और समाज में प्रचलित रूढ़ियों, अंधविश्वासों का विरोध करते रहे। उनके इन्हीं गुणों को याद करने के उद्देश्य से क्रिसमस पर्व मनाया जाता है।

भारत जैसे देश में जहाँ सभी धर्म और संप्रदाय के लोग रहते हैं, सभी का पर्व धूमधाम से मनाया जाता है, लेकिन ईसाइयों का यह पर्व बड़ी सादगी और पवित्रता से मनाया जाता है। अन्य धर्म के पर्वों की तरह इस पर्व में धूम-धड़ाके आदि का प्रदर्शन नहीं होता। ईसाई गिरजाघरों में जाकर ईश्वर से प्रार्थना करते हैं। बार-बार ईसा के जन्म की कामना करते हैं, ताकि धरती पर पाप और अत्याचार का नाश हो।

□

विज्ञान–वरदान या अभिशाप

दिनकर ने लिखा है—

रसवती भू के मनुज का श्रेय,
यह नहीं विज्ञान कटु, आग्नेय।

लेकिन आज के युग में क्या विज्ञान सचमुच कटु और आग्नेय है? आज का युग तो विज्ञान का ही युग है। इसे कलयुग भी कहते हैं, अर्थात् कल-पुर्जे का युग। दूसरे शब्दों में विज्ञान का युग। विज्ञान ने आज के मानव समुदाय को असीम शक्तियाँ और संभावनाएँ प्रदान की हैं। विज्ञान के नित नए बढ़ते चरण ने हमारी सारी रूढ़ियों, अंध विश्वासों और प्राचीन मान्यताओं को झकझोर डाला है। मानवीय मूल्यों को बदल डाला है। हमारी आस्था और विश्वास में बहुत बड़ा परिवर्तन ला दिया है, लेकिन इस विज्ञान ने हमारे सामने एक प्रश्नचिह्न भी खड़ा कर दिया है—हम इसे वरदान कहें या अभिशाप।

वैसे तो कोई वस्तु अपने आप में बुरी नहीं होती। गुण, दोष प्रकृति का नियम है। 'जड़ चेतन गुन दोषमय, बिस्व कीन्ह करतार।' किसी वस्तु का अच्छा-बुरा होना इस बात पर निर्भर करता है कि हम उसका प्रयोग किस रूप में करते हैं। इस दृष्टि से सोचें तो विज्ञान आज के मानव की सबसे बड़ी उपलब्धि है। वर्तमान सभ्यता में उन्नति और प्रगति के नाम पर जो कुछ हमारे पास है, वह सब विज्ञान की देन है। आज दुनिया के हर एक देश में एक-दूसरे से आगे निकल जाने की जो होड़ मची है, प्रगति की जो दौड़ शुरू है, उसमें भाग लेने के लिए विज्ञान का सहयोग जरूरी ही नहीं, अनिवार्य है। विज्ञान और वैज्ञानिक साधनों की उपेक्षा कर आज कोई भी देश अपना अस्तित्व कायम नहीं रख सकता। तभी तो 'जय जवान, जय किसान' जैसे नारों में हमारे भूतपूर्व प्रधानमंत्री अटल बिहारी वाजपेयी ने 'जय विज्ञान' का नारा भी जोड़ा था।

आज विज्ञान के नित नए आविष्कार ने संसार की सीमा छोटी कर दी है। दुनिया का दायरा सिकुड़ गया है। आदमी धरती से उठकर चाँद पर जा पहुँचा है और अब नक्षत्र लोक की सैर की बात सोच रहा है। विज्ञान आज सूर्य, चंद्र, नक्षत्र सब पर गहनता से

विचार करता है। नए-नए तथ्यों की जानकारी देता है। प्रकृति के सारे रहस्यों से आज पर्दा हटा चुका है।

विज्ञान रूढ़ियों के दलदल से निकालकर मनुष्य को तार्किक बनाता है। वह कही गई बातों को आँख मूँदकर नहीं मानता, वह हर चीज को तर्क की दृष्टि से देखता है। उसका संपूर्ण परीक्षण करता है, तभी उसके अस्तित्व पर विश्वास करता है। इस प्रकार आज विज्ञान आदमी को तर्क की शक्ति प्रदान करता है।

आज धरती और आकाश के बीच जो कुछ है, हम उनसे परिचित हो चुके हैं। विज्ञान की मदद से आज हम आकाश की ऊँचाई नाप सकते हैं। सागर की गहराई जाँच सकते हैं। यहाँ तक कि जीवन और मृत्यु के रहस्यों को सुलझा सकते हैं। संक्षेप में कहें तो विज्ञान ने आज के आदमी का जीवन दर्शन ही बदल डाला है। उसे रूढ़ियों और अंधविश्वासों के दलदल से निकालकर एक नया परिवेश, एक नया आयाम दिया है। उसे सोचने, समझने और तर्क करने की नई शक्ति प्रदान की है। मानव की कपोल कल्पना को साकार रूप दिया है। उसके सपनों को चरितार्थ किया है। सुख-सुविधा के सारे साधन उपलब्ध कराए हैं। सुरक्षा की गारंटी प्रदान की है। थोड़े में कहें तो जंगल युग से निकलकर आज आदमी जहाँ तक पहुँचा है, उसमें विज्ञान का बहुत बड़ा योगदान रहा है।

आज हमारे पास खाने, पीने, रहने आदि की जितनी सुविधाएँ उपलब्ध हैं—सब विज्ञान की देन हैं। ये विशाल अट्टालिकाएँ, बड़े-बड़े कल-कारखाने, धुआँ उगलती चिमनियाँ, दूर-दूर तक नागिन-सी बलखाती चमचमाती लंबी-चौड़ी सड़कें—सब विज्ञान की ही देन हैं। आज विश्व के किसी भी कोने में हम आ-जा सकते हैं। घंटों की दूरी मिनटों में तय कर सकते हैं। हजारों मील बैठे अपने परिजनों से बात कर सकते हैं—ये सब देन भी विज्ञान की ही हैं। टेलीविजन पर हम अपने प्रियजनों को देख सकते हैं, उनसे इस प्रकार बात कर सकते हैं, मानो वे हमारे पास बैठे हैं। ये सारी महान् उपलब्धियाँ विज्ञान की ही देन हैं। आज हम नदियों को बाँध सकते हैं। उन पर विशाल पुल बना सकते हैं। सागर की सतह पर तैर सकते हैं। आकाश में पंछी की तरह उड़ सकते हैं। इस तरह वायुयान, बड़े-बड़े बाँध, नदियों पर पुल, सबकुछ विज्ञान की ही तो देन हैं। रेल, तार, टेलीफोन, टी.वी., रॉकेट, कंप्यूटर, सब विज्ञान की ही देन हैं।

एक समय था जब हैजा, प्लेग, टीबी, चेचक जैसी बीमारियाँ जब महामारी का रूप ले लेती थीं तो हजारों मौतें हो जाती थीं, लेकिन विज्ञान ने इन भयानक रोगों पर भी विजय पा ली है। चिकित्सा के क्षेत्र में नित नई दवाइयों का ईजाद हो रहा है। कई प्रकार के टीके विकसित किए गए हैं। फलतः आज ये रोग मारक नहीं रह गए हैं। अभी विश्व में कोरोना का जो भयानक संकट आया, विज्ञान ने उस पर भी विजय पा ली है। अब कोरोना हमें डराता नहीं है।

इतना ही नहीं, विज्ञान आज कृत्रिम मानव पैदा कर ईश्वर की सत्ता को भी ललकार रहा है। रोबोट जैसा निर्जीव प्राणी बनाकर वह उससे मानव की तरह काम लेता है। कितना कहा जाए, आज विज्ञान सोते-जागते, हर पल हमारे साथ है। वह जीवन के साथ ऐसा घुल-मिल गया है कि आज उसे अलग करना असंभव बन गया है।

लेकिन जैसा कि पहले भी कहा है—गुण-दोष प्रकृति का नियम है, जिससे लाभ है, उसी से हानि भी है। विज्ञान भी हमारे लिए जहाँ इतना लाभकारी है, वहीं यह हानिकारक भी कम नहीं है। इसका दूसरा रूप बड़ा भयानक है। आज विज्ञान का प्रयोग मनुष्य के हित में न होकर नाश में हो रहा है। सृजन की जगह संहार हो रहा है। एक-से-एक खतरनाक अस्त्र-शस्त्रों का निर्माण, अणु-परमाणु बमों के आविष्कार, युद्ध के नित नए उपादान—ये सब भी विज्ञान की ही देन हैं। इस विज्ञान के कारण यह संसार दो-दो विश्वयुद्ध झेल चुका है। और अब तीसरे महायुद्ध के बादल विश्व के आकाश में मँडरा रहे हैं। अभी रूस और यूक्रेन का युद्ध तीसरे महायुद्ध की ही पृष्ठभूमि लिख रहा है। हम हिरोशिमा और नागासाकी ऐसे युद्ध का दंश झेल चुके हैं। एक देश दूसरे को हड़पने, उसे नीचा दिखाने के लिए अस्त्र-शस्त्रों को जमा करने की होड़ में शामिल है। चीन की विस्तारवादी नीति को बढ़ावा मिल रहा है।

विज्ञान को पाकर आज का आदमी सबकुछ पा गया है। केवल आदमियत खो दिया है। इंसान की तरक्की तो हुई है, पर इंसानियत की तबाही भी कम नहीं हुई है। मानवता पर दानवता हावी है। मस्तिष्क का विकास होता जा रहा है, पर हृदय का नाश भी होता जा रहा है।

किंतु बढ़ता ही गया मस्तिष्क ही निःशेष
छूटकर पीछे गया है, रह हृदय का देश।

आज हर तरफ स्वार्थ का नंगा नाच हो रहा है। छल-कपट, हिंसा-प्रतिहिंसा का बाजार गर्म है। आध्यात्मिकता पर भौतिकता हावी है। आदमी अपने-पराए का भेदभाव भी भूल चुका है। विज्ञान के इस युग में पैसा ही सबकुछ है। इस अर्थ की प्राप्ति के लिए आज का आदमी कोई भी अनर्थ कर सकता है। स्वार्थ की पूर्ति के लिए ही आज आए दिन दंगे-फसाद होते रहते हैं। बड़े-बड़े साम्राज्य धूल में मिल जाते हैं। आदमी मशीन का गुलाम होकर रह गया है। मशीन के पहिये के नीचे दबकर-पिसकर आज सारी मानवता कराह रही है। मशीन ने बेरोजगारी को भी बढ़ाया है। तभी तो विज्ञान की भर्त्सना करते हुए दिनकर ने लिखा है—

रसवती भू के मनुज का श्रेय,
यह नहीं विज्ञान कटु, आग्नेय।
हो चुका है सिद्ध, है तू शिशु अभी नादान,

फूल-काँटों की तुझे कुछ नहीं पहचान।
खेल सकता तू नहीं ले हाथ में तलवार,
काट लेगा अंग, तीखी है बड़ी यह धार।

अंत में विज्ञान शंकर रूप में जहाँ कल्याणकारी है, वहीं प्रलयंकर रूप में विनाशकारी भी है। इस विज्ञान के वरदान ने आज के आदमी को भस्मासुर बना दिया है। कौन जाने कब उसका हाथ अपने ही माथ पर जा पड़े।

□

लोकनायक जयप्रकाश नारायण

सन् 1968 का वर्ष! देश में एक नारा जोरों से गूँज उठा था—

'गूँजे धरती और आकाश—जयप्रकाश, जयप्रकाश', फिर धीरे-धीरे यह नारा संपूर्ण विश्व में फैलता चला गया।

बिहार और उत्तर प्रदेश की सीमा से सटा हुआ एक छोटा सा गाँव—सिताब दियारा। इसी छोटे से गाँव की पावन धरती पर एक प्रकाश अवतीर्ण हुआ। इसकी ज्योति प्रतिपल बढ़ती ही गई और एक दिन यह प्रकाश आलोक पुंज बनकर, अपने ही देश को नहीं वरन् संपूर्ण विश्व को आलोकित करने लगा। इसी प्रकाश का नाम था जयप्रकाश। एक साधारण से परिवार में जन्मे इस असाधारण पुरुष ने अपने व्यक्तित्व की प्रखरता, चरित्र की दृढ़ता और आचरण की पवित्रता से संपूर्ण विश्व का ध्यान अपनी ओर खींच लिया। एक कहावत है—'होनहार बिरवान के होत चिकने पात' और जयप्रकाश ने इस कहावत को पूरी तरह चरितार्थ करके दिखा दिया।

पिता हरसू दयाल और माता फूल रानी ने इनके बचपन को पूरी तरह सँभाला। आरंभिक शिक्षा गाँव के ही स्कूल से शुरू हुई। बाद में पटना कॉलेजियट स्कूल में अध्ययन किया। फिर पटना वी.एन. कॉलेज में स्नातक की परीक्षा में प्रथम श्रेणी में उत्तीर्ण हुए।

जयप्रकाश ने छात्र जीवन से ही अपनी प्रतिभा का परिचय देना शुरू कर दिया था। उच्च शिक्षा के लिए अमरीका भी गए। वहीं से स्नातकोत्तर की डिग्री प्राप्त की। पढ़ाई के दौरान ही वकील ब्रजनंदन प्रसाद की कन्या प्रभावती से इनका विवाह हुआ, लेकिन गृहस्थ जीवन में प्रवेश करके भी जयप्रकाश उस जीवन की विलासिता और शृंगारिकता से दूर रहे। कीचड़ में कमल की तरह खिले रहे। आजीवन ब्रह्मचर्य व्रत का पालन करने की प्रतिज्ञा करके भीष्म पितामह का आदर्श उपस्थित किया।

फिर देश में गांधी की आँधी आई। देश के युवा स्वतंत्रता समर में कमर कस कूदने लगे। सेनापति की पुकार कर जयप्रकाश भी सरफरोशी की तमन्ना लिये, सिर पर कफन

बाँधकर, बाजुए कातिल का जोर आजमाने निकल पड़े। यहीं से शुरू होता है, उनके जीवन में कठोर यातनाओं का एक लंबा सिलसिला। लेकिन कहीं भी इस पुरुष के पाँव डगमगाए नहीं।

विपत्ति के बादलों को चीरते हुए, कठिनाइयों के पहाड़ लाँघते हुए, बाधाओं का सागर पार करते हुए इनके कदम आगे ही बढ़ते रहे।

दिनकर की एक पंक्ति है—

पड़ते जिस ओर चरण मेरे, भूगोल उधर दब जाता है।

जयप्रकाश के चरण ऐसे ही थे। जिधर मुड़े, नया विहान हो गया। उनके कदम जिस ओर चले, विजयश्री वरमाला लिये खड़ी मिली। लाहौर जेल की दीवारों पर आज भी उनकी वीरता और पराक्रम की गाथा अंकित है। हजारी बाग का सेंट्रल जेल आज भी उनके शौर्य की मूक साक्षी है।

जयप्रकाश का राजनीतिक जीवन संघर्षों से भरा पड़ा है। 1921 में जब गांधी ने असहयोग आंदोलन का आरंभ किया तो जयप्रकाश ने बढ़-चढ़कर उसमें भाग लिया। अपनी पढ़ाई भी उन्हें बीच में ही छोड़नी पड़ी थी। 1937 में समाजवादी पार्टी की स्थापना हुई। जयप्रकाश इसके मंत्री बनाए गए। 1938 में 'भारत छोड़ो आंदोलन' के समय इन्हें अंग्रेजों ने कैद कर लिया। जेल जीवन में जितनी यातनाओं का सामना जयप्रकाश ने किया, शायद किसी नेता ने नहीं किया। 1954 तक वे समाजवादी विचारधारा से जुड़े रहे, लेकिन 1986 में वे विनोबा भावे के 'भूदान आंदोलन' से जुड़ गए।

1947 में देश ने आजादी की साँस ली। जयप्रकाश की साधना पूरी हुई। तपस्या सफल हुई, लेकिन आजादी के बाद सत्ता पर हावी होने के लिए नेताओं में उठा-पटक शुरू हो गई, कुर्सी पाने के लिए छल-कपट, घात-प्रतिघात का दौर शुरू हो गया। देश की राजनीति में राज तो रह गया, नीति गायब हो गई। नेता, नेता कम अभिनेता अधिक हो गए। यहाँ भी जयप्रकाश ने गंदी राजनीति की कीचड़ के छींटे अपने दामन पर नहीं पड़ने दिए। उपप्रधानमंत्री का पद ठुकराकर अपने अद्‌भुत त्याग का परिचय दिया।

जयप्रकाश ने कभी किसी बंधन को स्वीकार नहीं किया, जहाँ अन्याय देखा, अपनी सीमा तोड़कर उसका प्रतिकार करने को दौड़ पड़े। 1968 में प्रजातंत्र खतरे में था। देश में तानाशाही प्रवृत्तियाँ सिर उठाने लगी थीं। हर तरफ अराजकता, अव्यवस्था, अनुशासनहीनता का माहौल उपस्थित हो गया था। यह सब देख जयप्रकाश की नसों में फिर नए खून का उबाल उठने लगा। अगस्त क्रांति का यह बूढ़ा शेर फिर दहाड़ उठा। संघर्ष का बिगुल बज उठा। एक नई क्रांति आरंभ हुई और जयप्रकाश ने उसका सफल नेतृत्व व संचालन किया।

संक्षेप में कहें तो जयप्रकाश एक नाम था—देश की तरुणाई का। क्रांति की अँगड़ाई

का। जयप्रकाश सही समय में सही तलाश का नाम था, तभी तो देश ने उन्हें लोकनायक का दर्जा दिया। जयप्रकाश हमेशा सत्य के प्रकाश की खोज में भटकते रहे। कभी गांधी के पीछे दौड़े, तो कभी विनोबा के आगे भागे। भूदान, ग्रामदान आदि आंदोलनों में सबसे आगे रहे। सर्वोदय में अपना जीवनदान देकर एक महान् आदर्श उपस्थित किया।

चंबल के खूँखार डाकुओं को बिना हथियार उठाए ही समाज की मुख्यधारा से जोड़ दिया। इनके व्यक्तित्व में एक ऐसा चुंबकीय आकर्षण था कि एक पुकार पर सारा देश खिंचा हुआ चला आया था। कहावत है 'अकेला चना भाड़ नहीं फोड़ता', लेकिन इस पुरुष ने अकेले ही संपूर्ण शासन तंत्र को बदलकर कहावत को झुठला दिया।

फिर एक दिन वह भी आया जब जो उठाए था जमाने को अपने कंधों पर, वह खुद चार कंधों पर उठ गया। जयप्रकाश की अर्थी क्या उठी, एक जमाना उठ गया। उनकी चिता के साथ-साथ एक युग जल गया। जयप्रकाश, जो स्वयं में प्रकाश पुंज थे, महाप्रकाश में विलीन हो गए, लेकिन जिस आदर्श की स्थापना वे कर गए, उस पर चलना ही उनके प्रति सच्ची श्रद्धांजलि होगी।

□

डॉ. राजेंद्र प्रसाद

स्वभाव की सहजता और सरलता, आचरण की पवित्रता, भावों की शुद्धता, व्यक्तित्व की सौम्यता और भद्रता इन सबों को कूटकर अगर कोई प्रतिमा गढ़ी जाए तो उसका एक ही उपयुक्त नाम होगा—डॉ. राजेंद्र प्रसाद। एक बार विनोबा भावे ने राजेंद्र बाबू की तुलना राजा जनक से करते हुए कहा था कि राजेंद्र प्रसाद बिहार के जनक हैं। विनोबा का यह कथन राजेंद्र प्रसाद के महान् व्यक्तित्व को दर्शाता है।

राजेंद्र प्रसाद सादगी की मूर्ति थे। सरलता की प्रतिमा थे। सादा जीवन उच्च विचार उनका आदर्श था। प्रतिभा के धनी थे। विद्वत्ता के मानो अवतार थे। उनके व्यक्तित्व में कुछ ऐसा चुंबकीय आकर्षण था कि लोग खिंचे हुए उनकी ओर चले आते थे। एक बार भी जो उनसे मिला, सदा के लिए उनका होकर रह गया। हम कह सकते हैं कि महात्मा गांधी अगर साबरमती के संत थे, तो राजेंद्र बाबू जीरादेई के संत थे।

बिहार के सारण जिले के एक छोटे से गाँव जीरादेई में 3 दिसंबर, 1884 को राजेंद्र बाबू का जन्म हुआ था। उनके पिता महादेव प्रसाद जमींदार थे और हथुआ स्टेट के दीवान थे। पिता की असामयिक मृत्यु के बाद उनके बड़े भाई महेंद्र प्रसाद ने उनकी शिक्षा-दीक्षा में कोई कमी आने नहीं थी। इनकी प्रारंभिक शिक्षा गाँव के ही प्राथमिक विद्यालय से आरंभ हुई। बचपन से ही वे कुशाग्र बुद्धि के थे। अपने संपूर्ण स्कूल और कॉलेज के जीवन में वे हमेशा प्रथम स्थान पाते रहे। कलकत्ता विश्वविद्यालय की प्रवेश परीक्षा में भी वे सर्वप्रथम आए। उन दिनों बंगाल, बिहार और उड़ीसा तीनों के लिए एकमात्र कलकत्ता विश्वविद्यालय ही था। इन तीनों राज्यों में सर्वप्रथम स्थान पाना सचमुच बड़े गौरव की बात थी। उनके परीक्षक ने उनकी कॉपी पर लिखा था—'The examini is better than examiner.' उनकी इसी प्रतिभा और विद्वत्ता के कारण उन्हें बिहार का गौरव कहा गया है। राजेंद्र बाबू ने कुछ समय तक लंगट सिंह कॉलेज मुजफ्फरपुर में प्राध्यापक का कार्य भी किया था, लेकिन बाद में वे वकालत के पेशे से जुड़ गए और बड़े सफल वकील कहलाए। वे आजकल के वकीलों की तरह सच को झूठ और झूठ को सच करने

वाले वकील नहीं थे। अपने पेशे के प्रति वे हमेशा ईमानदार रहे। झूठे मुकदमे की पैरवी उन्होंने कभी नहीं की। सच्चाई और ईमानदारी उनकी बहुत बड़ी पूँजी थी।

राजेंद्र बाबू का विवाह बहुत कम उम्र में ही हो चुका था। अपनी आत्मकथा में इस विवाह का बड़ा ही रोचक वर्णन उन्होंने किया है, लेकिन इस विवाह ने उनकी प्रगति के मार्ग में कभी बाधा पैदा नहीं की।

देश में गांधी की आँधी बह रही थी। देश का युवा वर्ग स्वतंत्रता समर में कमर कस कूद रहा था। राजेंद्र प्रसाद भी अपने को इस माहौल से अलग नहीं रख सके। महात्मा गांधी से वे बड़े अनुप्राणित थे। 1919 के 'बंग भंग आंदोलन', 'चंपारण सत्याग्रह आंदोलन' आदि में वे गांधीजी के प्रमुख सहयोगी रहे। बाद में स्वतंत्रता के सच्चे सिपाही के रूप में उन्होंने संपूर्ण देश को अपनी देशभक्ति का परिचय दिया। 1934 के भूकंप में इन्होंने बिहारवासियों की जो सेवा की, वह सराहनीय थी।

स्वतंत्रता आंदोलन के दरमियान राजेंद्र प्रसाद ने कांग्रेस के कई महत्त्वपूर्ण पदों का सफल संचालन किया। आरंभ में ही इन्हें कांग्रेस के महामंत्री का जिम्मेदाराना पद दिया गया। 1934 में सर्वसम्मति से कांग्रेस के अध्यक्ष चुने गए। कांग्रेस कार्यसमिति के सदस्य के रूप में भी अपनी कार्यकुशलता का परिचय दिया। राजेंद्र बाबू अखिल भारतीय हिंदी साहित्य सम्मेलन के साथ भी आजीवन जुड़े रहे।

आजादी से पहले 1946 में जब अंतरिम सरकार का गठन हुआ, तो उसके अध्यक्ष राजेंद्र प्रसाद ही बनाए गए। आजादी के बाद जब संविधान सभा का गठन हुआ, तो उसके भी अध्यक्ष राजेंद्र बाबू ही थे। भारतीय संविधान का निर्माण उनकी अध्यक्षता में ही हुआ था। यह उनके लिए बड़े गौरव की बात थी। इन्हीं सब गुणों के कारण वे सर्वसम्मति से भारत के प्रथम राष्ट्रपति चुने गए। दो बार राष्ट्रपति चुने जाने के बाद तीसरी बार उन्होंने स्वयं इस पद को पाने से इनकार कर दिया। यह उनके त्याग का अनुपम उदाहरण है।

राजेंद्र प्रसाद ने इतना मान-सम्मान और गौरव पाकर भी अहं से अपने को दूर रखा। जीवन भर निस्पृह रहे। राष्ट्रपति भवन के ऐशो-आराम से भी उन्होंने अपने को दूर रखा। गद्देवाले पलंग को त्यागकर वे लकड़ी के बने पलंग पर सोते थे। अपने वेतन का एक बहुत बड़ा हिस्सा वे कांग्रेस को दान में देते रहे। राजनीति के छल-कपट से हमेशा अलग रहे। अपनी इच्छाओं और विचारों पर दूसरे को हावी होने नहीं दिया। कहते हैं कि पंडित नेहरू के विचारों से इनके विचार कभी नहीं मिले, तब भी उन्होंने राष्ट्रपति पद की गरिमा को बचाकर रखा।

सोमनाथ के नए मंदिर के निर्माण के समय सरदार वल्लभ भाई पटेल के नेतृत्व में स्थापना समारोह का आयोजन हुआ। सभी नेताओं के साथ राजेंद्र बाबू भी आमंत्रित थे। पंडित नेहरू नहीं चाहते थे कि राजेंद्र बाबू उस समारोह में शामिल हों, लेकिन वे सोमनाथ

गए और समारोह में शामिल भी हुए, यह उनके स्वतंत्र व्यक्तित्व का परिचायक है। सरकार ने मरणोपरांत इन्हें देश के सर्वोच्च सम्मान 'भारत रत्न' से विभूषित किया। शायद बहुत से लोगों को यह मालूम न हो कि 1962 में जब चीन ने भारत पर आक्रमण किया था, तो स्वयं नेहरू इनसे विचार-विमर्श करने पटना आए थे। ये सारे उदाहरण राजेंद्र बाबू के महान् व्यक्तित्व को ही प्रदर्शित करते हैं। 28 जनवरी, 1963 को इस महामानव ने संसार से विदा ले ली। □

लाल बहादुर शास्त्री

लाल बहादुर केवल अपनी माँ के ही लाल नहीं थे, वे समस्त भारत माँ के लाल थे। वे गुदड़ी में छिपे लाल थे। वे इस देश के अनमोल लाल थे। वे इस धरती की मिट्टी में उपजे लाल थे। उनकी लाली से ही आज इस देश की लाली कायम है। देश की खुशहाली कायम है, लोगों के होंठों पर मुस्कान छाई है। लाल बहादुर एक ऐसा लाल था, जिसकी लालिमा के सामने कोई दूसरी लालिमा टिक ही नहीं पाई। इस लाल की लाली जिधर फैली, एक नया विहान हो गया। एक नई आशा, नए विश्वास का निर्माण हो गया। लाल बहादुर की लालिमा भारत के क्षितिज पर उसी प्रकार दमक उठी, जिस प्रकार सूरज की लालिमा से रात की कालिमा छँट जाती है। अपनी किरणों से धरती के प्राणियों को जगा देती है। आलस्य, अकर्मण्यता, जड़ता की नींद से जागकर नई स्फूर्ति, नई ताजगी भर देती है। लाल बहादुर देश के लाल ही नहीं थे, वे एक बहादुर सिपाही भी थे, जो मातृभूमि की रक्षा में सतत सजग और सचेत रहे। इस अर्थ में उन्होंने अपने नाम की सार्थकता सिद्ध कर दी।

लाल बहादुर शास्त्री का जन्म 2 अक्तूबर, 1904 को मुगलसराय में हुआ था। एक साधारण से परिवार में जन्मे लाल बहादुर शास्त्री असाधारण प्रतिभा के धनी थे। इनके पिता एक मामूली शिक्षक थे। मात्र डेढ़ वर्ष की उम्र में ही लाल बहादुर ने अपने पिता शारदा प्रसाद श्रीवास्तव को खो दिया। फलतः उनके साथ उनके अन्य भाई-बहनों के लालन-पालन का भार उनकी माता रामदुलारी देवी के कंधों पर आ पड़ा। इस प्रकार बचपन में उन्हें अभाव और पीड़ा का जीवन जीना पड़ा। इनके अभावग्रस्त जीवन का परिचय इसी बात से मिलता है कि पैसे के अभाव में उन्हें नदी तैरकर स्कूल जाना पड़ता था। इनकी आरंभिक शिक्षा गाँव के ही एक छोटे से स्कूल में हुई। उच्च शिक्षा से वे वंचित रहे। लेकिन कहावत है कि 'होनहार बिरवान के होत चिकने पात', इनकी प्रतिभा का परिचय बचपन में ही मिलने लगा था। इनकी बुद्धि विलक्षण थी। कहा भी है, 'सोना आग में तपकर ही चमकता है।' मैथिलीशरण गुप्त ने लिखा है—

जितने कष्ट कंटकों में हैं
जिनका जीवन सुमन खिला
गौरव गंध उन्हें उतना ही
यत्र तत्र सर्वत्र मिला।

लाल बहादुर शास्त्री के जीवन के साथ यह कथन पूर्णतः चरितार्थ है।

1928 में लाल बहादुर का ललिता देवी के साथ पाणिग्रहण संस्कार संपन्न हुआ। छोटा कद होने के कारण परिवार के लोग इन्हें 'नन्हे' कहकर बुलाते थे, लेकिन कौन जानता था कि इस नन्ही सी काया के भीतर कितना विराट व्यक्तित्व छिपा है।

अभाव और पीड़ा ने लाल बहादुर के व्यक्तित्व को कठोर बना दिया था—इतनी कठोर चट्टान की तरह कि जिसने भी उस चट्टानी व्यक्तित्व पर चोट की, उसे ही मुँह की खानी पड़ी। लाल बहादुर का व्यक्तित्व उस चट्टान की तरह था, जो बाहर से तो कठोर दिखती है, पर उसके भीतर एक शांत और कोमल जल की सरिता प्रवाहित होती रहती है। लाल बहादुर का जीवन उस महासागर की तरह था, जिसकी सतह पर लहरों का गर्जन-तर्जन भले ही होता हो, पर उसका अंतर सदैव शांत रहता है।

लाल बहादुर का संपूर्ण जीवन 'सादा जीवन, उच्च विचार' का नमूना था। बाहर से वे जितने सरल थे, भीतर से अपने सिद्धांतों के प्रति उतने ही कठोर थे। अपने सिद्धांतों से उन्होंने कभी समझौता नहीं किया। इस अर्थ में उनका जीवन सरलता और दृढ़ता का अद्‌भुत संगम था। लाल बहादुर सबके थे और सबको लगता था कि वे केवल उनके थे। उनके चरित्र की इसी विलक्षणता ने उन्हें महामानव बना दिया।

पहली बार गांधी के संपर्क में आते ही उनसे प्रभावित होकर स्वतंत्रता समर में कमर कस कूद पड़े। उस समय इनकी उम्र मात्र 16 वर्ष की थी। स्पष्ट है कि इतनी कम उम्र में ही उनके भीतर देशभक्ति की भावना की लहर हिलोरें मार रही थी। यहीं से कई बार उन्हें जेल की हवा खानी पड़ी। 1921 में असहयोग आंदोलन और 1942 के भारत छोड़ो आंदोलन में इन्होंने खुलकर भाग लिया और महत्त्वपूर्ण योगदान दिया। उनकी उच्च शिक्षा में व्यवधान तो आया, लेकिन काशी विद्यापीठ ने इन्हें 'शास्त्री' की उपाधि प्रदान की और यहीं से उनके नाम में 'शास्त्री' शब्द जुड़ गया।

लाल बहादुर प्रतिभा के धनी थे। उनकी बुद्धि विलक्षण थी। सूझ-बूझ की मिसाल थी। लाला लाजपतराय, नरेंद्र देव, आचार्य कृपलानी जैसे महान् पुरुषों के संपर्क में आने से राजनीति में लाल बहादुर परिपक्व बन गए। इन महान् और अनुभवी पुरुषों के संपर्क में आने से राजनीति के क्षेत्र में इन्हें सीखने और समझने का अवसर मिला। लेकिन राजनीति में आकर भी वे राजनीति के छल-कपटों से दूर रहे। राजनीति की कीचड़ की एक बूँद भी उन्होंने अपने ऊपर नहीं पड़ने दी। अपने सिद्धांतों से किसी दबाव में आकर कोई समझौता

नहीं किया। आज तो राजनीति का हाल बेहाल है। आज की राजनीति में 'राज' तो है, पर 'नीति' गायब है। नेता, नेता कम अभिनेता अधिक बन गए हैं। इनकी नीति और नीयत में कोई मेल नहीं है। राजनीति के रंगमंच पर प्रत्येक 5 वर्ष में केवल पात्र बदलते हैं, दृश्य नहीं बदलता। राजनीति के ऐसे माहौल में भी लाल बहादुर कीचड़ में कमल की तरह खिले रहे। छल-कपट से दूर, घात-प्रतिघात से बिल्कुल अलग-थलग।

लाल बहादुर को कभी किसी ने क्रोधित होते नहीं देखा। लोभ-मोह से विरक्त रहे। इस अर्थ में वे वीतराग और वीतक्रोध कहे जा सकते हैं। वे धनी होने में नहीं, धन्य होने में विश्वास रखते थे। उनका चरित्र उस महान् सागर की तरह था, जिसमें कितनी ही नदियों का पानी गिरता है, लेकिन सागर में कभी उफान नहीं आता। आदर्शवादी वे ऐसे थे कि रेल मंत्री रहते हुए एक रेल दुर्घटना को अपनी नैतिक जिम्मेदारी समझकर पद से इस्तीफा दे दिया। उनका यह आचरण आज के नेताओं के लिए अनुकरणीय है।

उनकी आदर्शवादिता का एक और उदाहरण है, जिससे शायद बहुत कम लोग परिचित होंगे। एक बार उनके रेल मंत्री रहते हुए उनके एक संबंधी को बिना टिकट यात्रा करते हुए टीटी ने पकड़ लिया। लेकिन रेल मंत्री का संबंधी मालूम होने पर उसे छोड़ दिया। लाल बहादुर को जब इस घटना की जानकारी मिली, तो वे अत्यंत क्रुद्ध हुए। टीटी को बुलाया और जुर्माना भरा। बाद में संबंधी और टीटी को काफी डाँट भी लगाई।

पंडित जवाहरलाल नेहरू की मृत्यु के बाद लाल बहादुर सर्वसम्मति से भारत के दूसरे प्रधानमंत्री चुने गए। इससे पूर्व भी कांग्रेस के कई महत्त्वपूर्ण पदों पर रहते हुए इन्होंने अपनी कार्यकुशलता का परिचय दिया। लेकिन प्रधानमंत्री का पद इनके लिए काँटों का ताज सिद्ध हुआ। 1965 में पाकिस्तान ने भारत पर आक्रमण कर दिया। लाल बहादुर जरा भी विचलित नहीं हुए। वे शांति के पुजारी थे, समर्पण के नहीं। उनके लिए शौर्य और पराक्रम दिखाने का यह अच्छा अवसर था। उन्होंने पाकिस्तान को ऐसा सबक सिखाया कि आज तक पाकिस्तान भौंकता तो बहुत है, पर भारत की ओर दोबारा आँख उठाकर देखने का साहस नहीं जुटा पा रहा है।

भारतीय सेना लाहौर में प्रवेश कर चुकी थी। अगर लाल बहादुर पर अंतरराष्ट्रीय दबाव नहीं पड़ता तो पाकिस्तान का अस्तित्व उसी दिन समाप्त हो गया होता। लाल बहादुर ने अमेरिका जैसे शक्तिशाली देश को भी अँगूठा दिखा दिया। उसके दबाव में आने से इनकार कर दिया। अमेरिका ने भारत को गेहूँ देना बंद कर दिया। यहाँ भी लाल बहादुर घबराए नहीं, उन्होंने देश के किसानों का आह्वान किया। उन्हें अधिक-से-अधिक गेहूँ उत्पादन के लिए प्रेरित किया। उनकी मदद की और उस वर्ष बड़े पैमाने पर देश में गेहूँ का उत्पादन हुआ। यहीं पर लाल बहादुर शास्त्री ने 'जय जवान, जय किसान' का नारा बुलंद किया, जो आज भी लोगों की जुबान पर है। दुनिया के शक्तिशाली देशों को

उनकी राजनीतिक कुशलता का लोहा मानना पड़ा। अंत में रूस के ताशकंद में भारत और पाकिस्तान के बीच समझौता हुआ। कहा जाता है कि लाल बहादुर इस समझौते के पक्ष में नहीं थे। पर अंतरराष्ट्रीय दबाव के आगे उन्हें झुकना पड़ा। यह अनिच्छापूर्वक किया गया समझौता दुनिया के इतिहास की एक प्रमुख घटना बन गई।

समझौते के बाद ताशकंद में ही 10 जनवरी, 1966 को संदेहास्पद स्थिति में लाल बहादुर की मृत्यु हो गई। आज तक किसी भी सरकार ने उनकी रहस्यमयी मृत्यु से पर्दा हटाने का प्रयास नहीं किया। सुभाषचंद्र बोस की तरह इनकी मृत्यु भी रहस्य बनकर रह गई। सत्य जो भी हो, लेकिन लाल बहादुर दुनिया के इतिहास में पहले प्रधानमंत्री थे, जिनकी अर्थी को चार-चार देशों के प्रधानों ने अपना कंधा दिया। भारत सरकार ने मरणोपरांत उन्हें 'भारत रत्न' से सम्मानित किया।

संक्षेप में, लाल बहादुर की नन्ही सी काया में गजब की शक्ति और साहस भरा था। वे वामन में विराट थे। देशवासियों के दिल के सम्राट थे। वे देश की आन-बान और शान पर अपने जीवन के सारे सुख-सौंदर्यों की बलि चढ़ाने वाले थे। लाल बहादुर उनकी बोली थे, जो बोल नहीं सकते थे। लाल बहादुर के व्यक्तित्व में एक ऐसा जादू था, चुंबकीय आकर्षण था कि लोग खिंचे चले आते थे। एक बार भी जो उनसे मिला, उनका होकर रह गया। इकबाल ने लिखा है 'खुदी को कर बुलंद इतना कि हर तकदीर से पहले, खुदा बंदे से खुद पूछे, बता तेरी रजा क्या है।'

लाल बहादुर की खुदी ऐसी ही बुलंद थी। लाल बहादुर चमन का नहीं, वन के फूल थे। चमन के फूल की तरह न तो इस फूल को देवताओं के सिर पर चढ़ने की अभिलाषा थी, न सुंदरियों के गले का हार बनने की तमन्ना। वह तो वन के भौंरों का प्यार था, वन के एकांत में अपनी सुगंधि बिखेरने वाला गुलाब था, जो पथिकों को अपनी सुगंध से तरोताजा कर उनमें आगे बढ़ने की स्फूर्ति भर देता है और आज भी उस गुलाब की सुगंधि से देश मह-मह कर रहा है।

□

डॉ. भीमराव आंबेडकर

डॉ. भीमराव आंबेडकर भारत के महान् पुरुषों में गिने जाते हैं। आंबेडकर से ही भारतीय समाज में एक नई चेतना का आरंभ हुआ। सदियों से उपेक्षित वर्ग को समाज की मुख्यधारा में जोड़कर आंबेडकर ने एक महान् क्रांति ला दी। आंबेडकर ने आत्म निरीक्षण की क्षमता पैदा करने वाले चिंतकों का सफल मार्गदर्शन किया। जाति प्रथा, छुआछूत, ऊँच-नीच आदि कितनी ही ऐसी समस्याएँ भारतीय समाज को खोखली कर रही थीं। आंबेडकर ने इनका समाधान ढूँढ़ा और समाज, देश को पतन के गर्त में गिरने से बचा लिया।

आंबेडकर का जन्म 14 अप्रैल, 1891 को महाराष्ट्र के एक महार परिवार में हुआ था। उस समय की सामाजिक और आर्थिक स्थिति ऐसी थी, जिसमें दलितों को नीची नजर से देखा जाता था। ऐसे ही माहौल में इनका बचपन बीता। फलस्वरूप बचपन से ही इनके भीतर एक असंतोष भरता गया, जिसने बाद में इनके जीवन में विस्फोटक रूप ले लिया। उस समय की सामाजिक व्यवस्था ने इन्हें बड़ी पीड़ा पहुँचाई थी। अत: बचपन से ही एक दृढ़ संकल्प लेकर वे आगे बढ़े।

आंबेडकर की प्रारंभिक शिक्षा सातारा में पूरी हुई। बचपन से ही इनकी प्रतिभा और बुद्धि बड़ी कुशाग्र थी। यह देखकर बड़ौदा के राजा गायकवाड़ ने इनकी मदद करने की सोची। राजा की ओर से इन्हें छात्रवृत्ति प्रदान की गई, जिसके फलस्वरूप इन्होंने बॉम्बे के एलफिंस्टन कॉलेज में दाखिला लिया। बाद में 1913 में अमरीका के कोलंबिया विश्वविद्यालय से अर्थशास्त्र में एम.ए. की डिग्री हासिल की। 1916 में इन्होंने ग्रेज इन लंदन में बैरिस्टर कोर्स में अपना दाखिला कराया। इन्होंने कुछ दिनों तक बंबई के सिडेनहैम कॉलेज में अर्थशास्त्र के प्रोफेसर के पद पर भी कार्य किया। लंदन विश्वविद्यालय से पीएच.डी. की डिग्री प्राप्त की। इनके शोध का विषय था 'रुपए की समस्या'। तत्कालीन सामाजिक और आर्थिक परिप्रेक्ष्य में यह शोध काफी चर्चित रहा।

भीमराव आंबेडकर ने तत्कालीन समाज में फैली कुव्यवस्था, छुआछूत, जातिगत विभेद आदि के विरुद्ध एक युद्ध-सा छेड़ दिया। सामाजिक व्यवस्था का अपने ढंग से अध्ययन और मूल्यांकन किया।

आंबेडकर गांधी की सामाजिक और आर्थिक नीतियों के विरुद्ध थे। उनका मानना था कि शहरीकरण और औद्योगीकरण के कारण ही समाज में जातिगत भेदभाव पनपता है। छुआछूत की भावना बढ़ी है। प्रजातंत्र और संसदीय प्रणाली में उनका विश्वास था।

आंबेडकर ने दुनिया के अन्य देशों की सामाजिक व्यवस्था का भी अध्ययन और मूल्यांकन किया और उससे प्रेरणा लेकर भारत की सामाजिक, आर्थिक, शिक्षा और व्यवस्था में एक क्रांतिकारी परिवर्तन ला दिया। उन्होंने इंडिपेंडेंट लेबर पार्टी की स्थापना की। 1938 के बॉम्बे चुनाव में इस पार्टी ने पंद्रह में तेरह स्थान प्राप्त किए। दलितों के उद्धार के लिए उनके अपने सिद्धांत थे, जो गांधी के सिद्धांत से मेल नहीं खाते थे।

1947 में देश आजाद हुआ, जिसमें इन्हें कानून मंत्री बनाया गया। संविधान प्रारूप समिति के अध्यक्ष भी बने। भारत में लोकतांत्रिक और धर्मनिरपेक्ष तथा समाजवादी संविधान की स्थापना आंबेडकर के ही नेतृत्व में हुई। 26 जनवरी, 1950 को भारत गणतंत्र घोषित हुआ और इसी तिथि से भारतीय संविधान देश में लागू हो गया। आंबेडकर स्वतंत्र विचारों वाले व्यक्ति थे, यही कारण है कि तत्कालीन कांग्रेसी नेताओं तथा गांधी के विचारों का भी इन्होंने समय-समय पर विरोध किया। आरक्षण के मामले में भी इनके अलग विचार थे। 370 के विरोध में इन्होंने उसी समय अपने विचार रखे थे, जो आज के परिप्रेक्ष्य में बिल्कुल सत्य साबित हो रहे हैं। पाकिस्तान एवं मुस्लिम समाज को लेकर भी इन्होंने जो भविष्यवाणी की थी, आज सत्य साबित हो चुकी है। लगभग 60 देशों के संविधान का अध्ययन करने के बाद इन्होंने भारतीय संविधान का निर्माण किया था। इसीलिए भारतीय संविधान में सभी देशों के संविधान की अच्छी बातों को भी लिखा गया है। हिंदू कोड बिल के लागू होने में आंबेडकर का बड़ा हाथ था। इस बिल के माध्यम से आंबेडकर हिंदुओं की सामाजिक दशा में सुधार लाना चाहते थे। साथ ही तलाक प्रथा को खत्म करना और स्त्रियों को संपत्ति में हिस्सा दिलाना भी इनका उद्देश्य था।

इतना सबकुछ होते हुए भी आंबेडकर को अपने जीवन में जो राजनीतिक सफलता मिलनी चाहिए थी, वह नहीं मिली। ये हमेशा चौतरफा विरोध से घिरे रहे। चुनाव में भी इनके विरोधियों ने इन्हें सफल नहीं होने दिया। फिर भी असफलताओं के बीच रहकर आंबेडकर सफलता की सीढ़ी चढ़ते ही रहे।

संक्षेप में, आंबेडकर साहब एक कुशल राजनीतिज्ञ, सफल समाज सुधारक, दलितों के हितैषी, प्रकांड विद्वान् आदि कई रूपों में हमारे सामने उपस्थित हुए। आज इनके नाम

पर राजनीति की रोटी सेंकने वाले बहुत सारे लोग मिल जाएँगे, लेकिन जो सम्मान इन्हें मिलना चाहिए था, वह नहीं मिला। यही कारण था कि इन्होंने केंद्रीय मंत्रिमंडल से अपना इस्तीफा दे दिया था।

आंबेडकर के गुरु एक ब्राह्मण थे। उनके जीवन और आचरण का आंबेडकर पर इतना गहरा प्रभाव पड़ा कि उनकी यादगारी में ही इन्होंने अपने नाम के साथ 'आंबेडकर' जोड़ दिया। इससे उनकी गुरुभक्ति का भी परिचय मिलता है। सामाजिक व्यवस्था से असंतुष्ट होकर ही इन्होंने 14 अक्तूबर, 1956 को 3,65,000 समर्थकों के साथ बौद्ध धर्म अपना लिया। भारत सरकार ने इन्हें 'भारत रत्न' के सम्मान से सम्मानित किया। आज प्रत्येक 14 अप्रैल को देश भर में आंबेडकर जयंती मनाई जाती है।

□

अटल बिहारी वाजपेयी

अटल बिहारी वाजपेयी को भारतीय राजनीति का भीष्म पितामह भी कहा गया है। उनका जन्म 25 दिसंबर, 1924 को ग्वालियर में हुआ था। उनके पिता कृष्ण बिहारी वाजपेयी स्कूल शिक्षक होने के साथ-साथ एक अच्छे कवि भी थे। उनके दादा पंडित श्याम लाल वाजपेयी संस्कृत के प्रकांड विद्वान् थे। इस तरह शिक्षाविदों के परिवार में जन्मे अटलजी में भी बचपन से ही शिक्षा के प्रति प्रेम जाग्रत था। आगे चलकर वे भी अच्छे कवि बने और कई प्रसिद्ध पुस्तकों की रचना भी की। उनके भाषण देने और बोलने की शैली से पंडित नेहरू भी बड़े प्रभावित थे। जब भी संसद् में वाजपेयी बोलते, नेहरू ध्यान से सुनते थे।

प्रारंभिक शिक्षा समाप्त कर विक्टोरिया कॉलेज में दाखिल हुए, फिर कानपुर के डी.ए.वी. कॉलेज से राजनीति शास्त्र में एम.ए. की डिग्री हासिल की। बाद में उन्होंने कानून की शिक्षा भी ली। कहते हैं कि उनके पिता भी उसी समय कानून की शिक्षा ले रहे थे और दोनों एक ही कमरे में रहकर कानून की पढ़ाई करते थे। फिर वे राष्ट्रीय स्वयं सेवक संघ से जुड़ गए। आर्य कुमार सभा के भी सक्रिय सदस्य रहे। स्वतंत्रता संग्राम में प्रवेश करने के बाद से ही उन्हें कई बार जेल में रहना पड़ा। 1946 में संघ ने उन्हें प्रचार के लिए नगरी जिला भेजा। वहाँ भी उन्होंने अपनी जिम्मेदारी का सफल निर्वहन कर अपनी कार्यकुशलता का परिचय दिया। 'राष्ट्रधर्म', पाञ्चजन्य', 'दैविक स्वदेश' आदि विभिन्न पत्र-पत्रिकाओं का सफलतापूर्वक संपादन किया। इस समय तक अटलजी ने काफी प्रसिद्धि देश में प्राप्त कर ली थी।

जनसंघ के संस्थापकों में वाजपेयी प्रमुख रहे। बाद में वे श्यामाप्रसाद मुखर्जी के सचिव भी रहे। उन्होंने सर्वप्रथम 1952 में पार्लियामेंट के लिए चुनाव लड़ा, लेकिन उन्हें सफलता नहीं मिली। 1957 में बलरामपुर (गोंडा) से चुनाव जीतकर वे पहली बार सांसद बने। दो बार वे राज्य सभा के भी सदस्य रहे। लगभग छह वर्षों तक वे जनसंघ के अध्यक्ष पद पर भी बने रहे। 1983 में जनता दल दो भागों में बँट गया।

इसी विभाजन के बाद भारतीय जनता पार्टी की स्थापना हुई, जिसकी स्थापना में उन्होंने महत्त्वपूर्ण भूमिका निभाई।

मार्च 1998 में वाजपेयी सर्वसम्मति से देश के प्रधानमंत्री चुने गए। इससे पूर्व भी वे प्रधानमंत्री चुने गए थे, लेकिन उनकी सरकार अल्पमत में होने के कारण गिर गई थी। 2004 में लोकसभा चुनाव में राजग की हार हो गई। फलत: वाजपेयी को प्रधानमंत्री पद त्यागना पड़ा। बाद में वे भाजपा संसदीय दल के अध्यक्ष बनाए गए और आजीवन इस पद पर बने रहे।

अपने प्रधानमंत्री के कार्यकाल में अटलजी ने कई ऐसे कार्य किए, जिससे उन्हें काफी प्रसिद्धि मिली। अमरीका एवं यूरोपीय शक्तिशाली देशों के विरोध के बावजूद उन्होंने पोखरण में पाँच नाभकीय परीक्षण किए। भारत और पाकिस्तान के बीच मधुर संबंध बनाने की दिशा में दिल्ली–लाहौर बस सेवा शुरू की। कारगिल युद्ध के समय उन्होंने बड़े धैर्य और पराक्रम का परिचय दिया। राष्ट्रीय राजपथ विकास कार्यक्रम, ग्राम सड़क योजना, स्वर्णिम चतुर्भुज योजना जैसी कई योजनाएँ शुरू की गईं। कोसी नदी पर महासेतु के निर्माण का श्रेय वाजपेयी को ही जाता है। इसके निर्माण से मिथिलांचल वासियों को बड़ा लाभ हुआ। वाजपेयी भारत के विदेश मंत्री भी रहे और इस काल में उन्होंने चीन के साथ भी अच्छे संबंध बनाने की कोशिश की, लेकिन वे जब चीन गए तो उसके दूसरे ही दिन चीन ने भारत पर आक्रमण कर दिया और उन्हें उल्टे पाँव चीन से लौट आना पड़ा।

वाजपेयी एक कुशल शासक ही नहीं थे, सफल कवि और लेखक भी थे। संसद् में अपनी कविताएँ पढ़कर सदस्यों का मन मोह लेते थे। उनके भाषण देने की कला से पूरा संसद् प्रभावित हो जाता था। कई प्रसिद्ध पुस्तकों की भी इन्होंने रचना की। इनमें 'लोकसभा में अटल', 'मृत्यु या हत्या', 'कैदी कविराय की कुंडलियाँ', 'न्यू डाइमेंशन ऑफ इंडियन फॉरेन पॉलिसी', 'अमर बलिदान' आदि रचनाएँ प्रमुख हैं।

संक्षेप में, वाजपेयीजी स्वभाव से नम्र, आचरण से कठोर थे। अपने ईमानदार व्यक्तिव के कारण ही वे विरोधियों के भी प्रिय थे। सभी दलों के नेता उन्हें आज भी समान प्यार और सम्मान देते हैं। कई उपलब्धियों से उन्हें सम्मानित किया गया। 1962 में पद्मविभूषण, 1994 में सर्वश्रेष्ठ सांसद के रूप में गोविंद बल्लभ पंत पुरस्कार से पुरस्कृत किया गया। लोकमान्य तिलक पुरस्कार से भी सम्मानित किया गया। उन्होंने संयुक्त राष्ट्र महासभा में हिंदी में भाषण देकर सबको चौंका दिया।

भारत सरकार ने उन्हें 'भारत रत्न' की उपाधि से विभूषित किया। 16 अगस्त, 2018 को दिल्ली में राजनीति के इस भीष्म पितामह ने इस संसार से विदा ले ली।

□

डॉ. ए.पी.जे. अब्दुल कलाम

भारत की महान् विभूतियों में डॉ. अब्दुल कलाम का नाम स्वर्णाक्षरों में लिखा जाएगा। कलाम साहब भारत के एक ऐसे राष्ट्रपति हुए, जिन्होंने राष्ट्रपति पद को सुशोभित करते हुए और उस पद के गौरव-गरिमा की रक्षा करते हुए एक-से-एक मिसाइलों का ईजाद किया और भारत की सामरिक शक्ति को बढ़ाने में अपना सहयोग दिया। देश ने उन्हें 'मिसाइल मैन' की संज्ञा दी।

अब्दुल कलाम का जन्म दक्षिण भारत के तमिलनाडु के रामेश्वरम् जिले के धनुषकोडी गाँव में 15 अक्तूबर, 1931 को हुआ था। इनका परिवार मछुआरों का परिवार था और नितांत गरीबी की जिंदगी जी रहा था। इनके पिता जैनुलाब्दीन ने इनके लालन-पालन की व्यवस्था उस गरीबी में भी अच्छे ढंग से की। कलाम साहब का पूरा नाम अबुल पाकिर जैनुलाब्दीन अब्दुल कलाम था। प्रारंभिक शिक्षा रामेश्वरम् के एक स्कूल में हुई, लेकिन बाद में संत जोसेफ स्कूल चले गए। मद्रास इंस्टीट्यूट ऑफ टेक्नोलॉजी से इंजीनियरिंग की पढ़ाई पूरी की। अब्दुल कलाम बचपन से ही कुशाग्र बुद्धि के छात्र थे। 1958 में डीटीडी एंड पी में वरिष्ठ सहायक वैज्ञानिक के पद पर नियुक्त हुए। उनके सफल नेतृत्व में वैज्ञानिकों ने अपनी टीम के साथ प्रोटो टाइप होकर क्राफ्ट का विकास किया।

डॉ. कलाम ने जीवन भर अपने देश की भरपूर सेवा की। सुरक्षा शोध एवं विकास संस्थान, भारतीय अंतरिक्ष संस्थान आदि में विभिन्न पदों पर रहते हुए अपनी कार्यकुशलता का परिचय दिया। इसरो में वे एस.एल.वी. परियोजना के अनुदेशक भी रहे। इस योजना में कई प्रक्षेपास्त्रों को प्रक्षेपित किया गया। 1982 में अब्दुल कलाम शोध एवं विकास संगठन हैदराबाद में निदेशक के रूप में जुड़ गए। एकीकृत नियंत्रित प्रेक्षपास्त्र विकास कार्यक्रम के लिए कई महत्त्वपूर्ण कार्य किए। अग्नि, आकाश, पृथ्वी, त्रिशूल, नाग आदि कई प्रक्षेपण परियोजना का नेतृत्व किया। मिसाइलों, अस्त्र-शस्त्रों की होड़ में भारत जैसे पिछड़े राष्ट्र के लिए यह सब बड़े गौरव की बात थी।

उनके इस अभूतपूर्व योगदान के लिए भारत सरकार ने 1981 में उन्हें पद्म भूषण से सम्मानित किया। बाद में पुनः वे रक्षा अनुसंधान और विकास संगठन से जुड़े। यहाँ उन्होंने इंटीग्रेटेड गाइडेड मिसाइल डेवलपमेंट प्रोग्राम को आगे बढ़ाया।

अब्दुल कलाम को उनकी अभूतपूर्व सेवा के लिए समय-समय पर विभिन्न पुरस्कारों से सम्मानित किया गया। 1997 में उन्हें देश के सबसे बड़े सम्मान 'भारत रत्न' से सम्मानित किया गया। 1997 में राष्ट्रीय एकता के लिए 'इंदिरा गांधी' पुरस्कार से सम्मानित किया गया। 1998 में उन्हें वीर सावरकर पुरस्कार से सम्मानित किया गया, 1999 में उन्हें भारत सरकार का वैज्ञानिक सलाहकार नियुक्त किया गया। अंत में 2002 में वे भारत के ग्यारहवें राष्ट्रपति नियुक्त किए गए।

राष्ट्रपति के रूप में भी उन्होंने अपने पद की गरिमा की भरपूर रक्षा की। कभी कोई दाग अपने ऊपर नहीं लगने दिया। विरोधी दल के नेताओं को भी कभी किसी शिकायत का मौका नहीं दिया। अब्दुल कलाम देश के पहले राष्ट्रपति थे, जो एक तरफ देश के सर्वोच्च पद पर थे, तो दूसरी ओर महान् वैज्ञानिक भी थे। अब्दुल कलाम का मस्तिष्क अगर वैज्ञानिक था, तो दिल साहित्यिक था। वे एक अच्छे कवि भी थे। उन्होंने दो दर्जन से अधिक पुस्तकें भी लिखी थीं, जिनमें 'इंडिया 2020' और 'विंग्स ऑफ फायर : एन ऑटोबायोग्राफी' प्रसिद्ध हैं। संगीत के प्रति भी उनकी रुचि थी। अब्दुल कलाम का व्यक्तित्व कुशल राजनीतिज्ञ, प्रकांड विद्वत्ता, महान् वैज्ञानिक, नरम दिल, साहित्यिक मनोवृत्ति, संगीत प्रेमी सबका मानो संगम था। वे आजीवन अविवाहित रहे।

कलाम का जीवन बड़ा ही सरल था। पद कितना भी बड़ा रहा, पर जीवन सादा और सरल रहा। मृदुभाषी ऐसे थे कि एक बार में ही लोगों का मन मोह लेते थे। परिवार के स्वार्थ से हटकर राष्ट्र के स्वार्थ को प्राथमिकता दी। रामेश्वरम् में आज भी उनका छोटा सा दोमंजिला मकान जीर्ण-शीर्ण अवस्था में पड़ा है। उनके सगे-संबंधी छोटी-मोटी दुकानें चलाकर जीविकोपार्जन करते हैं। इस निःस्वार्थ भावना ने कलाम को महान् बना दिया है।

अब्दुल कलाम ने सिद्ध कर दिया है कि आदमी में अगर लगन हो, तो अभावों में पलकर भी वह बड़े-से-बड़ा पद पा सकता है। अंत में शिलांग में छात्रों को संबोधित करने गए थे। संबोधन के दौरान ही उन्हें हार्ट अटैक हुआ और वहीं 27 जुलाई, 2015 को उनकी मृत्यु हो गई।

□

सरदार वल्लभ भाई पटेल

भारत के इतिहास में सरदार वल्लभ भाई पटेल का स्थान अत्यंत महत्त्वपूर्ण है। आजादी के बाद भारत का जो स्वरूप निर्धारित हुआ, उसके निर्धारण में पटेल का सर्वोपरि योगदान रहा। उनकी कर्मठता के कारण ही देश ने उन्हें 'लौहपुरुष' की उपाधि दी। सरदार पटेल का जन्म 31 अक्तूबर, 1875 को गुजरात नाडियाड में हुआ था। उनके पिता एक साधारण किसान थे, जिन्होंने 1857 के विद्रोह में अंग्रेजों के खिलाफ खुलकर भाग लिया था। अतः स्वतंत्रता की प्रेरणा उन्हें अपने पिता से मिली। 22 वर्ष की उम्र में उन्होंने मैट्रिक की परीक्षा पास की। उनकी शादी भी बहुत कम उम्र में ही हो गई थी। वे कानून की शिक्षा पाने लंदन भी गए। वहाँ से एक प्रसिद्ध बैरिस्टर बनकर लौटे। लंदन में रहते हुए पटेल पश्चिमी सभ्यता और संस्कृति से प्रभावित थे, लेकिन भारत लौटकर गांधी के संपर्क में आने पर उनका जीवन दर्शन पूर्णतः बदल गया।

गांधी से पटेल अत्यंत प्रभावित थे और उनके आह्वान पर स्वतंत्रता आंदोलन में सक्रिय हो गए। 1918 में गुजरात के खेड़ा जिले में प्लेग और अकाल ने एक साथ आक्रमण किया। इससे वहाँ के किसान बड़े परेशान थे। इधर सरकार करों के भुगतान के लिए किसानों को परेशान कर रही थी। पटेल ने किसानों का नेतृत्व किया और अंग्रेजों के विरुद्ध संघर्ष छेड़ दिया। अंग्रेजों को झुकना पड़ा। इस घटना के बाद से ही पटेल देश भर में प्रसिद्ध हो गए। बारदोली की महिलाओं द्वारा उन्हें सरदार कहा जाने लगा। लेकिन कुछ विद्वानों के अनुसार पटेल को सरदार की उपाधि महात्मा गांधी द्वारा दी गई थी। सरदार पटेल ने 'सत्याग्रह समाचार' नाम से दैनिक समाचार-पत्र का भी प्रकाशन शुरू किया था।

1931 में पटेल कराची में भारतीय राष्ट्रीय कांग्रेस के अध्यक्ष भी चुने गए। आजादी से पूर्व 1941 में वे अंतरिम सरकार में शामिल हुए। उन्होंने गृह मंत्रालय, सूचना और प्रसारण मंत्रालय का कार्यभार सफलतापूर्वक सँभाला। आजादी के बाद उन्हें भारत का उप-प्रधानमंत्री बनाया गया था। संक्षेप में, पटेल ने भारत की एकता और अखंडता के लिए महत्त्वपूर्ण कार्य किए।

स्वतंत्रता के बाद भारत के सामने देशी राजाओं की विषम समस्या उपस्थित हुई। बहुत से ऐसे देशी राजा थे, जो स्वतंत्र राज्य की माँग करने लगे थे। यदि ऐसा होता तो देश कई टुकड़ों में बँट जाता। अंग्रेज जाते-जाते भी भारत में फूट का बीच बोने में सफल रहे। उन्होंने घोषणा की कि वे सभी देशी राजाओं को मुक्त करते हैं। इनकी इच्छा पर निर्भर है कि वे भारत में रहें या पाकिस्तान में जाएँ। लेकिन उनकी चाल को पटेल ने सफल नहीं होने दिया। 5 जुलाई, 1947 को देशी राज्यों की समस्या सुलझाने के लिए रियासती विभाग कायम हुआ और इसके अध्यक्ष पटेल बनाए गए।

पटेल ने सभी देशी राज्यों से अपील की कि वे भारतीय संघ में शामिल हो जाएँ। जूनागढ़, हैदराबाद निजाम और कश्मीर को छोड़कर 600 देशी राज्य भारतीय संघ में शामिल हो गए।

यह पटेल की बहुत बड़ी उपलब्धि थी। बाद में पटेल ने नेहरू की इच्छा के विरुद्ध रातों-रात सेना भेजकर हैदराबाद पर अधिकार जमा लिया। यह देखकर जूनागढ़ का राजा भाग खड़ा हुआ और जूनागढ़ आसानी से भारत संघ में शामिल हो गया। बाद में चलकर कश्मीर के राजा कर्ण सिंह भी भारत में मिल गए। लेकिन पाकिस्तान के दबाव के आगे पंडित नेहरू ने कश्मीर की समस्या को संयुक्त राष्ट्र में दे दिया। वर्षों से कश्मीर के एक हिस्से पर पाकिस्तान का अधिकार है। लेकिन मोदी सरकार ने धारा 370 को हटाकर कश्मीर को पूर्णतः भारत का अंग बना लिया है। अब वहाँ अन्य राज्यों की तरह ही विकास के कार्य हो रहे हैं। पटेल ने उस समय भी पंडित नेहरू के विचारों का घोर विरोध किया था।

इस प्रकार सरदार पटेल ने देशी राज्यों की समस्या बड़ी आसानी से हल कर दी। पटेल एक कर्मठ और ईमानदार नेता थे। उनके विचार स्वतंत्र थे। उस पर किसी को हावी नहीं होने दिया। नेहरू से उनकी कभी नहीं पटी। विचारों की भिन्नता के कारण कहीं-कहीं वे गांधी के भी विरुद्ध रहे। एक सफल बैरिस्टर के रूप में भी उन्होंने काफी ख्याति पाई।

एक बार जब वे कोर्ट में किसी मुकदमे की पैरवी में बहस कर रहे थे, तभी उनको पत्नी की मृत्यु का टेलीग्राम मिला। वे जरा भी विचलित नहीं हुए और पूर्ववत् बहस करते रहे। यह उनके कठोर व्यक्तित्व और असीम धैर्य का बड़ा उदाहरण था। तभी तो उन्हें लौह पुरुष कहा गया।

किसी विद्वान् ने पटेल और नेहरू की तुलना करते हुए लिखा है कि "दोनों में बड़ा अंतर था। दोनों भिन्न होते हुए भी अभिन्न थे। पटेल किसान मूल के थे, दृढ़-मजबूत जैसी कि धरती होती है। वह धरती, जो अकाल को जानती है। सूखे हल, कुदाल और खुरपी को जानती है। वह धरती, जो किसानों के आत्मबल को, उनके विरोध और प्रतिरोध की

शक्ति को जानती है। नेहरू प्रज्ञाबुद्धि, मति मनीष की उपज थे, उस विलक्षता की, जो विद्वानों की पहचान होती है।"

नेहरू और पटेल दोनों बैरिस्टर थे। दोनों ने अपने कंधों पर देश का बोझ समान रूप से उठाया। दोनों ने अपनी जवानी को आजादी की बलिवेदी पर चढ़ा दिया। पटेल को देख भारत की जनता भरोसे से भर गई तो नेहरू को देखकर स्नेह से। दोनों गांधी के सिपाही थे। मत की भिन्नता होते हुए भी दोनों उनके अनुयायी थे। दोनों के मतभेद खुले थे। यह भी एक संयोग था कि दोनों की मृत्यु 85 वर्ष की उम्र में ही हुई।

पटेल की मृत्यु 15 दिसंबर, 1950 को हो गई। मरणोपरांत सरकार ने इन्हें 'भारत रत्न' से सम्मानित किया। आज सारा देश पटेल के प्रति कृतज्ञता प्रकट करता है। नेताओं की तो आज बरसाती मेढकों की तरह भरमार है, लेकिन पटेल जैसा नेता सैकड़ों वर्ष बाद देश को नसीब होता है। कुछ दिन पहले सरकार ने गुजरात में उनकी एक विशाल प्रतिमा स्थापित करके अपनी कृतज्ञता दर्शायी है। यह विश्व की सबसे ऊँची प्रतिमा है। □

मनोरंजन के साधन

आदमी के जीवन में जिस प्रकार रोटी, कपड़ा और मकान आवश्यक हैं, उसी प्रकार मनोरंजन भी जीवन के लिए आवश्यक हो गया है। आज के भौतिक युग में अधिक-से-अधिक अर्थ-प्राप्ति जीवन का उद्देश्य बन गया है। इसलिए आदमी को अधिक परिश्रम भी करना पड़ता है। इस मशीनी युग में आदमी मशीन का एक पुर्जा बनकर रह गया है। फिर मशीन को भी तो आराम चाहिए। मन बहलाव का कोई साधन चाहिए। सारा दिन काम करके शरीर ही नहीं थकता, मन और मस्तिष्क भी थक जाता है। अतः शरीर, मन-मस्तिष्क सबको दूसरे दिन के लिए ऊर्जा-स्फूर्ति चाहिए। मनोरंजन यही स्फूर्ति प्रदान करता है। इसीलिए मनोरंजन आवश्यक है और आज की तारीख में तो यह अनिवार्य है।

आदिकाल में भी जब मनुष्य जंगलों में रहता था, तो वहाँ भी वह मनोरंजन करता था। उस समय मनोरंजन के साधन थे—जानवरों का शिकार करना, एक जगह से दूसरी जगह घूमना। नृत्य-गीत भी मनोरंजन के साधन थे। यह बात अलग है कि उन दिनों मनोरंजन के साधन सीमित थे, लेकिन आज विज्ञान ने मनोरंजन के ढेर सारे साधन उपलब्ध करा दिए हैं।

आज मनोरंजन के साधनों में मोबाइल, टेलीविजन, रेडियो, सिनेमा आदि महत्त्वपूर्ण हैं। नाटक थियेटर से भी हमारा पूर्ण मनोरंजन होता है। मनोरंजन का अर्थ है मन को आनंद पहुँचाना। यह व्यक्ति विशेष पर निर्भर करता है कि किस व्यक्ति को किस प्रकार के मनोरंजन में आनंद मिलता है। किसी को सिनेमा देखने में, किसी को रेडियो सुनने में, किसी को टेलीविजन देखने में, किसी को साहित्य या समाचार-पत्र पढ़ने में आनंद का अनुभव होता है। अतः व्यक्ति अपनी पसंद के साधन चुन लेता है।

टेलीविजन आज मनोरंजन का सबसे प्रमुख साधन है। सारा दिन ऑफिस या कारखाने से थककर आने वाला व्यक्ति शाम होते ही टेलीविजन पर बैठ जाता है। देश-विदेश के समाचार सुनता है। फिल्म देखता है। नृत्य, संगीत से मन बहलाता है।

टेलीविजन पर नाना प्रकार के कार्यक्रम चलते रहते हैं और व्यक्ति उनसे अपना मनोरंजन करता रहता है। लेकिन आज का युवा वर्ग इसका दुरुपयोग कर रहा है।

टेलीविजन पर कभी अश्लील कार्यक्रम भी चलते हैं, जिन्हें देखकर युवाओं पर बुरा प्रभाव पड़ता है। छोटे-छोटे बच्चे भी अश्लील दृश्य देखकर उसकी नकल करते हैं। छात्र-छात्राएँ पढ़ाई छोड़कर टेलीविजन से चिपके रहते हैं। कई बार तो चोरी, डकैती, हत्या आदि टेलीविजन में देखकर लोग कर बैठते हैं। अनेक अपराधियों ने यह स्वीकार भी किया है कि उन्होंने टेलीविजन में देखकर ही ऐसी घटनाओं को अंजाम दिया है। हमें टेलीविजन के इस दुरुपयोग से बचना चाहिए।

मोबाइल आदि भी आज बड़े प्रचलित साधन बन गए हैं, लेकिन इनका भी गलत प्रयोग हो रहा है। बहुत से युवा, छात्र-छात्रा सारा दिन मोबाइल से ही चिपके रहते हैं। इससे उनके स्वास्थ्य पर बुरा असर पड़ता है। कम उम्र में ही आँखों की रोशनी कम हो जाती है। इयर फोन कान में लगाकर चलने की आदत भी कई बार उनकी जान जाने की वजह बन जाती है। सेल्फी भी जान की दुश्मन है। आए दिन अखबारों में हम पढ़ते हैं—अमुक व्यक्ति कानों में इयर फोन लगाने के कारण ट्रेन से कटकर मर गया। सेल्फी लेते हुए मृत्यु को प्राप्त हो गया। अतः जहाँ ये साधन हमें नाना प्रकार से मनोरंजन प्राप्त कराते हैं, वहीं इनका दुरुपयोग हमारे लिए घातक भी है।

चित्रकारिता, मूर्तिकला, नाटक, प्रहसन, सिनेमा आदि भी हमारे मनोरंजन के ही साधन हैं। बहुत से लोग क्रिकेट, फुटबॉल, हॉकी आदि खेलों से अपना मनोरंजन कर लेते हैं। शतरंज खेलना भी मनोरंजन का साधन है। आज ओलंपिक, अंतरराष्ट्रीय कुश्ती प्रतियोगिता आदि मनोरंजन के ही अनेक रूप हैं।

इस प्रकार मनोरंजन के ये सारे साधन जहाँ हमारे शरीर, मन और मस्तिष्क को स्फूर्ति, ऊर्जा और ताजगी प्रदान करते हैं, वहीं हमारा ज्ञानवर्धन भी करते हैं। टेलीविजन से हम देश-विदेश में घटने वाली घटनाओं से परिचित होते हैं। विभिन्न देशों, जातियों, धर्मों की सभ्यता-संस्कृति से परिचित होते हैं। हमारा सामान्य ज्ञान बढ़ता है। बड़े-बड़े विद्वानों, कवि-लेखकों, नेताओं के विचारों से अवगत होते हैं और अनुप्राणित भी होते हैं। इसके द्वारा बच्चे, बूढ़े, युवा, छात्र सबका ज्ञानवर्धन होता है। मोबाइल द्वारा हम जब चाहें, दूर बैठे अपने प्रियजनों से बात कर लेते हैं। टेप रिकॉर्ड, वी.सी. आदि सभी साधन ज्ञानवर्धक हैं, अगर हम उनका दुरुपयोग न करें तो।

आज ऑनलाइन बहुत सारे कार्य हो रहे हैं। कोरोनाकाल में ऑनलाइन पढ़ाई भी होने लगी थी। अब तो अधिकांश छात्र टेबलेट, कंप्यूटर, लैपटॉप आदि द्वारा घर बैठे ही पढ़ाई कर रहे हैं। कंप्यूटर ने तो हर क्षेत्र में हमारे काम को आसान कर दिया है। खेलों द्वारा हमारा स्वास्थ्य भी तंदुरुस्त बना रहता है।

संक्षेप में, विज्ञान ने जहाँ हमारा काम बढ़ाया है, वहीं मनोरंजन के ऐसे साधन भी उपलब्ध कराए हैं, जिनका सदुपयोग कर हम अपने तन, मन और मस्तिष्क सबको स्वस्थ और सुरक्षित रख सकते हैं।

□

आरक्षण

आजादी के बाद देश के सामने कई समस्याएँ थीं। जाति-प्रथा के कारण सामाजिक विभेद की जड़ें गहरी हो गई थीं। छुआछूत, ऊँच-नीच, ब्राह्मण, शूद्र आदि का भेदभाव समाज को खोखला बना रहा था। देश की प्रगति में यह एक बहुत बड़ी बाधा थी। शोषित, पीड़ित, उपेक्षित, अनुसूचित जाति, अनुसूचित जनजाति, अगड़े-पिछड़े सबों के उत्थान के बिना प्रजातंत्र की सफलता संदिग्ध थी।

अत: संविधान निर्माताओं ने पिछड़े वर्ग को भी मुख्यधारा में लाने के लिए उन्हें संविधान में कुछ सुविधाएँ प्रदान कीं, जो आरक्षण कहलाया। संविधान की 46वीं धारा में कहा गया है कि सरकार का यह कर्तव्य है कि वह इन वर्गों की उन्नति और प्रगति के लिए उचित और प्रभावकारी कदम उठाए तथा इनको शोषण और सामाजिक अन्याय से संरक्षण प्रदान करे। इसके अनुसार धर्म, जाति, नस्ल, भाषा तथा जन्म स्थान के आधार पर भेदभाव करना अपराध माना गया। धारा 17 में छुआछूत को भी अपराध माना गया। पुन: धारा 15 में केंद्र और राज्य सरकार को यह अधिकार दिया गया कि विशेष प्रावधानों का निर्माण करके सामाजिक और शौक्षणिक तौर पर पिछड़े वर्ग के लोगों का उत्थान करे।

शिक्षण संस्थानों में पिछड़े वर्ग के छात्रों को विशेष सुविधा प्रदान की गई जैसे उनके लिए सीट रिजर्व की गई। स्कूल और कॉलेज की फीस माफ की गई। मुफ्त में पठन-पाठन की सामग्री उपलब्ध कराई गई। कई प्रकार की छात्रवृत्ति दी गई। नौकरी के क्षेत्र में भी आरक्षण की सुविधा मुहैया कराई गई। धारा 335 में कहा गया कि अनुसूचित जातियों तथा अनुसचित जनजातियों को नौकरी में आरक्षण देने पर विचार करना चाहिए, लेकिन प्रशासनिक कुशलता को भी ध्यान में रखना चाहिए। आरक्षण का पालन उचित तरीके से हो, इसके लिए एक आयोग की स्थापना भी की गई। 1993 में आरक्षण की व्यवस्था लागू कर दी गई।

आरंभ में आरक्षण के कुछ अच्छे परिणाम दिखाई दिए। गरीबों के बच्चे भी स्कूल

आने लगे। उनमें शिक्षा के प्रति प्रेम जगा। कई बच्चे तो बहुत अच्छा अंक लेकर परीक्षा में उतीर्ण होने लगे। अनुसूचित जाति और जनजाति परिवार के बच्चों के रहन-सहन के स्तर में परिवर्तन आया।

नौकरी के क्षेत्र में भी आज सभी विभागों में इस वर्ग के लोगों की पहुँच होने लगी है। यहाँ तक कि न्यायपालिका में भी कुछ उदाहरण देखने को मिल जाते हैं। प्रशासनिक क्षेत्र में तो बहुत से ऐसे वर्ग वाले लोग दिखाई देने लगे हैं। लेकिन बाद में चलकर आरक्षण अपने उद्‌देश्य से पिछड़ गया। नेता, विधायक और सांसदों ने इसे कुर्सी पाने का एक माध्यम बना दिया। दिन-प्रतिदिन आरक्षण में प्रतिशत बढ़ाने की माँग होने लगी। अब सर्वोच्च न्यायालय ने स्पष्ट कर दिया है कि किसी भी हालत में पचास प्रतिशत से अधिक आरक्षण नहीं दिया जाएगा।

इस आरक्षण की व्यवस्था केवल दस वर्षों के लिए ही हुई थी। कहा गया था कि दस वर्ष के बाद इसपर पुनर्विचार किया जाना चाहिए। इसी का फायदा उठाकर हमारे नेताओं ने वोट बटोरने का एक जरिया इसे बना लिया। हर चुनाव के समय हर राजनीतिक दल आरक्षण का मुद्‌दा उठा देता है। गरीबों के पक्ष में आरक्षण की पैरवी करता है। भोले-भाले पिछड़े वर्ग के लोग उनकी चिकनी-चुपड़ी बातों में आकर, उन्हें अपना हितैषी मानकर वोट दे देते हैं। इस प्रकार आरक्षण की आड़ में नेता लोग अपना उल्लू सीधा करने में लगे हैं।

आरक्षण के कारण समाज में अगड़े-पिछड़े में वैमनस्यता फैल रही है। अगड़ी जाति के बच्चे परीक्षा में अच्छे अंक पाकर भी नौकरी-पेशे में पिछड़ जाते हैं और कम अंक पाने वाले पिछड़े वर्ग के छात्र अच्छी नौकरी पा लेते हैं। यह वैमनस्यता देश के भविष्य के लिए लाभदायक नहीं हो सकती। कई बार इसे लेकर आंदोलन-प्रदर्शन आदि भी हो चुके हैं।

आरक्षण के कारण ही आज हर सरकारी महकमे में कार्य की गति धीमी है। घूस खोरी, भ्रष्टाचार आदि का एक कारण यह आरक्षण भी कहा जा सकता है।

मंडल आयोग की सिफारिशों से समाज स्पष्ट रूप से दो भागों में बँट गया है। सरकार को यह देखना होगा कि देश और समाज की तरक्की में सभी वर्गों का सहयोग अपेक्षित है। अतः एक वर्ग की उपेक्षा करके हम प्रजातंत्र को सफल और सुदृढ़ नहीं बना सकते। होना तो यह चाहिए कि उच्च वर्ग के भी जो छात्र आर्थिक दृष्टि से कमजोर हैं, उन्हें भी उतना ही लाभ मिले। सरकार गरीबों के बच्चों को अन्य प्रकार से भी ऊपर उठा सकती है। नौकरी में आरक्षण भले ही दिया जाए, पर प्रोन्नति में आरक्षण देना एक वर्ग के साथ अन्याय करना है। उच्च वर्ग वालों की अवहेलना करके हम देश-समाज को कभी आगे नहीं बढ़ा सकते।

आज चिकित्सीय क्षेत्र में आरक्षण के कारण ही अकुशल और अनुभवहीन डॉक्टरों की भरमार हो गई है। फलतः अस्पतालों में मरीज ठीक होने के बजाय अधिक संख्या में दम तोड़ देते हैं। हमारे नेताओं को यह सब समझना चाहिए और क्षणिक स्वार्थ के लिए आरक्षण का दुरुपयोग नहीं करना चाहिए।

□

हमारा राष्ट्रीय ध्वज–तिरंगा

किसी भर देश का राष्ट्रीय ध्वज उसके गौरव का प्रतीक होता है। इसके पीछे देश का अतीत, वर्तमान और भविष्य सबकुछ समाहित होता है। देखने में भले ही यह रंगीन कपड़ों का टुकड़ा है, पर इसके पीछे तमाम लोगों के त्याग, बलिदान का इतिहास छिपा होता है। अलग–अलग राष्ट्रों के ध्वज भी अलग–अलग ही होते हैं। ध्वज संपूर्ण राष्ट्र का प्रतीक होता है। साथ ही उसमें राष्ट्र की धार्मिक, राजनीतिक, सांस्कृतिक परंपराओं और भावनाओं का समावेश होता है। एक वाक्य में कहें तो कपड़े का यह रंगीन टुकड़ा संपूर्ण राष्ट्र बन जाता है।

हमारे देश भारत का भी अपना राष्ट्रीय ध्वज है, जो अन्य देशों से सर्वथा भिन्न है। हमारे यहाँ बहुत प्राचीन काल से ध्वज लहराने की परंपरा रही है। पौराणिक काल में गरुड़ध्वज, कणिध्वज आदि प्रसिद्ध ध्वज थे। बाद में गुप्त साम्राज्य के समय विजय वैजयंती ध्वज का आविर्भाव हुआ। फिर मुगलकाल में भगवा ध्वज का प्रचलन हुआ। इसका प्रचलन शिवाजी ने किया था। सम्राट अशोक के समय में भी विजय की पताका फहराई गई थी। भारत में राष्ट्रीय ध्वज का स्वरूप बदलते समय और परिस्थिति के अनुरूप बदलता रहा है।

देश में पहला राष्ट्रीय ध्वज कलकत्ता के ग्रीन बाग में 1906 में फहराया गया था। यह काल क्रांतिकाल था। क्रांतिकारियों ने इसे राष्ट्रीय ध्वज का नाम दिया था। उस समय इस ध्वज में लाल, हरे और पीले रंग की पट्टियाँ थीं। हरे रंग पर कमल का फूल, लाल पर चाँद–सूरज और पीली पट्टी पर वंदे मातरम् लिखा हुआ था। आगे चलकर इसका स्वरूप पुनः बदला।

दूसरी बार जो ध्वज बना, वह पेरिस में फहराया गया। कुछ इतिहासकारों के अनुसार इसे 1907 में मैडम कामा और उनके साथियों ने फहराया था, लेकिन कुछ इतिहासकार यह समय 1905 बताते हैं। ध्वज के रंग में कोई बदलाव नहीं किया गया था, लेकिन सबसे ऊपर की पट्टी पर कमल के फूल थे और सात तारे अंकित थे। इसे

सप्त ऋषि का प्रतीक माना गया था। पुनः 1917 में लोकमान्य तिलक और एनी बेसेंट ने दूसरा ध्वज फहराया। इसमें पाँच लाल और चार हरी क्षैतिज पट्टियाँ थीं। एक कोने में सफेद अर्धचंद्र और सितारा भी अंकित था।

1931 में फिर राष्ट्रीय ध्वज का स्वरूप बदल गया। इसमें अशोक चक्र की जगह चरखा अंकित किया गया। इसे आंध्र प्रदेश के एक युवा नेता ने बनाया था। बाद में उसने यह ध्वज गांधीजी को समर्पित कर दिया। एक प्रस्ताव पास कर इस ध्वज में चरखे का चिह्न अंकित किया गया।

आजादी के बाद 1947 में संविधान सभा ने इसे स्वतंत्र भारत के राष्ट्रीय ध्वज के रूप में अपना लिया। इस ध्वज में पुनः परिवर्तन करते हुए चरखे को हटाकर अशोक चक्र को शामिल किया गया, जो आज भी ध्वज में दिखाई देता है। पूर्व में राष्ट्रीय ध्वज फहराने के कुछ नियम बने थे। 15 अगस्त और 26 जनवरी अर्थात् स्वतंत्रता दिवस तथा गणतंत्र दिवस को ही हम राष्ट्रीय ध्वज फहरा सकते थे, लेकिन बाद में उच्चतम न्यायालय के हस्तक्षेप के कारण सरकार ने 'फ्लैग कोड ऑफ इंडिया' में परिवर्तन लाकर देश के सभी नागरिकों को कभी भी राष्ट्रीय ध्वज फहराने की छूट दी गई।

अभी हाल के समय में वर्तमान प्रधानमंत्री नरेंद्र मोदी ने देश का आह्वान करते हुए सभी को अपने घरों पर राष्ट्रीय ध्वज फहराने की अपील की थी। राष्ट्रीय ध्वज लेकर एक रैली भी निकाली गई, लेकिन मोदी विरोधी पार्टियों ने इसे भी गंदी राजनीति का रूप दे दिया। यह राष्ट्रीय ध्वज का ही अपमान नहीं है वरन् संपूर्ण राष्ट्र के प्रति अवमानना का संदेश है।

संक्षेप में, तिरंगा हमारा राष्ट्रीय ध्वज है। यह देश की आन, बान और शान का प्रतीक है। यह हमारे देशप्रेमियों के बलिदान की गाथा है। इस झंडे को हाथ में लेकर आजादी की जंग में कितने युवा शहीद हुए, इसका लाल रंग उसी बलिदान का द्योतक था। इसका हरा रंग सुख-समृद्धि का प्रतीक है, तो सफेद शांति का प्रतीक है। आज लाल रंग की जगह केसरिया रंग अपनाया गया है, जो हमारी वीरता और पराक्रम का प्रतीक है। हम स्वतंत्रता दिवस और गणतंत्र दिवस पर राष्ट्रीय ध्वज फहराकर गौरव का अनुभव प्राप्त करते हैं। 'विजयी विश्व तिरंगा प्यारा, झंडा ऊँचा रहे हमारा…' यह गान आज सबके होंठों पर विद्यमान है।

□

स्वतंत्रता दिवस

सदियों की पराधीनता के बाद भारत स्वतंत्र हुआ। एक बार यह देश गुलामी की जंजीर में जकड़ा तो फिर जकड़ता ही चला गया। विदेशी शासकों के बर्बर आक्रमण के सामने भारत गुलाम हो गया। शक, हूण, मंगोल, चंगेज, मुसलमान तुर्क, मुगल कितनी ही जातियों के शासकों ने इस देश पर शासन ही नहीं किया, इसका भरपूर शोषण भी किया। बारह सौ वर्षों की गुलामी के बाद अंग्रेजों ने इसके शोषण में रही-सही कसर निकालकर रख दी। इस प्रकार भारत पराधीनता के बंधन में बँधा आजादी की साँस लेने को छटपटाता रहा। भारत कभी विदेशी शत्रुओं से नहीं हारा है। यह जब भी हारा है, अपनों से हारा है। देश के ही दुश्मनों से हारा है। जयचंद और मीरजाफर जैसे देशद्रोहियों से हारा है।

देश अपनी आजादी के लिए सतत प्रयत्नशील रहा है। स्वतंत्रता संग्राम में कितने युवाओं ने देश की आन, बान और शान की रक्षा के लिए अपना जीवन बलिदान करते आए हैं। कितने फाँसी पर लटके, कइयों ने गोलियाँ खाईं। कितनों ने जेल की सलाखों के बीच भयंकर यातनाएँ सहीं और तब आकर 15 अगस्त, 1947 को देश आजाद हुआ। यह दिवस स्वतंत्रता दिवस के रूप में मनाया जाता है।

15 अगस्त, 1947 का दिन हमारे लिए महान् दिन है। यह राष्ट्रीय पर्व है, जिसे प्रत्येक देशवासी बड़े उत्साह से मनाता है। वर्ष में एक बार आकर यह दिन हमें याद दिलाता है कि देश के युवा देशप्रेमियों ने किस प्रकार अपने को मिटाकर हमारा पथ प्रशस्त किया। साथ ही यह दिन स्मरण कराता है कि हमें अपने देश पर बलि होने वाले शहीदों का किस प्रकार सम्मान करना चाहिए। उनकी शहादत की कैसे रक्षा करनी चाहिए।

15 अगस्त देश के युवा वर्ग को भगत सिंह और चंद्रशेखर की याद दिलाकर उनके जैसी वीरता, त्याग, बलिदान और मातृभूमि पर मर-मिटने की प्रेरणा देता है। 15 अगस्त हममें प्रेरणा भरता है कि इस स्वतंत्रता की रक्षा करना हमारा पहला दायित्व है। हममें

एकता की भावना होनी चाहिए। देश की प्रगति और समृद्धि ही जीवन का एकमात्र लक्ष्य होना चाहिए।

स्वतंत्रता दिवस के दिन संपूर्ण देश उत्साहित होता है। स्कूल-कॉलेजों में छात्र सुबह में प्रभात फेरी पर निकलते हैं। हाथों में तिरंगा, होंठों पर आजादी के गीत गाते हुए जब वे गाँव और शहर की गलियों, चौराहों से गुजरते हैं, तो यह दृश्य देखते ही बनता है। हर्ष और उल्लास से भरे हुए ये छात्र इनकलाब जिंदाबाद के नारों से हमारे भीतर जोश भर देते हैं। फिर एक निश्चित समय पर झंडारोहण का कार्यक्रम प्रस्तुत किया जाता है। शहर और गाँव के लोग भी सार्वजनिक स्थलों पर एकत्र होकर झंडा फहराते हैं। सरकारी महकमों में भी झंडारोहण कार्यक्रम धूमधाम से मनाया जाता है। प्रत्येक महकमे के प्रधान अपने महकमे में झंडा फहराकर उसे सलामी देते हैं। अमर शहीदों की याद में उनके प्रति श्रद्धांजलि अर्पित करते हैं।

इस दिन देश की राजधानी दिल्ली के लाल किले से देश के प्रधानमंत्री देशवासियों को संबोधित करते हैं। इस अवसर पर देश के सभी प्रतिष्ठित व्यक्ति उपस्थित होते हैं। सेना के साथ-साथ, एनसीसी कैडेट भी अपनी बहादुरी का प्रदर्शन करते हैं। इस तरह वंदे मातरम्, जयहिंद आदि के उद्घोष से वातावरण गुंजायमान हो जाता है।

संध्या काल में कई प्रकार के सांस्कृतिक कार्यक्रमों का आयोजन किया जाता है। नाटक, प्रहसन, कवि-सम्मेलन आदि के द्वारा हम इस दिन का जश्न पूरे उत्साह से मनाते हैं। हर घर पर तिरंगा फहराकर हम अपने देशप्रेम का परिचय देते है। कहीं-कहीं कई प्रकार की प्रतियोगिता का भी आयोजन होता है। स्कूल, कॉलेजों में छात्रों के बीच मिठाइयाँ बाँटी जाती हैं।

संक्षेप में, स्वतंत्रता दिवस हमारा राष्ट्रीय पर्व है, जो सारे देश में धूमधाम से मनाया जाता है। तरह-तरह के आयोजनों द्वारा हम इस दिन को यादगार बना देते हैं। इस दिन सारे सामाजिक, राजनीतिक भेदभाव मिट जाते हैं। सभी एकता के सूत्र में बँधे नजर आते हैं। इस दिन को हमेशा याद रखना है, ताकि हम निरंतर देश की उन्नति और प्रगति में अपना सहयोग देते रहें। ऐसा न हो कि हम इतिहास से सबक लेना भूल जाएँ और पुनः अपनी दासता को निमंत्रण दे बैठें।

□

गणतंत्र दिवस

देश के वीर पुरुषों के अद्‌भुत त्याग, बलिदान के बाद हम सैकड़ों वर्ष की गुलामी के बंधन से 15 अगस्त, 1947 को आजाद हुए। अब हमें अपना शासन स्वयं करना था। इसके लिए देश का एक संविधान बनाना जरूरी था। इस बीच अंग्रेजों की शासन प्रणाली पर ही हमें चलना था। इसलिए लॉर्ड माउंटबेटन के बाद आजाद भारत के पहले गवर्नर जनरल चक्रवर्ती राजगोपालाचारी को बनाया गया। 1950 में हमारा संविधान बनकर तैयार हो गया। यह संविधान डॉ. भीमराव आंबेडकर की अध्यक्षता में गठित समिति द्वारा तैयार किया गया और विचार-विमर्श के बाद 26 जनवरी, 1950 को इसे लागू कर दिया गया। इसी दिन से भारत का प्रजातांत्रिक शासन लागू हुआ। जनता का शासन, जनता के लिए, जनता द्वारा होने लगा। संविधान में कहा गया कि भारत सभी राज्यों का एक संघ होगा। भारतीय संविधान में 22 भाग, 6 अनुसूचियों और 395 अनुच्छेद रखे गए। चूँकि इस दिन से भारत गणतंत्र घोषित हुआ, इसीलिए हम इस दिन को गणतंत्र दिवस के रूप में मनाते आ रहे हैं।

स्वतंत्रता दिवस की तरह गणतंत्र दिवस भी हमारा राष्ट्रीय पर्व है। अखिल भारतीय कांग्रेस ने अपने लाहौर अधिवेशन में सर्वसम्मति से यह निर्णय लिया था कि हमारा लक्ष्य संपूर्ण स्वराज प्राप्त करना है। अधिवेशन के अध्यक्ष पंडित नेहरू ने रावी नदी के तट पर घोषणा की थी—'ब्रिटिश साम्राज्य यदि औपनिवेशिक स्वाधीनता देना चाहे तो 1929 तक इसे लागू कर दे। अन्यथा हम 1930 में संपूर्ण स्वराज की माँग तेज कर देंगे।' 1930 में 26 जनवरी को ही तिंरगा फहराकर पूर्ण आजादी के लिए आंदोलन शुरू कर दिया गया था। इसीलिए उस दिन की याद में 26 जनवरी को ही गणतंत्र दिवस मनाया जाता है। धीरे-धीरे आंदोलन उग्र होता गया। कितने क्रांतिकारी शहीद हुए। कितनों ने जेल की यातनाएँ सहीं। कितनों ने लाठियाँ खाईं और कई फाँसी के फंदे पर भी झूल गए। अंत में 15 अगस्त, 1947 को भारत स्वतंत्र हुआ और 26 जनवरी, 1950 को गणतंत्र घोषित हो गया।

गणतंत्र दिवस भी संपूर्ण देश में धूमधाम से मनाया जाता है। इस दिन सभी धर्मों, वर्गों के लोग इसे बड़े उल्लास से मनाते हैं। इस दिन सभी भेद मिट जाते हैं।

सबके होंठों पर वंदे मातरम्, जय हिंद जैसे नारे गूँजते हैं। होली, दिवाली हिंदुओं का पर्व है, तो ईद, बकरीद मुसलमानों का, लेकिन गणतत्र दिवस तो संपूर्ण देशवासियों का पर्व है।

देश की राजधानी दिल्ली में गणतंत्र समारोह का वृहद् आयोजन होता है। गणतंत्र से एक दिन पूर्व ही संध्या को राष्ट्रपति देशवासियों को संबोधित करते हैं। स्कूल, कॉलेज के छात्र, एनसीसी के कैडेट पूर्वाभ्यास करते हैं। हर व्यक्ति अपने घर को सजाता है। घर के ऊपर तिरंगा फहराता है। सुबह होते ही बच्चे प्रभात फेरी को निकल पड़ते हैं। सबके हाथों में लहराता तिरंगा होता है। ऐसा दृश्य बन जाता है, मानो तिरंगे की बाढ़ में सारा शहर और गाँव तैर रहा हो। राजधानी में इंडिया गेट पर अमर जवान ज्योति का अभिवादन किया जाता है। फिर रंग-बिरंगे कार्यक्रम आरंभ होते हैं। राष्ट्रपति तीनों सेनाओं की सलामी लेते हैं।

गणतंत्र दिवस के अवसर पर किसी अन्य राष्ट्र के अध्यक्षों को मुख्य अतिथि के रूप में आमंत्रित किया जाता है। सेना मार्च करती, बैंड बजाती, रंग-बिरंगे अद्‌भुत करतब दिखाती है। अपने अस्त्र-शस्त्रों के प्रदर्शन द्वारा अपनी शक्ति का परिचय देती है। विभिन्न राज्यों की अपनी-अपनी उत्कृष्ट झाँकियाँ निकाली जाती हैं। अच्छी झाँकियों को पुरस्कृत किया जाता है। इस अवसर पर सैनिकों को उनकी वीरता एवं शौर्यपूर्ण कार्यों के लिए शौर्य चक्र, परमवीर चक्र, अशोक चक्र आदि से सम्मानित किया जाता है। ऊपर विमानों से फूल बरसाए जाते हैं। सचमुच यह दृश्य अद्‌भुत और देखने लायक होता है। संसद् भवन एवं अन्य सरकारी महकमे रोशनी से जगमगा उठते हैं। स्कूल, कॉलेज के भवन भी सजावट से भरपूर होते हैं।

शाम को कई प्रकार के मनोरंजन के कार्यक्रम होते हैं। देशभक्ति से भरे नाटक, प्रहसन एवं अन्य सांस्कृतिक कार्यक्रम लोगों में नया उत्साह भर देते हें। फैंसी मैच, हास्य कवि-सम्मेलन आदि से पूरा दिन और रात गुलजार रहते हैं। शहरों की तरह ग्रामीण क्षेत्रों में भी माहौल उत्साहवर्धक रहता है। बच्चे, बूढ़े, युवा सभी उम्र के लोग इस दिवस को बड़े उत्साह और उमंग से मनाते हैं।

संक्षेप में, गणतंत्र दिवस के दिन हम अपने शहीदों को याद करते हैं। आजाद और भगत सिंह जैसे बलिदानियों की शहादत से हम प्रेरणा लेते हैं। गणतंत्र दिवस त्याग और बलिदान का ही दिवस नहीं है, यह प्रेरणा दिवस भी है। अपने बलिदानियों को याद करने का दिवस है। 'स्वतंत्रता हमारा जन्मसिद्ध अधिकार है, तुम हमें खून दो, हम तुम्हें आजादी देंगे', जैसे नारों को याद करने का दिवस है। इस दिवस को हम अपने पूर्वजों से प्रेरित होकर प्रतिज्ञा करते हैं कि जो स्वतंत्रता हमने अनेक वीरों के बलिदान के बाद पाई है—उसे अक्षुण्ण रखना हमारा दायित्व है।

□

ग्राम पंचायत

महात्मा गांधी के अनुसार भारत गाँवों का देश है। इसकी आत्मा गाँव में निवास करती है। भारत अपने गाँव की समस्या को अनदेखी कर कभी विकास नहीं कर सकता। इसकी उन्नति और प्रगति गाँव की उन्नति पर निर्भर करती है। पंचायत प्रणाली भारत की अत्यंत प्राचीन प्रणाली है। प्राचीन साहित्य और इतिहास में इस संस्था की चर्चा आई है, लेकिन कालक्रम से भारत गुलाम हो गया। अंग्रेजों ने हमारी शासन पद्धति को बदल डाला। धीरे-धीरे पंचायत का ह्रास होता चला गया। हम विदेशियों की बनाई न्याय प्रणाली को मानने के लिए विवश होते चले गए।

विदेशी शासन में गाँव का खुलकर शोषण हुआ। बड़े-बड़े शहरों का विकास हुआ। गाँव से लोग शहरों की ओर भागने लगे। शहरों का आकर्षण उन्हें खींचने लगा। सारे कोर्ट-कचहरी शहरों में खुलने लगे। गाँव का पैसा शहरों में आने लगा। सामाजिक, आर्थिक, राजनीतिक सभी दृष्टियों से भारत के गाँव पिछड़ते चले गए। नाना समस्याएँ वहाँ पैदा होने लगीं।

सबसे ज्यादा परेशानी न्याय के क्षेत्र में थी। कोर्ट-कचहरियों में न्याय बिकने लगा। पैसे वाले अपराध करके भी बच निकलते थे, लेकिन गरीबों को न्याय मिलना दूभर हो गया। न्यायालय में कानून का फंदा डालकर इंसाफ का गला घोंट दिया जाता था। 'दामिनी' फिल्म के किरदार ने सही व्यंग्य करते हुए कहा था कि अदालतों में इंसाफ नहीं मिलता। तारीख-पर-तारीख मिलती हैं और एक दिन वादी खुद तारीख बन जाता है।

लेकिन स्वतंत्रता के बाद भारत सरकार ने गाँवों की समस्याओं का समाधान पाने के लिए पुनः ग्राम पंचायतों की व्यवस्था पर ध्यान दिया है। आज देश के गाँवों में पंचायतों की व्यवस्था की जा रही है। आज देश के गाँववाले अपने मुकदमे गाँव में ही निपटा लेते हैं। इसके फलस्वरूप उनका पैसा भी बचता है। शहरों की भाग-दौड़, वकीलों के चक्कर आदि से छुटकारा मिल जाता है।

ग्राम पंचायत की स्थापना के लिए गाँववालों की संख्या कम-से-कम सात हजार

होनी चाहिए। इससे कम जनसंख्या वाले एक से अधिक गाँवों को मिलाकर वहाँ पंचायत की स्थापना होती है। कहीं-कहीं अब लोक अदालतों की भी स्थापना हो रही है। पंचायत चुनाव के लिए गाँव को कई वार्डों में बाँटा जाता है। प्रत्येक वार्ड से एक-एक सदस्य गाँव के मतदाताओं द्वारा चुना जाता है। इस चुनाव में गाँव का प्रत्येक बालिग स्त्री-पुरुष, जिनकी उम्र 18 वर्ष हो चुकी है, वे भाग लेते हैं। फिर एक मुखिया का चुनाव होता है, जो पाँच वर्ष तक अपने पद पर बना रहता है। इसे हम गाँव की कार्यपालिका कह सकते हैं। इसका प्रधान मुखिया होता है। मुखिया गाँव की सुरक्षा, शिक्षा, स्वास्थ्य, सिंचाई, शुद्ध पानी आदि की व्यवस्था करता है। इसके लिए वह गाँव में कुएँ, पोखर आदि बनवा सकता है।

पशुओं को बीमारी से बचाने के लिए पशु चिकित्सालय की व्यवस्था करता है। गाँव की सड़कों की देखभाल करता है। उनकी मरम्मत करवाता है। आवागमन के लिए नदियों पर पुल का निर्माण कराता है। ग्राम पंचायत के अंदर एक ग्राम रक्षादल की भी व्यवस्था की गई है। गाँव के युवा वर्ग के लोग इसके सदस्य होते हैं। यह रक्षादल गाँव में चोरी, डकैती आदि को रोकता है। महामारी, दैवी प्रकोप आदि के समय गाँववालों की सहायता करता है।

कार्यकारिणी के साथ-साथ एक ग्राम कचहरी की भी स्थापना की जाती है। इसे हम पंचायत की न्यायपालिका कह सकते हैं। इसका प्रधान सरपंच होता है। कार्यकारिणी की तरह ही इसके सदस्य भी गाँववालों के द्वारा निर्वाचित होते हैं। ग्राम कचहरी में गाँव के सारे मुकदमे निपटाए जाते हैं। जमीन-जायदाद, मारपीट आदि के झगड़े यहीं सुलझाए जाते हैं। सरपंच को दंड देने का भी अधिकार होता है। वह किसी भी दोषी को तीन महीने कैद की सजा सुना सकता है।

एक आँकड़े के अनुसार संपूर्ण देश में करीब ढाई लाख ग्राम पंचायतों, छह हजार ग्राम पंचायत समितियों, छह सौ जिला पंचायत समितियों को मार्गदर्शन देने और उसके कामकाज पर निगरानी रखने के लिए ग्रामीण विकास मंत्रालय में एक संपूर्ण विभाग की स्थापना की है।

इस अधिनियम के अनुसार तीन स्तर वाली व्यवस्था कायम की गई है। ग्राम स्तर में ग्राम पंचायतें आती हैं। जिला स्तर में जिला परिषद का विधान है और तीसरे स्तर में पंचायत समिति बनाई गई है। यह 20 लाख से ज्यादा आबादी वाले राज्यों में ग्राम और जिला पंचायतों के बीच काम करता है।

संक्षेप में, वर्तमान सरकार ग्राम पंचायतों के माध्यम से गाँव की सारी समस्याओं का निदान पंचायत में करने के पक्ष में है। शहरों की आदलतों में मुकदमों की इतनी भीड़ है कि फैसले में वर्षों लग जाते हैं। अतः पंचायत के होने से इन अदालतों में भी समय की बचत होगी और न्याय जल्दी मिलने में सहूलियत होगी।

लेकिन आज गाँव में भी राजनीति होने लगी है। पंचायतें अपने उद्देश्य से भटक गई हैं। शहरी अदालतों वाले दुर्गुण यहाँ भी फैलने लगे हैं। गाँव के दबंग लोग पंचायत में मनमाना फैसला करवा लेते हैं। आवश्यकता है, इन बुराइयों को दूर कर हम फिर से उस प्राचीन पंचायतों का आदर्श कायम करें, जिसमें पंच में परमेश्वर का वास समझा जाता था।

□

नई शिक्षा नीति

जानकी वल्लभ शास्त्री ने लिखा था—

जीना भी एक कला है
बिना इसे जाने यह जीवन
जीने कौन चला है।

शिक्षा इसी जीवन जीने की कला का ज्ञान कराती है। हमारी प्राचीन शिक्षण पद्धति में जीवन जीने की सभी कलाओं का ज्ञान प्राप्त कराया जाता था। गुरुकुल में बच्चे शिक्षा पाने के साथ-साथ स्वयं अपना काम भी करते थे। गुरु सेवा के बहाने वे उद्यमी बनते थे। सोना, जागना, पढ़ना सबकुछ नियमबद्ध थे। अतः समय के वे पाबंद होते थे। पूजा के लिए बड़े सवेरे पुष्प लाना, रसोई के लिए लकड़ियाँ चुनना—ये सब ऐसे कार्य थे, जिसमें भावी जीवन की तैयारियाँ होती थीं। छात्र जब गुरुकुल की शिक्षा समाप्त कर गृहस्थ जीवन में प्रवेश करते थे, तो आज की तरह नौकरी पर निर्भर नहीं होते थे। उनके पास कई हुनर होते थे, जिनके माध्यम से गृहस्थ जीवन शांति के साथ जीते थे।

लेकिन समय बदलता गया। समय के साथ शिक्षा नीति भी बदलती गई। अंग्रेजों ने हमारी सभ्यता, संस्कृति को नष्ट करने की दृष्टि से हमारी शिक्षा नीति ही बदल डाली। मैकाले ने कहा था—"अगर किसी देश को सदा के लिए गुलाम बनाना है तो सबसे पहले उसकी शिक्षा पद्धति को बदल डालो।" अंग्रेजों ने वही किया। गुरुकुल की परंपरा खत्म हो गई। उसकी जगह आलीशान इमारतों में बड़े-बड़े स्कूल-कॉलेज खुले। वहाँ केवल किताबी ज्ञान दिया गया। शिक्षा महँगी होती गई। गरीब बच्चे शिक्षा से वंचित हो गए। ईस्ट इंडिया कंपनी को किरानियों की जरूरत थी। अतः कुछ लोगों को शिक्षा दी गई। ऐसे लोग कंपनी के किरानी बनकर खुश हो गए। अधिकांश जनता शिक्षा से वंचित रह गई। इसे हम ऐसे कहें कि अंग्रेजों ने जिन्हें दिमाग दिया, उसके हाथ-पैर बाँध दिए और जिसे हाथ-पैर दिए, उसका दिमाग छीन लिया। यही नीति अपनाकर उसने भारत पर करीब दो सौ वर्षों तक शासन किया।

शिक्षा के अभाव में समाज कुरीतियों का शिकार बन गया। रूढ़ि, अंधविश्वास आदि कई दुर्गुणों का शिकार यह देश बन गया, लेकिन आजादी के बाद भारत सरकार ने शिक्षा नीति में क्रांतिकारी परिवर्तन लाई है।

संविधान में शिक्षा-प्राप्ति का अधिकार मौलिक अधिकार की श्रेणी में रखा गया है। अर्थात् आज देश के प्रत्येक व्यक्ति को शिक्षा पाने का अधिकार है। 1985 में राजीव गांधी की सरकार ने घोषणा की थी कि शिक्षा के क्षेत्र में नौकरी से डिग्री को अलग करने की आवश्यकता है। इसके पक्ष-विपक्ष में कई लोग खड़े हो गए। प्रधानमंत्री ने कहा था कि शिक्षा ऐसी हो जो हमारी राष्ट्रीय एकता में सहायक हो। उसमें अनुशासन और नैतिकता को प्रथम स्थान मिले। इसके लिए शिक्षा पद्धति और पाठ्यक्रम में सुधार की आवश्यकता है।

1968 में केंद्र सरकार नें एक प्रस्ताव पास कर शिक्षा के क्षेत्र में कई सुधारात्मक कार्य किए। 14 वर्ष के बच्चों के लिए नि:शुल्क और अनिवार्य शिक्षा देने की बात कही गई। आज शिक्षा के क्षेत्र में छात्र-छात्राओं को कई सुविधाएँ प्रदान की गई हैं। गरीब छात्रों को उच्च शिक्षा के लिए बैंकों से कर्ज लेने की सुविधा मिली है। प्रतिभाशाली छात्रों को छात्रवृत्तियाँ प्रदान की जा रही हैं। स्त्री शिक्षा को प्रोत्साहन देने के लिए कई लुभावनी योजनाएँ बनी हैं। कई राज्य इंटर एवं स्नातक पास करने वाली छात्राओं को आर्थिक मदद दे रहे हैं।

मोदी सरकार में 'बेटी बचाओ, बेटी पढ़ाओ' का नारा दिया गया है। यही कारण है कि आज लड़कों से परीक्षा परिणाम में लड़कियाँ आगे निकल रही हैं। खुशी की बात तो यह है कि ऐसी लड़कियाँ प्राय: अत्यंत गरीब परिवार से आने वाली होती हैं। 10+2+3 की प्रणाली सुनिश्चित की गई है। शिक्षकों के लिए ट्रेंड होना आवश्यक कर दिया गया है। सरकारी स्कूलों में गरीबों के बच्चों के लिए नामांकन में जगह सुनिश्चित की गई है। उन्हें मुफ्त किताबें, ड्रेस आदि दी जा रही हैं। छोटे बच्चों के भोजन की व्यवस्था स्कूल में ही की गई है।

उच्च कक्षाओं में व्यावसायिक शिक्षा की व्यवस्था है, ताकि बड़े होकर बच्चे नौकरी पेशे पर ही निर्भर न रहें। वे अपना कोई भी व्यवसाय चुन सकें। इसी उद्देश्य से उच्च वर्ग में संगीत, नृत्य आदि की भी शिक्षा दी जा रही है।

इतना सबकुछ होने के बाद भी आज हमारी शिक्षा व्यवस्था अपने लक्ष्य से दूर ही दिखाई दे रही है। सिद्धांत में भले ही सुधार हुए हैं, पर व्यवहार में आज भी शिक्षा हमारे जीवन के अनुकूल नहीं है। स्कूल-कॉलेज कारखाने जैसे हो गए हैं। जहाँ से प्रतिवर्ष हजारों छात्र-छात्राएँ निकलते हैं। सबको आज भी सरकारी नौकरी चाहिए। इस तरह छात्रों का उत्पादन तो काफी हो रहा है, पर खपत नहीं हो रही है। फलत: बेकारी, बेरोजगारी जैसी समस्या पैदा हो रही है। बेरोजगारी के कारण ही समाज में चोरी, डकैती, लूटपाट, हिंसा, प्रतिहिंसा का माहौल बन गया है।

शिक्षा के क्षेत्र में नित नए प्रयोग से भी इसका स्तर गिरता जा रहा है। आज जरूरत है कि संपूर्ण देश के लिए एक शिक्षा पद्धति लागू हो। एक पाठ्यक्रम बने। इस क्षेत्र में शिक्षक भी जिम्मेदार हैं। विद्यालयों में ऐसे शिक्षक मौजूद हैं, जिन्हें खुद विषय का विस्तृत ज्ञान नहीं है, फिर वे बच्चों को क्या दे पाएँगे? डिग्रियाँ भले ही उन्हें मिल जाती हैं, पर ज्ञान तो अधूरा ही रहता है। ऐसे ही छात्र आगे चलकर अनुशासनहीन बनकर समाज और देश में अराजकता पैदा करते हैं। शिक्षा के पवित्र मंदिर में भी राजनीति का प्रवेश हो गया है। निजी विद्यालयों की संख्या बेतहाशा बढ़ने लगी है। पैसे वालों के बेटे-बेटियाँ इन्हीं स्कूलों में पढ़ना चाहते हैं। सरकारी स्कूल में बच्चे कम होते जा रहे हैं और निजी स्कूलों में उनकी संख्या बेतहाशा बढ़ रही है।

सरकार योजनाएँ तो बनाती है, पर उसे लागू नहीं कर पाती। सरकारी तंत्र उसे लागू करने में उदासीन रहता है। सबको इन योजनाओं का लाभ भी नहीं मिल पाता। स्कूल-कॉलेजों के शिक्षकों की गुटबाजी भी एक बड़ा कारण है। वे अपने स्वार्थ के लिए छात्रों को मोहरा बनाकर आंदोलन आदि करवाते हैं। नेताओं का भी ऐसे आंदोलनों में प्रवेश हो जाता है, जो आग में घी का काम करते हैं। शिक्षा अधिकारी केवल कार्यालय में बैठकर वेतन लेते हैं।

अतः आवश्यकता है कि पुनः शिक्षा नीति में सरकार परिवर्तन लाए जिससे छात्रों में राष्ट्रीय, सामाजिक भावना आदि का विस्तार हो। वे एक सफल और सजग नागरिक बन सकें। देश के नवनिर्माण में अपना सहयोग दे सकें।

शिक्षा नीति को चार लोगों की विचारधारा ने अत्यधिक प्रभावित किया है। शिक्षा के लक्ष्य के रूप में मानवतावाद, सार्वभौमिकता और आत्म साक्षात्कार संबंधी रवींद्रनाथ टैगोर के विचार। स्वावलंबन के लिए गांधी के विचार। लोकतंत्र की सुरक्षा के लिए आंबेडकर के विचार और समानता संबंधी कृष्णमूर्ति के विचार। इसी उद्देश्य से 27 जुलाई, 1961 को एनसीईआरटी की स्थापना की गई। पुनः 1966 में कोठारी आयोग के अनुसार केंद्रीय विद्यालयों की शुरुआत हुई। तमिलनाडु की सरकार ने मध्याह्न भोजन योजना का आरंभ किया।

आज विज्ञान की पढ़ाई को प्रोत्साहन देने के लिए कई साइंस कॉलेज खोले गए। मेडिकल कॉलेज, इंजीनियरिंग कॉलेज आदि की स्थापना प्रत्येक जिले में की जा रही है। व्यावसायिक और व्यापारिक शिक्षा को बढ़ावा देने के लिए कई व्यावसायिक कॉलेज भी स्थापित हो रहे हैं। इस तरह आज देश में शिक्षा नीति में आमूल परिवर्तन कर शिक्षा को डिग्री तक ही सीमित नहीं रखकर उसे जीवनोपयोगी बनाने की दिशा में कई कार्य हो रहे हैं। डिजिटल शिक्षा के क्षेत्र में भी कई काम किए जा रहे हैं।

□

भारत की कृषि नीति

भारत को कृषि प्रधान देश कहा गया है। भारत का भविष्य कृषि पर ही निर्भर है। देश की अधिकांश जनसंख्या किसानों की है और किसान कृषि कार्य पर ही निर्भर हैं। प्राचीन काल में कृषि की दशा उन्नत थी। जनसंख्या कम होने के कारण भारतीयों का जीवन खेती की उपज से चलता था। इतनी उपज हो जाती थी कि लोग अपनी जरूरतों की पूर्ति कर लेते थे, लेकिन कालक्रम से हम गुलाम होते गए। शासकों ने शोषण की नीति अपनाई और कृषि कार्य में ह्रास होता गया।

आज कृषि के क्षेत्र में कई समस्याएँ पैदा हो गई हैं। सबको खेती लायक जमीन भी उपलब्ध नहीं है। कभी अतिवृष्टि तो कभी अनावृष्टि के कारण भी फसल मारी जाती है। वर्षा समय पर होती नहीं और न सिंचाई का ही उत्तम प्रबंध है। कीड़े-मकोड़े भी फसल को काफी बर्बाद करते हैं। औद्योगिक विकास भी अधूरा है। फलतः बढ़ती जनसंख्या का सारा भार कृषि पर पड़ जाता है। उत्तम खाद-बीज का भी घोर अभाव है। आज के वैज्ञानिक युग में, जहाँ एक से बढ़कर एक खेती के उपकरण आ गए हैं, वहाँ आज भी ग्रामीण क्षेत्रों में किसान हल-बैल से ही खेती करने को बाध्य हैं, क्योंकि उनके पास इन उपकरणों को खरीदने के लिए पैसे नहीं हैं। प्रत्येक साल आने वाली विभिन्न नदियों की बाढ़ से भी फसलों को नुकसान होता है।

आजादी के बाद भारत सरकार ने कृषि की दशा सुधारने के लिए कई कार्य किए हैं। कई योजनाएँ बनाई गई हैं। कृषि कार्य के लिए किसानों को ऋण दिया जा रहा है। समय-समय पर गरीब किसानों के कर्ज माफ किए गए हैं। वैज्ञानिक साधनों, जैसे ट्रैक्टर, जुताई, बुवाई, कटाई आदि संबंधित उपकरणों की खरीद के लिए सरकार धन उपलब्ध करा रही है। कई प्रकार के घरेलू एवं बृहत् उद्योग-धंधों के लिए निवेशकों को आमंत्रित किया जाता है, ताकि कृषि पर जनसंख्या का बोझ कम पड़े। भारत के प्रथम प्रधानमंत्री पंडित जवाहरलाल नेहरू ने एक बार जनता को संबोधित करते हुए कहा था कि देश के लिए भोजन सामग्री का आयात करना बड़े शर्म की बात होती है। उन्होंने जरूरी बुनियादी चीजों की नींव रखी, जिससे आगे चलकर हरित क्रांति की शुरुआत हुई।

राष्ट्रीय कृषि नीति में कुछ विशेष उद्देश्य रखे गए थे। कृषि क्षेत्र में प्रतिशत वार्षिक वृद्धि पर जोर दिया गया। ऐसे विकास को आगे बढ़ाने की बात कही गई, जिसमें संसाधनों का कुशलतापूर्वक प्रयोग हो सके। साथ ही हमारी जल भूमि आदि को सुरक्षित रखा जा सके। ऐसे विकास की बात कही गई, जो तकनीकी, पर्यावरण एवं आर्थिक दृष्टि से पोषणीय हो। इसके अलावा भूमि पर जैविक पदार्थों को सीमित करने की बात कही गई। अनुपजाऊ एवं बंजर भूमि को कृषि एवं वानिकी के लिए प्रयोग में लाने की बात हुई।

बहु फसल एवं मिश्रित फसल द्वारा फसल बीमा की योजना बनाई गई। वाटर शैड प्रणाली द्वारा कम वर्षा वाले क्षेत्रों में भूमि को उर्वर बनाने की योजना पर काम आरंभ हुआ। इसके अलावा सिंचाई का प्रबंध करना, चरागाह की व्यवस्था करना जैसे कार्य आरंभ किए गए। ऐसी फसलों का उत्पादन बढ़ाने की बात तय हुई, जिसमें पोषक तत्त्व अधिक हों। नए किस्म की फसलों की उत्पादकता भी बढ़ाई गई। कृषि नीति में मुख्य रूप से वर्षा पर आधारित सिंचाई बागबानी, फूल उत्पादन औषधि वाले पौधों, मधुमक्खी पालन, रेशम उत्पादन आदि पर भी बल दिया गया। वर्तमान प्रधानमंत्री मोदी ने मोटे अनाज के उत्पादन पर बल दिया है।

सरकार ने इस पर भी ध्यान दिया कि कृषि क्षेत्र के विनिर्माण में व्यापार की नीति उन्नत हो। कृषि मंत्री ने स्पष्ट किया है कि कृषि को करों के दायरे से बाहर रखा जाएगा। कृषि क्षेत्र में निजी निवेश भी बढ़ाया जाएगा। खासकर कृषि अनुसंधान और मानव संसाधन विकास तथा फसल उपरांत प्रबंध एवं विपणन क्षेत्र में भी इसे लागू किया जाएगा।

कृषि विधायन इकाइयों की स्थापना के लिए उत्पादक सहकारी समितियों एवं निगम क्षेत्र में सहयोग को प्रोत्साहन दिया जाएगा। राष्ट्रीय कृषि नीति में ऐसी कृषि बीमा योजना कायम करने का सुझाव है, जो देश के सभी किसानों और फसलों के लिए जरूरी हो। इसके अलावा इसमें फसलों की बुआई से लेकर कटाई तक बाद की क्रियाएँ, जिनमें कृषि वस्तुओं की कीमतों में उच्चावच भी शामिल हो।

कृषि क्षेत्र में उच्च शिक्षा के लिए देश के कई हिस्सों में कृषि कॉलेजों की स्थापना की गई है। 17 नवंबर, 1960 को तत्कालीन उत्तर प्रदेश (अब उत्तराखंड के) पंत नगर में पहले कृषि महाविद्यालय की स्थापना की गई। पुनः 1962 में पंजाब के लुधियाना में कृषि विश्वविद्यालय खोला गया। सिंचाई के लिए 1963 में भाखड़ा नांगल बाँध बना। 1960 में हरित क्रांति की शुरुआत हुई।

कृषि वैज्ञानिकों ने आयातित बीजों को भारतीय परिस्थिति के अनुकूल बनाने की कोशिश की है। इन सभी प्रयासों के कारण कृषि क्षेत्र में उत्पादन दिन-प्रतिदिन बढ़ता जा रहा है। अभी हाल के दिनों में मोदी सरकार ने किसानों के हित में एक नया कानून बनाया था, लेकिन किसानों के विरोध के कारण ही वह कानून सरकार को वापस लेना पड़ा। □

भारत की वैदेशिक नीति

प्रत्येक स्वतंत्र देश अन्य देशों के साथ अपनी एक विदेश नीति निर्धारित करता है। वर्तमान समय में देश की जो राजनीतिक स्थिति है, वह पहले से भिन्न है। भारत में कभी सम्राट अशोक ने भी विदेशों में बौद्ध धर्म के प्रचार के लिए अपने दूत भेजे थे। आज धर्म प्रचार को भले ही ज्यादा महत्त्व नहीं दिया जाता, लेकिन अपनी राजनीतिक, आर्थिक, सांस्कृतिक दशा को स्थायी रखने तथा उसमें और प्रगति लाने के उद्‍देश्य से भारत को विदेशों से अपने बेहतर संबंध बनाने होंगे।

राजा-महाराजाओं के शासनकाल में भी भारत अन्य देशों के साथ अच्छे संबंध पर बल देता रहा है। आज की परिस्थिति बिल्कुल बदल गई है। आज हम कितनी भी ताकत बढ़ा लें, लेकिन देश के चतुर्दिक विकास के लिए हमें दूसरे देशों पर निर्भर होना ही पड़ेगा। राजनीतिक दृष्टि से ही नहीं, आर्थिक दृष्टि से भी हर राष्ट्र एक-दूसरे के सहयोग की अपेक्षा रखता है। किसी भी देश के विकास के लिए सारे साधन उसी देश में उपलब्ध नहीं होते। भारत में भी आजादी के बाद उसके सामने कई समस्याएँ थीं। उसकी कई आवश्यकताएँ थीं, जिनकी पूर्ति अन्य देशों की सहायता से ही हो सकती थी। अतः भारत ने सभी देशों से मित्रता एवं सह-अस्तित्व की नीति अपनाई।

प्राचीन काल से ही भारत का अन्य देशों के साथ सांस्कृतिक और व्यापारिक संबंध रहा है। दक्षिण-पूर्व और मध्य एशिया से भारत ने अपनी पहचान बनाने के लिए एक ठोस विदेश नीति का निर्धारण किया है। दूसरे विश्वयुद्ध के पश्चात् विश्व स्पष्ट रूप से दो गुटों में बँट गया—पूँजीवादी गुट का नेतृत्व अमरीका के हाथ में था और समाजवादी गुट का नेतृत्व सोवियत संघ अर्थात् रूस के हाथ में था। लेकिन भारत इन दोनों ही गुटों से अलग रहा। उसने तटस्थता एवं अपनी स्वतंत्र वैदेशिक नीति अपनाई। वह किसी गुटका पिछलग्गू बनने के पक्ष में नहीं था, बल्कि वह प्रत्येक देश के साथ बराबरी का हक चाहता था।

भारत की परंपरा सत्य, अहिंसा, प्रेम आदि की रही है। हमारे यहाँ बुद्ध, महावीर, गांधी जैसे महापुरुष पैदा हुए, जिन्होंने मानवतावाद की स्थापना की। भारत

ने इन्हीं महापुरुषों के सिद्धांतों पर चलते हुए अपनी उदार वैदेशिक नीति का निर्धारण किया।

भारत की भौगोलिक और आंतरिक स्थिति ने भी इसकी विदेश नीति को प्रभावित किया है। 1947 में भारत स्वतंत्र राष्ट्र तो बना, पर विकास के लिए उसे अमरीका और रूस दोनों ही देशों की मदद की जरूरत थी। वह किसी एक के पक्ष में जाता तो दूसरा उसका विरोधी बन जाता। साथ ही चीन, पाकिस्तान, बंगलादेश, नेपाल आदि देशों के साथ उसकी सीमा मिलती थी। एशिया में चीन अपना वर्चस्व स्थापित करना चाहता था, लेकिन भारत के होते हुए वह ऐसा नहीं कर पाता। अत: वह सदा से भारत की प्रगति की राह में रोड़ा अटका रहा था। पाकिस्तान अमरीका की शह पाकर भारत को परेशान करने की ताक में लगा था। अमरीका भारत को अपने प्रभाव क्षेत्र में लाने की बात करता था। इसी शर्त पर वह भारत को आर्थिक और सामरिक मदद करने की बात करता था। लेकिन भारत को यह मंजूर नहीं था। ऐसी स्थिति में भारत को बहुत सँभलकर अपनी नीति पर चलना था।

अत: भारत ने स्पष्ट तौर पर तटस्थता की नीति अपनाई। इसी कारण उसे दोनों गुटों से सभी प्रकार की सहायता मिलती रही। संविधान के अनुच्छेद 51 में कहा गया है कि राज्य अंतरराष्ट्रीय शांति और सुरक्षा की वृद्धि करने का प्रयास करेगा। भारत को एक ऐसी नीति अपनानी थी, जिससे एशिया और अफ्रीका से उपनिवेशवाद समाप्त हो और भारत के इन देशों के साथ भी बेहतर संबंध बनें।

स्वतंत्रता के बाद हमारे प्रथम प्रधानमंत्री द्वारा कुछ ऐसे गलत निर्णय लिये गए, जिससे देश की भारी क्षति हुई। चीन के भुलावे में आकर उन्होंने तिब्बत की स्वायतत्ता उसे दे दी। 'हिंदी-चीनी भाई-भाई' के नारे के पीछे चीन की साम्राज्यवादी नीति के कारण उसने 20 अक्तूबर, 1962 को धोखे से भारत पर आक्रमण कर दिया। आज भी तिब्बत सहित देश के कुछ भू-भाग पर उसका कब्जा कायम है। पाकिस्तान के साथ भी कश्मीर को लेकर भारत की नीति असफल हो गई। कश्मीर पर कब्जा जमाने के लिए पाकिस्तान आज तक प्रयासरत है।

चीन के विश्वासघात के कारण भारत को रूस की ओर झुकना पड़ा। अगर गहराई में जाएँ तो भारत अमरीका की अपेक्षा रूस के अधिक निकट होता गया और रूस ने भी दिल से भारत की मदद की।

लाल बहादुर शास्त्री के समय अमरीका और भारत के रिश्ते में खटास आ गई थी। अमरीका पाकिस्तान को लेकर भारत पर दबाव बनाना चाहता था। उसने गेहूँ देना बंद कर दिया, लेकिन शास्त्रीजी झुके नहीं। उन्होंने 'जय जवान, जय किसान' का नारा दिया और उस साल जरूरत से ज्यादा देश में गेहूँ का उत्पादन हुआ। अमरीका को भारत का

लोहा मानना पड़ा। संक्षेप में कहें तो भारत अपनी परिस्थिति के अनुसार कुशलतापूर्वक अपनी वैदेशिक नीति में सफल होता रहा है।

वर्तमान समय में भारत दुनिया के देशों में अपनी धाक जमा चुका है। मोदी सरकार की कूटनीति और चतुर विदेश नीति के कारण आज अमरीका, रूस, ब्रिटेन सभी देश भारत को सम्मान की दृष्टि से देखते हैं। अपनी सामरिक शक्ति बढ़ाने के लिए भारत ने रूस से कई प्रकार के अस्त्र-शस्त्र, मिसाइलों आदि की खरीद की है। वहीं अमरीका भी उसे मदद देने के लिए तैयार है। अटल बिहारी ने जब पोखरण में मिसाइल का प्रयोग किया था, तो अमरीका सहित कई देशों ने इसका घोर विरोध किया था। लेकिन आज मोदी सरकार के कुशल नेतृत्व में मिसाइलें दागी जा रही हैं। एक-से-एक हेलीकॉप्टर, हवाई जहाज, मिसाइलें आदि कई देशों से खरीदे जा रहे हैं। भारत की आर्थिक नीति की भी दुनिया के विकसित देश आज प्रशंसा कर रहे हैं। हाल के दिनों में कोरोना जैसी महामारी के समय भारत ने कई देशों को दवा एवं टीके मुफ्त भिजवाए। लंका में आर्थिक संकट के समय हजारों करोड़ की आर्थिक मदद की गई। नेपाल, बंगलादेश सबकी मदद को भारत तैयार है। यूक्रेन युद्ध में भारत ने जिस कूटनीति का परिचय दिया है, वह काबिले तारीफ है। तभी तो हमारे देश में महँगाई का असर ज्यादा नहीं हुआ।

इस प्रकार भारत अपने पड़ोसी देशों के साथ-साथ विश्व के सभी देशों के साथ मित्रता और तटस्थता की नीति पर चलकर विकास की ओर अग्रसर है।

वर्तमान समय में इजराइल का हमास, गाजा पर जो आक्रमण हो रहा है, उससे तीसरे महायुद्ध की स्थिति बन गई है। यहाँ भी भारत ने तटस्थ होकर कह दिया है कि आतंकवाद का खात्मा होना ही चाहिए।

□

आतंकवाद

आतंकवाद आज भारत की ही समस्या नहीं है। संपूर्ण विश्व आज आतंकवाद से आतंकित है। आतंकवाद की एक निश्चित और सर्वमान्य परिभाषा नहीं दी जा सकती है। हम इतना ही सरल शब्दों में समझे लें कि जब किसी समाज या सरकार को भय दिखाकर अथवा हिंसा फैलाकर कोई अपनी बात मनवाना चाहता है, तो उसके ये कार्य 'आतंकवाद' कहलाते हैं। वैसे कोई पराधीन राष्ट्र जब अपनी स्वतंत्रता के लिए आवाज उठाता है, तो उसे भी आतंकवादी कह देते हैं। भारतीय स्वतंत्रता संग्राम में जब देश के युवाओं ने आवाज उठाई, हिंसा फैलाई तो उन्हें भी अंग्रेजों ने आतंकवादी कह दिया। कुछ लोग गांधी के हत्यारे गोडसे को भी आतंकवादी कह देते हैं, लेकिन हत्यारा और आतंकवादी में अंतर होता है।

आतंकवाद असंतोष से पैदा होता है। जब शोषण अपनी सीमा लाँघता है, तो आतंकवाद पनप उठता है। आज विश्व के कई देश इस आतंकवाद से पीड़ित हैं। अमरीका, फ्रांस, इंग्लैंड सभी आतंकी गतिविधि को रोकने में अपने को अक्षम पा रहे हैं। इसका सबसे बड़ा कारण है कि कुछ देश ही आतंकियों को प्रोत्साहन देते हैं, उन्हें आर्थिक रूप से मदद करते हैं। भयानक अस्त्र-शस्त्र मुहैया कराते हैं। ऐसे देशों में पाकिस्तान प्रमुख है। चीन की साम्राज्यवादी नीति भी आतंकवाद का वातावरण पैदा करती है। कुछ ऐसे राष्ट्र हैं, जो दुनिया में अपना वर्चस्व स्थापित करने के लिए अपने प्रतिद्वंद्वी राष्ट्र के विरुद्ध आतंकवाद को बढ़ावा देते हैं। अपने स्वार्थ की सिद्धि के लिए धन, जन, बल सब तरह से ऐसे देशों ने आतंकियों को उभारा है। यही कारण है कि आज आतंकवादियों की कुछ संस्थाएँ विश्व के कई देशों में स्थापित हैं और वहाँ आतंकी गतिविधि का संचालन कर रही हैं।

आज धर्म को लेकर भी आतंकवाद उग्र रूप ले रहा है। खासकर इस्लामी देश संपूर्ण विश्व में इस्लाम का प्रचार-प्रसार करते हुए इस्लामी साम्राज्य स्थापित करना चाहते हैं। इसके लिए वे सबल राष्ट्रों को डराते हैं। उनकी प्रगति के मार्ग में रोड़ा अटकाते हैं, वहाँ हिंसा का भयानक माहौल पैदा करना चाहते हैं।

2001 में दुनिया के एक खतरनाक आतंकवादी ओसामा बिन लादेन ने अमरीका के वर्ल्ड ट्रेड सेंटर को धराशायी कर दिया था। इस घटना में सेंटर में काम करने वाले सैकड़ों लोग मारे गए थे। यह विश्व इतिहास की एक महत्त्वपूर्ण आतंकवादी घटना थी।

आज भारत सबसे ज्यादा आतंकवाद से जूझ रहा है। कुछ पड़ोसी देश इसकी उन्नति–प्रगति को देखकर जल रहे हैं और उसे रोकने के लिए अपने यहाँ आतंकवादियों को प्रश्रय दे रहे हैं। पाकिस्तान आतंक का गढ़ बना है और चीन उसकी पीठ ठोंक रहा है। 13 दिसंबर, 2001 को आतंकियों ने भारत के संसद् भवन पर हमला किया। यह भारत की प्रभुसत्ता को खुली चुनौती थी, लेकिन हमारे वीर सैनिकों ने उन्हें सफल नहीं होने दिया। सभी आतंकी मारे गए। मुंबई आतंकी हमले में गिरफ्तार किए गए एक आतंकी अब्दुल कसाब को फाँसी दे दी गई। धीरे–धीरे आतंकवाद की समस्या अंतरराष्ट्रीय समस्या बन गई। आज इसका राजनीतिकरण भी होता जा रहा है। हर देश एक–दूसरे को नीचा दिखाने के लिए तथा अपना राजनीतिक वर्चस्व स्थापित करने के लिए आतंकवाद को बढ़ावा दे रहा है।

भारत कश्मीर की समस्या को लेकर बुरी तरह आतंक से जूझ रहा है। पूर्व के नेताओं की राजनीतिक अदूरदर्शिता के कारण कश्मीर आज भारत के लिए नासूर बन गया है। आए दिन पाकिस्तान आतंकियों की घुसपैठ हमारे देश में कराता रहा है। इस आतंकी हमले में हमारे सैकड़ों जवान शहीद हो चुके हैं। आतंकी भी इससे अधिक संख्या में मारे गए हैं। लेकिन मोदी सरकार ने कश्मीर में लागू 370 धारा को हटा दिया है। अब अन्य राज्यों की तरह जम्मू–कश्मीर भी भारत का राज्य है। अब वहाँ भी तिरंगा फहरा रहा है। कुछ स्वार्थी नेता भले ही विरोध कर रहे हैं और आतंकियों को उभार रहे हैं, लेकिन मोदी सरकार की कूटनीति के आगे उनकी हर चाल विफल हो रही है। उरी, पुलवामा आदि घटनाओं का भारत ने ईंट का जवाब पत्थर से दिया है। कारगिल युद्ध में भी भारत ने विजय प्राप्त की है। अब धीरे–धीरे कश्मीर में आतंकी गतिविधि कम हो रही है।

1980 में पंजाब में आतंकवाद ने उग्र रूप धारण किया था। खालिस्तान की माँग को लेकर भारी उत्पात मचाया गया था। भिंडरावाला का प्रभाव वहाँ काफी बढ़ गया था। अमृतसर का स्वर्ण मंदिर आतंकवादियों का गढ़ बना था। तत्कालीन प्रधानमंत्री इंदिरा गांधी ने 'ब्लू ऑपरेशन' के तहत स्वर्ण मंदिर में छिपे आतंकियों को बाहर निकलने पर मजबूर कर दिया, सेना और आतंकियों की मुठभेड़ में कई आतंकी मारे गए। इसी के फलस्वरूप हिंदू और सिख दंगा भयानक रूप से देश में आरंभ हो गया। इस दंगे में सैकड़ों सिख मारे गए।

संक्षेप में कहें तो आतंकवाद नक्सलवाद से आरंभ होकर संपूर्ण विश्व में फैलता गया और आज इसने राजनीतिक रूप ले लिया है।

□

बेटी बचाओ, बेटी पढ़ाओ

स्वतंत्रता-प्राप्ति के बाद से भारत सरकार ने स्त्री शिक्षा पर विशेष बल दिया है। कहा भी गया है कि बच्चों का प्रथम स्कूल परिवार है और माँ प्रथम शिक्षिका है। अत: आजादी के बाद से ही नारी शिक्षा के लिए समय-समय पर कई योजनाएँ बनती आई हैं। अगर नारी शिक्षित है, तो पूरा समाज और राष्ट्र शिक्षित हो जाएगा। इन्हीं बातों को ध्यान में रखकर लड़कियों की शिक्षा के लिए अलग बालिका विद्यालयों की स्थापना की गई है। लड़कियों को छात्रवृत्ति, स्कूल में मुफ्त भोजन, स्कूल ड्रेस, किताब आदि सरकार अपने खर्च पर मुहैया करा रही है।

इस योजना के पीछे सरकार का यह भी उद्‌देश्य है कि लड़कियाँ भी हर क्षेत्र में लड़कों की बराबरी करें। उनके कंधे-से-कंधा मिलाकर देश की प्रगति में सहायक बनें। ऐसा हो भी रहा है। आज लड़कियाँ भी पायलट, रेल इंजन ड्राइवर आदि बनने लगी हैं। सेना में भी अपना शौर्य दिखाने लगी हैं। कई मायनों में वे पुरुषों से आगे बढ़ चुकी हैं। 2015 में वर्तमान प्रधानमंत्री नरेंद्र मोदी ने इस योजना की शुरुआत की, जिसका परिणाम बड़ा ही सुखद और उत्साहवर्धक दिखाई देने लगा है।

हमारे समाज में भ्रूण हत्या एक बड़े कलंक के समान थी। मध्यकाल में लड़कियों के जन्म लेते ही परिवार में मातम जैसा माहौल छा जाता था। अत: उन्हें गर्भ में मार डाला जाता था। मोदी ने देश के माथे से इस कलंक को धोने का प्रयास किया है। भ्रूण हत्या के खिलाफ कड़े कानून बनाए गए हैं। जन्म से पहले लिंग की जानकारी देने पर प्रतिबंध लगा दिया गया है। इसके लिए सजा का भी प्रावधान किया गया है।

भ्रूण हत्या के कारण लड़कियों की संख्या लगातार कम होती गई है। समाज के लिए यह स्थिति आगे चलकर विकट रूप ले सकती थी। अत: इस योजना के पीछे यह भी उद्‌देश्य है कि लड़के-लड़कियों का लिंगानुपात समान हो।

2011 की जनगणना के अनुसार भारत में लिंगानुपात 1000:943 था। इसके बाद भी यह आँकड़ा तेजी से नीचे गिरा है। सरकार महिलाओं की सुरक्षा पर धन खर्च करने

को तैयार है। देश के नागरिकों को इस कार्यक्रम को सफल बनाने के लिए आमंत्रित किया गया है।

महिलाओं के स्वास्थ्य पर भी इस योजना में ध्यान दिया गया है। योजना है कि महिलाओं को चिकित्सा के क्षेत्र में अधिक-से-अधिक सुविधा प्रदान के लिए कई सरकारी और निजी अस्पताल खोले जाएँगे। एक महिला कोषांग की भी स्थापना की गई है।

हमारे देश की आधी आबादी महिलाओं की है। देश की गाड़ी के स्त्री और पुरुष दो पहिये हैं। जब दोनों पहिये एक साथ सुचारु रूप से नहीं चलते तो गाड़ी लीक पर नहीं चल पाती है। अत: देश के नवनिर्माण में दोनों का समान महत्त्व है और दोनों का समान सहयोग अपेक्षित है। हमारा देश सैकड़ों वर्षों तक गुलाम रहा। हमारा सभी प्रकार से शासन ने शोषण किया। अशिक्षा के कारण देश अंधविश्वास, रूढ़ि, गलत परंपराओं आदि का शिकार बन गया। नारी की स्थिति अत्यंत दयनीय हो गई। इन्हीं सब बातों का ध्यान रखकर वर्तमान सरकार ने नारी की उन्नति और उसके सर्वांग विकास की ओर ध्यान दिया है। इसी के लिए नई-नई योजनाएँ बनाई गई हैं, जिनमें सबसे लाभप्रद योजना है—बेटी बचाओ, बेटी पढ़ाओ।

इस दिशा में प्रगति लाने के लिए सरकार ने कई तरह के पुरस्कारों की घोषणा की है। अभिभावकों को भी पुरस्कृत करने की योजना है। देश के सभी नागरिकों का कर्तव्य है कि वे इस योजना की सफलता में सरकार को सहयोग दें।

□

भारत का असंतुष्ट युवा वर्ग

किसी भी देश के सर्वांगीण विकास में वहाँ के युवाओं का बहुत बड़ा योगदान होता है। वे देश की रीढ़ होते हैं, लेकिन यह बड़े दुर्भाग्य की बात है कि आज देश का युवा वर्ग कई कारणों से असंतोष से भरा है। फलस्वरूप यह वर्ग आज देश की हर समस्या से उदासीन और बेपरवाह बना है। युवा वर्ग ही नहीं, आज प्रत्येक वर्ग में असंतोष-ही-असंतोष व्याप्त है। खेत में काम करने वाला किसान असंतुष्ट है। कल-कारखानों में काम करने वाला मजदूर असंतुष्ट है। सरकारी महकमों में काम करने वाले कर्मचारी असंतुष्ट हैं। स्कूल, कॉलेजों में पढ़ने वाले छात्र असंतुष्ट हैं। यानी कि हर क्षेत्र में असंतोष-ही-असंतोष है।

कभी यह हमारी मान्यता थी कि युवा वर्ग अपने परिवार, समाज, राष्ट्र सबके प्रति अपने कर्तव्यों और दायित्वों का सफल निर्वाह करे। 'जो देखा ख्वाब था, जो सुना अफसाना था' के अनुसार आज युवा वर्ग का वर्तमान पतित हो चुका है। यह वर्ग आज दिग्भ्रमित हो चुका है। यह आज न तो अपने अधिकारों के प्रति सजग है और न अपने कर्तव्यों के प्रति सचेत है।

उनका यह असंतोष अकारण नहीं है। इसके कई कारण हैं। कभी आजादी के जंग में सरफरोशी की तमन्ना लिये हजारों युवा बाजुए कातिल का जोर आजमाने सिर से कफन बाँध, कमर कस समर में कूद पड़े थे। आज हम स्वतंत्रता की साँस ले रहे हैं, तो इन्हीं वीरों के त्याग, बलिदान और शहादत के कारण। उनका विश्वास था कि आजादी के बाद उन्हें शासकों के शोषण से मुक्ति मिलेगी। लेकिन आजादी मिलते ही उनकी आशाओं पर पानी फिर गया। सारे विश्वास चकनाचूर हो गए। उनकी शहादत व्यर्थ हो गई।

वे आज भी अभावों से ग्रस्त हैं, पीड़ाओं से त्रस्त हैं। उनके सामने बेरोजगारी, भूख, महँगाई, गरीबी मुँह बाये खड़ी है। वे आज भी अपने बुरे हालातों से जूझ रहे हैं। जिन नेताओं की एक पुकार पर वे अपनी जान कुरबान करने को तैयार होते थे, आज वे ही नेता उन्हें दरकिनार कर खुद अपना घर भरने में लगे हैं। कुर्सी से चिपककर नाग की तरह

फन फैलाकर उस पर बैठे हैं। इनकी दशा पूछने वाला तक सरकार में कोई नहीं। इस तरह लूट-खसोट का बाजार गर्म है। हर कोई उनकी दशा से उदासीन है। ऐसे हालात में अगर युवा वर्ग असंतुष्ट है, तो इसमें आश्चर्य क्या?

आजादी के इतने वर्षों के बाद भी सरकार की कोई स्पष्ट शिक्षा नीति नहीं बन सकी है। केवल प्रयोग हो रहे हैं। शिक्षा किताबी ज्ञान तक सीमित रह गई है, शिक्षा का उद्‌देश्य डिग्री पाना और उसे दिखाकर नौकरी पाना भर रह गया है। स्कूल-कॉलेज के विशाल भवन बड़े-बड़े कारखानों जैसे बन गए हैं, जहाँ प्रतिवर्ष हजारों छात्रों का उत्पादन होता है, लेकिन खपत बहुत कम होती है। जब उन्हें नौकरी नहीं मिलती, अपने परिवारों का वे भरण-पोषण नहीं कर पाते तो फिर उस शिक्षा के प्रति उनके मन में विद्रोह पनपना स्वाभाविक हो जाता है। शिक्षा पाने में अपने जीवन के बिताए 20-25 वर्ष उन्हें व्यर्थ प्रतीत होते हैं। और तब पनपता है एक आक्रोश, जो बाद में चलकर कितनी बुराइयों को जन्म देता है।

आज देश का राजनीतिक माहौल भी ऐसा बना है, जो उनके आक्रोश की आग में घी का काम करता है। नेता केवल अपनी स्वार्थसिद्धि में लगे हैं। उनका नारा खोखला बन गया है कि गरीबी मिटाकर रहेंगे, लेकिन गरीबी आज भी जिंदा है। हाँ, गरीब जरूर मिट रहे हैं। हर तरफ घूसखोरी, पैरवी, भाई-भतीजावाद का बोलबाला है। बड़े पदों पर बैठे अधिकारी अपने नाते-रिश्ते पहले देखते हैं। पैसे के बल पर कुछ धनी घरों के युवा नौकरी पा लेते हैं। पैरवी को जहाँ सहूलियत है, वहाँ भी कुछ युवा बाजी मार ले जाते हैं। लेकिन अधिकांश नौजवान पैरवी, पैसे के अभाव में हर सुविधा से वंचित रह जाते हैं। आरक्षण के कारण भी युवाओं का एक वर्ग असंतुष्ट है। कम अंक पाकर भी कुछ लोग नौकरी पा लेते हैं। बड़े पद पर भी पहुँच जाते हैं और दूसरी ओर अधिक अंक पाकर भी कुछ लोग नौकरी से वंचित रह जाते हैं। इस नीति के कारण भी आज युवा वर्ग असंतोष से भरा है, प्रतिभा का कोई मोल नहीं रह गया है।

स्कूल-कॉलेज, जो शिक्षा के मंदिर कहे जाते हैं, वहाँ भी राजनीति प्रवेश कर गई है। शिक्षकों के साथ छात्रों का धरना, प्रदर्शन आदि से पढ़ाई तो ठप होती ही है, माहौल भी खराब हो जाता है। कई शिक्षक अपने स्वार्थ की सिद्धि के लिए छात्रों को हथियार बना लेते हैं। छात्र संघ भी राजनीति का अखाड़ा बन जाता है।

आज इस असंतोष के कारण ही समाज और देश में चारों ओर अराजकता का माहौल व्याप्त है। बेरोजगार छात्र आज आंदोलन, विद्रोह, असामाजिक कार्य आदि करने को विवश हैं।

एक समय जो छात्र आंदोलन सत्ता बदलने की शक्ति रखता था, आज वही अराजकता फैला रहा है। देश में आगजनी, लूटपाट, हिंसा, सरकारी संपत्ति को नुकसान

पहुँचाना आदि आम बात हो गई हैं। अनुशासनहीनता इतनी बढ़ गई है कि आज छात्र शिक्षक पर ही हाथ उठाने लगा है। अश्लीलता, गुंडागर्दी, चोरी-डकैती सबकी जड़ में यह छात्र असंतोष ही प्रधान है।

निराश और हताश व्यक्ति कुछ भी कर सकता है। उसके लिए नैतिकता का कोई मूल्य नहीं रह जाता है। तभी तो आज का हताश युवा वर्ग नशे का आदी बन गया है। वह पैसे के लिए कोई भी अनैतिक कार्य करने को तैयार हो जाता है, भ्रष्ट नेताओं का हथकंडा बनकर देश के साथ ही गद्दारी करने को तैयार हो जाता है। उसमें न आज सृजनात्मक क्षमता है, न रचनात्मकता ही। आतंकवाद, नक्सलवाद को भी यह वर्ग प्रोत्साहित कर रहा है। अगर समय रहते सरकार ने उनकी समस्याओं पर ध्यान नहीं दिया तो यह असंतोष कहीं देश को विनाश के गर्त में न धकेल दे।

हाल के दिनों में किसानों के आंदोलन ने देश को झकझोर डाला था। सरकार को दबाव में अपना बनाया कानून वापस लेना पड़ा था। अग्निवीर योजना का जो घोर विरोध हुआ था, उससे पूरा देश परिचित है। समय पर परीक्षा, समय पर रिजल्ट आदि को लेकर आए दिन जो छात्र आंदोलन हो रहे हैं—ये सब देश के लिए खतरनाक साबित हो सकते हैं।

अतः सरकार को एक ठोस नीति अपनानी होगी। शिक्षा के क्षेत्र में परिवर्तन लाना होगा। व्यावसायिक शिक्षा पर अधिक ध्यान देने की जरूरत है, ताकि छात्र नौकरी पर ही निर्भर न रहें। हस्तकौशल तथा अन्य हुनर देने की जरूरत है। घरेलू उद्योग-धंधों को प्रोत्साहन देना होगा। व्यवसाय आरंभ करने के लिए युवाओं को कम ब्याज पर कर्ज की व्यवस्था करनी होगी। किताबी शिक्षा के साथ-साथ नैतिक शिक्षा भी आवश्यक है, ताकि अनुशासनहीनता खत्म हो सके। देश की सभी सरकारों ने समाजवाद का नारा जोर-शोर से दिया। लेकिन समाजवाद अभी भी कोसों दूर है। कहीं पढ़ा था—

सभा में एक नेता ने कहा, समाजवाद आ रहा है।

एक श्रोता ने उठकर पूछा, कहाँ से आ रहा है, किधर से आ रहा है ?

नेता झल्लाते हुए बोले, आप बैठ जाइए, आप बहुत पहले आ गए हैं।

समाजवाद आपके पीछे आ रहा है।

वर्तमान समय में मोदी सरकार इस दिशा में प्रत्यनशील है। छात्रों, युवाओं के साथ सभी वर्ग वालों के हित की बात हो रही है। सबका साथ, सबका विकास और सबका विश्वास लेकर सरकार चल रही है। युवाओं का भी कर्तव्य बनता है कि वे सरकार को सहयोग देकर अपना और देश का कल्याण करें।

□

नक्सलवाद

भारत में समस्याओं की कमी नहीं है। इसे अगर समस्याओं का देश कहा जाए तो कोई अत्युक्ति नहीं होगी। राजनीति का क्षेत्र हो या सामाजिक क्षेत्र, आर्थिक क्षेत्र हो या फिर धर्म का—हर क्षेत्र में समस्या-ही-समस्या है। समाधान कहीं नहीं है। ऐसी ही समस्याओं में एक बड़ी समस्या है, नक्सलवाद की। यह तो सर्वविदित है कि हर समस्या के पीछे असंतोष ही बड़ा कारण होता है।

नक्सलियों में भी शुरू से ही असंतोष का भाव भरता गया था। नक्सलवाद ज्यादातर आदिवासी क्षेत्रों में आरंभ हुआ। आजादी के बाद सरकार ने आदिवासियों को दरकिनार कर दिया। इनकी शैक्षणिक, आर्थिक, सामाजिक दशा सुधारने की ओर विशेष ध्यान नहीं दिया और वे गुलामी में जैसे थे, आजादी के बाद भी वैसे ही रहे। गरीबी, बेकारी, अशिक्षा आदि इनकी नियति बन गई। फलतः सरकार से इनका दिल फटता गया। असंतोष जमा होते गए और जब असंतोष का विस्फोट हुआ, तब इन्होंने हथियार उठा लिये। फिर तो हिंसा, लूटपाट आदि का ऐसा दौर चला कि सरकार के लिए ये नक्सली सिरदर्द बन गए।

साल 1967 में नक्सलवाद का आरंभ बंगाल के छोटे से गाँव नक्सलबाड़ी से हुआ। शुरू में यह किसान आंदोलन तक सीमित रहा। लेकिन धीरे-धीरे इसने उग्र रूप ले लिया और नक्सलवाद कहलाने लगा। सर्वप्रथम इस आंदोलन के तीन प्रमुख उद्‌देश्य थे। इनका मानना था कि खेत जोतने वाले को ही खेत पर मालिकाना हक मिले। यह बहुत हद तक जायज भी था। बड़े-बड़े किसानों के खेतों पर गरीब लोग ही मेहनत करके अन्न उपजाते थे, लेकिन सारा अनाज बड़े किसानों के पास चला जाता था। बहुत से ऐसे लोग थे, जो अन्य कार्यों या पेशों में लगे थे। उन्हें खेत से कोई सरोकार न था। अतः गरीब किसानों ने यह नारा दिया कि जो खेत में खून-पसीना एक कर कार्य करेगा, खेत पर उसका ही असली हक होगा।

भारत में विदेशी पूँजी का बोलबाला था। फलतः आमदनी का बड़ा भाग विदेशों

में चला जाता था। किसान फटेहाल ही रह जाते थे। अतः इसके खिलाफ भी किसानों ने आवाज उठाई और आंदोलन प्रारंभ किया।

इसके अलावा भारत में अमीरी-गरीबी की खाई चौड़ी होती गई। अमीर और अमीर होते गए तथा गरीब और गरीब। फलतः समाज दो वर्गों में बँट गया। जाति प्रथा के कारण विषमता बढ़ती गई। उच्च वर्ग और निम्न वर्ग में भी समाज विभक्त हो चला। सामाजिक समानता का जो आदर्श रखा गया था, वह पूरा न हुआ। निम्नवर्ग पर आए दिन अत्याचार हो रहे थे। आजादी के बाद भी उनका शोषण होना रुका नहीं और इन्हीं सब कारणों से असंतुष्टों का आक्रोश फूट पड़ा। बंगाल से आरंभ होकर यह नक्सलवाद पूरे देश में छा गया। कुछ राज्य इसके विशेष केंद्र बन गए।

मुख्य रूप से आंध्र प्रदेश, बंगाल, बिहार, उत्तर प्रदेश, पंजाब, उत्तराखंड इसके गढ़ थे। सबसे पहले सीता रमैया ने 'पिपुल्स वार ग्रुप' नामक संगठन का निर्माण किया। इसका मुख्य केंद्र आंध्र प्रदेश था। पुनः कन्हाई चटर्जी ने बंगाल में 'माओवादी कम्युनिस्ट सेंटर' नामक संस्था की स्थापना की। बाद में गणपति ने भारतीय कम्युनिस्ट पार्टी का गठन किया, जिसका केंद्र बिहार था। उत्तर प्रदेश, पंजाब, उत्तराखंड जैसे राज्यों में क्रांतिकारी डेमोक्रेटिक फ्रंट की स्थापना हुई।

नक्सलियों ने हिंसा का रास्ता चुना। उन्हें सरकार से लड़ने के लिए हथियार चाहिए था और इसके लिए पैसे। फलतः उन्होंने समाज में लूटपाट, डकैती, हिंसा, सरकारी संपत्ति को नुकसान पहुँचाना, सरकारी कर्मचारियों, पुलिसवालों आदि की हत्या करना जैसे कार्य आरंभ कर दिए। ऐसा करके वे समाज और सरकार में बैठे लोगों में भय पैदा करना चाहते थे। उनके इस कार्य में कुछ भारत विरोधी विदेशी ताकतों का भी सहयोग मिला। नक्सलियों ने सरकार के विरुद्ध गुरिल्ला युद्ध की नीति अपनाई, क्योंकि आमने-सामने लड़ने का न तो उनके पास साधन था, न हिम्मत।

नक्सली आंदोलन में पुलिसवालों की बड़ी संख्या में मौत हुई। बारूदी सुरंग बिछाकर नक्सली पुलिसवालों पर हमला करते थे और जंगलों, पहाड़ों में आ छुपते थे। जंगल-पहाड़ ही उनके मुख्य अड्डे थे। आम नागरिक भी इस आंदोलन में बड़ी संख्या में हताहत हुए। सरकार ने भी इस आंदोलन को कुचलने के लिए कमर कस ली। पर उनकी गुरिल्ला युद्ध नीति के आगे सरकार बेबस बनी रही।

आजादी के बाद और खासकर वर्तमान सरकार ने नक्सलियों की समस्या को समझा और उसके समाधान के प्रयत्न किए हैं। नक्सलियों के विरुद्ध पुलिसबल का नए सिरे से गठन किया गया है, पुलिस के कार्यों को प्रभावी बनाने के लिए एक संयुक्त सूचना संग्रहण साझा तंत्र का निर्माण किया गया है। नक्सल प्रभावी राज्यों और क्षेत्रों में रोजगार की व्यवस्था की गई है। नक्सलियों को हिंसा का रास्ता छोड़कर समाज की मुख्यधारा

से जुड़ने का आह्वान किया गया है। जो नक्सली हथियार डालकर सरेंडर करेंगे, उन्हें किसी प्रकार से दंडित नहीं किया जाएगा। यह भी कहा गया है कि ऐसे नक्सलियों को रोजगार के अवसर दिए जाएँगे। इसके लिए कर्ज भी मुहैया कराया जाएगा। सरकार की इस घोषणा के बाद से कई खूँखार नक्सलियों ने आत्मसमर्पण किया है और अपने हथियार डाल दिए हैं।

अब धीरे-धीरे नक्सलियों में भी जागृति आ रही है। वे हिंसा का रास्ता छोड़ समाज की मुख्यधारा से जुड़ने लगे हैं। सरकार अगर समय रहते सही कदम उठाती है, तो यह समस्या सुलझ सकती है।

□

भारत और परमाणु विस्फोट

आजादी की बाद भारत ने सभी क्षेत्रों में अपनी प्रगति और विकास का रास्ता ढूँढ़ना आरंभ किया। कालक्रम से देश ने अपनी प्रगति का पथ प्रशस्त किया। सामाजिक सुधार किए गए। कई बुरी प्रथाओं के विरुद्ध कानून बनाए गए। आर्थिक क्षेत्र में प्रगति के लिए कई योजनाएँ लागू की गईं। कृषि और घरेलू उद्योग को बढ़ावा दिया गया, लेकिन सबसे जरूरी था, देश की सुरक्षा के प्रति सजग और सचेत होना। सैकड़ों वर्ष की गुलामी से हम आजाद हुए थे और इस आजादी को अक्षुण्ण रखना सबसे पहली और महत्त्वपूर्ण आवश्यकता थी। भारत के दुश्मनों की कमी नहीं थी। विकसित देश एक-से-एक घातक अस्त्र-शस्त्र जमा कर रहे थे। एटम और परमाणु बम बना रहे थे। भारत ने दूसरे विश्वयुद्ध में जापान का हश्र देखा था। अतः उसे अपनी शक्ति बढ़ाने के लिए परमाणु शक्ति से लैस होना था।

भारत सदा से अहिंसावादी देश रहा है। कलिंग के युद्ध में अशोक ने जो तलवार फेंक दी, उसे भारत ने कभी दोबारा नहीं उठाया, लेकिन विश्व की बदलती राजनीति के माहौल में भारत चुप भी बैठा नहीं रह सकता था। उसके परमाणु विस्फोट का उद्देश्य किसी देश की आजादी हड़पना नहीं था। वह केवल भविष्य में अपनी सुरक्षा चाहता था। शुरू में परमाणु विस्फोट से वह कई लाभ की आशा कर रहा था। जैसे धरती के भीतर विस्फोट कर खनिज पदार्थों का पता लगाना, जलस्रोत के लिए जमीन के अंदर विस्फोट करना आदि। प्राकृतिक गैस का पता लगाना। विभिन्न धातुओं की भी खोज करना, ये सब परमाणु विस्फोट के उद्देश्य थे।

इन्हीं सब बातों को ध्यान में रखकर सरकार ने परमाणु शक्ति को बढ़ाना शुरू किया। 18 मई, 1974 को भारतीय वैज्ञानिकों ने राजस्थान के पोखरण में परमाणु विस्फोट किया। इस विस्फोट से जमीन में लगभग 100 मीटर तक का गड्डा बन गया था। इस परमाणु परीक्षण की सफलता ने भारतीयों को अति उत्साहित किया। इस विस्फोट ने दुनिया को भारत की उभरती शक्ति से परिचित करा दिया। फलतः विकसित और

शक्तिशाली देश इससे नाराज हो उठे। अमरीका ने भारत को धमकी देते हुए कई वस्तुएँ देने पर रोक लगा दी, लेकिन वहीं फ्रांस ने भारत की सराहना की। विकासशील देशों ने भी भारत के इस प्रयास की बड़ी सराहना की।

तत्कालीन प्रधानमंत्री इंदिरा गांधी और परमाणु ऊर्जा के अध्यक्ष होमी सेठ्ना ने दुनिया के सामने यह ऐलान किया कि भारत इसका उपयोग विनाश के लिए नहीं करेगा, वरन् शांतिपूर्ण तरीकों से अपने विकास के साधन जुटाने के लिए करेगा। फिर भी दुनिया के देशों में कई प्रकार की प्रतिक्रिया दिखाई दी। ये प्रतिक्रियाएँ पक्ष और विपक्ष दोनों में सामने आईं।

अफ्रीका के कई देश, अरब के भी कुछ देशों ने जहाँ कहा कि इससे विश्व में भारत की प्रतिष्ठा बढ़ेगी—वहीं अमरीका, कनाडा, पाकिस्तान जैसे देशों ने अपनी चिंता जाहिर की। न्यूयॉर्क की 'टाइम' पत्रिका ने तो यहाँ तक कहा—"एक तरफ साठ करोड़ भारतीय गरीबी झेल रहे हैं। इसकी तरफ इतने बड़े साधन शक्ति पाने के लिए गवाँ दिए गए हैं।"

लेकिन विश्व के शक्तिशाली देशों की आलोचना का भारत पर कोई प्रभाव नहीं पड़ा। यह अपने उद्देश्य की ओर निरंतर आगे बढ़ता जा रहा है। यह परमाणु शक्ति ही है कि भारत आज दुनिया का पाँचवाँ, छठा देश बन गया। विश्व में इसकी धाक जमी है। इसके पड़ोसी दुश्मन देश चीन, पाकिस्तान आदि आज इस पर हमला करने से पहले सौ बार सोचेंगे। चीन ने तो कई बार प्रयास किया है, लेकिन इस बार उसे डरकर पीछे हटना पड़ा है। अमरीका भी आज भारत से दोस्ती में ही अपना हित समझ रहा है।

वर्तमान समय में मोदी सरकार ने और भी कई ऐसे परीक्षण किए हैं, जिससे सारी दुनिया अचंभित होकर भारत की ओर देख रही है।

इतना सबकुछ होते हुए भी भारत अपनी शक्ति को दूसरे देशों में प्रदर्शित करना नहीं चाहता। यह बुद्ध, महावीर और गांधी का देश है। अहिंसा परमो धर्मः इसका सदा से सिद्धांत रहा है, लेकिन यह आज के बदले हुए राजनीतिक हालात में अपने को कमजोर देखना भी नहीं चाहता।

□

अंतरिक्ष में भारत

आज विज्ञान ने हर असंभव को संभव करके दिखा दिया। विज्ञान के बढ़ते चरण ने पृथ्वी को एक छोर से दूसरे छोर तक नाप लिया है। उसके सारे भेदों को जान लिया है। प्रकृति के रहस्यों पर से पर्दा हट चुका है। आज तक जो हमारे लिए अबूझ पहेली था, उसे विज्ञान ने सुलझा दिया है, लेकिन वैज्ञानिकों की जिज्ञासा इतने से ही शांत नहीं हुई। उनकी दृष्टि में अब अंतरिक्ष है। ये चंद्रलोक क्या है ? उससे जुड़ी नानी-दादी की कहानी का सत्य क्या है ? यह विशाल आकाश क्या है ? ये मंगल, बुध आदि ग्रह कौन से रहस्य छिपाए हुए हैं ? ये अनगिनत चमकते सितारे क्या हैं ? क्या पृथ्वी लोक की तरह अंतरिक्ष में कोई दूसरा लोक भी है ? क्या वहाँ भी प्राणी निवास करते हैं ? ये सारी बातें वैज्ञानिकों को सदा से आंदोलित और अनुप्राणित करती रही हैं। धरती से उठकर अब वे चाँद पर पहुँचने की ललक लिये प्रयास में जुट गए हैं।

फिर क्या था, अंतरिक्ष के रहस्यों को जान लेने के लिए दुनिया के देशों में होड़ मच गई। इस क्षेत्र में रूस और अमरीका सबसे आगे निकले, क्योंकि ये दोनों विकसित देश थे और इनके पास धन की कमी नहीं थी। सबसे पहले रूस ने 4 अक्तूबर, 1957 को अपना स्पुतनिक अंतरिक्ष में भेजा। फिर उसी वर्ष उसने अपने यान में एक प्रशिक्षित कुतिया को भेजा। इस प्रकार अंतरिक्ष में इंसान से पहले एक कुतिया लाइका ही पहुँची। यह देखकर अमरीका ने भी दो वर्ष बाद अपने यान में दो बंदरों को भेजा। इस प्रकार रूस और अमरीका में एक तरह की प्रतिस्पर्धा चल पड़ी।

1957 को ल्यूनिक नामक रॉकेट रूस द्वारा छोड़ा गया, जो चंद्रमा के बहुत करीब से होता हुआ सूर्य की पकड़ में आकर उसकी परिक्रमा करने लगा। पुनः रूस ने ल्युनिक छोड़ा, 1961 में रूस ने अंतरिक्ष यान वोस्तोक छोड़ा, जिसमें पहली बार कोई मानव अंतरिक्ष में पहुँचा। इनके नाम थे मेजर यूरी गागरिन 1964 में वोस्तोक-2 छोड़ा गया। इसमें दो व्यक्ति सवार थे। इनके नाम थे कर्नल लियोनोव और कर्नल विल्यायेव। इन्होंने चंद्रमा की सतह पर उतरकर चहलकदमी भी की। इस प्रकार थोड़े-

थोड़े समय के अंतराल में अमरीका और रूस दोनों अपने यान भेजते रहे। धीरे-धीरे चंद्रमा की जानकारियाँ मिलती रहीं। वहाँ से चट्टान के टुकड़े भी लाए गए, जिनका अध्ययन किया गया।

बाद में चीन भी इस दौड़ में शामिल हो गया।

आज चंद्रमा, मंगल आदि की ढेर सारी जानकारी हमारे पास है। अब तो चंद्रमा पर बसने की बात सोची जा रही है।

इस क्षेत्र में भारत कब पीछे रहने वाला था। तत्कालीन प्रधानमंत्री जवाहरलाल नेहरू और वैज्ञानिक विक्रम साराभाई ने भी अंतरिक्ष में जाने के स्वप्न को साकार करने की ठान ली। इसीलिए विक्रम साराभाई को अंतरिक्ष कार्यक्रम का जनक कहा गया। भारत सरकार के प्रयत्न के फलस्वरूप 15 अगस्त, 1969 को 'भारतीय अंतरिक्ष शोध संस्थान' की स्थापना की गई। इसरो ने भारत का पहला उपग्रह 'आर्यभट्ट' बनाया। इसे 19 अप्रैल, 1975 को रूस द्वारा प्रक्षेपित किया गया। 1981 में भारत ने फ्रांस की जमीन से अपना पहला उपग्रह एपला छोड़ा था। यह आज भी अंतरिक्ष की परिक्रमा कर रहा है। पुनः उसी वर्ष 'भास्कर द्वितीय' छोड़ा गया। 1983 में 'रोहिणी' नामक उपग्रह श्रीहरिकोटा से अंतरिक्ष में भेजा गया। 1982 को अमरीका अंतरिक्ष केंद्र से इनसेट 1A अंतरिक्ष में स्थापित किया गया। इतने सारे उपग्रहों को भेजने से अब अमरीका और रूस ने भारत की प्रतिभा का लोहा मान लिया।

आर्यभट्ट और रोहिणी उपग्रह के बाद इसरो ने दो रॉकेट विकसित किए। एक पी.एस.एल.वी और दूसरा जी.एस.एल.वी. था। इसने कई संचार एवं भू सर्वेक्षण उपग्रहों को प्रक्षेपित किया। इतना ही नहीं, इसरो ने इनसेट नामक एक बहुउद्देश्यीय भू-स्थावर उपग्रहों की एक श्रृंखला को प्रक्षेपित किया है, जो दूरसंचार प्रसारण मौसम विज्ञान आदि की जरूरतों को पूरा कर रहा है। अंतरिक्ष के क्षेत्र में भारत ने अमरीका से भी समझौता किया और इसी के फलस्वरूप 10 अप्रैल, 1982 को अमेरिकी अंतरिक्ष केंद्र से इनसेट-ए छोड़ा गया था।

2 अप्रैल, 1984 को भारत के वैज्ञानिक राकेश शर्मा ने रूस के अंतरिक्ष यान में जाकर कई महत्त्वपूर्ण अनुसंधान संबंधित जानकारी इकट्ठी की और उनका प्रयोग भी किया। 1983 में अमरीका स्पेससीज पर स्थित भारतीय उपग्रह प्रयोगशाला अनुराधा ने भी अंतरिक्ष अनुसंधान के क्षेत्र में विशेष जानकारी हासिल की। पुनः 22 जुलाई, 1988 को भारत का अंतरिक्ष यान फ्रेंच गुयाना से एक विदेशी कंपनी फोर्ड-ए कॉरपोरेशन के द्वारा तैयार किया गया था, लेकिन यह प्रयास असफल हो गया।

इस प्रकार अंतरिक्ष के क्षेत्र में भारत का प्रयास दिन-ब-दिन बढ़ता ही गया और आज भी प्रयास जारी है। अब भारत भी अमरीका और रूस की बराबरी करने लगा है।

भारत ने उपग्रह को चार सौ चौदह टन वजनी—प्रक्षेपण यान के जरिए अंतरिक्ष की कक्षा में भेजा था। इसमें रूस के क्रायोजनिक इंजन का प्रयोग किया गया था।

भारत के वैज्ञानिकों और तकनीशियनों ने इस क्षेत्र में महारत हासिल कर ली है। अब उसे किसी दूसरे देश की मदद की जरूरत नहीं है। 2008 में भारत ने अपने पहले अभियान में चाँद पर चंद्रयान 1 भेजा। 2013 में भारत ने मंगल कक्षीय अभियान शुरू किया और यह सफलतापूर्वक मंगल की कक्षा में प्रवेश कर गया। इतना ही नहीं, भारतीय सुदूर संवेदी उपग्रह और रेडार छायांकन उपग्रह भी अपने-अपने क्षेत्रों में सफल रहे हैं। हाल के 2019 में भारत ने चंद्रयान 2 चाँद पर भेजा है।

भारत की भावी योजनाओं में पुन: उपयोग में लाए जाने वाले प्रक्षेपण वाहन, मानव अंतरिक्ष यान, सौर अंतरिक्ष यान, अभियान, जी.एस.एल.वी. ने एक साथ 104 सैटेलाइट को प्रक्षेपित किया है। भारत का यह प्रयास विश्व रिकॉर्ड है।

अंतरिक्ष के क्षेत्र में भारतीय अनुसंधान की उपलब्धियों के आधार पर कह सकते हैं कि भारत इस क्षेत्र में रूस, अमरीका जैसे बड़े देशों की पंक्ति में शामिल हो सकता है। इसके लिए वैज्ञानिकों के कार्यों की सराहना तो करनी ही चाहिए, राजनीतिक हरसंभव सहायता भी उन्हें उपलब्ध करानी होगी।

चाँद पर उतरने के बाद भारत ने एक और इतिहास रच डाला है। इसरो का पहला सूर्य मिशन कामयाब हुआ है। सूर्य का अध्ययन करने के लिए देश का पहला अंतरिक्ष आधारित मिशन आदित्य एल1 अपने अंतिम गंतव्य तक पहुँच गया है। यहाँ आदित्य दो वर्षों तक सूर्य का अध्ययन करेगा और महत्त्वपूर्ण आँकड़े जुटाएगा। यान को पृथ्वी से 15 लाख किलोमीटर दूर सूर्य पृथ्वी प्रणाली के लैग्रेज पॉइंट के आसपास एक प्रभामंडल कक्ष में स्थापित किया गया है। इससे सूर्य के रहस्यों को पता चलेगा। भारत की इस सफलता को 2024 के नववर्ष की बड़ी सफलता कही जाएगी।

☐

सांप्रदायिकता

सांप्रदायिकता का अर्थ है—अपने संप्रदाय को सर्वश्रेष्ठ समझकर अन्य संप्रदायों और उनके अनुयायियों के प्रति विद्वेष भाव रखना। उसे हीन दृष्टि से देखना और उसे हानि पहुँचाने से भी बाज न आना। इसका उग्र रूप हिंसा को जन्म देता है। जो संप्रदाय और उसके मानने वाले कट्टर होते हैं, वे हमेशा दूसरे संप्रदाय वालों को या तो अपने संप्रदाय के सिद्धांतों को मानने के लिए बाध्य करते हैं या फिर उन्हें हर प्रकार से हानि पहुँचाने का प्रयास करते हैं।

इतिहास गवाह है कि भारत में अति प्राचीन काल से ही यहाँ अनेक धर्मों, मतों, संप्रदायों के मानने वाले रहते आए हैं, लेकिन कभी आपस में, इनमें मतभेद पैदा नहीं हुआ। संप्रदायवाद को जन्म देने और प्रोत्साहन देने में अंग्रेजों का बहुत बड़ा हाथ रहा है। उनकी नीति ही थी 'फूट डालो और राज करो।' फलतः उन्होंने खासकर हिंदू-मुसलमानों के बीच फूट डालने की भरपूर कोशिश की और वे सफल भी हुए। भारत छोड़ते समय भी अंग्रेजों ने भारत की बर्बादी के लिए हिंदू-मुसलमानों में फूट डाल दी, जिसके परिणामस्वरूप देश का बँटवारा हो गया।

1947 में जो हत्याओं का दौर चला उसमें हजारों हिंदू-मुसलमान मारे गए। यहीं से इन दोनों संप्रदायों में जो विद्वेष की आग भड़की, वह बुझी नहीं। बल्कि दिन-दिन प्रज्वलित होती गई और आज तो सरकार और राष्ट्र के लिए यह संप्रदायवाद भयानक खतरा बन गया है।

स्वतंत्रता-प्राप्ति के बाद से ही संप्रदायवाद सिर उठाने लगा है। भारत में नोआखली और तारापुर में जो नरसंहार हुआ, उसने भारत के इतिहास को हमेशा के लिए कलंकित कर दिया। हम जानते हैं कि भारत एक धर्मनिरपेक्ष राष्ट्र है। यहाँ संविधान में सभी धर्म, जाति वर्ग आदि के लोगों को समान अधिकार दिए गए हैं। कानून के सामने सभी समान हैं। धर्म को राजनीति से अलग रखा गया है। हर व्यक्ति को अधिकार है कि वह चाहे जिस धर्म को माने, उसके अनुसार आचरण करे। लेकिन कुछ संप्रदाय के लोग इसका

नाजायज फायदा उठाना चाहते हैं। हाल के दिनों में मुस्लिम संप्रदाय की कट्टरता देखने में आ रही है।

आज भारत में ही नहीं, पूरे विश्व में इस्लामिक कट्टरता के उदाहरण मिल रहे हैं। अमरीका में आतंकियों का हमला, फ्रांस में आतंकी गतिविधियाँ, आदि इसके प्रत्यक्ष उदाहरण हैं। भारत के लिए यह संप्रदायवाद और आतंकवाद एक जटिल समस्या बनकर खड़ा है। देश के बँटवारे के बाद से ही कश्मीर पर कब्जा करने का प्रयास पाकिस्तान द्वारा हमेशा किया जाता रहा है। वह अपने यहाँ आतंकियों को पनाह देता है। भारत में अशांति फैलाने की ट्रेनिंग देता है।

कई मुस्लिम देश पाकिस्तान और उसके आतंकियों की आर्थिक मदद भी करते हैं। ये आतंकी यदा-कदा चोरी-छिपे भारत में प्रवेश कर यहाँ हिंसा और आतंक फैला रहे हैं। इस प्रकार पाकिस्तान आतंकियों का गढ़ बन गया है। इस्लाम के नाम पर कई मुस्लिम देश भी भारत के विरुद्ध आवाज उठा रहे हैं। जहाँ हिंदुओं की संख्या कम है, वहाँ आए दिन दंगे-फसाद होते रहते हैं। हिंदुओं पर तरह-तरह के अत्याचार हो रहे हैं।

भारत में संप्रदायवाद जब-तब विस्फोट करता रहता है। कभी मेरठ दंगाग्रस्त होता है, तो कभी अलीगढ़ अशांत हो उठता है। कभी नागपुर तो कभी जोधपुर, कभी जबलपुर, तो कभी जमशेदपुर में वैमनस्यता की आग भड़क उठती है। सरकारी संपत्ति नष्ट की जाती है। अल्पसंख्यक पर अत्याचार की बाढ़ आ जाती है। कश्मीर में जहाँ सैकड़ों आतंकवादी मारे गए, वहीं भारत के कई जवान भी शहीद हो गए। 1968 में सांप्रदायिकता का जो ज्वालामुखी गुजरात में फूटा, गोधरा में जो बीभत्स कांड हुआ, उससे सारा देश परिचित है।

कुछ वर्ष पहले शालीमार में महीनों तक एक संप्रदायवालों ने धरना-प्रदर्शन आदि करके देश को अशांत करने की कोशिश की। दिल्ली के जहाँगीरपुरी में हिंसा का तांडव मचाया गया। इस तरह कितने ही उदाहरण हैं, जो संप्रदायवाद की भीषणता का परिचय दे रहे हैं। स्पष्ट है कि एक खास संप्रदाय वाले आज धर्म की आड़ में अपनी कट्टरता और बदनियति का परिचय दे रहे हैं।

यह भी सत्य है कि किसी भी संप्रदाय में सभी लोग बुरे नहीं होते। कुछ ही लोग धर्म के नाम पर अराजकता फैलाकर खुश होते हैं। ऐसा करके वे समुदाय के नेता बनना चाहते हैं। नेता बनकर शासन में कुर्सी पाना चाहते हैं। उनकी नेतागीरी की दुकान चलती रहे, इसके लिए वे अपने धर्मवालों को गलत जानकारी देकर अपने भाषण में उन्हें उभारते हैं। दंगे करवाते हैं। यह सब केवल अपनी पूछ बढ़ाने के लिए करते हैं। वे अपने को अल्संख्यकों का मसीहा समझते हैं।

आज देश की स्थिति ऐसी बन गई है कि ये कट्टरवादी दूसरे के धर्म, उनके देवी-देवताओं की निंदा करें तो ठीक, लेकिन अगर उनके धर्म पर आँच आए तो सरकलम का

फतवा जारी कर देते हैं। देश में हंगामा पैदा करके सरकार को अपनी बात मंजूर कराने को मजबूर कर देते हैं। कुछ ऐसे लोग हैं, जो अनधिकृत रूप से पड़ोसी देशों से आकर भारत में बस गए हैं। ऐसे लोग हजारों की संख्या में हैं। यह देश की सुरक्षा के लिए खतरनाक है। समय रहते अगर सरकार इनके विरुद्ध ठोस कदम नहीं उठाती है, तो ऐसे लोग भारत की सुरक्षा को खतरे में डाल सकते हैं।

आज आए दिन हम टी.वी. पर मुल्लाओं, मौलवियों को भड़काऊ भाषण देते सुनते रहते हैं। कुछ ऐसे भी इस्लामी कट्टरपंथी हैं, जो 2048 तक भारत को इस्लामिक देश देखना चाहते हैं। ऐसे ही लोग संप्रदाय की बाढ़ को बढ़ावा दे रहे हैं। वे इसे धर्मयुद्ध की संज्ञा देते हैं। बाबरी मस्जिद, रामजन्म भूमि आदि को लेकर जो हिंसा का तांडव देश में हुआ, उससे पूरा विश्व परिचित है। अब काशी के विश्वनाथ मंदिर पर युद्ध छिड़ने लगा है। मथुरा के मंदिरों पर भी काररवाई की बात हो रही है। परिणाम भविष्य के गर्भ में है।

आज देश में कुछ ऐसी शिक्षण संस्थाएँ हैं, जहाँ धार्मिक कट्टरता का पाठ पढ़ाया जाता है। बहुत से ऐसे राजनीतिक दल हैं, जिसके नेता अपने स्वार्थ के लिए धार्मिक कट्टरता की भावना भी लोगों के भीतर उभारने में लगे हैं। कई प्रकार की धार्मिक संस्थाएँ, संगठन कायम कर लिए गए हैं, जिनके माध्यम से भी संप्रदायवाद को प्रोत्साहित किया जा रहा है।

संक्षेप में, आज सांप्रदायिकता का भाव अपनी मूल अवधारणा से हटकर एक ऐसी विषबेल बन चुका है, जिस पर केवल विषफल ही उगा करता है। सत्य तो यह है कि आज किसी भी संप्रदाय में सहनशीलता का अभाव हो गया है। व्यक्ति भी अनुशासित नहीं रह गया है। नेतागीरी, कुर्सी का मोह, आदि के चलते भी संप्रदायवाद खत्म नहीं हो पा रहा है।

अत: आज देश की सरकार को समझदारी से, लेकिन सख्ती से इस समस्या का हल निकालना होगा। सांप्रदायिक संगठनों पर रोक लगानी होगी। ऐसे सभी शिक्षण संस्थानों पर काररवाई करनी होगी, वहाँ बच्चों को धार्मिक कट्टरता का पाठ पढ़ाया जाता है। भड़काऊ भाषण देने वाले मौलवी और मुल्लाओं पर नकेल कसनी होगी। धार्मिक दंगे–फसाद को बुरी तरह कुचलना होगा। संविधान के विरुद्ध काम करने वालों के साथ सख्ती से निपटना होगा। देश के ऐसे गद्दारों को भी सबक सिखाना होगा, जो अपने निहित स्वार्थ के लिए किसी भी तरह की कट्टरता को प्रोत्साहन देते हैं।

आज संप्रदायवाद भले ही देश के लिए खतरा बन गया है, लेकिन आपसी सद्भाव, एक–दूसरे के धर्म की निंदा न करने की शपथ लेकर हम इस समस्या को बहुत हद तक सुलझा सकते हैं।

□

इक्कीसवीं सदी का भारत

भारत का अतीत कभी बड़ा ही शानदार था। यह संसार का गुरु कहलाता था। आर्थिक, सामाजिक, सांस्कृतिक, धार्मिक और राजनीतिक दृष्टि से यह देश कभी विश्व में प्रसिद्ध था। आर्थिक क्षेत्र में यह 'सोने की चिड़िया' कहलाता था। कहते हैं कि यहाँ घी, दूध की नदियाँ बहती थीं। अर्थात् भारत धन-धान्य से भरा देश था। सामाजिक दृष्टि से यह हमेशा विश्व बंधुत्व की बात करता रहा है। धर्म के क्षेत्र में यहीं के धर्म प्रचारकों ने विश्व में जैन, बौद्ध, आदि धर्मों का प्रचार-प्रसार किया था। उन्हें धर्म का ज्ञान दिया था। संस्कृति के क्षेत्र में इतिहास गवाह है कि यहाँ के नालंदा, विक्रमशिला आदि शिक्षण संस्थानों में दुनिया के कई देशों के छात्र विद्याध्ययन करने आते थे। राजनीति के क्षेत्र में भारत ने ही प्रजातंत्र का पाठ विश्व को पढ़ाया। इस प्रकार भारत कभी विश्व का सिरमौर समझा जाता था।

बाद में मध्यकाल आते-आते विदेशियों का यहाँ आक्रमण होने लगा। विदेशी शासकों ने इसे जी भरकर लूटा, इसकी सभ्यता-संस्कृति नष्ट करने की चेष्टा की, अंग्रेजों ने तो इसकी कमर ही तोड़ दी।

आजादी के बाद भारत के सामने समस्याओं का अंबार लगा था। सामाजिक, धार्मिक, आर्थिक सभी क्षेत्रों में यह एक पिछड़ा राष्ट्र बन चुका था। सरकार के सामने यह बड़ी समस्या थी कि इस देश के प्राचीन गौरव को वह किस प्रकार स्थापित करे। हर क्षेत्र में फैली विषमता को कैसे दूर करे। समाज में नाना प्रकार की बुरी प्रथाएँ फैली थीं। जाति प्रथा, वर्ग-विभेद, बाल विवाह, दहेज प्रथा आदि कुप्रथाओं से देश जर्जर बना था। छुआछूत एक भीषण समस्या थी। शिक्षा के अभाव में लोग रूढ़ि, अंधविश्वास, गलत परंपराओं से जकड़े थे। धार्मिक कट्टरता चरम सीमा पर पहुँच चुकी थी। शिक्षा व्यवस्था चौपट हो चली थी। राजनीति में राज रह गया था, नीति गायब हो चुकी थी। नेताओं की नीति और नीयत में फर्क आ गया था। वे नेता कम, अभिनेता अधिक हो गए थे। इस प्रकार देश के सामने समस्या-ही-समस्या थी और इसका समाधान उसे ढूँढ़ना था।

हमारी सरकार ने इस दिशा में कई ठोस कदम उठाए। आज भारत अपनी सभी समस्याओं का समाधान ढूँढ़ने की दिशा में अग्रसर है। परिवर्तन साफ दिख रहे हैं। 21वीं सदी का भारत अतीत को भुलाकर वर्तमान को सुधारने लगा है और भविष्य को सुनहरा बना रहा है।

शिक्षा के क्षेत्र में काफी विकास हुआ है। मैकाले की शिक्षण पद्धति को बिल्कुल बदल दिया गया है। शिक्षा का उद्देश्य नौकरी पाना नहीं रह गया है। इसके लिए शिक्षण संस्थानों में व्यावसायिक शिक्षा शुरू की गई है, ताकि स्कूल-कॉलेज से निकलने वाले छात्र नौकरी नहीं मिलने पर भी अपना जीवन सुखपूर्वक बिता सकें। संविधान में शिक्षा को अनिवार्य बताया गया है। सबको समान रूप से शिक्षा पाने का अधिकार दिया गया है। फलतः आज स्कूल-कॉलेजों में पढ़ने वाले बच्चों की भीड़ जमा हो गई है। शिक्षितों की संख्या में इजाफा हुआ है। गरीब छात्रों को आरक्षण के तहत कई प्रकार की सुविधाएँ प्रदान की गई हैं। उन्हें मुफ्त किताब, कॉपी, पेंसिल आदि सरकार की ओर से दी जा रही है। कई प्रकार की छात्रवृत्ति दी जा रही हैं। दोपहर को छोटे-छोटे बच्चों को स्कूल में मुफ्त खाना दिया जाता है। उनकी फीस माफ की गई है।

लड़कियों की शिक्षा पर विशेष ध्यान दिया गया है। वर्तमान मोदी सरकार ने 'बेटी बचाओ, बेटी पढ़ाओ' का नारा दिया है। उन्हें भी शिक्षा पाने के लिए कई प्रकार की सुविधा दी गई है। फलतः आज शिक्षा के क्षेत्र में लड़कियाँ लड़कों से आगे निकल रही हैं। कल तक जिस रूढ़िवादी समाज में लड़कियों का घर से निकलना भी दूभर था, आज वे हर क्षेत्र में पुरुषों से कंधा मिलाकर चल रही हैं। यह 21वीं सदी का भारत है, जहाँ लड़कियाँ रेल, हवाई जहाज सबकुछ चला रही हैं। आई.ए.एस., आई.पी.एस. बन रही हैं। यहाँ तक कि सेना में भर्ती हो रही हैं। सबको शिक्षा सुलभ हो, इसके लिए शहर, गाँव हर जगह बड़े-बड़े स्कूल-कॉलेजों की स्थापना हो रही है। इंजीनियरिंग, मेडिकल, बी.एड. आदि कॉलेज खोले गए हैं। जहाँ से लड़के ही नहीं, लड़कियाँ भी इंजीनियरिंग, डॉक्टरी आदि की डिग्रियाँ पाकर आगे बढ़ रही हैं।

सामाजिक क्षेत्र में भी शिक्षा के कारण काफी बदलाव आ गया है। जाति प्रथा का बंधन ढीला पड़ने लगा है। छुआछूत के विरुद्ध कठोर कानून बनाए गए हैं। 21वीं सदी के भारत में अब अछूत नाम का कोई वर्ग नहीं रह गया है। जाति भेद को मिटाने के लिए अब तो धड़ल्ले से अंतरजातीय विवाह भी होने लगे हैं। दहेज प्रथा, बाल विवाह आदि कुप्रथाओं के विरुद्ध कठोर कानून बने हैं। इस तरह आज का समाज आजादी से पूर्व के समाज से कहीं बेहतर स्थिति में आ चुका है।

आर्थिक सुधार के लिए भी कई योजनाएँ बनाई गई हैं। कल का आर्थिक दृष्टि से पिछड़ा राज्य आज विश्व के देशों की मदद कर रहा है। वर्तमान समय में मोदी सरकार ने

जो आर्थिक नीति अपनाई है, उसकी प्रशंसा अमरीका, रूस जैसे संपन्न देश भी कर रहे हैं, जो भारत कल तक खाने के लिए अमरीका से गेहूँ माँगता था, विश्व बैंक से उधरा लेता था, वह 21वीं सदी में कई पिछड़े देशों को अनाज और पैसे से मदद कर रहा है। कृषि के क्षेत्र में काफी विकास हुआ है। खाद, बीज, सिंचाई आदि के लिए सरकार किसानों को हरसंभव मदद दे रही है। अत: पहले की तुलना में अनाज का उत्पादन बढ़ा है।

औद्योगिक विकास के लिए विदेशियों को यहाँ कल-कारखाने खोलने पर उन्हें हर प्रकार की सुविधा सरकार देने को तत्पर है। कई छोटे-बड़े उद्योग लगाए भी गए हैं। घरेलू उद्योग के लिए सरकार कर्ज देती है। छोटे-छोटे उद्योग-धंधों को भी बढ़ावा मिल रहा है। इस क्षेत्र में बेरोजगारों को काम भी मिल रहा है।

विज्ञान के क्षेत्र में एक-से-एक आविष्कार हो रहे हैं। अंतरिक्ष में भारत भी अब रूस-अमरीका की बराबरी कर रहा है। उसने कई उपग्रह अंतरिक्ष में भेजे हैं। 21वीं सदी के भारत की यह सबसे बड़ी विशेषता है कि अब वह धरती से उठकर चाँद पर पहुँच गया है। धर्म के क्षेत्र में भारत आज भी अपने प्राचीन अहिंसा के सिद्धांत पर कायम है। संविधान में भारत को धर्मनिरपेक्ष कहा गया है। यहाँ धर्म को राजनीति से अलग रखा गया है। यहाँ सभी को अपने धर्म को मानने, उसके अनुसार आचरण करने, उसका प्रचार करने की स्वतंत्रता है, लेकिन कुछ संप्रदाय वाले आज इसका अनुचित लाभ उठाकर देश को अशांत करना चाह रहे हैं।

भारत सबसे अधिक राजनीतिक क्षेत्र में आगे बढ़ा है। उसने अपनी सामरिक शक्ति बढ़ा ली है। भारत अपने पड़ोसी देश से सजग और सतर्क है। पाकिस्तान, चीन, बंगलादेश आदि भारत की सीमा से सटे पड़ोसी देश हैं, जो भारत की उन्नति-प्रगति से जलते हैं और उसे हमेशा अस्थिर करने को बेचैन रहते हैं। पाकिस्तान तो शुरू से ही भारत का दुश्मन बना है। कश्मीर समस्या को लेकर वह भारत में आतंकी गतिविधियों को बढ़ावा देता है। वह आतंकियों का गढ़ बन गया है। कुछ मुस्लिम देश भी उसकी पीठ ठोंकते हैं।

चीन की विस्तारवादी नीति के कारण भी भारत चिंतित है, लेकिन भारत आज किसी भी परिस्थिति का सामना करने को तैयार है। 21वीं सदी का भारत पहले की तुलना में काफी मजबूत हो चुका है। वर्तमान प्रधानमंत्री मोदी के अनुसार भारत आज न तो आँख दिखाकर बात करता है और न आँख झुकाकर। वह आज आँख मिलाकर बात करता है। वहीं वह सबका साथ, सबका विकास और सबका विश्वास लेकर चलता है।

21वीं सदी के भारत के पास आज एक-से-एक भयानक मिसाइलें हैं। युद्ध में मारक कई हवाई जहाज, हेलिकॉप्टर, रॉकेट, टैंक आदि भयानक अस्त्र-शस्त्र हैं। समुद्र में भी उसकी शक्ति का मुकाबला आसान नहीं है। तभी तो 1962 का चीन आज भारत के सामने भयभीत है। कई बार उसे मुँह की खानी पड़ी है। पाकिस्तान की तो हैसियत ही

नहीं है कि वह भारत की ओर आँख उठाकर देखे। भारत ने कई बार युद्ध में उसे परास्त कर उसकी औकात दिखा दी है।

21वीं सदी के भारत की इज्जत आज संपूर्ण विश्व में है। रूस, चीन अमरीका जैसे शक्तिशाली देश भी आज भारत की सराहना करते हैं। वर्तमान प्रधानमंत्री नरेंद्र मोदी का आज वे स्वागत करते हैं और उनसे दोस्ती के इच्छुक रहते हैं।

इतना सबकुछ होते हुए भी आज के भारत में संप्रदायवाद एक नासूर बना है। एक खास संप्रदाय के लोग धर्म की आड़ में देश में अशांति पैदा करते रहते हैं। देश में कुछ गद्दार नेता और पार्टी एवं संगठन भी इनका समर्थन करके इनका हौसला बढ़ा रहे हैं। इस तरह भारत को भीतर और बाहर के शत्रुओं से सख्ती से निपटने की जरूरत है।

हरित क्रांति

क्रांति का अर्थ होता है—परिवर्तन! भारत में हरियाली के क्षेत्र में महान् परिवर्तन आया है—इसीलिए इसे 'हरित क्रांति' कहा गया है। इस हरियाली का संबंध कृषि, वन, जंगल, वृक्षारोपण आदि से है। हम सभी जानते हैं कि अंग्रेजी शासनकाल में भारत की कृषि व्यवस्था चौपट हो चली थी। भारत कृषि प्रधान देश कहा गया है। देश की आबादी का बहुत बड़ा भाग कृषि पर ही निर्भर करता है। भारत के गाँव कृषि कार्य केंद्र रहे हैं। इसीलिए भारत को गाँवों का देश कहा गया है। महात्मा गांधी ने भी कहा था—'भारत की आत्मा गाँव में निवास करती है।' विदेशी शासकों की शोषण नीति के चलते भारत के गाँव पिछड़ते चले गए। कृषि कार्य में लगे किसानों की आर्थिक स्थिति दयनीय होती गई। जिन किसानों के कंधों पर देश का भविष्य निर्भर था, खुद उनका अपना कोई भविष्य नहीं था।

आजादी के बाद सरकार ने इस तथ्य को समझा है और कृषि की स्थिति में सुधार लाने की दिशा में वह अग्रसर है। वर्तमान भारत सरकार ने किसानों की दशा में सुधार लाने के लिए कई योजनाएँ बनाई हैं। उन्हें कृषि कार्य के लिए सरकार कर्ज देती है, वैज्ञानिक उपकरण मुहैया करा रही है। आज भी किसान परंपरागत हल-बैल से ही खेती करने को बाध्य हैं, लेकिन सरकारी सहयोग से अब ट्रैक्टर आदि से खेती होने लगी है। फसल की बुआई से लेकर कटाई तक के लिए मशीनों का उपयोग हो रहा है। उत्तम खाद-बीज किसानों को उपलब्ध कराए जा रहे हैं। सिंचाई के लिए नहरों की खुदाई हो रही है। अब किसान वर्षा पर निर्भर नहीं रहे हैं। समय-समय पर सरकार उन्हें आर्थिक मदद करती आ रही है। इससे किसानों को महाजनों के चंगुल से छुटकारा मिला है। कृषि के क्षेत्र में कई कानून बनाए गए हैं, जिससे किसानों को फसल बेचने पर उचित मूल्य प्राप्त हो सके। अभी हाल के वर्षों में किसानों ने सरकार के बनाए एक कानून का घोर विरोध कर उसे वापस लेने पर विवश कर दिया। यह उनके और देश दोनों के लिस दुर्भाग्य की बात है।

इन सभी सुधारों का ही फल है कि अब कृषि के क्षेत्र में महान् परिवर्तन आया है। उपज बढ़ी है। किसानों की आय में वृद्धि हुई है। देश खुशहाल बना है। एक समय था

जब भारत गेहूँ के लिए अमरीका की ओर देखता था। एक बार तो भारत को अपने गुट में लाने के लिए अमरीका ने गेहूँ देने से इनकार कर दिया था, लेकिन भारत झुका नहीं। तत्कालीन प्रधानमंत्री लाल बहादुर शास्त्री ने 'जय जवान, जय किसान' का नया नारा देश को दिया। आज हम अनाज के क्षेत्र में आत्मनिर्भर हैं और दूसरे देशों की मदद के लिए भी तैयार हैं। वर्तमान मोदी सरकार के नेतृत्व में भारत कृषि के क्षेत्र में दिन दूनी रात चौगुनी तरक्की कर रहा है।

हरियाली का दूसरा क्षेत्र हमारे वन, जंगल, वृक्ष आदि आते हैं। जो भारत कभी जंगल, पहड़ों से आच्छादित था, वहाँ आज जंगलों में वृक्ष की धड़ल्ले से कटाई हो रही है। शहरी सभ्यता के कारण शहरों का काफी विकास हुआ है। शहरों में विशाल इमारतें बन रही हैं। इसमें लकड़ी के काम के लिए बड़े पैमाने पर पेड़ों की कटाई हो रही है। जनसंख्या बढ़ने के कारण लोगों को शहर में जमीन नहीं मिल पाती है, तो अब जंगल का सफाया होने लगा है। इसका सबसे बुरा प्रभाव वर्षा पर पड़ा है। यही कारण है कि अब वर्षा समय पर नहीं होती। वर्षा का अनुपात भी घट रहा है। प्रकृति में तापमान बढ़ रहा है। धरती का तापमान बढ़ने से बड़े-बड़े ग्लेशियर पिघलने लगे हैं। समुद्र का जल स्तर बढ़ चला है। समुद्र किनारे के शहरों पर जल प्लावन का खतरा मँडरा रहा है।

लेकिन वर्तमान सरकार ने अब इस ओर ध्यान दिया है। जल जीवन और हरियाली पर उसकी विशेष दृष्टि है। वृक्षों की कटाई पर प्रतिबंध लगाए जा रहे हैं। अनधिकृत रूप से वृक्ष काटने पर जुर्माना और दंड का प्रावधान है। कुछ वर्ष पूर्व वृक्ष की रक्षा के लिए 'चिपको आंदोलन' भी आरंभ हुआ था। वृक्षारोपण कार्यक्रम धड़ल्ले से जारी है। सरकार वृक्षों के पौधे मुफ्त बाँट रही है। वृक्षारोपण को एक आंदोलन का रूप दिया गया है। इस सबका फल हुआ है कि पुनः हरियाली फैलने लगी है। जंगल हरे-भरे होने लगे हैं।

इस हरित क्रांति से कई प्रकार के लाभ हुए हैं। कृषि क्षेत्र में उपज बढ़ी है। किसानों की आय में वृद्धि हुई है। उनका सामाजिक स्तर ऊँचा उठा है। भारत खाद्य के क्षेत्र में आत्मनिर्भर बना है। जंगलों में हरियाली आने से तापमान में गिरावट आई है।

सरकार इतने से चुप बैठने वाली नहीं है। हरित क्रांति के लिए नित नए अनुसंधान हो रहे हैं। मिट्टी की जाँच हो रही है, ताकि सही मिट्टी में सही बीज डाला जा सके। कृषि वैज्ञानिकों ने कई प्रकार के उत्तम बीजों का आविष्कार किया है। कीटनाशक दवाओं का ईजाद हुआ है। किसानों को फसल बीमा की सुविधा दी गई है। अभी यह क्रांति खत्म नहीं हुई है। सुधारों, प्रयोगों, आविष्कारों आदि का दौर चल रहा है।

□

योग और व्यायाम

भारत देश के लिए योग कोई नई चीज नहीं है। प्राचील काल से ही योग यहाँ प्रचलित रहा है। यह योग हमारी ऋषि परंपरा और भारतीय संस्कृति का अभिन्न अंग रहा है। भारतीय जीवन पद्धति, सनातन संस्कृति, प्राचीन दर्शन और धर्म एवं संस्कारों के मिलन से अधिक समृद्ध हुई और यह निरंतर समृद्धि की ओर बढ़ रही है।

'योग' शब्द की उत्पति संस्कृत के 'युग' शब्द से हुई है। इसका अर्थ जोड़ना और एकीकरण करने से है। आध्यात्मिक स्तर पर जुड़ने का अर्थ है—'आत्मा का परमात्मा से मिलना', लेकिन वहीं व्यावहारिक स्तर पर योग को शरीर, मन और भावनाओं से संतुलित करने तथा सामंजस्य बनाए रखने का एक साधन माना गया है।

ऐसी मान्यता है कि हमारे देश में योग की शुरुआत आज से लगभग दस हजार वर्ष पूर्व ऋषि अगस्त्य के द्वारा की गई थी। बाद में महर्षि पतंजलि ने 'पतंजलि सूत्र' द्वारा योग की विभिन्न विधाओं का सुव्यवस्थित ज्ञान कराने में अद्‌भुत योगदान दिया। पतंजलि योग सूत्र आधुनिक योग विज्ञान की महत्त्वपूर्ण रचना मानी गई है। "योग का अर्थ केवल कुछ शारीरिक क्रियाएँ नहीं हैं और न यह कसरत भर है। यह एक साधना है, जो हमें अपनी सर्वश्रेष्ठ क्षमता तक पहुँचने में सहायता करती है। यह शरीर और मन से परे हमें हमारी चेतना से जोड़ने का मार्ग है।"

कुछ लोग योग और व्यायाम को एक ही समझ लेते हैं। यह गलत है, लेकिन दोनों के फायदे एक हैं। फिर भी व्यायाम से योगासन श्रेष्ठ कहा गया है। व्यायाम में एक ही क्रिया को कुछ समय तक लगातार किया जाता है। व्यायाम से शरीर थकता है और पसीने से शरीर लथपथ हो जाता है, लेकिन योग में ऐसा नहीं होता है। व्यायाम द्वारा शरीर के किसी एक ही अंग की कसरत होती है, जबकि योग में शरीर के सभी अंगों पर उसका प्रभाव पड़ता है। व्यायाम में शरीर के थकने के कारण कुछ समय तक कोई काम करने की इच्छा नहीं होती, लेकिन योग में ऐसा कुछ नहीं होता।

इतना ही नहीं, व्यायाम कोई रोगी व्यक्ति नहीं कर सकता। इसमें समय और परिश्रम भी अधिक लगता है। जबकि योग से कई रोग ठीक हो जाते हैं। यही कारण है कि आज डॉक्टर भी दवा के साथ-साथ योगासन की सलाह रोगियों को देने लगे हैं। योग के महत्त्व का प्रतिपादन करते हुए कृष्ण ने भी गीता में कहा है—'समत्वं योग उच्यते।' अर्थात् समता या समानता को ही 'योग' कहते हैं। एक बात और है कि व्यायाम कहीं भी और किसी भी समय नहीं किया जा सकता, लेकिन योग हम कहीं भी और किसी भी समय कर सकते हैं।

आज विज्ञान मानव और प्रकृति के बीच समन्वय स्थापित करने के लिए लगातार नई-नई खोज कर रहा है। संक्षेप में, योग वह विद्या है, जिसे पाकर मानव अपना शारीरिक, मानसिक और आध्यात्मिक विकास कर सकता है। योगासन आज एक थैरेपी के रूप में भी प्रचलित हो गया है। अलग-अलग रोगों के लिए अलग-अलग योगासन बताए जा रहे हैं। कई ऐसे असाध्य रोग, जिन्हें डॉक्टरों ने लाइलाज घोषित कर दिया था, योगासन से ठीक हो चुके हैं।

योगासन से हमें कई लाभ हैं। यह शरीर को निरोग तो रखता ही है, उसे स्फूर्तिवान भी बनाता है। जीवन में जिम्मेदारियों का एहसास कराता है। आध्यात्मिक स्तर पर यह मोक्ष-प्राप्ति का भी साधन बनता है। जैन ग्रंथों के अनुसार, ऋषभदेव ने पहली बार योग का उपदेश दिया था और उन्होंने भी इसे मोक्ष का मार्ग बताया था। मोहनजोदड़ो और हड़प्पा में ऋषभ देव की पत्थर पर बनी आकृति मिली है। इससे स्पष्ट है कि योग विद्या भारत में कितनी प्राचीन है। योग का एक अंग है प्राणायाम, जो ईश्वर दर्शन का मार्ग प्रशस्त करता है। योगासन अपने आप में महत्त्वपूर्ण है, पर प्राणायाम और आसन के बिना अधूरे हैं। योग में ध्यान का भी अपना महत्त्व है। ध्यान की हलकी झलक भी हमारे जीवन की दिशा बदल सकती है। ध्यान योग का छठा प्रकार है। यह प्राप्त हो गया तो 'यम', 'नियम' सभी स्वत: प्राप्त हो जाते हैं।

इस प्रकार योग हमारे भौतिक और आध्यात्मिक दोनों जीवन के लिए नितांत आवश्यक है।

आज भारत ही नहीं, संपूर्ण विश्व योग के महत्त्व को समझ चुका है। विश्व आज योग दिवस मना रहा है। इसमें भारत के वर्तमान प्रधानमंत्री नरेंद्र मोदी का बहुत बड़ा सहयोग है। आज योग विश्वविद्यालय खोलने की बात हो रही है। देश में कई योग के केंद्र स्थापित हैं, जहाँ लोगों को योग की शिक्षा दी जाती है। बड़े-बड़े चिकित्सक भी योग की महत्ता को स्वीकार कर चुके हैं। दवा से ज्यादा योग की सलाह मरीजों को दे रहे हैं।

लेकिन इसका यह अर्थ नहीं है कि व्यायाम का कोई महत्त्व नहीं है। स्वस्थ, सक्रिय, शारीरिक और मानसिक शक्ति बनाए रखने के लिए व्यायाम भी जरूरी है। यह शरीर को

सही दशा में रखने में मदद करता है। व्यायाम से पाचनतंत्र दुरुस्त रहता है। उसे संयमी बनाता है, शरीर के अंग मजबूत रखता है, जिससे व्यक्ति संकट में अपनी रक्षा कर सकता है। व्यायाम अनुशासन की शिक्षा देता है। कई प्रकार के खेल से भी व्यायाम होता रहता है। अतः मनुष्य की शारीरिक, मानसिक, भौतिक, आध्यात्मिक आदि सर्वांगीण विकास के लिए योग और व्यायाम दोनों आवश्यक हैं।

□

भारत और पाकिस्तान के संबंध

अंग्रेजों ने 'फूट डालो और राज करो' की नीति अपनाकर भारत में लगभग दो सौ वर्ष तक शासन किया। यहाँ से जाते-जाते भी उन्होंने इसी नीति के तहत भारत के दो टुकड़े कर दिए। मुसलमानों की पीठ थपथपाकर उन्हें हिंदुओं के विरुद्ध कर दिया। महात्मा गांधी के प्रयास के बाद भी मुसलमान माने नहीं। वे अपने लिए अलग राष्ट्र पाकिस्तान की माँग पर अड़ गए। गांधी उनके नेता जिन्ना को प्रधानमंत्री बनाने को भी तैयार थे, लेकिन अंग्रेजों ने उनके भीतर जो मीठा जहर घोल दिया था, वह उनके दिल-दिमाग पर पूरी तरह छा गया था। कुछ इतिहासकारों के अनुसार अगर आजादी का मसला कुछ दिन टाल दिया जाता, तो संभव था कि मुसलमानों को मना लिया जाता। क्योंकि जो पढ़े-लिखे मुसलमान थे, जिन्होंने आजादी की जंग में भाग लिया था, वे बँटवारे के पक्ष में नहीं थे। फिर कुछ हिंदू नेता भी ऐसे थे, जो अपनी स्वार्थसिद्धि के लिए बँटवारे पर सहमत हो गए थे। फलतः 14 अगस्त, 1947 को भारत दो टुकड़ों में बँट गया—हिंदुस्तान और पाकिस्तान। फिर तो 1947 में जो सांप्रदायिक दंगे हुए, उसमें हजारों हिंदू-मुसलमान दोनों मारे गए। दोनों के बीच वैमनस्य की जो खाई खुद गई, वह भरने के बजाय दिन-ब-दिन गहरी ही होती गई।

पाकिस्तान की बुनियाद नफरत पर ही कामय हुई थी। अतः वह हमेशा से भारत को बेवजह दुश्मन समझने लगा था। अंग्रेज जाते-जाते एक और ऐसा घातक तीर चला गए, जो निशाने पर बैठता तो आज भारत दो नहीं, कई टुकड़ों में बँटा होता। अंग्रेजों ने देशी राज्यों को अपनी अधीनता से मुक्त करते हुए यह कह दिया कि उनकी मर्जी है कि वे भारत में मिलें या पाकिस्तान में अथवा स्वतंत्र रहें। यह बहुत बड़ी चाल थी, अंग्रेजों की, लेकिन तत्कालीन उपप्रधानमंत्री एवं गृह मंत्री सरदार वल्लभ भाई पटेल के प्रयास से अंग्रेजों की यह चाल सफल नहीं हुई। पटेल ने देशी राजाओं से भारत में विलय होने की अपील की। कुछ नए छोटे-छोटे राज्य भी बनाए गए। उनकी अपील पर सभी देशी राज्यों ने भारत में विलय की अपनी सहमति दे दी। केवल तीन राज्य अपवाद रह गए। जूनागढ़, हैदराबाद और कश्मीर।

इन तीनों राज्यों ने स्वतंत्र रहने की इच्छा प्रकट की और विलय से इनकार कर दिया। हैदराबाद भारत के बीचों-बीच राज्य था। एक स्वतंत्र देश के बीच में एक स्वतंत्र राज्य का रहना खतरनाक था। इसके कई बुरे परिणाम निकल सकते थे, अतः पहले तो पटेल ने हैदराबाद के निजाम को भारत में विलय का आग्रह किया, लेकिन उसके कानों पर जूँ तक नहीं रेंगी। फलतः रातों-रात सेना भेज हैदराबाद पर अधिकार कर लिया गया और उसका विलय भारत में हो गया। यह देखकर जूनागढ़ का नवाब डर से पाकिस्तान भाग गया और इस प्रकार जूनागढ़ भी भारत का अंग बन गया।

कश्मीर के राजा ने विलय के विरुद्ध बिगुल बजा दिया। कश्मीर की समस्या यह थी कि राजा हिंदू था, लेकिन जनता शत-प्रतिशत मुसलमान थी। तत्कालीन प्रधानमंत्री जवाहरलाल नेहरू ने परिस्थितिवश कश्मीर को स्वायतत्ता देना स्वीकार कर लिया। तभी से पाकिस्तान कश्मीर पर अपना अधिकार जमाने के लिए तरह-तरह के हथकंडे अपनाता रहा। उसने पहली बार सीमा पर रहने वाली कबायली जाति को उभारकर कश्मीर पर आक्रमण करवा दिया। कबायलियों ने कश्मीर में लोगों पर भयानक अत्याचार किए। कोई चारा न देखकर कश्मीर के राजा हरि सिंह ने भारत में विलय की इच्छा जाहिर करते हुए भारत से मदद माँगी।

भारत की सेना कश्मीर पहुँची और कबायलियों को खदेड़ दिया। इस प्रकार कश्मीर का विलय भी भारत में हो गया, लेकिन स्वायतत्ता का अधिकार कश्मीर का बना रहा। कश्मीर को पूरी तरह भारत में न मिलाकर तत्कालीन सरकार ने भयंकर ऐतिहासिक भूल कर दी, जिसका परिणाम आज तक भारत भोग रहा है।

कश्मीर के विलय को पाकिस्तान मानने को तैयार नहीं था। वह जनमत संग्रह की बात करने लगा, क्योंकि वह जानता था कि कश्मीर में मुसलमानों की संख्या अधिक है और इस नाते जनमत उसके पक्ष में होगा। पंडित नेहरू ने इस समस्या को संयुक्त राष्ट्र के हवाले कर दिया, जो सरकार की दूसरी भयंकर भूल थी। यह मामला आज तक यू.एन.ओ. में लटका हुआ है। तब से पाकिस्तान लगातार भारत पर हमले करवा रहा है। आतंकियों को पनाह देकर भारत पर आतंकवादी हमले किए जा रहे हैं। इस हमले में हजारों हिंदुओं के साथ-साथ आतंकी भी मारे जा चुके हैं। आतंकी हमला आज भी जारी है।

कुछ लोगों का मत है कि गांधी-नेहरू जैसे कुछ शांतिप्रिय नेताओं ने सांप्रदायिक दंगों में बेकसूर लोगों की हत्या को देखते हुए बँटवारे पर अपनी सहमति दी थी। उन्होंने सोचा था कि बँटवारे के बाद दोनों ही समुदायों के लोग शांतिमय जीवन बिता पाएँगे, लेकिन पाकिस्तान की चाल उन्होंने नहीं समझी।

सत्य जो भी हो, यह विश्लेषण का विषय है, लेकिन आज तक पाकिस्तान में जितने भी शासक आए, सभी ने भारत को अपना जानी दुश्मन समझा और यहाँ अस्थिरता

पैदा करते रहे। 1964 में पूर्वी पाकिस्तान में भयानक सांप्रदायिक दंगा हुआ, जिसमें बड़े पैमाने पर हिंदुओं का पलायन हुआ। उन पर कई प्रकार से अत्याचार किए गए। 1965 में पाकिस्तान से भीषण युद्ध हुआ, जिसमें पाकिस्तान की करारी हार हो गई। इस युद्ध में भारतीय फौज लाहौर तक पहुँच चुकी थी। सैन्य कमांडरों का कहना था कि कुछ समय तक भारत सरकार चुप रहती तो पाकिस्तान का अस्तित्व उसी समय समाप्त हो जाता, लेकिन अंतरराष्ट्रीय दबाव के कारण तत्कालीन प्रधानमंत्री लाल बहादुर शास्त्री के साथ ताशकंद में भारत–पाकिस्तान में संधि हो गई।

भारत सदा से अपने पड़ोसी देशों के साथ–साथ विश्व के सभी देशों से मित्रता का संबंध बनाए रखना चाहता है। पाकिस्तान के प्रति भी वह सदा से सहिष्णु रहा है, लेकिन पाकिस्तान हमेशा भारत पर आतंकी हमला कराता रहा। 1971 में पाकिस्तान ने पूर्वी पाकिस्तान पर हमला किया। पूर्वी पाकिस्तान पश्चिमी पाकिस्तान से अलग होना चाहता था। भारत ने उसकी मदद की। तत्कालीन प्रधानमंत्री इंदिरा गांधी ने सेना भेजकर पूर्वी पाकिस्तान को मुक्त करा दिया। अब यह एक स्वतंत्र राष्ट्र बना, जिसे आज हम बंगलादेश कहते हैं, लेकिन पाकिस्तान का प्रयास आज भी कश्मीर पर कब्जे को लेकर जारी है।

वर्तमान समय में भी पाकिस्तान ने कई आतंकी हमले करवाए हैं। संसद् पर आक्रमण में उसके सभी आतंकी मारे गए। मोदी सरकार के गठन के बाद कश्मीर की समस्या का समाधान हो चुका है। धारा 370 जैसी पाबंदियाँ कानून बनाकर हटा दी गई हैं। अब कश्मीर पूरी तरह भारत का अंग बन चुका है।

वहाँ कश्मीर का नहीं वरन् भारत का तिरंगा फहरा रहा है। आतंकियों का सफाया किया जा रहा है। आतंकी गतिविधियों में कमी आई है। उरी, गलवान आदि आतंकी हमलों का भारत ने मुँहतोड़ जवाब दे दिया है। हमेशा पाक भारत से पराजित होता रहा है। कारगिल युद्ध में भी उसकी करारी हार हो चुकी है। फिर भी अपनी हरकत से वह बाज नहीं आ रहा है। भारत के शत्रु चीन के साथ संबंध जोड़कर, अमरीका के आगे हाथ पसारकर वह भारत के विरुद्ध साजिश रच रहा है। इस्लाम की दुहाई देकर मुस्लिम देशों को उभारकर भारत को अस्थिर करने में लगा है, लेकिन मोदी के नेतृत्व में भारत की सैन्य शक्ति इतनी मजबूत हो चुकी है कि कोई देश खुलकर पाकिस्तान की मदद के लिए आगे नहीं आ सकता। अंतरराष्ट्रीय जगत् में भारत की महत्ता के आगे पाकिस्तान की कोई हस्ती नहीं रह गई है।

पाकिस्तान आज भुखमरी के कगार पर है। महँगाई इतनी बढ़ी है कि वहाँ गृहयुद्ध की स्थिति बन गई है। जनता सरकार और सेना के विरुद्ध विद्रोह कर रही है। आज दुनिया के देश भी उसे मदद देने को तैयार नहीं हैं। पाकिस्तान सिर से पैर तक कर्ज में डूबा है। चीन के शिकंजे में कसकर कहीं वह अपनी सार्वभौमिकता न खो दे।

□

भारत में सहकारिता आंदोलन

एक कहावत है कि 'अकेला चना भाड़ नहीं फोड़ता है', अर्थात् अकेला व्यक्ति कोई कार्य बड़े पैमाने पर नहीं कर सकता। अकेले किए कार्य और परिश्रम का सही मूल्य नहीं मिलता। अगर मिलता है भी तो बहुत कम, लेकिन किसी काम में एक से अधिक लोग सम्मिलित होते हैं, तो वहाँ लागत कम और मुनाफा अधिक होता है। अतः किसी कार्य में एक से अधिक लोगों का सहयोग होना ही सहकारिता कहलाता है।

सहकारिता में तीन शब्दों का मेल है—'सह' अर्थात् साथ-साथ, दूसरे शब्दों में कहें तो मिलजुलकर काम करना। 'कार' का अर्थ कार्य से है और 'इता' प्रत्यय लगाकर 'सहकारिता' शब्द बना है। इस प्रकार सहकारिता का अर्थ हुआ—किसी कार्य को मिलजुलकर करना। इसे हम एक उदाहरण द्वारा समझ सकते हैं। माना एक सब्जी विक्रेता है। वह अपनी थोड़ी सी जमीन में सब्जी उपजाता है। अधिक मात्रा में सब्जी के लिए उसे गाड़ी भाड़ा करना पड़ता है। सब्जी ढोने के लिए उसे कुली जैसे व्यक्ति को पैसा देना पड़ता है। जो लागत उसे सब्जी उत्पादन में, गाड़ी भाड़ा में, कुली को पैसे देने में लगती है, उतना सब्जी बेचकर वह प्राप्त नहीं कर पाता है।

वहीं अधिक सब्जी विक्रेता एक साथ सब्जी उगाकर शहर में बेचने जाते हैं तो गाड़ी भाड़े में बचत होती है। कुली जैसे ढोने वाले की जरूरत नहीं होती। सब्जी का उत्पादन भी ज्यादा मात्रा में होता है। इस प्रकार मुनाफा बढ़ता है। सहकारिता से यही लाभ होता है।

सहकारिता के आधर पर हम बड़े पैमाने पर कोई भी कार्य आसानी से कर सकते हैं। कृषि कार्य में सहकारिता आंदोलन बड़ा सहायक सिद्ध हो सकता है। आज गुजरात में सहकारिता आंदोलन ज्यादा प्रभावी सिद्ध हुआ है। वहाँ आज डेयरी उद्योग सहकारिता के आधार पर ही चलाए जा रहे हैं। छोटी कैंटीन, सहकारी स्टोर, भवन निर्माण संस्थाएँ आदि जैसे छोटे-मोटे उद्योग देश में सहकारिता के आधार पर ही किए जा रहे हैं। देश में सहकारिता से चलने वाली संस्थाएँ अधिक लाभदायक सिद्ध हुई हैं।

भारत जैसे कृषि प्रधान देश में कृषि के क्षेत्र में सहकारिता आंदोलन अधिक लाभदायक सिद्ध होगा। गाँव के अधिकांश किसानों के पास छोटे-छोटे टुकड़ों में बँटी हुई जमीन है। किसी के पास इतनी कम जमीन है कि वह वैज्ञानिक उपकरणों का उपयोग नहीं कर सकता, जैसे छोटे से टुकड़े में ट्रैक्टर नहीं चला सकता। अगर गाँव के सभी किसान अपनी जमीन को एक साथ मिला दें, तो जमीन का रकबा इतना विशाल हो जाएगा कि उसमें कृषि कार्य के लिए हम ट्रैक्टर या अन्य वैज्ञानिक साधनों का प्रयोग आसानी से कर सकते हैं। बड़े पैमाने पर खेती के लिए खाद-बीज आदि बड़े पैमाने पर ही खरीदने होंगे। इसमें कई प्रकार के लाभ हैं। लागत कम लगेगी। परिश्रम कम होगा। खाद-बीज की ढुलाई आदि में कई प्रकार की बचत भी होगी। बड़े पैमाने पर कृषि कार्य होने पर जहाँ लागत कम होगी, वहीं उपज अधिक होगी। बड़ा बाजार मिलेगा। फसल की उचित कीमत मिलेगी। किसानों की आय बढ़ेगी। सरकार भी सहकारिता के आधार पर कृषि कार्य के लिए कई प्रकार की सहायता देने को राजी हो जाएगी।

सहकारिता के द्वारा किए गए कार्यों में छोटे-छोटे किसानों को ऋण लेने से भी छुटकारा मिल जाएगा। वे महाजनों के चंगुल से मुक्त हो जाएँगे। उनका कोई शोषण भी नहीं कर पाएगा। इसमें बेरोजगारी की समस्या का कुछ हद तक समाधान हो जाता है। हर व्यक्ति को अपने परिश्रम का उचित फल मिल जाता है। भारत में आज कई क्षेत्रों में सहकारिता द्वारा लोगों की उन्नति के लिए कार्य हो रहा है। इसकी उपयोगिता को देखते हुए भारत ही नहीं, संपूर्ण विश्व में सहकारिता आंदोलन के माध्यम से कई कार्य किए जा रहे हैं।

संक्षेप में, सहकारिता आंदोलन को बढ़ावा देने के लिए आज व्यक्ति स्वयंसेवी संस्थाओं एवं सरकार सबको मिलकर कार्य करना होगा। गाँव के अशिक्षित किसान अपनी जमीन सहकारिता को देने के लिए तैयार नहीं हैं। उन्हें भय होता है कि कहीं उनकी जमीन उनसे छिन न जाए। भारत की कुछ मान्यताएँ भी उन्हें ऐसा करने से रोकती हैं। वे जमीन को अपनी माँ समझते हैं।

ऐसे लोगों को शिक्षा के द्वारा समझाना होगा। जमीन की गारंटी देनी होगी। गलत मान्यताओं को दूर करना होगा। यह सब करके हम इस आंदोलन को सफल बना सकते हैं।

□

भारत की सामाजिक समस्याएँ

आजादी के बाद से ही भारत समस्याओं का देश कहा जाने लगा है। यहाँ की सरकार के सामने समस्याओं का अंबार लगा है। समाज, धर्म-राजनीति हर क्षेत्र में समस्या-ही-समस्या है। एक का समाधान ढूँढ़ा जाता है कि दूसरी समस्या मुँह बाये खड़ी हो जाती है। यह भी सत्य है कि सैकड़ों वर्षों की गुलामी ने भारत को मृतप्राय: कर दिया था। एक तरह से भारत हताश व निराश होकर अपना सबकुछ भुलाकर भगवान् भरोसे बैठ गया था, लेकिन आजादी के बाद इसमें पुन: नवजीवन का संचार हुआ। यह एक-एक समस्या से जूझता हुआ आगे बढ़ रहा है।

समस्या हो भी क्यों नहीं? भारत में अनेक जाति, धर्म, संप्रदाय आदि के मानने वाले लोग हैं। फिर इतने धर्म, जाति, भाषा, वर्ग, संप्रदाय, समुदाय के होते हुए समस्याओं का होना स्वाभाविक है।

इन समस्याओं में सामाजिक समस्या एक बड़ी समस्या है। भारत का समाज पहले से ही वर्गों में बँटा रहा है। जातिगत विभेद की खाई दिन-ब-दिन चौड़ी होती गई है और आज तो इतनी गहरी हो गई है कि इससे निजात पाना कठिन प्रतीत हो रहा है। छुआछूत संक्रामक रोग की तरह फैल गया है। उच्च और निम्न वर्गों का संघर्ष चरम पर है, वर्ण व्यवस्था के कारण एक वर्ण के लोग दूसरे से अपने को श्रेष्ठ समझ रहे हैं, जिससे आपसी वैमनस्यता बढ़ती जा रही है। अमीरी-गरीबी के बीच भी आए दिन संघर्ष हो रहे हैं। गरीबी मिटाने की बात हर नेता करता है, लेकिन गरीबी ज्यों-की-त्यों है। गरीब जरूर मिट रहे हैं!

आज 21वीं सदी के भारत में भी समाज में अशिक्षा पूरी तरह नहीं मिट पा रही है। शिक्षा के अभाव में समाज रूढ़ियों के दलदल में फँसा है। सड़ी-गली मान्यताओं से चिपका है। गलत परंपराओं, अंधविश्वासों से बुरी तरह जकड़ा है। फलत: समाज में कई तरह की बुरी प्रथाएँ जड़ जमाए बैठी हैं। आज भी बाल विवाह, दहेज प्रथा, बाल श्रम जैसी कुप्रथाएँ फैली हुई हैं। नारी जाति का भी शोषण हो रहा है। वे आज भी घर की चारदीवारियों में ही कैद रहने को मजबूर हैं।

समाज भौतिकता से ओत-प्रोत है। यह युग ही अर्थयुग है। इस अर्थ की प्राप्ति के लिए हम आज कोई भी अनर्थ कर सकते हैं। समाज में चारों ओर घूसखोरी, भ्रष्टाचार, हिंसा-प्रतिहिंसा का बाजार गर्म है। हर आदमी दूसरे का हक छीनकर अपना घर भरने में लगा है। पैसे के आगे आज दया, ममता, करुणा, नाते-रिश्ते सब केवल बातें रह गई हैं। रामराज्य की केवल कल्पना रह गई है। हर तरफ असंतोष व्याप्त है। भाई-भतीजावाद का बोलबाला है। समाज का युवा ठगा-सा महसूस कर रहा है। बेकारी, भुखमरी, बेरोजगारी के कारण आज चोरी, डकैती, बेईमानी का ही माहौल-सा बन गया है।

आज समाज में कहीं अनुशासन नाम की चीज नहीं रह गई है। युवा वर्ग नीति-अनीति में भेद करना भूल गया है। वह नशाखोरी का शिकार बना है। वह दिग्भ्रमित हो चुका है। आए दिन बलात्कार, हिंसा, चोरी, डकैती की खबरों से अखबार के पन्ने भरे रहते हैं। हमारी प्राचीन संस्कृति अब इतिहास की वस्तु बन चुकी है। समाज में जमाखोरों, मुनाफाखोरों का दबदबा है। अब सरकार की ओर से जो छापामारी शुरू की गई है, उसमें करोड़ों रुपयों की बरामदगी हो रही है, जो जमाखोरों ने छिपाकर रखे थे।

गाँवों के किसानों की दशा अत्यंत बुरी है। उनके पास खेती के लिए पर्याप्त जमीन नहीं है। उत्तम खाद-बीज उन्हें उपलब्ध नहीं हो पाते, धन के अभाव में वैज्ञानिक साधनों का उपयोग नहीं कर पा रहे हैं। सिंचाई की कोई व्यवस्था नहीं है। महाजनों के चंगुल में वे आज भी फँसे हैं। उद्योग-धंधे का घोर अभाव है। ग्रामीण इलाकों में आज भी न तो अच्छी सड़कें हैं, न बिजली की सुविधा है। न शिक्षा के लिए पर्याप्त स्कूल-कॉलेज हैं। अतः भारत के गाँव आज भी समस्याओं से जूझ रहे हैं। गाँवों का वातावरण भी विषाक्त हो चुका है। जमीन-जायदाद को लेकर वहाँ आए दिन मारपीट, हत्या आदि आम बात हो गई है। गाँव के कुछ दबंग लोग गाँववालों को आपस में लड़ाकर अपना उल्लू सीधा करने में लगे हैं। इस प्रकार भारत के समाज में अनगिनत समस्याएँ हैं, जिन्हें अगर सुधारा न गया तो ये समस्याएँ सुरसा के मुँह की भाँति बढ़कर हमारा अस्तित्व विलीन कर देंगी।

लेकिन वर्तमान भारत सरकार ने इन समस्याओं के समाधान के लिए कई कार्य किए हैं।

शिक्षा के क्षेत्र में सरकार ने कई नई योजनाएँ लागू की हैं। लड़कियों की शिक्षा पर विशेष ध्यान दिया गया है। यही कारण है कि आज लड़कियाँ हर क्षेत्र में लड़कों से आगे निकल रही हैं। रेल, हवाई जहाज चला रही हैं। सेना में अपना शौर्य दिखा रही हैं। इंजीनियर, डॉक्टर, आई.ए.एस. आदि बनकर उभर रही हैं। शहरों के साथ-साथ गाँवों में भी स्कूल-कॉलेज खोले गए हैं। गरीब छात्र-छात्राओं को मुफ्त किताबें, ड्रेस आदि उपलब्ध कराए गए हैं। उच्च शिक्षा के लिए छात्रवृत्ति दी जा रही है। अतः देश में शिक्षितों की संख्या में बढ़ोतरी हुई है। 'बेटी बचाओ, बेटी पढ़ाओ' जैसे नारे दिए जा रहे हैं।

स्कूल-कॉलेजों में व्यावसायिक शिक्षा पर बल दिया गया है। कौशल शिक्षा की व्यवस्था की गई है, ताकि आगे चलकर व्यक्ति नौकरी पर ही निर्भर न हो।

सामाजिक कुप्रथाओं के प्रति जागरूकता लाई जा रही है, बाल विवाह, दहेज प्रथा आदि के विरुद्ध कठोर कानून बनाए गए हैं। युवा वर्ग के लिए रोजगार की नई-नई योजनाएँ बनाई जा रही हैं। समाज में गुंडागर्दी रोकने की दिशा में कड़ाई बरती गई है। गाँवों में भी शहरों जैसी सुख-सुविधा उपलब्ध कराने की दिशा में कई कार्यक्रम चल रहे हैं। कृषि के क्षेत्र में किसानों को हर तरह की सुविधा मिल रही है। उत्तम खाद, बीज उपलब्ध कराए जा रहे हैं। सिंचाई के साधन, वैज्ञानिक उपकरण आदि के लिए सरकार कर्ज दे रही है। जातिबंधन अब बहुत हद तक ढीला हो चुका है। अब तो अंतरजातीय शादी-ब्याह भी होने लगे हैं। छुआछूत समाज से बिल्कुल खत्म हो चला है। अलग-अलग धर्मों के लोगों के बीच आपसी सौहार्द बनाने के लिए उनमें जागरूकता फैलाई जा रही है। संक्षेप में, भारत की सामाजिक समस्या का समाधान बहुत कुछ हो चुका है।

□

मूल्यवृद्धि

महँगाई आज भारत की ही समस्या नहीं है। यह संपूर्ण विश्व की समस्या है। बल्कि दुनिया के अन्य देशों की तुलना में भारत ही एक ऐसा देश है, जहाँ महँगाई इतनी नहीं हो पाई है। वैसे तो दूसरे विश्वयुद्ध के बाद से ही महँगाई आरंभ हो चुकी थी। आर्थिक मंदी की मार जर्मनी को ऐसी झेलनी पड़ी थी कि वहाँ रुपए का कोई मूल्य ही नहीं रह गया। लोग झोले में रुपया भरकर ले जाते थे ओर जेब में सामान लाते थे। आज वैसी स्थिति तो नहीं बनी है। फिर भी महँगाई डायन आज हमारा सुख, शांति खाए जा रही है।

आज देश में जिधर जाइए, महँगाई की मार से बेचैनी ही मिलेगी। समाज में कुछ ऐसे लोग हैं, जिनके पास पैसे की कमी नहीं है। बड़े-बड़े नगर सेठ, व्यवसायी, प्रशासनिक पदाधिकारी, तस्कर आदि ऐसे लोग हैं, जिन्हें महँगाई कोई समस्या नहीं दिखती है, लेकिन अधिकांश गरीब, जिनके पास पैसे का अभाव है, उनके लिए तो महँगाई सुरसा के मुँह की तरह भयानक है। आज पैसे की खरीदने की शक्ति घट गई है। एक समय था जब हम एक रुपए का नाश्ता नहीं कर पाते थे। भरपेट खाने के बाद भी कुछ पैसे जेब में बच ही जाते थे।

1960 के आसपास खाने-पीने की चीजें सस्ती थीं। अच्छे किस्म का चावल 20 रुपए में एक मन मिल जाता था। उस समय क्विंटल की जगह मन का ही प्रयोग होता था। 1960 में एक मन गेहूँ केवल 15 रुपए में मिल जाता था। सरसों का तेल 3 रुपए किलो था। (उस समय का सेर) दाल 4 आने किलो, चीनी-दूध आठ आने किलो मिलता था। हम अपने नाना-दादा से सुनते आए हैं कि उन्हें केवल 5 रुपए या 10 रुपए तनख्वाह मिलती थी, तो यह सुनकर बड़ा आश्चर्य होता है। उसी प्रकार आने वाली पीढ़ी जब सुनेगी कि कभी दाल, चीनी, दूध आठ आने का एक सेर मिलता था, तो वह आश्चर्य करेगी।

इस प्रकार उस समय आदमी का जीवन बड़ा खुशहाल था। कम पैसे में ही अच्छे से गुजर-बसर हो जाता था और भविष्य के लिए कुछ बचत भी हो जाती थी। आज के

आदमी के लिए यह सब सपने की तरह प्रतीत होता है। यद्यपि हर सरकार ने महँगाई रोकने की दिशा में कई कार्य किए, योजनाएँ बनीं, लेकिन महँगाई आसमान छूती चली गई।

इस मूल्यवृद्धि के कई कारण हैं, एक तो दूसरे विश्वयुद्ध के बाद अमरीका जैसा देश जहाँ धनी होता गया, वहीं अन्य देश गरीब होते गए। युद्ध में बहुत से देशों की आर्थिक स्थिति तंग हो गई है। उन्हें बड़ी कीमतों पर अमरीका से हथियार खरीदने पड़े। यहीं से मूल्यवृद्धि की शुरुआत हुई और आज यह विश्व की बड़ी समस्या बन चुकी है।

वर्तमान समय में भारत में मूल्यवृद्धि का सबसे बड़ा कारण है, यहाँ जनसंख्या का बेतहाशा बढ़ना। अर्थशास्त्रियों के अनुसार जहाँ देश का उत्पादन ज्यामितीय गति से बढ़ता है, वहाँ जनसंख्या गणितीय गति से बढ़ती है। आज देश में कृषि का क्षेत्र हो या उद्योग का उत्पादन, इतना कम हो रहा है कि सबकी जरूरतों की पूर्ति नहीं हो पाती है। अर्थशास्त्र का नियम है कि माँग बढ़ेगी और उत्पादन घटेगा तो मूल्य का बढ़ना स्वाभाविक होता है।

समाज में कई ऐसे धनी व्यवसायी हैं, जो जमाखोरी को प्रोत्साहन देते हैं। उनके पास पैसे का अभाव नहीं है। अतः वे कारखाने से ही सारा माल कम कीमत पर खरीदकर अपने गोदामों में बंद कर देते हैं। इस प्रकार कृत्रिम अभाव पैदा करके वे बाद में दोगुने मूल्य पर बाजार में सामान भेजते हैं। कृषि के क्षेत्र में भी यही बात है। हजारों-हजार टन अनाज खरीदकर वे गोदामों में छुपा देते हैं। जब अनाज का कृत्रिम अभाव पैदा होता है, तो फिर मनमाने दामों पर वे बेचते हैं। अमीरों को भले ही अभाव न खटकता हो, लेकिन गरीब तो भुखमरी का शिकार बन जाते हैं। भूख से बच्चे तड़पकर जान गँवा देते हैं। मध्यम वर्ग बुरी तरह पीसा जाता है।

फिर उत्पादित वस्तु का वितरण भी सही मायने में लोगों के बीच नहीं हो पाता है। अफसरशाही के कारण कुछ लोग तो फायदे में रहते हैं, लेकिन अधिकांश आदमी वितरण से वंचित रहते हैं। मुद्रास्फीति के कारण भी रुपयों की खरीदने की शक्ति घट जाती है। 1960 के दशक में सोना 250 रुपए प्रति दस ग्राम था, जो आज 50 हजार रुपए प्रति दस ग्राम है। स्पष्ट है कि उस समय 250 रुपए में जितना सोना खरीदा जा सकता था, आज 50 हजार रुपए की जरूरत होती है। सरकार की आयात-निर्यात नीति भी दोषपूर्ण है। इसका प्रभाव भी मूल्यवृद्धि पर पड़ता है।

वर्तमान समय में कुछ ऐसी घटनाएँ भी घटी हैं, जिससे वस्तुओं का मूल्य प्रभावित हुआ है। पेट्रोल, डीजल आदि के दाम बेतहाशा बढ़े हैं। फलतः वस्तुओं की ढुलाई पर इसका असर पड़ा है और मूल्य बढ़ा है। जब भी विश्व में कहीं भी युद्ध होता है, तो मूल्य बढ़ता है। अनाज हो या अन्य वस्तुएँ, सैनिकों के लिए सीमा पर भेजनी पड़ती हैं। अतः उन चीजों का अभाव हो जाता है और मूल्य बढ़ जाता है। 1962 में चीन ने जब भारत

पर आक्रमण किया था, तो यहाँ चावल का घोर अभाव पैदा हो गया था। मध्यम वर्ग के व्यक्ति हफ्ते में कभी प्रसाद की तरह चावल खाते थे। इन दिनों यूक्रेन के युद्ध के कारण भी पेट्रोल, डीजल के दाम बढ़े हैं और मूल्यवृद्धि हुई है। देश की वैदेशिक नीति के कारण हमें कभी-कभी अपने पड़ोसी देश की मदद करनी होती है। आपदा काल में भी धन का बेहिसाब खर्च बढ़ जाता है। भारत को अपनी शक्ति बढ़ाने के लिए अस्त्र-शस्त्र, युद्धपोत आदि विदेशों से खरीदने पड़े हैं। इसका भी प्रभाव मूल्यवृद्धि पर पड़ा है। क्योंकि बजट का बड़ा हिस्सा युद्ध की सामग्रियों को इकट्ठा करने में ही खर्च हो जाता है।

स्पष्ट है कि आज संपूर्ण विश्व महँगाई की मार झेल रहा है, फिर भी भारत की स्थिति अन्य देशों की तुलना में बेहतर है। यदि सरकार पेट्रोल-डीजल पर टैक्स घटाती है, तो महँगाई में बड़ा सुधार आ सकता है। कृषि की उन्नति, औद्योगिक क्षेत्र का विकास, आदि के द्वारा भी हम इसमें कमी ला सकते हैं। जमाखोरों के यहाँ छापामारी की जाए तो बाजार में जो कृत्रिम अभाव पैदा किया जाता है, उससे छुटकारा मिल सकता है। आयात-निर्यात नीति में भी सुधार की आवश्यकता है। साथ ही सरकार को कुछ ऐसा करना होगा कि जीडीपी जहाँ थी, वहीं से आगे बढ़ने का सिलसिला शुरू करके और तेजी से आगे बढ़े।

इसके लिए सरकार को पहले ऐसी चीजों पर खर्च बढ़ाना होगा, जिससे नई संपत्ति बने। यह जीवन स्तर ऊँचा करने के साथ-साथ बाजार में माँग भी पैदा करता है। एक अर्थशास्त्री के अनुसार सरकार एवं आम आदमी का खर्च बढ़ेगा, तो उद्योगपति और निजी क्षेत्र के कारोबारियों के लिए यह जरूरी हो जाएगा कि वे अपने काम-धंधे को फैलाने के लिए नया पैसा लगाना शुरू करेंगे। इन सभी उपायों द्वारा हम महँगाई की समस्या से निजात पा सकते हैं।

□

मेक इन इंडिया

मेक इन इंडिया वर्तमान मोदी सरकार का एक नवीनतम कार्यक्रम है। वर्तमान प्रधानमंत्री नरेंद्र मोदी द्वारा इस कार्यक्रम को आरंभ किया गया था। 25 सितंबर, 1914 को दिल्ली के विज्ञान भवन में आयोजित एक समारोह में उन्होंने 'मेक इन इंडिया' कार्यक्रम की नींव रखी। इस कार्यक्रम का उद्देश्य था नए रोजगार पैदा करने के लिए अर्थव्यवस्था के विभिन्न क्षेत्रों पर सरकार का ध्यान केंद्रित करना। विभिन्न क्षेत्र कौशल को उन्नत करना भी इस कार्यक्रम का उद्देश्य रहा है। स्वचालित वाहन, आतिथ्य सत्कार, पर्यटन, ऊर्जा का नवीनीकरण, वस्त्र उद्योग, विमानन, खनन, इलेक्ट्रॉनिक्स आदि का विकास भी शामिल है। यह पहल भारत में विदेशी निवेश को प्रोत्साहन देने की आशा रखती है। यह गुणवत्ता के स्तर का भी ध्यान रखती है।

इस कार्यक्रम को नौ वर्ष पूरे हो चुके हैं। इन वर्षों में वार्षिक प्रत्यक्ष विदेशी निवेश दोगुना होकर 83 अरब अमेरिकी डॉलर हो चुका है। इस कार्यक्रम को सुविधाजनक बनाने के लिए विभिन्न क्षेत्रों में विदेशी समदृष्ट आवरणों को मुक्त किया गया है। अनुशंसा पत्रों के लिए आवेदन ऑनलाइन उपलब्ध कराया गया है। अनुशंसा-पत्रों की अवधि तीन वर्षों के लिए बढ़ाई गई है। 1914 में ही 49 प्रतिशत प्रत्यक्ष विदेशी निवेश को प्रतिरक्षा के क्षेत्र में अनुमति दी गई है। रेलवे की आधारभूत संरचना में 100 प्रतिशत एफ.डी.आई. स्वीकृत की गई है। पूर्व में यह एफ.डी.आई. नहीं थी।

इस कार्यक्रम को संपूर्ण विश्व ने सराहा और इसके आरंभ होने के थोड़े ही समय में सरकार ने 1.10 लाख करोड़ के प्रस्ताव प्राप्त किए। विदेशों की कई कंपनियों ने भारत में इलेक्ट्रॉनिक वस्तुएँ तथा स्मार्टफोन के निर्माण में अपनी दिलचस्पी दिखाई है। उदाहरण के लिए स्पाइस समूह, सैमसंग, हिताची, हुबर्ट शाओमी, लिनोवो आदि कंपनियों के नाम लिये जा सकते हैं।

यह कार्यक्रम पर्यावरण से भी संबंधित है। प्रधानमंत्री मोदी ने 'जीरो डिफेक्ट, जीरो इफेक्ट' का नया नारा दिया। इसका तात्पर्य यह है कि उत्पादन में कोई त्रुटि नहीं होगी।

पर्यावरण पर भी इसका कोई प्रभाव नहीं पड़ेगा। संक्षेप में, यह कार्यक्रम देश में नए उत्पादों को एक नई पहचान और एक नया सम्मान देगा।

इस कार्यक्रम के अंतर्गत एफ.डी.आई. 1914-15 में 45.15 अरब डॉलर था जो वित्त वर्ष 1921-22 में बढ़कर 83.6 अरब डॉलर हो गया। इतना ही नहीं, विश्व के 101 देशों ने भारत के 31 राज्यों एवं केंद्रशासित प्रदेशों में 57 अलग-अलग सेक्टरों में निवेश किया है। खिलौना उद्योग में 636 फीसदी की वृद्धि हुई। 2018-19 में देश के 361 मिलियन डॉलर के बराबर के खिलौनों का आयात होता था। अब 2021-22 में 50 प्रतिशत की गिरावट आई है। उद्योग के प्रयासों के कारण खिलौनों के निर्यात में 2022 में 636 प्रतिशत की वृद्धि हुई है।

'मेक इन इंडिया' कार्यक्रम को बढ़ावा देने में इन कारणों का सहयोग रहा है, जैसे डिजिटाइजेशन के जरिए प्रक्रिया को आसान किया गया। मैन्युफैक्चरिंग की क्वालिटी कंट्रोल द्वारा तथा 'एक जिला एक उत्पाद' पहल के तहत जिले से स्वदेशी उत्पादों को बढ़ावे के द्वारा। इस कार्यक्रम की कुछ अन्य उपलब्धियाँ भी देखने में आई हैं। 200 से अधिक मोबाइल मैन्युफैक्चरिंग यूनिट स्थापित हुई हैं। मोबाइल फोन के निर्यात में 250 फीसदी की वृद्धि हुई है। निम्नलिखित क्षेत्रों में भी इसकी उपलब्धि हुई है। जैसे आईएनएस विक्रांत, अर्जुन मार्क 1ए टैंक, तेजस एयरक्राफ्ट, आकाश, पिनाका रॉकेट, मिसाइल आदि।

□

समाज और साहित्य

साहित्य को समाज का दर्पण कहा गया है, जैसा समाज होगा, साहित्य वैसा ही होगा। इस प्रकार दोनों एक-दूसरे से प्रभावित होते हैं। एक ओर जहाँ समाज साहित्य को प्रभावित करता है, वहीं दूसरी ओर साहित्य समाज को आंदोलित और अनुप्राणित करता है। साहित्य समाज को ही नहीं, विश्व को बदल देने की ताकत रखता है। इतिहास गवाह है कि कई बार साहित्य ने समाज का स्वरूप ही बदल डाला है। कितने क्रांतिकारियों ने जन्म लिया है। अकेले रूसो ने फ्रांस का रूप ही बदल डाला था। समाज जब भी पतन की ओर अग्रसर होता है, साहित्य उसे गर्त में गिरने से बचा लेता है। किसी कवि ने लिखा है—

हर क्रांति कलम से शुरू हुई, संपूर्ण हुई,
चट्टान जुल्म की कलम चली, तो चूर्ण हुई।

साहित्य हमें हमारे अतीत से साक्षात्कार कराता है और भविष्य के निर्माण को प्रेरित करता है। हमें अपनी प्राचीन संस्कृति, कला, विज्ञान, अपना इतिहास सबकी जानकारी कराता है। साहित्यकार समाज से ही अपनी खुराक जुटाता है। इसीलिए वह समाज की समस्याओं से मुँह नहीं मोड़ सकता। जनजीवन को रोता देखकर जो साहित्यकार अपने साहित्य में हँसता है। उसका साहित्य अग्राह्य हो जाता है। प्रत्येक कवि-लेखक, साहित्यकार, जनजीवन के पीछे-पीछे चलता है, उसे जब जहाँ जिस चीज की जरूरत होती है, देता है। जो कवि-लेखक जनजीवन को पीछे छोड़कर आगे भागता है, उसकी रचना खोखली, कल्पना पंखहीन और भाव प्राणहीन हो जाते हैं। इस तरह साहित्य अपने युग के हालातों से हमें परिचित कराता है।

विद्यापति के श्रृंगारिक पद उस समय के समाज की विलासिता बताते हैं। उस समय समाज सुखी-संपन्न था। किसी को खाने-पीने की चिंता नहीं थी। पेट जब भरा होता है, तो श्रृंगार सूझता ही है। इसीलिए विद्यापति के श्रृंगारिक पद इतने प्रसिद्ध हुए। ऐसे कितने उदाहरण दिए जा सकते हैं, जिससे स्पष्ट हो जाता है कि साहित्य अपने समय के

समाज, समाज की सभ्यता, संस्कृति, रहन-सहन, पूर्वजों के ज्ञान, वेशभूषा सबकुछ से हमें परिचित कराता है।

समाज किसी साहित्य को तभी अपनाता है जब वह उसकी बात कहता है और सुनता है। उसकी समस्याओं का समाधान ढूँढ़ता है। तुलसी ने अपने 'रामचरितमानस' में तत्कालीन समाज की समस्याओं का समाधान ढूँढ़ा, समाज को एक नई दशा और दिशा दी, तभी तो आज तुलसी और उनका मानस इतनी प्रतिष्ठा पा सका है। आज लगभग 500 वर्षों के बाद भी घर-घर 'मानस' की पूजा होती है, लेकिन साहित्य केवल समाज का दर्पण मात्र नहीं है। वह समाज का मार्गदर्शक भी है। समाज की बुराइयों के प्रति साहित्य आवाज भी उठाता है। रूढ़ि, अंधविश्वास, सड़ी-गली मान्यताओं, परंपराओं के विरुद्ध साहित्य आवाज भी उठाता है। समाज को आगे बढ़ाने और बुराइयों के दलदल से ऊपर उठने को प्रेरित भी करता है। उसे आंदोलित करता है। उसके विचारों में नवीनता लाता है। उसके भीतर की ऊर्जा को बाहर निकालकर उसमें शक्ति, साहस भरता है। उसे क्रांति की प्रेरणा देता है। कहते हैं, चंदबरदाई की कविता पर पृथ्वीराज उछल-उछल पड़ते थे।

कबीर ने अपने समाज की बुराइयों से उसे परिचित करवाया। बाहरी आडंबर, गलत मान्यताओं, धर्म के विकृत स्वरूपों आदि पर भीषण प्रहार किया। प्रेमचंद ने अपने 'गोदान' में किसानों की समस्या से समाज को परिचित कराया। स्पष्ट है कि साहित्य समाज से अलग हो ही नहीं सकता। इस अर्थ में हम साहित्यकार को समाज का चित्रकार भी कह सकते हैं। आज हमारे पास अपना साहित्य नहीं होता, तो हम अपनी प्राचीन सभ्यता, संस्कृति, रहन-सहन, वेशभूषा आदि से परिचित नहीं हो पाते।

साहित्य हमें बताता है कि हमारी प्राचीन राजनीतिक, आर्थिक, धार्मिक, सामाजिक व्यवस्था कैसी थी। साहित्य के द्वारा ही हम प्राचीन लिच्छवी गणतंत्र के बारे में जान पाते हैं। प्रजातंत्र की स्थापना पहले भारत में ही हुई, यह जान पाते हैं। यहाँ से हमने विश्व में बौद्ध धर्म का प्रचार-प्रसार किया, यह जानकारी हमें मिलती है। साहित्य ही बताता है कि भारत कभी सोने की चिड़िया कहलाता था। यहाँ दूध की नदियाँ बहती थीं। धन-धान्य से यह देश भरा-पूरा था। साहित्य ही हममें आज महाराणा प्रताप की वीरता, शिवाजी का शौर्य आदि भरता है। हमारे पूर्वजों की शूरता, वीरता, उनके आदर्श आदि से परिचित कराता है।

इतिहास गवाह है कि भारत में कितनी ही विदेशी जातियों का आगमन हुआ। शक, हूण, कुषाण कितनी जातियों का यहाँ पदार्पण हुआ, लेकिन आज उनके बारे में हमें कोई ठोस जानकारी नहीं मिलती, क्योंकि उनके पास अपना न तो कोई धर्म था और न साहित्य था। अतः वे इतिहास की अँधेरी गुफा में विलीन हो गए। वहीं भारतवासियों का साहित्य सुरक्षित रहा और हम अति प्राचीन काल की बातों से परिचित हैं।

साहित्य में वह शक्ति है, जो दुनिया के नक्शे को बदल दे। जितनी भी क्रांतियाँ दुनिया में हुई हैं, सब साहित्य के माध्यम से हुई हैं। इसीलिए कलम को तलवार से ज्यादा शक्तिशाली कहा गया है। रूसो हो या लेनिन या मार्क्स सभी ने अपने साहित्य से ही अपने देश को नई दिशा दी है। संक्षेप में हम कह सकते हैं कि साहित्य और समाज एक-दूसरे पर आश्रित हैं। साहित्य समाज का दर्पण मात्र होता तो फिर समाज आज धरती से उठकर चाँद पर नहीं जाता। वह उसी आदिम युग में जानवरों का शिकार करके पेट पालता होता। यह साहित्य है, जिसने समाज को जंगल युग से निकालकर आज चाँद पर पहुँचा दिया है और अब नक्षत्र लोक की सैर कराने की बात सोच रहा है।

अतः जहाँ समाज साहित्य को प्रभावित करता है, वहीं साहित्य समाज को प्रगति पथ पर अग्रसर करता है। उसे प्राचीनता के दलदल से ऊपर उठाकर नवीनता के धरातल पर खड़ा करता है। उसे नई दशा और दिशा देता है। उसमें परिस्थितियों से मुकाबला करने की शक्ति प्रदान करता है। उसके प्राचीन गौरव-गरिमा को सहेजकर रखता है। दोनों एक-दूसरे पर आश्रित और अवलंबित हैं। एक-दूसरे के पूरक हैं। एक-दूसरे की जरूरत हैं।

□

सूचना प्रौद्योगिकी

एक वह भी जमाना था, जब हम अपने किसी सगे-संबंधी, प्रियजनों को संदेशवाहक के माध्यम से संदेश भेजते थे। इसमें समय और पैसे अधिक लगते थे। कभी-कभी तो किसी की मृत्यु की खबर भी महीनों बाद मिलती थी। सुना है, प्राचीन काल में कबूतर भी संदेश लाने और पहुँचाने का काम करते थे। फिर समय आगे बढ़ा। विज्ञान ने नई-नई खोज प्रारंभ की। अंग्रेजों ने डाक व्यवस्था शुरू की। अब पत्र, तार आदि द्वारा हम संदेश भेजने लगे। लेकिन चिट्‌ठी-पत्रों में भी परेशानी थी। दूर-दराज के ग्रामीण इलाकों में चिट्‌ठी या तो मिलती ही नहीं थी या काफी समय बाद मिलती थी। यद्यपि डाक व्यवस्था में काफी सुधार किए गए, फिर भी यह व्यवस्था उतनी लाभदायक सिद्ध नहीं हुई।

आधुनिक काल में विज्ञान ने काफी प्रगति की है। एक-से-एक वैज्ञानिक उपकरण हमारे सामने आए। कंप्यूटर, इंटरनेट, फैक्स, एटीएम, क्रेडिट कार्ड आदि के आविष्कार से सूचना एवं प्रौद्योगिकी के क्षेत्र में क्रांतिकारी परिवर्तन आए हैं। आज हम हजारों मील दूर बैठे अपने प्रियजनों से बात कर सकते हैं। थोड़े समय में ही हम मोबाइल के जरिए कोई भी सूचना कहीं भी भेज सकते हैं। उन उपकरणों के द्वारा हम समय की बचत ही नहीं करते, बल्कि दूरियाँ भी कम हो गई हैं। आज हम घंटों की दूरी मिनटों में तय कर लेते हैं। संक्षेप में, विज्ञान ने आज संसार की सीमाएँ छोटी कर दी हैं। दुनिया का दायरा भी सिकुड़ गया है। आज घर बैठे ही हम दुनिया के किसी भी कोने में अपना संदेश मिनटों में भेज सकते हैं।

अमरीका, ब्रिटेन आदि विकसित देशों में इस क्षेत्र में पहले से ही काफी विकास हो चुका था। अब भारत में भी इसका उपयोग धड़ल्ले से होने लगा है। सूचना प्रौद्योगिकी के कारण दूरसंचार, उपग्रह, कंप्यूटर आदि क्षेत्र में तेजी से प्रगति हो रही है। संचार प्रौद्योगिकी के विकास के बाद सूचना क्रांति ने जीवन के हर क्षेत्र में कमोबेश परिवर्तन अवश्य ला दिया है। इस तरह की प्रक्रियाओं को जन्म दिया है।

पहले जहाँ सूचनाओं और जानकारियों को सुरक्षित रखने के लिए कई व्यक्ति और कई साधनों की आवश्यकता होती थी, वहाँ आज हजारों सूचनाओं को अकेला एक कंप्यूटर सुरक्षित रख लेता है। आज सूचना क्रांति ने एक ऐसी अंतरराष्ट्रीय आर्थिक व्यवस्था बनाई है, जो विकासशील देशों की अवधारणा को नकार देती है। इस क्रांति की बदौलत विकसित देश विश्व में एक ऐसी सूचना और संचार व्यवस्था बनाने में सफल रहे हैं, जिसने एकतरफा मुक्त व्यापार और भी तेज कर दिया है और आर्थिक उपनिवेशवाद के साथ-साथ सूचना और सांस्कृतिक उपनिवेशवाद को भी जन्म दिया है।

सूचना प्रौद्योगिकी के कारण आज बैंकिंग प्रणाली भी काफी विकसित हुई है। इसकी कार्यप्रणाली में अभूतपूर्व तेजी आई है। आज हम घर बैठे कहीं भी रुपए-पैसे भेज सकते हैं। सुरक्षा की दृष्टि से भी बैंकिंग प्रणाली कारगर सिद्ध हो चुकी है। वीडियो कॉलिंग, वीडियो कांन्फ्रेंसिंग, ऑनलाइन खरीददारी, चैटिंग, ऑनलाइन टिकट प्राप्त करना—इन सभी ने हमारे जीवन में काफी बदलाव पैदा कर दिए हैं। व्यापार और संचार को एक नई दिशा मिली है और यह काफी कारगर सिद्ध हुआ है। सूचना युग में सूचना ही वह शक्ति है कि इस पर जिसका नियंत्रण है, वही शक्तिशाली है। सूचना तंत्र के माध्यम से ही आज लोगों को घर बैठे ढेर सारी सामग्री प्राप्त हो रही है।

लेकिन जहाँ इस तंत्र में इतने गुण हैं, वहीं कुछ दोष भी हैं। जब हम कोई व्यक्तिगत सूचना इंटरनेट पर साझा करते हैं, तो कोई भी हैकर इस तक पहुँच सकता है। कंप्यूटर में भी संरक्षित सूचनाएँ सुरक्षित नहीं रहतीं। वे वायर द्वारा संक्रमित हो सकती हैं। फिर ऐसा होने पर भविष्य में कठिनाइयाँ पैदा हो सकती हैं। अत: हमें बड़ी सावधानी बरतने की जरूरत है। फिर भी सूचना प्रौद्योगिकी के विकास से होने वाले लाभों को हम नकार नहीं सकते।

□

भारत की अनेकता में एकता

विद्वानों ने भारतीय संस्कृति का परिचय देते हुए कहा है—"संस्कृति का अर्थ स्वभाव, चरित्र, विचार और कर्म की वे अच्छाइयाँ हैं, जो शिष्टजनों के जीवन का अंग होती हैं तथा जिनका पालन परिवार, वर्ग-समाज, राष्ट्र की विशेषता बन जाता है।"

संस्कृति के अंदर धर्म, समाज, नीति, राजनीति, दर्शन, साहित्य, परंपराएँ, मानवीय मूल्य तथा सौंदर्यबोध सबका समावेश हो जाता है।

भारत की संस्कृति विश्व में सबसे प्राचीन है। तभी तो भारत विश्व का गुरु कहा गया है। अति प्राचीन काल का हड़प्पा और मोहनजोदड़ो का इतिहास भारतीय संस्कृति की प्राचीनता का प्रमाण है। भारत एक विशाल देश है। यहाँ आरंभ में कई जातियों का आगमन हुआ। कोई आक्रमणकारी बनकर आया, तो कोई लुटेरा बनकर और कोई विजेता बनने की चाह लेकर। सभी की अपनी संस्कृति थी, लेकिन वे यहाँ आकर यहीं के होकर रह गए।

इस प्रकार इस विशाल देश में कई जातियाँ आज भी निवास करती हैं। सबका अपना धर्म है। अपनी मान्यताएँ हैं, अपनी संस्कृति है, लेकिन इतनी अनेकता के बावजूद सभी एक देश के नागरिक हैं। यहाँ के कानून मानते हैं। संविधान में विश्वास रखते हैं। देश-प्रेम की भावना से भरे हैं। आजादी की जंग में सभी ने अपना धर्म आदि भुलाकर समान रूप से सहयोग दिया। हिंदू, मुसलमान का भेदभाव यहाँ मिट गया है।

भारतीय संस्कृति में सदा से वसुधैव कुटुंबकम् की भावना रही है। 'सर्वांतः सुखाय' का आदर्श रहा है। 'बहुजन हिताय, बहुजन सुखाय' का आदर्श लेकर ही भारत विश्व को सुख-शांति का संदेश देता आ रहा है। भारत में मैगस्थनीज, फाह्यान आदि जितने ही विदेशी आए, सभी ने भारतीय संस्कृति की सराहना की है। उनकी यात्रा वर्णन की पुस्तकों में भारत की अच्छाइयाँ वर्णित हैं। भारत का संविधान सभी धर्मों का आदर करता है। लोगों को कोई भी धर्म मानने की स्वतंत्रता है। उनके अनुसार आचरण करने की, अपने धर्म का प्रचार, दूसरे धर्म को बिना हानि पहुँचाए करने की छूट है। सबकी भाषाओं का सम्मान

है। इस प्रकार भारत में अनेक धर्मों के होते हुए भी ईश्वर के एक ही स्वरूप को माना गया है। भले ही उसे हम ईश्वर कहें या खुदा कहें। गॉड कहें या सत् श्री अकाल कहें।

भारतीय संस्कृति का यही गुण आज भी हजारों वर्षों के बाद उसे अक्षुण्ण बनाए हुए है, जबकि अन्य जातियों की संस्कृति इतिहास के अंधकार में गुम हो चुकी है।

भारत में 29 राज्य और 9 केंद्रशासित प्रदेश हैं। प्रत्येक राज्य की अलग-अलग संस्कृति है। यहाँ 22 राजभाषा हैं और लगभग एक हजार मातृभाषाएँ हैं। सबके अपने-अपने धर्म हैं। खान-पान और पहनावा है, लेकिन अनेकता होते हुए भी हमारी परंपराओं ने सबको एक सूत्र में बाँध रखा है। यही कारण है कि ब्रिटिश राज के खिलाफ युद्ध में सभी लोग एक साथ हो गए, सारे भेदभाव भुलाकर एक सूत्र में बँध गए। राष्ट्रीय एकता का यह सबसे बड़ा प्रमाण है।

यह सत्य है कि राष्ट्रीय एकता किसी भी राष्ट्र के लिए अनिवार्य है। इसके अभाव में कोई भी राष्ट्र सुरक्षित नहीं रह सकता। इतिहास गवाह है, जब-जब भारत में इसका अभाव हुआ है, भारत पराजित हुआ है। इसी राष्ट्रीय एकता के अभाव में राणा सांगा, बाबर से पराजित हुआ और सैकड़ों वर्षों तक देश गुलामी की जंजीर से बँधा रहा। देशी राजाओं के आपसी वैमनस्यता के कारण अंग्रेज भारत में विजयी हुए और लगभग दो सौ वर्षों तक हमारा शोषण करते रहे।

वर्तमान भारत में पुनः जातीयता, सांप्रदायिकता, क्षेत्रीयता, प्रांतीयता आदि की भावना सिर उठाने लगी है। अगर समय रहते हम सचेत और सजग न हुए तो पुनः गुलामी की बेड़ियों में जकड़ दिए जा सकते हैं।

भारतीय संस्कृति आनंदवाद की समर्थक रही है। यहाँ हर जातियों में पर्व-त्योहारों की संख्या अधिक है। ये त्योहार हमें जीवन में आनंद की ओर ही प्रेरित करते हैं। हमारा साहित्य, हमारी मूर्तिकला, चित्रकला, नृत्यकला, वास्तुकला सब आनंदवाद का ही संदेश देते दिखते हैं। साथ ही हम कर्मवाद को अधिक महत्त्व देते हैं। स्वयं कृष्ण ने गीता में इसी कर्मवाद का उपदेश दिया है। एक कवि के शब्दों में—

तू कर अपने कर्म निरंतर
फल देगा, जो देता फल है।

हमने सदा से माना है, कर्म ही पूजा है। कर्म ही ईश्वर की उपासना है—'Work is worship and duty is God.'

भारत में कितने ही वाद हैं, जैसे अवतारवाद, एकेश्वरवाद, निर्गुण-सगुणवाद आदि। सबको अपने धर्म की छूट है। संविधान में धर्म को राजनीति से अलग रखा गया है। धर्म लोगों का निजी विश्वास माना गया है। धर्म एवं विचारों को लेकर कभी देश में कोई विषम परिस्थिति पैदा नहीं हुई है, लेकिन आज वर्तमान समय में कुछ कट्टर धर्मावलंबी धर्म को

लेकर देश में अराजकता की स्थिति पैदा कर रहे हैं। सरकार को चाहिए कि उनके सिर उठाने से पहले ही उनके फन को कुचल दे।

देश में ऐसे महापुरुष भी पैदा हुए, जिन्होंने भारतीय धर्म और संस्कृति का सिक्का पूरे विश्व में जमा दिया। विवेकानंद ने पश्चिमी देशों को अपने भाषणों से ऐसा प्रभावित किया कि वे सदा के लिए भारत का लोहा मान गए। आज भी पश्चिमी राष्ट्र भारतीय धर्म, संस्कृति और इसकी नीति की सराहना करते नहीं थकते, लेकिन यह देश की कैसी विचित्र विडंबना है कि जहाँ पश्चिमी राष्ट्र भारत की संस्कृति का अनुसरण कर रहा है, वहाँ भारत के लोग पश्चिमी सभ्यता के आकर्षण में फँसकर अपनी संस्कृति को भूल रहे हैं। आज हमारे विचार, खान-पान, रहन-सहन, पहनावा आदि हर क्षेत्र में पश्चिमी सभ्यता-संस्कृति हावी हो रही है। यह हमारी संस्कृति के लिए घातक सिद्ध हो सकती है। □

मानवाधिकार

मानवाधिकार व्यक्ति का बुनियादी अधिकार है, जो उसके जन्म लेते ही आरंभ हो जाता है। इस संसार में प्रत्येक व्यक्ति को जीने, जीवनयापन करने, सुख-शांति से रहने, न्याय पाने, अपना विचार व्यक्त करने आदि का अधिकार प्राप्त है। इन अधिकारों को लेकर ही वह पैदा होता है। उसके इन अधिकारों के हनन का किसी को भी अधिकार नहीं है। मानव के सभी, सामाजिक, आर्थिक, धार्मिक, राजनीतिक आदि अधिकारों को विश्वव्यापी घोषणा-पत्र में सूचीबद्ध किया गया है। संयुक्त राष्ट्र संघ ने इसे 10 दिसंबर, 1948 को अपनाया है।

मानवाधिकार के क्षेत्र में कई वर्ष पूर्व से ही हमें कई देशों के अभिलेखों में इसकी चर्चा मिलती है। उदाहरणस्वरूप 1215 में इंग्लैंड के 'मैग्नाकार्टा' अभिलेख को ले सकते हैं। 1928 के अधिकार याचिका-पत्र के बंदी प्रत्यक्षीकरण अधिनियम आदि को लिया जा सकता है।

विश्व में कई बार कुछ ऐसे तानाशाह पैदा हुए, जिन्होंने मानवीय मूल्यों का बिना खयाल किए मानव को अपने पैरों तले बुरी तरह से कुचला। उन पर कितने भयानक अत्याचार किए। उन्हें हर अधिकार से वंचित रखा। इसी के खिलाफ धीरे-धीरे कुछ देशों में इस मानववाद पर विचार-विमर्श हुआ और उन्हें भी जीने का हक दिलाने का प्रयास शुरू हुआ। 1789 में फ्रांस में मानवाधिकारों की परंपरा की शुरुआत हुई। रूस में भी संवैधानिक मान्यता दी गई। इस प्रकार मानवाधिकार को संविधान में कानून के तहत मान्यता मिलने लगी।

मानवाधिकार की रक्षा के लिए पहले राष्ट्रसंघ की स्थापना हुई। फिर 2 अक्तूबर, 1945 को संयुक्त राष्ट्र संघ का निर्माण हुआ। इसके विधान में कहा गया है कि "उसका एक उद्देश्य आर्थिक, सामाजिक, सांस्कृतिक तथा मानवीय रूप ही अंतरराष्ट्रीय समस्या का समाधान तथा जाति, लिंग, भाषा, धर्म सभी प्रकार के भेदभाव के बिना मानवाधिकारों, मौलिक अधिकारों तथा स्वतंत्रता के संवर्धन और प्रोत्साहन के लिए अंतरराष्ट्रीय सहयोग

प्राप्त करना होगा। इसके लिए मानवाधिकार आयोग भी गठित किया गया है। 1950 से संयुक्त राष्ट्र संघ ने 10 दिसंबर को प्रत्येक वर्ष मानवाधिकार दिवस मनाने की घोषणा की थी।

भारत भी सदा से मानवाधिकारों के प्रति सजग रहा है। इसका इतिहास गवाह है कि अति प्राचीन काल से ही यहाँ मानवाधिकारों का अस्तित्व रहा है। भारतीय संविधान में मौलिक अधिकारों के अंतर्गत मानवाधिकारों की विशद व्याख्या की गई है। यहाँ प्रत्येक नागरिक को अपने धर्म की स्वतंत्रता है। वह कोई भी धर्म अपना सकता है, उसका प्रचार-प्रसार कर सकता है। प्रत्येक व्यक्ति को अपने जीविकोपार्जन के लिए कोई भी काम करने का अधिकार है, जो समाज के हित में हो। देश के अंदर कहीं भी आने-जाने, बसने आदि के अधिकार प्राप्त हैं। शोषण के विरुद्ध वह न्यायालय का दरवाजा खटखटा सकता है, आदि।

लेकिन कुछ वर्षों से मानवाधिकारों का हनन हो रहा है। कुछ ऐसे देश हैं, जहाँ आज फिर तानाशाही सिर उठाने लगी है। उत्तरी कोरिया, चीन आदि देशों में पुनः मानवीय अधिकारों पर कई तरह के प्रतिबंध लग चुके हैं। आज लंका, युगांडा, दक्षिण अफ्रीका, नामीबिया, पाकिस्तान, अर्जेंटीना आदि देशों में बड़े पैमाने पर मानवाधिकारों का हनन हो रहा है। जाति-भेद, बालश्रम, बलात्कार, युद्धबंदियों के प्रति क्रूर व्यवहार, अल्पसंख्यकों के प्रति भेदभाव आज बढ़ गए हैं। इस दिशा में देश के नेताओं, सुधारक संगठनों के साथ-साथ प्रत्येक नागरिक को भी सरकार को सहयोग देने की जरूरत है, ताकि सरकार कठोर कदम उठाकर मानवाधिकारों की रक्षा कर सके।

□

विश्वशांति में भारत का योगदान

भारत सदा से शांतिप्रिय देश रहा है। इसका इतिहास गवाह है कि सत्य, शांति और अहिंसा भारत का परम धर्म सदा से रहा है। इसने कभी भी किसी दूसरे देश की अखंडता को तोड़ने का प्रयास नहीं किया। कभी भारत हमलावर नहीं रहा। इतिहास में कहीं भी ऐसा कोई प्रमाण नहीं मिलता, जब भारत ने पहले किसी देश पर आक्रमण किया है, लेकिन इसका यह अर्थ नहीं निकालना चाहिए कि भारत कमजोर देश रहा है। हर अत्याचार को चुपचाप सहता रहा है। भारत अपने ऊपर हुए आक्रमण का मुँहतोड़ जवाब देना भी जानता है। इसकी शक्ति, साहस और पराक्रम का लोहा संसार भी मानता रहा है। विश्वविजयी सिकंदर भारत से हारकर लौटा था। कभी भारत की शक्ति का सिक्का जावा, सुमात्रा, बार्मियो, फिलीपींस आदि तक जमा हुआ था। राजा भरत ने संपूर्ण विश्व पर शासन किया। आज उसी के नाम पर देश 'भारत' कहलाता है।

भारत के वीरों के एक हाथ में अगर शस्त्र था, तो दूसरे हाथ में शास्त्र भी था। एक हाथ में माला थी, तो दूसरे हाथ में भाला भी था। वह शत्रु को क्षमा कर सकता था, तो उसका सिर कुचल भी सकता था। भारत के देवी-देवताओं के हाथ में भी अगर तलवार है, तो वहीं क्षमा में उठे हाथ भी हैं। स्पष्ट है कि भारत शांति का समर्थक रहा है, पर कायर नहीं रहा है।

भारत के प्राचीन राजाओं ने विश्व में अपने दूत भेजकर धर्म और शांति का प्रचार-प्रसार किया है। दुनिया को ज्ञानवान बनाने का श्रेय भारत हो ही जाता है। तभी तो यह विश्वगुरु कहलाता है। भारत की सेना अगर कभी दूसरे देश गई है तो लड़ने के लिए नहीं वरन् शांति स्थापना के लिए गई है। लंका में तमिलों के विद्रोह में भारत ने अपने ही लोगों के विरुद्ध शांति सेना भेजी थी। इस बात से भारत के तमिल लोगों का आक्रोश अपनी ही सरकार के विरुद्ध काफी बढ़ गया था। इसी के फलस्वरूप तत्कालीन प्रधानमंत्री राजीव गांधी की हत्या भी कर दी गई थी। मालद्वीप में भी जब अशांति फैली, तो भारत ने वहाँ भी शांति स्थापना में पूरा सहयोग दिया।

1971 में तत्कालीन प्रधानमंत्री इंदिरा गांधी ने पूर्वी पाकिस्तान को पश्चिमी पाकिस्तान के अत्याचार से मुक्त कराने को अपनी सेना भेजकर बंगलादेश के नव-निर्माण में अपना पूर्ण सहयोग प्रदान किया। जब कभी किसी देश में प्राकृतिक आपदा आई, भारत ने हरसंभव मदद की।

भारत की वैदेशिक नीति भी सह अस्तित्व वाली रही है। यह सभी देशों से मित्रता का संबंध बनाए रखना चाहता है, लेकिन किसी दबाव में आकर नहीं। आज का विश्व जहाँ गुटों में बँटा है, वहाँ भारत किसी गुट में शामिल नहीं है। उसकी सदा से तटस्थता की नीति रही है। अन्याय का विरोध उसने हमेशा किया है। स्वतंत्रता के बाद भारत ने कुछ मामलों में रूस, अमरीका आदि देशों से मदद ली है, लेकिन किसी शर्त पर नहीं। 1965 में पाकिस्तान का पक्ष लेकर जब अमरीका ने भारत पर दबाव बनाने की कोशिश की तो तत्कालीन प्रधानमंत्री लाल बहादुर शास्त्री ने अमरीका की मदद ठुकरा दी थी। अमरीका ने भारत को गेहूँ देना बंद कर दिया था। इसी समय शास्त्रीजी ने 'जय जवान, जय किसान' का नारा दिया था। फलतः देश में ही आवश्यकता से अधिक गेहूँ का उत्पादन हुआ। इन सारे उदाहरणों से स्पष्ट है कि भारत सत्य, शांति और अहिंसा का समर्थक तो रहा है, लेकिन अन्याय का नहीं। मैथिलीशरण गुप्त के शब्दों में भारत का आदर्श रहा है—

अधिकार खोकर बैठे रहना, यह महा दुष्कर्म है।
न्यायार्थ अपने बंधु को भी दंड देना धर्म है॥

भारत ने दो-दो विश्वयुद्ध की विभीषिका देखी है। इन युद्धों में जिस अपार धन-जन की हानि हुई, भारत उससे परिचित है। आज के परिवेश में पुनः विश्व में युद्ध के बादल मँडरा रहे हैं। एक समय था जब जंगल युग में आदमी पत्थर के औजारों से लड़ता था। ऐसे युद्ध में मानव की ज्यादा हानि नहीं होती थी, लेकिन सभ्यता के विकास के साथ-साथ युद्ध का भी विकास होता गया। विज्ञान के घातक अस्त्र-शस्त्रों के आविष्कार ने आज युद्ध को भयंकर रूप दे दिया है। जापान का हिरोशिमा और नागासाकी इसका उदाहरण है। ऐसे समय भी भारत अपनी तटस्थता की नीति पर कायम है। यह भारत की कूटनीति ही है कि आज विश्व के दो बड़े शक्तिशाली देश भारत की मित्रता के पक्षधर हैं।

आज मोदी सरकार की नीति के कारण ही भारत वर्तमान विश्व की राजनीति में अहम भूमिका निभा रहा है। रूस और यूक्रेन युद्ध में भारत ने किसी का पक्ष न लेकर अपनी शांति की नीति को स्पष्ट कर दिया है।

भारत अपने पड़ोसी देशों के प्रति भी सहिष्णुता की नीति पर कायम है। कश्मीर के प्रश्न को लेकर पाकिस्तान जिस प्रकार आतंकी गतिविधि से भारत में अस्थिरता पैदा कर रहा है, वहीं भारत अभी भी शांति बनाए रखने पर अडिग है। अन्यथा पाकिस्तान की

औकात ही क्या है? चीन के साथ भी भारत कई बार वार्त्ता करने पर राजी हुआ, लेकिन हर बार वार्त्ता असफल हो गई। गलवान घाटी से चीन को भागना पड़ा।

पाकिस्तान भी कई बार भारत से मुँह की खा चुका है, लेकिन भारत अपने धैर्य को नहीं खो सका है। परंतु वहीं भारत अपनी सैन्य शक्ति बढ़ाने भी लगा है और आज उसने अपनी सैन्य शक्ति इतनी बढ़ा ली है कि चीन जैसा शक्तिशाली देश भी इससे खौफ खाने लगा है।

हम अपनी पौराणिकता की ओर चलें तो राम ने भी पहले समुद्र से रास्ता माँगने के लिए काफी अनुनय-विनय किया था, लेकिन बाद में जब धनुष-बाण उठाया तो समुद्र हाथ जोड़े खड़ा मिला। यही नीति भारत की आज भी है। संयुक्त राष्ट्र संघ के मंच से भारत ने कई बार विस्तारवादी नीति का विरोध करते हुए अन्यायी देशों की भर्त्सना की है। संक्षेप में, विश्वशांति की स्थापना में भारत आज भी अपनी सत्य, शांति, अहिंसा, सहयोग और सह अस्तित्व के सिद्धांतों पर कायम है। यह आज भी वसुधैव कुटुंबकम् के आदर्शों पर चल रहा है, लेकिन वह कमजोर नहीं है। दिनकर के शब्दों में भारत का भी सिद्धांत है—

क्षमा शोभती उस भुजंग को,
जिसके पास गरल हो।
उसको क्या, जो दंतहीन,
विषरहित, विनीत, सरल हो।

□

मानव जीवन में परोपकार का महत्त्व

गोस्वामी तुलसीदास ने लिखा है—'परहित सरिस धर्म नहिं भाई'। अर्थात् दूसरों की सेवा से बढ़कर दूसरा कोई धर्म नहीं है। परोपकार शब्द का अर्थ ही है—पर उपकार अर्थात् दूसरों की भलाई। हमारे सारे धर्मग्रंथ यही उपदेश देते हैं कि मनुष्य का सबसे बड़ा धर्म दूसरे की भलाई करना है। प्राचीन काल से ही हम भारतीय 'वसुधैव कुटुंबकम्' की भावना को अपनाते आए हैं। 'बहुजन हिताय, बहुजन सुखाय।' हमारा आदर्श रहा है। हमारे प्राचीन ग्रंथों में कितने ही ऐसे महान् पुरुष हुए हैं, जिन्होंने दूसरे की भलाई के लिए अपने प्राणों तक को न्योछावर कर दिया है। शरणार्थियों की रक्षा हमारा धर्म रहा है। इसके लिए कई बार हमारे पूर्वजों ने युद्ध भी लड़ा है।

मानव मात्र का कल्याण करना ही परोपकार है। हम भारतीयों ने मानव कल्याण ही नहीं, पशु-पक्षियों के कल्याण की बात सोचते आए हैं। आज तो हमारे संविधान में कानून बनाकर पशु-पक्षियों की रक्षा का प्रबंध किया गया है। हमारे युगपुरुष कृष्ण गाय की सेवा करते थे। हमारे आदर्श पुरुष राम ने ऋषि-मुनियों की रक्षा के लिए अपने सारे सुखों को त्यागकर वनवास का जीवन व्यतीत किया। ऐसे कितने उदाहरण हमारे धर्म ग्रंथों, साहित्यों में भरे पड़े हैं। अतः हमारे परोपकार का दायरा मानव मात्र तक ही सीमित नहीं रहा है। तमाम जीवों तक को हमने इस दायरे में समेट लिया है।

मनुष्य जीवन की सबसे बड़ी सार्थकता है—निःस्वार्थ भाव से दूसरे का भला करना। गांधीजी के तीन बंदर भी यही संदेश देते हैं—किसी का बुरा मत सोचो, बुरा मत बोलो और बुरा मत सुनो।

मैथिलीशरण गुप्त ने लिखा है—

यही पशु प्रवृत्ति है कि आप-आप ही चरे,
वही मनुष्य है कि जो मनुष्य के लिए मरे।

सचमुच मनुष्य और पशु में यही तो अंतर है। कुत्ता, बिल्ली अपने ही बच्चे को खा जाते हैं, लेकिन मनुष्य अपने बच्चे की ही नहीं, दूसरे के बच्चों की सुरक्षा में बड़े-से-बड़ा

त्याग कर देता है। यही परोपकार का गुण मनुष्य को पशु से अलग करता है और संसार में महान् बनाता है।

हम अपने आसपास की प्रकृति को ही गौर से देखें तो सूरज मुफ्त में हमें उजाला प्रदान करता है। हमारे भीतर ऊर्जा और स्फूर्ति भरता है। चाँद अपनी चाँदनी रस से हमारी थकान हर लेता है। शीतल मंद सुगंध पवन हमें जीवन प्रदान करता है। वृक्ष हमें छाया देते हैं। नदियाँ खेतों को सींचती हैं। बादल हमारी उष्मा को शीतलता प्रदान करते हैं। इस प्रकार स्पष्ट है कि हमारी प्रकृति भी हमारे जीवन को सुरक्षित रखने, आगे बढ़ने आदि में हमारी सहायता करती है। हमें इससे परोपकार की सीख लेनी चाहिए।

परोपकारी पुरुष अपने और पराए में भेद नहीं करता है। वह स्वांत: सुखाय की जगह सर्वांत: सुखाय की भावना से ओत-प्रोत रहता है। वह दुश्मन का भी भला ही चाहता है। चाणक्य के अनुसार, जिसके हृदय में हमेशा परोपकार की भावना रहती है, उसके समक्ष विपत्तियाँ नहीं फटकतीं। पग-पग पर उसे सफलता हाथ लगती है। कभी-कभी परोपकार की राह में कठिनाइयाँ भी आती हैं। प्राणों के भी लाले पड़े हैं, लेकिन जो व्यक्ति सच्चे दिल से, नि:स्वार्थ भाव से परोपकारी होते हैं, वे कठिनाइयों के आगे घुटने नहीं टेकते। प्राणों के भय से पीछे नहीं हटते। ऐसा ही व्यक्ति संसार में नाम, यश और प्रतिष्ठा पाता है। उसके द्वारा किए गए कार्यों से समाज में सुख, शांति की स्थापना होती है। परोपकारी व्यक्ति समाज, समय की सबसे बड़ी आवश्यकता और अपेक्षा के प्रतिनिधि होते हैं।

मनुष्य सामाजिक प्राणी कहा गया है। वह समाज में रहता है। समाज से ही वह जीवन की आवश्यकताओं की पूर्ति करता है। समाज में एक-दूसरे के सहयोग के बिना प्रगति का कोई कार्य संभव नहीं है। बच्चा समाज और परिवार में ही परोपकार की शिक्षा पाता है। वह देखता है कि किस प्रकार उसके माता-पिता, बड़े-बुजुर्ग एक-दूसरे की भलाई में लगे रहते हैं। बड़ा होकर वह भी परिवार, समाज और राष्ट्र के लिए त्याग, बलिदान को प्रस्तुत होता है। असहायों की सहायता करना, दीन-दुखियों का दर्द बाँटना, निर्बलों की मदद करना—ये सब परोपकारी मनुष्य के कार्य होते हैं। ऐसा करके वह आत्म संतुष्ट होता है। उसे अलौकिक शांति मिलती है। वह हर किसी की सहानुभूति का पात्र बनता है।

"परोपकारी मनुष्य अपनी शक्ति और सामर्थ्य के उचित प्रयोग द्वारा परोपकार करते हुए प्रेरणादायक कार्यों को ही चुनता है।" परोपकारी व्यक्ति किसी कामना से परोपकार नहीं करता। फिर भी उसे कई लाभ मिलते हैं। उसका अंत:करण पवित्र भावों से भर जाता है। मन हर परिस्थिति में शांत रहता है। उसकी आत्मा महानता के उच्च शिखर पर आसीन होती है। वह समाज में आदर का पात्र बनता है। समाज उसे अपना नेता मानता है। उसे

यश, सम्मान देता है। मरने के बाद भी लोग उसे आदर के साथ याद करते हैं। ऐसा व्यक्ति परमात्मा का भी आशीर्वाद प्राप्त करता है। भारतेंदु हरिश्चंद्र ने तो यहाँ तक कहा है कि—

मरनो भलो विदेश को, जहाँ न आपुनो कोय।
बाँटी खाये जानवरों, महा महोच्छव होय॥

यही सच्चे परोपकारी मनुष्य की पहचान है।

लेकिन वर्तमान समाज का जो माहौल बन गया है, उसमें परोपकार की बात जँचती नहीं। विज्ञान ने भौतिकता की प्रवृत्ति को इतना बढ़ा दिया है कि आज आदमी के लिए अर्थ ही सबकुछ है। इस अर्थ की प्राप्ति के लिए वह कोई भी अनर्थ कर सकता है। वह धनी होना चाहता है, धन्य नहीं। वह परोपकार की कौन कहे, दूसरे का छीनकर अपना भरना चाहता है। देश का राजनीतिक माहौल भी ऐसा बन गया है, जिसमें चारों ओर छीना-झपटी, छल-कपट, बेईमानी आदि का ही बोलबाला हो गया है। राजनीति में केवल राज रह गया है, नीति गायब हो गई है। नेता, नेता कम, अभिनेता अधिक हो गए हैं। नीति और नीयत में बड़ा फर्क आ गया है। हर पाँच वर्ष के बाद राजनीति के रंगमंच पर केवल पात्र बदलते हैं, दृश्य एक ही चलता रहता है। ऐसे वातावरण में परोपकार की बात बेमानी होती है। फिर भी समाज में कई साधु-संत हैं, महान् पुरुष हैं, जो परोपकार धर्म को अपनाए हुए हैं, तभी तो समाज में थोड़ी ही सही, शांति व्यवस्था कायम है।

□

तकनीकी शिक्षा

तकनीकी शिक्षा आज के समय भारत की ही जरूरत नहीं है, वरन् संपूर्ण विश्व की आवश्यकता है। यह विज्ञान का युग है। प्रौद्योगिकी नई ऊँचाई पर जा पहुँची है। नित नए वैज्ञानिक आविष्कार होते जा रहे हैं। नए-नए यंत्रों का निर्माण धड़ल्ले से हो रहा है। फलतः आज हर काम यंत्रों से संभव बन गया है। मानव श्रम का महत्त्व घटता जा रहा है। कल-कारखानों में पहले जहाँ किसी काम में दस श्रमिक लगते थे, वहाँ आज अकेला एक यंत्र दश श्रमिकों का कार्य कर लेता है। इससे बेरोजगारी तो बढ़ी है, पर यंत्र उपेक्षित नहीं किए जा सकते।

दुनिया में प्रगति की जो होड़ लगी है, उसमें हर देश एक-दूसरे से आगे निकल जाना चाहता है और यह यंत्रों की सहायता के बिना नहीं हो सकता। अतः आज की दुनिया यंत्रों पर आश्रित है या कहें, उसे आश्रित होना पड़ रहा है। इन सभी कारणों से आज तकनीकी शिक्षा आवश्यक ही नहीं, महत्त्वपूर्ण बन चुकी है।

तकनीकी शिक्षा की माँग मुख्य रूप से औद्योगिक क्रांति के बाद बढ़ी है। इंग्लैंड में पहली बार औद्योगिक क्रांति का आरंभ हुआ था। यहीं से विश्व की आवश्यकता में परिवर्तन दृष्टिगोचर हुआ। आज तो यह क्रांति संपूर्ण विश्व को प्रभावित कर रही है। भारत ने स्वतंत्रता-प्राप्ति के बाद से काफी विकास किया है। हर क्षेत्र में यह प्रगति के पथ पर अग्रसर है, लेकिन तकनीकी विकास जितना होना चाहिए, वह नहीं हो सका। वैज्ञानिकों की कमी, साधनों का अभाव भारत की तकनीकी शिक्षा में आगे बढ़ने में बाधक बना हुआ था। भारत बेरोजगारी और गरीबी की समस्या से ग्रस्त है। यद्यपि भारत में प्राकृतिक संसाधनों की कमी नहीं है, पर उसके उचित उपयोग में लाने के साधन नहीं हैं। अतः सरकार को इस मार्ग की कठिनाइयों को हटाने के लिए उचित और ठोस कदम उठाने होंगे।

भारत जैसे गरीब देश के लिए तकनीकी शिक्षा ज्यादा आवश्यक है। इस शिक्षा की बदौलत युवाओं में नई जान आएगी। बेरोजगारी की समस्या सुलझेगी। युवा वर्ग अपने पैरों

पर खड़ा हो सकेगा और आर्थिक दृष्टि से वे संपन्न हो जाएँगे। वे अपना कोई व्यवसाय शुरू कर सकेंगे। तकनीकी शिक्षा से लोग हस्त कौशल में प्रवीण हो जाएँगे। वे कुशल श्रमिक और कारीगर बन सकते हैं। कुशल श्रमिक और कारीगर किसी भी काम को कुशलतापूर्वक करने में सक्षम हो सकते हैं। बहुत सी चीजों का उत्पादन अपने ही देश में होने लगेगा और हम उनके लिए विदेशों पर निर्भर नहीं रहेंगे। वर्तमान सरकार ने 'मेक इन इंडिया' योजना की शुरुआत इसे ही ध्यान में रखकर की है।

भारत कृषि प्रधान देश है। यदि कृषि के क्षेत्र में तकनीकी शिक्षा का प्रचार-प्रसार होता है, तो कृषि की उन्नति होगी। खेती में हम बुआई से लेकर कटाई तक यंत्रों का प्रयोग कर फसल की उपज में वृद्धि ला सकते हैं। इससे किसानों की दशा भी सुधर जाएगी। प्रति व्यक्ति आय में वृद्धि हो सकती है। कृषि क्षेत्र में बेरोजगारी भी कम हो सकती है। इन सबके कारण हम अनाज के मामले में आत्मनिर्भर हो जाएँगे।

तकनीकी शिक्षा के प्रचार के फलस्वरूप भारत में उद्योग के क्षेत्रों में भी प्रगति आ सकेगी। बड़े-बड़े कल-कारखाने खोले जा सकेंगे। आज कई वस्तुओं को हम विकसित देशों से आयात करते हैं। इसमें कमी आएगी। देश का पैसा विदेश नहीं जा पाएगा। साथ ही देश का निर्यात भी बढ़ेगा और देश में अधिक मात्रा में विदेशी मुद्रा आएगी। इससे देश की आर्थिक स्थिति मजबूत होगी। रोजगार बढ़ने से आम आदमी का जीवन स्तर ऊँचा उठेगा।

स्पष्ट है कि तकनीकी शिक्षा भारत के लिए परमावश्यक है। अतः सरकार का दायित्व है कि इस दिशा में उचित कदम उठाए। तकनीकी शिक्षा के लिए स्कूल-कॉलेज, यूनिवर्सिटी आदि की स्थापना करे। युवाओं को तकनीकी शिक्षा के लिए उत्साहित करे। उन्हें हर प्रकार की सुविधा प्रदान करे ताकि भारत विश्व में सबल और उन्नत राष्ट्र बन सके। यह खुशी की बात है कि वर्तमान मोदी सरकार इस दिशा में प्रयत्नशील है।

□

नैतिक शिक्षा

शिक्षा का उद्देश्य केवल किताबी ज्ञान प्राप्त करना ही नहीं है और न लंबी-चौड़ी उपाधि धारण करना। शिक्षा का मूल उद्देश्य है, व्यक्ति के चरित्र का निर्माण करना। अगर यह न हुआ तो फिर शिक्षा व्यर्थ हो जाती है, जानकीवल्लभ शास्त्री ने लिखा है—

जीना भी एक कला है
इसे बिना जाने, यह जीवन जीने कौन चला है?

वस्तुतः जिंदगी जीना एक कला और शिक्षा इसी कला का ज्ञान कराती है। कला का अर्थ जीवन में नैतिकता के निर्माण से ले सकते हैं। नैतिकता हमारे चरित्र निर्माण में सहायक होती है। चरित्र ही आदमी को महान् बनाता है। राम ने रावण का जब वध किया था, तो मरने से पूर्व रावण ने राम से पूछा था कि वह तो बल, पराक्रम सबमें राम से अधिक था। एक वनवासी होकर उसी की धरती पर राम-रावण को पराजित कर दिया—इसके कारण क्या थे?

राम ने कहा था कि मैं चरित्रवान हूँ और तुम चरित्रहीन हो—यही सबसे बड़ा कारण है। स्पष्ट है कि चरित्र आदमी की सबसे बड़ी पूँजी है। कहा भी गया है कि धन और स्वास्थ्य की हानि बहुत बड़ी नहीं होती, लेकिन आदमी का चरित्र गया, तो उसका सबकुछ नष्ट हो जाता है। हमारे सभी महापुरुषों ने अपने चरित्र बल से ही आज अमरता पाई है। राम के दृढ़ चरित्र ने उन्हें युगपुरुष बना दिया। विवेकानंद, गांधी, डॉ. राजेंद्र प्रसाद, लाल बहादुर शास्त्री, जयप्रकाश नारायण आदि जितने भी महापुरुष हुए, अपने चरित्र की दृढ़ता, पवित्रता और आचरण की शुद्धता की बदौलत ही आज पूज्य हैं।

बच्चा जन्म लेते ही नैतिक नहीं होता। यह बड़ा होकर परिवार में अपने माता-पिता, भाई एवं बड़े-बूढ़ों से नैतिकता की शिक्षा पाता है। परिवार में वह देखता है कि किस प्रकार लोग एक-दूसरे का आदर करते हैं, आपस में प्रेमभाव से रहते हैं। बड़े-बूढ़ों का कहना मानते हैं। धीरे-धीरे बच्चा भी इन गुणों को अपनाता है। परिवार के परिवेश से

निकलकर वह समाज में प्रवेश करता है। यहाँ भी स्कूल-कॉलेजों में वह शिक्षकों का आदर-सम्मान करना सीखता है। उनके कथनों पर ध्यान देता है। फिर वह पूर्ण नैतिक बनकर राष्ट्र के जीवन में पदार्पण करता है और अपने कार्यों से राष्ट्र को उन्नत बनाता है।

जिस देश के नागरिक नैतिकवान नहीं होते, वह देश कभी प्रगति नहीं कर सकता। ऐसे राष्ट्र का शीघ्र पतन हो जाता है। इतिहास गवाह है कि एक छोटे से राष्ट्र वियतनाम ने शक्तिशाली देश को भी घुटने टेकने पर मजबूर कर दिया, क्योंकि वहाँ के नागरिकों का चरित्र बहुत ऊँचा था। उनमें राष्ट्रप्रेम की भावना भरी थी।

आज के माहौल में व्यक्ति की नैतिकता बहुत गिर गई है। समाज और देश में हर तरफ अव्यवस्था, अराजकता फैली है। चोरी, डकैती, अपहरण आदि आम बात हो गई है। छीना-झपटी का बाजार गर्म है। हिंसा-प्रतिहिंसा, छल-कपट आदि हर तरफ व्याप्त है। यह सब नैतिकता की कमी के कारण ही हो रहा है। दूसरे का छीनकर अपना घर भरने की होड़ मची है।

राजनीति के क्षेत्र में तो आए दिन नेताओं का चरित्र हनन होते हम देख रहे हैं। कुर्सी के लिए वे सारी नैतिकता खोकर निर्लज्ज बन गए हैं। बेईमानी उनका मानो पेशा हो गया है। उन्हें न तो इज्जत की चिंता है, न अपमान की फिक्र। उनके ऐसे चरित्र का बुरा प्रभाव देश के युवाओं, बच्चों आदि पर पड़ता है। सरकार के अच्छे कामों की राह में भी वे रोड़ा अटकाते रहते हैं। इससे सरकार स्थिर नहीं हो पाती। भोली-भाली अशिक्षित जनता को मुंगेरी लाल के हसीन सपने दिखाकर, झूठे-सच्चे वादे करके उनका वोट प्राप्त कर लेते हैं। फिर तो वे इस प्रकार गायब हो जाते हैं, जैसे गधे के सिर से सींग। मैंने लिखा था—

एक वादे लेता
सौ वादे देता
कि सखी साजन?
नहीं सखी नेता!

आज की शिक्षण संस्थाओं में नैतिकता की शिक्षा विषय के रूप में नहीं दी जाती। सरकार को चाहिए कि इसे एक अलग विषय का दर्जा दिया जाए। विशेष रूप से प्रारंभिक शिक्षा के स्तर से ही बच्चों को नैतिकता का पाठ पढ़ाया जाए, तो निश्चित रूप से वे बच्चे नैतिक मूल्यों को समझ पाएँगे। महापुरुषों की जीवनी पढ़कर भी उन्हें चरित्रवान बनने की प्रेरणा मिलेगी।

□

भारत में तीन तलाक

भारत में विभिन्न जाति, धर्म, संस्कृति आदि के लोग निवास करते हैं। सबकी अपने-अपने धर्म की कुछ प्रथाएँ प्रचलित हैं, जिनका उपयोग वे करने को स्वतंत्र हैं। ऐसी ही प्रथा में विवाह एक ऐसी प्रथा है, जो सभी जातियों की संस्कृति में विभिन्न रूपों में अपनाई जाती है।

हिंदू धर्म में विवाह को एक पवित्र प्रथा के रूप में देखा जाता है। यहाँ विवाह का अर्थ है—स्त्री-पुरुष का एक पवित्र बंधन में जीवन भर के लिए बँध जाना। इसे धर्म का एक अंग माना जाता है। विवाह में नर-नारी अग्नि को साक्षी मानकर यह शपथ लेते हैं कि वे एक-दूसरे के प्रति सदा ईमानदार रहेंगे। जीवन के सुख-दुःख में एक-दूसरे के भागी बनेंगे। कभी एक-दूसरे से अलग नहीं होंगे। हिंदू धर्म में विवाह को ईश्वर का आदेश माना जाता है। कहा जाता है कि ईश्वर स्त्री-पुरुष की जोड़ी बनाकर ही पृथ्वी पर भेजता है। इस प्रकार हिंदू धर्म में विवाह एक ऐसी प्रथा है, जिसका निर्वाह दोनों जीवन भर करते हैं।

इसके विपरीत मुसलमानों के इस्लाम धर्म में विवाह को एक समझौते के रूप में देखा जाता है। वहाँ विवाह विच्छेद हो जाना मामूली बात समझी जाती है। इस धर्म में विवाह के समय ही तय हो जाता है कि तलाक देने पर व्यक्ति को एक निश्चित तय की गई मेहर देनी पड़ेगी। हिंदू धर्म में ऐसा नहीं होता।

हिंदू धर्म में तलाक विशेष परिस्थिति में ही दिया जाता है। इसके लिए स्त्री-पुरुष दोनों की सहमति अनिवार्य है, लेकिन इस धर्म में ऐसी नौबत विरले ही आती है। फिर यहाँ विवाह को कानूनी संरक्षण प्राप्त है। जबकि इस्लाम धर्म में मामूली बात पर भी तीन बार तलाक बोल देने से तलाक हो जाता है। इसे कानूनी संरक्षण प्राप्त नहीं है। आज तो पुरुष स्त्री से दूर भी बैठा है, तो मोबाइल से या ईमेल आदि से भी 'तलाक' शब्द का तीन बार उच्चारण कर पत्नी को तलाक दे देता है। स्पष्ट है कि मुस्लिम समाज में नारी का कोई महत्त्व नहीं है।

दूसरी ओर हिंदू समाज में सदा से नारी जाति को सम्मान मिलता आया है। हमारे शास्त्रों में भी कहा गया है—यत्र नारी पूज्यंते, रमंते तत्र देवता। अर्थात् जहाँ नारी की पूजा

होती है, वहाँ देवता निवास करते हैं। हिंदू धर्म में काली, दुर्गा, लक्ष्मी, सरस्वती आदि कितनी ही देवियाँ हैं, जिनकी पूजा घर-घर होती है। इस्लाम धर्म नारी को यह महत्त्व नहीं देता। यही कारण है कि मुस्लिम समाज में नारियों की स्थिति आज भी गिरी हुई है। वहाँ पर्दा प्रथा के कारण नारी घर से बाहर निकलकर समाज, देश की मुख्यधारा में नहीं जुड़ पाती। भारत में इन दिनों बुर्का, हिजाब आदि को लेकर एक बड़ा आंदोलन चल पड़ा है, जिससे सरकार की मुश्किलें बढ़ गई हैं।

भारत की वर्तमान मोदी सरकार 'सबका साथ, सबका विकास, सबका विश्वास' लेकर चल रही है। वह देश की नारी जाति के उत्थान के लिए कटिबद्ध है, चाहे वह किसी जाति या धर्म की हो। नारी की शिक्षा, उन्हें अंधविश्वास के दलदल से निकालने आदि के लिए कई योजनाएँ लागू की गई हैं।

अब भारत में भी बहुत से लोगों ने तीन तलाक प्रथा पर न्याय, लिंग, समानता, मानवाधिकार तथा धर्मनिरपेक्षवाद के आधार पर प्रश्न उठाया है। सरकार ने कानून बनाकर इस बुरी प्रथा पर रोक लगाने का प्रयास किया है। देश के सर्वोच्च न्यायालय में इसके विरुद्ध कई लोग तथा सरकार भी गई और न्यायालय ने भी प्रथा के विरुद्ध अपना फैसला सुनाया है।

इस्लामिक विधिशास्त्र में भी इसे अस्वीकार किया गया है। फिर भी वहाँ कानूनी तौर पर तीन तलाक मान्य है, लेकिन आज दुनिया का जो माहौल है, उसमें हर देश इस इस्लामिक कानून के विरुद्ध आवाज उठा रहा है। कई इस्लामिक देश भी इस प्रथा के खिलाफ मुखर हो रहे हैं। बदलते समय में बदलती मान्यताओं के अनुसार अब मुस्लिम महिलाएँ भी संगठित होकर इस प्रथा के खिलाफ अपनी आवाज बुलंद करने लगी हैं।

इन्हीं सब कारणों से भारत सरकार ने भी इस प्रथा को समाप्त करने की दिशा में पहल की है। अगस्त 2017 में सर्वोच्च न्यायालय ने तीन तलाक को असंवैधानिक माना है। यद्यपि न्यायाधीशों में इस प्रथा को लेकर मतभेद हुआ, फिर भी न्यायालय ने इस प्रथा के विरुद्ध कानून बनाकर इस पर प्रतिबंध लगाने के लिए सरकार से माँग की है। सभी इस्लामिक देश भी इस प्रथा के विरुद्ध हैं। फलस्वरूप 19 सितंबर, 2018 को भारत की संसद् ने इस प्रथा को अवैधानिक और असंवैधानिक घोषित कर इसके विरुद्ध कानून बनाया। तीन तलाक को दंडनीय अपराध माना गया है। ऐसा करने पर जुर्माने के साथ-साथ जेल जाने की बात कही गई है। इसके लिए तीन साल की सजा का प्रावधान किया गया है। भारत की मुस्लिम महिलाओं में नए जीवन का संचार हुआ है। उन्होंने मोदी सरकार की प्रशंसा की है। फिर भी यदा-कदा तीन तलाक की बात सुनने में आ ही रही है। अत: आवश्यकता है कि सरकार इसके खिलाफ कठोर कदम उठाए।

□

इंटरनेट

दूसरे महायुद्ध के समय शक्तिशाली देशों के बीच शीतयुद्ध की स्थिति व्याप्त हो गई थी। इसी शीतयुद्ध के कारण इंटरनेट का जन्म हुआ। 1960 के दशक में सोवियत संघ ने अमरीका पर परमाणु आक्रमण किया। इससे अमरीका की चिंता बढ़ गई। फलत: अमरीका ने एक ऐसी व्यवस्था कायम करने का प्रयास किया, जिसमें अमरीका की शक्ति एक ही जगह अवस्थित न रहे। उस शक्ति का विकेंद्रीकरण हो। ताकि बाहरी आक्रमण से वह अपनी रक्षा कर सके। इसी के फलस्वरूप अमरीका ने इंटरनेट का प्रयोग किया। इसका उद्‌देश्य था कि कुछ कंप्यूटरों के नष्ट हो जाने के बाद भी अन्य कंप्यूटर रक्षा के लिए संगृहीत सूचना को सुरक्षित रख सकें और मार्गदर्शन कर सकें।

सरल शब्दों में कहें तो इंटरनेट वह माध्यम है, जिसके द्वारा कंप्यूटर एक-दूसरे से जुड़ जाते हैं। इस इंटरनेट ने संसार की सीमा छोटी कर दी है। दुनिया का दायरा इसकी बदौलत सिकुड़ गया है। इसके प्रभाव ने हमारे जीवन की दिशा ही बदल दी है। व्यापार, मनोरंजन आदि के क्षेत्र में इसने एक नई क्रांति ला दी है। इंटरनेट के माध्यम से आज विश्व के साथ व्यापार को बड़ा सरल बना दिया है। मनोरंजन के कई साधन आज हमारे लिए आसान हो गए हैं।

इसके द्वारा हम हजारों मील दूर बैठे अपने मित्रों, परिजनों को देख सकते हैं। उनसे बातें कर सकते हैं। इस तरह विविध सोशल नेटवर्किंग साइटों ने हमें अपने सगे-संबंधियों से जोड़ दिया है। आज दुनिया का कोई कोना ऐसा नहीं बचा है, जहाँ इंटरनेट के द्वारा हम पहुँच नहीं सकते अर्थात् वहाँ की जानकारी प्राप्त नहीं कर सकते। संक्षेप में कहें तो इंटरनेट ने हमारे जीवन के प्रत्येक क्षेत्र में महान् क्रांतिकारी परिवर्तन ला दिया है।

नेटवर्क के इस विशाल क्षेत्र में इसकी न तो कोई सीमा है और न कोई बंधन है। "विचारकों का उन्मुक्त संचालन, प्रसारण विश्व ग्राम योजना का मुख्य चरित्र है और इंटरनेट इसकी संपूर्ण व्यवस्था है। इस व्यवस्था से लाखों कंप्यूटरों का संजाल बनता है,

जो सूचनाओं के आवागमन को सरल और सुलभ बनाता हैं।" अंतर बैटिंग परियोजना विकसित होकर इंटरनेट कहलाई।

अनुसंधान से विकसित प्रोटोकॉल को नियंत्रण प्रोटोकॉल (टी.पी.सी.) और इंटरनेट प्रोटोकॉल (आई.पी.) कहा गया है। इंटरनेट की लोकप्रियता के पीछे इसकी विविध प्रणालियाँ और सेवाएँ हैं। "विश्वव्यापी वेब जहाँ प्रयोक्ता को सरलता से एक पेज से दूसरे पेज पर जाने में मदद करता है और संपर्क को व्यापक बनाता है, वहीं बीसेक नामक लेक चित्रीय वेब ब्राउजर इसे आम लोगों के लिए सुगम बनाता है। इलेक्ट्रिकल डाक व्यवस्था सबसे प्रचलित उपकरण है, जिससे टेलीफोन पर निर्भरता कम होती है।

डाक दो तरह की हो सकती हैं—इंटरनेट डाक और इंटरनेट ई-डाक। इनके संवहन के लिए डाक कार्यक्रम का उपयोग किया जाता है। इतना ही नहीं, इंटरनेट ने सबसे अधिक व्यापार को लाभान्वित किया है। उत्पादनों का विज्ञापन करना आसान हो गया है। ऑनलाइन खरीद-बिक्री, ऑनलाइन भुगतान आदि आसान हो गए हैं। अब तो डिजिटल लेन-देन की भी बात होने लगी है। बैंकिंग सुविधा में काफी इजाफा हुआ है। रेलवे टिकट की बुकिंग अब घर बैठे हो जाती है।

विश्व के किसी भी भाग में हम मिनटों में ईमेल भेज सकते हैं। वेब कॉन्फ्रेंसिंग ऑनलाइन सेमिनार आदि के द्वारा व्यापार को नई दिशा मिली है। छात्र भी इससे काफी लाभान्वित हुए हैं। आई.सी.यू और आई.आर.सी. जैसे कार्यक्रम हैं, जो इंटरनेट से जुड़े मित्रों की तलाश करने में लोगों की मदद करते हैं। ग्राम पंचायतों को भी अब इंटरनेट से जोड़ने का प्रयास हो रहा है। भविष्य में इंटरनेट से जुड़ा विश्व समुदाय एक प्रजातांत्रिक वैज्ञानिक व्यवस्था में सूचना शक्ति का बराबर का हकदार होगा।

लेकिन इंटरनेट उन देशों के लिए उतना लाभदायक नहीं हो सकता, जहाँ संसाधनों की कमी है। बिजली, पानी, साक्षरता, स्वास्थ्य आदि के क्षेत्र में जो देश अभी विकसित नहीं हो पाए हैं, उनके यहाँ इंटरनेट उतना कारगर सिद्ध नहीं हो सकता। सब ठीक है, लेकिन इंटरनेट पर ज्यादा निर्भर होना भी उचित नहीं कहा जा सकता। इससे लोग सुस्त और आलसी हो सकते हैं। यह हमारे दिमाग को भी सुस्त बना सकता है।

इंटरनेट का ज्यादा उपयोग हमारे स्वास्थ्य पर भी बुरा प्रभाव डाल सकता है। ऑनलाइन व्यापार ने हमारे पारंपरिक व्यापार को नकारात्मक तरीके से प्रभावित किया है। फिर भी इंटरनेट के महत्त्व और प्रभाव से आज हम इनकार नहीं कर सकते। आवश्यकता है इसका सकारात्मक उपयोग कर हम इसे लाभदायक बनाएँ।

□

प्रधानमंत्री जन-धन योजना

2014 में देश में भारतीय जनता पार्टी ने भारी बहुमत से जीत हासिल कर अपनी सरकार बनाई। नरेंद्र मोदी प्रधानमंत्री चुने गए। उनके सामने देश की कई समस्याएँ थीं, जिनका निदान अति आवश्यक था। पिछली सरकार ने 70 वर्ष के शासनकाल में केवल बड़ी-बड़ी बातें कीं। जनता को लुभावने वादे दिए। उनकी समस्याओं की ओर कोई ध्यान नहीं दिया। नरेंद्र मोदी ने उनकी भूल सुधारते हुए मुख्य रूप से जनता की जरूरतों को पूरा करने का संकल्प लिया। उन्होंने एक नया नारा दिया—'सबका साथ, सबका विकास और सबका विश्वास'।

इसी के फलस्वरूप देश की प्रगति के लिए उन्होंने कई योजनाएँ लागू कीं। ऐसी ही योजनाओं में एक—'जन-धन योजना' यह एक महत्त्वपूर्ण अभियान है। यह राष्ट्रीय अभियान 2014 में आरंभ किया गया। भारत में बैंकिंग क्षेत्र में सुधार की आवश्यकता थी। शहरी क्षेत्रों में तो स्थिति थोड़ी अच्छी भी थी, लेकिन ग्रामीण क्षेत्र में यह सुविधा उपलब्ध नहीं थी। फलतः इसी व्यवस्था को सर्वसुलभ बनाने के उद्देश्य से जन-धन योजना लागू की गई। इससे पूर्व बैंकों के अपने-अपने कई ऐसे नियम निर्धारित थे, जिसके कारण सर्वसाधारण को परेशानी का सामना करना पड़ता था। इस योजना के बाद उन नियमों में कई बदलाव किए गए और उन्हें सरल तथा सुलभ बनाया गया।

जन-धन योजना अभियान भारत सरकार के वित्त मंत्रालय द्वारा तथा वित्तीय सेवा विभाग द्वारा संचालित किया जाता है। अपने व्यक्तिगत तौर पर मोदी ने सभी बैंकों को संदेश भेजकर इसे सफल बनाने का आग्रह किया। पहले चरण में लगभग साढ़े सात करोड़ परिवारों के सदस्यों को इससे जोड़ने का लक्ष्य रखा गया था। इस योजना के अनुसार सभी खाताधारकों को शून्य रोकड़ जमा खाता शुरू करने की छूट मिली तथा एक रुपए का डेबिट कार्ड देने की बात की गई। एक लाख रुपए का दुर्घटना बीमा कवर देने की बात तय हुई। यह भी तय हुआ कि खाता खोलने के छह महीने बाद 500 रुपए की ओवर ड्राफ्ट की सुविधा दी जाएगी। कोई भी खाताधारी अपनी जमाराशि की जाँच फोन

द्वारा कर सकते थे। साथ ही अपनी राशि को दूसरे बैंक में स्थानांतरित कर सकते थे।

इस योजना के उद्घाटन पर लगभग एक करोड़ पाँच लाख लोगों ने अपने खाते विभिन्न बैंकों में खोले, जो इस योजना के प्रति लोगों के उत्साह को दर्शाता है। यहाँ तक कि गिनीज बुक में भी इसे स्वीकार किया गया। कुछ विद्वानों के अनुसार 2016 तक लगभग 22 करोड़ से भी अधिक खाते खोले जा चुके थे। केरल और गोवा इस दृष्टि से विशेष राज्य कहे गए हैं। इन राज्यों में प्रत्येक परिवार में कम-से-कम एक बैंक खाता उपलब्ध कराने में देश के विशिष्ट लोगों का सहयोग रहा है।

यद्यपि इस योजना से प्रत्येक व्यक्ति को लाभ पहुँचाने की संभावना बनी है। फिर भी कुछ आलोचक इसकी आलोचना करते आ रहे हैं। उनके अनुसार, मोदी सरकार ने अधिक वोट पाने के लिए ही ऐसी योजनाएँ लागू की हैं। उनका मानना है कि व्यवहार में केवल अच्छे लेन-देन करने वाले को ही ओवर ड्राफ्ट मिलेगा, सबको नहीं, लेकिन भले ही लोग इसमें दोष ढूँढ़ रहे हैं, पर गरीबों को पहली बार खाता खोलने का अवसर मिला है। अत: वे उत्साहित हैं। इससे उनमें बचत की आदत भी आएगी। दलालों से छुटकारा मिलेगा। अधिक पैसे लेकर कहीं आने-जाने के जोखिम से भी बच सकेंगे। यह योजना लोगों को वित्तीय स्वतंत्रता भी देगी।

□

स्वावलंबन

गीता में श्रीकृष्ण ने मनुष्य जाति को संबोधित करते हुए कहा है—"तू अपना कर्म कर, फल की चिंता मत कर।" उन्होंने पुनः कहा है—"दूसरों से सीख न लेने वाला और आत्म निश्चय से हीन व्यक्ति नष्ट हो जाता है।" कृष्ण के इस कथन में कहीं-न-कहीं स्वावलंबन का संदेश ही छुपा है। जिस व्यक्ति को अपनी क्षमता और शक्ति पर विश्वास नहीं होता, वह जीवन में कुछ नहीं कर पाता। हमेशा दूसरे के सहारे रहने वाला व्यक्ति अकर्मण्य, आलसी और अस्तित्वहीन बन जाता है। हमारे देश में कितने ही महान् पुरुष हुए हैं। हम उनकी जीवनी पढ़ें, उनके भीतर झाँकने का प्रयत्न करें तो पाएँगे कि स्वावलंबन ने ही उन्हें महान् बनाया है। स्वावलंबन के गुण ने ही उन्हें उन्नति के उच्च शिखर पर पहुँचाया है। उन्हें इतिहास में अमर बना दिया है।

स्वावलंबी व्यक्ति अपनी बुद्धि पर विश्वास करता है। अपनी सोच-समझ के अनुसार काम करता है, अपनी भुजाओं के बल पर आश्वस्त रहता है। दूसरे की सहायता नहीं लेता और न दूसरे के भरोसे बैठा रहता है। ऐसे व्यक्ति के कर्म मार्ग में अगर कभी अंधकार भी छाता है, तो उसकी प्रखर बुद्धि बिजली की तरह चमककर उसे अंधकार में भी मार्ग दिखा देती है।

रवींद्रनाथ टैगोर ने कहा था—'एकला चलो रे।' स्वावलंबी व्यक्ति अकेला ही अपने कर्तव्य पथ पर चलता रहता है। वह दूसरे की परवाह भी नहीं करता कि अन्य लोग उसके संबंध में क्या बोलते हैं। एक कहावत है—'हाथी चले बाजार, कुत्ते भौंकें हजार।' स्वावलंबी व्यक्ति इस हाथी की तरह ही चुपचाप अपने मार्ग पर चलता रहता है। वह विरोधियों की परवाह नहीं करता। विरोध के डर से कर्म से च्युत नहीं होता। गुप्तजी ने लिखा है—

जितने कष्ट कंटकों में हैं,
जिनका जीवन, सुमन खिला,

गौरव गंध उन्हें उतना ही,
यत्र तत्र स्र्वत्र मिला।

यह कथन एक स्वावलंबी व्यक्ति के लिए पूरी तरह चरितार्थ होता है। ऐसे व्यक्ति के मार्ग पर भले ही कठिनाइयों का पहाड़ खड़ा हो जाए, विपत्ति का सागर लहरा आए, वह अपना साहस, धैर्य नहीं खोता। इसके विपरीत जितनी कठिनाइयाँ आती हैं, उसका फैसला, उसका उत्साह उतना ही बढ़ता जाता है। महात्मा गांधी हों, विवेकानंद हों, विश्व के बड़े वैज्ञानिक हों, समाज सुधारक या राष्ट्रप्रमी हों—सभी ने अपना मार्ग स्वयं प्रशस्त किया है। वे किसी के सहारे बिना ही आज विश्व के प्रेरणास्त्रोत बने हैं।

हम अपने प्राचीन 'रामायण' और 'महाभारत' ग्रंथों का अध्ययन करें तो पाएँगे कि राम ने स्वावलंबन के बल पर ही रावण का नाश किया। वे चाहते तो अयोध्या की विशाल सेना की सहायता ले सकते थे, लेकिन उन्होंने ऐसा नहीं किया। महाभारत में पांडवों ने स्वावलंबन के बल पर ही अपना खोया हुआ राज्य प्राप्त किया। गौतम स्वावलंबन के बल पर ही बुद्ध बने और भगवान् कहलाए। सड़कों के लैंप के नीचे बैठकर पढ़ने वाले दरिद्र ब्राह्मण की संतान विद्यासागर ने स्वावलंबन के सहारे ही 'विद्या के सागर' उपाधि प्राप्त की। इस प्रकार कितने ही महापुरुष हुए—रूजवेल्ट हों या न्यूटन, खुराना हों या अब्दुल कलाम—सभी ने स्वावलंबन के सहारे ही संसार में गौरव पाया है। इतिहास में अमर हो गए हैं।

व्यक्ति ही नहीं, कोई समाज या राष्ट्र भी तभी उन्नति के उच्च शिखर पर पहुँचता है, जब वहाँ के लोग स्वावलंबी होते हैं। जो राष्ट्र खुद परिश्रम से भागते हैं, दूसरे राष्ट्र की मदद की उम्मीद में हाथ-पर-हाथ धरे बैठे होते हैं। वे कभी विकसित राष्ट्र नहीं बन सकते। उदाहरण के लिए भारत और पाकिस्तान को ही लें। दोनों एक साथ, एक ही दिन स्वतंत्र हुए, लेकिन आज भारत विश्व में अपनी हस्ती कायम कर चुका है। दूसरे देशों की आपदा के समय हरसंभव मदद करता है, वहीं दूसरी ओर पाकिस्तान कटोरा लेकर कभी अमरीका, तो कभी चीन से पैसा माँगता है। उनके आगे याचक बनकर हाथ पसारे रहता है।

चीन आज स्वावलंबन के बल पर ही दुनिया की दूसरी महाशक्ति बना है। ये सारे उदाहरण इस बात की गवाही देते हैं कि स्वावलंबी राष्ट्र ही विकास कर सकता है। कहा गया है—'पराधीन सपनेहु सुख नाहिं।' मैथिलीशरण गुप्त ने लिखा है—'काम करो, कुछ काम करो, जग में रहकर कुछ नाम करो।'

अत: व्यक्ति हो या राष्ट्र, उसे अपने बलबूते पर आगे बढ़ना चाहिए। अपनी शक्ति बाहुबल, अपनी क्षमता पर विश्वास कर उसका प्रयोग करना चाहिए, क्योंकि परावलंबी व्यक्ति मुर्दे के समान होता है। परावलंबी व्यक्ति की मदद भगवान् भी नहीं करता।

कहावत है, ईश्वर उसी की मदद करता है, जो अपनी मदद आप करता है। 'हिम्मते मर्दा, मदद ए खुदा।' वर्तमान मोदी सरकार ने इसी उद्‌देश्य से 'मेक इन इंडिया' योजना लागू की है, ताकि भारत दूसरे देशों पर अपनी जरूरतों की चीज के लिए निर्भर न रहे, वह अपने पैरों पर खड़ा हो ताकि देश का धन देश में रहे। गरीबी मिटे और देश धनी ही नहीं, धान्य बने।

□

साइबर अपराध

विज्ञान के क्षेत्र में आज दुनिया के सभी देश काफी प्रगति कर रहे हैं। विज्ञान के नित नए आविष्कारों ने हमारे सुख-सुविधा के सारे साधन उपलब्ध करा दिए हैं। यहाँ तक कि विज्ञान ने हमें धरती से उठाकर चाँद पर पहुँचा दिया है और अब नक्षत्र लोक की सैर की तैयारी कर रहा है, लेकिन इस विज्ञान ने हमें हानि भी कम नहीं पहुँचाई है। विज्ञान के नए-नए आविष्कारों का सिलसिला आज भी जारी है। उसके साथ-साथ इससे होने वाली हानियों का सिलसिला भी चलता ही जा रहा हैं।

कंप्यूटर, इंटरनेट जैसे आविष्कारों ने हमें कई लाभ पहुँचाए हैं, लेकिन इसी के साथ-साथ अपराधों की संख्या भी बेतहाशा बढ़ी है। साइबर अपराध की श्रेणी में वे सभी प्रकार के अपराध आते हैं, जो कंप्यूटर और इंटरनेट से संबंधित हों। इस श्रेणी में कई प्रकार के अपराध आते हैं। जैसे यह किसी की भी व्यक्तिगत या सार्वजनिक गुप्त सूचनाओं की चोरी कर सकता है। क्रय-विक्रय में धोखेबाजी कर सकता है। मनीलॉन्ड्रिंग कर सकता है। संचार का अवैध अवरोधन भी इससे हो सकता है। इलेक्ट्रॉनिक आतंकवाद को प्रोत्साहन दे सकता है। इलेक्ट्रॉनिक कोश स्थानांतरण, फिक्सिंग, साइबर युद्ध आदि भी इसके अपराध की श्रेणी में आते हैं।

इतना ही नहीं, इसके द्वारा व्यक्तिगत वेबसाइटों की हैकिंग भी की जाती है। इस प्रकार इंटरनेट और कंप्यूटर के द्वारा कई प्रकार के साइबर अपराधों की संख्या बढ़ती जा रही है। आए दिन समाचार-पत्रों में अथवा दूरदर्शन में ऐसे अपराधों की खबर हम सुनते रहते हैं।

होता यह है कि जब हम इंटरनेट पर अपना कोई एकाउंट लॉगिंग करते हैं तो कई सूचना तस्करों, जिन्हें 'हैकर' भी कहते हैं, की पहुँच के दायरे में आ जाते हैं। ऐसे हैकर हमेशा इस तलाश में लगे रहते हैं कि उन्हें ऑनलाइन सूचना की खबर हाथ लग जाए। जब उन्हें इस प्रकार की कोई सूचना मिलती है, वे उसे अपनी इच्छानुसार परिवर्तित कर देते हैं। वे ऑनलाइन धन स्थानांतरण का रुख बदल सकते हैं। वे हमारे बैंक खातों,

व्यक्तिगत आँकड़ों आदि तक भी पहुँच सकते हैं। इससे संबंधित अपराध के समाचार आए दिन प्रकाशित हो रहे हैं। हमारे बैंक खातों से पैसा बिना हमारी सूचना के निकल जाता है। हमारी व्यक्तिगत और निजी जानकारी दूसरों को मिल जाती है।

हमारी तस्वीरों में परिवर्तन लाकर हमें बदनाम किया जा सकता है। ब्लैकमेलिंग की जाती है। इसके चलते कभी-कभी तो समाज में अपमान और शर्मिंदगी झेलनी पड़ती है। यहाँ तक कि कोई-कोई तो इस अपमान से तंग आकर आत्महत्या तक कर लेता है। घरेलू उपयोगिताओं के साथ इस तरह की घटनाएँ ज्यादा घटती हैं।

साइबर अपराधी हमारे ई-मेल तथा संवादों को भी हैक कर लेते हैं। फिर उसे तोड़-मरोड़कर अपने फायदे के साधन बना लेते हैं। वर्तमान समय में डिजिटल कार्यों को बढ़ावा दिया जा रहा है। सरकारी कार्यालयों में बड़ी-बड़ी फाइलों को कंप्यूटर में सुरक्षित रखा जाने लगा है, लेकिन इससे साइबर अपराध का खतरा भी बढ़ गया है। कई गोपनीय आँकडे भी साइबर अपराधी सार्वजनिक कर देते हैं। यद्यपि सरकार इसे रोकने की दिशा में प्रयत्नशील है। कई नियम-कानून भी बनाए गए हैं, लेकिन साइबर अपराध अभी भी हो रहा है। इसलिए हमें नियम-कानून पर निर्भर न होकर अपनी सुरक्षा का खुद उपाय सोचना होगा। इसके लिए अनजान ई-मेल, मोबाइल-मैसेज आदि का जवाब नहीं देना चाहिए। इंटरनेट पर व्यक्तिगत सूचना नहीं डालनी चाहिए।

□

डिजिटल इंडिया

एक समय था जब हमें किसी प्रकार की सूचना प्राप्त करने में कई-कई दिन लग जाते थे। संचार के साधन आज की तरह विकसित नहीं थे, लेकिन आज तो विज्ञान का युग है। विज्ञान के नित नए आविष्कारों ने हमारे जीवन के साधनों को काफी सुलभ बना दिया है। आज हमारे पास कंप्यूटर इंटरनेट जैसे साधन हैं, जिसके माध्यम से कोई भी सूचना प्राप्त करना आसानी से सुलभ हो गया है। विश्व के विकसित देशों में ये साधन ज्यादा हैं। जबकि भारत में अभी भी इसकी सेवा सबको सुलभ नहीं हो पाई है। ग्रामीण क्षेत्रों में तो यह सब ऐसा प्रतीत होता है, मानो वे कोई सपना देख रहे हों।

अत: सर्व सुलभ बनाने की दृष्टि से वर्तमान भारत की मोदी सरकार ने 'डिजिटल भारत' जैसे कार्यक्रम का आरंभ किया है। इसका शुभारंभ वर्तमान प्रधानमंत्री नरेंद्र मोदी द्वारा 2 जुलाई, 2015 को किया गया था। इसका उद्‌देश्य ग्रामीण क्षेत्रों को इससे जोड़ना है। इसके द्वारा डिजिटल संरचना का सृजन करना एवं डिजिटल तरीकों से सेवा प्रदान करना है तथा डिजिटल साक्षरता प्रदान करना है। इसके माध्यम से जहाँ उपभोक्ताओं को लाभ होगा, वहीं सेवा प्रदान करानेवालों को भी लाभ मिलेगा। इसका निर्देशन और नियंत्रण डिजिटल भारत सलाहकार समूह द्वारा किया जाएगा। इस समूह का नेतृत्व संचार और सूचना प्रौद्योगिकी मंत्रालय द्वारा किया जाएगा।

इसके अंतर्गत राष्ट्रीय सूचना विकास केंद्र की पुनर्संरचना की योजना बनाई गई है। इसके अनुसार लगभग ढाई लाख गाँवों को ब्रॉडबैंड मिलेगा। इसके अंतर्गत सार्वभौमिक दूरभाष संबंद्धता एवं लगभग चार लाख सार्वजनिक इंटरनेट पहुँच-स्थल स्थापित किए जाएँगे। दो लाख से ज्यादा विद्यालयों एवं सभी विश्वविद्यालयों में 'वाई फाई' होगा।

इसके अलावा सार्वजनिक 'वाई फाई' हॉटस्पॉट की भी स्थापना की जाएगी। इस योजना के अंतर्गत डिजिटल लॉकर, ई-शिक्षा, ई-स्वास्थ्य, ई-हस्ताक्षर और राष्ट्रीय पोर्टल जैसी सेवाएँ उपलब्ध हो सकेंगी, स्वास्थ्य, शिक्षा, बैंकिंग आदि से संबंधित कई सरकारी सेवाओं को सूचना प्रौद्योगिकी से जोड़ दिया जाएगा।

"डिजिटल भारत विकसित भारत होगा। इसके पास जानकार युवा तथा अद्यतन कार्यबल होंगे। डिजिटल भारत कार्यक्रम प्रशासन को संतोषप्रद बनाएगा।" अगर ये सारे कार्यक्रम सफल हो जाते हैं, तो भारत तेजी के साथ विकास पथ पर आगे बढ़ेगा और देश की बहुत सारी समस्याओं का समाधान हो जाएगा।

□

स्वयं सहायता समूह

स्वयं सहायता समूह का आधार सामुदायिकता है। यह एक ऐसा समूह है, जिसमें अठारह से चालीस वर्ष के दस से बीस स्थानीय पुरुष और महिला शामिल होते हैं। इस प्रकार के समूह विश्व में बहुत कम देशों में ही स्थापित देखे गए हैं। केवल दक्षिण एशिया और दक्षिण-पूर्व एशिया में ही पाए जाते हैं, लेकिन भारत जैसे देश में इनकी संख्या अधिक है। यह समूह वित्तीय मध्यस्थ समिति है। इसमें एक ही सामाजिक और आर्थिक पृष्ठभूमि की दस से बीस महिलाएँ होती हैं। जो स्त्री या पुरुष दिहाड़ी पर काम करते हैं, उनके द्वारा ही गठित यह स्वयं सहायता समूह होता है।

इसमें एक व्यक्ति पैसा एकत्र करता है और बाकी सदस्यों की अनुमति से उस एकत्र पैसे का एक सीमित भाग जरूरतमंद सदस्य को देता है। इस वित्तीय मध्यस्थ समिति के सभी सदस्य स्वेच्छा से संगठित होकर नियमित रूप से छोटी-छोटी धनराशि जमा करते हैं। इसके जो भी सदस्य होते हैं, वे विशेष परिस्थिति में जैसे आपातकाल या कोई परिसंपत्ति खरीदने आदि के लिए इस एकत्र पैसे से कर्ज ले सकते हैं। कर्ज देने से पहले सभी सदस्य कर्ज लेने वाले पर यह विचार करके ही कर्ज देते हैं कि वह व्यक्ति कर्ज का उचित उपयोग करेगा या नहीं तथा निर्धारित समय-सीमा के भीतर वह कर्ज चुकाने लायक है या नहीं?

स्वयं सहायता समूह महिलाओं को शक्तिसंपन्न करता है। यह गरीबों में नेतृत्व का गुण भरता है। भारत जैसे देश में, जहाँ अमीरी और गरीबी के बीच चौड़ी खाई है, वहाँ स्वयं सहायता समूह दोनों के बीच पुल का काम करता है। इस समूह से जो आर्थिक दृष्टि से लाचार व्यक्ति है, उसे एक तरह का बल प्राप्त होता है। इस समूह का जो भी सदस्य है, चाहे वह स्त्री हो या पुरुष, अपने को अकेला महसूस नहीं करता। स्वयं सहायता समूह के द्वारा मुख्य रूप से ग्रामीण स्त्रियों का सशक्तीकरण होता है। आज भी ग्रामीण इलाकों में महाजनी का धंधा प्रचलित है। इन महाजनों से कर्ज लेने वाले ग्रामीणों का इनके द्वारा

खुलकर शोषण किया जाता है। अतः स्वयं सहायता समूह इन्हें शोषण से बचाता है। इससे महाजनों का प्रभाव कम होता है।

इस प्रकार स्वयं सहायता समूह आर्थिक तंगी से जूझ रहे गाँवों के स्त्री-पुरुषों के लिए बड़े सहायक सिद्ध होते हैं। स्वयं सहायता समूह के कारण ही अब गरीब लोग अपनी विभिन्न सामाजिक और आर्थिक समस्याओं पर विचार-विमर्श कर सकते हैं और उसका समाधान भी ढूँढ़ सकते हैं।

□

भारत में लघु एवं कुटीर उद्योग

भारत कृषि प्रधान देश है। यहाँ की अधिकांश जनसंख्या कृषि पर निर्भर करती है, लेकिन बेतहाशा बढ़ती हुई जनसंख्या का भार अब कृषि वहन नहीं कर पाती है। सिंचाई, खाद-बीज, वैज्ञानिक उपकरण आदि के अभाव के कारण भी कृषि के क्षेत्र में पैदावार इतनी नहीं हो पाती कि सबका भरण-पोषण हो सके। दुर्भाग्य से भारत में उद्योग-धंधे भी पिछड़े हुए हैं। भारत जैसे गरीब देश बड़े उद्योग स्थापित करने में असमर्थ हैं। बड़े उद्योग की स्थापना में काफी बड़ी पूँजी की आवश्यकता होती है, जो संभव नहीं है। फिर बड़े उद्योग के लिए कच्चे माल, प्रशिक्षित मजदूर, नई मशीनों आदि का भी अभाव है। अतः यहाँ लघु एवं कुटीर उद्योग की स्थापना की जरूरत है।

लघु एवं कुटीर उद्योग-धंधे के लिए न तो अधिक पूँजी चाहिए और न काफी जमीन का टुकड़ा। प्राचीन काल में भी भारत में ऐसे उद्योग प्रचलित थे, लेकिन अंग्रेजों के शासन काल में इन उद्योगों को समाप्त करने की लगातार कोशिश की गई। अब आजादी के बाद पुनः इन उद्योगों पर बल दिया गया है। इसके लिए सरकार भी प्रयत्नशील है।

भारत की आबादी का एक बड़ा हिस्सा गाँव और छोटे शहरों में निवास करता है। यहाँ के निवासी मुख्य रूप से इन लघु उद्योगों पर निर्भर रहते हैं। बड़े उद्योगों की तुलना में छोटे उद्योग अधिक लोगों को नियोजित करते हैं। इस प्रकार के उद्योग स्थानीय बाजारों के लिए तो उत्पादन करते ही हैं, वे बड़े विदेशी बाजारों के लिए भी माल तैयार करते हैं।

छोटे-मोटे उद्योग के अंतर्गत कांटी बनाना, जूते-चप्पल बनाना, बाँस के सामान तैयार करना, काँच की चूड़ियाँ बनाना आदि कई कार्य आते हैं। सूती एवं रेशम की बुनाई, मिट्टी के बर्तन, कसीदाकारी आदि भी इसके अंतर्गत आते हैं। इन कार्यों में न तो अधिक पैसे लगाने की जरूरत है और न ज्यादा जमीन की। कारीगर अपने घरों में भी इस प्रकार के उद्योग चला सकते हैं।

इसके कई लाभ हैं। कम लागत और कम स्थान तो लगता ही है। गाँववालों की जरूरतों की पूर्ति भी इससे हो जाती है। उन्हें शहरों पर निर्भर नहीं होना पड़ता। गाँव का

पैसा गाँव में ही रह जाता है। हाथ से बनी चीजें मजबूत होती हैं। हाथ की कारीगरी में कलात्मकता देखी जाती है। कपड़े पर रँगाई और छपाई का आकर्षण कुछ और ही होता है। ऐसे उद्योगों से बेकारी और बेरोजगारी की समस्या का भी निदान हो जाता है।

आजादी के बाद से भारत की सरकारों ने कुटीर उद्योगों को प्रोत्साहन देने के लिए कई योजनाएँ बनाई हैं। सरकार इन लघु और कुटीर उद्योगों की स्थापना के लिए समय-समय पर लोगों को कर्ज भी देती है। अत: स्पष्ट है कि भारत जैसे देश के लिए ऐसे उद्योग बड़े लाभदायक हैं। कभी-कभी तो अच्छे माल का उत्पादन होने पर विदेशों से भी उनकी माँग की जाती है। बिहार के भागलपुर में उत्पादित तसर वस्त्रों की माँग विदेशों में भी होती है। कालीन, आसनी आदि की कारीगरी देखकर विदेशी भी मुग्ध होते हैं और उसकी माँग करते हैं। आज जरूरत है कि सरकार भी इन उद्योगों को हर प्रकार की मदद करे, उसे बढ़ावा दे ताकि गाँव की गरीबी दूर हो सके। व्यक्तिगत आमदनी बढ़ सके। बेरोजगारी से एक हद तक निजात पाई जा सके।

□

स्वच्छ भारत कार्यक्रम

व्यक्ति का ही नहीं, राष्ट्र का भी स्वच्छ होना अति आवश्यक है। साफ-सफाई हमारे रहन-सहन के स्तर को दर्शाती है। कहा भी गया है कि स्वच्छता में ईश्वर का वास होता है। भारत के लोग अशिक्षा के कारण अभी तक स्वच्छता के महत्त्व से अपरिचित थे। उनके चारों ओर गंदगी का अंबार लगा था। यही कारण है कि भारत में रोगों का प्रकोप ज्यादा ही देखने को मिल जाता था। आज भी स्थिति में कोई विशेष सुधार नहीं दीखता। वर्तमान प्रधानमंत्री नरेंद्र मोदी ने इस ओर ध्यान दिया है। उनके अथक प्रयास के फलस्वरूप देश में एक अभियान चलाया गया है, जो 'स्वच्छता अभियान' कहलाता है।

स्वच्छ भारत अभियान एक राष्ट्रीय स्वच्छता अभियान है। सरकार के सहयोग से संपूर्ण देश में यह अभियान चलाया गया है। इसका आरंभ महात्मा गांधी के जन्मदिन 2 अक्तूबर को 2014 में किया गया। इसके पीछे मोदी सरकार का बहुत बड़ा हाथ कहा जाएगा। चूँकि गांधीजी स्वच्छता को पसंद करते थे। उन्होंने ही सबसे पहले देश में स्वच्छता अभियान चलाने की बात की थी। उन्हीं के प्रयास के फलस्वरूप सिर पर मैला ढोने की परंपरा को समाप्त किया गया। इसीलिए मोदी सरकार ने इसके आरंभ का दिन 2 अक्तूबर चुना। आज इस दिन को स्वच्छता दिवस के रूप में मनाया जाता है।

इस अभियान का आरंभ स्वयं प्रधानमंत्री ने हाथ में झाड़ू लेकर किया। उन्होंने सड़कों की सफाई की। उनका यह कार्य अन्य लोगों के लिए प्रेरणादायक था। फलतः सैकड़ों छात्र-छात्राएँ, सरकारी कर्मचारी, कई पदाधिकारी, समाज के गणमान्य, महिला-पुरुष, सभी मोदी के पीछे-पीछे स्वच्छता अभियान में जुट गए। स्कूल, कॉलेज, सरकारी महकमों के परिसर आदि में साफ-सफाई करने में लोग जुट गए। इसको आगे बढ़ाने के लिए कई कार्यक्रम प्रस्तुत किए गए। जनता को जागरूक करने के उद्देश्य से इसका व्यापक प्रचार-प्रसार किया गया। इसी का फल हुआ कि खुले में शौच जाने वालों की संख्या बहुत घट गई।

अभी तक लोग घर का कूड़ा-कचरा जहाँ-तहाँ फेंक देते थे। फलतः घरों के आसपास कूड़े-कचरे का ढेर जमा हो जाता था। इससे कई प्रकार के रोग उत्पन्न हो जाते थे। मच्छरों का प्रकोप अलग बढ़ जाता था। अब शहरों में नगरपालिकाओं के द्वारा बड़ी-बड़ी गाड़ियों में कूड़ा-कचरा डालकर दूर फेंका जाने लगा है। सड़कों पर नगर पालिकाओं के कर्मचारी सड़कों, गलियों को स्वच्छ रखने के लिए झाड़ू से साफ-सफाई करते दिखाई दे जाते हैं। सड़कों पर पानी का छिड़काव भी किया जाता है।

अब तो कूड़े-कचरे से खाद बनाने का प्रयास हो रहा है। कई जगहों पर इसके लिए मशीनें आदि स्थापित की गई हैं। सड़कों पर या किसी भी सार्वजनिक स्थान पर रद्दी कागज या अन्य गंदगी फैलाने वाली चीजों को फेंकने से संबंधित कुछ नियम भी बनाए गए हैं। कचरा फेंकने के लिए सार्वजनिक स्थलों पर और सड़कों पर जगह-जगह कूड़ेदान रखे जाने लगे हैं।

सरकार ने सुलभ शौचालय की भी व्यवस्था की है। अपने घरों में ऐसे शौचालय के निर्माण के लिए लोगों को सरकार द्वारा कुछ आर्थिक मदद भी की जाती है। सरकार द्वारा भी इस प्रकार के शौचालयों का निर्माण कराया जा रहा है। ग्रामीण क्षेत्रों में आज भी स्वच्छता अभियान का उतना प्रचार नहीं हो पाया है, लेकिन सरकार ग्रामीण इलाकों में भी यह अभियान चलाने को कटिबद्ध है और इसमें सफलता भी मिलने लगी है। संक्षेप में, सरकार स्वच्छता अभियान की दिशा में पूर्ण रूप से सजग और सचेत है। इसकी सफलता में हमारा ही कल्याण छिपा है। स्वच्छ वातावरण में ही स्वस्थ शरीर और स्वस्थ दिमाग बनता है। स्वस्थ चिंतन को बल मिलता है। रोगों से निदान मिलता है। अतः सभी क्षेत्रों के लोगों में इसके प्रति जागरूकता लाना सरकार का भी प्रमुख कार्य है।

□

अंत्योदय कार्यक्रम

भारत सैकड़ों वर्ष तक विदेशी शासकों की शोषण नीति का शिकार बना रहा। विदेशी शासन नीति में अमीर और गरीब के बीच की खाई चौड़ी होती चली गई। अमीर और अमीर होते गए तथा गरीब और गरीब होते गए। आजादी के बाद भी यह खाई पाटने का प्रयत्न नहीं हुआ। जितनी भी सरकारें आईं, सभी ने गरीबी मिटाने का संकल्प दोहराया। गरीबों के नाम पर वोट बटोरा, सत्ता सँभाली, लेकिन गरीब आज भी गरीब ही बने हुए हैं। गरीबी तो भारत से नहीं गई, गरीब जरूर अभावों से ग्रस्त और पीड़ाओं से त्रस्त होकर दम तोड़ते रहे।

वर्तमान सरकार ने इस दिशा में काफी पहल की है। गरीबों के उत्थान के लिए कई कार्यक्रम बनाए गए हैं। इन्हीं में एक है—अंत्योदय कार्यक्रम। अंत्योदय का अर्थ है, जो समाज में अंतिम पायदान पर खड़े हैं, उनकी उन्नति, प्रगति और उनका विकास करना। इस कार्यक्रम के अंतर्गत ग्रामीण क्षेत्रों के गरीबों को ऊपर उठाने का प्रयास करना। आर्थिक दृष्टि से कमजोर लोगों की आर्थिक मदद करना, ताकि वे भी अपने जीवन को खुशहाल बना सकें। गरीब परिवारों को आर्थिक रूप से सबल बनाने को उनके रोजगार की व्यवस्था करना। उनके बच्चों की शिक्षा-दीक्षा की व्यवस्था करना। उनके स्वास्थ्य की देखरेख को निर्धारित करना।

इसी कार्यक्रम के अंतर्गत उन्हें स्कूलों में दोपहर का मुफ्त भोजन मिलता है। मुफ्त शिक्षा की सुविधा दी गई है, मुफ्त किताबें, कॉपियाँ आदि बाँटी जा रही हैं। समाज में मजदूरों की मजदूरी तय की गई है, ताकि कोई उनका शोषण न कर सके। आजादी के 75 वर्षों के बाद भी आज ग्रामीण बच्चों में निरक्षरता, भुखमरी, गरीबी, बेकारी, नाना रोग फैले हुए हैं। अंत्योदय का उद्देश्य इन्हीं बुराइयों को दूर कर उन्हें समाज की मुख्यधारा में जोड़ना है।

अंत्योदय की कल्पना नई नहीं है। महात्मा गांधी ने भी गरीबों की ओर पहले ध्यान देने की बात की थी। उनका विश्वास था कि जब तक समाज के पिछड़े वर्ग को विकास

का अवसर नहीं मिलेगा, उनकी दशा नहीं सुधरेगी तब तक समाज विकसित नहीं हो सकता। आज की लगभग 22 प्रतिशत जनता गरीबी रेखा से नीचे है। इनका उत्थान और कल्याण करने का गांधी ने भी प्रयास किया था। आज उनके ही विचारों के अनुरूप अंत्योदय कार्यक्रम सरकार द्वारा चलाया गया है। संपूर्ण देशवासियों के उत्थान के लिए उठाया गया यह कदम सचमुच प्रशंसनीय और देशहित में है। महात्मा गांधी के सपनों को साकार करने के लिए यह एक कल्याणकारी कदम है। इसीलिए इस कार्यक्रम का आरंभ भी गांधीजी के जन्मदिवस 2 अक्तूबर को 2014 में किया गया। पिछली सरकारों ने भी इस दिशा में कई कार्य किए हैं, लेकिन कोई ठोस परिणाम नहीं निकला। वर्तमान मोदी सरकार के नेतृत्व में इस ओर ठोस काररवाई हो रही है।

अंत्योदय कार्यक्रम के अंतर्गत प्रत्येक गाँव के छह सबसे निर्धन परिवारों को पहचानकर उन्हें स्वावलंबी बनाने की योजना निर्धारित है। इसके लिए बकरी पालन, छोटे कुटीर उद्योग, मुर्गी पालन, मधुमक्खी पालन आदि द्वारा उनकी आर्थिक दशा सुधारने की योजना है। इन कार्यक्रमों के बहाने जहाँ समाज का एक उपेक्षित वर्ग समाज की मुख्य धारा से जुड़ेगा, वहीं समाज और राष्ट्र भी विकसित होगा। लोगों की व्यक्तिगत आय बढ़ेगी, जीवन में खुशहाली आएगी। शिक्षा का प्रचार-प्रसार होने से सामाजिक बुराइयों का अंत होगा।

जयप्रकाश नारायण के अनुसार, "अंत्योदय कार्यक्रम संपूर्ण क्रांति के दूसरे चरण का महत्त्वपूर्ण कार्यक्रम है। इस कार्यक्रम की महनीयता और उपादेयता का सीधा संबंध देश की निर्धनतम जनता के साथ है। गरीबी की जीवन रेखा से भी नीचे रहने वाले लोगों का उदय राष्ट्र के स्वर्णिम भविष्य की स्पष्ट परिकल्पना है। अंत्योदय एक ठोस कार्यक्रम है। एक सुसंगठित क्रांति है। एक भविष्योन्मुख महत्त्वपूर्ण कदम है।"

□

मातृभाषा

हमारी तीन माताएँ कही गई हैं। पहली माता वह है, जो हमें जन्म देती है। दूसरी माता वह है, जो हमारे भरण-पोषण के साधन जुटाती है। हमें विकसित होने में हमारी सहायता करती है। वह है हमारी धरती माता। इसे हम भारत माता भी कहते हैं और तीसरी माता है हमारी मातृभाषा, जो हमें शिक्षित होने का आधार देती है। इसी के सहयोग से हम सभ्य और सुसंस्कृत बनते हैं। मातृभाषा और राष्ट्रभाषा में अंतर है। राष्ट्रभाषा संपूर्ण देश की निश्चित भाषा होती है, जिसके माध्यम से हम देशवासियों से अपने विचारों, भावनाओं का आदान-प्रदान करते हैं, इसी कारण हिंदी भारत की राष्ट्रभाषा घोषित की गई है। मातृभाषा से तात्पर्य उस भाषा से है, जो जहाँ हम जन्म लेते हैं, वहाँ की बोली जाने वाली भाषा।

भारत में कालक्रम से कई जातियों का कई रूपों में आगमन हुआ। इनकी विभिन्न भाषाएँ थीं। ये जातियाँ भारत में ही बस गईं। अत: विभिन्न क्षेत्रों में बसी इन जातियों की विभिन्न भाषाएँ प्रचलित हो गईं। इसे हम भाषा न कहकर 'बोली' कहें तो ज्यादा उपयुक्त होगा। फलतः भारत की विभिन्न जातियों की विभिन्न भाषाएँ बोली जाने लगीं। उदाहरण के लिए उत्तर प्रदेश और बिहार में हिंदी बोली जाने लगी, कश्मीर में डोगरी भाषा का प्रचलन हुआ। पंजाब में पंजाबी तो बंगाल में बंगाली, गुजरात में गुजराती तो आसाम में असमी भाषा का प्रयोग हुआ। उसी प्रकार आंध्र प्रदेश में तेलगू, चेन्नई में तमिल। इस प्रकार भारत के प्रत्येक राज्य में उनकी अपनी भाषा का प्रयोग होने लगा। यह भाषा राज्य के निवासियों के बीच विचारों के आदान-प्रदान का सरल माध्यम बनी।

भारतीय संविधान में 22 भाषाओं को मान्यता दी गई है। इसका अर्थ हुआ कि यहाँ 22 प्रकार की मातृभाषा प्रचलित है, लेकिन उसी संविधान में संपूर्ण देश के लिए हिंदी को राष्ट्रभाषा का दर्जा दिया गया है। मातृभाषा को हम क्षेत्रीय भाषा भी कह सकते हैं। क्योंकि एक क्षेत्र की सीमा से दूसरे क्षेत्र की सीमा में प्रवेश करते ही वहाँ की बोली

या भाषा बदली हुई प्रतीत होती है। कहावत भी है—'चार कोस पर पानी बदले आठ कोस पर वाणी।'

बच्चा जब जन्म लेता है, तो सबसे पहले वह अपनी मातृभाषा में ही अपने उद्गार व्यक्त करता है। उसी भाषा में शब्दों को सीखता, उन्हीं शब्दों के उच्चारण करके अपनी भावनाओं को माता-पिता से व्यक्त करता है।

एक जासूस किसी देश में बहुत दिनों से रह रहा था। वहाँ के लोगों को यह पता ही नहीं चल पाता था कि वह किस देश का व्यक्ति है। एक दिन अँधेरे में उस पर किसी ने पीछे से कठोर प्रहार कर दिया और वह अपनी मातृभाषा में चिल्ला उठा। इस प्रकार उसका पता चल गया कि वह कहाँ का निवासी है। स्पष्ट है कि सुख-दुःख, पीड़ा आदि में हम अपनी मातृभाषा का ही प्रयोग करते हैं। परिवार में हम अपनों से मातृभाषा में ही वार्त्तालाप करते हैं। यह मातृभाषा हमें अपनों से जोड़े रखती है।

इतिहास गवाह है कि हमारे संत-महात्मा एवं महापुरुषों ने मातृभाषा के माध्यम से ही देश के लोगों को आपस में जोड़े रखा है। दयानंद सरस्वती, विवेकानंद आदि जैसे महापुरुषों ने मातृभाषा का सहारा लेकर ही भारत की अनेकता में एकता को कायम रखने का प्रयास किया है।

लेकिन आजादी के बाद हमारे स्वार्थी नेताओं ने मातृभाषा का दुरुपयोग करना आरंभ कर दिया है। भाषा के आधार पर लोग एक-दूसरे से टूटने लगे। आपस में लड़ना आरंभ कर दिया। राष्ट्रभावना गौण पड़ गई और क्षेत्रीय भावना उस पर हावी हो गई। बंगालियों का बंगाल हो गया, तो मद्रासियों का मद्रास हो गया। इस प्रकार एक राज्य दूसरे राज्य से अपने को श्रेष्ठ समझने लगे। हर राज्य एक-दूसरे को नीचा दिखाने का मौका ढूँढ़ने लगा। नेता अपनी स्वार्थसिद्धि के लिए इन्हें भड़काने में लग गए। फलतः कल तक जो मातृभाषा एक-दूसरे को जोड़ने वाली थी—आज वह तोड़ने वाली बन गई है। असम, बंगलादेश आदि में भाषा के आधार पर आपस में ही लोग लड़ने लगे हैं। सच तो यह है कि "मातृभाषा ईश्वर द्वारा प्रदत्त वह नैसर्गिक वरदान है, जो मानव को मानव से जोड़ने का काम करता है। मातृभाषा माँ के समान ही पूज्यनीय होती है। इसका तिरस्कार निश्चय ही ईश्वरीय भक्ति का अपमान है।"

हमारा दायित्व है कि हम अपनी मातृभाषा का पूरे दिल से सम्मान करें, लेकिन इसका यह अर्थ नहीं है कि हम दूसरे की मातृभाषा का अपमान करें।

□

साहित्य और राजनीति

एक समय था जब साहित्य और राजनीति के क्षेत्र अलग-अलग थे। कुछ विद्वानों की मान्यता भी थी कि साहित्यकार को राजनीति से अलग-थलग रहना चाहिए, लेकिन वर्तमान परिवेश में यह बात युक्तिपूर्ण नहीं लगती। युग बदलता है, उसकी परिस्थिति बदलती है तो उसी के अनुरूप युग की मान्यता भी बदल जाती है। आज के प्रजातांत्रिक युग में साहित्यकार अपने को राजनीति से अलग नहीं रख सकते। यह बात अलग है कि वर्तमान समय की राजनीति गंदी हो चली है। आजादी के बाद हम जिस महान् उद्देश्य को लेकर प्रजातंत्र की गरिमा स्थापित करने की ओर बढ़े थे, उसमें आज हमारी गति में शिथिलता आ गई है।

आज की राजनीति में केवल 'राज' रह गया है, 'नीति' गायब हो चुकी है। नेता, नेता कम, अभिनेता अधिक हो गए हैं। उनकी नीति और नीयत में समन्वय नहीं रहा। वे धनी बनने की होड़ में पड़ गए, धन्य बनने से दूर हो गए। आज राजनीति के रंगमंच पर प्रत्येक पाँच वर्ष के बाद केवल पात्र बदलते हैं, दृश्य नहीं बदलता, ऐसी दशा में आज एक क्रांति की आवश्यकता है, जिसका आरंभ साहित्य द्वारा ही हो सकता है। नेपाली ने लिखा था—

हर क्रांति कलम से शुरू हुई, संपूर्ण हुई,
चट्टान जुल्म की कलम चली, तो चूर्ण हुई।

साहित्य राजनीति को सजग और सचेत रखता है। वह बहकती हुई राजनीति के ऊपर एक अंकुश का काम करता है। साहित्य न हो तो राजनीति उच्छृंखल और बेलगाम हो जाती है। यह साहित्य ही है, जो राजनीति की स्वेच्छाचारिता पर अंकुश रखता है। उसे बहकने से रोकता है। जनता को जगाकर राजनीति में भयानक उथल-पुथल मचा देता है। विश्व की संपूर्ण राजनीति की धारा ही मोड़ देता है। साहित्य शासन और सरकार को ही नहीं, संसार तक को बदल डालता है। इतिहास गवाह है कि संसार की राजनीति जब भी तानाशाही की ओर बढ़ी है, साहित्यकारों ने उसका विरोध किया है। अकेले रूसो ने संपूर्ण फ्रांस के नक्शे को बदल डाला था।

हमारे भारत में भी कई साहित्यकार पैदा हुए हैं, जिन्होंने साहित्य के माध्यम से हमारे भीतर राष्ट्रीयता की भावना जगाई। हमें विदेशी शासन के चंगुल से छुटकारा पाने को आंदोलित किया। हममें जागृति लाई। हमें अकर्मण्यता से बाहर निकालकर स्वतंत्रता समर में कमर कस कूद पड़ने का आह्वान किया। हममें जोश और देशभक्ति की भावना भरी। बंकिमचंद्र का 'आनंदमठ', मैथिलीशरण गुप्त का 'भारत-भारती', भारतेंदु का साहित्य आदि कितनी ही रचनाएँ उन दिनों प्रकाशित हुईं, जिन्होंने भारतीयों को आत्मगौरव से परिचित कराया और देश स्वाधीन बना। भारतेंदु ने 'भारत दुर्दशा' में लिखा है—

रोअहू सब मिलिकै आवहु भारत भाई
हा हा! भारत दुर्दशा न देखी जाई।

वहीं मैथिलीशरण गुप्त ने कहा है—

हम कौन थे, क्या हो गए, और क्या होंगे अभी।
आओ विचारें आज मिलकर, ये समस्याएँ सभी।

इस प्रकार छोटी पत्रिका से लेकर बड़े-बड़े साहित्य पराधीन समाज में जागृति लाए। लोगों में चेतना और स्फूर्ति भरी। राष्ट्रभक्ति भावना सर्वोपरि है, यह सिखाया। उन्हीं के फलस्वरूप आज हम स्वतंत्र हैं। राजनीति जहाँ भी डगमगाती है, साहित्य उसे सँभालता है। राजनीति जब भी गलत रास्ते पर चलती है, साहित्य उसे सावधान करता हुआ सही रास्ता दिखाता है। राजनीतिज्ञ जब साहित्य की सत्ता मानने से इनकार करता है, साहित्य उसे उखाड़ फेंकता है। कहा भी है—The Pen is mightier than the Sword अर्थात् कलम की ताकत तलवार से अधिक होती है।

यह सत्य है कि आज से कुछ पहले के युग में "साहित्य हमारी रंगीन वासनाओं के पैर का घुंघरू बना रहा, लेकिन अब उसे विप्लव के तांडव का डमरू बनाकर रखना है। उसे काव्य की मार्मिकता से जीवन की वास्तविकता की ओर ले जाना है। वह यौवन की गुदगुदियों की क्यारी में सदियों से बुलबुल रहा। आँसू और उसाँस की हवा में काफी भटक चुका, अब उसे प्रलय की रागिनियों से खेलना है। जीवन की चोटियों पर तीर की तरह उड़ना है।"

किसी विद्वान् ने लिखा है कि हम विचारों के द्वार से ही सबकुछ पाते भी हैं और गँवाते भी हैं। इन विचारों पर साहित्यकार का एकमात्र अधिकार है। इस अधिकार को वे किसी और को क्यों सौंपे? साहित्य के दायित्व को राजनीति कभी सँभाल नहीं सकती। स्पष्ट है कि साहित्य और राजनीति का संबंध गहरा है।

यह भी सत्य है कि कभी-कभी साहित्य राजनीति से प्रभावित होकर अथवा स्वार्थभाव से प्रेरित होकर उसका गुलाम हो जाता है। जब भी ऐसा होता है, समाज, राष्ट्र पतन की ओर अग्रसर होने लगता है। हमने पढ़ा है, रीति युग में साहित्यकार, कवि सभी

राजा के दरबारी होते थे। उनका काम राजा का गुणगान गाना था। यही कारण है कि उन राजाओं का शासन बहुत दिनों तक कायम नहीं रहा। आज भी श्रृंगारिक कविताओं का बोलबाला कायम है। समाज भी उससे प्रभावित हुआ। फिर उसका पतन प्रारंभ हो गया। स्पष्ट है कि जब भी साहित्य राजनीति का गुलाम हुआ, राजनीति का पतन आरंभ हो गया।

लेकिन आज का साहित्य और साहित्यकार उससे सबक लेकर सजग हो चुका है। आज वह राजनीति का मार्गदर्शक है, उसकी चमक-दमक का आकर्षण नहीं।

□

21वीं सदी का भारत

भारत की सभ्यता और संस्कृति विश्व में सबसे प्राचीन है। भारत विश्वगुरु कहलाता है। सभ्यता, संस्कृति, साहित्य, कला, राजनीति सभी क्षेत्रों में विश्व के देशों ने भारत से बहुत कुछ सीखा है। संक्षेप में कहें तो ज्ञान का सूरज सर्वप्रथम भारत में ही उदित हुआ और यहीं से उसकी किरणें दुनिया के देशों में फैली-विकसित हुईं, लेकिन कालक्रम से भारत पर विदेशियों का आक्रमण आरंभ हुआ। विदेशियों ने शोषण की नीति अपनाई और भारत की सभ्यता, संस्कृति को कुचलने का प्रयास किया। फिर सदियों की गुलामी के बाद भारत 1947 में स्वतंत्र हुआ। तब से भारत की सरकार ने पुनः अपने प्राचीन गौरव को पाने का प्रयास आरंभ किया है और वह दिन दूनी-रात चौगुनी प्रगति पथ पर बढ़ता जा रहा है।

21वीं सदी का भारत कई क्षेत्रों में काफी विकास कर चुका है। आज वह दुनिया के शक्तिशाली और विकसित राष्ट्रों में शामिल हो चला है। राजनीतिक, सामाजिक, आर्थिक, साहित्य, कला, सांस्कृतिक सभी क्षेत्रों में भारत प्रगति करता जा रहा है। सदियों की गुलामी के बाद जब भारत ने आजादी की साँस ली तो उस समय विश्व इसे एक पिछड़ा राष्ट्र समझता था। यहाँ गरीबी, बेरोजगारी, अशिक्षा, स्वास्थ्य आदि कितनी ही समस्याएँ मुँह बाये खड़ी थीं, लेकिन आज प्रत्येक क्षेत्र में आशातीत विकास हुआ है।

शिक्षा के क्षेत्र में आज बड़े-बड़े स्कूल-कॉलेजों की स्थापना हो रही है। उच्च शिक्षा को बढ़ावा देने के लिए सरकार कई तरह की योजना बना रही है। खासकर नारी शिक्षा को प्रोत्साहन मिला है। कल तक भारतीय नारी घर की चारदीवारियों में ही कैद थी। उसका कार्यक्षेत्र चूल्हे-चौके तक सीमित था, लेकिन आज वह हर क्षेत्र में पुरुषों से कंधा मिलाकर चलने को तैयार है। बड़े-बड़े पदों पर वह नियुक्त हो रही है। संसद् और विधानसभाओं में महिलाओं की संख्या बढ़ रही है। आज की भारतीय नारी कार और रेल चला रही है। यहाँ तक कि पायलट बन आसमान में उड़ रही है।

इसी क्रम में सरकार की योजना बनी है—'बेटी बचाओ, बेटी पढ़ाओ।' और इस दिशा में काफी विकास हो रहा है। लड़कों की अपेक्षा लड़कियाँ आज स्कूल-कॉलेजों की परीक्षा में आगे निकल आई हैं। एक समय था जब भारत में लड़की का पैदा होना लोग अच्छी निगाह से नहीं देखते थे, लेकिन 21वीं सदी के भारत में लड़कियों की दशा में काफी सुधार आया है। 21वीं सदी की नारी अब अबला नहीं, सबला और प्रबला है।

21वीं सदी के भारत में शिक्षा का व्यापक प्रचार-प्रसार होने से लोगों को अंधविश्वास और सड़ी-गली परंपराओं से छुटकारा मिला है। छुआछूत, जाति प्रथा, दहेज प्रथा आदि बुरी प्रथाओं का ह्रास हुआ है। वर्ग-विभेद मिटा है। अमीरी-गरीबी की खाई बहुत हद तक पटी है। आर्थिक क्षेत्र में भी भारतीयों का जीवन स्तर पहले की अपेक्षा उन्नत हुआ है। कृषि उद्योग आदि क्षेत्रों में भी भारत आगे बढ़ा। 'जय जवान, जय किसान' का नारा 21वीं सदी के भारत का बड़ा ही सटीक नारा बन गया है।

विज्ञान के क्षेत्र में भी 21वीं सदी का भारत दुनिया के विकसित देशों के साथ कदम बढ़ा रहा है। कल तक भारत को शक्तिशाली देश आँख दिखाते थे। उस पर कई तरह के प्रतिबंध लगाते थे, लेकिन 21वीं सदी का भारत अब इतना शक्तिशाली बन चुका है कि वह आँख मिलाकर ही नहीं, आँख उठाकर बात करता है। सैन्य शक्ति का विकास 21वीं सदी के भारत की सबसे बड़ी विशेषता है।

आज के भारत के पास युद्ध के सारे साजो-सामान पर्याप्त मात्रा में इकट्ठे हैं। यहाँ तक कि परमाणु बम भी वह बना चुका है। वर्तमान मोदी सरकार ने इस दिशा में बड़ा ही उपयुक्त कदम उठाया है। आज अमरीका, रूस, चीन आदि जैसे शक्तिशाली देश भारत को सम्मान देकर खुद गौरव का अनुभव करते हैं। यह 21वीं सदी के भारत की सबसे बड़ी विशेषता है।

साहित्य, कला, संस्कृति के विकास के लिए भी 21वीं सदी के भारत में सरकार ने कई योजनाएँ बनाई हैं। कई प्रकार के पुरस्कार, उपाधियाँ आदि साहित्यकारों, कलाकारों को दी जा रही हैं। खेल और खिलाड़ियों को 21वीं सदी में नया जीवनदान मिला है। इस क्षेत्र में भी भारत आज दुनिया के देशों का मुकाबला कर रहा है और उन्हें मात दे रहा है। अंतरिक्ष के क्षेत्र में 21वीं सदी का भारत काफी आगे निकल चुका है। उस कई रॉकेट आदि अंतरिक्ष में भेजकर यह सिद्ध कर दिया है कि आज का भारत कितना सफल देश बन गया है।

21वीं सदी के भारत की सबसे बड़ी विशेषता है लोगों में राष्ट्रभक्ति की भावना का उदय। कल तक भारत के लोग राजभक्त थे, लेकिन आज राष्ट्रभक्त हैं।

वर्तमान मोदी सरकार ने भारतीयों के भीतर राष्ट्र की एक ऐसी नई लहर पैदा कर दी है कि लोग देश पर मरने-मारने को उद्यत हैं। यह राष्ट्रीयता बहुत बड़ी देन है 21वीं

सदी के भारत की। आज का भारत 'सबका साथ, सबका विकास और सबका विश्वास' लेकर चलने वाला भारत है।

21वीं सदी के भारत ने पूर्व की गलतियों को सुधारा है। कश्मीर जैसी समस्या का दृढ़ता के साथ समाधान किया है। आतंक का नामो-निशान मिटाया है। विरोधियों को धूल चटाई है। विपक्षी दलों को सही राह दिखाया है। पाकिस्तान, चीन आदि अपने पड़ोसी दुश्मन देशों को यह स्पष्ट कर दिया है कि यह 1949 का भारत नहीं, 21वीं सदी का भारत है।

इस प्रकार 21वीं सदी का भारत प्रत्येक क्षेत्र में बड़ी तेजी से दुनिया के कई देशों को पीछे छोड़ता हुआ आगे बढ़ रहा है। वह दिन दूर नहीं, जब भारत पुनः अपने प्राचीन गौरव को प्राप्त कर ले।

फिर भी कुछ कमियाँ हैं, जो इसकी राह में रोड़े अटका रही हैं। नेताओं का स्वार्थ, विपक्षी दलों का टाँग खींचना, सरकार के हर अच्छे कामों की भी आलोचना करना आदि बुराइयों से देश की प्रगति अवरुद्ध हो रही है।

□

भारत और पड़ोसी राज्य

भारत एक विशाल देश है। जनसंख्या की दृष्टि से इसने चीन को भी पीछे छोड़ दिया है। भारत की वैदेशिक नीति सराहनीय रही है। संपूर्ण विश्व के देशों के साथ यह मित्रता की नीति बरतती आई है। तटस्थता और मित्रता इसकी सदा से नीति रही है। भारत शांतिप्रिय देश है, अतः यह शांति और सहअस्तित्व में विश्वास रखता है। सत्य, शांति, अहिंसा इसका आदर्श रहा है।

कोई भी देश तभी विकास के पथ पर अग्रसर हो सकता है, जब उसके पड़ोसी राज्य भी सुखी-संपन्न हों। अगर पड़ोस में अशांति होगी तो हम भी चैन से नहीं रह पाएँगे। भारत कई पड़ोसी राज्यों से घिरा है। पाकिस्तान, श्रीलंका, भूटान, बंगलादेश और म्याँमार (प्राचीन नाम बर्मा), नेपाल आदि इसके पड़ोसी राज्य हैं। भारत इन सभी के साथ शांति और सहयोग का इच्छुक है। इतिहास गवाह है कि भारत ने आगे बढ़कर कभी किसी राज्य पर आक्रमण नहीं किया और न उनके आंतरिक मामलों में कोई हस्तक्षेप किया है।

यह बात अलग है कि पाकिस्तान के साथ भारत का संबंध हमेशा कटु रहा है। इसके कई कारण हैं। भारत-पाकिस्तान का बँटवारा इसके लिए दोषी है। पाकिस्तान की बुनियाद ही कटुता पर आधारित थी। फिर पाकिस्तान सदा से भारत की उन्नति देख जलता रहा है और उसकी प्रगति के मार्ग में रोड़ा अटकाता रहा है। जम्मू और कश्मीर के मुद्दे को लेकर भी पाकिस्तान से हमारा संबंध द्वेषपूर्ण रहा। बँटवारे के तुरंत बाद ही पाकिस्तान ने कबायलियों की मदद से कश्मीर पर आक्रमण कर दिया था। इस आक्रमण से कश्मीर पर हुए अत्याचार इतिहास में अंकित हैं।

यद्यपि भारत सदा से पाकिस्तान के साथ दोस्ती का हाथ बढ़ाता रहा, लेकिन पाकिस्तान अपनी नीच हरकत से बाज नहीं आया। उसने अपने यहाँ आतंकियों को शरण दी और भारत पर हमेशा आतंकी हमले करवाता रहा। अंत में वर्तमान मोदी सरकार ने धारा 370 को समाप्त कर कश्मीर को पूर्ण रूप से भारत का अंग बना

लिया है। वर्तमान सरकार के प्रयास से अब आतंकी हमले भी थम-से गए हैं। फिर भी यदा-कदा पाकिस्तान की ओर से गलतबयानी करके भारत को उभारने का प्रयास हो ही रहा है।

भारत ने चीन के साथ भी मित्रता चाही। पंडित नेहरू के समय दोनों देशों के प्रधानमंत्री एक-दूसरे के देशों में गए। 'हिंदी-चीनी भाई-भाई' का नारा भी बुलंद हुआ, लेकिन चीन ने भारत की पीठ में छुरा भोंक दिया। उसे मित्रता की आड़ में भुलाए रखा और युद्ध की तैयारी करता रहा। 1962 में उसने भारत पर आक्रमण भी कर दिया। भारत पहले से सावधान नहीं था, अतः उसकी हार हुई और भारत के तिब्बत पर चीन का अधिकार हो गया। चीन की नीति सदा से विस्तारवाद की रही है। वह आज भी भारत के कई भागों पर खासकर हिमाचल प्रदेश पर अपना अधिकार जता रहा है और युद्ध की साजिश रच रहा है। हाल में ही गलवान की घाटी में उसे भारत से मुँह की खानी पड़ी है। फिर भी उसे होश नहीं कि भारत अब 1962 का भारत नहीं रहा। वर्तमान समय में जो स्थिति बनी हुई है, उसमें कभी भी दोनों देशों के बीच युद्ध आरंभ हो सकता है। इसके बावजूद दोनों देशों के बीच व्यापारिक संबंध कायम है।

पाकिस्तान भी कई बार भारत से हार चुका है। 1965 में भी पाकिस्तान ने भारत पर हमला किया, लेकिन बुरी तरह उसे मुँह की खानी पड़ी। 1969 में पश्चिमी पाकिस्तान और पूर्वी पाकिस्तान के बीच संघर्ष छिड़ा। पूर्वी पाकिस्तान भारत की सीमा से बिल्कुल सटा था। अतः भारत ने अपनी सुरक्षा की दृष्टि से 1971 में वहाँ सेना भेजी और इस युद्ध में पूर्वी पाकिस्तान पश्चिमी पाकिस्तान से अलग होकर एक नया देश बना, जिसे आज हम बंगलादेश कहते हैं। इस युद्ध में भी पाकिस्तान में हजारों सैनिकों ने भारत के आगे आत्मसमर्पण कर दिया। इतना सबकुछ होने पर भी पाकिस्तान भारत के खिलाफ षड्यंत्र रचता ही रहता है।

अफगानिस्तान के साथ भी भारत का दोस्ताना संबंध रहा है। उसने अफगानिस्तान में सदा शांति का समर्थन किया है। भारत ने यह घोषणा की है कि अफगानों को अपने भविष्य के बारे में सोचने का पूरा अधिकार है। अफगानियों के पुनर्वास के लिए भी भारत आगे बढ़ा और उसे आर्थिक सहायता भेजी, आज दुनिया के देशों के लिए अफगानिस्तान भले ही आतंकी देश हो, लेकिन भारत से उसके संबंध अच्छे हैं।

भूटान और म्याँमार के साथ भी भारत के मुधर संबंध हैं। वर्तमान सरकार के समय भूटान के राजा भारत आए और उन्होंने भारत की तारीफ की। भारत ने भी उन्हें हर तरह की सहायता देने का वचन दिया है। म्याँमार की भी कठिन समय में भारत ने आर्थिक मदद की और शरणार्थियों को पनाह दी थी। नेपाल के साथ तो भारत का सदा से 'रोटी और बेटी' का संबंध रहा है। नेपाल भारत की जमीनी सीमा से बिल्कुल सटा हुआ है। दोनों ही

देशों के लोग बिना किसी वीजा के एक-दूसरे के साथ व्यापार का आदान-प्रदान करते हैं। नेपाल में भारत के लोगों का भी कारोबार होता है।

श्रीलंका से भारत का संबंध तो बहुत पुराना है। जब वहाँ तमिलवासियों ने विद्रोह किया तो भारत ने अपने ही देशवासियों, तमिलों के खिलाफ अपनी शांति सेना भेजी और लंका में शांति की स्थापना हुई। इसी के फलस्वरूप तमिलों ने भारत के तत्कालीन प्रधानमंत्री राजीव गांधी की हत्या भी कर दी। अभी हाल में जब लंका में राष्ट्रपति और प्रधानमंत्री के विरुद्ध विद्रोह हुआ तो इस समय भी भारत ने लंका की मदद की।

इस प्रकार भारत की अपने पड़ोसी राज्यों के प्रति सदा से शांति, अहिंसा और सहयोग की नीति कायम रही है।

□

भारतीय समाज में नारी

भारत यद्यपि पुरुष प्रधान देश रहा है, लेकिन यहाँ के समाज में नारी जाति कभी उपेक्षित नहीं रही है। हम वैदिक काल में झाँकें तो पाएँगे, समाज में नारी की प्रतिष्ठा पुरुषों से अधिक थी। हमारे शास्त्रों में भी कहा गया है—'यत्र नारी पूज्यंते, रमंते तत्र देवताः।' अर्थात् जहाँ नारी की पूजा होती है, वहाँ देवता निवास करते हैं। हमारे यहाँ देवता ही नहीं, देवियाँ भी पूज्य हैं। काली, लक्ष्मी, पार्वती, सरस्वती आदि कितनी ही देवियाँ हैं, जो सदा से पूजी जाती रही हैं। हमारे समाज में नारी को अर्धांगिनी कहा गया है। अर्थात् वह पुरुष का आधा अंग है। प्राचीन काल में यज्ञादि कार्य बिना नारी के पूर्ण नहीं होते थे। राम ने जब अश्वमेध यज्ञ किया था, तो सीता, जो उस समय वन में थीं, उनकी मूर्ति बनाकर राम के साथ रखी गई थी। स्वयं शिव भी अर्धनारीश्वर हैं। नारी के बिना शिव भी शव हैं। इन सारे उदाहरणों से भारतीय समाज में नारी का स्थान कितना ऊँचा था, यह स्पष्ट हो जाता है।

प्राचीन भारतीय समय में नारियाँ विदुषी भी हुआ करती थीं। मंडन मिश्र की पत्नी भारती से शास्त्रार्थ कर शंकराचार्य जैसे विद्वान् को भी हार का सामना करना पड़ा था। वीरता और पराक्रम के क्षेत्र में भी भारतीय नारियों ने बढ़-चढ़कर नाम कमाया है। झाँसी की रानी लक्ष्मीबाई इसका सबसे बड़ा उदाहरण है। अहिल्या बाई जैसी नारियों ने अपनी कुशल राजनीतिक क्षमता का परिचय दिया है। अपनी आन, बान और शान की रक्षा में भारतीय नारियों ने जौहर की ज्वाला में अपने प्राणों का बलिदान भी किया है। इस प्रकार भारतीय नारियों का अतीत शानदार रहा है।

लेकिन विदेशी आक्रमण के बाद से नारियों की स्थिति में अंतर आने लगा। मुसलमान और मुगलों के शासन काल में नारी घर की चारदीवारी में कैद हो गई। उसका कार्यक्षेत्र चूल्हे-चौके तक सीमित हो गया। कई प्रकार की कुरीतियाँ घर करने लगीं। सती प्रथा, बाल विवाह, पर्दा प्रथा आदि बुरी प्रथाएँ फैल गईं। नारी शिक्षा से वंचित हो गई। यहाँ तक कि लड़की पैदा होते ही उसे मार देने के उदाहरण मिलने लगे।

स्वतंत्रता-प्राप्ति के बाद पुनः नारी जाति के उत्थान के लिए सरकार ने कई कार्यक्रम आरंभ किए। आज पुनः नारी पुरुषों के साथ कंधा मिलाकर चलने को तैयार है।

वर्तमान मोदी सरकार के नेतृत्व में स्त्री शिक्षा पर विशेष बल दिया जा रहा है। 'बेटी बचाओ, बेटी पढ़ाओ' जैसे नारे सुनाई दे रहे हैं। स्त्री शिक्षा के लिए बड़े-बड़े स्कूल-कॉलेज खोले गए हैं। फलतः शिक्षा के प्रचार-प्रसार के फलस्वरूप अब लड़कियाँ भी हर क्षेत्र में आगे आने लगी हैं। नौकरी-पेशे में अब वे धड़ल्ले से आ रही हैं। बड़े-बड़े पदों पर उनकी नियुक्ति हो रही है। न्यायपालिका तक में वे न्यायाधीश के पद को सुशोभित कर रही हैं। यहाँ तक कि सेना में भर्ती हो रही हैं। पायलट बनकर आसमान में उड़ रही हैं। संक्षेप में, वर्तमान भारतीय समाज में नारी और पुरुष में अब कोई भेद नहीं रह गया है।

शिक्षा के प्रचार के फलस्वरूप कई सड़ी-गली परंपराओं और प्रथाओं से उन्हें छुटकारा मिला है। सती प्रथा, बाल विवाह, पर्दा प्रथा आदि के विरुद्ध सरकार ने कई कानून बनाए हैं। संविधान में नारी को हर क्षेत्र में पुरुषों के बराबर अधिकार मिले हैं। संसद् और विधानसभाओं में अब नारी भी चुनकर आने लगी हैं। संविधान में महिला आरक्षण की बात भी चल रही है। स्वयं महिलाएँ भी अपना संगठन बनाकर अपने अधिकारों की लड़ाई लड़ने को तैयार हैं। आज तो कई ऐसे क्षेत्र हैं, जहाँ महिलाएँ ही उपयुक्त मानी गई हैं, जैसे शुरुआती शिक्षा का क्षेत्र, अस्पतालों में नर्स की सेवा आदि।

संक्षेप में, आज भारतीय नारी अबला नहीं रही, वह सबला और प्रबला बन चुकी है। अब वह भोग की वस्तु नहीं रही। उसका शोषण अब नहीं हो सकता। कई स्थलों पर वह सिद्ध कर चुकी है कि वे किसी भी क्षेत्र में पुरुषों से पीछे नहीं बल्कि आगे हैं। इतना सबकुछ होते हुए भी नारी को अपनी सुरक्षा के लिए कार्य करने होंगे। समाज को भी अपनी सोच बदलनी होगी। आज भी बलात्कार, नारी अत्याचार आदि घटनाएँ घट जाती हैं। अतः सरकार को भी इस दिशा में उचित और ठोस कदम उठाने होंगे, ताकि अपहरण, बलात्कार जैसी घटनाएँ घटित न हों।

□

विद्यापति–भक्त या श्रृंगारिक

जयदेव की कोमल कांत पदावली की परंपरा का पालन करते हुए विद्यापति ने अपने पदों में सरसता की जो धार बहाई है, वह आज भी जनमानस को अपने रस से आप्लावित कर रही है। मिथिला की अमराइयों में आज भी इस मैथिल कोकिल के गीत गूँजते सुनाई देते हैं। उनके पदों में भक्ति, नीति और श्रृंगार तीनों की त्रिवेणी बहती हुई दिखती है। विद्यापति के काव्य में रमणीयता और कलात्मकता विशेष रूप से पाई जाती है। इनकी पदावली का प्रत्येक पद गेयता और प्रेमोद्गार से भरा पड़ा है। सौंदर्य का सजीव चित्रण करना ही काव्य का उद्देश्य होता है और विद्यापति को इसमें अपूर्व सफलता मिली है। 'रसात्मक काव्यों की रचना में विद्यापति की समता करने वाले हिंदी में बहुत कम कवि दिखाई देंगे।'

विद्यापति का जन्म 1352 ई. के आसपास दरभंगा (बिहार) के विसफी ग्राम में हुआ था। आसपास इसलिए कि इनकी जन्म और मृत्यु की निश्चित तिथि को लेकर विद्वानों में मतभेद है। इनके पिता गणपति ठाकुर मिथिला के तत्कालीन राजदरबार के सम्मानित पंडित थे। इन्होंने 'राजतरंगिणी' जैसी पुस्तक की रचना की थी। विद्यापति के परिवार पर लक्ष्मी और सरस्वती दोनों की कृपादृष्टि थी। विद्यापति को जहाँ एक ओर महामहोपाध्याय हरि मिश्र जैसे गुरु मिले, वहीं महामहोपाध्याय पक्षधर मिश्र जैसे सहपाठी भी मिले। ऐसे वातावरण में विद्यापति की शिक्षा-दीक्षा हुई। बाद में विद्यापति ने शिवसिंह के दरबारी कवियों में मुख्य पद प्राप्त किया। शिवसिंह और लखिमा रानी दोनों के ये प्रिय पात्र अंतकाल तक बने रहे। इनकी प्रतिभा से प्रसन्न होकर शिवसिंह ने इन्हें विसफी गाँव दान में दे दिया था। साथ ही उन्हें 'अभिनव जयदेव' की उपाधि भी प्रदान की।

विद्यापति ने कीर्ति सिंह की प्रशंसा में 'कीर्तिलता' की रचना की और शिवसिंह तथा लखिमा रानी की प्रशंसा में मैथिली के उन पदों की रचना की, जो बाद में उनके यश-गौरव के प्रतीक बने। काल की दृष्टि से विद्यापति वीरगाथा काल के कहे जाएँगे, लेकिन रचना और भावना पद्धति के अनुसार वे भक्ति और श्रृंगारकाल के मध्य कड़ी के रूप में

कहे जाएँगे। "विद्यापति के साथ न केवल हिंदी की सरस पद्मावली का इतिहास आरंभ होता है, बल्कि उनके साथ ही रीति परंपरा का भी आरंभ होता है।" विद्यापति के पदों में उनकी अनेक उपाधियों और उपनामों का उल्लेख मिलता है, जैसे अभिनव जयदेव, कवि शेखर, कविराज, कवि रंजन, कवि कंठहार आदि।

विद्यापति ने संस्कृत भाषा में पुरुष परीक्षा, लिखनावली, शैव सर्वस्वसार, गंगावायावली, दुर्गाभक्तिरंगिणी आदि प्रमुख रचनाएँ की हैं। अवहट्ठ भाषा में उन्होंने 'कीर्तिलता' और 'कीर्ति पताका' नामक पुस्तक की रचना की, लेकिन विद्यापति को प्रसिद्धि मिली—मैथिली के पदों से, जो उन्होंने शिवसिंह और लखिमा रानी के लिए लिखे। इन पदों में उन्होंने राधा-कृष्ण के प्रति जो भक्ति और प्रेम के उद्गार प्रकट किए हैं, वे अत्यंत ही सरस और कोमल हैं। हम कह सकते हैं कि हिंदी साहित्य में कृष्ण भक्ति परंपरा का आरंभ विद्यापति से ही हुआ है। विद्यापति का काव्य उनकी रुचि एवं प्रकृति का भी परिचायक है।

विद्यापति के काव्य श्रृंगार एवं सौंदर्य प्रधान हैं। कवि की रचनाओं में भक्ति संबंधी विषयों की भी अभिव्यक्ति हुई है, परंतु काव्य-सौंदर्य की दृष्टि से कवि का संयोग एवं वियोग वर्णन अधिक सुंदर है। "विद्यापति की कल्पना शक्ति ने काव्य की कलात्मकता और रमणीयता प्रदान कर दी है। इनकी कल्पना सौंदर्य के मूर्तिकरण के प्रयास में संलग्न रहती है।" विद्यापति के व्यक्तित्व में तीन युग समाहित हैं। दरबारी होकर भी वे जनकवि थे। श्रृंगारिक होते हुए भी वे भक्त थे। शैव या वैष्णव होते हुए भी वे धर्मनिरपेक्ष थे। संस्कारी ब्राह्मण वंश में उत्पन्न होकर भी रूढ़ि से ग्रस्त नहीं थे। तर्क के कर्कश और न्याय के पथ तथा युवतियों के प्रेमगीतों के पिच्छल मार्ग पर समान रूप से चलने में समर्थ थे। संक्षेप में, "गंगा से पनघट तक, भूतनाथ के मंदिर से कोहबर घर तक, दुर्गाबाड़ी से जतसार तक, महल से कुटिया तक उनके पदों की सामान्य गति है।" एक भूखंड से समस्त जीवन पर इस प्रकार छा जाने वाला कवि दूसरा हिंदी साहित्य में नहीं हुआ।

विद्यापति को लेकर विद्वानों के बीच एक प्रश्न हमेशा उठता रहा है कि उन्हें भक्त कवि कहा जाए या श्रृंगारिक। लेकिन विद्यापति जैसे कवि को भक्ति या श्रृंगार के सीमित दायरे में बाँधना उचित नहीं है। कवि न तो भक्त होता है, न श्रृंगारिक, कवि तो बस कवि होता है और वह सौंदर्य प्रेमी होता है। जिधर सौंदर्य देखता है, उसकी लेखनी उधर ही मुड़ जाती है और लेखिनी जिधर मुड़ती है, मूरत ढल जाती है। सौंदर्य केवल रमणी के रूप की चिकनाई में ही नहीं होता, एक वृद्धा के पोपले मुँह में भी सौंदर्य होता है। केवल देखने वाली नजर चाहिए। विद्यापति ने भी जिधर सौंदर्य देखा, उधर ही उनकी लेखनी दौड़ी और सौंदर्य के ऐसे अनूठे चित्र खींचे, जो आज भी सोते-जागते हमारी जिह्वा पर विद्यमान हैं।

जो भी हो, विद्यापति भक्त ही कहे जाएँगे। तत्कालीन कवियों की तरह हम उनमें धार्मिक कट्टरता का अभाव पाते हैं। एक पद में वे राधा-कृष्ण की भक्ति भावना में विभोर हैं, तो दूसरे पद में शिव की चारी नाचते-गाते मस्त हैं। वहीं गंगा वर्णन में विह्वल हैं, तो वहीं राम की वंदना में लीन हैं। कवि के श्रृंगार के पद परिस्थितिजन्य हैं। बात यह है कि कवि भी सामाजिक प्राणी होता है। समाज की आवश्यकता की पूर्ति करना उसका कर्तव्य होता है। जनजीवन की आकांक्षाओं की अवहेलना करने वाला कवि सफल नहीं होता। जो कवि जनजीवन को पीछे छोड़कर आगे भागता है, उसकी रचना खोखली, कल्पना पंखहीन और भाव प्राणहीन बन जाते हैं।

शिवसिंह का शासनकाल, सुखी और संपन्न काल था। जनता को खाने-पीने की चिंता नहीं थी और जब आदमी का पेट भरा होता है, तो श्रृंगार सूझता ही है। विद्यापति ने अगर ऐसे समाज में श्रृंगार के कुछ पद लिखे, तो आश्चर्य की क्या बात हो सकती है। फिर शिवसिंह विलासी राजा थे। वे विद्यापति को बहुत चाहते थे। अत: शिवसिंह को प्रसन्न करने के लिए विद्यापति ने श्रृंगार के कुछ पद रचे, तो यह स्वाभाविक था।

विद्यापति का युग दरबारी कवियों का युग था। राजा के दरबार में कई कवि रहते थे। कवियों के बीच राजा को प्रसन्न कर पुरस्कार पाने की लालसा में श्रृंगारिक पदों को लिखने की होड़ मची रहती थी। इस होड़ में भला विद्यापति अपने को शामिल कैसे नहीं करते। वे कैसे चाहते कि कोई दूसरा कवि उनसे आगे बढ़ जाए और राजा पर अपना प्रभाव डाल दे। इस कारण भी विद्यापित को श्रृंगार के पद लिखने पड़े। फिर जवानी में हर कोई श्रृंगारिक होता है। विद्यापति ने भी इस उम्र में अगर श्रृंगार के पद लिखे तो इसे लेकर उन्हें श्रृंगारिक कहना सही नहीं है।

विद्यापति भक्त कवि ही कहे जाएँगे। अगर वे श्रृंगारिक होते तो फिर भक्ति के ऐसे उद्‌गार निकाल ही नहीं सकते थे। श्रृंगारिक व्यक्ति के पास भक्ति कभी नहीं फटकती, लेकिन कवि ने राधा-कृष्ण की भक्ति में सराबोर होकर जो पद लिखे हैं, वह कोई श्रृंगारिक कवि लिख ही नहीं सकता। गंगा वर्णन, राधा-कृष्ण वर्णन, शिव की भक्ति का वर्णन—ये सब ऐसे उदाहरण हैं, जो विद्यापति को भक्त ही सिद्ध करते हैं। विद्यापति को लेकर कई किंवदंतियाँ प्रचलित हैं, जो उन्हें भक्त सिद्ध करती हैं। कहते हैं कि खुद शिव उगना नामक नौकर के रूप में कवि की सेवा करते थे। मृत्यु के समय स्वयं गंगा उनके समक्ष अपनी धारा प्रवाहित करने लगी थी। ये किंवदंतियाँ भी उन्हें भक्त ही सिद्ध करती हैं। संक्षेप में कहें तो विद्यापति भक्त कवि ही कहे जाएँगे। श्रृंगार की रचनाएँ परिस्थितिजन्य हैं।

विद्यापति की मृत्यु के संबंध में विद्वान् एकमत नहीं हैं। फिर भी अधिकांश विद्वानों के अनुसार उनकी मृत्यु 1448 ई. में हुई।

□

कबीरदास

संत मत के कवियों में कबीर का व्यक्तित्व सबसे अधिक मौलिक और क्रांतिकारी था। "कबीर आदत से अक्खड़ और हालत से फक्कड़ थे। इस अक्खड़ता और फक्कड़ता ने कबीर को मस्तमौला बना दिया था।" तभी तो वे कहते थे—

कबीरा खड़ा बाजार में, लिये लुकाठी हाथ।
जो घर फूँके आपनौ, चले हमारे साथ।"

जिस युग में कबीर का जन्म और लालन-पालन हुआ, उस युग में न तो कोई सांस्कृतिक परंपरा विद्यमान थी और न ही कोई अध्ययन का वातावरण ही व्याप्त था और न ही कोई वेद शास्त्र की चर्चा थी। कबीर ने खुद कहा है—'मसि कागद हुयो नहीं, कलम गही नहिं हाथ'। ऐसे वातावरण में जन्म लेकर और पालित-पोषित होकर भी कबीर ने धर्म सुधार, समाज परिष्कार तथा काव्य रचना के क्षेत्र में अपनी ऐसी पैठ बनाई कि मृत्यु के छह सौ वर्षों तक चर्चा, मनन, अध्ययन, आलोचना और अनुसंधान के विषय बने रहे।

यह कबीर की अद्‌भुत प्रतिभा का परिचायक है। कबीर ने काव्य रचना का कोई व्रत नहीं लिया था, फिर भी छह सौ वर्षों से वे विद्वानों के लिए अध्ययन की वस्तु बने रहे। उनके पदों में महान् संदेशों की अभिव्यक्ति हुई है। मानव सभ्यता और संस्कृति चाहे कितनी विकसित हो जाए, लेकिन कबीर के संदेश कभी फीके नहीं पड़ेंगे।

कबीर युगस्रष्टा कवि ही नहीं थे, वे युगद्रष्टा भी थे। उनके काव्यों में शब्दालंकार की झनकार या अर्थालंकार का चमत्कार हो या न हो, लेकिन उनके संदेश काव्यमय हैं। कबीर की वाणी कहीं-कहीं अटपटी है, लेकिन चटपटी है। कबीर की वाणी हृदय से निकलकर हृदय में प्रवेश करती है, क्योंकि वे खुद कहते हैं—'तू कहता कागद की लेखी, मैं कहता आँखिन की देखी।' कबीर की वाणी में जीवन का अनुभव बोलता है और जिस कवि का अनुभव जितना विशाल होगा, उसकी वाणी का प्रभाव उतना ही व्यापक होगा। यही कारण है कि कबीर की वाणी में कठोरता होते हुए भी हमारे लिए ग्राह्य है।

कबीर का जन्म 1398 ई. के आसपास हुआ था। इनके जन्म को लेकर कई किंवदंतियाँ प्रचलित हैं, जिसमें असलियत का पता नहीं चलता। कहते हैं कि कबीर लहरतारा नामक तालाब में तैरते हुए पाए गए थे, जिसे नीरू और नीमा नामक जुलाहे ने पाला-पोसा था। हजारी प्रसाद द्विवेदी के अनुसार बंगाल में हिंदू और मुसलमानों के योग से एक नई जाति बनी, जिसे 'जोगी' कहते थे। यह जाति अपने को न हिंदू कहती थी, न मुसलमान। संभव है, कबीर का जन्म इसी जाति में हुआ हो। कुछ विद्वान् कबीर की जाति जुलाहा बताते हैं।

एक मत के अनुसार, संत रामानंद ने एक विधवा ब्राह्मणी को पुत्रवती होने का आशीर्वाद दे दिया था और उसी के गर्भ से कबीर का जन्म हुआ, लेकिन लोक-लाज के भय से उसने कबीर को लहरतारा तालाब में बहा दिया, जहाँ से नीरू-नीमा नामक जुलाहे दंपती ने उठा लिया और पालन-पोषण किया। पाँच साल की उम्र से ही कबीर राम नाम जपा करते थे। लोग उन्हें चिढ़ाते और 'निगुणा' कहकर पुकारते थे। कबीर इससे दुःखी थे। एक दिन की बात है, स्वामी रामानंद जब गंगा स्नान कर लौट रहे थे, तो कबीर अँधेरे में सीढ़ियों पर लेट गए। रामानंद के पाँव कबीर के शरीर पर पड़ गए। उनके मुँह से अचानक 'राम-राम' शब्द निकल गया। उसी दिन से कबीर ने रामानंद को अपना गुरु और राम को गुरुमंत्र मान लिया।

कबीर की मृत्यु के संबंध में किंवदंती है कि उनके शव को लेकर हिंदू-मुसलमान आपस में झगड़ने लगे, लेकिन जब शव पर से चादर हटाई गई तो वहाँ केवल फूलों का ढेर था। हिंदू-मुसलमानों ने उसे आपस में बाँट लिया। हिंदुओं ने फूलों को जलाया और मुसलमानों ने उन्हें दफना दिया।

कबीर की शादी भी हुई थी। पत्नी का नाम लोई था। कमाल और कमाली नामक एक पुत्र और पुत्री भी कबीर को हुए थे। कबीर की प्रमुख रचना है 'बीजक।' इसके तीन भाग हैं—साखी, सबद और रमैनी।

कवि रूप में कबीर जीवन के अत्यंत निकट थे। वे भले ही स्कूल-कॉलेज में नहीं गए, पर अनुभव की पाठशाला में पढ़े थे। इसीलिए उनकी वाणी सीधे हृदय से निकलती है और हृदय में प्रवेश कर जाती है। अंग्रेजी में एक कहावत है—'A thing which comes from the heart, goes to the heart.'

उनके पदों में रीतिकालीन कवियों जैसी कलाबाजी तो नहीं है, लेकिन उसमें स्पष्टवादिता और स्वाभाविकता कूट-कूटकर भरी है। कबीर के काव्य में बुद्धि तत्त्व की प्रधानता है। उन्होंने एकेश्वरवाद और उसकी सर्वव्यापकता को सिद्ध किया है। यह एकेश्वरवाद भारत के ब्रह्मवाद के निकट है। कबीर के ईश्वर निर्गुण होकर भी घट-घट वासी हैं। कबीर का ईश्वर मंदिर-मस्जिद में नहीं रहता, वह तो घट-घट में निवास करता

है। उनके शब्दों में—

ना मंदिर में, ना मस्जिद में, ना काशी कैलाश में
मोको कहाँ ढूँढ़े बंदे, मैं तो तेरे पास में।

कबीर के ईश्वर एक हैं, चाहे उसे जो नाम दिया जाए। कबीर का मानना है कि जीवन, जगत् और ब्रह्म अर्थात् आत्मा और परमात्मा में अभिन्न संबंध है। इस दृष्टि से हम कबीर को अद्वैतवादी भी कह सकते हैं। ईश्वर की प्राप्ति के लिए उन्होंने प्रेमयुक्त ज्ञान का मार्ग बताया है। किताबी ज्ञान से ईश्वर नहीं पाया जा सकता। 'पोथी पढ़ि-पढ़ि जग मुआ, पंडित भया न कोय।' बाहरी आडंबर की निंदा करते हुए उन्होंने हिंदुओं को फटकारा है। 'पाहन पूजे हरि मिलै, तो मैं पूजूँ पहार' तो वहीं मुसलमानों को भी फटकारते हुए कहा है—

'काँकर पाथर, जोरि कै मस्जिद लई चुनाय।
ता चढ़ि मुल्ला बाँग दे, क्या बहरा हुआ खुदाय।'

इस प्रकार बाहरी आडंबरयुक्त होकर लोगों को धर्म के मर्म तक पहुँचने की एक नई दृष्टि दी है। कुछ लोगों ने कबीर की वाणी को झाड़-फटकार की वाणी कहा है, लेकिन कबीर ने जो भी कहा है, सत्य कहा है। 'सत्य कहउँ लिखि कागद कोरे।' और सत्य हमेशा कड़वा होता है। इसलिए कबीर की वाणी हमें कड़वी लगती है, लेकिन उस वाणी में एक युगपुरुष का विश्वास है और एक लोकनायक की हमदर्दी है। बात यह है कि प्रत्येक महापुरुष अपने समय से पहले पैदा हो जाता है। जनता पीछे रहती है। अत: उस महापुरुष के विचारों को समझ नहीं पाती और उसकी अवहेलना कर बैठती है। यही कारण है कि महापुरुष अपने समय में सफल नहीं हो पाते। कबीर के साथ यही नियम लागू है।

कबीर की भाषा सधुक्कड़ी थी, इसमें विभिन्न जातियों और प्रदेशों के शब्द मिले हुए हैं। हजारी प्रसाद द्विवेदी के अनुसार भाषा पर कबीर का जबरदस्त अधिकार था। वे वाणी के डिक्टेटर थे। भाषा उनके सामने लाचार नजर आती है। उसमें मानो इतनी हिम्मत ही नहीं कि इस अक्खड़ और फक्कड़ कवि की फरमाइश पूरी न कर सके। अंत में एक विद्वान् के शब्दों में—"कबीर के लिए काव्य रचना एक साधन था, साध्य नहीं। उनके पदों में जीवन की सत्यता का चित्रण हुआ है। सत्य जीवन और अनुभव की कलात्मक अभिव्यंजना करने के पीछे कबीर ने काव्य के बाह्य रंग की ओर ध्यान नहीं दिया।"

□

सूरदास

सूरदास को लेकर एक दोहा काफी प्रचलित है—

सूर-सूर तुलसी शशि, उडगन केशव दास।
अब के कवि खद्योत सम जहँ-तहँ करत प्रकास।

वस्तुतः हिंदी साहित्याकाश में सूरदास सूर्य की तरह ही देदीप्यमान हैं। सूरदास एक ऐसे महान् कवि हुए, जिनके गीत ही महाकाव्य बन गए हैं। सूरदास का बाल वर्णन और विरह वर्णन संसार के साहित्य में अद्वितीय है। बाल वर्णन के क्षेत्र में दुनिया का कोई कवि सूर की समता नहीं कर सकता। सूर की भक्ति सख्य भाव की है, लेकिन अपने विनय के पदों में उन्होंने कृष्ण के समक्ष अपनी दीनता प्रदर्शित की है। सूर के पदों में भक्ति की तन्मयता और प्रेम की विह्वलता स्पष्ट देखने को मिल जाती है।

सूर की जन्मतिथि को लेकर विद्वानों में मतभेद हैं। रामचंद्र शुक्ल के मतानुसार सूरदास का जन्म सन् 1540 में हुआ। दिल्ली के पास सीही नामक गाँव (अब फरीदाबाद) में एक निर्धन ब्राह्मण के घर सूर पैदा हुए थे। अपने पदों में सूर ने कई स्थलों पर अपने को अंधा कहा है। 'सूर कहा कहौ द्विविध आंधरौ।' सूरदास बचपन से ही परिवार से विलग हो गए। 18 वर्षों तक गाँव के पास ही एक कुटिया में रहे। बाद में वे गऊ घाट चले आए। यहाँ उन्हें संगीत, काव्य और शास्त्र के अध्ययन का अवसर मिला। उनके पदों में उनका पांडित्य परिलक्षित होता है।

एक बार वल्लभाचार्य ने इनके गीतों को सुना और वे इतने मुग्ध हुए कि सूरदास को अपना शिष्य बनाना स्वीकार कर लिया। सूर भी वल्लभाचार्य जैसे गुरु पाकर अपने को भाग्यवान समझने लगे। बाद में सूर पुष्टि मार्ग के सर्वश्रेष्ठ कवि बन गए। अष्टछाप के कवियों में सूर सबसे ऊपर थे। उनकी रचनाओं में प्रमुख हैं—सूरसागर, सूर सारावली, सूर पचीसी, साहित्य लहरी आदि। इनमें 'सूरसागर' सर्वश्रेष्ठ है।

सूरदास की सारस्वत साधना सगुण ब्रह्म की सरस उपासना पर आधारित है। उनके आराध्य देव राधा-कृष्ण हैं। सूर ने सवा लाख पद लिखे हैं, जिन्हें तीन भागों में बाँटा गया

है। पहले भाग में विनय के पद आते हैं, जिनमें सूर की भक्ति दास भाव की है। दूसरे भाग में बाल वर्णन के पद आते हैं, जिनमें सूर की भक्ति सख्य भाव की है अर्थात् कृष्ण को सखा मानकर पदों में भक्ति प्रदर्शित ही गई है। तीसरे भाग में विरह वर्णन के पद आते हैं। इसे उद्धव-गोपी संवाद भी कहा गया है, लेकिन सूर के सवा लाख पदों पर विद्वानों ने शंका प्रकट की है। उनके अनुसार सारे पद सूर के लिखे प्रतीत नहीं होते।

उनका तर्क है कि सूर के पदों में कहीं सूर, तो कहीं सूरदास, कहीं सूरज दास और कहीं सूर स्याम जैसे नामों की चर्चा आई है। कहीं ऐसा तो नहीं कि ये सारे नाम के अलग-अलग कवि रहे हों और भ्रमवश सबके पदों को सूर के पदों में ही कालक्रम से शामिल कर दिया गया हो। जो भी हो, यह खोज का विषय है।

सूरदास के जन्मांध होने पर भी विद्वानों में मतभेद हैं। उनके अनुसार कोई जन्म से अंधा व्यक्ति बच्चे की एक-एक सूक्ष्म चेष्टाओं का इतना सटीक और स्वाभाविक वर्णन नहीं कर सकता, जितना सूर ने किया है। यहाँ तक कि सूर ने चौसर खेल का भी वर्णन किया है। अतः संभव है, सूर जन्मांध न होकर बाद में अंधे हुए हों। सत्य जो भी हो, यह भी खोज का विषय है।

सूरदास ने श्रृंगार के दोनों रूपों का इतना सजीव वर्णन किया है कि आज तक कोई कवि उसकी समता नहीं कर पाया है। श्रृंगार के पहले रूप में बाल वर्णन के पद आते हैं। इस क्षेत्र में सूर इतनी बड़ी ऊँचाइयों पर जा पहुँचे हैं कि संसार का कोई कवि उस ऊँचाई को छू नहीं सकता। बच्चे की एक-एक चेष्टाओं और क्रियाओं का जैसा स्वाभाविक और सजीव वर्णन इस अंधे ने किया है, उतना कोई दो आँख वाला भी नहीं कर पाया है। अपनी बंद आँखों से ही सूर ने वात्सल्य रस का कोना-कोना छान डाला है। लगता है कि सूर के भीतर कोई बच्चा बैठा है, जो जब-तब उन्हें गुदगुदाकर अपनी बात कहलवा लेता है।

'रामचरितमानस' में तुलसी ने भी राम का बाल वर्णन किया है, लेकिन तुलसी में वह स्वाभाविकता नहीं है, जो सूर में है। तुलसी के राम में बच्चे का गुण नहीं, किसी बुजुर्ग का गुण आया है। अल्पकाल में ही राम सारी विद्याओं में पारंगत हो जाते हैं। 'गुरु गृह गए पढ़न रघुराई, अल्पकाल विद्या सब पाई।' फिर खेल में भी राम स्वयं जीतने की कोशिश नहीं करते हैं। इसके विपरीत वे कभी भरत को तो कभी लक्ष्मण, शत्रुघ्न को जिता देते हैं। यह बच्चे का गुण नहीं हो सकता। यह तो किसी वयोवृद्ध का गुण बन जाता है। बच्चे तो खेल में जीतने के लिए झगड़ पड़ते हैं, बेईमानी तक करते हैं। इस दृष्टि से सूर का बाल वर्णन तुलसी के बाल वर्णन से कहीं ज्यादा स्वाभाविक है।

संक्षेप में, स्वाभाविकता, सजीवता और मनोवैज्ञानिकता सूर के बाल वर्णन की सबसे बड़ी विशेषता है। सूर का बाल वर्णन पढ़ते ही लगता है कि हमारी आँखों के आगे सचमुच कोई बच्चा घुटनों के बल सरकता हुआ आ खड़ा हुआ हो।

सूर ने कृष्ण के बाल रूप का ऐसा चित्र खींचा है कि कृष्ण सार्वजनीन हो गए हैं। लगता है कि कृष्ण हमारे घरों के बच्चे हैं। नंद-यशोदा हमारे घर के माता-पिता बन गए हैं। यह सार्वजनीयता, यह तादात्मयता और रागात्मकता सूर के बाल वर्णन के प्राण हैं। रामचंद्र शुक्ल के शब्दों में—"कृष्ण भक्ति परंपरा में कृष्ण की प्रेममयी मूर्ति को ही लेकर प्रेम तत्त्व की विस्तार के साथ अभिव्यंजना हुई है। उसमें लोक पक्ष का समावेश नहीं है। कृष्ण के जिस मधुर रूप को लेकर ये भक्त कवि चले हैं, वह हास्य, विलाप तरंगों से परिपूर्ण अनंत सौंदर्य का समुद्र है।"

श्रृंगार का पहला रूप मिलन है तो दूसरा विरह है। विरह के क्षेत्र में सूर का 'भ्रमरगीत' आता है। भाव व्यंजना और चित्रण के औचित्य ने सूर के 'भ्रमरगीत' को अमर बना दिया है। कृष्ण का संदेश लेकर उनके सखा उद्धव ब्रज आते हैं। गोपियाँ दौड़ती, गिरती-पड़ती दौड़ पड़ती हैं, लेकिन रथ से उतरते हैं उद्धव। गोपियाँ कलेजा थाम लेती हैं। चलो कृष्ण न आए तो क्या सुधि तो ली। लेकिन रथ से उतरते ही उद्धव अपने ज्ञान की भारी गठरी गोपियों के सिर पर पटक देते हैं। गोपियाँ सिर थामकर बैठ जाती हैं। मन तो होता है कि उद्धव का मुँह नोच लें। पर एक तो कहाँ उद्धव जैसा प्रकांड पंडित और कहाँ गाँव की अनपढ़ भोली-भाली गोपियाँ! भला वे उद्धव से क्या बहस करें। फिर उद्धव घर आए मेहमान थे और ऐसे मेहमान का अपमान करना गोपियों की संस्कृति में कहाँ था!

उद्धव कृष्ण के सखा भी थे। कहीं गोपियों के जले दिल से कुछ जली-कटी निकल जाती तो कृष्ण क्या सोचते? सबसे बड़ी बात तो यह थी कि उद्धव कृष्ण के दूत थे और दूत का अपमान राजा का अपमान होता है। इन्हीं सारी लाचारियों से गोपियाँ लाचार थीं। तभी एक भ्रमर वहाँ आकर मँडराने लगा। गोपियों को बहाना मिल गया। साहित्य में भ्रमर का एक अर्थ उद्धव भी होता है। फिर क्या था? भ्रमर को लक्ष्य कर गोपियाँ उद्धव पर व्यंग्य के ऐसे-ऐसे तीर छोड़ने लगीं कि उद्धव तिलमिला उठे। गाँव की अनपढ़ गोपियों के भोले तर्क के आगे उद्धव की बोलती बंद हो गई। गोपियों के आँसुओं के प्रवाह में उद्धव के ज्ञान की गठरी बह गई। आए थे निर्गुण का संदेश देने, लेकिन लौटे प्रेम के गीत गाते हुए।

सूर की गोपियों के विरह में इतनी व्यापकता और तन्मयता है कि लगता है मानो यह केवल गोपियों का ही विरह नहीं है, बल्कि विश्व विरहिणी का अनंत काल से चलने वाला विश्वजनीन विरह है। 'भ्रमरगीत' का विरह एकांगी नहीं है। विरह की आग दोनों ओर लगी है। तभी कृष्ण कहते हैं—'ऊधो मोहिं ब्रज बिसरत नाहीं।' शुक्लजी के शब्दों में भी श्रृंगार रस का ऐसा सुंदर उपालम्य काव्य दूसरा नहीं है।" खासियत यह है कि कहीं भी गोपियों का व्यंग्य उद्दंड नहीं हो पाया है। पूरे प्रकरण में सर्वत्र एक मर्यादा के

भीतर रहने के कारण 'भ्रमरगीत' का व्यंग्य परम आस्वादनीय और मधुर है। संक्षेप में, 'भ्रमरगीत' का व्यंग्य एक मीठी छुरी है।

सूर की भाषा में ओज, माधुर्य और प्रसाद तीनों गुण विद्यमान हैं। भाषा भावों के अनुकूल है। अंग्रेजी में एक कहावत है—'Speech is great, but silence is greater.' इस सिद्धांत के अनुसार सूर का एक-एक शब्द अनेक अर्थ दे जाता है। व्यंजना ऐसी है कि उद्धव को जवाब ही नहीं मिलता। सूर के पदों में प्रचलित मुहावरों और कहावतों का भी सटीक प्रयोग हुआ है। सूर की भाषा ब्रज भाषा थी। "ब्रज भाषा को पाकर सूर धन्य हो गए और सूर को पाकर ब्रज भाषा धन्य हो गई।"

सूर की मृत्यु को लेकर भी विद्वानों में एकमत नहीं है। रामचंद्र शुक्ल के मत के अनुसार उनकी मृत्यु संवत् 1620 ईसवी के आसपास हुई थी।

संक्षेप में, सूर और तुलसी के बाल वर्णन में अंतर करें तो सूर ने कृष्ण का बाल वर्णन करते समय कृष्ण के ईश्वरत्व ही को भुला दिया है। ऐसे पदों में उन्होंने कृष्ण को सखा माना है। दूसरी ओर तुलसीराम के ईश्वरत्व को हमेशा सामने रखा है। इसीलिए सूर की स्वाभाविकता तुलसी में नहीं आ पाई है। हम कह सकते हैं कि सूर का अगर हृदय विशाल था तो तुलसी का मस्तिष्क विशाल था। सूर की भाषा ब्रज भाषा है, जो अपने आप में माधुर्ययुक्त है। तुलसी की अवधी भाषा उस माधुर्य का सामना नहीं कर सकी है।

□

तुलसीदास

तुलसीदास के संबंध में एक बार जॉर्ज ग्रियर्सन ने कहा था कि गौतम बुद्ध के बाद भारत में अगर कोई जननायक हुआ तो वे तुलसीदास थे। 'घट रामायण' के अनुसार तुलसीदास का जन्म संवत् 1589 भद्र शुक्ल एकादशी मंगलवार को हुआ था। बाबावेनी माधव दास के अनुसार तुलसीदास के पिता यमुना किनारे दूबे पूर्वा नामक गाँव के दूबे और मुखिया थे। उनके पूर्वज अन्य ग्राम से यहाँ आए थे। लेकिन रघुवर दास के अनुसार सरवार में मझौली से कुछ दूर कसिया गाँव में तुलसी के पितामह रहते थे। वे तीर्थयात्रा के क्रम में चित्रकूट पहुँचे थे और राजापुर में बस गए थे। उनके पुत्र शंकर मिश्र और शंकर मिश्र के पुत्र रुद्रनाथ मिश्र हुए। इनके पुत्र मुरारी मिश्र और मुरारी मिश्र के पुत्र तुलाराम ही आगे चलकर तुलसीदास कहलाए।

हाल के दिनों में सोरो (उत्तर प्रदेश) में कई ऐसी सामग्री मिली हैं, जिसे तुलसी से संबंधित कहा गया है। एक मुहल्ले में बहुत पुराना मकान भी मिला है, जिसे तुलसीदास का मकान कहा जाता है। इसी कारण कुछ विद्वानों ने सोरो को तुलसी का जन्मस्थान माना है। तुलसीदास के पिता आत्माराम भक्त कवि नंददास के चचेरे भाई थे। तुलसीदास की माता का नाम हुलसी था। हुलसी शब्द का प्रयोग तुलसी के ग्रंथों में कई बार आया है। एक दोहा भी इस संबंध में बहुत प्रचलित है—

सुरतिय, नरतिय, नागतिय सब के मन अस होय।
गोद लिये हुलसी फिरै, तुलसी सो सुत होय।

अपने गुरु नरहरिदास के साथ तुलसी काशी आए और रामानंदजी के स्थान पंच गंगाघाट पर रहने लगे। यहीं शेष सनातनजी ने वेद-वेदांत, इतिहास पुराण आदि की सम्यक शिक्षा दी। तुलसीदास का विवाह एक भारद्वाज गोस्त्रीय ब्राह्मण की पुत्री रत्नावली से हुआ। कहते हैं कि तुलसी रत्ना पर इतने आसक्त थे कि एक रात भरी बरसाती नदी पार कर उसके पास जा पहुँचे। यह देखकर पत्नी ने उन्हें फटकार लगाई। इस संबंध में यह दोहा प्रचलित है—

अस्थि चर्ममय देह मम, तामे ऐसी प्रीति।
तैसी सो श्री राम मह, होति न तब भव भीति।

कहते हैं कि पत्नी की इस फटकार के बाद ही तुलसी वैरागी बन गए।

तुलसी जैसे असाधारण कवि थे, वैसी ही असाधारण घड़ी में उनका जन्म हुआ था। इनका जन्म अनुक्रम में हुआ था। जन्म लेते ही इनके मुँह में बत्तीसों दाँत थे। अत: माता-पिता ने अशुभ जानकर उनका त्याग कर दिया। तुलसी ने अपने पदों में इसकी चर्चा भी की है। कुछ लोगों के अनुसार तुलसी के जन्म लेते ही इनके माता-पिता का देहावसान हो गया था। सत्य जो भी हो, लेकिन इनका बचपन बहुत कष्ट में बीता। न खाने को असन, न पहनने को वसन। बालक तुलसी गलियों में भटकता फिरता। किसी ने चार चने भी दे दिए तो समझ लेता धर्म, अर्थ, काम और मोक्ष चारों फल मिल गए हों।

नागरी प्रचारिणी सभा की खोज रिपोर्ट से तुलसी के 37 ग्रंथों का पता चला है। इनमें सबसे प्रमुख है—रामचरितमानस। इसके अलावा कवितावली, दोहावली, गीतावली, जानकी मंगल, विनय पत्रिका, श्रीकृष्ण गीतावली आदि भी प्रमुख ग्रंथ हैं।

हिंदी साहित्य में तुलसी का स्थान सर्वोपरि है। इनका काल हिंदी साहित्य का स्वर्णकाल कहा गया है। यह काल हिंदी साहित्य में भक्तिकाल कहलाता है। सूरदास भी इसी काल के कवि थे। इस युग के दोनों ही सर्वश्रेष्ठ कवि थे, लेकिन सूर ने जहाँ केवल गीत ही लिखे, वहाँ तुलसी ने गीतों के साथ-साथ प्रबंध काव्य भी लिखे हैं। फिर सूर ने जहाँ कृष्ण के केवल बाल और किशोर रूपों का ही वर्णन किया है, वहाँ तुलसी ने मानव के समग्र जीवन का चित्रण किया है।

तुलसी की पहुँच झोंपड़ी से महल तक रही है। उनका 'मानस' सबका कंठहार है। एक ओर अनपढ़-गँवार व्यक्ति भी उनकी पंक्तियों से रस निचोड़ लेता है, तो दूसरी ओर उनकी पंक्तियों का गूढ़ार्थ समझने में बड़े-बड़े विद्वान् भी चक्कर खा जाते हैं। 'रामचरितमानस' के कांड का आरंभ अयोध्या कांड का मध्य और उत्तरकांड का अंत अथाह है। प्रकांड विद्वान् भी इसका थाह पाने में चूक जाते हैं।

रामचरित जे सुनत पढ़त अगाहीं
रस बिसेष जाना तिन्ह नाहीं।

तुलसी का समाज कई समस्याओं से घिरा था। उच्च स्तर के लोग विलासिता के पंक में आकंठ डूबे थे। निम्नवर्ग के लोग अशिक्षा, दरिद्रता के दलदल में धँसे थे। वैरागी बन जाना मामूली बात थी। मुसलमानों के संपर्क के बाद हिंदू समाज में अनावश्यक सावधानी का भाव भर गया था। जाति प्रथा कठोर हो चली थी। देश कई संप्रदायों में बँटा हुआ था। तुलसी ने अपनी रचनाओं में इन सारी विषमताओं में समता लाने का

प्रयास किया। धर्म के क्षेत्र में सगुण और निर्गुण के झगड़ों को सुलझाते हुए तुलसी ने कहा—'सगुन हि, निर्गुण हि नहिं कछु भेदा।' राम से बढ़कर उनके नाम को महत्त्व दिया।

राम ब्रह्म परमारथ रूपा
अविगत अलख अनादि अनूपा।

'रामचरितमानस' में समाज में फैली सारी बुराइयों का समाधान उनके राम करते हुए नजर आते हैं। छुआछूत को मिटाने के लिए राम केवट को गले लगाते हैं। शबरी के जूठे बेर खाते हैं। वानर-भालू की सेना सजाते हैं। तुलसी ने यह समझ लिया था कि जब तक देश के इस वर्ग का सहयोग नहीं मिलता, हम गुलामी के बंधन में बँधे ही रहेंगे।

राजनीति के क्षेत्र में तुलसी का समाज बहुत गिरा हुआ था। मुगलों के यहाँ गद्दी पाने को भाई-भाई का दुश्मन बना था। पुत्र पिता की हत्या तक कर देता था। वहाँ तुलसी ने राम और भरत के माध्यम से इस व्यवस्था पर व्यंग्य किया है। वहाँ एक भाई दूसरे भाई को गद्दी पर बैठाने के लिए आपस में होड़ करते हैं। माता-पिता की बात पर जंगल जाने को तैयार हो जाते हैं। संक्षेप में, तत्कालीन समाज में जो अनुशासन की कमी आ गई थी, तुलसी ने मानस के पात्रों में अनुशासन, आज्ञापालन, आदर्श, मर्यादा आदि गुणों को भरकर समाज को महान् संदेश देने का प्रयास किया है।

तुलसीदास राम के कट्टर भक्त थे। मथुरा में कृष्ण की मूर्ति के सामने उन्होंने तब तक सिर नहीं नवाया जब तक कृष्ण की मूर्ति ने राम का रूप धारण नहीं किया। यह उनकी भक्ति भावना का श्रेष्ठतम उदाहरण है। इस संबंध में एक दोहा बहुत प्रचलित है—

एक घड़ी, आधी घड़ी, आधी में पुनि आध।
तुलसी मस्तक तब नवै, जब धनुष-बाण लो हाथ।

संक्षेप में, अपनी दृष्टि विस्तार के कारण तुलसी समग्र उत्तर भारत की जनता के हृदय में पूर्ण प्रेम प्रतिष्ठा के साथ विराज रहे हैं। जीवन के विविध पक्षों को लेकर चलने एवं उन पक्षों के गूढ़ तथा मार्मिक अव्यवस्थाओं की सूक्ष्म-अति सूक्ष्म पहचान रखने की दृष्टि से तुलसी सचमुच अप्रतिम कवि थे।

तुलसी की भाषा भी सुंदर थी। भाषा जब भाव के अनुकूल हो तो काव्य का सौंदर्य बढ़ जाता है। तुलसी की भाषा भी भाव के अनुकूल है। 'रामचरितमानस' जहाँ अवधी में रचित है, वहीं 'कृष्ण गीतावली' ब्रज में लिखी गई है। ब्रजभाषा पर भी उनका समान अधिकार था। "जहाँ उनकी भाषा साधारण और लौकिक होती है, वहाँ उनकी उक्तियाँ तीर की तरह चुभ जाती हैं और जहाँ शास्त्रीय एवं गंभीर होती हैं, वहाँ पाठक का मन चील की तरह मँडराकर, प्रतिपादित सिद्धांत को ग्रहण कर उड़ जाता है।" तुलसी लोक जीवन के कवि थे।

प्रसिद्ध होना और लोकप्रिय होना दोनों अलग-अलग बात हैं। तुलसी में दोनों विशेषताएँ समाहित थीं। वे विश्वप्रसिद्ध कवि भी कहलाए और लोकप्रिय भी। तभी तो आज खेतों में काम करने वाले अनपढ़ किसान-मजदूर भी तुलसी की चौपाई गाते मिल जाते हैं।

तुलसी की मृत्यु तिथि जन्मतिथि की तरह विवादास्पद नहीं है। उनकी मृत्यु गंगा किनारे संवत 1680 श्रावण शुक्ल सप्तमी को हुई। मृत्यु के संबंध में यह दोहा प्रचलित है—

संवत् सोलह सौ असी, असी गंग के तीर,
श्रावण शुक्ला सप्तमी तुलसी तज्यो शरीर।

□

मीराबाई

मैथिलीशरण गुप्त ने लिखा है—

नचा गई नटनागर को भी नाची तो बस मीरा।

सचमुच अपने पैरों में घुँघरू बाँधकर, हाथों में करता बजाकर अपने गिरधर नागर के आगे मीरा जो नाच नाच गई, उसकी गूँज आज भी राजस्थान की गलियों में प्रतिध्वनित हो रही है। वीरों की धरती राजस्थान के रेगिस्तान में मीरा भक्ति और प्रेम का जो रस बरसा गई, उसकी धारा से रेगिस्तान का कण-कण आप्लावित है। बाल्यकाल में ही मीरा ने कृष्ण भक्ति का जो बीज दिल में बोया, वह उसकी उम्र के साथ-साथ बढ़ता गया। अपने आँसुओं के जल से सींच-सींचकर मीरा ने उसे पल्लवित-पुष्पित किया।

कृष्ण भक्ति काव्य के तीन स्तंभ कहे गए हैं—सूर, मीरा और रसखान। इनमें मीरा का स्थान सर्वोपरि है। हिंदी साहित्य के काव्य प्रांगण में दर्द दीवानी मीरा प्रेम के दर्द की तस्वीर खींचने वाली पहली महिला कवयित्री हैं। प्रेम की अकथनीय महिमा समझने वाले ही उसके आंतरिक प्रेमानुराग को समझ सकते हैं। "प्रेम की पीड़ा में पगली बनी मीरा अपने गिरधर के समक्ष पग घुँघरू बाँध नर्तकी रूप में उन्हें रिझाती हैं और सुरीले शब्दों में गाती हैं, "जिनका वर्ण-वर्ण है, उसका क्रंदन, शब्द-शब्द है सुधि का दर्शन, चरण-चरण है आह।"

मीरा के पदों में पर्याप्त सरलता, स्पष्टता और मधुरता है। उसमें माधुर्य गुण की प्रधानता है। "मीरा के गीतों में आत्मा की व्यंजना, संगीतात्मक अनुभूति की पूर्णता तथा भावों का एक्य।" संक्षेप में, मीरा का काव्य हिंदी काव्यधारा में अपनी आराधना और उत्सर्ग की भावना के कारण अनुपम है।

मीरा का जन्म राजस्थान में मारवाड़ के कुड़की नामक ग्राम में 1498 में हुआ था। इनके पिता का नाम रत्नसिंह राठौर था, जो मेड़ता के शासक थे। इनके प्रपितामह राठौर वंश के राव योधाजी थे। माता का देहांत बचपन में ही हो गया था। पिता रत्न सिंह की देखरेख में इनका पालन-पोषण हुआ। चित्तौड़ के महाराणा साँगा के पुत्र

भोजराज के साथ इनका विवाह हुआ, लेकिन शादी के कुछ ही दिनों बाद पति की मृत्यु हो गई, लेकिन जिसने कृष्ण को अपना पति मान लिया हो, उसके लिए सांसारिक पति का क्या महत्त्व?

मीरा का अपने जीवन आराध्य से कभी साक्षात्कार नहीं हुआ था और हो भी कैसे सकता था?

"वह युगपुरुष, भक्तों का परम पुरुष और मीरा का आत्म पुरुष सुदूर अतीत में अवतरित हुआ था, जो रंग-बिरंगे चरित्र और आकर्षक गुणों वाला, गोपी का स्वजन सखा, नंद यशोदा का दुलारा, आर्तजनों का सहारा और गोपियों का प्यारा कन्हैया विख्यात था। उसकी अपूर्व-अमिट शक्ति ने गोपियों को नचाया, तो उनके रूप गुणानुवाद ने परवर्ती युग में न जाने कितनों को भक्त, साधक और उपासक बना दिया। ऐसे हृदयों में एक मीरा का भी दिल था। मीरा कान्हा पर रीझ ही नहीं उठी, उसको पाने के लिए बेतरह बावली भी हो उठी। उस अव्यक्त, अदृश्य को जन्म-जन्मांतर का पति मानकर, सदा के लिए सुध-बुध खोकर, लोक-लाज और कुल की मर्यादा तोड़कर उसने लय की वह सरिता बहाई, जो सम-विषम परिस्थिति वाले को अपने वेग में प्रवाहित करती रही है। बच्चनजी ने लिखा है—

सूली ऊपर सेज सजाकर, तू अपने पिया के संग सोई।
मिलन घड़ी में गाया तूने फिर क्या गाएगा कोई।।

मीरा के पदों में एक ओर सूर की भक्ति की प्रगाढ़ता है, तो दूसरी ओर रसखान के प्रेम की तन्मयता भी है। और उसके विरह की विदग्धता तो है ही, जिसने उसके पदों को और भी मार्मिक बना दिया है। मीरा की वाणी में लक्षणा या व्यंजना नहीं, सीधी-सादी अभिधा है। वह रागजनित हृदय का सच्चा स्वर है। "उस हृदय का जो मर्यादा का बाँध तोड़कर, परपुरुष को स्वपुरुष मानकर, उसकी प्राप्ति हेतु मचल उठा था।" दुःख इतना ही था कि उसकी व्यथा-कथा कोई सुनने को तैयार नहीं था। 'हेरी मैं तो प्रेम दिवानी, मेरा दर्द न जाने कोई।' प्रीति की कोई रीति नहीं होती। प्रेम में कोई नेम नहीं होता और जहाँ नेम नहीं, वहाँ अंतर्मन की सीधी अभिव्यक्ति ही अपनी गरिमा और महिमा से भावों की अनूठी अभिव्यंजना करने में सक्षम होती है। परमात्मा की पुकार की अनुभूति की जा सकती है, अभिव्यक्ति नहीं।

मीरा की रचनाएँ निम्नलिखित हैं—गीत गोविंद, गोविंद टीका, राग सरोज, मीरा की मल्हार, राग गोविंद, मीरा पदावली एवं नरसीजी रो मायारा। मीरा को मानवजनित वियोग का कभी अवसर नहीं मिला, जहाँ संयोग केवल सपनों में होता है, वहाँ जागृति के साथ वह तिरोहित हो जाता है। वहाँ वास्तविकता का ज्ञान होने पर उस प्रिय से पुनः मिलन के लिए प्रार्थना ही एकमात्र उपाय है। मीरा के पदों में ऐसी ही प्रार्थना भरी हुई है।

सूरदास ने जहाँ कृष्ण के बाल रूप का वर्णन किया है, वहाँ मीरा ने कृष्ण के किशोर रूप का। मीरा में प्रेम प्रधान है, तो सूर में विनय और भक्ति। सूर के कृष्ण शरारती हैं, तो मीरा के कृष्ण गंभीर।

मीरा के कृष्ण रूप की खान हैं, सौंदर्य के धाम हैं। उनकी मोहिनी मूरत और साँवली सूरत पर मीरा बावरी बनी हैं। सूर में केवल विनय है। मीरा में प्रेम, विरह और भक्ति तीनों की त्रिवेणी बहती है। कबीर की तरह मीरा भी जप-तप, तीर्थाटन आदि को व्यर्थ बताती हैं। कबीर की तरह उनका भी विश्वास है—'मन चंगा तो कठौती में गंगा'। रसखान की तरह मीरा भी कृष्ण की मूर्ति को आँखों में बंद कर पलकों के कपाट चढ़ा लेना चाहती हैं। सचमुच जिन आँखों ने कृष्ण के रूप को एक बार निहार लिया, भला उन आँखों में भौतिक संसार के दृश्य कैसे समा सकते हैं। ऐसे ही रूप को देखकर रसखान ने लिखा था—'वारति काम कलानिधि कोटी।'

राधा भी कृष्ण की बड़ी भक्त थी, लेकिन दोनों के प्रेम में एक अंतर है। राधा प्रेम दिवानी थी, तो मीरा दर्द दिवानी। राधा का प्रेम सागर की सतह की तरह शांत था। त्याग-बलिदान का अनूठा उदाहरण था। राधा का प्रेम मौन है। चुपचाप सारे दंश सह लेती है। मीरा का प्रेम मुखर है, विरह से ओत-प्रोत है, वाचाल है। अंत में डॉ. द्विवेदी के अनुसार, "मीरा के पदों का एक-एक स्वर करुणा की छाप लिये पाठक के हृदय को हिला देता है। मीरा का यह कारुणिक उच्छ्वास अपने इष्ट के प्रति कभी-कभी प्रकट जरूर होता है, परंतु उसका गूढ़ रहस्य अलभ्य नहीं है।"

मीरा की मृत्यु नहीं हुई। कहते हैं कि राणाजी मीरा को जब समझा-बुझाकर थक गए तो उन्होंने उसे मारने के लिए साँप भेजा, जो शालिग्राम पत्थर बन गया। काँटों की सेज पर सुलाना चाहा, तो सेज फूलों से भर गया। विष पिलाया, तो वह अमृत बन गया। बाद में मीरा एक बार कृष्ण के दर्शन के लिए मंदिर के भीतर गईं, तो फिर बाहर नहीं आईं। कहते हैं कि वे कृष्ण की मूर्ति में विलीन हो गईं। सत्य जो भी हो, मीरा ने कृष्ण प्रेम और विरह की जो धारा बहाई, वह आज भी भक्तों को आप्लावित कर रही है।

□

रसखान

कृष्ण भक्ति परंपरा में सूर, मीरा और रसखान—ये तीन प्रमुख भक्तकवि कहे गए हैं। तीनों कवि शीर्ष स्थान पर हैं, परंतु रसखान तो सचमुच रस की खान हैं। उनके पद कृष्ण-भक्ति रस के छींटे हैं, जो बड़े मोहक, मधुर और माधुर्य गुणों से भरे हुए हैं। मुसलमान होते हुए भी रसखान ने कृष्ण भक्ति में विभोर होकर जो रचनाएँ की हैं, वे आज भी हमारी जुबान पर कायम हैं।

रसखान ने अपने पदों में जीवन के बाहरी सौंदर्य और आंतरिक सौंदर्य—दोनों का सफल चित्रण किया है। फिर भी उनका चित्त आंतरिक सौंदर्य वर्णन में अधिक रमा हुआ प्रतीत होता है। रसखान के पदों में उनके भक्त, कवि और प्रेमी—तीनों रूप निखरे हैं। "उनके प्रेमी हृदय ने ही कृष्ण भक्ति के रस में लीन होकर उन्हें भक्त बनाया और उनकी सरस भक्ति ने ही उन्हें कवि रूप प्रदान किया।"

रसखान की रचनाओं में भक्ति रस के साथ-साथ शृंगार और वात्सल्य रस का भी चित्रण हुआ है। इस दृष्टि से रसखान के पदों में भक्ति-शृंगार और वात्सल्य—तीनों की त्रिवेणी बहती है। रसखान कृष्ण भक्ति में इतने विभोर और सराबोर हैं कि कृष्ण से संबंधित वस्तुओं के संपर्क में आने के लिए वे पत्थर तक बनने को तैयार हैं, उन्होंने लिखा है—

मानुष हौं तो वही रसखानि, बसौ ब्रज गोकुल गाँव के ग्वारन।
जो पसु हौं तो कहा बसु मेरो, चरौं नित नंद की धेनु मँझारन।
पाहन हौं तो वही गिरि को जो धयौं कर छत्र पुरंदर कारन।
जो खग हौं तो बसेरो करौं मिलि कालिंदी-कूल-कदंब की डारन॥

वस्तुत: व्यक्ति जिसे प्रेम करता है, उसकी हर वस्तु से प्रेम करता है। प्रेमी के गाँव तक प्रिय को पसंद होता है। रसखान की इन पंक्तियों से स्पष्ट है कि वे अगले जन्म में उन जीवों में पैदा होना चाहते हैं, जिन्होंने कभी कृष्ण से संपर्क साधा था। उनसे मिलकर उन्हें उतनी ही खुशी होगी, जितनी कृष्ण मिलन से होती। यह प्रेम और भक्ति की पराकाष्ठा है।

'रामचरितमानस' में भी भरत जब राम से मिलने चित्रकूट के लिए प्रस्थान करते हैं, तो राम जिन-जिन रास्तों से होकर गुजरे थे, उन रास्तों की धूल अपने मस्तक पर धारण करते हैं। रसखान के अनुसार ब्रज की धरती, ब्रज के लोग, पशु-पक्षी सब पवित्र बन गए हैं, क्योंकि उस धरती पर कभी कृष्ण ने जन्म लिया था, नाना लीलाएँ और क्रियाएँ की थीं।

इस दृष्टि से हम कह सकते हैं कि रसखान की भक्ति के आलंबन कृष्ण, राधा, यमुना तट, वंशीवट, निकुंज आदि हैं। मीरा की तरह रसखान के कृष्ण भी रूप की खान हैं। शोभा के धाम हैं। उनकी सूरत बड़ी खूबसूरत है। ऐसी सूरत जिस पर 'वारत काम कला निधि कोटी।' लेकिन रसखान का प्रेम मीरा की तरह विरह की ज्वाला में तपता नहीं है। कुछ विद्वानों ने कहा है कि रसखान के पदों में श्रृंगार रस पूरे वेग से बहता है, लेकिन श्रृंगार के उस प्रवाह में कहीं भी अश्लीलता नहीं है। श्रृंगार से इनका काव्य बिल्कुल अलग-थलग है। रसखान के पदों में मीरा का प्रेम तो है, पर मीरा का विरह नहीं मिलता। श्रृंगारिकता तो है, पर उसमें अश्लीलता नहीं है।

रसखान के काव्य का विषय सूर साहित्य के विषय के ही अनुरूप है। अपने 'प्रेम वाटिका' काव्य में रसखान ने प्रेम की परिभाषा, प्रेम के गुण, प्रेम का प्रभाव आदि की सर्वोच्चता का सम्यक चित्रण किया है। यद्यपि रसखान ने कृष्ण के रूप वर्णन में थोड़ी श्रृंगारिकता का समावेश तो किया है, लेकिन वह श्रृंगारिकता मर्यादा की सीमा नहीं लाँघता। इन पदों में रसखान की उक्तियाँ तुलसी के राम की छवि की याद दिला देती हैं—

धूरि भरे अति सोभित श्यामजू, तैसी बनी सिर सुंदर चोटी।
खेलत खात फिरै अंगना, पग पैंजनी बाजति पीरी कछोटी।
वा छवि को रसखानि बिलोकत वारत काम कला निधि कोटी।
काग के भाग बड़े सजनी हरि-हाथ सों लै गयौ माखन-रोटी॥

रसखान ने अपनी अभिव्यक्तियों को ब्रज भाषा में अभिव्यक्त किया है, जिससे पदों में चार चाँद लग गए हैं। मुहावरों और कहावतों के सफल प्रयोग से भाषा में चार चाँद लग गए हैं। कहीं-कहीं मीरा की तरह रसखान ने भी प्रेम में पछतावे का भाव व्यक्त किया है। मीरा ने लिखा है—'नगर ढिंढोरा पीटती, प्रीत न करियो कोय।' रसखान ने भी लिखा है—

'जो कोई चाहे भलो आपनो, तो स्नेहन काहू सो किजै भाई।' रसखान ने मुक्तक काव्य शैली के लिए जिस काव्य विषय को अपनाया और जिन कोमल भावनाओं का चित्रण किया है, उनके लिए उनकी भाषा सर्वथा समर्थ और उपयुक्त है। रसखान का काव्य कला की दृष्टि से भी उच्च कोटि का है, पद संगीत माधुर्य से ओतप्रोत हैं। कहीं-कहीं तो संगीत की मुधर धारा इस प्रबल वेग से बहने लगी है, उसके प्रवाह में व्यक्ति का दिल भी बह जाता है।

अंत में एक विद्वान् के शब्दों में, "रसखान की काव्य कला में एक अलौकिक चेतना एवं सजीवता है, जिसकी आधारशिला आध्यात्मिक प्रणय की प्रतिष्ठा एवं आत्मानुभूति माधुर्य है। इन्हीं तत्त्वों ने रसखान के काव्य में सजीवता एवं माधुर्य का समावेश करके उसे सक्रिय बना दिया है। रसखान की रचनाएँ किसी स्वार्थ भाव से प्रेरित होकर नहीं हुई हैं, वरन् स्वांतः सुखाय एवं बहुजन हिताय से हुई है।

□

मलिक मोहम्मद जायसी

जायसी अपने समय के एक प्रसिद्ध कवि हुए। इनकी सबसे प्रमुख रचना है—'पद्मावत'। इस काव्य का हिंदी साहित्य में वही स्थान है, जो 'रामचरितमानस' का है। 'पद्मावत' एक प्रतीकात्मक काव्य है, जिसके सारे पात्र प्रतीक रूप में ही आए हैं। काव्य ही कथानक का आधार है—राजस्थानी लोक साहित्य के कई विद्वानों ने यह सम्मति व्यक्त की है कि पद्मिनी की कथा राजस्थानी लोक साहित्य में बहुत दिनों से प्रचलित रही होगी। जायसी से पूर्व ही इसने कथा साहित्य में स्थान पा लिया हो।

कुछ विद्वान् इसका आधार प्राकृत की 'रथणसेहनर बाई' कथा मानते हैं। इसका नायक रत्नशेखर ही शायद पद्मावत में रत्नसेन बन गया है। यह कथा ही काव्य का आधार रही हो। सत्य जो भी हो, पर इतना निश्चित है कि पद्मावत की रचना से पहले यह कथा काफी प्रचलित हो चली थी। शायद इसीलिए जायसी ने इसे अपने काव्य का आधार बनाया। काव्य दो खंडों में लिखा गया है। पहले खंड में ऐतिहासिकता कम, कल्पना अधिक है। जबकि दूसरे भाग में काल्पनिकता कम है, ऐतिहासिकता अधिक है।

जायसी की काव्यकला में एक रहस्यात्मक पुट है जिससे काव्य की रमणीयता बढ़ जाती है। जायसी ने पद्मावती को ईश्वर मानकर मनुष्य के रूप में चित्रित किया है। जायसी सूफी मत को मानने वाले कवि थे। इस मत में परमात्मा को स्त्री रूप में ही देखा गया है। स्त्री रूप में ही ईश्वर की उपासना की जाती है। इस प्रकार जायसी ने ईश्वर का मानवीकरण करके उसकी प्रार्थना और उसके रूप का वर्णन किया है। रत्नसेन परमात्मा के ऐसे भक्त के रूप में चित्रित हुआ है, जो परमात्मा को पाने के लिए कुछ भी करने को तैयार हो जाता है।

संक्षेप में कहें तो जायसी सूफी मत के समर्थक थे और सूफी मत में परमात्मा को नायिका मानकर उपासना करने की पद्धति प्रचलित है। अत: जायसी ने पद्मावती को परमब्रह्म परमेश्वर मानकर काव्य में उपस्थित किया है। पद्मावती के रूप वर्णन के बहाने कवि ने परमात्मा का रूप वर्णन किया है, जो अलौकिक है। कवि के ही शब्दों में—

सरवर तीर पदमिनी आई। खोंपा छोरि केस मुकलाई।
ससि-मुख, अंग मलयगिरि बासा। नागिन झाँपि लीन्ह चहुँ पासा॥

जायसी की पद्मावती का रूप हमें आध्यात्मिकता की ओर इंगित करता है। सृष्टि में चारों ओर उसी परमपिता का सौंदर्य प्रतिबिंबित हो रहा है। प्रकृति में जो कुछ है, सबमें उसी का दीदार है। ये सूरज, चाँद-सितारे सबमें उसी की झलक है। महादेवी ने लिखा है—

आह भरते बन वियोगी, शीत के शीतल पवन में
नृत्य करते तुम मनोहर चाँद की मधुमय किरण में।

जायसी का ईश्वर भी सृष्टि के कण-कण में विद्यमान है। उन्होंने लिखा है कि "जब हृदय में परमेश्वर की झलक आ जाती है, तो सबकुछ बदल जाता है। अंगों में शीतलता, शांति और आनंद की अनुभूति होने लगती है। उसका ज्ञान अपने आप परिलक्षित होने लगता है। तन, मन, आत्मा सबमें एक अखंड ज्योति की आभा झलकने लगती है। उसके दर्पण के समान स्वच्छ दिल में सारा संसार प्रतिबिंबित होने लगता है।" दूसरे शब्दों में कहें तो पद्मावती बिंब है और सारा संसार उसी का प्रतिबिंब है। काव्य में जो कुछ है, सबमें आध्यात्मिकता की ओर संकेत करता है।

जायसी ने मानव जीवन की प्राप्ति को दुर्लभ बताया है। अत: इसे यों ही गँवा देना मूर्खता है। परमात्मा जन्म देकर मानो उसे एक मौका देता है कि वह उसमें विलीन हो जाने का प्रयत्न करे। पर मनुष्य भ्रमवश इसे समझ नहीं पाता और हीरे जैसा अमूल्य मनुष्य जीवन कौड़ी की तरह बर्बाद कर देता है। कबीर ने भी लिखा है—"हीरा जनम अनमोल था, कौड़ी बदले जाए।" जिसे ईश्वर का प्रेम प्राप्त हो गया, उसका लौकिक और पारलौकिक दोनों का आनंद सुरक्षित हो गया।

'रामचरितमानस' और 'पद्मावत' दोनों काव्य अवधी भाषा में लिखे गए हैं, लेकिन दोनों अवधी में बड़ा अंतर है। 'पद्मावत' की भाषा ठेठ अवधी है। पर मानस की अवधी अधिक परिष्कृत और परिमार्जित है। 'पद्मावत' में जायसी ने जिस अवधी का प्रयोग किया है, वह अत्यंत प्राचीन भाषा है—शायद 16वीं सदी में प्रचलित अवध की भाषा है। दूसरी बात यह है कि तुलसी ने संस्कृत के शब्दों का भी धड़ल्ले से प्रयोग किया है, जबकि 'पद्मावत' में ऐसे शब्दों का अभाव है।

संक्षेप में कहें तो जायसी की भाषा जनभाषा है और तुलसी की भाषा विद्वानों की भाषा है। जायसी की शब्दावली अनेक मनोरम भाव चित्रों का निर्माण अनायास ही करती चलती है। उनका शब्द भंडार इस दिशा में रूढ़िबद्ध काव्य शास्त्रीय ढाँचे का अनुसरण नहीं करता, वरन् कवि की भाव ग्राहिणी छंद योजना के उन्मुक्त प्रवाह में निखरता चलता है।

"उसका वैशिष्ट्य किसी प्रकार के बाहरी श्रृंगार से नहीं, वरन् ठेठ अवधी की बोलचाल की मिठास में ही अपनी संपूर्ण क्षमता के साथ उद्‍घाटित होता है।" इसी प्रकृत

भाषा शक्ति की संजीवनी के योग से जायसी की काव्यकला, स्थूल विवरणों के प्रसंग में भी अनूठे भाव चित्र खींचने में समर्थ हुई है।

"जायसी की काव्य कला अपनी कांति एवं कोमलता में इतनी भीनी है कि उसका लावण्य विवेचन और विश्लेषण की बौद्धिकता में नहीं, वरन् सहज भाव से नयनों और श्रवणों की कर्म ग्राहिणी सरसता में ही अधिक प्रत्यक्ष हो सकता है।

□

रहीम

अब्दुर्रहीम खानखाना अकबर के दरबार के नौ रत्नों में सबसे चमकीले रत्न थे। अकबर की इन पर बड़ी कृपा दृष्टि थी। उस समय 'खानखाना' की उपाधि उन्हीं लोगों को दी जाती थी, जो किसी-न-किसी रूप में राजघराने से संबंधित होते थे। रहीम पर अकबर कितने प्रसन्न थे, यह इसी बात से स्पष्ट है कि उन्हें भी 'खानखाना' की उपाधि से विभूषित किया गया था। राजपरिवार में आने-जाने पर इन्हें कोई रोक-टोक नहीं थी, लेकिन 'सब दिन होत न एक समान' कहावत के अनुसार रहीम के दिन भी एक जैसे नहीं रहे। किसी बात को लेकर अकबर इनसे नाराज हो गए। इन्हें कैद कर लिया गया।

अत: रहीम ने जीवन में खट्टे-मीठे दोनों स्वाद चखे थे। जिंदगी की ऊबड़-खाबड़ पगडंडियों से गुजरे थे। दु:ख, परेशानियों की चट्टानों की ठोकरें भी खाई थीं। अत: रहीम का अनुभव विशाल था और जिस कवि का अनुभव जितना विशाल होता है, उसकी वाणी का प्रभाव उतना ही व्यापक होता है। रहीम की रचनाओं में जीवन का अनुभव बोलता है।

रसखान की तरह मुसलमान होते हुए रहीम ने भी कृष्ण के प्रति अपने प्रेम का इजहार किया है। रहीम में विद्वत्ता की कमी नहीं थी। वे एक साथ अरबी, फारसी, संस्कृत और हिंदी भाषा के विद्वान् थे। तुर्की भाषा पर भी इनका समान अधिकार था। विद्वत्ता के साथ उनमें एक कवि की रसिकता, सहृदयता और प्रतिभा भी थी। कवि के साथ-साथ वे एक सहृदय व्यक्ति भी थे। दानवीरता के गुण भी उनमें समाहित थे।

कहते हैं कि एक बार कोई गरीब व्यक्ति तुलसी के पास याचक बनकर पहुँचा। तुलसी ने एक छंद लिखकर उसे दिया और रहीम के पास भेज दिया। रहीम उस छंद से इतने प्रभावित हुए कि उन्होंने उस याचक को छत्तीस हजार रुपए दे दिए। स्पष्ट है कि रहीम अपने समकालीन तुलसीदास से बहुत प्रभावित थे।

रहीम का हृदय बड़ा ही संवेदनशील था। अत: उनकी उक्तियाँ बड़ी मार्मिक हो गई हैं। उनमें जीवन के प्रत्येक क्षेत्र का विशाल अनुभव व्याप्त है। अपने कथन को प्रामाणिक

सिद्ध करने के लिए कवि ने आसपास की वस्तुओं को ही प्रमाणस्वरूप प्रयुक्त किया है। अत: आम आदमी भी उनकी उक्तियों का मर्म जान पाता है। 'रहिमन बिगरे दूध को, मथे न माखन होय, खीरा सिरते काटि के पलियत नोन लगाय।' आदि जैसे पद हैं, जो हमारे दैनिक जीवन में व्यवहृत होते हैं। शब्दों की संख्या और भावों की गहनता रहीम की बड़ी विशेषता है।

रहीम जीवन के समतल पथ पर ही नहीं चले थे। वे चट्टानों और घाटियों से होकर भी गुजरे थे। ऐसे व्यक्ति की बातों में उपदेश-संदेश के अतिरिक्त जीवन का अनुभव भी व्यापक होता है। रहीम के पदों में भी जीवन का यथार्थ चित्रित हुआ है और आदर्श की स्थापना भी हुई है। "रहीम के पास एक ऐसा संवेदनशील हृदय था, जो मर्मस्पर्शी यथार्थ को परखकर लोकप्रिय काव्य का रूप देने में सक्षम था।" एक विद्वान् के अनुसार, "रहीम का अनुभवजन्य ज्ञान बहुत बढ़ा-चढ़ा था। उनमें अपने मनोभावों को प्रभावशाली रूप में व्यक्त करने की अद्‌भुत क्षमता थी।"

रहीम ने मानव प्रकृति के साथ-साथ मानवेतर प्राणी के स्वभाव का भी मनोवैज्ञानिक चित्रण किया है। रहीम की रचना लक्षणा, व्यंजना से दूर सरल-सादी अभिधा में लिखी गई है। उसमें न तो शब्दालंकारों की झनकार है और न अर्थालंकारों का चमत्कार है। सीधी बात सरल भाषा में कही गई है, जो हृदय से निकली है और पाठकों के हृदय में सीधे प्रवेश कर जाती है। कहा भी गया है—"जो बात हृदय से निकलती है, वह हृदय में प्रवेश कर जाती है। (A thing which comes from the heart, goes to the heart.) रहीम की वाणी ऐसी ही वाणी थी। इसीलिए शिक्षित-अशिक्षित सभी के हृदय पर प्रभाव डालने में सक्षम है।

रहीम ने अपने पदों में प्रकृति के विभिन्न रूपों का भी बड़ा सजीव वर्णन किया है—

घन घुमड़े, चहुँ ओरन, चमकत बीज,
पिय प्यारी मिलि झूलत सावन तीज।

कहीं-कहीं अपने आप अलंकारों की छटा दीख जाती है—

रहिमन पानी राखिये, बिन पानी सब सून
पानी गये न ऊबरे, मोती, मानुष, चून।

रहीम ने तुलसी की ही तरह अवधी भाषा का प्रयोग किया है। उनकी रचनाओं में बरवै-नायिका-भेद, रहीम रत्नावली, मदनाष्टक आदि प्रमुख हैं, लेकिन रहीम को ज्यादा प्रसिद्धि अपने पदों के कारण मिली है। जिस प्रकार सूर ने बाल वर्णन के पदों में प्रसिद्धि पाई, उसी प्रकार रहीम ने अपने पदों के कारण। बरवै-नायिका-भेद ब्रजभाषा में लिखी गई है। इस तरह रहीम का अवधी और ब्रजभाषा दोनों पर समान अधिकार था। वहीं रहीम

ने 'काव्य' नामक ग्रंथ हिंदी और संस्कृत में लिखकर इन भाषाओं पर भी अपनी पकड़ सिद्ध की है। अपनी हिंदी की रचनाओं के कारण और कृष्ण में अपनी अनुरक्ति एवं भक्ति के कारण रहीम देश के हर दिल में बस गए हैं।

□

बिहारी

बिहारी को लेकर यह दोहा बहुत प्रचलित है—

सतसैया के दोहरे, अरु नावक के तीर,
देखन में छोटे लगै, घाव करें गंभीर।

यह दोहा कवि बिहारी के नाम से ही प्रसिद्ध है, लेकिन कुछ विद्वानों ने इसे बिहारी का दोहा नहीं माना है। उनका तर्क है कि बिहारी ने अपनी रचनाओं में कहीं भी अपनी प्रशंसा आप नहीं की है। बिहारी जैसे महान् कवि भला अपने मुँह मियाँ मिट्ठू कैसे बनते। लगता है, बिहारी के किसी प्रशंसक ने यह दोहा उनकी प्रशंसा में लिखा हो और भ्रमवश यह बिहारी के दोहों के साथ जुड़ गया हो। सत्य जो भी हो, लेकिन हिंदी साहित्य में बिहारी एक महान् कवि के रूप में जाने जाते हैं। उनकी प्रसिद्ध रचना है—'सतसई' जो सात सौ दोहों का संग्रह है।

बिहारी की प्रतिभा का प्रमाण तो इसी बात से मिल जाता है कि जिस महाकवि के पद को पाने के लिए सूर को सवा लाख पद लिखने पड़े, तुलसी को 'रामचरितमानस' जैसा महान् ग्रंथ लिखना पड़ा, बिहारी ने महज सात सौ दोहे लिखकर ही महाकवि का पद पा लिया। बिहारी के जन्म और स्थान को लेकर एक दोहा प्रचलित है—

जनम ग्वालियर जानिये, खंड बुंदेले बाल।
तरुनाई आए सुघर, मथुरा बसि ससुराल।

इस दोहे से स्पष्ट है कि बिहारी का जन्म ग्वालियर के वसुधा, गोविंदपुर में हुआ था। बचपन बुंदेलखंड में गुजरा और जवानी में वे अपनी ससुराल मथुरा आकर बस गए। उनके पिता केशवराय (केशवदास नहीं) भी एक अच्छे कवि थे। बिहारी का जन्म संवत् 1652 में एक माथुर चौबे ब्राह्मण के घर हुआ था। बाद में उनका परिवार ओरछा चला गया। वहीं बिहारी प्रसिद्ध कवि केशवदास के संपर्क में आए और उनके काव्य ग्रंथों को पढ़ने का उन्हें अवसर प्रदान हुआ। वहीं उन्होंने संस्कृत का भी अध्ययन किया। पुनः उनका परिवार ओरछा से वृंदावन आ गया। इसी समय

बिहारी का विवाह मथुरा के एक माथुर ब्राह्मण परिवार में हुआ। उनकी पत्नी भी पढ़ी-लिखी थीं।

कुछ विद्वानों ने तो यहाँ तक कहा है कि 'सतसई' के दोहे उनकी पत्नी के ही लिखे हुए हैं, लेकिन यह बात युक्तिसंगत प्रतीत नहीं होती। कहा जाता है कि एक बार शाहजहाँ बिहारी से मिले और उनकी प्रतिभा से प्रभावित होकर उन्हें अपने साथ आगरा ले गए। यहीं बिहारी रहीम के संपर्क में आए और उर्दू तथा फारसी का अच्छा ज्ञान हासिल किया। एक बार उन्होंने रहीम की प्रशंसा में एक दोहा लिखा, जिससे प्रसन्न होकर रहीम ने उन्हें पुरस्कार में काफी धन दिया। उस समय के कई देशी राजा बिहारी की प्रतिभा के कायल हुए और उन्हें वार्षिक पुरस्कार देना स्वीकार कर लिया। इसी क्रम में एक बार पुरस्कार लेने बिहारी जयसिंह के दरबार में पहुँचे। उन्हें ज्ञात हुआ कि जयसिंह राजकाज से उदासीन होकर रासरंग में लिप्त थे। बिहारी ने एक दोहा लिखकर जयसिंह के पास भेजा—

नहिं पराग नहिं मधुर मधु, नहिं विकास इहि काल।
अली कली ही सौं विंध्यो, आगे कौन हवाल।

यह दोहा पढ़ते ही जयसिंह को अपनी भूल का ज्ञान हो गया। वे दौड़े आए और कवि को गले से लगा दिया। फिर तो बिहारी जयसिंह के दरबार में रह गए। बिहारी लाल निःसंतान थे, कहते हैं कि उन्होंने अपनी भतीजी को गोद लिया था।

बिहारी के दोहों में भक्ति, नीति और शृंगार की त्रिवेणी बही है। यद्यपि बिहारी ने भक्ति और नीति की एक-से-एक सुंदर उक्तियाँ उपस्थित की हैं, परंतु उनके काव्य की आत्मा तो शृंगार की ही कही जाएगी।

बिहारी ने प्रेम की अभिव्यक्ति में कहा है कि प्रेमी को अपने प्रिय से संबंधित प्रत्येक वस्तु प्यारी होती है और उसका साहचर्य पाकर उन्हें प्रिय मिलन की ही अनुभूति प्राप्त होती है। बिहारी के दोहों में जहाँ जीवन का अनुभव बोलता है, वहीं उनकी सूक्ष्मदर्शिता भी प्रमाणित होती है। 'छाहौं चाहति छाँह' जैसे पदों में दृष्टि की सूक्ष्मता परिलक्षित होती है। बिहारी ने अपने अनुभव की सूझ का परिचय देते हुए लिखा है कि दो राजाओं के शासन में प्रजा का कष्ट उसी प्रकार बढ़ जाता है, जैसे अमावस्या में सूरज और चाँद मिलकर धरती पर अंधकार फैला देते हैं।

बिहारी के भक्ति संबंधी दोहों में राधा का भी विशिष्ट स्थान है। कवि कृष्ण से नहीं, राधा से प्रार्थना करता है कि राधा कवि की मुक्ति की सिफारिश कृष्ण से कर दे। कृष्ण कवि की बात सुनें, न सुनें, लेकिन राधा की बात कभी अनसुनी नहीं कर सकते। फिर कृष्ण के दरबार में तो फरियादियों की लंबी कतार लगती है। उतनी प्रतीक्षा कौन करे!

मेरी भव बाधा हरो, राधा नागरि सोय,
जा तन की झाईं परे स्याम हरित द्युति होय।

टीकाकारों ने इस पद के अलग-अलग अर्थ निकाले हैं। जो भी सत्य हो, पर इतना निश्चित है कि बिहारी के युग में भी सिफारिश करने की गुंजाइश थी। बिहारी ने अपनी भक्ति के दोहों में कृष्ण को निराकार ब्रह्म के रूप में देखा है। जिस प्रकार हम अपनी आँखों से ही सबकुछ देखते हैं, पर स्वयं अपनी आँख नहीं देख पाते। उसी प्रकार हम ब्रह्म को भी नहीं देख पाते। कवि का विश्वास है कि ईश्वर मनुष्य के अंतस्तल में निवास करता है, पर उसका प्रतिबिंब संपूर्ण प्रकृति पर पड़ता है। कवि के अनुसार यह कितने आश्चर्य की बात है कि उसका मन जितना काले रंग में डूबता है, उतना उजाला हो जाता है।

ज्यों-ज्यों बूढ़े स्याम रंग, त्यों-त्यों उज्ज्वल होई।

बिहारी का मन कृष्ण के साथ पानी में नमक की तरह मिल गया, जिसे अलग नहीं किया जा सकता। कवि ने कृष्णरूपी ऐसा धन पा लिया है, जिसके बाद किसी धन-प्राप्ति की कामना ही नष्ट हो गई। तुलसी ने भी कहा था—'मैं तो राम रतन धन पायो।' कवि मीरा की तरह ही कृष्ण के रूप को अपनी आँखों में बसाकर सदा के लिए पलकों के कपाट बंद कर लेना चाहता है, ताकि कोई सांसारिक रूप आँखों में ठहरे ही नहीं। एक कवि के शब्दों में भी—'ये आँखें देखी हैं, जबसे और नहीं देखी है, तब से।' बिहारी ने प्रेम की महत्ता प्रतिपादित करते हुए लिखा है कि प्रेम में बड़ी निष्ठा होती है, तभी तो चकोर चंद्रमा के भ्रम में आग भी चुगने को तैयार हो जाता है। यहाँ कबीर की पंक्ति भी याद आ जाती है—

ढाई आखर प्रेम का पढ़े सो पंडित होय।

बिहारी अपने नीतिपूर्ण दोहों के लिए उतने ही प्रसिद्ध हैं, जितने अपने श्रृंगारिक पदों के लिए। नीतिपूर्ण दोहों में कवि का विशाल अनुभव छुपा है। ऐसे पद हमारे जीवन के निराश क्षणों के संबल हैं और सुख के दिनों के संरक्षक। संसार में गुण की पूछ होती है, नाम की नहीं। किसी का बड़ा नाम रख देने से वह बड़ा नहीं होता, बड़ा होता है आदमी अपने गुण से। 'कहत धतूरे सों कनक गहनो गढ़यो न जाय।' बिहारी के काव्य संख्या की दृष्टि से भले हों कम हो, लेकिन महत्त्व की दृष्टि से सबसे अधिक हैं।

संक्षेप में, बिहारी का काव्य उस तालाब की तरह है, जो देखने में भले ही छोटा हो, पर सँभलकर प्रवेश न किया जाए तो डूबने का भय बना रहता है। बिहारी ने प्रकृति को भी अनदेखा नहीं किया है, 'जगत् तपोवन से कियो दीरघ दाघ निदाघ।' जैसे पदों में दोपहर की प्रकृति का बड़ा यथार्थ चित्रण हुआ है।" वसंत और वर्षा के सौंदर्य का भी बड़ सुंदर

चित्रण हुआ है। वसंत का अनंत सौंदर्य अगर रस के छींटे छिड़कता है तो वर्षा रस का गागर ढरकाती है। इस प्रकार बिहारी के पदों में भक्ति और नीति की बातों का उल्लेख है, जो जीवन के चिरंतर सत्य उद्घाटित करते हैं।

लेकिन बिहारी की आत्मा शृंगार की है। शृंगार के दोनों ही पक्ष संयोग और वियोग का सुंदर और सजीव चित्र बिहारी ने अपने पदों में खींचा है। कृष्ण के रूप का वर्णन करते हुए कवि ने कहा है कि कृष्ण के नीले शरीर पर पीतांबर उसी प्रकार शोभित है, जैसे नीलमणि पहाड़ पर सवेरे सूरज की सुनहरी किरणें शोभा पाती हैं। एक स्थल पर कवि ने कहा कि जब प्रिय सामने होता है, तो लाजवश आँख उसकी ओर उठती ही नहीं हैं और जब वह चला जाता है, तो उसके एक दरस को आँखें तरस जाती हैं।

अंकुरित यौवना बाला का रूप क्षण-क्षण परिवर्तित होता रहता है। तभी तो चित्रकार उसका चित्र पूरा नहीं कर पाता। आधा बनाता है तभी रूप परिवर्तित हो जाता है। बिहारी के शृंगारिक पदों के संबंध में तथा भक्ति और नीति के पदों के संदर्भ में डॉ. नगेंद्र ने लिखा है—"जीवन की अतिशय मानसिकता से जब वे लोग घबरा उठते होंगे, तो राधा-कृष्ण का यही अनुराग उनके धर्मभीरु मन को आश्वासन देता होगा।

बिहारी का 'सतसई' हिंदी साहित्य का कंठहार है, जितनी इसकी टीकाएँ लिखी गई हैं, उतनी मानस की भी नहीं लिखी गईं। हिंदी साहित्य में इस रसराज ने शृंगार की जो धारा बहाई, वह आज भी रसिक जनों को आप्लावित करती है। अगर सूर भक्ति रस, तुलसी शांतरस, मीरा प्रेम रस, भूषण वीर रस के कवि थे, तो बिहारी शृंगार रस के श्रेष्ठ कवि थे। उनके शृंगारिक पदों में इतनी मादक, चुटीला व्यंग्य और तीव्र रसानुभूति है कि उन्हें पढ़ते ही पाठक की कल्पना और जिज्ञासा तीव्रता की सीमा पर पहुँचकर रसमग्न हो जाती है।

बिहारी के शृंगारिक पद अलंकारों से सज-सँवरकर और सुंदर बन गए हैं। एक-एक पद में लक्षणा और व्यंजना भरी पड़ी है। अन्योक्ति पदों में चमत्कार पैदा करती है। अन्योक्ति में एक ओर जहाँ भावों की समाहार शक्ति जुड़ी होती है, वहीं दूसरी ओर भाषा की समान शक्ति भी समन्वित रहती है। जिस काव्य में व्यंजना जितनी सशक्त होती है, काव्य उतना ही श्रेष्ठ होता है। व्यंजना शक्ति के कारण ही सूर का बाल वर्णन विश्वप्रसिद्ध बन गया है। बिहारी के पदों में भी इसी शक्ति का बाहुल्य है। 'सतसई' की भाषा ब्रज है, जो अपने आप में मिठास से भरी है। काव्य में जब भाव के अनुकूल भाषा का प्रयोग होता है, तो काव्य का सौंदर्य अधिक बढ़ जाता है। बिहारी में हम यह गुण भी पाते हैं। संक्षेप में, 'सतसई' के दोहों में अन्योक्ति, समास लक्षणा, व्यंजना सभी एक साथ उपस्थित होकर दोहों में चमत्कार पैदा करते हैं।

अंत में एक विद्वान् के शब्दों में—“बिहारी की अन्योक्तियों और सूक्तियों में जीवन के अनुभूत सत्यों का बड़ी सजीव भाषा में वर्णन हुआ है। कवि ने अन्योक्ति के बयाज से कृपण, मूर्ख, अविवेकी, स्वार्थी, कपटी और दंभी व्यक्तियों को प्रबोधा है, तो दूसरी ओर विद्वान्, धैर्यशाली और चतुर प्रेमी तथा दुर्भाग्य पीड़ित व्यक्तियों को समझाकर शांत रहने का उपदेश दिया है।

□

भूषण

भूषण रीतिकाल के कवि कहे गए हैं, लेकिन रीतिकाल की श्रृंगारिकता इन्हें अपनी ओर आकृष्ट नहीं कर सकी। जिस समय रीतिकाल के अन्य कवि नायिकाओं के नख-शिख वर्णन में विभोर थे, उस समय भूषण वीर रस की कविताओं से जनमानस को आंदोलित कर रहे थे। भूषण शिवाजी और छत्रसाल के आश्रय में रहे थे। अतः अपनी कविताओं में मुख्य रूप से इन्हीं दोनों वीरों की वीरता, शौर्य, पराक्रम का गुणगान गाया है, लेकिन उनके इस वर्णन में अन्य पूर्ववर्ती कवियों की तरह झूठी प्रशंसा नहीं है। जिस उत्साह के साथ जनता इन वीरों का स्मरण करती थी, उसी की व्यंजना भूषण ने की है।

भूषण ने शिवाजी की वीरता का वर्णन करते हुए लिखा है कि जब अपनी चतुरंगिणी सेना सजाकर शिवाजी युद्ध जीतने को प्रस्थान करते हैं, तो उस समय उनकी वीरता, उनका जोश और पराक्रम देखते ही बनता है। वीर रस में रँगे शिवाजी उमंगों से भरकर जब घोड़े पर सवार होते हैं, तो उनके अंग-प्रत्यंग से शौर्य की कांति फूटती है। युद्ध के नगाड़े की आवाज सुनकर न केवल सेना में उत्साह की लहर दौड़ती है, वरन् नदियों में भी रेल-पेल मच जाती है। शिवाजी के साथ-साथ मारे जोश के उनके हाथियों की सेना भी झूमने लगती है। सेना चारों ओर फैल रही है। हर ओर जोश का उफान उठ रहा है। हाथियों के ठेलम-ठेल से पहाड़ तक उलट-पलट हो रहे हैं। सेना के चलने से धूल उड़कर आकाश को ढक रही है। सूर्य तारों की तरह टिमटिमाता नजर आ रहा है। लगता है कि शिवाजी के प्रताप के आगे सूरज भी फीका पड़ गया है। सागर में लहरें उथल-पुथल मचाने लगी हैं। मानो सेना की तरह उसमें भी जोश की लहरें उठने लगी हों।

यहाँ हम जान लें कि भूषण ने शिवाजी और छत्रसाल का अतिशयोक्तिपूर्ण वर्णन किया है। इतिहास से भी भूषण का तालमेल नहीं है। इतिहास में कहीं यह प्रमाण नहीं मिलता कि शिवाजी के पास चतुरंगिणी सेना थी। शिवाजी गुरिल्ला युद्ध करते थे। बात यह है कि शिवाजी तत्कालीन समाज में काफी लोकप्रिय हो चुके थे। औरंगजेब के शासन और शोषण से जनता ऊब चुकी थी। ऐसे समय शिवाजी उनके लिए आशा का बड़ा संदेश

लेकर आए थे। उनकी वीरता से जनता आश्वस्त थी कि वे मुगलों से उन्हें छुटकारा दिला सकेंगे। जनमानस में शिवाजी के प्रति जो विश्वास उभरा था, भूषण उसे जिंदा रखना चाहते थे। इसीलिए उन्होंने शिवाजी के शौर्य का बढ़-चढ़कर बखान किया है। फिर शिवाजी उनके अश्रयदाता थे। अतः उनका गुणगान करना भी उनका धर्म था। हिंदुओं के दिल से मुगलों का खौफ मिटाना भी भूषण का उद्‌देश्य था। इन्हीं सब कारणों से भूषण ने शिवाजी और छत्रसाल का अतिरंजित वर्णन किया है।

छत्रसाल की वीरता का वर्णन करते हुए भूषण ने लिखा है कि छत्रसाल की बरछी उनकी भुजा में सर्पिणी की तरह उसी प्रकार लिपटी रहती है, जिस प्रकार शंकर की भुजा में भीषण भुजंग। शिवाजी के चरित्र पर प्रकाश डालते हुए कवि ने लिखा है कि वे सत्य के बड़े समर्थक थे और प्रेमी भी। पृथ्वीरूपी अपनी वधू को सजाने-सँवारने के लिए उन्होंने अपने तेजरूपी सिंदूर और यशरूपी चंदन का प्रयोग किया है।

कुछ लोगों ने भूषण पर जातीयता का आरोप लगाया है और उन्हें जातीय कवि कहा है, लेकिन ऐसे लोग भूल गए हैं कि उस समय जातीयता ही राष्ट्रीयता थी। भूषण का युग राजनीतिक और सामाजिक दृष्टि से पतन का युग था। काव्य में श्रृंगारिकता की प्रधानता थी। कवियों की दृष्टि नायिकाओं के रूप वर्णन में ही अटकी हुई थी। सभी केवल कविता कामिनी का कलेवर सजाने में लगे थे। ऐसी परिस्थिति में भूषण ने वीर रस की कविता लिखकर कविता कामिनी को विलासी दरबार से निकालकर रणक्षेत्र में खड़ा कर दिया।

भूषण ने शिवाजी के राष्ट्रीय रूप का वर्णन किया। उनके व्यक्तिगत जीवन से संबंधित कुछ भी नहीं लिखा। उन्होंने अपने नायक की प्रशंसा केवल इसलिए की है कि उन्होंने हिंदू जाति की रक्षा के लिए युद्ध किया। उनकी कविताओं में मुसलमानों की उद्‌दंडता का स्पष्ट चित्रण मिलता है। संक्षेप में, भूषण के लिए शिवाजी उतने ही महान् थे, जितने तुलसी के लिए राम और सूर के लिए कृष्ण।

भूषण की कविता का दृष्टिकोण मुख्यतः ऐतिहासिक रहा है। उनके ग्रंथों में शिवाजी से संबंधित प्रायः सभी घटनाओं, विजयों का उल्लेख मिलता है। इनका युद्ध वर्णन बड़ा स्वाभाविक तथा तत्कालीन परिस्थिति का सजीव चित्र उपस्थित करता है। एक शब्द में कहें तो भूषण की कविता हमारे भीतर राष्ट्रीयता की भावना भरती है और हमारी सुषुप्त भावनाओं में जागृति लाती है। "भूषण ने अपने काव्य में जिन नायकों का चरित्र चित्रण किया है, वे अन्याय विरोधी, हिंदू धर्म रक्षक और इतिहास प्रसिद्ध वीर थे। हिंदू जनता में उनके प्रति पहले से ही सम्मान का भाव था। इसीलिए भूषण से जनता अत्यधिक प्रभावित हुई।" भूषण के अनुसार शिवाजी का दुश्मन पर इतना आतंक छाया था कि उनके घरों की स्त्रियाँ जो सारा दिन खाती रहती थीं, अब तीन बेर खाकर गुजारा करती हैं। 'तीन बेर खातीं, ते वे तीन बेर खाती हैं।'

भूषण की कविता में अलंकार को विशेष स्थान मिला है। वीर रस की कविता होते हुए भी उसमें सरसता और मधुरता का अभाव नहीं है। उनकी भाषा मिश्रित भाषा कही जाएगी। भाषा में ब्रज, बुंदेलखंडी, शब्दों के साथ-साथ अरबी, फारसी के शब्द भी मिलते हैं। कहीं-कहीं अपभ्रंश शब्दों का भी प्रयोग हुआ है। शब्दों में कहीं-कहीं तोड़-मरोड़ भी हुई है।

□

भारतेंदु हरिश्चंद्र

एक विद्वान् के शब्दों में—"हिंदी साहित्य का वह प्रथम प्रभात था, जब भारतेंदु ने सरस्वती की वाणी में जागरण का स्वर भरा था। नीलगगन में सांध्य तारा का पावस में प्रथम फुहार का तथा माला में प्रथम मणि का जो रमणीय और महत्त्वपूर्ण स्थान है, वही स्थान हिंदी साहित्य में भारतेंदु हरिश्चंद्र का है।" महज पाँच वर्ष की अल्पायु में ही भारतेंदु ने इस दोहे की रचना कर सबको आश्चर्यचकित कर दिया था—

लै ब्योढ़ा ठाढ़े भये, श्री अनिरुद्ध सुजान,
वाणासुर के सैन्य को, हनन लगे भगवान।

उसी समय इनके पिता के मुँह से निकला था—तू मेरा नाम रोशन करेगा। लोगों ने यह विश्वास जताया था कि भारत के इंदू के प्रकाश से एक दिन हिंदी साहित्य जगत् देदीप्यमान हो उठेगा। और ये दोनों बातें आगे चलकर सत्य साबित हुईं।

भारतेंदु का जन्म काशी में भाद्रपद शुक्ल सप्तमी को 9 सितंबर, 1850 को हुआ था। काशी के राजा उन्हें बहुत मानते थे। भारतेंदु के पूर्वज सेठ अमीचंद अंग्रेजों के साथ धन पाने के लोभ में मिल गए थे और पलासी के युद्ध में उन्होंने भारत देश के साथ गद्दारी की थी अतः इनका परिवार बदनाम था। भारतेंदु पर लक्ष्मी और सरस्वती दोनों की समान कृपा थी। न तो भारतेंदु में प्रतिभा की कमी थी और न धन का अभाव था। आगे चलकर उन्हें बड़ी ग्लानि हुई और उन्होंने दोनों हाथ से धन दान-पुण्य में लुटाना शुरू कर दिया। बनारस के राजा ने उन्हें बुलाकर ऐसा करने से मना किया, तो उनका जवाब था कि इस धन ने हमारे पुरखों को खा लिया और आज मैं इस धन को खा जाऊँगा।

भारतेंदु की प्रतिभा साहित्य के हर क्षेत्र में तो निखरी ही, इनमें देश के प्रति भक्ति भावना भी भरी पड़ी थी। उन्होंने राष्ट्रीयता की जो ज्योति जगाई, वह आगे चलकर स्वतंत्रता-प्राप्ति में बड़ी सहायक सिद्ध हुई। संक्षेप में, भारतेंदु कवि, लेखक, नाटककार, प्रखर वक्ता आदि एक साथ सबकुछ थे। इनकी प्रतिभा का प्रमाण तो इसी बात से मिलता

है कि इन्होंने 'अंधेर नगरी, चौपट राजा' नाम की पुस्तक की रचना एक दिन में कर डाली थी।

भाषा की दृष्टि से उस समय उर्दू भाषा की प्रधानता थी। हिंदी लिखने वाले भी उर्दू शब्दों का ही ज्यादा प्रयोग करते थे। तभी राजा शिव प्रसाद ने हिंदी साहित्य में शुद्ध खड़ी बोली के प्रयोग का प्रयत्न किया, लेकिन उनके साहित्य में भी उर्दू ही प्रधान बन गई। फिर भी उनका प्रयास सराहनीय था। इसी कारण तत्कालीन समाज के लोगों ने उन्हें 'सितारे हिंद' की उपाधि दे डाली, लेकिन भारतेंदु ने अपनी साहित्यिक रचनाओं में शुद्ध हिंदी खड़ी बोली के शब्द रखे, तो लोगों ने इसे ज्यादा पसंद किया। यहीं से हिंदी अपने सही रूप में साहित्यिक भाषा बनी और जनता सितारे हिंद के विरोध में उन्हें भारतेंदु कहने लगी। अर्थात् राजा शिव प्रसाद अगर हिंद के सितारे हुए तो भारतेंदु उसके चाँद बन गए।

भारतेंदु एक ओर जहाँ कलयुग के कन्हैया कहलाए वहीं दूसरी ओर राष्ट्रीय जागरण के अग्रदूत भी कहलाए। प्रगति की पताका और राष्ट्रीयता का शंखनाद करते हुए तरुणाई के मस्त कवि भारतेंदु ने साहित्य के प्रांगण में प्रवेश किया और पहली बार राष्ट्र ध्वनि सुनाई दी—

रोअहु सब मिलिकै, आवहु भारत भाई,
हा हा! भारत दुर्दशा न देखी जाई।

श्रृंगारिकता के जिस प्रवाह को भूषण के कड़के भी नहीं रोक सके, उसे भारतेंदु के इस करुण उपबोधन गान ने न केवल अवरुद्ध किया, वरन् उसे प्रतिकूल दिशा में मोड़कर राष्ट्रीयता की धारा में प्रवाहित कर दिया। एक वाक्य में कहें तो "भारतेंदु ने बीसवीं सदी का द्वार खोल दिया। द्विवेदी युग ने उस पर स्वागत का बंदनवार लगाया और नवयुग ने उस द्वार से प्रवेश कर हिंदी साहित्य धारा को मोड़कर जीवन की ओर प्रवाहित कर दिया। उनसे पूर्व साहित्य की धारा जीवन के यथार्थ से दूर परियों की स्वप्निल दुनिया में बह रही थी।" इनकी रचनाएँ निर्जन वन के बीच सुगम पथ, तम में दीप, दिशाभ्रम में रवि, संकट में सांत्वना के सामन हैं।

भारतेंदु की रचनाओं की सूची लंबी है। काव्य के क्षेत्र में 'भक्त सर्वस्य', 'प्रेम मल्लिका', 'प्रेमाश्रुवर्षण', 'जैन कौतूहल', 'सतसई श्रृंगार', 'होली', 'मधु मुकुल', 'वर्षा विनोद', 'भारत शिक्षा', 'प्रेम फुलवारी', 'विजय वल्लरी', 'विजयिनी विजय वैजयंती', 'नए जमाने की मुकरी', 'बंदर सभा' आदि। नाटक के क्षेत्र में वैदिक हिंसा हिंसा न भवति, चंद्रावली, विषस्य विषभौषधम्, भारत दुर्दशा, नीलदेवी, अंधेर नगरी, सत्य हरिश्चंद्र आदि प्रमुख हैं। इनके अलावा कुछ अनूदित रचनाओं के नाम भी प्रसिद्ध हैं—विद्यासुंदर पाखंड विडंबन, धनंजय विजय, कर्पूर मंजरी, मुद्राराक्षस आदि उपन्यास के क्षेत्र में भी कवि ने

कई पुस्तकें लिखी हैं—पूर्णप्रकाश, चंद्रप्रभा, एक कहानी-कुछ आप बीती, कुछ जग बीती, मदालसा उपाख्यान प्रमुख हैं। निबंध के क्षेत्र में—स्वर्ग में विचार सभा, सबै जात गोपाल की, पाँचवें पैगंबर, दिल्ली दरबार दर्पण आदि प्रमुख निबंध की पुस्तकें हैं। नाट्य शास्त्र और भाषा विज्ञान अत्यंत प्रसिद्ध रचना है।

इस प्रकार केवल 38 वर्ष की आयु में ही इतनी पुस्तकें लिखकर भारतेंदु ने अपनी प्रतिभा का लोहा मनवा लिया था। उनकी प्रतिभा बहुमुखी थी। उनमें सृजनात्मक शक्ति अद्‌भुत थी। सृजनात्मकता के साथ मौलिकता उनकी रचना में चार चाँद लगाती है। राष्ट्रभाषा और राष्ट्रभक्ति का उनमें समन्वय था। हिंदी साहित्य और राष्ट्रीयता दोनों के वे अग्रदूत थे। उन्होंने लिखा—

'निज भाषा उन्नति अहै सब उन्नति को मूल' काव्य और भाषा दोनों को दरबारी जन से निकालकर भारतेंदु ने उसे लोकजीवन से जोड़ दिया।

भारतेंदु पंत की तरह प्रकृति के कवि नहीं थे, लेकिन जहाँ कहीं उन्हें मौका मिला है, प्रकृति वर्णन करते हुए गागर में सागर भर दिया है। गंगा और यमुना वर्णन में जहाँ एक ओर भक्ति भाव झलकता है, वहीं प्रकृति प्रेम भी छलकता है। यमुना वर्णन की सजीवता हमें यमुना के किनारे लाकर खड़ी कर देती है। प्रकृति का मानवीयकरण करके भारतेंदु ने उसके साथ हमारा तादात्म्य संबंध जोड़ दिया है। कहीं-कहीं कवि ने प्रकृति वर्णन करते समय कुछ अस्वाभाविकता ला दी है। जैसे गंगा में कमल खिलने की बात कहकर उसे अस्वाभाविक बना दिया है। लेकिन इसका कारण शायद यह है कि वर्णन के प्रवाह में कवि ने स्वाभाविकता या अस्वाभाविकता का ध्यान नहीं रखा है। ऐसे वर्णनों में उत्प्रेक्षा अलंकार का अधिक प्रयोग हुआ है। 'प्रेम माधुरी' में सूर के भ्रमर गीत की परंपरा का निर्वाह हुआ है।

भारतेंदु ने जहाँ एक ओर 'भारत दुर्दशा' में भारत की दुर्दशा का वर्णन किया है, वहीं उन्होंने यह भी कहा है—

अंग्रेज राज सुख-साज सजे सब भारी
पै धन विदेश चलि जात इहै अति ख्वारी।

इसके आधार पर कुछ लोगों ने भारतेंदु को अंग्रेजों का प्रशंसक कहा है, लेकिन यह गलत है। उन्होंने भारतेंदु को पहचाना नहीं है। उन्हें राजभक्त कहकर उनका अपमान किया है। सत्य यह है कि उस समय भी राजभक्ति ही राष्ट्रभक्ति थी। वे एक ओर अंग्रेजों को खुश रखकर भारत का हित साधते थे, तो वहीं दूसरी ओर भारतीयों को जगाने का भी कार्य कर रहे थे। उस समय देश की जो परिस्थिति थी, उसमें अंग्रेजों के विरुद्ध आवाज उठाना भारत के हित में नहीं था। फिर भी भारतेंदु ने 'पै धन विदेश चलि जात…'। कहकर अपने साहस का परिचय दिया था।

भारतेंदु का अंतिम समय कष्टकर था। आर्थिक तंगी, सामाजिक उपेक्षा आदि ने उन्हें भीतर से खोखला कर दिया। यहाँ तक कि कुछ लोगों ने उनके चरित्र पर भी लांछन लगाए थे। जो भी हो, लेकिन भारतेंदु एक युगपुरुष थे। इनकी मृत्यु 6 जनवरी, 1885 को हो गई और भारत का चंद्र हमेशा के लिए अस्त हो गया।

□

अयोध्या सिंह उपाध्याय 'हरिऔध'

आधुनिक हिंदी खड़ी बोली को सुसंगठित और सुव्यवस्थित रूप प्रदान करने वाले कवियों में अयोध्या सिंह उपाध्याय का स्थान महत्त्वपूर्ण है। खड़ी बोली के काव्य को भाव, भाषा, छंद और अभिव्यंजना की दृष्टि से उन्होंने नवीन रूप प्रदान किया है। इनके काव्यों में एक ओर सरल हिंदी का सहज सौंदर्य है, तो दूसरी ओर संस्कृत की समासयुक्त पदावली की छटा। किसी में मुहावरों की भरमार है, तो किसी में अलंकारों का चमत्कार है।

मैथिलीशरण गुप्त ने लिखा है—

केवल मनोरंजन न कवि का कर्म होना चाहिए,
उसमें उचित उपदेश का भी मर्म होना चाहिए।

वस्तुतः कविता केवल मनोरंजन का साधन नहीं है। वह जीवन का मार्गदर्शक है। अयोध्या सिंह उपाध्याय की कविता इस कसौटी पर खरी उतरती है। उनकी समस्त रचनाओं में मानव जीवन को ऊँचा उठाने के प्रेरक तत्त्व विद्यमान हैं। उनकी 'कर्मवीर' कविता इसका सबसे अच्छा उदाहरण है।

हमारे साहित्य में चार प्रकार के वीर माने गए हैं। एक युद्धवीर, जो बड़ा मैदान मारता है। शत्रुओं के दाँत खट्टे करता है। दूसरा वह धर्मवीर है, जो धर्म की रक्षा में अपने प्राणों की भी आहुति चढ़ा देता है। तीसरा दानवीर वह है, जो दान के पीछे अपना सर्वस्व गँवा देता है और अंतिम कर्मवीर वह है, जो अपने महान् कर्मों से संसार में अपनी कीर्ति पताका फहरा जाता है। हरिऔध ने 'कर्मवीर' कविता में ऐसे ही कर्मवीरों की पहचान बताई है।

कर्मवीर अपने कर्तव्य मार्ग में आने वाली बाधाओं से घबराता नहीं। उससे संघर्ष करता है और उस पर विजय पाता है। कठिनाइयों के आगे वह घुटने नहीं टेकता। कर्मवीर भाग्यवादी नहीं, कर्मवादी होता है। भाग्य के भरोसे बैठकर वह सिर नहीं धुनता, हाथ नहीं मलता वरन् भाग्य का भी भाग्य पलट देता है। अपने कर्म पर उसका अखंड विश्वास होता है और अपनी भुजाओं के बल पर भरोसा। एक कवि के शब्दों में कर्मवीर कहता है—

युग के जर्जर विश्वास तोड़ दूँ।
मैं भी जग की तरह मोड़ दूँ
बढ़ूँ–प्रलय सा, निज भुज बल से
उछल नियति का भाग्य फोड़ दूँ। (योगेंद्र)

हरिऔध ने 'कर्मवीर' कविता में कर्मवीरों की प्रशंसा करते हुए कहा है कि कर्मवीर जिस काम को हाथ में लेते हैं—उसे पूरा करके छोड़ते हैं। ऐसे व्यक्ति गाल नहीं बजाते, डींग नहीं मारते, कार्यकारी मौन रहते हैं। वे प्रशंसा के भूखे नहीं होते। ऐसा व्यक्ति मिट्टी छू दे तो हीरा बन जाए। काँच को वह कंचन कर दे। मरु की नीरसता में सरसता की धार बहा दे। धूल में चाहे तो फूल खिला दे। ऐसा व्यक्ति पहाड़ों की छाती तोड़कर सड़कें बना देता है। सागर की गहराइयों में उतरकर उसके रहस्यों को छान लाता है। उसकी कामना होती है।—

पत्थर में दो बीज फला दूँ
जग–जीवन का तार हिला दूँ।
उमड़–घुमड़कर बरसूँ घन–सा
बंजर में भी सुमन खिला दूँ। (योगेंद्र)

अयोध्या सिंह उपाध्याय ने एक ओर जहाँ सरल–से–सरल कविता लिखी है, वहीं संस्कृत के क्लिष्ट शब्दों को लेकर क्लिष्ट कविता भी लिखी है—

दिवस का अवसान समीप था
गगन था कुछ लोहित हो चला
तरु शिखर पर थी विराजती
कमलिनी कुलवल्लभ की प्रभा।

संक्षेप में हम कहें तो हरिऔध ने अपनी रचनाओं द्वारा तत्कालीन हिंदी भाषा को एक सुसंगठित रूप दिया। उसे सजाया, सँवारा और एक गति एवं दिशा दी, जिस पर चलकर हिंदी खड़ी बोली आज अपनी मंजिल तक पहुँच पाई है। अयोध्या सिंह की एक बड़ी विशेषता यह रही है कि उन्होंने छोटे–से–छोटे और बड़े–से–बड़े विषयों पर कविता लिखी है। 'प्रिय प्रवास' उनका प्रसिद्ध महाकाव्य है, जिसमें कवि ने प्रकृति का बड़ा ही मनोहारी चित्र खींचा है।

हरिऔध उपनाम में भी एक चमत्कार है, क्योंकि 'हरि' का अर्थ सिंह भी होता है और 'औध' कहते हैं अयोध्या को। इस प्रकार नाम तो नाम, उपनाम में भी अयोध्या सिंह ही है।

□

जयशंकर प्रसाद

जयशंकर प्रसाद अतीत के गायक कहे गए हैं। इनकी समस्त रचनाओं में प्राचीन भारतीय संस्कृति के प्रति एक मोह दिखाई देता है। कलाकार अतीत की ईंट और वर्तमान के चूने-गारे से ही भविष्य का महल तैयार करता है। और जिसका अतीत जितना शानदार होता है, उसका भविष्य उतना ही सुरक्षित होता है। जयशंकर प्रसाद भी ऐसे ही कलाकार थे।

"आधुनिक युग में प्रसाद ही एक ऐसे कलाकार थे, जो अंत तक अपने कवि रूप में एकरस रहकर ठोस एवं स्थायी साहित्य की रचना करते रहे।"

छायावाद के चार स्तंभ कहे गए हैं—प्रसाद, निराला, पंत और महादेवी, लेकिन छायावाद का सही आरंभ जयशंकर प्रसाद से ही होता है। उनकी इन पंक्तियों में पहली बार छायावाद के दर्शन हुए।

ले चल वहाँ भुलावा देकर मेरे नाविक! धीरे-धीरे।

जयशंकर प्रसाद का जन्म 30 जनवरी, 1889 को काशी के एक प्रतिष्ठित वैश्य परिवार में हुआ था। पिता देवी प्रसाद साहु इत्र, तंबाकू, सुँघनी आदि वस्तुओं के व्यवसायी थे। इसीलिए इनका परिवार सुँघनी साहू के परिवार के नाम से प्रसिद्ध था। कम उम्र से ही जयशंकर प्रसाद भी कभी-कभी दुकान पर बैठते और वहीं कागज के टुकड़े पर तुकबंदी किया करते थे।

प्रसाद का आरंभिक लालन-पालन वैभवपूर्ण वातावरण में हुआ, लेकिन बारह वर्ष की उम्र में ही पिता बाबू देवी प्रसाद का साया उनके सिर से उठ गया। उस समय प्रसाद आठवीं कक्षा के विद्यार्थी थे। पिता की मृत्यु के बाद कॉलेज की पढ़ाई में व्यवधान आ गया। अग्रज शंभूरत्न की देखरेख में घर पर ही शिक्षा पाई। हिंदी, संस्कृत, अंग्रेजी, उर्दू आदि विषयों का अच्छा ज्ञान हासिल किया, लेकिन कुछ वर्षों के बाद अग्रज की भी मृत्यु हो गई। इसके बाद प्रसाद ने स्वयं वेद, पुराण, इतिहास आदि का अध्ययन कर उसका अच्छा ज्ञान प्राप्त किया।

माता-पिता और अग्रज, फिर दो-दो पत्नियों की मृत्यु से जयशंकर प्रसाद बिल्कुल टूट-से गए। गृहस्थी का बोझ अचानक कंधे पर आने से कुछ विचलित भी हुए। उन्हें दुकानदारी सँभालनी पड़ी। लेकिन बचपन से ही काव्य के प्रति मोह था। वह गया नहीं। दुकान के बही-खाते पर ही कविता लिखते और खुद संतुष्ट नहीं होने पर उसे फाड़कर फेंक देते। संक्षेप में कहें तो जीवन की सारी विषमताओं के कालकूट को पीते हुए जयशंकर अपने नाम की सार्थकता सिद्ध करते रहे।

जयशंकर प्रसाद का बाह्य व्यक्तित्व कसरत और घुड़सवारी के कारण जितना सबल, सशक्त और आकर्षक था, आंतरिक व्यक्तित्व उतना ही शालीन एवं भारतीय संस्कृति की निधियों से संपन्न था। वे मूल रूप से प्रकृति और सौंदर्य के कवि थे, लेकिन उनकी रचनाओं में भारतीय संस्कृति के प्रति गहरा प्रेम झलकता है। वेदना और दर्शन भी उनके काव्य के विषय रहे हैं। कविता, कहानी और उपन्यास तीनों क्षेत्र में एक नए युग के विधाता थे। "अपनी बहुमुखी प्रतिभा के बल पर साहित्य की विभिन्न विधाओं को एक अभूतपूर्व उत्कर्ष देते हुए गर्वोन्नत होने का उन्होंने अवसर दिया है।

जयशंकर प्रसाद के देशप्रेम संबंधी गीतों में एक ओज और प्रवाह है। ऐसे गीत उद्बोधन और जागरण के गीत हैं, जिनमें वीरतापूर्ण वातावरण का अपूर्व निर्माण हुआ है। 'हिमाद्रि तुंग श्रृंग से' कविता इसका सबसे अच्छा उदाहरण है। देशप्रेम के अपने गीतों में कवि ने अतीत के गीत गाकर वर्तमान में देश के युवाओं को आलस की नींद से जगाया है और देशभक्ति के लिए उनमें नई शक्ति का संचार किया है। प्रसाद ने अतीत को प्रेरणा के रूप में लिया है। अतीत तब त्याज्य हो जाता है, जब वह भार बन जाता है। जहाँ वह प्रेरणा बनता है, वहाँ वह ग्राह्य है। कभी-कभी गड़े मुर्दे भी उखाड़ना आवश्यक हो जाता है और प्रसार ने भी इतिहास के गड़े मुर्दे उखाड़कर उसका 'पोस्टमार्टम' किया है।

जयशंकर प्रसाद ने जो प्रेमगीत लिखे हैं, उनका माधुर्य दर्शनीय है। इनके गीतों की जो मधुरिमा है, वह प्रेम रस से युक्त है और पाठक को भी रस से सराबोर कर देती है।

बाँधा था विधु को किसने
इन काली-काली जंजीरों में···

इसका उदाहरण है।

दर्शन के क्षेत्र में इनके गीत एक रहस्य लोक की ओर ले चलते हैं। प्रसाद शैव दर्शन से प्रभावित थे और उनके ऐसे गीतों में आनंदवाद के भी दर्शन हो जाते हैं। नाटक के क्षेत्र में 'ध्रुवस्वामिनी', 'स्कंदगुप्त विक्रमादित्य' आदि इनकी प्रसिद्ध रचनाएँ हैं। यद्यपि ये नाटक रंगमंच पर खेले जाने लायक नहीं हैं, परंतु इनमें साहित्य और इतिहास का मणिकांचन संयोग उपस्थित है। पहली बार नाटक को साहित्यिक रूप देकर प्रसाद ने एक नई परंपरा कायम की है।

कहानी के क्षेत्र में प्रसाद ने मौलिकता का श्रीगणेश किया है। कुछ विद्वानों के अनुसार प्रेमचंद ने अपनी कहानियों में जहाँ जीवन की कठोर वास्तविकता को यथार्थ अभिव्यक्ति दी है, वहीं प्रसाद ने प्राचीन भारतीय जीवन के साथ आज की जिंदगी को रखकर नवीन आदर्श की ओर इंगित किया है। एक में व्यक्त घटनाएँ प्रधान हैं, तो दूसरे में अव्यक्त भावना। प्रेमचंद ने जहाँ पुरुष हृदय को पहचाना है, वहीं प्रसाद ने नारी हृदय की भावनाओं को टटोला है। उपन्यास के क्षेत्र में इनके उपन्यास वस्तुवादी कला के श्रेष्ठ उदाहरण हैं। संक्षेप में, प्रसाद और प्रेमचंद एक-दूसरे के पूरक थे।

जयशंकर प्रसाद 'कामायनी' की रचना करके अमर हो गए हैं। एक समय था जब कॉलेजों में 'कामायनी' पढ़ाने वाले शिक्षकों की खोज होती थी। संक्षेप में, प्रसाद की रचनाओं में प्रमुख हैं—कानन कुसुम, प्रेम पथिक, चित्राधार, आँसू, लहर, झरना, अजातशत्रु, ध्रुवस्वामिनी, चंद्रगुप्त, स्कंदगुप्त विक्रमादित्य, कंकाल, तितली, आकाशदीप आदि। 'कामायनी' प्रसाद का सबसे महान् काव्य है। 15 नवंबर, 1937 को यक्ष्मा रोग से पीड़ित होकर इस महान् विभूति का अंत हो गया। उनकी मृत्यु पर मैथिलीशरण गुप्त ने लिखा था—

जयशंकर कहते-कहते हम
अब भी काशी आएँगे
किंतु 'प्रसाद' न विश्वनाथ का
मूर्तिमान हम पाएँगे
हँसते-हँसते आते थे
अब रोते-रोते जाएँगे।

□

मैथिलीशरण गुप्त

काव्य के संबंध में अपने विचारों को व्यक्त करते हुए मैथिलीशरण गुप्त ने लिखा है—

केवल मनोरंजन न कवि का कर्म होना चाहिए,
उसमें उचित उपदेश का भी मर्म होना चाहिए।

वस्तुतः कवि केवल कविता के माध्यम से जनजीवन का मनोरंजन ही नहीं करता वरन् वह जीवन को आंदोलित करता है, अनुप्राणित करता है। उसकी कलम केवल रूपसी का शृंगार वर्णन नहीं करती, वह तो क्रांति का बिगुल फूँकती है और संपूर्ण संसार के नक्शे को बदल डालती है। नेपाली ने लिखा था—

हर क्रांति कलम से शुरू हुई, संपूर्ण हुई,
चट्टान जुल्म की कलम चली तो, चूर्ण हुई।

गुप्तजी के लिए भी कला, कला के लिए नहीं, जीवन के लिए थी। अतः उन्होंने कला की व्याख्या जीवन के लिए की है।

मैथिलीशरण गुप्त का जन्म 3 अगस्त, 1886 को झाँसी के चिरगाँव में हुआ था। इनके पिता रामचरण वैष्णव भक्त थे और 'कनकलता' नाम से कविता लिखते रहे थे। गुप्तजी को साहित्य और धर्म दोनों की प्रेरणा अपने पिता से ही मिली। आगे चलकर वे भी कट्टर वैष्णव भक्त कहलाए। 10 वर्ष की उम्र में अंग्रेजी शिक्षा प्राप्त करने के लिए झाँसी भेजे गए, लेकिन पढ़ने से ज्यादा उन्हें खेलकूद में दिलचस्पी थी। स्कूल जाने के बजाय उन्हें पतंग उड़ाना ज्यादा भाता था। फलतः पिता ने उन्हें घर वापस बुला लिया और घर पर ही उनकी शिक्षा की व्यवस्था कर दी गई। गुप्तजी वैष्णव माता-पिता की संतान थे। गांधी युग में पले और बढ़े तथा द्विवेदी युग में काव्य साधना की। इस प्रकार इन तीनों से प्रेरणा पाकर साहित्य साधना में जुट गए।

मैथिलीशरण गुप्त की रचनाओं में भक्ति, राष्ट्रीयता और आदर्शवादिता तीनों का बाहुल्य है। हिंदी साहित्य में राम काव्य की परंपरा को आगे बढ़ाने में गुप्तजी का

विशेष सहयोग रहा। गुप्तजी वैष्णव भक्त थे और राम के भी कट्टर भक्त। उन्होंने स्वयं लिखा है—

राम तुम मानव हो, ईश्वर नहीं हो क्या
तब मैं निरीश्वर हूँ, ईश्वर क्षमा करे।

इन पंक्तियों से गुप्तजी की राम के प्रति कट्टरता परिलक्षित हो जाती है, उन्होंने अपने कवि होने का श्रेय भी राम को ही दिया है—

राम, तुम्हारा चरित स्वयं ही काव्य है
कोई कवि बन जाए, सहज संभाव्य है।

तुलसी के बाद अगर सही मायने में राम भक्ति साहित्य का सृजन हुआ है, तो गुप्तजी द्वारा ही। अपने 'साकेत', 'पंचवटी' आदि काव्यों में आधुनिकता और मौलिकता को प्रश्रय दिया है। आधुनिक युग मौलिकता का युग है। आज का कवि-लेखक न तो लकीर का फकीर है और न घिसी-घिसाई बातों का ढिंढोरा पीटने वाला। गुप्तजी ने अपने पात्रों को भी नवीनता के साँचे में ढालकर उस पर मौलिकता का रंग चढ़ाकर हमारे सामने उपस्थित किया है। अर्थात् प्राचीन पात्रों को दैवीय से मानवीय धरातल पर उतारा है। उनके पुराने कंकाल में नवीन प्राण प्रतिष्ठा की है। 'साकेत', 'पंचवटी', 'प्रदक्षिणा' आदि काव्यों के सारे पौराणिक मात्र दैवीय कम मानवीय अधिक हैं। उनके स्वर भी आधुनिक युग के अनुरूप हैं। इस प्रकार गुप्तजी का काव्य प्राचीन का नवीन उत्थान है। राष्ट्रीय उद्बोधन की दिशा में खड़ी बोली द्वारा किया गया समग्र काव्यात्मक प्रयास है।

मैथिलीशरण गुप्त ने अपने काव्यों में राष्ट्रीयता की धारा भी बहायी है, जिसके फलस्वरूप इन्हें राष्ट्रकवि का दर्जा मिला। इन्होंने लिखा—

हम कौन थे, क्या हो गए, और क्या होंगे अभी।
आओ विचारें आज मिलकर, ये समस्याएँ सभी॥

इस प्रकार इन्होंने जनता को जगाने का कार्य किया। विदेशी शासन के विरुद्ध बिगुल बजाकर अपने देशप्रेम का परिचय दिया। यदि माता-पिता ने उनके दिल में भक्ति के बीज बोये तो बंगभग आंदोलन ने उनके भीतर स्वदेश और स्वदेशी की लालसा जगाई। गुप्तजी गोखले, तिलक और गांधी की आँधी में शरीक हुए। 1942 के आंदोलन में गुप्तजी ने भी जेल यात्रा की। उनकी गिरफ्तारी पर जैनेंद्र ने लिखा था—"गुप्तजी के रूप में हिंदी दंडित हुई है।" इस प्रकार गुप्तजी राष्ट्रीय आंदोलन के साथ भी जुड़े थे।

आजादी के बाद वे भारतीय संसद् के मनोनीत सदस्य बने। एक विद्वान् के अनुसार, गुप्तजी हिंदी के प्रतिनिधि कवि थे। यदि विगत अर्धशताब्दी में हिंदी कविता की प्रगति का आकलन किसी एक व्यक्ति के भीतर से करना हो, जो कि सही मायने में साहित्य में कहीं शायद ही संभव हो, तो वह गुप्तजी में ही उपलब्ध हो सकता है।

मैथिलीशरण गुप्त ने जहाँ गांधी और द्विवेदी युग देखा, वहीं छायावाद युग को भी देखा और उससे भी प्रभावित हुए। यद्यपि छायावाद की छाया उनपर नहीं पड़ी। फिर भी इन पंक्तियों में कुछ आहट मिल जाती है—

स्वर न ताल केवल झनकार,
किसी शून्य में करे विहार।

यहाँ छायावाद की उन्होंने आलोचना की है, वहीं आने वाले युग का संकेत भी दिया है—

जो पीछे आ रहे उन्हीं के,
आगे का में जय-जयकार।

मैथिलीशरण गुप्त के काव्यों की सूची लंबी है। रंग में भंग, भारत भारती, जयद्रथ वध, पंचवटी, साकेत, प्रदक्षिणा, छात्र प्रबंध, मौर्य विजय, कुणाल गीत, यशोधरा, जय भारत, पृथ्वीपुत्र, काबा और कर्बला, झनकार, मंगल घर आदि प्रसिद्ध रचनाएँ हैं।

गुप्तजी की भाषा अत्यंत सरल है, जिसमें शुद्ध खड़ी बोली को प्रधानता मिलती है। भाषा भाव के अनुरूप है, कहीं-कहीं तुकप्रियता के कारण भाषा हास्यास्पद हो गई है।

सखी नील नभस्सर से उतरा,
यह हंस अहा, तरता-तरता।
अबतारक मौलिक शेष नहीं
निकला जिनको चरता-चरता॥

यहाँ हंस के लिए 'चरता' शब्द हास्यास्पद हो गया है। फिर भी उनका शब्द भंडार विशाल था। वे भाषा के धनी थे और साहित्य के धन्य।

□

रामधारी सिंह 'दिनकर'

आधुनिक हिंदी साहित्य में 'दिनकर' का स्थान सर्वोपरि है। उन्होंने अपने को युग का चारण कहा है। छायावाद के दिनकर एक नया स्वर लेकर हिंदी साहित्याकाश में प्रकट हुए। उनकी कविता-किरण समाज को नए आलोक से भरने लगी। दिनकर साहित्य जगत् में जवानी, विद्रोह और क्रांति के शलाका कवि के रूप में प्रतिष्ठित हुए। "उनकी कविता में भूकंप की हलचल, बरसात की गंगा का वेग और बला का ओज है।" दिनकर से पूर्व जो कवि कल्पना की उड़ान भर रहे थे, नायिकाओं के नख-शिख वर्णन में लिप्त थे, दिनकर की कविता ने उन्हें यथार्त की धरती पर उतरने को विवश किया। 'अरे विहंगम लौट आ तेरा नीर हरा इस वन में।' पंक्ति इसका उदाहरण है।

दिनकर ने श्रृंगारिकता की ओर ध्यान नहीं दिया। उन्होंने ठंड में सिकुड़ते, ठिठुरते बच्चों की ओर देखा। अपने काव्य के नायक राजा-महाराजाओं को नहीं बनाया, बल्कि शोषित, पीड़ित, दलितों को अपने काव्य का नायक चुना। इस तरह दिनकर ने पौरुष और सौंदर्य का अद्भुत समन्वय अपने काव्यों में उपस्थित किया है।

"विद्यापति की श्रृंगारिकता, भूषण की ओजस्विता और तुलसी की लोक मंगल चेतना का अद्भुत समाहार दिनकर के काव्यों में मिलता है।"

रामधारी सिंह 'दिनकर' का जन्म 23 सितंबर, 1908 को बिहार के सिमरिया—बेगूसराय में हुआ था। उन्होंने अपना जीवन शिक्षण कार्य से आरंभ किया। बाद में सरकारी नौकरी पाकर बिहार के ही सीतामढ़ी में रजिस्ट्रार के पद पर नियुक्त हुए। पुनः 1950 में मुजफ्फरपुर में लंगट सिंह कॉलेज में हिंदी के विभागाध्यक्ष के पद पर आसीन हुए। राज्य सभा के सदस्य भी नियुक्त हुए। फिर भागलपुर विश्वविद्यालय के कुलपति बनाए गए। बाद में भारत सरकार के शिक्षा साहित्य संबंधी सलाहकार नियुक्त किए गए।

रामधारी सिंह 'दिनकर' का व्यक्तित्व सदा से विद्रोही रहा है। उन्होंने अपने को 'युग धर्म की हुंकार' कहा है—

सुनूँ क्या सिंधु, मैं गर्जन तुम्हारा,
स्वयं युगधर्म की हुंकार हूँ मैं।

एक अन्य स्थल पर उन्होंने अपने विद्रोही व्यक्तित्व का परिचय देते हुए लिखा है—

पड़ते जिस ओर चरण मेरे,
भूगोल उधर दब जाता है।

स्पष्ट है कि दिनकर की कविता में अगर क्रांति का विस्फोट है, विद्रोह का ज्वालामुखी है, तो गंगा का शांत वेग भी है।

साहित्य के साथ ही दिनकर इतिहास के भी अच्छे ज्ञाता थे, अत: उनकी रचना हमें भारत के शानदार अतीत की गौरव गरिमा से भी परिचित कराती है। दिनकर ने जहाँ अतीत के गीत गाए हैं, वहीं वर्तमान में हमें गिरे से ऊपर भी उठाया है और भविष्य के लिए हममें नई ऊर्जा, नई शक्ति भरी है। दिनकर की कविता की दो धारा कही जा सकती है। एक पर छायावाद हावी है, तो दूसरी पर समसामयिकता। इन दोनों ही धाराओं का उत्तरोत्तर विकास होता गया है। एक की परिणति अगर 'उर्वशी' में हुई है, तो दूसरे की 'परशुराम की प्रतीक्षा' में। जहाँ इन दोनों धाराओं का संगम होता है, वहीं कवि का महत्त्व बहुत ऊपर उठ जाता है। भावना और चिंतन, वीरता और शृंगार, ओज और माधुर्य का जैसा सुंदर संयोग दिनकर के काव्य में हुआ है, वह अन्यत्र दुर्लभ है।

कवि वही सफल होता है, जो समाज के तकाजे को सुनता है। जनजीवन के पीछे-पीछे चलता है और जब जनजीवन की जैसी माँग होती है, वह देता है। जनजीवन को पीछे छोड़कर जो कवि आगे भागता है, उसकी रचना खोखली, कल्पना पंखहीन और भाव प्राणहीन हो जाते हैं। दिनकर इसे जानते थे। समय की उनमें अद्‌भुत पहचान थी। जनता के मनोविज्ञान से वे परिचित थे। चीन के आक्रमण के समय उन्होंने 'परशुराम की प्रतीक्षा' काव्य की रचना की।

दिनकर ने अपनी कविताओं में भारत के अतीत का गौरव गान गाया है। कवि के अनुसार भारत भूमि धन्य है। यहाँ की हर वस्तु नमन के योग्य है। 'किसको नमन करूँ' कविता में इस राष्ट्रभक्ति भावना के दर्शन होते हैं। यहाँ की नदियाँ, पर्वत, वन-उपवन सब नमन के योग्य हैं। भारत के लोगों ने पहाड़ों की ऊँचाई नापी है। सागर की गहराई देखी है। यह धरती वेदों की जन्मदाता रही है। ज्ञान की गंगा यहाँ सदा से बहती रही है। यहाँ की सभ्यता-संस्कृति का अनुकरण करके ही आज का विश्व ज्ञानवान हुआ है, आदि।

दिनकर गांधी के विचारों से सहमत नहीं थे। उनकी अहिंसा नीति में कवि का विश्वास नहीं था। उन्होंने गांधी का विरोध करते हुए लिखा था—

क्षमा शोभती उस भुजंग को,
जिसके पास गरल हो।

उसको क्या जो दंतहीन,
विषरहित, विनीत, सरल हो

पुन: कवि ने स्वतंत्रता आंदोलन में गर्म दल का समर्थन करते हुए गांधी को आंदोलन से अलग रहने को कहा था—

रे, रोक युधिष्ठिर को न यहाँ,
जाने दे उनको स्वर्ग धीर,
पर, फिर हममें गर्व गांडीव-गदा
लौटा दे अर्जुन भीम वीर।

दिनकर की रचनाओं की सूची भी लंबी है। गद्य के क्षेत्र में 'संस्कृति के चार अध्याय' कवि की प्रसिद्ध कृति है। इस पुस्तक पर साहित्य अकादमी द्वारा कवि को पुरस्कृत भी किया गया है। काव्य के क्षेत्र में उर्वशी, कुरुक्षेत्र, रश्मिरथी आदि महत्त्वपूर्ण ग्रंथ हैं। 'उर्वशी' कवि का एक प्रसिद्ध काव्य है, जिस पर उन्हें ज्ञानपीठ द्वारा पुरस्कार से सम्मानित किया गया। 'कुरुक्षेत्र' में कवि ने पौराणिक पात्रों के माध्यम से वर्तमान समाज को महान् संदेश दिया है। लोभ और मोह किस प्रकार बड़े-बड़े राज्य को भी समाप्त कर देते हैं। 'रश्मिरथी' में कर्ण के चरित्र के अछूते पहलुओं से परिचित कराया गया है।

संक्षेप में, दिनकर के काव्य में वीरता, श्रृंगार, प्रेम और राष्ट्रीयता की धारा बहती है, तो वहीं शोषित-पीड़ित जनता के प्रति सहानुभूति भी दिखती है। दिनकर ने अपनी कविता द्वारा आने वाले समय की भी सूचना दी है, जिसमें शोषितों का शासन होगा—

दो राह समय के रथ का घर्घर नाद सुनो,
सिंहासन खाली करो कि जनता आती है।

कवि की मान्यता थी कि बाघ से बकरी की रक्षा तभी हो सकती है, जब बकरी को भी बाघ के नाखून पहना दें अथवा बाघ को ही बकरी के दाँत दे दें। जब तक समाज में बाघ और बकरी हैं, बकरी की रक्षा नहीं हो सकती। दिनकर को सरकार ने राष्ट्र कवि का दर्जा देकर उनका सम्मान किया।

□

सूर्यकांत त्रिपाठी 'निराला'

हिंदी साहित्य में निराला का व्यक्तित्व निराला था। आधुनिक हिंदी साहित्य के कवियों में वे सबसे ऊँचे शिखर पर आसीन थे। निराला के व्यक्तित्व से हम कविता की ऊँचाई नाप सकते हैं। नलिन विलोचन शर्मा ने निराला के संबंध में कहा था—"हिंदी इसलिए भी राष्ट्र भाषा है क्योंकि इसमें निराला जैसा कवि हैं।" कहावत है, 'होनहार बिरवान के होत चिकने पात।' सचमुच निराला जैसा व्यक्ति ईश्वरीय वरदान लेकर संसार में आते हैं और अपने वरदान का फल संपूर्ण संसार में बाँट देते हैं। ऐसी प्रतिभा संसार में आती है, पर स्थायी नहीं होती, क्षण भर प्रकाश बिखेरकर महाप्रकाश में विलीन हो जाती है।

निराला का जन्म पश्चिम बंगाल के मेदिनीपुर जिला अंतर्गत महिषदल नामक गाँव में 21 फरवरी, 1899 को हुआ था। इनके पिता राम सहाय त्रिपाठी कान्य कुब्ज ब्राह्मण थे। वे उन्नाव जिले के गढ़कोला में रहते थे। बाद में जीविकोपार्जन के लिए बंगाल आ गए थे। निराला की स्कूली शिक्षा केवल नौवें वर्ग तक ही मिली। बाद में पिता के द्वारा इन्हें संस्कृत का ज्ञान प्राप्त हुआ। फिर निराला का झुकाव हिंदी की ओर हुआ। इसके बाद तो वे सदा के लिए हिंदी के होकर रह गए।

निराला का संपूर्ण जीवन दुःख की व्यथा कथा है। प्रसाद ने लिखा था—'दुःख ही जीवन की कथा रही, क्या कहूँ आज, जो नहीं कही।' यह कथन निराला के जीवन पर पूर्णतया लागू होता है, लेकिन गुप्तजी ने लिखा है—

जितने कष्ट कष्टकों में हैं
जिनका जीवन सुमन खिला।
गौरव गंध उन्हें उतना ही
यत्र तत्र सर्वत्र मिला।

गुप्तजी का यह कथन भी निराला के जीवन पर पूर्णतया लागू होता है। जो भी हो, कहीं भी निराला का प्रखर व्यक्तित्व किसी दुःख के आगे टूटकर बिखरा नहीं। निराला ने

साहित्य की सभी विधाओं का स्पर्श किया, लेकिन हिंदी कविता को उन्होंने प्रसाधन एवं भंगिमा शक्ति तथा संप्रेषण की दृष्टि से भव्य आलोक प्रदान किया है। दर्शन और सौंदर्य, विद्रोह और उत्पीड़न, प्रगति और प्रयोग सबको एक साथ उनकी लेखनी ने रूपांतरित किया। हिंदी कविता की अभिव्यंजना सामर्थ्य को अपने काव्य मेघा के बल पर निराला ने मूर्तिमान किया है।

अपने आरंभिक काल में हम निराला को छायावाद की कोटि में रख सकते हैं, लेकिन बदलते युग की आवश्यकता ने निराला की मान्यता भी बाद में बदल डाली। बात सत्य भी है। कवि युग चेतन कलाकार होता है। वह युगसृष्टा ही नहीं, युगदृष्टा भी होता है। साथ ही कोई कवि जनजीवन को रोता देखकर अपनी कविता में हँस नहीं सकता। जो हँसता है, उसकी कविता हास्यास्पद हो जाती है। निराला ऐसे ही कलाकार थे, जो जीवन को रोता देखकर हँस नहीं सके। उन्होंने जनजीवन की आवश्यकताओं को महसूस किया और उसका समाधान अपनी कविता द्वारा ढूँढ़ा।

निराला असाधारण काव्य वस्तु के कवि थे। उनके काव्यों की भावभूमि धरती और आकाश दोनों हैं। इसीलिए उनकी कोई कविता सामान्य नहीं है। निराला की कविता मुक्ति और समृद्धि का काव्य है। उनके स्वर में विद्रोह और क्रांति का उद्घोष है। सामाजिक रूढ़ियों पर, सड़ी-गली मान्यताओं और गलत परंपराओं पर तीखा प्रहार है। निराला समाज के प्रत्येक क्षेत्र में परिवर्तन के हिमायती रहे हैं। नित्य नूतन प्रयोगों के हितैषी रहे हैं। 'छंद के बंद कठघरे से कविता कामिनी को निकालकर उन्मुक्त वातावरण में साँस लेने का अवसर प्रदान किया है। उनकी कविता में पीड़ित की पुकार है, शोषित का हाहाकार है, दलितों की कराह है। मानवता की झटपटाहट है। सर्वहारा वर्ग की पीड़ा की टीस है।'

लेकिन वहीं एक नए भविष्य के आगमन का संदेश भी है। उनकी 'भिक्षुक', 'वह तोड़ती पत्थर' आदि कविता दलित वर्ग का प्रतिनिधित्व करती हैं। निराला की कविता में जीवन सत्य और काव्य सत्य, तथ्य और शिल्प की दूरी मिट गई है। निराला की कविता कहीं भी उपदेश नहीं देती है वरन् विद्रोह का संदेश देती है।

निराला ने नारी जाति की विवशता पर भी अपनी कविता में प्रहार किया है। 'भारत की विधवा' कविता में उन्होंने विधवाओं की विवशता पर चोट की है। भारत की विधवा का जीवन मंदिर की पूजा की तरह निष्काम है। दीपशिखा की तरह उसका जीवन सतत जल रहा है। निराला शारदा की भक्ति में विभोर होकर अपने लिए ही नहीं, संपूर्ण संसार के सुख की कामना वीणावादिनी से करते हैं।

निराला अपने व्यक्तिगत जीवन में भी दलितों के प्रति भावुक थे। एक भिक्षुक को जाड़े में ठिठुरता देख उन्होंने अपना शॉल उसे दे दिया था। स्पष्ट है कि निराला का बाहरी

व्यक्तित्व भले ही विद्रोही रहा हो, पर उनके अंदर एक शांत और शीतल जल की सरिता प्रवाहित थी।

कहीं-कहीं निराला की कविता क्लिष्ट हो गई है। संस्कृत के शब्दों की अधिकता के कारण ऐसा हुआ है 'प्रिय यामिनी जागी' कविता की क्लिष्टता के पीछे जो भाव सौंदर्य है, वैसा बहुत कम कवियों की कविता में देखने को मिलता है। निराला की प्रमुख रचनाएँ हैं—गीतिका, परिमल, तुलसीदास, राम की शक्तिपूजा, कुकुरमुत्ता, अनामिका आदि।

निराला ने कविता में समास का प्रयोग अधिक किया है। भाषा शुद्ध खड़ी बोली है। कहीं-कहीं भाषा की विलासिता के कारण साधारण पाठक भाव तक नहीं पहुँच पाते हैं। कहीं-कहीं बंगला भाषा की छाप भी देखने को मिल जाती है। 15 अक्तूबर, 1961 को निराला की मृत्यु हो गई। इस दिन सरस्वती पूजा का दिन था। मानो सरस्वती का वरद पुत्र सरस्वती में ही विलीन हो गया।

□

सुमित्रानंदन पंत

यद्यपि छायावाद का साहित्य में पदार्पण जयशंकर प्रसाद से ही हो चुका था, लेकिन उसे गति मिली सुमित्रानंदन पंत की रचनाओं से। पंत छायावादी कवियों में प्रमुख माने गए हैं। उनकी प्रसिद्ध रचना 'पल्लव' का प्रकाशन छायावाद युग की एक महत्त्वपूर्ण घटना है। "छायावाद के कवियों में जयशंकर प्रसाद सबसे अधिक गरिमामयी थे। निराला सबसे अधिक पौरुषपूर्ण थे, तो पंत सबसे अधिक कोमल प्राण थे। प्रसाद ने छायावाद को कल्पना की एकांतता दी, तो निराला ने अहं की पूर्णता दी और पंत ने उसे रूप की कोमलता, मन की प्रसन्नता और वाणी की स्निग्धता दी।"

रीतिकाल के कवि और छायावादी कवियों में मुख्य अंतर यह है कि रीतिकालीन कवियों में कल्पना प्रधान है तथा अतिशयोक्ति कल्पना भरी पड़ी है, लेकिन पंत की कविता अनुभूति प्रधान है। पंत ने जीवन में जो अनुभूति पाई, जो कुछ महसूस किया, उसे ही अपनी रचनाओं में उद्घृत किया। कोमलता, मसृणता, स्निग्धता पंत के काव्यों की प्रमुख विशेषता रही है। उनकी कला के संबंध में डॉ. नगेंद्र ने लिखा है—

"पंत की रंगीन कल्पना इतनी कोमल है कि विश्लेषण करते ही वह तितलियों के पंख की तरह बिखर जाती है और समालोचक को अपनी कृत्य पर पश्चात्ताप करने की ही अधिक संभावना रहती है।"

सुमित्रानंदन पंत का जन्म 20 मई, 1900 ई. को अल्मोड़ा के कौशानी में हुआ था। यह वही अल्मोड़ा है, जिसे गांधी ने भारत का स्विट्जरलैंड कहा था। जन्म के महज कुछ घंटे बाद ही उनकी माता सरस्वती देवी की मृत्यु हो गई। उन्होंने लिखा है—

बाल्य में ही हो गई थी लुप्त
मातृ आँचल की अभयछाया मुझे।

उनके बचपन का नाम गुसाईं दत्त पंत था। यह नाम उन्हें पसंद नहीं आया। एक बार सुमित्रानंदन नाम का एक व्यक्ति उनके पास आया। उसका नाम उन्हें भा गया और उन्होंने अपना नाम सुमित्रानंदन पंत रख लिया। उनके पिता पंडित गंगा दत्त पंत कौशांबी

स्टेट के मुलाजिम थे तथा लकड़ी का व्यापार करते थे। ब्राह्मण परिवार में पैदा होने से पंत आरंभ से ही संस्कारी थे। पंत का शरीर अत्यंत कोमल था। अपने बालों के प्रति पंत संवेदनशील थे। पंडित देवीदत्त ने एक बार कहा था, "पंत के बालों में भी कविता है।" पंत बालों के ही शौकीन नहीं थे, कपड़ों के प्रति भी उनका प्रेम अद्‍भुत था। जन्म-कुंडली देखना इन्हें आता था।

पंत जिस समय छात्र थे, उसी समय गांधी के भाषणों से प्रभावित होकर पढ़ाई छोड़ स्वतंत्रता समर में कस कमर कूद पड़े। बाद में, स्वाध्याय के बल पर ही इन्होंने हिंदी, अंग्रेजी और संस्कृत का अच्छा ज्ञान हासिल किया। पंत बचपन से ही प्रकृति के प्रेमी रहे थे। अल्मोड़ा स्वयं प्रकृति की गोद में अवस्थित है और पंत बचपन में पहाड़ियों में डूबते सूरज का सौंदर्य निहारा करते थे।

पंत के काव्यों के तीन प्रमुख स्रोत रहे हैं—प्रकृति, वडर्सवर्थ और कालिदास। बाद में मैथिलीशरण गुप्त, रवींद्रनाथ एवं अंग्रेजी के रोमांटिक कवियों की रचनाओं से प्रभावित हुए। आठवीं क्लास में ही इन्होंने 'हार' नामक एक उपन्यास लिखा, जिसकी पांडुलिपि आज भी नागरी प्रचारिणी सभा काशी में सुरक्षित है। पंत की रचनाओं की सूची बड़ी लंबी है। उपन्यास के क्षेत्र में ज्यादा नहीं लिख पाए। 'हार' नामक उपन्यास अप्रकाशित रह गया। पंत की प्रतिभा कविता के क्षेत्र में अधिक उभरी है। पल्लव, वीणा, युगांत, गुंजन, ग्राम्या, स्वर्णकिरण, स्वर्णधूलि, युगवाणी, काला और बूढ़ा चाँद इनकी प्रमुख रचनाएँ है। 'नाटक के क्षेत्र शिल्पी' और 'ज्योत्स्ना' प्रमुख कृति हैं। इनके अतिरिक्त कई अन्य रचनाएँ भी प्रमुखता लिये हैं।

सुमित्रानंदन पंत छायावादी होते हुए भी प्रगतिवादी कवि थे। कुछ लोगों ने उन्हें रहस्यवादी भी कहा है। जो भी हो, पंत मुख्य रूप से प्रकृति के ही कवि रहे हैं। उन्हीं के शब्दों में—

छोड़ द्रुमों की मृदु छाया,
तोड़ प्रकृति से भी माया,
बाले! तेरे बाल-जाल में,
कैसे उलझा दूँ लोचन
भूल अभी से इस जग को।

इन पंक्तियों में कवि का प्रकृति-प्रेम स्पष्ट परिलक्षित होता है। पंत के प्रकृति वर्णन में प्रकृति का मानवीकरण भी किया गया है। ज्यादातर प्रकृति नारी रूप में दृष्टिगोचर होती है। प्रकृति वर्णन में जहाँ असीम सौंदर्य के दर्शन होते हैं, वहीं अगाध माधुर्य, आकर्षक आवृतियाँ भी मिलती हैं, लेकिन पंत की प्रवृत्ति प्रकृति के कोमल रूप चित्रण में ही अधिक रमी है, पगी है।

"पंत ने प्राकृतिक चित्रण में कहीं अपनी भावनाओं का सौंदर्य मिलाकर उन्हें ऐंद्रिक चित्रण बनाया है, तो कभी भावनाओं को ही प्राकृतिक सौंदर्य का लिवास पहना दिया है।

उस फैली हरियाली में,
कौन अकेली खेल रही माँ!
वह अपनी वय बाली में॥

इतना ही नहीं, पंत ने प्रकृति के माध्यम से अप्रस्तु योजना करने में भी सफलता पाई है।

पंत की रचनाओं में नारी को विशेष दर्जा मिला है। पंत की नारी रीतिकालीन नायिकाओं से भिन्न है। अपने काव्य 'ग्रंथि' में कवि ने प्रकृति और नारी का ऐसा चित्र खींचा है, जिसमें दोनों एक-दूसरे में घुल-मिल गए हैं। पंत के काव्य में नारी का बाल रूप से लेकर मातृत्व प्राप्ति तक के रूप का वर्णन मिलता है। पंत की नारी पुरुष की भोग्या नहीं, उसका पूज्य है।

पंत की कविता में जीवन का दर्शन भी प्रदर्शित हुआ है। यद्यपि पंत रहस्यवादी नहीं थे, फिर भी जीवन दर्शन के चितेरे थे। कवि के अनुसार सुख-दुःख का खेल मानव जीवन में चलता ही रहता है और इसी में जीवन का सौंदर्य निहित है।

सुख-दुःख के मधुर मिलन से यह जीवन हो परिपूरन।

कवि का यह दर्शन जीवन में दोनों के संतुलन पर बल देता है। एक की भी अधिकता जीवन का सौंदर्य नष्ट कर सकती है।

अविरत दुःख है उत्पीड़न
अविरत सुख भी उत्पीड़न।

अतः दोनों का उचित समन्वय होना चाहिए। 'गुंजन' में कवि ने लिखा—'सुंदर जीवन का क्रम सुंदर, सुंदर जग जीवन।'

'युगांत' में पंत ने एक युग—छायावाद का अंत और प्रगतिवाद की सूचना दी है। कवि ने मानो यह विश्वास व्यक्त किया है कि नए युग के साथ एक नई संस्कृति और एक नया मानव धरती पर अवतरित हो रहा है। इस तरह प्रगतिवाद का आरंभ पंत से ही माना जा सकता है। पंत कम्युनिज्म से प्रभावित थे। उन्हीं के शब्दों में—मेरे प्राण सौंदर्यवादी हैं, मेरा सौंदर्य लोक प्राण है, इसलिए मैं कम्युनिज्म से प्रभावित हूँ।" पंत कवि ही नहीं, एक बड़े मानव-चिंतक भी थे।

पंत की रचनाओं में छंद, अलंकार आदि का उचित प्रयोग हुआ है। भाषा संस्कृत निष्ठ है। कहीं-कहीं भाषा की दुरूहता भाव को पकड़ने और समझने में सामान्य पाठकों को असुविधा होती है।

□

हरिवंश राय बच्चन

डॉ. हरिवंश राय बच्चन छायावाद और प्रगतिवाद के संधि युग के कवि थे। उन्होंने छायावादी और प्रगतिवादी कविता के अतिरिक्त साहित्य में एक नए वाद को जन्म दिया, जो 'हालावाद' के नाम से मशहूर हुआ। बच्चन एक लोकप्रिय कवि हुए। प्रसिद्ध होने और लोकप्रिय होने में अंतर है। प्रसिद्धि मिलना अलग बात है और लोकप्रियता प्राप्त करना अलग। उदाहरण के लिए हम रवींद्रनाथ टैगोर को ले सकते हैं। वे विश्वप्रसिद्ध कवि हुए। 'गीतांजलि' काव्य पर उन्हें विश्व का सबसे बड़ा सम्मान 'नोबेल पुरस्कार' मिला। पर आज कितने बंगाली समाज के लोग हैं, जिन्हें 'गीतांजलि' की दो-चार कविता भी याद हों। दूसरी ओर सूर, तुलसी को लें तो उनके दोहे, उनकी चौपाइयाँ खेतों में काम करने वाले अनपढ़, किसान, मजदूर भी गाते सुनाई दे जाते हैं। बच्चन ऐसे ही लोकप्रिय कवि हुए। 'मधुशाला' की पंक्तियाँ आज लोगों की जुबान पर सुनाई दे जाती हैं।

हरिवंश राय बच्चन का जन्म 27 नवंबर, 1907 को प्रयाग के एक कायस्थ परिवार में हुआ, उनके पूर्वज मूल रूप से अमोढ़ा (उत्तर प्रदेश) के निवासी थे। उनकी आरंभिक शिक्षा कायस्थ पाठशाला में हुई। बाद की शिक्षा काशी हिंदू विश्वविद्यालय तथा इलाहाबाद (अब प्रयागराज में) के राजकीय कॉलेज में हुई।

बाद में उन्होंने इंग्लैंड के कैंब्रिज विश्वविद्यालय से पीएच.डी. की डिग्री हासिल की। कुछ दिनों तक वे इलाहाबाद विश्वविद्यालय में अंग्रेजी के प्राध्यापक रहे। कुछ समय तक इलाहाबाद के आकाशवाणी केंद्र में भी कार्य किया। आरंभिक काल में इन्होंने एक प्रेस में कंपोजीटर का पद भी सँभाला। कहते हैं कि 'मधुशाला' की रचना इन्होंने प्रेस में काम करते हुए की। बाद में भारत सरकार के विदेश मंत्रालय में भी कई महत्त्वपूर्ण पदों पर कार्यरत रहे। पुनः बच्चन राज्यसभा के सदस्य मनोनीत किए गए।

कहा जाता है कि अपनी पहली पत्नी श्यामा की मृत्यु से उनको इतना सदमा पहुँचा कि बहुत दिनों तक उन्होंने काव्य रचना से मानो संन्यास ले लिया। परिजनों, मित्रों आदि के समझाने के वर्षों बाद उन्होंने पुनः काव्य जगत् में प्रवेश किया और लिखा—'जो

बीत गई सो बात गई।' बच्चन की यह कविता काफी प्रसिद्ध और प्रचलित हुई। बच्चन ने दूसरी शादी तेजी बच्चन से की। इस विवाह को संपन्न कराने में पंडित नेहरू का बड़ा हाथ था। नेहरू परिवार से बच्चन का घनिष्ठ रिश्ता रहा था—दोनों कैंब्रिज के ही छात्र रहे थे। उनके पुत्र अमिताभ बच्चन इस शताब्दी के महानायक कहलाए और सिने जगत् में अपना नाम और धाक जमाई।

"बच्चन द्वारा लिखी गई 'मधुशाला' कालजयी रचना है, जिसमें उन्होंने मयखाने के बहाने प्रेम, सौंदर्य, पीड़ा, दुःख, मृत्यु और जीवन के सभी पहलुओं को अपने शब्दों में जिस तरह से पेश किया है, वह अन्यत्र दुर्लभ है। बच्चन अच्छे गायक भी थे और 'मधुशाला' की पंक्ति को खुद गाकर सुनाते थे। यह सत्य है कि बच्चन किसी साहित्य सम्मेलन से नहीं जुड़े, लेकिन उन्होंने साहित्य की सभी विधाओं को स्पर्श किया। बच्चन ने फिल्मों के लिए भी गीत लिखे हैं। 'सिलसिला' का गीत—'रंग बरसे⋯' आज भी हर किसी की जुबान पर अंकित है।

हरिवंश राय बच्चन की रचनाओं में प्रमुख हैं—मधुशाला, मधुकलश, निशा निमंत्रण, बंगाल का काल, खादी के फूल, बुद्ध और नाच घर, मिलन-यामिनी। 1968 में उनकी रचना 'दो चट्टानें' को साहित्य अकादमी पुरस्कार मिला। उन्होंने चार खंडों में अपनी आत्मकथा भी लिखी है। जिस पर उन्हें बिरला फाउंडेशन द्वारा 'सरस्वती सम्मान' से नवाजा गया। 1968 में उन्हें 'सोवियत लैंड नेहरू' पुरस्कार तथा एफ्रो-एशियाई सम्मेलन के 'कमल पुरस्कार' से सम्मानित किया गया। साहित्य सम्मेलन ने बच्चन को साहित्य वाचस्पति का सम्मान दिया। बाद में सरकार ने भी उन्हें पद्म भूषण पुरस्कार से सम्मानित किया।

हरिवंश राय बच्चन की रचनाएँ सामान्य जन को आंदोलित और प्रभावित करती हैं। निराशा भरे जीवन में आशा का संचार करती हैं।

जीवन में एक सितारा था
माना वह बेहद प्यारा था
वह डूब गया तो डूब गया
अंबर के आनन को देखो
कितने इसके तारे टूटे
कितने इसके प्यारे छूटे
जो छूट गये फिर कहाँ मिले
पर बोलो टूटे तारों पर
कब अंबर शोक मनाता है
जो बीत गई सो बात गई।

इन पंक्तियों में कवि ने निराश जीवन को एक नया आलोक प्रदान किया है। मानव जीवन एक युद्ध क्षेत्र है, जहाँ निराशा, हताशा, पीड़ा, दुःख, असफलता आदि कई दुश्मनों से हमें लड़ना पड़ता है। कवि ने 'मधुशाला' में मनुष्य जीवन को इन शत्रुओं से लड़ने की शक्ति प्रदान की है। निराश दिल में आशा का दीप जलाया है। दुःख और पीड़ा की धूल झाड़कर मस्ती और उमंग में डूब जाने का संदेश दिया है। कवि जीवन की कौन कहे, मरने के बाद भी मस्ती त्यागना नहीं चाहता है, तभी तो कहता है—

मेरे शव के पीछे चलने वालों, याद इसे रखना।
'राम नाम है सत्य' न कहना, कहना सच्ची मधुशाला।

बच्चन ने अपनी मधुशाला में हिंदू-मुस्लिम के बीच की खाई को पाटने का प्रयास किया है—

बैर बढ़ाते मंदिर-मस्जिद, मेल कराती मधुशाला।

बहुत से लोगों ने आरंभ में 'मधुशाला' को लेकर बच्चन पर शराब का हिमायती होने का आरोप लगाया था, लेकिन यह गलत था। वास्तविकता यह थी कि 'मधुशाला' आनंद, मस्ती, उमंग का प्रतीक है। इसे हम प्रतीकात्मक काव्य कह सकते हैं। कवि ने इसे स्पष्ट करते हुए लिखा था—

मधुशाला वह नहीं जहाँ पर मदिरा बेची जाती है
भेंट जहाँ मस्ती की होती, मेरी तो वह मधुशाला।

बच्चन की कविता में जहाँ एक ओर छायावाद है, वहीं प्रगतिवाद भी साथ-साथ चलता है।

'तीर पर कैसे रुकूँ मैं, आज लहरों में निमंत्रण' जैसी पंक्तियाँ प्रगतिवाद को ही सिद्ध करती हैं। हालावाद कवि की एक बड़ी विशेषता है। 'मधुशाला' की कविता को बहुत से लोगों ने हालावाद का नाम दिया था। साम्यवाद की छाप भी कहीं-कहीं दिखाई दे जाती है—

हाय किसी ने क्यों न सुझाया,
निर्बल के बलराम नहीं हैं।

निर्बल के बल हैं, दो घूँसे। जैसी पंक्तियों में कवि का विद्रोही व्यक्तित्व परिलक्षित होता है। संक्षेप में, बच्चन की कविता में छायावाद, प्रगतिवाद, रहस्यवाद, प्रयोगवाद, राष्ट्रवाद सबका एक साथ समावेश मिलता है। पाठक बिना किसी सहायता के बच्चन की कविता का अर्थ समझ लेता है। बच्चन की मृत्यु 18 जनवरी, 2003 को लंबी बीमारी के बाद मुंबई में हो गई।

□

महादेवी वर्मा

महादेवी ने अपना परिचय स्वयं देते हुए अपने को नीर भरी बदली कहा है—

परिचय इतना, इतिहास यही,
उमड़ी कल थी, मिट आज चली।
मैं नीर भरी दुःख की बदली।

वस्तुतः महादेवी का संपूर्ण जीवन दुःख और पीड़ा की व्यथा-कथा है। लेकिन उनकी रचनाओं में विरह और पीड़ा के साथ-साथ नारी जाति का स्वाभिमान दिखाई देता है। कहते हैं कि महादेवी को पति का प्रेम नहीं मिला। शायद प्रेम पाने की यही तड़प उनकी कविताओं में सुनाई पड़ती है। प्रेम की पीड़ा को अपनी कविताओं में साकार करने के कारण ही उन्हें आधुनिक युग की मीरा कहा गया है। फिर भी मीरा और महादेवी के विरह और प्रेम में एक अंतर है। मीरा का आराध्य सगुण है, साकार है। जबकि महादेवी का आराध्य निर्गुण है, निराकार है। लेकिन ज्ञात हो या अज्ञात, अपने-अपने प्रियतम के लिए दोनों का प्रेम असीम है और दोनों समान रूप से विरह की आग में जलती हैं।

महादेवी वर्मा का जन्म फर्रुखाबाद में 26 मार्च, 1907 को हुआ था। उनके पिता एक जाने-माने अधिवक्ता थे। महादेवी की आरंभिक शिक्षा जबलपुर में हुई। बाद में उच्च शिक्षा के लिए ये इलाहाबाद आ गईं। इलाहाबाद विश्वविद्यालय से संस्कृत भाषा में उन्होंने एम.ए. की डिग्री पाई। फिर प्रयाग महिला विद्यापीठ की प्राचार्या नियुक्त हो गईं। कहा जाता है कि उनका विवाह छोटी उम्र में ही हो गया था, लेकिन वैवाहिक जीवन सुखी नहीं था। फलतः उन्होंने पारिवारिक जीवन से निकलकर सामाजिक जीवन में प्रवेश किया और कई सामाजिक, सांस्कृतिक, साहित्यिक संस्थानों का गठन किया। गद्य साहित्य और पद्य साहित्य दोनों क्षेत्रों में महादेवी का समान अधिकार था। उनके गद्य में भी पद्य की मिठास थी। गद्य की पंक्तियाँ पद्य का सौंदर्य लिये चित्रित होती थीं।

महादेवी मुख्यतः छायावादी कवयित्री कही गई हैं, लेकिन उनकी कविताओं में रहस्यवाद और दर्शन भी अपनी पूरी विशेषताओं से युक्त होकर आए हैं। महादेवी का

साहित्य के क्षेत्र में जिस समय पदार्पण हुआ, उस समय साहित्य के क्षेत्र में कई वादों का उत्थान-पतन हो रहा था, लेकिन उसका महादेवी पर कभी कोई प्रभाव नहीं पड़ा। वे छायावादी ही बनी रहीं। उस छायावाद में रहस्यवाद का उत्कर्ष भी एक घटना जैसा था।

महादेवी के रहस्यवाद में उनका प्रियतम कौन है, यह कहीं स्पष्ट नहीं हो पाता है। कवयित्री ने बार-बार प्रिय और प्रियतम शब्द का उल्लेख किया है, लेकिन वह प्रिय कोई सांसारिक व्यक्ति है या परमात्मा है—यह पाठक सोचता ही रह जाता है। अत: रहस्यवाद का प्रियतम खुद एक रहस्य बन गया है।

कवयित्री की रचनाओं में प्रमुख हैं—नीहार, रश्मि, नीरजा, यामा आदि। गद्य के क्षेत्र में अतीत के चलचित्र, स्मृति की रेखाएँ, पथ के साथी, श्रृंखला की कड़ियाँ। रेखाचित्र और शब्दचित्र को महादेवी ने अपनी रचनाओं में शिखर तक पहुँचा दिया है। महादेवी को कई प्रकार के पुरस्कारों से भी सम्मानित किया गया। 'यामा' काव्य पर उन्हें 1943 में 'मंगलाप्रसाद पारितोषिक' एवं 'भारत भारती पुरस्कार' दिया गया। साथ ही 'नीरजा' काव्य पर 'केसरिया पुरस्कार' प्रदान किया गया।

महादेवी का संपूर्ण काव्य अविरल प्रेम वेदना से भरा पड़ा है। इन्होंने स्वयं लिखा है—

विस्तृत नभ का कोई कोना।
मेरा न कभी अपना होना।

लगता है, कवयित्री ने यह स्वीकार कर लिया है कि जीवन में उन्हें अपनी वेदना को सहेजकर रखना है—इसे खोना नहीं है। उनका जीवन दीपशिखा की तरह अनवरत जलता रहे, ताकि प्रियतम का पथ आलोकित होता रहे।

मधुर-मधुर मेरे दीपक जल, प्रियतम का पथ आलोकित कर।

महादेवी के प्रेम के दीपक में विरह की लौ सतत जल रही है। विरह में ही तो प्रियतम का प्यार पलता रहता है, मिलन में नहीं। इसीलिए कवयित्री को विरह पसंद है। वह पीड़ा में प्रियतम को ढूँढ़ती है। इस अर्थ में मीरा और महादेवी का विरह समान है। दीपक इनकी अनवरत साधना का प्रतीक है, तो वेदना काव्य का केंद्रीय आत्मतत्त्व। प्रेम और विरह वेदना का भाव काव्य का सर्वव्यापक भाव है।

महादेवी के गद्य साहित्य में भी प्रेम की ही प्रधानता है। वहाँ भी रेखाचित्रों के बहाने मानवीय संवेदनाओं को महत्त्व दिया गया है। महादेवी की शैली भी साहित्य को एक नई दिशा प्रदान करती है। इनकी रहस्यवादी कविता कही-कहीं अपना भाव व्यक्त करने में पाठकों को संतुष्ट नहीं कर पाती, लेकिन इनका गद्य आसानी से पाठकों को समझ में आ जाता है। जो भी हो, 11 सितंबर, 1987 को ये कवयित्री भले ही हमें छोड़कर हमेशा के लिए चली गईं, लेकिन हिंदी साहित्य में अपनी अमिट छाप जरूर छोड़ गई हैं। □

सुभद्रा कुमारी चौहान

सुभद्रा कुमारी चौहान हिंदी काव्य साहित्य में अद्‌भुत ओजस्वी कवयित्री कही गई हैं। उनकी कविता में ओज गुण के साथ-साथ एक सहज प्रवाह सर्वत्र दृष्टिगोचर होता है। राष्ट्रीय काव्य और प्रेमपरक गीतों की सर्जना में एक जैसी प्रतिभा का परिचय सुभद्रा कुमारी चौहान ने दिया है। यही कारण है कि छायावादी काव्य दृष्टि के समानांतर राष्ट्रीयता के बोध से संपन्न कवियों की शृंखला में इन्हें महत्त्वपूर्ण स्थान प्राप्त है। उनकी कविता 'वीरों का कैसा हो वसंत' काफी प्रसिद्ध हुई।

सुभद्रा कुमारी चौहान अतीत की गायिका थीं। उन्होंने अतीत के गीत गाकर वर्तमान में देश के युवाओं को सोये से जगाया है और उनमें शक्ति, साहस भर, भविष्य के लिए तैयार किया है। कवयित्री का विश्वास है कि हर अतीत अपने पीछे एक सबक छोड़ जाता है, जिसे वर्तमान में ग्रहण करके ही हम अपने भविष्य को सजाते हैं, सँवारते हैं। अतीत की उपेक्षा भविष्य के लिए दु:खद होती है। अतीत तब त्याज्य हो जाता है, जब वह भार बन जाता है। जहाँ वह प्रेरणादायक होता है, वहाँ वह ग्राह्य है।

कवयित्री देश के युवाओं को अनुप्राणित करती हुई कहती है कि जब देश में आग लगी हो, देश की मिट्टी कुर्बानी माँग रही हो, वैसी घड़ी में युवाओं को विलासिता और शृंगारिकता की सरिता में डूबना-उतराना शोभा नहीं देता। हमारी भारत माता सदियों से पराधीनता के बंधन में बँधी, बेकसी की जंजीर से जकड़ी, बेबसी के आँसू रो रही है। हमारी सोने की चिड़िया आज लोहे के पिंजरे में कैद मुक्ति के लिए पंख फड़फड़ा रही है। अपने सपूतों की ओर आशा भरी निगाहों से निहार रही है, लेकिन देश के वीर अपने कर्तव्य से उदासीन हैं। वे आलस और जड़ता के शिकार बने हैं। विलासिता और शृंगारिकता की सरिता में आकंठ डूबे हैं। वे वसंत मनाने में व्यस्त हैं। ऐसी परिस्थिति में कवयित्री मनोवैज्ञानिक पद्धति का सहारा लिये देश के सपूतों से पूछती हैं कि क्या वीरों का वसंत ऐसा ही होता है।

यह प्रश्न आज कवयित्री ही नहीं पूछती हैं, सागर की लहरें भी चिल्लाकर यही प्रश्न पूछती है। हिमालय पुकार-पुकार कर यही प्रश्न पूछ रहा है। प्राची, पश्मि, धरा, गगन

सब एक ही प्रश्न पूछ रहे हैं। क्या वीर इसी प्रकार वसंत मनाते हैं? गुलामों की खुशी का कोई महत्त्व नहीं होता। गुलामों की खुशी भी गुलाम होती है।

कवयित्री बताती हैं कि आज देश के वीरों के सामने दो ही रास्ते हैं। एक पर चलने में जीवन में हास है, विलास है, मधुमास है और दूसरे पथ पर मृत्यु की फाँस है। एक तरफ रास और रंग है। स्वागत को अनंग है और दूसरी तरफ त्याग है, बलिदान है। जवानी की कुर्बानी है। अंत: वीर किस रास्ते को अपनाएँगे?

आज प्रकृति भी सोलहों शृंगार किए उन्हें अपनी ओर बुला रही है। धरती सरसों की पीली चुनरी ओढ़, रंग-बिरंगे झूलों के शृंगार सजाए नई-नवेली दुल्हन की तरह सज-धजकर उन्हें आकर्षित कर रही है। वसुधारूपी वधू का अंग-प्रत्यंग अनंग के स्पर्श से पुलक रहा है। लेकिन कवयित्री का प्रेमी तो वीरता का बाना धारण कर स्वतंत्रता समर में कमर कस कूद पड़ने को बेचैन है। ऐसी घड़ी में देश के वीरों को अपना रास्ता स्वयं चुनना चाहिए। एक तरफ अमराई में कोयल पुकार रही है, तो दूसरी ओर मारू बाजा चिल्ला-चिल्लाकर वीरों को अपनी ओर बुला रहा है। इस रास और रंग के विधान में वीरों को अपना कर्तव्य स्वयं निश्चित करना है। आदि और अंत, जीवन और मरण दोनों में से एक का चुनाव करना है।

कवयित्री वीरों को अतीत की ओर ले चलती है और अतीत से सबक लेने को कहती है। वह लंका से कहती है कि लंका बताए, उसकी धरती पर राम और हनुमान ने किस प्रकार का वसंत मनाया था। कुरुक्षेत्र ने देखा है, अपनी धरती पर भीम-अर्जुन को वसंत मनाते। कवयित्री का आशय यह है कि लंका की धरती पर जब रावण की स्वेच्छा चारिता बहुत बढ़ गई तो सोने की लंका मिट्टी में मिल गई। कौरवों का अत्याचार जब सीमा पार कर गया तो महाभारत का युद्ध मचा। आज भारत के वीर भी उसी प्रकार विलासिता आदि के शिकार बने हैं। अगर यही स्थिति रही तो सोने का देश भी मिट्टी में मिल जाएगा।

वीरों का वसंत महाराणा प्रताप ने हल्दीघाटी के मैदान में मनाया था। शिवाजी ने सिंहगढ़ में मनाया था, लेकिन आज उसी राम, कृष्ण, शिवा और राणा की संतान विलासिता में डूबी हैं, यह उनके लिए शर्म की बात है।

इस प्रकार सुभद्रा कुमारी चौहान की कविताओं में देश-प्रेम की भावना हिलोरें मारती है। कवयित्री ने कम ही लिखा है, लेकिन गागर में सागर भर दिया है। उनकी हर अकेली कविता उन्हें प्रसिद्धि दिलाने के लिए काफी है। सुभद्रा कुमारी चौहान ने कवि लेखकों को भी अपने कर्तव्यों की याद दिलाई है। इतिहास गवाह है कि हमारे कवि लेखकों ने सदा से देश के वीरों का मार्गदर्शन किया है। देश की आन-बान और शान पर उन्हें अपनी जान कुर्बान करने को प्रेरित किया है। कवि दिनकर ने लिखा है—

कलम, आज उनकी जय बोल
जिनकी चढ़ती हुई जवानी,
खोज रही अपनी कुर्बानी,
जनम एक जिनकी अभिलाषा,
मरण एक जिनका त्योहार।

लेकिन आज कवियों की कलम भी अपना कर्तव्य भूल गई है। वह रमणी के रूप वर्णन में ही व्यस्त है। आज न तो चंदबरदाई जैसे कवि रहे और न ही नसों में बिजली भर देने वाला वह छंद रहा। आज न तो भूषण रहे, जिनकी एक-एक कविता पर शिवाजी इतने फूल जाते थे कि कवच में नहीं समाते थे। आज का कवि वर्ग भी युवाओं की विलासिता की आग में और घी डाल रहा है। एक कवयित्री थीं, जो बताती थीं कि देश के वीरों का वसंत कैसा होता है, पर अफसोस! आज उसकी कलम बँधी है। अर्थात् अंग्रेजी सरकार ने लिखने पर रोक लगा रखी है। दिनकर ने भी लिखा है—'बँधी है लेखनी लाचार हूँ मैं ऐसी घड़ी कौन बताए वीरों का वसंत कैसा होता है।'

सुभद्रा कुमारी चौहान की अधिकांश रचनाएँ इसी प्रकार की राष्ट्रीयता के संदेश से भरी हैं।

□

प्रेमचंद

प्रेमचंद मुख्य रूप से कहानीकार थे। यद्यपि उन्होंने कहानी के अतिरिक्त उपन्यास, नाटक आदि में भी अपनी प्रतिभा का परिचय दिया। लेकिन कहानी के क्षेत्र में उनकी कहानियाँ सामान्य जन को इतना प्रभावित करती हैं कि उन्होंने कहानीकार के रूप में ही प्रसिद्धि प्राप्त की। प्रेमचंद की रचनाओं में मुख्य रूप से भारतीय गाँव की समस्याओं का समाधान ढूँढ़ा गया है।

गांधी ने कहा था कि भारत गाँवों का देश है। जब तक यहाँ के गाँव की समस्या हल नहीं हो जाती, भारत कभी प्रगति के पथ पर आगे नहीं बढ़ सकता। प्रेमचंद ने अपने उपन्यासों, कहानियों में ग्रामीण जीवन को ही मुख्य विषय बनाया है। गाँव के किसान, मजदूर, सामान्य जन आदि ही उनकी रचनाओं के मुख्य पात्र हैं, यद्यपि कुछ लोगों ने उपन्यास सम्राट शरत चंद्र को कहा है, लेकिन प्रेमचंद भी उपन्यास के सम्राट ही थे।

प्रेमचंद का जन्म कायस्थ परिवार में 31 जुलाई, 1880 में बनारस के लमही नामक गाँव में हुआ था। इनके पिता अजायब राय थे, जो डाकघर में कार्यरत थे। मुंशी का काम करने के कारण लोग इन्हें मुंशी अजायब राय कहने लगे। बाद में प्रेमचंद के नाम में भी 'मुंशी' शब्द जुड़ गया। कम उम्र में ही प्रेमचंद के सिर से माता आनंदी का साया उठ गया। पिता ने दूसरी शादी की, पर कुछ दिनों के बाद उनकी भी मृत्यु हो गई। प्रेमचंद के प्रति सौतेली माता का व्यवहार कटुतापूर्ण था। सौतेली माँ के अनुभवों का प्रेमचंद ने अपनी रचना 'निर्मला' में बड़ा यथार्थ चित्रण किया है। प्रेमचंद की शादी कम उम्र में ही हो गई थी।

माता–पिता की मृत्यु के बाद कम उम्र में ही प्रेमचंद के कंधों पर परिवार के भरण–पोषण का बोझ आ पड़ा। अत: इनका आरंभिक जीवन कष्टमय रहा। अभावों से जूझते हुए उन्होंने पढ़ाई छोड़ दी। गणित में कमजोर होने से भी पढ़ाई में व्यवधान आया। बाद में गणित का विकल्प कोर्स में आया, तब उन्होंने इंटरमीडिएट की परीक्षा पास की। कुछ

दिनों तक स्कूल इंस्पेक्टर के पद पर कार्यरत रहे। बाद में गांधी के असहयोग आंदोलन में शरीक हो गए।

प्रेमचंद का साहित्य संसार विशाल है। आरंभ में इन्होंने उर्दू में लिखना आरंभ किया। उर्दू में नवाबराय के नाम से इनकी रचनाएँ प्रकाशित हुईं। बाद में हिंदी में लिखने लगे। प्रेमचंद के बचपन का नाम धनपत राय था, लेकिन हिंदी में लिखने के बाद उन्होंने अपना नाम प्रेमचंद रख लिया।

प्रेमचंद ग्रामीण जीवन के चितेरे कहे गए हैं। साथ ही भारतीयता के भी बड़े चिंतक थे। गाधी से प्रभावित होकर उन्होंने अपनी रचनाओं में जहाँ आदर्शवादिता को प्रश्रय दिया, वहीं ग्रामीण जीवन के यथार्थ का भी बड़ा सजीव और स्वाभाविक चित्र खींचा। 'गोदान' उपन्यास प्रेमचंद के ग्रामीण जीवन पर आधारित एक महान् उपन्यास है। इसके सारे पात्र गोबर, धनिया, होरी सभी वर्तमान गाँवों के हीरो हैं, और पात्र हैं। आज भी गाँव का जीवन कितना कष्टमय है, इसका सजीव वर्णन 'गोदान' में हुआ है।

गाँववाले आज भी अभावों में जीते हैं, पीड़ाओं में पलते हैं, गम खाते हैं और आँसू पीते हैं। गाँव के किसान फसलों पर निर्भर रहते हैं। जब खेतों में जौ, गेहूँ की बालियाँ लहलहाती हैं, तो किसानों का मन-मयूर भी थिरक उठता है। 'धनिया' के गौने 'गोबर' के ब्याह के सपने साकार होते दिखाई देते हैं, लेकिन फसल किसी कारण से मारी गई, तो फिर सपनों का महल धराशायी हो जाता है। किसी ने ठीक ही लिखा है, "भारतीय किसान कर्ज में ही जन्म लेते हैं, कर्ज में ही पलते हैं और कर्ज में ही मर जाते हैं। यही उनके जीवन की विडंबना है। यही उनकी नियति है।"

प्रेमचंद ने किसानों का सजीव चित्र गाँव के खेतों की मेंड़ पर बैठकर खींचा है। इसीलिए यह स्वाभाविक और यथार्थ से पूर्ण है। ड्राइंग रूम में बैठकर किसानों की दशा का वर्णन नहीं हो सकता। ऐसा वर्णन अस्वाभाविक बन जाता है, जिसमें स्थूल शरीर तो होता है, पर प्राण गायब रहते हैं। प्रेमचंद की प्रत्येक कहानी किसी-न-किसी समस्या का समाधान ढूँढ़ती नजर आती है। 'पंच परमेश्वर' में प्रेमचंद ने इंसानियत की जीत बताई है। आज की कोर्ट-कचहरियों में जहाँ कानून का फंदा डालकर इंसान का गला घोंट दिया जाता है, वहाँ जुम्मन और अलगू की अदालत में दुश्मनी के बावजूद दोनों को इंसाफ मिलता है।

'नमक का दारोगा' कहानी सिद्ध करती है कि हमेशा सत्य की ही जीत होती है। कुछ समय के लिए सत्य भले ही पराजित हो जाता है, पर अंतिम जीत सत्य की ही होती है। अनमेल विवाह पर भी प्रेमचंद ने कटाक्ष किया है। इस प्रकार अपनी कहानियों द्वारा तत्कालीन समाज में फैली बुराइयों पर प्रेमचंद ने कठोर आघात किया है।

जैनेंद्र की कहानियों से प्रेमचंद की तुलना करते हुए बहुत से विद्वानों ने कहा कि जैनेंद्र की रचनाओं में जहाँ मध्यम वर्ग की समस्याओं को उठाया गया है, वहीं प्रेमचंद

ने समाज के गरीब वर्ग को अपना विषय बनाया है। प्रेमचंद ने पुरुषों के मनोभावों का सफल चित्रण किया है, तो जैनेंद्र ने नारी भावनाओं की गहराई में उतरने का प्रयास किया है अर्थात् एक की रचना अगर पुरुष प्रधान है तो दूसरे की स्त्री प्रधान। संक्षेप में कहें तो प्रेमचंद की कहानियों में फूलों की खुशबू हो न हो, पर मिट्टी की सुगंध अवश्य है। उन्होंने पूर्ववर्ती कथाकारों की तरह नायिकाओं के रूप वर्णन में समय जाया नहीं किया, वरन् मैले-कुचैले, फटे वस्त्रों में दीन-हीन बेटियों, बहुओं के चित्र को समाज में रखा।

रचनाकार की रचना तभी सफल होती है, जब वह समाज की आवश्यकताओं की पूर्ति करता है। जनजीवन को रोता हुआ देखकर वह अपनी रचना में हँस नहीं सकता। जो हँसता है, उसी की रचना खोखली, कल्पना पंखहीन और भाव प्राणहीन बन जाते हैं। प्रेमचंद भी समाज के बहुसंख्यक वर्ग को रोते देखकर अपनी कहानियों से हँस नहीं पाए। तभी तो आज उनकी कहानियाँ जन-जन के हृदय में घर कर गई हैं और वे कहानी सम्राट् बन गए हैं।

प्रेमचंद की रचनाओं में गांधीवाद का स्वर भी सुनाई दे जाता है। वे गांधी की आँधी को भी अपनी कहानियों में जगह देते दिखाई देते हैं। कहीं-कहीं साम्यवाद की झलक भी उनकी कहानियों में मिल जाती है। उनका साहित्य झोंपड़ी से महल तक को लेकर चलता है। किसान, मजदूरों की दशा के साथ-साथ समाज के मध्यम वर्ग की पीड़ा भी उनकी कहानियों में छलकती है।

प्रेमचंद की रचनाओं में प्रमुख हैं—गोदान, गबन, निर्मला, कायाकल्प, सेवा सदन, कर्मभूमि, रंगभूमि आदि प्रमुख उपन्यास हैं। कहानियों में पूस की रात, बड़े घर की बेटी, पंच परमेश्वर, शतरंज के खिलाड़ी, नमक का दारोगा प्रमुख हैं। कर्बला नाटक भी काफी प्रसिद्ध हुआ। इसके अलावा निबंध अनुवाद आदि के क्षेत्र में भी प्रेमचंद ने अपनी प्रतिभा का प्रदर्शन किया है। अंत में एक विद्वान् के अनुसार, "प्रेमचंद का साहित्य जनजीवन की गीता है। सत्यम् शिवम् सुंदरम् का त्रिवेणी संगम है।"

□

गुरुनानक देव

गुरुनानक देव सिख धर्म के पहले प्रवर्तक थे। उनका जन्म लाहौर प्रांत में रायभोई की तलवंडी नामक गाँव में 15 अप्रैल, 1469 कार्तिक पूर्णिमा को हुआ था। यह जगह अब पाकिस्तान में ननकाना साहिब के नाम से जानी जाती है। पिता का नाम कालूचंद बेदी और माता का नाम तृप्ता देवी था। पिता पटवारी का काम करते थे। माता धार्मिक विचारों की महिला थीं। नानक बचपन से ही कुशाग्र बुद्धि के थे। आगे चलकर उन्होंने संस्कृत, हिंदी और फारसी का ज्ञान प्राप्त किया। शुरू से ही शांत स्वभाव के कारण उनका मन आध्यात्मिक चिंतन-मनन में अधिक लगता था। अत: उसी उम्र में सांसारिकता से उनका मन उचट गया और ईश्वर चिंतन में लीन रहने लगे। सन् 1487 में उनका विवाह मूलचंद की बेटी सुलखानी के साथ हुआ। उनके श्रीचंद और लक्ष्मीचंद नामक दो पुत्र भी थे।

पिता ने उन्हें गाय-भैंस चराने का काम दिया, लेकिन उस काम में उनका मन नहीं लगता था। नानक देव के संबंध में कई किंवदंतियाँ प्रचलित हैं। कहते हैं कि एक बार वे गाय चराने के क्रम में गहरी नींद में सो गए। धूप से बचाने के लिए एक साँप ने अपने फण की छाया कर दी। जब लोगों ने यह अद्‌भुत दृश्य देखा तो आश्चर्यचकित रह गए। यहीं से गुरुनानक को लोग दैवीय समझने लगे।

एक बार इनके पिता ने कुछ रुपए देकर व्यापार के लिए बाहर भेजा, लेकिन नानक ने पैसों को भूखे साधुओं को खिलाने में खर्च कर दिए। एक किंवदंती यह भी है कि एक बार खेत में काम करते हुए इन्हें एक आवाज सुनाई दी—"नानक तुम्हारा जन्म इन कार्यों के लिए नहीं हुआ है, तुम भूले-भटके लोगों को नई राह दिखाओ आदि। कहते हैं कि उसी दिन से नानक घर-द्वार छोड़कर धर्म का उपदेश देने निकल पड़े। इन्होंने कई जगहों की यात्रा की। इनकी चार यात्राएँ प्रसिद्ध हैं।

इन्होंने छुआछूत को बड़ी बुराई माना, जो देश की प्रगति में सबसे बड़ा बाधक है। वे एमनाबाद, हरिद्वार, दिल्ली, काशी, मक्का, मदीना आदि जगहों पर भी गए। सभी जगहों पर एकेश्वरवाद का प्रचार-प्रसार किया। अर्थात् ईश्वर एक है और वही सबका

नियामक है। उत्तर से दक्षिण भारत में भ्रमण करते हुए इन्होंने अपने सिद्धांतों का प्रचार करते हुए लोगों से कहा कि सबको शांत मन से ईश्वर का भजन करना चाहिए। संयमित जीवन बिताना चाहिए। ईमानदारी से प्राप्त धन का सदुपयोग करना चाहिए। मधुर और परहितकारी वचन बोलने चाहिए।

कहते हैं कि एक बार नानक काबा की ओर पैर करके सो गए। मुसलमानों ने इन्हें भला-बुरा कहा, लेकिन जब उनका पैर जिधर घुमाया गया, उधर ही काबा दिखाई देने लगा। अतः सभी ने उनसे क्षमा माँगी और उन्हें कोई सिद्ध पुरुष समझकर उनका सम्मान किया। बाद में इन्होंने अपने सबसे योग्य शिष्य आनंद को गुरुगद्दी सौंप दी। 1839 ई. में 60 वर्ष की उम्र में करतारपुर में इनकी मृत्यु हो गई।

संक्षेप में नानक ने मूर्ति पूजा का विरोध किया और एकेश्वरवाद का प्रचार किया। सामाजिक कुरीतियों पर प्रहार किया। व्यक्ति को सादा जीवन बिताते हुए ईश्वर की भक्ति का संदेश दिया। सिख धर्म के लोग आज भी गुरुनानक को श्रद्धा की दृष्टि से देखते हैं। □

कोरोना महामारी

एक समय था जब हैजा, प्लेग, चेचक आदि रोग लाइलाज समझे जाते थे। इन संक्रामक रोगों से ग्रसित मरीज प्रायः मृत्यु को प्राप्त हो जाते थे, लेकिन नई-नई दवाओं के आविष्कार ने इन रोगों पर पूरी तरह विजय पा ली है, लेकिन कहावत है, 'मर्ज बढ़ता ही गया, ज्यों-ज्यों दवा की।' हमने एक रोग पर विजय पाई नहीं कि दूसरा भयानक रोग पैदा हो गया। कोरोना एक ऐसा ही भयानक संक्रामक रोग है, जिसके सामने विगत सभी रोग फीके पड़ गए थे।

कोरोना का आरंभ 2019 में चीन के वुहान नामक शहर से हुआ। वहाँ कोरोना का भयानक विस्फोट हुआ, जिसका प्रभाव संपूर्ण विश्व पर पड़ा। उस समय बहुत से लोगों ने चीन पर जानबूझकर इस रोग के विस्फोट का आरोप लगाया। उस समय अमरीका, जापान आदि देशों ने कहा कि चीन जानबूझकर दुनिया में यह रोग फैलाकर देशों को कमजोर बनाना चाहता है। कोरोना विस्फोट को लोगों ने चीन द्वारा जैविक हमला बताया। चूँकि कोरोना का आरंभ चीन की लैब में प्रयोगों के क्रम में हुआ था, अतः उपर्युक्त विचार बड़ी तेजी से फैला। धीरे-धीरे चीन से होता हुआ यह रोग पूरी दुनिया में तेजी के साथ फैल गया। भारत भी इससे अछूता नहीं रहा। दुनिया के सभी देशों ने 'लॉकडाउन', मास्क, घरों से बाहर न निकलने का आदेश देकर इस महामारी से बचने का प्रयास किया। फिर भी दुनिया में लाखों की संख्या में लोग इस रोग से मारे गए। सबसे ज्यादा पश्चिमी राष्ट्र तबाह हुए।

भारत अन्य देशों की तुलना में उतना क्षतिग्रस्त नहीं हुआ, फिर भी लॉकडाउन के कारण इसकी आर्थिक दशा पर बुरा प्रभाव पड़ा। इसे 'कोविड-19' भी कहा गया। इस रोग में मरीज के श्वसन तंत्र पर बुरा प्रभाव पड़ता है। फेफड़े क्षतिग्रस्त हो जाते हैं और साँसें रुक जाती हैं। कोरोना चार तरह के कहे गए हैं। इसमें दूसरे टाइप का कोरोना सबसे खतरनाक माना गया है।

कोरोना की दूसरी लहर 2021 के बाद आई। यह पहली लहर से ज्यादा खतरनाक थी। विशेषज्ञ तीसरी लहर की बात करते हैं, लेकिन अब इसकी लहरें धीरे-धीरे मंद पड़

रही हैं। इस रोग से बचने के लिए एक–दूसरे से दूरी बनाए रखना, मास्क का प्रयोग करना, इम्युनिटी बढ़ाने वाली चीजों का प्रयोग करना आदि उपाय कारगर हैं। कोरोना दुनिया से पूरी तरह समाप्त नहीं हुआ, लेकिन नए–नए वैक्सीन आदि के ईजाद से इसका प्रभाव जरूर कम हुआ है। मृत्यु दर भी घटी है। भारत में विकसित वैक्सीन सबसे बेहतर मानी गई है।

वर्तमान समय में पुनः चीन इस रोग से बुरी तरह ग्रसित है। यद्यपि चीन अपने यहाँ की मौत का सही आँकड़ा नहीं देता है, क्योंकि छिपाने की उसकी बुरी आदत है। फिर भी वहाँ हाल के विस्फोट में करोड़ों लोग मारे गए हैं। शवों को दफनाने के लिए लाइनें लगी थीं। सड़कों पर लाशों के ढेर लगे थे। इस विस्फोट से अमरीका और जापान भी बुरी तरह प्रभावित हुए हैं। वहाँ भी मृत्यु दर में वृद्धि हुई है।

जो भी हो, भारत कोरोना के प्रकोप से अब सुरक्षित है। हाल की लहरों का भारत पर कोई प्रभाव नहीं पड़ा है। इसका कारण यहाँ के लोगों की मजबूत इम्युनिटी है, जो अमरीका, जापान जैसे देशों के लोगों की नहीं है। भारत सरकार पूरी तरह चौकस है। अस्पतालों में डॉक्टर, दवा व बेड सब तैयार हैं, ताकि अचानक आने वाली इस प्रकार की मुसीबत का सामना कर सकें। कोरोना की जाँच तेजी से हो रही है। हवाई अड्डा, रेलवे स्टेशन आदि जगहों पर जाँच के विशेष इंतजाम किए गए हैं। भारतीय चिकित्सा संघ ने भी देशवासियों से कहा है कि प्रोटोकॉल नियमों का पालन मुस्तैदी के साथ होना चाहिए।

आज उच्च स्तर पर कोरोना की समीक्षा की जा रही है, तब भी हमें देखना है कि विगत महीनों में देश में चिकित्सा संबंधी सुधार किस पैमाने पर हुआ है। ऑक्सीजन प्लांट कितने लगाए गए हैं। जहाँ तक भारत का प्रश्न है, आज दुनिया के सभी बड़े देश उसकी प्रशंसा कर रहे हैं, जिस प्रकार भारत ने अपने यहाँ कोरोना जैसी महामारी को फैलने नहीं दिया, वह तारीफ के लायक है भी।

□

नोटबंदी

भारत में नरेंद्र मोदी की सरकार के गठन के बाद से ही देश की आर्थिक उन्नति के लिए आर्थिक नीति में परिवर्तन लाने की बात सोची गई। देश में जमाखोरी के कारण गरीबी बढ़ी हुई थी। काले धन को बाहर निकालने के लिए नोटबंदी का कदम उठाना आवश्यक था। अतः नवंबर 2016 में केंद्र सरकार ने नोटबंदी का कठोर फैसला ले लिया। देश के इतिहास में यह एक ऐतिहासिक घटना थी। पूर्व की किसी सरकार ने ऐसे फैसले के बारे में सोचा भी नहीं था। फलतः देश में इसकी भीषण प्रतिक्रियाएँ हुईं। कुछ लोगों ने जहाँ इस फैसले की सराहना की, वहीं बहुत से लोगों ने इसका विरोध भी किया। विरोधियों में ऐसे लोगों की संख्या अधिक थी, जिनके पास काला धन अधिक था। बहुत से लोग इस फैसले के विरुद्ध उच्चतम न्यायालय भी गए, पर फैसला सरकार के पक्ष में आया और विरोधियों को मुँह की खानी पड़ी। इस तरह 1000 और 500 के नोटों के विमुद्रीकरण का फैसला लागू हो गया। यद्यपि आरंभिक काल में आम जनता को कुछ परेशानी का सामना करना पड़ा, लेकिन हर नया लाने के लिए कुछ तो कष्ट उठाना ही पड़ता है।

आम जनता ही नहीं, कुछ अर्थशास्त्री भी इस फैसले का विरोध कर रहे थे। उनका तर्क था कि इससे आम लोगों का कष्ट बढ़ेगा। छोटे व्यवसायी परेशान होंगे, लेकिन आने वाले सुनहरे भविष्य को देखते हुए ये सारे आरोप खारिज हो गए। नोटबंदी के बाद नगदी, जो काले धन के रूप में जहाँ-तहाँ छिपी थी, वह सब बाहर आ गई और बैंकिंग व्यवस्था में शामिल हो गई। इस धन का देश के विकास में उपयोग हुआ। इस समय लगभग 32 करोड़ जन-धन खाते भी खुले, जिसमें पुराने नोट जमा किए जा सकते थे। अतः आम आदमी को इससे कोई परेशानी नहीं हुई।

नोटबंदी से नकली नोटों का जो चलन बढ़ रहा था, वह भी रुक गया। बहुत से आतंकवादी देश, जिसमें पाकिस्तान प्रमुख था, जो विदेशों से फंड भेजते थे, वह भी अचानक रुक गया। आतंकवाद, नक्सलवाद आदि जो राष्ट्रविरोधी शक्तियाँ थीं, उन्हें बड़ा झटका लगा और उनकी गतिविधियों में भारी कमी आई।

नोटबंदी से महँगाई पर भी अंकुश लगा, क्योंकि अमीरों के पास का सारा पैसा बाजार में आ गया। यह सच है कि दुनिया में विमुद्रीकरण के उदाहरण बहुत कम मिलते हैं। यह कठिन काम समझा जाता है, लेकिन मोदी सरकार ने इसे सफलतापूर्वक अंजाम तक पहुँचा दिया और उच्चतम न्यायालय ने भी इस पर मुहर लगा दी। अतः थोड़े शोर-शराबे के बाद विरोधियों का मुँह बंद हो गया। नोटबंदी से विमुद्रीकरण के साथ-साथ डिजिटल भुगतानों की ओर देश आगे बढ़ा है। दुनिया भर में डिजिटल भुगतान का लगभग 80 प्रतिशत आज भारत में हो रहा है।

नोटबंदी से देश के लेन-देन की लागत में भारी कमी आई है। व्यवसाय की सुविधा बढ़ी है। अतः नोटबंदी भारत के लिए आवश्यक थी। इससे होने वाले लाभ हमारे सामने हैं।

नोटबंदी को लेकर उच्चतम न्यायालय में भी मतभेद दिखाई दिए। पाँच जजों की बेंच ने जहाँ इसे संवैधानिक करार दिया और कहा कि सरकार ने रिजर्व बैंक कानून 1934 की धारा 26(2) का पालन किया है, लेकिन कुछ न्यायाधीशों ने इसे जल्दबाजी में लिया गया असंवैधानिक फैसला बताया। संक्षेप में, उच्चतम न्यायालय ने नोटबंदी पर उसे लाने की प्रक्रिया पर फैसला सुनाया है, उसके परिणाम पर नहीं। एक विद्वान् ने नोटबंदी पर प्रश्न उठाते हुए कहा है कि "यदि नोटबंदी का फैसला सही था, तो छह सालों में यह उपलब्धियों में नहीं गिना गया। पिछले वर्षों में जब भी इस पर चर्चा हुई, भटकाने का ही प्रयास हुआ।"

नोटबंदी के जहाँ कई फायदे गिनाए गए, वहीं इसकी हानियों पर भी कम बहस नहीं हुई। विरोधियों का कहना है कि इससे जी.डी.पी. दर 3 फीसदी से घटकर 0.9 फीसदी हो गई है। बेरोजगारी बढ़ गई है, क्योंकि कई कल-कारखाने बंद हो गए। नोटबंदी के बाद जनता अपनी ही गाढ़ी कमाई के पैसे पाने के लिए कतारों में सारे दिन खड़ी रहती थी। उसके अन्य घरेलू काम अव्यवस्थित हो जाते थे। कई बुजुर्ग स्त्री-पुरुष खड़े-खड़े बेहोश होकर भी गिरे। कुछ की मृत्यु भी हो गई, जबकि अमीर लोगों को पैसे निकालने में कोई तकलीफ नहीं हुई।

नोटबंदी लागू होने पर इसके समर्थकों ने बताया था कि इससे कैशलेस व्यवस्था को बल मिलेगा। काले धन और जाली नोट पर नियंत्रण होगा। इससे आतंकवादियों की कमर टूट जाएगी, लेकिन ऐसा नहीं हुआ। आज भी जब कहीं छापा पड़ता है, तो करोड़ों रुपए छापे में मिलते हैं। जमाखोरी ज्यों-की-त्यों है, आतंकी आज भी आतंक में जुटे हैं। नक्सलवाद आज भी कायम है। नकली नोटों के साथ-साथ तस्कर भी गिरफ्तार हो रहे हैं। संक्षेप में कहें तो नोटबंदी को लेकर आज भी पक्ष और विपक्ष में बहस छिड़ी है, लेकिन इतना सत्य है कि मोदी के इस कार्य से एक साहसी कदम और इसके कई प्रभाव दिखाई दे रहे हैं।

□

बैसाखी

बैसाखी सिखों का सबसे प्रमुख पर्व है। पंजाब में यह धूमधाम से मनाया जाता है। इसका संबंध प्रकृति से जोड़ा गया है। इसके पीछे यह उद्देश्य है कि देश धन-धान्य से भरा-पूरा हो। जब खेतों में फसल तैयार होती है, तभी यह पर्व मनाया जाता है। इस पर्व को लेकर कई प्रकार की कथा जुड़ी है। कहते हैं कि वनवास के क्रम में पांडव पंजाब प्रांत के कटराझाल नामक स्थान पर आए थे, जहाँ यक्ष ने चार भाइयों को मार दिया था। बाद में युधिष्ठिर ने यक्ष के सभी प्रश्नों के उत्तर देकर अपने भाइयों को पुनः जिंदा करवा लिया था। इस कथा से सभी परिचित हैं। कहते हैं कि इसी घटना की स्मृति में पंजाब में यह पर्व शानदार तरीके से मनाया जाता है।

यह भी कहा जाता है कि इसी दिन सिखों के दसवें गुरु गोविंद सिंह ने हिंदू धर्म की रक्षा के लिए एक संगठन का निर्माण कराया था, जिसे बाद में खालसा कहा गया। गोविंद सिंह ने खालसा को पंच ककारों से सुसज्जित किया था। ये पंच ककार थे—कच्छ, केश, कृपाण, कंघी और कड़ा। आज प्रत्येक सिख इन पाँचों चीजों को अवश्य धारण करता है।

एक अन्य कथा यह भी जुड़ी है कि इसी दिन गंगा पृथ्वी पर अवतरित हुई थी। अत: इस दिन सिख समाज गंगा में अवश्य स्नान करता है। यद्यपि बैसाखी पंजाब और सिखों का मुख्य पर्व है, परंतु यह देश के प्रत्येक भाग में मनाया जाता है। हर राज्य में इसके अलग-अलग नाम हैं। केरल में इसे 'बिहु' कहा जाता है। तमिलनाडु में यह 'पोंगल' नाम से प्रसिद्ध है।

बैसाखी के दिन सभी सवेरे उठकर गंगा या पवित्र नदी में स्नान कर भगवान् की पूजा-अर्चना करते हैं। सारे दिन नाचते-गाते हैं। जोकरों जैसी टोपियाँ पहनकर खुशी मनाते हैं। इस दिन गुरुद्वारों में जाकर प्रार्थना की जाती है और फेरियों की एक श्रृंखला बनाई जाती है।

इस अवसर पर भाँगड़ा नृत्य का विशेष महत्त्व है। पंजाब का यह प्रसिद्ध नृत्य है। पुरुष जहाँ भाँगड़ा नृत्य से शानदार समाँ बाँध देते हैं, वहीं स्त्रियाँ गिद्दा नृत्य

से सबका मन मोह लेती हैं। पंजाब में इस दिन सामूहिक भोज का आयोजन किया जाता है।

राज्यों में नई फसलों से भोजन तैयार किए जाते हैं। हर कोई इन भोजनों का एक साथ आनंद लेते हैं और प्रकृति के प्रति अपनी कृतज्ञता जाहिर करते हैं।

संक्षेप में, बैसाखी एक ऐसा त्योहार है, जो हमें प्रकृति को हमारे लिए की जा रही हर चीज के लिए धन्यवाद देने का अवसर देता है।

□

सरहुल

सरहुल झारखंड राज्य का प्रमुख पर्व है। झारखंड की विभिन्न जनजातियाँ जैसे मुंडा, उराँव, हो, आदि जातियाँ इस पर्व को बड़े उमंग और उत्साह से मनाती हैं। संपूर्ण झारखंड में यह पर्व प्रकृति पर्व के रूप में मनाया जाता है। नववर्ष के आगमन के स्वागत के रूप में भी इसे मनाने का चलन है। सरहुल शब्द का अर्थ ही है वृक्षों, खासकर शाल वृक्ष की पूजा करना। यह पर्व 'सरना' के सम्मान में भी मनाया जाता है। सरना एक प्रकार का पवित्र कुंज है, जिसमें कुछ शाल वृक्ष होते हैं। यह एक पूजा स्थल का भी कार्य करता है।

सरहुल पर्व में सरना अर्थात् शाल वृक्ष की पूजा की जाती है। चंद्र पंचांग के अनुसार चैत्र मास में दूज के चाँद के तीसरे दिन मनाया जाता है। सरहुल पर्व वसंत ऋतु के आगमन होने का भी उत्सव है। साथ ही यह पर्व जनजातियों की एकता का भी प्रतीक है। इस पर्व में एक निश्चित तिथि को गाँव का पुरोहित, जिसे 'पाहन' कहते हैं, सरना पूजा करवाता है। इस अवसर पर मुर्गे की बलि चढ़ाई जाती है और हाँडिया का अर्घ्य दिया जाता है। हाँडिया एक प्रकार की शराब है, जो चावल से विशेष प्रकार से बनाई जाती है। पूजा की समाप्ति के बाद जनजातियों के लोग अपने कानों पर शालपुष्प धारण करते हैं। फिर नाचते-गाते आनंद मनाते हैं।

जिस प्रकार होली और दशहरे में हिंदू कहीं भी काम करते हों, अपने-अपने घर अवश्य आते हैं और परिवार के साथ त्योहार मनाते हैं, उसी प्रकार जनजाति के स्त्री-पुरुष भी अपने-अपने घर अवश्य आते हैं और घर की सफाई, लिपाई, पुताई करते हैं। घर-आँगन को साफ-सुथरा, स्वच्छ बनाते हैं। घर की दीवारों की रँगाई करते हैं और उस पर विभिन्न प्रकार की चित्रकारी करते हैं। झारखंड का यह सरहुल केवल त्योहार ही नहीं है वरन् उनकी प्राकृतिक संपदा भी है। यह संपदा जनजातियों की सभ्यता और संस्कृति का आधार भी है। अपनी प्राकृतिक संपदा के लिए झारखंड आज भी प्रसिद्ध है।

सरहुल के दिन जनजातियों का उत्साह देखते ही बनता है। सारा दिन शराब पीकर नाचते-गाते रहते हैं। इनकी उमंगों को देखकर कौन कह सकता है कि जीवन में केवल दुःख ही है, सुख नहीं। जो मस्ती और आनंद हिंदू लोग होली पर अनुभव करते हैं, वही मस्ती, वही उमंग-उल्लास सरहुल के अवसर पर जनजातियों के भीतर कुलाँचे भरता है।

इस पर्व की एक विशेषता यह भी है कि जनजातियों का देवता सरना खुले आसमान के नीचे रहना पसंद करता है। यह इस बात को सिद्ध करता है कि जनजातियाँ प्रकृति से बहुत प्यार करती हैं। दोनों में मानो तादात्म्य संबंध है। आज भी झारखंड की सुंदर प्रकृति और उसकी गोद में बसने वाली जनजातियाँ प्रकृति की ही प्रेमी हैं।

□

लालच बुरी बला

वृंद कवि का एक पद है—

मक्खी बैठी शहद पर, पंख गए लिपटाय,
हाथ मले और सिर धुने लालच बुरी बलाय।

अंग्रेजी में भी कहा गया है—'No vice like avarice.' वस्तुतः लालच एक बुरी बला है। सांसारिक लोभ, आकर्षण, मनुष्य को अपनी चमक-दमक से इतना अभिभूत कर देते हैं कि आदमी की आँखें चौंधिया जाती हैं। फिर वह रास्ता भूलकर पतन की राह पर चल पड़ता है। सैकड़ों उदाहरण हमारे पास हैं, जो लालच के बुरे परिणाम की गवाही दे रहे हैं। लालची व्यक्ति जीवन का सच्चा सुख, संतोष नहीं पा सकता। उसका जीवन चिंता और परेशानी का जंजाल बन जाता है।

कहा गया है कि संतोषम् परम् सुखम्। रहीम कवि ने भी लिखा है—'जब आवे संतोष धन, सब धन धुरि समान।' लेकिन लालची कभी संतोष पा ही नहीं सकता। मृगतृष्णा उसे भरमाती रहती है और उसी मृगमरीचिका के पीछे वह दौड़ता हुआ जीवन के सारे सुख-सौंदर्य से वंचित हो जाता है।

उस लालची कुत्ते की कहानी से सभी परिचित हैं, जो नदी में अपनी ही छाया देख झपट पड़ा था, और तब उसे अपने मुँह की रोटी के टुकड़े से भी वंचित होना पड़ा था। उस लालची ब्राह्मण की कथा भी प्रसिद्ध है, जिसने सोने के कंगन के लोभ में अपने प्राण गँवा दिए। ये सारे उदाहरण यही सिद्ध करते हैं कि लालची कभी शांति नहीं पाता।

मनुष्य के चार शत्रु कहे गए हैं—लोभ, मोह, मद, काम। इसमें सबसे प्रबल लोभ ही है। एक बार भी जो लोभ-लालच के फेर में फँस गया। फिर उसमें नाना कुप्रवृत्तियाँ स्वतः घर करने लगती हैं। ईर्ष्या, जलन आदि का वह शिकार बन जाता है। अंग्रेजी में भी कहा गया है—'Greed is the mother of all evils.' लालच असंतोष से पैदा होता है और पतन से उसका अंत होता है। अतः आदमी को चाहिए कि वह लोभ-लालच से बचे और इसका त्याग कर जीवन को सुखमय बनाए।

□

अधजल गगरी छलकत जाए

'अधजल गगरी छलकत जाए'—कहावत सत्य है, वस्तुतः गगरी भरी न हो तो सारे रास्ते पानी छलकता ही चलता है। गगरी भर जाती है, तो छलकती नहीं है। कहने का तात्पर्य यह है कि कम पढ़ा-लिखा व्यक्ति अपने को ज्यादा विद्वान् समझकर सर्वत्र अपना अधकचरा ज्ञान बघारता रहता है। ऐसा व्यक्ति घमंडी और अहं से भरा होता है। लेकिन जो सचमुच विद्वान् है, ज्ञानवान है, वह अपनी विद्वत्ता का प्रदर्शन यों ही नहीं करता फिरता है। वह तो सागर के समान गंभीर होता है। कबीर ने लिखा है—'बड़े बड़ाई ना करें, बड़े न बोले बोल, हीरा कबहुँ न आखिये, लाख टका निज मोल।'

ज्ञानी भी अपने ज्ञान का प्रदर्शन नहीं करता। स्पष्ट है कि पूर्णता में छलकाव नहीं होता। छोटी-छोटी नदियाँ बरसात में उफनकर बौरा जाती हैं। कूल-किनारे की मर्यादा तोड़ देती हैं। तुलसी के अनुसार भी—'क्षुद्र नदी भरि चलि इतराई, ज्यों थोरोई धन खल बौराई।'

छूसरी ओर सागर है, जिसमें जल का पारावार है, पर वह सदा गंभीर बना रहता है। यही अंतर सज्जन और दुर्जन में होता है। सज्जन कभी अभिमान नहीं करता। वह सदा नम्र बना रहता है। कहा भी गया है, 'विद्या ददाति विनयम्।' आम के वृक्ष में जब फलों की भरमार लगती है, तो डालियाँ अपने आप झुक जाती हैं। ये सारे उदाहरण सिद्ध करते हैं कि सज्जन अपनी विद्वत्ता की डींग नहीं मारता। दूसरों पर अपनी विद्वत्ता की धाक नहीं जमाता। अपने मुँह मियाँ मिट्ठू नहीं बनता। गाल नहीं बजाता। जो व्यक्ति गाल बजाता है, वह दूसरों की नजरों से गिर जाता है। बिहारी ने लिखा है—

नर की अरु नल-नीर की, गति एकै करिजोई।
जेतो नीचो ह्वै चले तेतो ऊँचौ होई।

इन सारे उदाहरणों से यह सिद्ध हो जाता है कि विद्वान् अपनी सज्जनता नहीं छोड़ता। विद्वत्ता पर गर्व नहीं करता। धाक जमाने की कोशिश नहीं करता। वह हमेशा शांत दिखता है। यह तो दुर्जन है, जो झूठ-मूठ की डींग मारकर दूसरों पर अपनी धाक जमाना चाहता है। अंग्रेजी में भी कहा गया है—'Empty vessels sound much.'

□

चोर-चोर मौसेरे भाई

इस कहावत का प्रयोग प्राय: व्यंग्य के रूप में किया जाता है। इसका अर्थ है एक ही स्वभाव वाले व्यक्तियों में तुरंत दोस्ती हो जाती है। विद्वानों में ऐसा नहीं होता। विद्वान् हमेशा एक-दूसरे की आलोचना करते हैं। एक स्थल पर प्रेमचंद ने लिखा है कि एक चोर जब अँधेरे में गिर जाता है, तो दूसरा चोर तुरंत उसे सहारा देकर उठा लेता है, लेकिन कोई पंडित जब गिरता है, तो दूसरा उसे एक लात और मारकर गिरा हुआ छोड़ देता है। जुआरी-जुआरी में, शराबी-शराबी में जल्दी मित्रता हो जाती है। इसी अर्थ में यह कहावत प्रचलित है।

सत्य यह है कि हर आदमी के सोचने-समझने का अपना ही दृष्टिकोण होता है। हम जिसे अच्छा समझते हैं, दूसरा भी समझे—यह जरूरी नहीं है। एक-दूसरे को नीचा दिखाने में व्यक्ति के अहं की तुष्टि होती है। यही कारण है कि विद्वान् संगठित नहीं हो पाते, लेकिन कुछ लोग तुरंत संगठित हो जाते हैं। एक-दूसरे के मित्र बन जाते हैं। कहा है—'खरबूजे को देखकर खरबूजा रंग बदलता है।'

लेकिन यह कहना कि हमेशा बुरे लोग ही एकता के सूत्र में बँधते हैं, गलत होगा। सच तो यह है कि समान पेशे में लगे व्यक्ति भी एक-दूसरे के मित्र बन जाते हैं। उसे सहयोग देने को तत्पर रहते हैं। अत: मित्रता का मूल मंत्र है विचारों का मिलना। एक पेशे के लोगों में मित्रता होना एक मनोवैज्ञानिक सत्य है।

साधारणत: हम कहावत का प्रयोग तब करते हैं, जब समाज या राजनीति में हर व्यक्ति को एक ही राह पर चलते देखते हैं। हम वर्तमान में अपने नेताओं को ही लें। मंत्री, विधायक, सांसद, नेता, अफसर, व्यापारी सभी केवल अपनी जेब भरने में लगे हैं। कोई किसी से कम नहीं है। यहीं पर यह कहावत चरितार्थ हो जाती है कि सभी चोर-चोर मौसेरे भाई हैं। अंग्रेजी में भी कहा है—'Birds of the same feather flock togather.'

□

एकता ही बल है

अंग्रेजी में कहावत है—'Unity is strength'। सचमुच एकता सबसे बड़ा बल है। यह कहावत भी बहुत प्रचलित है कि 'अकेला चना भार नहीं फोड़ता।' सत्य है कि अकेला आदमी कुछ नहीं कर सकता। उसके किए समाज के कार्य पहाड़ बन जाते हैं। एक और कहावत है—'दस की लाठी एक का बोझ।' अलग-अलग उँगलियाँ बेहद कमजोर होती हैं, लेकिन वही पाँचों एक साथ हो जाती हैं, तो मुट्ठी बनकर ताकतवर हो जाती हैं। यह भी सत्य है कि कभी-कभी इतिहास में अकेला व्यक्ति भी संसार के नक्शे को बदल देता है, पर उसे भी समाज का सहयोग लेना पड़ता है। परस्पर के सहयोग से हर काम आसान हो जाता है। एक बूंद का अस्तित्व ही क्या है, पर वही बूँद जब समूह में मिल जाती है, तो सागर बन जाती है। बूँद-बूँद से घट भर जाता है। आग की एक नन्ही सी चिनगारी हनुमान की पूँछ पकड़कर संपूर्ण लंका जला डालती है।

दुनिया में जितने आविष्कार या महान् कार्य हुए हैं, आरंभ एक ही व्यक्ति द्वारा हुआ है, लेकिन वह पूरा हुआ है सहयोग से ही। आज के युग, समाज और राष्ट्र की परिस्थिति ऐसी है, उसमें एकता का महत्त्व और बढ़ जाता है। कहा भी है—'संघे शक्ति कलियुगे' अर्थात् कलियुग में संघ की शक्ति ही महत्त्वपूर्ण है। आज जीवन जितना विषम हो गया है, समस्याओं की इतनी बाढ़ आ गई है। विविधताओं और जटिलताओं का प्रकोप बढ़ रहा है। उसमें एकता और पारस्परिक सहयोग का महत्त्व और बढ़ जाता है। एकता के बल पर ही हम सरकार की निरंकुशता पर अंकुश लगा सकते हैं। समाज को सुसंगठित कर सकते हैं। नागरिकों की एकता ही राष्ट्र का बल होता है। इतिहास गवाह है कि जब भी किसी राष्ट्र, समाज के लोग एकमत नहीं होते, वहाँ राष्ट्र गुलाम हो जाता है। समाज टुकड़ों में विभक्त हो जाता है। अतः कहावत सत्य है, 'एकता ही बल है'।

□

जहाँ चाह, वहाँ राह

अगर व्यक्ति में दृढ़ इच्छाशक्ति हो तो वह जो चाहे कर सकता है, जो चाहे पा सकता है। मनुष्य चार प्रकार के होते हैं, एक वह जो, जो भी सोचता है, वह करके दिखा देता है। अपनी लगन से वह हर मुश्किल को हल कर देता है। मंजिल पर पहुँचकर ही दम लेता है। ऐसा व्यक्ति उत्तम कोटि का होता है। दूसरा वह है जो सोचता है, कार्य आरंभ भी करता है, लेकिन कठिनाइयों के आगे घुटने टेक देता है। यह मध्यम कोटि का व्यक्ति कहलाता है। और वह अधम व्यक्ति है, जो न सोचता है, न कुछ करता है। कहा भी है—'Impossible is a word to be found only in the dictionary of fools.'—अर्थात् कर्मवीर जो ठान लेता है, उसे करने में संसार की कोई बाधा उसे रोक नहीं सकती।

'हिम्मते मर्दा मददे खुदा' अर्थात् ईश्वर भी उसी की मदद करता है, जो अपनी मदद आप करता है। मनुष्य जाति का इतिहास गवाह है कि जंगल युग से निकलकर वह सतत प्रगति के पथ पर बढ़ता रहा है और आज धरती से उठकर चाँद पर जा पहुँचा है। इन लाखों-करोड़ों वर्षों में उसने कितनी ठोकरें खाईं, सफलता-असफलता की चट्टानों से गुजरता हुआ वह कहीं रुका नहीं। तभी तो आज हमारे सुख-सौंदर्य के उतने साधन प्रसाधन उपलब्ध हैं।

अंग्रेजी में भी कहावत है—'Where there is a will, there's a way.'। यदि व्यक्ति में दृढ़ इच्छाशक्ति हो, पैरों में अविरल गति हो, भुजाओं में बल हो तो कौन उसका रास्ता रोक सकता है। वह तो सागर लाँघ सकता है। दशरथ माँझी की तरह पहाड़ों को काटकर सड़क बना सकता है। ऐसा व्यक्ति जिधर चलता है, धरती उधर ही दबने लगती है। सफलता वरमाला लिये खड़ी मिलती है।

दिनकर ने लिखा है—'पड़ते जिस ओर चरण मेरे, भूगोल उधर दब जाता है।' कर्मवीर के कदम ऐसे ही होते हैं। एक अन्य कवि के शब्दों में भी 'जहाँ पर चाह होती

है, वहीं पर राह होती है। लगन सच्ची अगर है तो न ही गुमराह होती है।' अतः कहावत सत्य है कि अगर हम ठान लेते हैं—तो सागर को रास्ता देना पड़ता है, पहाड़ों को झुकना पड़ता है। विपत्ति के बादलों को छँटना पड़ता है और असफलता को दुम दबाकर भागना पड़ता है।

□

वसुधैव कुटुंबकम्

संस्कृत में एक श्लोक है—

अयं निजः परो वेति, गणना लघुचेतसाम्।
उदारचरितानां तु वसुधैव कुटुंबकम्।

वसुधैव कुटुंबकम् भारत का प्राचीन आदर्श रहा है। हमारे आचार्यों, ऋषि-मुनियों ने अति प्राचीन काल में ही इस भावना का मंत्र फूँका था। एक समय था जब इस भावना की परिधि में मनुष्य जाति ही नहीं, पशु-पक्षी तक इसके दायरे में आ जाते थे। हमारे संतों ने परहित को सबसे बड़ा धर्म कभी माना था—'परहित सरिस धरम नहिं भाई।' लेकिन आज बदलते युग, बदलती परिस्थिति-परिवेश में युग की मान्यता भी बदल चुकी है।

भौतिकता आज के आदमी पर इस कदर हावी है कि आध्यात्मिकता के लिए उसके दिल में जगह ही नहीं रह गई है। धन के लोभ में हृदय सिकुड़ गया है। वहाँ दया, प्रेम, करुणा आदि के लिए कोई गुंजाइश नहीं रही है। आज का आदमी धनी होना तो चाहता है, पर धन्य होना नहीं चाहता। अतः वसुधैव कुटुंबकम् आज केवल कहावत में रह गया है।

स्वार्थ भावना ने आज के आदमी की आदमियत छीन ली है। इस भौतिक युग में आदमी की तरक्की तो हुई है, पर आदमियत की तबाही भी कम नहीं हुई है। भौतिक युग का इंसान सबकुछ पा गया है, केवल इंसानियत खो दी है।

यही कारण है कि आज के जनजीवन में सत्यम्, शिवम्, सुंदरम् का घोर अभाव है। इसके विपरीत पीड़ाओं की बहुलता है, समस्याओं की जटिलता है। आवश्यकता है एक बार पुनः अपने प्राचीन आदर्शों की स्थापना की। बुद्ध ने कहा था—'चरथं भिक्खवे चारिकं, बहुजन हिताय, बहुजन सुखाय।' आज फिर 'स्वान्तः सुखाय' की भावना से ऊपर उठकर हमें वसुधैव की भावना को ग्रहण करना होगा। तभी मानव हृदय में प्रेम की सरिता प्रवाहित होगी। प्रेमहीन मनुष्य निर्जीव प्रतिमा की तरह है। प्रेम ही जगत् का सार है। यह प्रेम ही है, जो कभी राधा बनकर कृष्ण को नचाता है, कभी गांधी बनकर समाज का नवनिर्माण करता है। "वही मनुष्य है, जो मनुष्य के लिए मरे।" इसी प्रेम ने मनुष्य

को सर्वश्रेष्ठ जीव बनाया है। 'सबाई उपरे मानुष, तार उपरे केऊ नाई (चंडीदास)।' पंत ने भी लिखा—

सुंदर है सुमन, विहग सुंदर
मानव तुम सबसे सुंदरतम्।

अतः आवश्यकता है कि आज का आदमी देश, जाति, धर्म सभी सीमाओं से ऊपर उठकर संपूर्ण विश्व को अपना परिवार समझे।

□

होनहार बिरवान के होत चिकने पात

इस कहावत का अर्थ यह है कि महान् पुरुषों में महानता के लक्षण बचपन से ही प्रकट होने लगते हैं। इतिहास में कई ऐसे महान् पुरुष हुए हैं, जिनकी प्रतिभा का परिचय बचपन से ही मिलने लगा था। भारतेंदु ने आठवें वर्ग से ही कविता लिखना आरंभ कर दिया था। डॉ. राजेंद्र प्रसाद ने अपने स्कूली जीवन से ही हमेशा प्रथम आकर अपनी प्रतिभा बिखेरनी शुरू कर दी थी। इसीलिए यह कहावत भी कही जाती है कि 'पूत के पाँव पालने में ही देखे जाते हैं।' अंग्रेजी में भी यह कहावत प्रचलित है—'Morning shows the day.'

जिसने भी यह कहावत रची, उसने इस पर गहन अध्ययन नहीं किया। हमारे सामने सैकड़ों उदाहरण हैं, जो इस कहावत की सत्यता को झुठला देते हैं। तर्क की तुला पर यह कहावत खरी नहीं उतरती। क्लाइव घर का निकवुआ था। उस समय कौन जानता था कि यह एक दिन भारत में ब्रिटिश राज्य का संस्थापक बनेगा। गांधी जैसा बुद्धू छात्र राष्ट्रपिता कहलाया। अत: इस कहावत को हम आंशिक रूप से ही सत्य मान सकते हैं, पूर्णतः नहीं। उँगली पर गिनने लायक लोग ही इस कहावत को सिद्ध करते हैं।

रूजवेल्ट ने कहा है—"महापुरुष बनने के दो रास्ते हैं। एक तो व्यक्ति असाधारण गुणों को लेकर ही पैदा हो और दूसरा उसके पास जो गुण है, उसी का सतत विकास करे। यह दूसरा रास्ता सरल है और संभव भी है। दुनिया में जितने भी महापुरुष हुए हैं, उन्होंने अपने आंतरिक गुणों का विकास किया। उसका उचित उपयोग किया। अवसर को पहचाना। उसके अनुरूप कार्य किया और एक दिन उन्नति के उच्च शिखर पर जा पहुँचे। भले ही कुछ व्यक्ति दैवीय गुण लेकर पैदा हुए हों, लेकिन यह कहना कि 'सभी होनहार के बिरवान चिकने ही होते हैं,' युक्तिसंगत नहीं लगता।

□

नीम हकीम खतरा-ए-जान

इस कहावत का सीधा अर्थ है—कम पढ़ा-लिखा व्यक्ति खतरनाक होता है। अर्थात् जिस व्यक्ति को किसी कार्य का अच्छा ज्ञान नहीं, उस कार्य को करने का अनुभव नहीं हो, उसे वैसे कार्य नहीं करने चाहिए। इससे लाभ तो नहीं होता है, केवल हानि होती है। चिकित्सा के क्षेत्र में यह कहावत अधिक प्रचलित है। आज आए दिन हम देखते हैं कि पैसे के बल पर डॉक्टर डिग्री तो पा ले लेते हैं, पर उन्हें न तो डॉक्टरी का ज्ञान होता है और न अनुभव। फलतः वे रोगी का रोग क्या दूर करेंगे, उसे और संकट में ही डाल देते हैं। ग्रामीण क्षेत्रों में हम झोलाछाप डॉक्टरों की करतूत से परिचित हैं। वे भोले-भाले ग्रामीणों पर अपनी धाक जमाकर पैसा कमा लेते हैं और मरीज को मौत की नींद सुला देते हैं। समाचार-पत्रों में ऐसी खबरें हमेशा प्रकाशित होती रहती हैं। बड़े अस्पतालों के डॉक्टर भी अछूते नहीं हैं।

अधकचरे ज्ञान वाले इंजीनियर बड़े-बड़े पुल बनाते हैं, जो एक ही भारी वर्षा में टूट जाते हैं। सड़कें चार महीने में ही उखड़ जाती हैं। यह सब नीम-हकीम वाले ज्ञान के कारण ही होता है। शिक्षा के क्षेत्र में भी पैसे के बल पर, पैरवी के बल पर लोग स्कूल-कॉलेजों में प्रवेश पा लेते हैं, लेकिन ऐसे अधूरे ज्ञान वाले शिक्षक बच्चों को क्या ज्ञान देंगे, हम समझ सकते हैं। वे अपना भविष्य बना लेते हैं, पर जो छात्र देश के भविष्य हैं, उनका भविष्य नष्ट कर देते हैं।

आज प्रत्येक क्षेत्र में यही स्थिति है। आरक्षण के कारण भी अधूरे ज्ञान वाले लोग बड़े-ऊँचे पदों पर नियुक्त हो जाते हैं। फलतः सरकारी कामकाज भी गतिशील नहीं हो पाता। नेताओं के लिए शिक्षा की कोई नियत डिग्री का होना आवश्यक नहीं है। फलतः अनपढ़ लोग राजनीति में प्रवेश करके राजनीति को भी गंदा कर देते हैं। आज की राजनीति में केवल राज है, नीति तो गायब है। ऐसे लोगों की नीयत भी साफ नहीं होती। अतः नीति और नीयत में समन्वय नहीं रहता। स्पष्ट है कि आज प्रत्येक क्षेत्र में, चाहे वह शिक्षा का क्षेत्र हो, चिकित्सा का हो, तकनीकी शिक्षा का हो, राजनीति का हो—हर जगह नीम-हकीमों की भरमार है। यही कारण है कि समाज, राष्ट्र, सभी जगह अराजकता, अव्यवस्था आदि का माहौल व्याप्त है। □

तेते पाँव पसारिये जेती लंबी सौर

यह कहावत एक बड़े सत्य की ओर इंगित करती है। आदमी को अपनी परिस्थिति और औकात को पहचानकर ही उसके अनुरूप कार्य करना चाहिए। अपनी सीमा के भीतर काम करने वाला व्यक्ति ही सफलता का अधिकारी होता है। अंग्रेजी में भी कहा गया है—'Cut your coat according to your cloth.' चादर लंबी हो और शरीर छोटा तब तो बात बनती है। और अगर चादर छोटी हो, पर शरीर लंबा तो फिर समस्या खड़ी हो जाती है। अत: समझदार मनुष्य इस कहावत पर अमल करता है, लेकिन मूर्ख अपनी सीमा से बाहर जाकर ऐसे कार्य कर बैठता है कि फिर सिर धुनने, हाथ मलने के सिवा उसके पास कुछ रह नहीं जाता।

एक और कहावत बहुत प्रचलित है—'आमदनी अठन्नी खर्चा रुपया।' मनुष्य की आवश्यकताएँ अनंत हैं, लेकिन पूरे करने के साधन कम हैं। हम कह सकते हैं कि आवश्यकता जन्म के पहले से आरंभ होकर मरने के बाद तक लगी रहती है। अत: सीमित साधनों के दायरे में अपनी आवश्यकताओं की पूर्ति करना ही बुद्धिमानी है।

यदि व्यक्ति नाना इच्छाओं के घोड़े पर सवार होकर दौड़ना शुरू करेगा, तो निश्चित गड्ढे में गिरेगा। अत: इससे बचने के लिए आकांक्षाओं के घोड़े को लगाम देने की जरूरत है। आज तो पीड़ाओं की विविधता और समस्याओं की जटिलता के कारण आदमी का जीवन अस्त-व्यस्त हो गया है। ऐसी घड़ी में अपनी आय और व्यय में संतुलन लाना ही सफलता की कुंजी है। इसी से जीवन में संयम और व्यवस्था आएगी। बहुत से लोग दूसरों की देखा-देखी में पड़कर कर्ज के चक्कर में फँस जाते हैं और एक दिन जो पास में है, उसे भी गँवा देते हैं। आज के चमक-दमक और फैशन वाले युग में आदमी इनके आकर्षण में बुरी तरह फँस जाता है और फिर आमदनी से अधिक खर्च कर बैठता है, जिससे पछताने के सिवा कुछ नहीं मिलता।

कुछ लोग कम खर्च करने वालों को कंजूस, मक्खीचूस आदि कहकर उसका मजाक उड़ाते हैं, लेकिन उन्हें समझना चाहिए कि कम खर्च में काम चलाना कंजूसी नहीं, बुद्धिमानी है। ऐसे ही व्यक्ति का भविष्य सुरक्षित रहता है और वह अपने जीवन को सुख-शांति से गुजारता है।

□

मन के हारे हार है, मन के जीते जीत

मनुष्य की शक्ति तीन भागों में बँटी है—शारीरिक, मानसिक और आध्यात्मिक। मनुष्य शारीरिक शक्ति में थोड़े-बहुत अंतर से समान होते हैं, लेकिन मानसिक और आध्यात्मिक शक्ति प्रत्येक व्यक्ति की अलग-अलग होती है। मानव जीवन एक रण क्षेत्र के समान है। यहाँ दुःख, पीड़ा, असफलता आदि कई दुश्मनों से उसे लड़ना पड़ता है। इस युद्ध में वही विजयी होता है, जिसकी मानसिक शक्ति दृढ़ है। जो विपत्ति के आगे घुटने नहीं टेकता वरन् दुगुने उत्साह से उसका सामना करता है। वही जीवन समर में विजयी होता है। जो व्यक्ति जीवन में सुख के मोती चाहता है, वह सागर की गहराइयों से डरता नहीं है, उसमें कूद पड़ता है, लेकिन जो किनारे पर ही बैठा रहता है, वह जीवन का मोती कैसे पा सकता है। ऐसा ही व्यक्ति भाग्य को कोसता है। भगवान् को दोष देता है। गुप्तजी ने लिखा—'नर हो न निराश करो मन को।' एक अन्य स्थल पर भी उन्होंने कहा है—

जितने कष्ट कंटकों में हैं, जिनका जीवन चमन खिला,
गौरव गंध उन्हें उतना ही यत्र-तत्र-सर्वत्र मिला।

अतः आदमी को निराश नहीं होना चाहिए। आशा और विश्वास का दामन नहीं छोड़ना चाहिए। धैर्य बनाए रखना चाहिए। कहावत है—'हिम्मते मर्दा, मददे खुदा।' अर्थात् ईश्वर भी उसी की मदद करता है, जो अपनी मदद आप करता है। इसीलिए कहा गया है—'हारिये न हिम्मत विसारिये न नाम।'

गुप्तजी ने ही लिखा है—

दुर्बल पड़ा जहाँ जन का मन,
तन बल क्या कर सकता है।

एक चोर शारीरिक शक्ति में हमसे ज्यादा शक्तिशाली होता है, लेकिन रँगे हाथ पकड़े जाने पर वह गिड़गिड़ाने लगता है। इसीलिए कि गलत काम करते हुए उसका मनोबल गिर जाता है। मनुष्य अपनी दृढ़ इच्छाशक्ति से मृत्यु को भी टाल देता है। ईश्वर

को भी ललकार देता है। हाथी सबसे विशाल जानवर होता है, लेकिन मन से वह बड़ा ही डरपोक होता है, तभी तो सिंह का एक छोटा सा बच्चा भी उछल–उछलकर उसका मस्तक फाड़ देता है। इन सारे उदाहरणों से सिद्ध है कि यदि मनुष्य की इच्छाशक्ति दृढ़ है, तो जीवन में वह कभी किसी मुसीबत से घबराता नहीं है और अंत में सफलता पा ही लेता है।

□

परहित सरिस धर्म नहीं भाई

तुलसीदास ने लिखा है—'परहित सरिस धर्म नहीं भाई। परपीड़ा सम नहीं अधमाई।' व्यासजी ने भी कई पुराणों की रचना की, लेकिन सबका सार दो शब्दों में कह दिया—परोपकार, पुण्याय, पापाय, परपीड़नम्। अर्थात् परोपकार से बढ़कर दूसरा कोई पुण्य नहीं और परपीड़ा से बढ़कर दूसरा कोई पाप नहीं। इस संसार में 'स्वयं' और 'परं' का विभेद ही पाप है। व्यक्ति का स्वभाव है कि उसे सारे संसार में केवल उसका स्वयं दिखता है। जो भी करता है, अपने और परिवार के लिए करता है। केवल अपना घर भरना ही उसका उद्देश्य होता है। इसके लिए वह झूठ बोलता है, बेईमानी करता है और भी न जाने क्या-क्या करता है। दूसरे से भी छीनता है, दूसरे को पीड़ा पहुँचाता है। यही सबसे बड़ा पाप है, लेकिन जो व्यक्ति स्वयं की संकुचित सीमा से बाहर निकलकर दूसरों के दुःख में हाथ बँटाता है, उसके कष्टों को दूर करता है, वह सबसे बड़ा पुण्य कार्य करता है। रहीम के शब्दों में—'यों रहीम सुख होत है, उपकारी के संग।'

प्रकृति में देखिए, परमार्थ के लिए वह अपना सर्वस्व बलिदान कर देती है। पृथ्वी अपने प्राणों का सारा रस निचोड़कर हमारा पेट भरती है। अनंत जलराशि का भार वहन करती हुई नदियाँ अनवरत रूप से बहती रहती हैं। जीव-जंतु इससे अपनी प्यास बुझाते हैं। नदियों का कार्य परोपकार के लिए होता है।

परोपकार की यही भावना मनुष्य को पशु से अलग करती है। गुप्तजी ने लिखा है—

वही पशु-प्रवृत्ति है, जो आप-आप ही चरे,
वही मनुष्य है कि जो मनुष्य के लिए मरे।

हमारे यहाँ सैकड़ों उदाहरण हैं, जो परहित को पुण्य मानते हैं। दधीचि ने देवताओं के कल्याण के लिए अपनी हड्डी दान कर दी। शिव ने विष का पान कर लिया। दूसरी ओर जानवर हैं, जो अपने ही बच्चों को जन्म देकर फिर उसे खा

जाता है। आज के भौतिकवादी युग में परहित की बात कोई नहीं सोचता। पाप-पुण्य की आज परिभाषा ही बदल गई है। आज तो 'राम-राम जपना, पराया माल अपना' वाला सिद्धांत लागू है। आज 'परहित सरिस धर्म नहीं भाई' कहावत बेमानी होकर रह गई है।

□

सब दिन होत न एक समान

अयोध्या सिंह उपाध्याय 'हरिऔध' ने लिखा है—'सभी दिन कभी एक-से हैं न होते, बहे हैं यहाँ साथ सुख-दुःख के सोते।' बात सत्य है, हमेशा किसी के दिन एक जैसे नहीं होते। परिवर्तन सृष्टि का नियम है। सुख-दुःख, उत्थान-पतन, सृजन और लय यह सब प्रकृति का नियम है और मानव कौन कहे ईश्वर भी इन नियमों का अपवाद नहीं है। राम को जीवन में सुख-दुःख का भोग भोगना पड़ा। घनश्याम को नियम से बँधना पड़ा। फिर मानव कैसे बच सकता है!

मानव जीवन में सुख-दुःख का चक्र चलता रहता है और सच तो यह है कि इसी में जीवन का सौंदर्य छिपा है। लगातार सुख जीवन को आलसी बनाता है, तो लगातार दुःख जीवन को जर्जर कर देता है। एक के भी अभाव में जीवन नीरस हो जाता है। सरसता और सौंदर्य गायब हो जाता है। पंत ने लिखा है—

'अविरत सुख भी उत्पीड़न, अविरत दुःख भी उत्पीड़न।' अतः बारी-बारी से दोनों का आना आवश्यक है। ताकि 'सुख-दुःख के मुधर मिलन से, यह जीवन हो परिपूर्ण।' अर्थात् सुख-दुःख की धूप-छाँव में ही संसार जगता, सोता है। कहा गया है—'चक्रवत् परिवर्तन्ते दुखानी च सुखानी च।'

जयशंकर प्रसाद ने लिखा है—

सुख-दुःख में उठता-गिरता संसार तिरोहित होगा।
मुड़कर न कभी देखेगा, किसका हित-अनहित होगा।

ये सारे उदाहरण परिवर्तन की निष्ठुरता को सिद्ध करते हैं। राजा हरिश्चंद्र को डोम का सेवक बनना पड़ा। सीता को गर्भावस्था में जंगल जाना पड़ा, राम को वन-वन भटकना पड़ा। यह सब परिस्थिति के कारण ही तो हुआ, लेकिन यह स्थायी भी नहीं है।

प्रकृति में वसंत आता है। दिग्-दिगंत में शोभा का संसार बस जाता है। सौंदर्य का अंबार लग जाता है। कोयल कूकती है। भौंरे गूँजते हैं, रंग-बिरंगे फूल अपनी खुशबू

बिखेरते हैं। फिर हेमंत आकर सब पर पानी फेर देता है, लेकिन भौंरे आस नहीं छोड़ते। उन्हें विश्वास होता है—'अरहैं फेरि वसंत ऋतु, इन डारनु वे फूल।' अत: आदमी को भी दु:ख में अपना धैर्य नहीं खोना चाहिए। सुख आए तो उसे जी भर भोगें। दु:ख आए तो अपना धैर्य न खोएँ।

□

अब पछताए होत क्या, जब चिड़िया चुग गई खेत

इस कहावत में समय के मूल्य की पहचान की बात कही गई है। अंग्रेजी में भी कहा गया है—'Time is money.' वस्तुतः समय अमूल्य है। वह किसी का इंतजार नहीं करता। लगातार अपने पथ पर चलता रहता है। जो समय की पहचान कर लेता है, वह आगे बढ़ जाता है। जीवन में असफल होने वाले प्रायः भाग्य को कोसते हैं। ईश्वर को दोषी मानते हैं, लेकिन वे नहीं जानते कि मनुष्य अपने भाग्य का विधाता स्वयं है।

कुछ लोग यह भी कहते सुने जाते हैं, 'हमें तो अवसर नहीं मिला।' लेकिन उन्हें मालूम नहीं, अवसर तो हर क्षण हमारे पास से गुजर रहा है, उसे पहचानने वाली नजर चाहिए। जो पहचान लेता है, वह अवसर को पकड़ लेता है और फिर अपनी मंजिल भी पा लेता है। अतः समय की पहचान जरूरी है। उसके अनुरूप काम करने वाला ही जीवन में सफल होता है। जो समय का सदुपयोग करता है। वह सफल होता है।

जीवन में एक-एक पल का महत्त्व है। कल्पना कीजिए कि आपका कोई प्रियजन मृत्यु के करीब है—आप एक मिनट भी देर से पहुँचते हैं, तो फिर उस व्यक्ति से भेंट नहीं हो सकती। हम एक मिनट भी देर से स्टेशन पहुँचते हैं, तो गाड़ी छूट जाती है। अतः हर पल हमारे लिए समान महत्त्वपूर्ण है।

समय ही सत्य है, इसका सदुपयोग ही समृद्धि का परिचायक है। कुछ लोग काम को 'आज' नहीं 'कल' पर छोड़ देते हैं, लेकिन वे यह नहीं सोचते कि कल किसने देखा है। कहा भी है—

कल करे सो आज कर, आज करे सो अब।
पल में प्रलय होएगी, बहुरि करोगे कब।

प्रकृति में हम देखें, ठीक समय पर ऋतुएँ आती-जाती रहती हैं। सोचिए, कभी सूरज एक दिन न निकले तो संसार का क्या होगा? किसी वर्ष वर्षा न आए तो प्रकृति

का क्या होगा। इसलिए कहावत में कहा गया है, जब चिड़िया खेत चुग ही गई तो अब पछताने से क्या लाभ? 'का बरखा जब कृषि सुखाने। सम चूकि पुनि का पछताने।' इन पंक्तियों में तुलसी ने भी समय की महत्ता प्रतिपादित करते हुए संदेश दिया है कि आदमी को समय की पहचान होनी चाहिए। संक्षेप में जो व्यक्ति समय का मोल जानता है, समय उसे अनमोल बना देता है। जो समय को नहीं पहचानता, एक दिन समय उसे अपनी पहचान करा देता है।

□

सादा जीवन उच्च विचार

इसी को अंग्रेजी में कहा गया है—'Plain living and high thinking.' इस कहावत के दो पक्ष हैं। एक सादा जीवन और दूसरा उच्च विचार। ऊँचे विचार वाले व्यक्ति ही सादगी का महत्त्व समझ पाते हैं। ऐसे लोग तड़क-भड़क और चमक-दमक से दूर रहते हैं। उनके पास जो भी है, उसी से संतुष्ट रहते हैं। अधिक होने पर भी उसका प्रदर्शन नहीं करते, वरन् अपने सीमित साधनों में ही खुश रहते हैं। कई उदाहरण हैं, जब धनी-मानी राजा, महाराजाओं तक ने सादे जीवन का आदर्श समाज के सामने रखा है। अशोक जैसे पराक्रमी सम्राट ने भी भिक्षुक का जीवन ग्रहण किया। गांधी धोती, चादर पर जीवन गुजारते रहे।

कहने का तात्पर्य है कि ऋषि-मुनियों की तरह सादा जीवन जीने में आनंद तो है ही, समाज को सादगी का संदेश देना भी है। सादगी पसंद व्यक्ति कई बुराइयों पर विजय पा लेता है। जैसे उसके दिल में कभी ईर्ष्या, द्वेष, जलन, वैर आदि भावों का उदय नहीं होता, उसे कभी पछतावा नहीं होता। उसका बौद्धिक स्तर बहुत ऊँचा उठा होता है। लोभ, लालच से अलग रहता है। ये सारे गुण उसे महात्मा बना देते हैं। तभी तो हमारे ऋषि-मुनियों का सादा जीवन आदर्श स्वरूप लगता है। आकांक्षाओं से भरा जीवन कभी सच्चा सुख, सच्ची शांति नहीं पा सकता। वह हमेशा 'निन्यानबे के फेर में' फँसा रहकर जीवन के सौंदर्य से वंचित हो जाता है।

उच्च विचार का अर्थ है जीवन को सामान्य से बहुत ऊपर के धरातल पर ले आना। उच्च विचारवान व्यक्ति सांसारिक दुर्गुणों से बहुत ऊपर उठ जाता है। उसे सांसारिक माया, मोह, राग, द्वेष, ईर्ष्या, छल-कपट आदि प्रभावित नहीं कर पाते। ऐसा व्यक्ति संसार में रहकर भी विदेह बना रहता है। उसे न तो दुःख विचलित कर पाता है, न सुख प्रभावित कर पाता है। हर स्थिति में वह सामान्य और सहज बना होता है। वह वीत राग, वीत क्रोध होता है। ऐसे ही व्यक्ति को स्थितप्रज्ञ कहा गया है। हमारे जितने महापुरुष, महान् आत्माएँ हुई हैं। सब उच्च विचार को अपना कर ही हुए हैं। उन्होंने ऐसे आदर्शों की स्थापना की है, जिस पर आज भी हम चलकर गौरवान्वित होते हैं। स्पष्ट है कि जीवन में सफलता पानी है, तो कभी हीन भावनाओं के शिकार न बनें।

□

कर्म ही पूजा है

आधुनिक युग के अनुसार यह कहावत सटीक बैठती है। आज ईश्वर की पूजा का स्वरूप बदल गया है। हर युग में ईश्वर का रूप बदलता आया है। अत: आज के इस कलियुग में भी ईश्वर का रूप, पूजा की पद्धति सबकुछ बदली हुई है। आज वह युग बीत गया, जब हमारी पूजा से प्रसन्न होकर चार हाथ वाला ईश्वर प्रकट होता था और कहता था—'बच्चा, वर माँगो।'

आज ईश्वर की सबसे बड़ी पूजा है—'अपना कर्तव्य करना।' आज आदमी जिस पेशे में है, अगर वह ईमानदारीपूर्वक अपना काम करता है, तो यही सबसे बड़ी पूजा है। अगर डॉक्टर ईमानदारी से मरीज को देखता है, शिक्षक ईमानदारी से बच्चों को बढ़ाता है, तो उसकी पूजा सफल और सार्थक मानी जाएगी।

अंग्रेजी में भी कहा गया है—'Work is worship duty is god.' कृष्ण ने गीता में कहा है, 'मनुष्य को फल की चिंता किए बिना चुपचाप निष्काम कर्म करना चाहिए।' किसान खेत न जोते, विद्यार्थी पढ़े नहीं, केवल प्रार्थना करे तो क्या वह जीवन में सुख पा सकता है। प्रार्थना तो वह बल है, जो हम अपने में भरते हैं, लेकिन अपना बल काम में लाना ही पड़ता है।

हमारे वैज्ञानिक केवल प्रार्थना ही करते रहते, तो क्या आज वे धरती से उठकर चाँद पर पहुँच पाते। नक्षत्र लोक की सैर कर पाते। अत: इन उदाहरणों से स्पष्ट है कि मनुष्य को अपनी शक्ति भर ईमानदारीपूर्वक बिना रुके अपने कर्तव्य का निर्वहन करते रहना चाहिए। पूर्ण मनोयोग से किया गया हर अच्छा काम उतना ही पवित्र है, जितना ईश्वर की पूजा। इसीलिए कर्म को ही पूजा कहा गया है। आज का ईश्वर दीन-हीन भेष में है। उसका पेट भूखा है, तन सूखा है, पेट पीठ से मिला है, तन पर फटे चिथड़े हैं। वह अभावों से ग्रस्त है, पीड़ाओं से त्रस्त है। वह गम खाता है, आँसू पीता है। हमें इसी रूप में आज के ईश्वर को पहचानना है। उसकी भूख मिटानी है। प्यास बुझानी है। उसकी पीड़ा हरनी है। उसकी समस्याओं का समाधान ढूँढ़ना है। यही हमारी सच्ची पूजा होगी और इसी पूजा को ईश्वर स्वीकार कर हम पर प्रसन्न होगा।

□

मनुष्य अपने भाग्य का निर्माता है

यह कहावत भाग्यवाद का विरोध करती है। एक समय था, जब भाग्यवाद का अस्तित्व बढ़-चढ़कर कायम था, लेकिन बदलते युग और बदलती मान्यताओं के परिवेश में भाग्यवाद का पहले वाला महत्त्व नहीं रह गया है। आज कर्मवाद का बोलबाला है। फिर भी भाग्यवादियों की संख्या कम नहीं है। समाज में भाग्यवाद और कर्मवाद दोनों विचारधाराएँ समानांतर चल रही हैं। दोनों के पास अपने-अपने पक्ष में तर्क, उदाहरण हैं।

यह सत्य है कि कुछ लोग जन्म से ही मुकद्दर के सिकंदर होते हैं, लेकिन यह भी सत्य है कि मनुष्य विपरीत परिस्थिति के बीच में अपने कर्मों के द्वारा सराहनीय बन जाते हैं। एक तरह यह भी कहा जाता है कि मनुष्य अपने भाग्य का स्वयं निर्माता है, तो दूसरी ओर यह भी कहा गया है—'कर्म प्रधान विश्वकरि राखा।' लेकिन आज ज्यादा संख्या कर्मवादियों की ही है।

गीता में कृष्ण ने भी कहा, मनुष्य को अपना कर्म करना चाहिए। वस्तुतः भाग्य पर निर्भर रहने वाला जीवन में हाथ मलता, सिर धुनता रह जाता है। भाग्यवाद मनुष्य को आलसी और अकर्मण्य बना देता है। ऐसा व्यक्ति निराशा के अंधकार में डूबा भाग्य को कोसता रह जाता है।

लेकिन क्या भाग्य सचमुच कुछ नहीं है, तो फिर राम जैसे पुरुष को वन-वन क्यों भटकना पड़ा ? कृष्ण जैसे पुरुष को मथुरा क्यों छोड़ना पड़ा ? राजा हरिश्चंद्र को डोम का दास क्यों बनना पड़ा ? अतः ठीक ही कह गया है—'मिट नहीं सकता यहाँ लिखा हुआ तकदीर का, वश नहीं चलता, यहाँ इंसान की तदबीर का।'

वहीं यह भी कहा गया है—'तू कर अपने कर्म निरंतर फल देगा, जो देता फल है।' इन दोनों ही सिद्धांतों का समन्वय करते हुए हम कह सकते हैं कि मनुष्य को भाग्य के भरोसे बैठना नहीं चाहिए। उसे अपनी शक्ति और क्षमता का प्रयोग करते हुए अपने भाग्य को पलटने के लिए प्रयत्नशील होना चाहिए।

सागर में छलाँग लगाने वाला ही मोती पाता है। किनारे पर बैठकर भाग्य का रोना रोने वाला जीवन में रोता ही रहता है। कभी भाग्य को कोसता है। कभी भगवान् को लेकिन वह भूल जाता है—'हिम्मते मर्दा मददे खुदा।' कर्म द्वारा मनुष्य भाग्य को झुठला सकता है। अपनी बुद्धि, शक्ति और क्षमता का प्रयोग कर चायवाले का बेटा प्रधानमंत्री बन सकता है। दूसरे घर चौका-बर्तन करने वाली का बेटा राष्ट्रपति बन सकता है, ऐसे सैकड़ों उदाहरण हैं, जो कर्मवाद की महत्ता सिद्ध करते हैं। जो सच्चा कर्मवीर है, उसे सागर को रास्ता देना होता है। पहाड़ को उसके सामने झुकना पड़ता है। ऐसा व्यक्ति भाग्य का भी भाग्य फोड़ देता है। ऐसा ही व्यक्ति संसार के सुखों का उपभोग करता है। 'वीर भोग्या वसुंधरा।'

□

निंदक नियरे राखिये, आँगन कुटी छवाये

कबीरदास ने लिखा है—'निंदक नियरे राखिये, आँगन कुटी छवाये।'

बिन पानी, साबुन बिना निर्मल करे सुभाय। यह उक्ति कुछ अजीब सी लगती है, पर कबीर की वाणी ऐसी अटपटी होती है, पर होती है चटपटी। कहा भी है—'कबीरदास की उलटी बानी, बरसे कंबल भीगे पानी।' जो भी हो, बाहर से यह बात भले ही अजीब लगती है, लेकिन जब हम इस कथन की गहराई में जाते हैं, तो भाव स्पष्ट हो जाता है।

यहाँ कबीर ने निंदक को आदमी का सुधारक कहा है। आदमी की यह प्रवृत्ति होती है कि वह दूसरे के अवगुण ही देखता है, अपने गिरेबान में नहीं झाँकता। एक अन्य स्थल पर कबीर ने ही कहा—'बुरा जो देखन मैं चला, बुरा न मिलिया कोय, जो दिल खोजा आपना, मुझसे बुरा न कोय।'

अपने मुँह मियाँ मिट्ठू मत बनो। कहा भी है—Self promise is no proud. आत्म प्रशंसा मनुष्य को मदांध बना देती है, लेकिन वहीं एक विद्वान् ने लिखा कि प्रशंसा सुनते-सुनते व्यक्ति अहं में चूर हो जाता है। उसे अपने दोषों को देखने का मौका ही नहीं मिलता। अपनी कमजोरियों से वह अनभिज्ञ रह जाता है और तब धीरे-धीरे उसका पतन आरंभ हो जाता है। जब तक उसे होश होता है, तब तक बात बहुत बिगड़ गई होती है। फिर वह पछताता है, लेकिन बाद में पछताने से क्या फायदा, चिड़िया तो खेत चुग गई होती हैं।

अतः कबीर प्रशंसक नहीं अपने पास निंदक रखना चाहते हैं ताकि निंदक उनकी आलोचना कर उनकी बुराइयाँ बताता चले और कबीर उन बुराइयों को दूर करते रहे। एक दिन आएगा जब कबीर अपनी सारी बुराइयों से दूर हो जाएँगे। उनका चरित्र पवित्र बन जाएगा।

अतः मनुष्य को चाहिए कि वह हमेशा अपने दुर्गुणों को देखे और उसे दूर करने का प्रयास करे। आवश्यकता है निंदक की बातों को बरदाश्त करने की क्षमता हो, क्योंकि निंदक हमेशा सत्य कहता है और सत्य हमेशा कड़वा होता है।

□

दैव-दैव आलसी पुकारा

प्रचलित दोहा है—

कायर मन कहुँ एक अधारा।
दैव-दैव आलसी पुकारा।

मनुष्य को हम दो श्रेणियों में बाँट सकते हैं। एक जो कर्म में विश्वास रखता है अर्थात् कर्मवीर और दूसरा जो भाग्य और भगवान् पर विश्वास करता है—अर्थात् कर्म भीरु। भगवान् पर विश्वास का तात्पर्य है कि खुद परिश्रम नहीं करके सबकुछ भगवान् के भरोसे छोड़ देना। लेकिन भगवान् भी उसी की मदद करता है, जो अपनी मदद आप करता है। कर्मवीर रास्ते की सारी बाधाओं से लड़ता, जूझता अपना पथ स्वयं प्रशस्त करता है और एक दिन सारे अंधकार को फाड़कर सूर्य की तरह अचानक प्रकट हो जाता है। अपने कर्म के आलोक से स्वयं तो प्रकाशित होता ही है, संपूर्ण संसार को चकाचौंध कर देता है। कर्मवीर का सिद्धांत होता है—'या तो लक्ष्य प्राप्त करूँगा या शरीर त्याग दूँगा।' 'काछवा साध्य देहं वा पातयेम्' अर्थात् करो या मरो कर्मवीर का ध्येय होता है। स्वतंत्रता संग्राम में गांधी ने यही नारा दिया था—'Do or die.' इस प्रकार कर्मवीर वीरता और पराक्रमी जीवन जीता है।

दूसरी ओर कर्मभीरु व्यक्ति आलसी बन जाता है। आलस्य मनुष्य का सबसे बड़ा शत्रु है। आलसी की सारी सृजनात्मक और रचनात्मक क्षमता क्षीण हो जाती है, आलसी का सिद्धांत है—'अजगर करे ना चाकरी, पंछी करे न काम। दास मलूका कह गए सबके दाता राम।' आलसी व्यक्ति न तो परिवार का हित साधन कर पाता है, न समाज या राष्ट्र का। वह राष्ट्र के माथे पर कलंक सदृश होता है।

संस्कृत में कहा गया है—'आलस्य ही मनुष्याणां शरीरस्थो महान् रिपुः।' सत्य है कि आलसी मनुष्य ही दैव का सहारा लेते हैं। ऐसा व्यक्ति पराधीन हो जाता है और पराधीन बनकर कुत्ते की तरह दुम हिलाता फिरता है। 'पराधीन सपनेहुँ सुख

नाहीं।' अत: यह कहावत कर्मवीर बनने की सलाह देती है, क्योंकि कर्मवीर ही जीवन भोगता है।

'वीर भोग्या वसुंधरा।'

□

आवश्यकता आविष्कार की जननी है

अंग्रेजी में भी कहा गया है—'Necessity is the mother of Investigation.' मनुष्य आदिकाल में आवश्यकता रहित था। उस समय पेट भरने के सिवा उसकी कोई आवश्यकता थी ही नहीं, लेकिन ज्यों-ज्यों वह समय के साथ प्रगतिपथ पर बढ़ता गया, उसकी आवश्यकता बढ़ती गई और उनकी पूर्ति को वह नए-नए उपाय खोजने लगा। भूख की तृप्ति के लिए अनाज की खोज हुई और खेतीबाड़ी शुरू हुई। सभ्यता के विकास के साथ नए-नए आविष्कार होने लगे और आज तो आविष्कारों की बाढ़ आ गई है। पारिवारिक, सामाजिक, राजनीतिक सभी क्षेत्रों में आज मनुष्य की आवश्यकताएँ काफी बढ़ गई हैं। पहले वह पत्थर के औजार से लड़ता था, आज अणु, परमाणु बम से लड़ता है। हर देश एक-दूसरे से आगे निकल जाने की प्रतिस्पर्धा में जुटा है और अब अपनी शक्ति मजबूत करने के लिए नए-नए हथियारों का ईजाद कर रहा है।

पहले आदमी को पैदल चलने में कोई कठिनाई नहीं थी। पर समय ज्यादा लगता था। फलतः साइकिल, फिर मोटर, रेल, वायुयान आदि के आविष्कार होते चले गए। आज आदमी शिक्षित हो बड़े-बड़े वैज्ञानिक, अनुसंधानकर्ता बन गया है। अतः उन्हें जिस वस्तु की जरूरत महसूस होती है, वह उसके आविष्कार में जुट जाता है, लेकिन आवश्यकता अनंत होती है। एक की पूर्ति होते ही दूसरी उपस्थित हो जाती है। इस प्रकार आविष्कार भी उसी गति से होते चलते हैं।

इस कहावत का अभिप्राय यह है कि जीवन गतिशील है। यह लगातार चलता रहता है। चलना ही केवल चलना है और रुक जाना ही मर जाना है। इस गतिशील जीवन को समय-समय पर बहुत कुछ चाहिए ताकि वह निरंतर गतिमान रहे। इसी क्रम में आविष्कार भी होते रहते हैं। ऋषि-मुनियों की कोई आवश्यकता नहीं होती, अतः ये आविष्कार से वंचित रह जाते हैं। प्रत्येक आविष्कार मनुष्य की विकास यात्रा का सोपान है और मानव की यह विकास यात्रा आवश्यकता की वायु में ही साँस लेती है। बिना आवश्यकता कोई आविष्कार आज तक नहीं हुआ।

□

स्वास्थ्य ही धन है

स्वास्थ्य ही धन है, यह बात सोलह आने सच है। बहुत से लोग स्वस्थ शरीर को मोटापे से लेते हैं। उनके अनुसार मोटा होना आवश्यक है, लेकिन मोटा शरीर खुद व्यक्ति का अपना ही बोझ बन जाता है। मोटा शरीर नाना प्रकार की व्याधियों का निवास बन जाता है। मोटा शरीर कोई काम ठीक से नहीं कर पाता। निठल्ला बैठा रहता है तथा बैठे-बैठे और मोटा हो जाता है। फिर हृदयाघात, उच्च रक्तचाप, मधुमेह आदि खतरनाक बीमारियों का शिकार होकर असमय ही काल कवलित हो जाता है। ऐसा व्यक्ति न तो परिवार या समाज राष्ट्र के ही काम आ सकता है।

स्वस्थ शरीर का अर्थ केवल आदमी के शारीरिक स्वास्थ्य से ही नहीं है, बल्कि मानसिक रूप से भी उसका स्वस्थ होना आवश्यक है। स्वस्थ शरीर का अर्थ है कि व्यक्ति शारीरिक रूप से प्रत्येक कार्य से सक्षम हो। वह किसी रोग को न पालता हो। वह स्फूर्ति, ऊर्जा और शक्ति से भरपूर हो। समाज, राष्ट्र आदि के कामों में हाथ बँटाने को तत्पर हो।

स्वस्थ व्यक्ति हमेशा खुश रहता है। ताजगी से भरा रहता है। अपने कार्यों में मस्त और व्यस्त रहता है। इसके विपरीत अस्वस्थ व्यक्ति हमेशा दुःखी, चिड़चिड़ेपन और निराशा से भरा होता है। हमेशा दवा और डॉक्टरों के भरोसे जीता है। उसकी आय का बहुत बड़ा भाग दवा और डॉक्टरों पर ही खर्च हो जाता है। फलतः परिवार गरीबी में जीने को लाचार हो जाता है। ऐसे व्यक्ति के लिए धन बेकार हो जाता है, क्योंकि न तो वह पसंद की चीज खा पाता है, न ही कहीं आ-जा सकता है। अतः उसके लिए धन व्यर्थ हो जाता है, लेकिन स्वस्थ व्यक्ति निर्धन भी है, तब भी वह जीवन की सुख-सुविधा का उपभोग कर सकता है।

इसीलिए कहा गया है कि असल धन मनुष्य का स्वास्थ्य है। स्वस्थ रहने के लिए व्यायाम, योग, सही खान-पान, स्वच्छता आदि का होना आवश्यक होना है। साथ

ही उसकी सोच का सकारात्मक होना भी जरूरी है। तनावमुक्त व्यक्ति ही सही रूप में शारीरिक और मानसिक स्वास्थ्य का लाभ उठा पाता है। लोगों से मधुर व्यवहार, समाज-राष्ट्र के कामों में सहयोग आदि व्यक्ति के तन को ही स्वस्थ नहीं रखते, मन को भी स्वस्थ बना देते हैं। व्यक्ति के लिए उसका स्वास्थ्य ही सबसे बड़ा धन है। अंग्रेजी में कहावत है—'Health is wealth.'

□

नाच न जाने आँगन टेढ़ा

अंग्रेजी में भी यह कहावत है—'A bad workman always quarrels with his tool.' इसका अर्थ है—अपना दोष दूसरे पर मढ़ना या अपनी कमी का कारण दूसरे को बताना। छात्र पढ़ना नहीं चाहता तो आरोप शिक्षक पर लगाता है। शिक्षक पढ़ाना नहीं चाहता तो दोष विद्यालय की व्यवस्था को देता है। आज लोग योजनाओं को लागू नहीं होने पर सरकार को दोषी मानते हैं। ये सारे उदाहरण सिद्ध करते हैं कि यह आम आदमी का स्वभाव है कि वह अपना दोष दूसरे पर मढ़कर स्वयं निश्चिंत हो जाता है। विद्यार्थी परीक्षा में फेल होता है, आरोप परीक्षक पर लाद देता है कि उसकी कॉपी ठीक से नहीं जाँची गई। यही प्रवृत्ति है कि कोई अपनी कमजोरी स्वीकार करना ही नहीं चाहता।

आज के आदमी के जीवन में इतनी व्यस्तता है कि वह कुछ सीखना, समझना चाहता ही नहीं है, उसकी प्रवृत्ति हो गई है कि बैठे-बैठे सारे कार्य उसके हो जाएँ। लेकिन यह संभव नहीं है। अपने कार्यों का सुंदर निर्वाह करना उसकी शिक्षा-दीक्षा एवं कौशल पर निर्भर करता है। यह कौशल आज के आदमी के पास नहीं है। बिना ज्ञान के वह हर काम हाथ में ले लेता है और उसमें असफल होते ही सारा दोष व्यवस्था पर लादकर आप पल्ला झाड़ लेता है। आज के समाज की यह नियति बन गई है कि बच्चे, बूढ़े, जवान सभी अपना दोष छिपाते हैं और दोष दूसरे पर मढ़कर निश्चिंत हो जाते हैं। कबीर ने कहा था—

बुरा जो देखन मैं चला, बुरा न मिलिया कोय।
जो दिल खोजा आपना, मुझसे बुरा न कोय॥

कहने का तात्पर्य है कि आदमी दूसरे को दोष न देकर, अपने गिरेबान में झाँके। अपनी कमजोरियों को पहचाने और उसे दूर करने का प्रयास करे।

□

मजहब नहीं सिखाता आपस में बैर रखना

दुनिया के जितने भी धर्म या मजहब हैं, सबका एक ही लक्ष्य है, आपसी बैर भाव को भुलाकर सौहार्द पैदा करना। भाईचारे की भावना बढ़ाना, अहिंसा के रास्ते को अपनाना, लेकिन आज धर्म के नाम पर ठीक उल्टा हो रहा है। भारत जैसे देश में धर्म का सच्चा स्वरूप मिटता जा रहा है। धर्म के नाम पर हिंसा-प्रतिहिंसा का बाजार गर्म है। यहाँ नाना जातियाँ और अनेक धर्म हैं। संविधान में सभी धर्म को समान अधिकार मिले हैं। हर धर्मावलंबी अपने धर्म का प्रचार-प्रसार कर सकता है। उसके अनुसार आचरण कर सकता है। कोई भी व्यक्ति किसी भी धर्म को मान सकता है, लेकिन दूसरे धर्म की निंदा नहीं कर सकता और न जबरन किसी को धर्म बदलने के लिए मजबूर कर सकता है। ऐसा करना अपराध माना गया है। धर्म लोगों का निजी विश्वास माना गया है।

लेकिन आज धर्म के नाम पर नंगा नाच हो रहा है। धार्मिक कट्टरता देश की बड़ी समस्या बन गई है। मुसलमानों की इस्लाम धर्म के प्रति जो कट्टरता की विचित्र भावना घर कर गई है, जिससे देश दो टुकड़ों में तो बँटा ही, आज सारे देश में सांप्रदायिकता की आग फैल गई है। 'हिंदू, मुस्लिम, सिख, ईसाई, आपस में हैं, भाई-भाई' यह नारा विलुप्त हो गया है। अब तो धार्मिक कट्टरता इस कदर बढ़ गई है कि दोनों एक-दूसरे के खून में प्यासे बने हुए हैं। धर्म के नाम पर फतवे निकाले जाते हैं। आज विचार में ही नहीं, पहनावे ओढ़ावे में भी धर्म घुस गया है। बुर्का-हिजाब आदि को लेकर हाल में ही जो देश में दंगा-फसाद हुआ है—उससे सभी परिचित हैं। अभिव्यक्ति की स्वतंत्रता के नाम पर एक-दूसरे के धर्म की निंदा करना एक फैशन बन गया है।

धर्म का स्वरूप हर युग में बदलता आया है। त्रेता में धर्म का जो रूप था, वह द्वापर में नहीं रहा और आज कलियुग में तो धर्म का स्वरूप इतना विकृत हो गया है कि वह जीवन का एक बोझ बन गया है। हाल के एक सर्वे के अनुसार आज दुनिया के युवा धर्म का बाना उतारकर फेंक रहे हैं। जीने का दृष्टिकोण बदल रहे हैं। धर्म के नाम जो पंडित और मुल्लाओं ने अपनी दुकान खोल रखी हैं, वे धीरे-धीरे बंद हो रही

हैं। इनके प्रति आक्रोश पनप रहा है। भारत में कोल, मंगोल, शक, हूण कितनी जातियाँ आईं। वे यहाँ इस कदर घुल-मिल गईं कि पता ही नहीं चला। इसका बड़ा कारण था, उन्होंने धर्म के बंधन को नहीं माना। ये सारे उदाहरण सिद्ध करते हैं कि सभी धर्मों का सार इंसानियत है। यही सच्चा धर्म है। अतः ठीक ही कहा है—'मजहब नहीं सिखाता आपस में बैर रखना।'

□

हाथ कंगन को आरसी क्या?

इस कहावत का सीधा अर्थ है कि प्रत्यक्ष को प्रमाण की जरूरत नहीं होती। जो सामने है, उसके लिए प्रमाण माँगना जनमूर्खता के सिवाय और क्या है। आज के वैज्ञानिक युग में लोग ईश्वर के होने का भी प्रमाण ढूँढ़ने लगे हैं। वे भूल गए हैं कि वे खुद ईश्वर की देन हैं। यह सृष्टि, उसमें संचालित होने वाला हर कार्य उसी ईश्वर की इच्छा से होता है। उसकी इच्छा के बिना एक पत्ता भी नहीं हिलता। यह प्रकृति उसी के द्वारा संचालित होती है। फिर भी वे ईश्वर की सत्ता का प्रमाण खोजते हैं। सूरज गर्मी देता है, चाँद शीतलता प्रदान करता है। वर्षा धरती सींचती है—यह सब हमारी आँखों के सामने घटित हो रहा है। फिर इसके लिए क्या प्रमाण दिया जा सकता है।

आज के आदमी की प्रवृत्ति हो गई है कि वह हर चीज को तर्क की तुला पर तौलता है, लेकिन तर्क-कुतर्क बन जाते हैं। फिर तर्क के द्वारा हम सत्य तक नहीं पहुँच सकते। तर्क हमेशा सत्य का खून कर देता है। आज चारों ओर भ्रष्टाचार का बोलबाला है। घूस खोरी, बेईमानी, छल-कपट सबकुछ हमारी आँखों के सामने घटित हो रहा है, फिर भी हम मानने को तैयार नहीं। यह धारणा एक हठधर्मिता बन गई है।

राजनीति के क्षेत्र में आज विरोधी हठधर्मिता का शिकार बन गया है। सरकार के हर अच्छे कामों की भी आलोचना करना उसकी आदत बन गई है। वह कारगिल युद्ध का प्रमाण माँगता है। वह भारतीय सैनिकों की वीरता, शौर्य उनके त्याग और बलिदान का प्रमाण माँगता है। इससे बढ़कर आज दुर्भाग्य की बात देश के लिए क्या हो सकती है। हर चीज का प्रमाण खोजने वाले ऐसे व्यक्ति आज देश के लिए खतरा बन रहे हैं। दुनिया जानती है कि हमने हाल में गलवान से चीनी सेना को खदेड़ दिया है, लेकिन विरोधी नेताओं को इसका भी प्रमाण चाहिए। सत्य तो यह है कि बुद्धिमान अपनी बुद्धि, अपने अनुभव से ही प्रमाण ढूँढ़ लेते हैं। वह तो महामूर्ख है, जो हर बात का प्रमाण खोजता है। हम हाथ में कंगन पहने हैं और कंगन का प्रमाण खोजें यह मूर्खता नहीं तो क्या है?

□

अंधेर नगरी चौपट राजा

कहावत सत्य है—'अंधेर नगरी चौपट राजा, टके सेर भाजी, टके सेर खाजा।' इस नाम से भारतेंदु हरिश्चंद्र ने एक नाटक लिखा था। इसमें उन्होंने एक ऐसे अंधेर नगरी का वर्णन किया है, जिसका राजा बिल्कुल चौपट है और जिस नगर का राजा चौपट हो, वहाँ तो भाजी और खाजा दोनों का भाव एक ही हो जाता है। अर्थात् ऐसे राजा के राज्य में मूर्ख और विद्वान् एक ही तुला पर तौले जाने लगते हैं।

कहने का तात्पर्य यह है कि किसी देश का राजा यदि मूर्ख है, पढ़ा-लिखा नहीं, विचारवान नहीं है, उस देश में हर तरफ अराजकता, अव्यवस्था फैल जाती है। वहाँ की प्रजा का कष्ट बढ़ जाता है। चारों ओर अनाचार, दुराचार का बोलबाला हो जाता है। गरीबी, दरिद्रता, अशिक्षा, भुखमरी आदि कितनी समस्याएँ पैदा हो जाती हैं। वहाँ छीना-झपटी, हिंसा-प्रतिहिंसा का बाजार गर्म हो जाता है। दबंग कमजोर पर अत्याचार करने लगते हैं। फिर ऐसा देश गुलामी के बंधन में बँध जाता है। आज पाकिस्तान को हम लें, तो उस देश पर यह कहावत सटीक बैठती है। वहाँ के शासकों की मूर्खता, नादानी से आज वहाँ की जनता का कष्ट सातवें आसमान पर है। महँगाई, भुखमरी से जनता त्राहिमाम होकर खुदा को पुकार रही है। हाल ही में लंका का भी यही हाल हुआ था।

कहावत का अभिप्राय यह है कि राजा को राजनीति और कूटनीति का ज्ञाता होना चाहिए। उसे प्रजा के सुख-दुःख की चिंता होनी चाहिए। इसके लिए उसे वैसा कार्य करना चाहिए, जिससे प्रजा खुशहाल रहे। राज्य धन-धान्य, शक्ति से संपन्न रहे। प्रजा में कोई विभेद पैदा न हो। जहाँ राजा में ऐसे गुण हैं, वह देश और वहाँ की जनता खुशहाल रहती है। एक और कहावत है—'रोम जल रहा था और राजा बाँसुरी बजा रहा था।' तभी तो रोम हो, या फ्रांस हो, वहाँ ऐसी क्रांति की ज्वाला भड़की, जिसमें प्राचीनता का नाश हुआ। नवीनता का निर्माण हुआ।

□

अंत भला तो सब भला

अंग्रेजी में भी कहा गया है—'All is well, that ends well.' मानव जीवन में ऐसा देखा जाता है कि किसी भी अच्छे कार्य को करने के आरंभ में मनुष्य को कई कठिनाइयों का सामना करना पड़ता है। उसके मार्ग में कई चुनौतियाँ आ खड़ी होती हैं, लेकिन मनुष्य जब सारे दुःख-कष्ट को सहता हुआ उस कार्य को संपन्न और पूर्ण कर लेता है, तब पूर्व के सारे दुःखों को भूल एक सुखद अनुभूति का अनुभव करता है। हम जीवन में डॉक्टर या इंजीनियर बनना चाहते हैं, लेकिन इस बनने के मार्ग में, हमारी गरीबी, साधन का अभाव, आदि कई बाधाएँ हमारे मनोबल को तोड़ती नजर आती हैं, लेकिन सारी बाधाओं को पार कर जब हम एक दिन सचमुच डॉक्टर, इंजीनियर बन जाते हैं, तो फिर बीते हुए सारे कष्टों को भुला देते हैं। एक परम सुख की अनुभूति पाते हैं।

स्पष्ट है कि सच्ची लगन और कठोर परिश्रम से किए गए कार्य हमेशा खुशी देते हैं। भले ही उस कार्य को करने में कितना ही दुःख झेलना पड़ा हो, या लड़ना पड़ा हो। स्वतंत्रता संग्राम के वीरों का उदाहरण है। आजादी पाने के लिए हमारे वीरों ने कितने कष्ट उठाए। जेल गए, लाठियाँ खाईं, कितनों ने प्राण गँवाए, लेकिन जब आजादी मिली, तो हम सबकुछ भूल गए। आजादी के जश्न में डूब-डूब गए।

हमारे महापुरुषों का इतिहास बताता है कि आरंभ में उन्हें क्या-क्या कष्ट उठाने पड़े, लेकिन उन्होंने हिम्मत नहीं हारी, लगे रहे और एक दिन महान् बनकर देश समाज का कल्याण किया। अतः आदमी को चाहिए कि अपने कर्तव्य मार्ग पर चलकर वह हर मुसीबतों का सामना करता हुआ लक्ष्य की ओर बढ़ता रहे। अंत में विजयश्री उसे वरमाला अवश्य पहनाएगी। इन्हीं सब कारणों से कहा गया है, अंत भला तो सब भला।

□

महात्मा गांधी

भारत में समय-समय पर कई महापुरुष पैदा हुए हैं, जिन्होंने भारत ही नहीं संपूर्ण विश्व में ख्याति पाई है। ऐसे महापुरुषों में महात्मा गांधी सर्वोपरि हैं, अगर यह सत्य है कि जब पृथ्वी पर अत्याचार बहुत बढ़ जाता है, तब स्वयं ईश्वर जन्म लेता है अथवा अपना प्रतिनिधि भेजकर लोगों को अत्याचारों से मुक्ति दिलाता है, तो गांधी ईश्वर के ऐसे ही दूत थे, जिन्होंने अंग्रेजों के अत्याचार से भारतीयों को त्राण दिलाए। आइंस्टाइन ने कहा था—"आने वाली पीढ़ी यह विश्वास ही नहीं करेगी कि कभी गांधी भी मनुष्य रूप में धरती पर विचरण करते थे।" बहुत से विद्वानों ने गांधी को गौतम बुद्ध के बाद सबसे बड़ा मसीहा कहा है।

महात्मा गांधी का जन्म 2 अक्तूबर, 1869 को काठियावाड़ के पोरबंदर में हुआ था। पिता करमचंद गांधी काठियावाड़ राज के दीवान थे। इनका नाम मोहनदास था। गुजरात में अपने नाम के साथ पिता का नाम जोड़ा जाता है। इसीलिए गांधी का नाम मोहनदास करमचंद गांधी पड़ा। महात्मा की उपाधि इन्हें रवींद्रनाथ टैगोर ने दी थी। बचपन में गांधी बहुत सामान्य बालक थे। सहपाठी उन्हें बुद्धू समझते थे। शिक्षकों को भी इनमें कोई विशेष गुण नहीं दिखाई देते थे। उस समय कौन जानता था कि सामान्य सा दिखने वाला यह बालक एक दिन संपूर्ण संसार को चमत्कृत कर देगा, लेकिन एक सामान्य व्यक्ति को असाधारण बनने के लिए संघर्ष करना ही पड़ता है। अपनी आरंभिक शिक्षा समाप्त कर वे इंग्लैंड चले गए और वहाँ से बैरिस्टर बनकर भारत लौटे। यद्यपि गांधी डॉक्टर बनना चाहते थे, लेकिन परिवार के दबाव में आकर इन्हें बैरिस्टर बनना पड़ा। 13 वर्ष की उम्र में कस्तूरबा से इनका विवाह हुआ।

भारत लौटकर इन्होंने वकालत शुरू की, पर इस काम में उनका मन न लगा। इसका एक कारण यह भी था कि गांधी उस समय अच्छे वक्ता नहीं थे। इसी समय एक मुकदमे के सिलसिले में इन्हें दक्षिण अफ्रीका जाना पड़ा। यह एक बड़ी घटना थी। यहीं से गांधी की प्रतिभा का विस्तार शुरू हुआ। दक्षिण अफ्रीका में गांधी कई ऐसे लोगों के

संपर्क में आए, जो बाद में इनके मित्र बन गए। वहीं पहली बार उपवास रखकर इन्होंने इसके महत्त्व को समझा। बाद में स्वतंत्रता आंदोलन में कई बार इन्होंने उपवास रखा और अपने उद्देश्य में सफलता पाई। टैगोर ने कहा था—"भिखारी के लिबास में एक महान् आत्मा दक्षिण अफ्रीका से लौटकर आई है।"

दक्षिण अफ्रीका में हिंदुओं पर होते अत्याचार से गांधी काफी दुःखी हुए और वहाँ की सरकार पर दबाव डाला कि वे भारतीयों की दशा सुधारने की पहल करें। इसमें गांधी को बहुत हद तक सफलता भी मिली। भारत लौटकर इन्होंने चंपारण के किसानों की दशा पर आंदोलन शुरू किया, जो चंपारण सत्याग्रह कहलाया। गांधी के सत्याग्रह के सामने अंग्रेजों को झुकना पड़ा, फिर यहीं से स्वतंत्रता-प्राप्ति का प्रयास आरंभ हो गया। 1920 में असहयोग आंदोलन शुरू किया, जिसका नारा था—'न एक पाई, न एक भाई।'

अंग्रेज गांधी के सत्याग्रह आंदोलन से घबरा उठे थे। फलतः कई बार इन्हें जेल जाना पड़ा, लेकिन गांधी इस सबसे कभी विचलित नहीं हुए। देश में गांधी ने ऐसी आँधी उठाई कि अंग्रेजी शासन की नींव हिल गई। नमक सत्याग्रह आरंभ करके इन्होंने ब्रिटिश राज्य के कानून की धज्जियाँ उधेड़ दीं। अंत में 1942 में इन्होंने 'करो या मरो' का नारा दिया। सारा देश इनके साथ उठ खड़ा हुआ। साबरमती के इस संत के कमाल को देखकर अंग्रेजों ने अंत में 1947 में भारत की आजादी की घोषणा कर दी। इस प्रकार बिना कोई हथियार उठाए ही गांधी ने भारत को आजादी दिला दी। सारा विश्व स्तब्ध था। भारत ने एक बार फिर विश्व को दिखा दिया था कि युद्ध बिना हथियार के भी लड़ा जा सकता है, अंतरराष्ट्रीय बंधुत्व संघ के सामने गांधी ने कहा था—"लंबे अध्ययन और अनुभव के बाद मैं इस निष्कर्ष पर पहुँचा हूँ कि दुनिया के सभी धर्म सच्चे और अच्छे हैं।"

1920 से 1959 तक का जो काल था, उसे हम गांधी युग कह सकते हैं। प्रथम विश्वयुद्ध के बाद अंग्रेजों के विश्वासघात के कारण देश में घटनाएँ इस प्रकार आरंभ हुईं कि स्वतंत्रता आंदोलन की बागडोर गांधी के हाथों में आ गई और इसने जनआंदोलन का रूप ले लिया।

गांधी ने सदियों से संतप्त भारत को, भारत की जनता को शासन के शोषण से मुक्त कराया, उन्हें अपनी प्रगति का पथ प्रशस्त करने की राह दी। एक नई दिशा दी। उपेक्षित वर्ग का हौसला बढ़ाया। छुआछूत की भावना को दूर किया। शूद्रों को हरिजन कहकर उनका सम्मान बढ़ाया। गरीबों को गले लगाया। हिंदू-मुसलमानों की एकता का प्रयत्न किया। उनकी दृष्टि में सच्चा वैष्णव वह है, जो पीर पराई जाने रे। 'ईश्वर अल्लाह तेरो नाम' जपकर उन्होंने 'सबका ईश्वर एक है' कहा। किसान-मजदूरों की दशा सुधारने का प्रयास किया। गांधीजी में सेवा भाव भी कूट-कूटकर भरा था। शत्रु की सेवा से भी वे पीछे

हटने वाले नहीं थे। उनकी सेवा भाव से प्रसन्न होकर अंग्रेजों ने उन्हें 'केसर-ए-हिंद' की उपाधि प्रदान की।

30 जनवरी, 1948 को प्रार्थना सभा में जाते समय नाथूराम गोडसे ने गांधी की हत्या कर दी। गांधी की मृत्यु से एक युग का अंत हो गया। उनकी चिता क्या जली, एक युग जल गया। उनकी अर्थी क्या उठी, एक जमाना उठ गया। उनकी मृत्यु पर लॉर्ड माउंट बेटन ने कहा था—"सारा संसार उनके जीवित रहने से संपन्न था और उनके निधन से वह दरिद्र हो गया है।"

आज गांधी का नया मूल्यांकन हो रहा है, तो विद्वानों के मत बदल रहे हैं। कुछ लोग देश के बँटवारे को लेकर गांधी पर आरोप गठित कर रहे हैं। उनके अनुसार गांधी का नेहरू मोह और नेहरू की महत्त्वाकांक्षा ने ही देश को टुकड़ों में बाँट दिया। आजादी के बाद कांग्रेस में कई ऐसे नेता थे, जो गांधी के विचारों से सहमत नहीं थे। वल्लभ भाई पटेल, आंबेडकर जैसे नेता बाद में गांधी से असहमत हो गए थे। उनके अपने तर्क थे। मुसलमानों की ओर गांधी के अधिक झुकाव को देखकर देश का हिंदू समाज गांधी का विरोधी बन गया था। इसी कारण गांधी की हत्या भी हुई। सत्य जो भी हो, पर आज देश गांधी के प्रति अपनी कृतज्ञता प्रकट कर रहा है। हर वर्ष गांधी जयंती के अवसर पर उन्हें याद कर उनके प्रति श्रद्धांजलि अर्पित करता है।

□

शहीद भगत सिंह

स्वतंत्रता संग्राम के इतिहास में जिन वीरों ने अपने जीवन की आहुति देकर भारतमाता को परतंत्रता से मुक्ति दिलाई, उसमें भगत सिंह का नाम सबसे ऊपर है। भगत सिंह का जन्म 27 सितंबर, 1907 को पंजाब के लायलपुर गाँव में हुआ था। अब यह स्थान पाकिस्तान में चला गया है। इनके परिवार को सदा से अंग्रेजों ने जेल में डालकर रखा था। जिस दिन भगत सिंह का जन्म हुआ, उसी दिन अंग्रेजों ने उन्हें जेल से रिहा कर दिया। यह एक महासंयोग ही कहा जाएगा। अतः परिवार में भगत सिंह भाग्यवाले कहलाए और इनकी दादी ने इनका नाम 'भाग वाला' रख दिया। बाद में ये 'भगत सिंह' कहलाने लगे।

इनकी आरंभिक शिक्षा गाँव के ही स्कूल में हुई, 1916 में लाहौर गए। वहाँ उच्च शिक्षा के लिए डी.ए.वी. स्कूल में दाखिला लिया। यहीं इनका परिचय लाला लाजपत राय से हुआ। फिर तो भगत सिंह उनसे प्रभावित होकर स्वतंत्रता समर में कमर कस कूद पड़े। सरफरोशी की तमन्ना लिये बाजूए कातिल का जोर आजमाने, सिर से कफन बाँध आजादी की जंग में शामिल हो गए।

उन दिनों देश में गांधी की भी आँधी बह रही थी, लेकिन देशभक्तों का एक बड़ा भाग गांधी के विचारों से सहमत नहीं था। अतः देशभक्त दो गुटों में बँट गए। एक नरम दल और एक गर्म दल। नरम दल वाले गांधी और उनकी अहिंसा के समर्थक थे, तो गर्म दल वाले हिंसा के पक्ष में थे। भगत सिंह के साथ-साथ गर्म दल वालों की संख्या भी कम नहीं थी। दिनकर ने गांधी का विरोध करते हुए लिखा था—

रे, रोक युधिष्ठिर को न यहाँ
जाने दे उनको स्वर्ग धीर
पर, फिरा हमें गाण्डीव गदा,
लौटा दे अर्जुन-भीम वीर।।

13 अप्रैल, 1919 को रॉलेट एक्ट के विरोध में जलियाँवाला बाग जैसी घटनाएँ

घटीं। इस घटना ने देश के वीरों का खून खौला दिया। भगत सिंह ने इसका बदला लेने की ठानी। भगत सिंह की शिक्षा अधूरी रह गई थी। इसी समय लाला लाजपत राय ने ऐसे ही छात्रों के लिए लाहौर में एक कॉलेज की स्थापना की। भगत सिंह ने इस कॉलेज में दाखिला लिया। यहीं भगत सिंह, सुखदेव, यशपाल, भगवती चरण जैसे क्रांतिकारियों के संपर्क में आए।

इसी समय साइमन के नेतृत्व में एक कमीशन भारत आया, जिसे साइमन कमीशन कहा गया। सारे देश में इस कमीशन का विरोध हुआ 'Go back Simon.' के नारे लगे। लाहौर में लाजपत राय के नेतृत्व में इसका विरोध किया गया। इसी विरोध में पुलिस की लाठी से लाजपत राय की मृत्यु हो गई।

भगत सिंह इस घटना से मर्माहत हो उठे। उन्होंने अन्य साथियों के साथ मिलकर पुलिस सार्जेंट सांडर्स की हत्या कर दी। इस घटना ने सारे देश को आंदोलित और प्रभावित कर दिया। भगत सिंह को देश ने अपने नेता के रूप में स्वीकार कर लिया।

केंद्रीय असेंबली में बम फेंकने का प्रस्ताव पास हुआ। यह काम स्वयं भगत सिंह करना चाहते थे। जबकि आजाद, राजगुरु सम्मिलित रूप से यह काम करना चाहते थे, लेकिन भगत सिंह के आगे आजाद को झुकना पड़ा। 12 जून, 1929 को सेशन कोर्ट ने भगत सिंह और बटुकेश्वर दत्त को आजीवन कारावास की सजा सुना दी।

इसके विरुद्ध उच्च न्यायालय में अपील हुई, वहाँ भगत सिंह ने जो भाषण दिया, उसे सारे देश ने सुना। अंत में विस्फोटक पदार्थ रखने के आरोप में भगत सिंह, सुखदेव, राजगुरु को फाँसी की सजा सुना दी गई। इस तरह भगत सिह अपने साथियों के साथ फाँसी पर झूल गए। कहते हैं कि फाँसी के समय भगत सिंह का वजन बढ़ गया था। यह दुनिया के इतिहास में पहली घटना थी।

भगत सिंह, सुखदेव, राजगुरु ने अपनी मातृभूमि की रक्षा में अपने जीवन की आहुति चढ़ा दी। स्वतंत्रता के यज्ञ में जीवन के सारे सुख-सौंदर्यों की बलि चढ़ा दी। वे मरकर अमर हो गए। देश उनकी शहादत, उनका बलिदान कभी नहीं भूलेगा।

□

वीर सावरकर

सावरकर का पूरा नाम विनायक दामोदर सावरकर था। इनका जन्म महाराष्ट्र के नासिक जिले के मामुर गाँव में हुआ था। सावरकर के जन्म के समय देश की राजनीति में बड़ी उथल-पुथल मची हुई थी। देश राजनीतिक दृष्टि से पतित, सामाजिक दृष्टि से अपमानित और आर्थिक दृष्टि से जीर्ण-शीर्ण हो चुका था। लोकमान्य तिलक, सुरेंद्रनाथ बनर्जी आदि नेताओं ने अंग्रेजों के खिलाफ विरोध का बिगुल बजा दिया था। जरूरत थी एक ऐसे नेता की जो संपूर्ण देश में क्रांतिकारियों को संगठित कर सके। ऐसे ही माहौल में सावरकर का जन्म हुआ।

सावरकर के पिता दामोदर भी देशभक्त थे। वे तिलक से काफी प्रभावित थे। माता राधाबाई धार्मिक विचारों वाली महिला थीं। अपनी आरंभिक शिक्षा समाप्त कर सावरकर ने बी.ए. की डिग्री प्राप्त की। फिर बैरिस्टर बनने की इच्छा लेकर इंग्लैंड चले गए। वहाँ इंडिया हाउस में, जहाँ सावरकर रहते थे, भारत की स्वतंत्रता के लिए कई गतिविधियाँ चलाई जाती थीं। सावरकर पर भी इस सब का प्रभाव पड़ा। वहाँ उन्होंने तीन पुस्तकों की रचना की—'मेजिनी', 'सिखों का इतिहास' और 'भारत के प्रथम स्वतंत्रता संग्राम का इतिहास'। इन पुस्तकों ने पूरे इंग्लैंड में हलचल पैदा कर दी। यहीं से सावरकर का क्रांतिकारी रूप प्रकट होने लगा।

सावरकर बैरिस्टर तो बन गए, लेकिन उनके विद्रोही व्यक्तित्व के कारण सरकार ने उन्हें अदालत में वकील बनने की अनुमति नहीं दी। अंग्रेजों ने उनके सामने जो शर्त रखी, उसे मानने से इन्होंने इनकार कर दिया। इसी समय सावरकर के भाई ने एक अंग्रेज जज जैक्सन की हत्या कर दी। जिस पिस्तौल से हत्या हुई, वह सावरकर की थी। अत: लंदन में उनके नाम से वारंट निकल गया।

सावरकर को अंग्रेज सिपाहियों की देखरेख में समुद्र के रास्ते भारत लाया जा रहा था, तभी सावरकर ने साहस का परिचय दिया और समुद्र में कूद पड़े, लेकिन फ्रांसीसी सेना ने उन्हें गिरफ्तार कर लिया और अंग्रेजों को सौंप दिया। अंग्रेजों ने उन्हें चार वर्ष के लिए

अंडमान की जेल में डाल दिया। जेल में सावरकर पर जो जुल्म ढाया गया, यातनाएँ दी गईं, वह इतिहास के पन्नों में स्वर्णाक्षरों में लिखा मिलेगा, उन्हें कोल्हू में जोता जाता था।

सावरकर ने जेल में ही अंग्रेज जेलर की क्रूरता पर कई कविताएँ भी लिखीं। संक्षेप में, स्वतंत्रता संग्राम के इतिहास में सावरकर जैसा क्रांतिकारी दूसरा नहीं हुआ, जिसने अमानवीय यातनाओं को सहकर भी घुटने नहीं टेके। उन्हें दो-दो बार आधा जीवन कारावास की सजा मिली। आजादी के बाद जब वे भारत आए तो यहाँ भी उनके कष्टों का अंत नहीं हुआ। महत्त्वाकांक्षी नेताओं को भय था कि सावरकर उनसे आगे न निकल जाए। इन्हीं नेताओं ने सुभाष चंद्र बोस को भी पनपने का मौका नहीं दिया। उनकी मृत्यु आज भी रहस्य के घेरे में है। सावरकर को भी गांधी की हत्या के आरोप में फँसाने की कोशिश की गई। कुछ दिन उन्हें अपने ही देश की जेल में रहना पड़ा। लेकिन कहते हैं कि आंबेडकर के प्रयास के फलस्वरूप इन्हें जेल से रिहा कर दिया गया। सावरकर ने काले पानी की सजा के रूप में जेल में रहते हुए '1857 का भारतीय स्वतंत्रता संग्राम,' 'मेरा आजीवन कारावास' और 'अंडमान की प्रतिध्वनियाँ' जैसी पुस्तकें लिखीं।

सावरकर एक कुशल नेता, क्रांतिकारी वीर पुरुष ही नहीं थे, वे एक अच्छे कवि और लेखक भी थे। उन्होंने कई पुस्तकों की रचना कर देश की जनता में क्रांति का बीज बोया। संपादक के रूप में भी उन्होंने 'नासिक वैभव' नाम की पत्रिका का कुशल संपादन किया। संगठन की उनमें अद्‌भुत शक्ति थी। 1900 ई. में 'मित्र मेला और क्रांतिकारियों का दल' नामक संगठन की स्थापना की। 1905 में पूना की विशाल सभा में सावरकर ने विदेशी वस्तुओं के बहिष्कार की घोषणा की। संक्षेप में, सावरकर एक बहुआयामी प्रतिभावान, क्रांतिकारी, कुशल कवि-लेखक, देशप्रेमी एक साथ सबकुछ थे।

आज वर्तमान भारत सरकार उन्हें सम्मान देती है, तो विरोधी दल के नेता सावरकर को देशभक्त कहने से ही इनकार कर देते हैं। उनके विरोध में क्या-क्या बोलते हैं। उन्हें गद्दार कहते हैं। उनके अनुसार सावरकर ने डरकर अंग्रेजों से माफी माँग ली थी, लेकिन उनके पास इस बात का कोई प्रमाण नहीं है। थोड़ी देर के लिए हम उनका कहा मान भी लें तो शायद वे भूल गए कि कभी भारतेंदु भी अंग्रेजों की प्रशंसा अपनी कविता में करते थे—'अंग्रेज राज, सुख साज सजै सब भारी।' किसी ने कहा है—"युद्ध के मैदान से भागी सेना दुबारा युद्ध लड़ने आ सकती है और विजय भी पा सकती है। पर जोश में होश खोकर प्राण देने वाले सैनिक दूसरे दिन युद्ध लड़ने नहीं आ सकते।" विरोधी दल हो या सत्ता दल, उनमें कई ऐसे नेता हैं, जिनके पूर्वज कल तक अंग्रेजों की चापलूसी करते थे और आज वे देशभक्ति की बात करते हैं, जो भी सत्य हो, 26 फरवरी, 1966 को इस महान् आत्मा का निधन हो गया।

□

भारत में विरोधी दल की भूमिका

प्रजातांत्रिक शासन प्रणाली में विरोधी दल की अहम भूमिका होती है। विरोधी दल सरकार के कामों की आलोचना करता है। उस पर अंकुश रखता है। अगर विरोधी दल न हो तो सरकार निरंकुश हो जाती है। वह मनमानी करना शुरू कर देती है। प्रजातंत्र का स्वरूप विकृत हो जाता है। नेताओं में तानाशाही प्रवृत्तियाँ प्रकट होने लगती हैं। जनता शासन के शोषण का शिकार बन जाती है। ऐसी स्थिति में देश में हर ओर प्रत्येक क्षेत्र में अराजकता, अव्यवस्था, लूट-खसोट आदि का माहौल पैदा हो जाता है। यह सब एक दिन हमें पतन के गर्त में धकेल देता है।

हिटलर, मुसोलिनी, आदि तानाशाहों का उदाहरण हमारे सामने है। अत: विरोध का होना आवश्यक ही नहीं, अनिवार्य है। आज पाकिस्तान या चीन आदि देशों में विरोधी दल का अभाव होने से ही ये देश अपने सैनिक बल पर विस्तारवाद की नीति को प्रश्रय दे रहे हैं।

विरोधी दल सरकार के पल-पल के कार्यों पर नजर रखता है। संविधान विरोधी कार्यों पर रोक लगाने की बात करता है। जहाँ सत्ताधारी सरकार मनमाना कानून बनाती है, संविधान के विरुद्ध आचरण करती है, वहाँ विरोधी दल विरोध का नारा बुलंद करता है। सरकार की आलोचना कर उसे सावधान करता है। संसद्, विधानसभाओं में वह अपने भाषणों द्वारा सरकार को समझाने-बुझाने एवं मनमानी न करने की सलाह देता है।

विरोधी दल जनता के हित की भी रक्षा करता है। वह सरकार की नीति और नीयत दोनों से जनता को परिचित कराता है। सरकार की मनमानी पर जनता में जागृति लाता है। सरकार के विरुद्ध उसे उठ खड़ा होने को प्रेरित करता है। संविधान विरुद्ध कार्य के लिए आंदोलन होते हैं। धरना, प्रदर्शन आदि होता है। ऐसा होने पर सरकार को जनता के आगे झुकना पड़ता है। अपनी नीतियों में परिवर्तन लाना पड़ता है। गलत कानूनों को वापस लेना पड़ता है। अभी हाल के किसान आंदोलन को हम उदाहरण के लिए ले सकते हैं। स्पष्ट है कि विरोधी दल जनता के हित में हमेशा सजग, सचेत रहकर सरकार पर नियंत्रण रखता है।

दुनिया के सभी प्रजातांत्रिक देश में विरोधी दल का प्रावधान है। उसके नेता को मंत्री पद का दर्जा और सुविधा हासिल है। सदन में भी उसे उचित सम्मान और महत्त्व दिया जाता है। उसकी बातों को ध्यान से सुना जाता है। विरोधी दल भी अपने दायित्वों का सफल निर्वाह करता है। उसमें स्वार्थ की भावना नहीं आनी चाहिए। उसे समझना चाहिए कि वह जनता का प्रतिनिधि है। जनता ने अपने हित की सुरक्षा के लिए बहुमत से चुनकर उसे संसद्, विधानसभाओं में भेजा है। अतः जनता के साथ विश्वासघात करना उसके लिए पाप के समान है। जहाँ स्वस्थ, ईमानदार, विरोधी दल है, वहाँ की सरकार सदा जनता के हित साधन में प्रयत्नशील रहती है।

भारत की आजादी के बाद यहाँ भी विरोधी दल बने। संसद्, विधानसभाओं में पहुँचे। आरंभ में विरोधी दल की संख्या बहुत कम होती थी। ब्रिटेन में तो आज भी दो ही दल हैं। एक शासन में आता है, तो दूसरा विरोध में। अतः वहाँ ज्यादा अव्यवस्था नहीं है, लेकिन भारत में आजादी के कुछ दिन बाद तक तो सबकुछ ठीक-ठाक रहा, लेकिन समय के साथ-साथ विरोधी दलों की संख्या बढ़ती गई। आज तो कितने ही दल पैदा हो गए हैं और जनता इन दलों के दलदल में फँसी छटपटा रही है। भारत में आज भाजपा, कांग्रेस, बसपा, सपा, आप, वामदल आदि कई दल कुकुरमुत्ते की तरह फैल गए हैं। विरोधी दल भी आज अपने आदर्शों और कर्तव्यों से च्युत हैं। स्वार्थ की भावना, कुर्सी का लोभ, सत्ता हथियाने की होड़ आज इस तरह मची है कि हर दल दूसरे को पछाड़कर कुर्सी पर अधिकार जमाने को बेचैन है।

दलबदल कानून के बाद भी दल बदलुओं की संख्या बढ़ती जा रही है। कई बड़े नेता भी देखते-देखते पलटूराम बन जाते हैं। जनता की समस्या, उसके मुद्दे—यह सब गौण पड़ गया है। केवल सत्ता में आना, पैसा कमाना, जनता पर धाक जमाना, यही सब उनका उद्देश्य रह गया है। इसके लिए हिंसा-प्रतिहिंसा, बेईमानी, छल-कपट आदि जितने भी कुकर्म हो सकते हैं, नेता करने को तैयार हैं।

विरोधी दल का काम आज सरकार की आलोचना नहीं रह गया है, वह सरकार के अच्छे कामों में भी बाधा बनता है। सरकार को सीधी राह चलने नहीं देता है। उसका काम केवल विरोध करना है, अच्छे-बुरे से मतलब नहीं है। आज देश में विरोधी दल जनता को बरगलाते हैं। उसे झूठे सब्जबाग दिखाकर वोट तो ले लेते हैं, पर ऊपर पहुँचकर केवल अपने फायदे की बात सोचते हैं। संसद्, विधानसभाओं में उनके द्वारा हो-हल्ला मचाकर संसद् को चलने नहीं दिया जाता। गलत-गलत बयानबाजी कर सरकार को परेशानी में डालना ही उनका काम रह गया है। अनुशासनहीनता का जो माहौल आज विरोधी दलों द्वारा उपस्थित किया जा रहा है, वह देश को दुनिया की नजरों में गिरा रहा है। इतना ही नहीं, आपस में मारपीट तक की नौबत आ जाती है।

इन विरोधी दलों की राजनीति में केवल राज रह गया है, नीति गायब हो गई है। इनकी नीयत भी ठीक नहीं रह गई है, तभी तो आए दिन ये जनता को सरकार के विरुद्ध भटकाकर, उभारकर आंदोलन करवाते हैं, दंगा-फसाद आज आए दिन हो रहे हैं। आगजनी, लूटपाट के पीछे इन्हीं का हाथ होता है। आज बाजारबंद, कहीं रेल चक्काजाम, परसों भारत बंद—इस बंद के दौरान भी उपद्रव होता रहता है। इससे आम जनता का कष्ट तो बढ़ता ही है, सरकार की भी परेशानी बढ़ जाती है। देश की आर्थिक स्थिति पर बुरा असर पड़ता है। सरकारी संपत्ति जलाकर ये देश का ही अहित करते हैं।

स्पष्ट है कि भारत में विरोधी दल आज अपने आदर्शों से गिर चुके हैं। केवल विरोध करना ही उनका काम रह गया है। वर्तमान समय में मोदी सरकार के विरुद्ध सभी विरोधी दल अपने स्वार्थ के कारण एकजुट होकर राह में तरह-तरह के रोड़े अटका रहे हैं। कई दल तो देशद्रोह की भाषा बोलने लगे हैं। किसी विरोधी दल का नेता तो आज पाकिस्तान की भाषा बोलने लगा है। हिंदू-मुस्लिम, मंदिर-मस्जिद आदि का विभेद खड़ा कर पूरे देश को अशांति की आग में झोंक रहा है। इन दलों के पास न कोई नीति है, न नीयत साफ है, न कोई आदर्श है, न सिद्धांत। बस किसी तरह सरकार को गिराना और सत्ता पर काबिज होना—यही उद्देश्य रह गया है। इसमें सुधार न आया तो देश का पतन निश्चित है। □

नेताजी सुभाषचंद्र बोस

भारतीय स्वतंत्रता संग्राम के इतिहास में सुभाषचंद्र बोस का नाम स्वर्णाक्षरों में लिखा जाएगा। यद्यपि आजादी की जंग में कितने ही नेताओं ने अपने जीवन को मातृभूमि के लिए दाँव पर लगा दिया। लेकिन सुभाषचंद्र ने जो बलिदान दिया। वह अनूठा था, वे सच्चे राष्ट्रवादी देशभक्त थे।

सुभाषचंद्र बोस का जन्म 23 जनवरी, 1897 को उड़ीसा के कटक में हुआ था। उनके पिता जानकीनाथ बोस एक प्रसिद्ध वकील के रूप में विख्यात थे। माता प्रभावती बोस दत्त थीं। उनका परिवार बंगाली कायस्थ परिवार था। सुभाषचंद्र बोस की शिक्षा-दीक्षा एक अंग्रेजी प्रोटेस्टेंट स्कूल में आरंभ हुई। 1913 में मैट्रिक की परीक्षा पास करने के बाद उन्होंने कलकत्ता के प्रेसिडेंसी कॉलेज में दाखिला लिया। स्कूली जीवन से भी वे विद्रोही व्यक्तित्व के थे। कहते हैं कि कॉलेज में एक प्रोफेसर हमेशा भारतीय छात्रों का अपमान करता रहता था। एक दिन सुभाषचंद्र बोस ने उसे एक थप्पड़ मार दिया। फलतः उन्हें कॉलेज से निष्कासित कर दिया गया। बाद में दूसरे विश्वविद्यालय से उन्होंने स्नातक की डिग्री हासिल की। उनकी आर्थिक स्थिति अच्छी नहीं थी, अतः कुछ दिनों तक उन्हें नौकरी भी करनी पड़ी। बाद में इंग्लैंड गए और वहाँ से बैरिस्टर बनकर भारत लौटे।

सुभाषचंद्र बोस कम उम्र से ही विवेकानंद एवं रामकृष्ण परमहंस जैसे विद्वानों की शिक्षा से प्रभावित थे। उन्होंने आई.सी.एस. (आज I.A.S.) की भी परीक्षा में अच्छे अंकों के साथ सफलता प्राप्त की। भारत लौटकर वे चित्तरंजन दास के संपर्क में आए और उनसे प्रभावित होकर स्वतंत्रता आंदोलन में शामिल हो गए। उन्होंने प्रशासनिक सेवा की नौकरी छोड़ दी और असहयोग आंदोलन में शरीक हो गए। 'सेवादल' में भी शामिल होकर उसका सफल संचालन किया। 1922 में 'स्वराज पार्टी' से जुड़े। उस पार्टी में सक्रिय कार्यक्रम का सफल संपादन और संचालन किया। पुनः 1928 में कलकत्ता महापालिका के कार्यकारी अधिकारी बने।

सरकार विरोधी कार्य करने के कारण अंग्रेजी सरकार ने उन्हें मांडले जेल में बंद कर दिया, लेकिन वहाँ इनके खराब स्वास्थ्य को देखते हुए उन्हें जेल से रिहा कर दिया गया। मद्रास कॉन्ग्रेस अधिवेशन का उन्हें अध्यक्ष भी बनाया गया, लेकिन महात्मा गांधीजी के विचारों से मतभेद होने के कारण उन्होंने अध्यक्ष पद से त्यागपत्र दे दिया।

सुभाषचंद्र बोस ने अच्छी तरह समझ लिया था कि सत्याग्रह या आग्रह से अंग्रेज भारत छोड़नेवाले नहीं हैं, अतः उन्होंने विद्रोह का रास्ता अपनाया। उन्होंने कॉन्ग्रेस पार्टी से अपना पल्ला झाड़ लिया। इस्तीफा देकर स्वराज प्राप्ति के लिए फॉरवर्ड ब्लॉक दल का गठन किया। उनके कार्यों से नाराज होकर अंग्रेजों ने उन्हें कई बार जेलों में डाला। एक बार घर में ही वे नजरबंद कर दिए गए। इससे उनके इरादे कमजोर नहीं हुए, लेकिन वहाँ से भेस बदलकर फरार हो गए और अफगानिस्तान होते हुए जर्मनी पहुँच गए। वहाँ हिटलर ने उन्हें हर संभव सहायता देने का वचन दिया। वे जापान भी गए और 1942 में वहाँ 'आजाद हिंद फौज' का गठन किया।

'आजाद हिंद फौज' के सिपाही बड़े ही कर्मठ, बहादुर और कट्टर देशभक्त थे। इस फौज ने अंग्रेजी हुकूमत को कँपा दिया था। अंग्रेजों की सत्ता खतरे में पड़ गई थी। उनकी बहादुरी के आगे उनके पैर लड़खड़ाने लगे थे। सुभाषचंद्र बोस ने भारतीयों को एक नारा दिया—'तुम मुझे खून दो, मैं तुम्हें आजादी दूँगा'। उन्होंने अपनी फौज को दिल्ली चलने का आदेश दिया। नेताजी का व्यक्तित्व इतना प्रभावशाली था कि उनकी फौज उनके एक इशारे पर अपनी जान देने को तैयार हो जाती थी। उनकी धारणा थी कि 'हमने अखंड और स्वतंत्र भारत के निर्माण का फैसला लिया है, अतः हम उसके विभाजन का भरपूर विरोध करेंगे'। उनकी मान्यता थी कि देश का विभाजन उसे आर्थिक, राजनीतिक और सांस्कृतिक दृष्टि से नष्ट कर देगा।

नेताजी का मानना था कि मनुष्य में असीम शक्ति है, केवल आत्मविश्वास और श्रद्धा की कमी है। मांडले जेल में जब वे कैदी थे, वहाँ उन्होंने कहा था—"अपने संपूर्ण जीवन और शिक्षा के निचोड़ से मुझे इसी सत्य की उपलब्धि हुई है कि पराधीन जाति का सब कुछ व्यर्थ है।" उनका कहना था कि अपने जीवन को उन्नत बनाना अपने हाथ में है।

संक्षेप में, नेताजी एक सच्चे देशभक्त थे, देश में उनकी प्रतिष्ठा का परिचय इसी बात से मिलता है कि एक बार कॉन्ग्रेस अध्यक्ष के चुनाव में स्वयं गांधीजी को उनसे हार का सामना करना पड़ा था। बाद में नेताजी ने गांधी-नेहरू के विचारों से असहमत होकर कॉन्ग्रेस पार्टी ही छोड़ दी। जापान की हार के बाद आजाद हिंद फौज को साधन के अभाव में असफलता मिली, पर इस फौज ने भारत की सीमा में पहुँचकर अंग्रेजी हुकूमत को डाँवाँडोल कर दिया था। इस प्रकार अंग्रेजों से लोहा लेते हुए 18 अगस्त, 1945 को फारमोसा (आज का ताइवान) में एक हवाई दुर्घटना में उनकी मौत हो गई, लेकिन उनकी

मौत को लेकर आज भी रहस्य बना हुआ है। कुछ लोगों का मानना है कि उनकी मौत हवाई दुर्घटना में नहीं हुई। पंडित नेहरू की मृत्यु के समय उनके शव के पास एक व्यक्ति के खड़े होने की तस्वीर छपी थी। उस समय काफी चर्चा में यह तस्वीर आई थी। लोगों ने कहा था कि वे नेताजी ही थे। यह भी चर्चा चली थी कि नेताजी बहुत दिनों तक साधु के भेस में भी छिपकर रहे थे। जो भी हो, इस रहस्य से आज तक परदा नहीं उठ सका। कई बार आयोग बैठाया गया, लेकिन निष्कर्ष नहीं निकल पाया। वर्तमान मोदीजी सरकार ने भी इस दिशा में सार्थक प्रयास किया, लेकिन बात फिर दब गई।

□

पं. जवाहरलाल नेहरू

भारतीय स्वतंत्रता संग्राम में पं. नेहरू की भूमिका सराहनीय है। भारत सैकड़ों वर्षों की गुलामी के बाद आजादी की साँस ले पाया। अंग्रेजों के शासन और शोषण से भारत की सामाजिक-आर्थिक सभी दशा अस्त-व्यस्त हो चुकी थी। इसके सामने कई समस्याएँ उपस्थित थीं। जनजीवन अभावों और पीड़ाओं से ग्रस्त और त्रस्त था। उन सभी समस्याओं का सामना करते हुए पं. नेहरू ने जिस नए भारत का निर्माण किया, वह इतिहास में स्वर्णाक्षरों में लिखा जाएगा। ऐसा करके उन्होंने अपनी राजनीतिक सूझबूझ और कार्यकुशलता का जो परिचय दिया, उससे सिद्ध है कि वे एक महान् राजनीतिज्ञ थे।

पं. नेहरू का जन्म 1889 में 14 नवंबर को इलाहाबाद (प्रयागराज) में हुआ था। उनके पिता पं. मोतीलाल नेहरू एक प्रसिद्ध बैरिस्टर थे। माता का नाम स्वरूप रानी था। उनकी आरंभिक शिक्षा घर पर ही हुई, बाद में इंग्लैंड में स्कूली शिक्षा पूरी की। उन्होंने कैंब्रिज से स्नातक की पढ़ाई पूरी की। लंदन के इंस ऑफ कोर्ट स्कूल ऑफ लॉ से कानून की डिग्री प्राप्त की। भारत लौटकर उन्होंने इलाहाबाद उच्च न्यायालय में वकालत शुरू की, लेकिन गांधीजी की आँधी से वे अपने को दूर नहीं रख सके और स्वतंत्रता आंदोलन में कूद पड़े, कई बार जेल भी जाना पड़ा। जेल की यातनाएँ सहनी पड़ीं, लेकिन कहीं भी अपने हौसले को पस्त होने नहीं दिया।

पं. नेहरू गांधीजी की विचारधाराओं से अत्यधिक प्रभावित थे और गांधीजी के सबसे प्रिय पात्र भी थे। अगर महात्मा गांधीजी राष्ट्रपिता कहे गए तो नेहरू राष्ट्रनिर्माता कहे जा सकते हैं। भारत में लोकतंत्र को सफल और सबल बनाने में उनका योगदान सबसे अधिक रहा। मानवीय समानता के वे पक्षधर थे। भारतीय समाज को रूढ़ियों और अंधविश्वासों के दलदल से निकालकर नई प्रकाश भूमि पर रखा। उसे एक नई दिशा और दशा दी। एक नया आयाम दिया। वे समाजवाद के समर्थक थे। विश्व में भारत को ऊँचा उठाया और अंतरराष्ट्रीय जगत् में इसकी प्रतिष्ठा कायम की।

आजादी के बाद नेहरू स्वतंत्र भारत के प्रधानमंत्री निर्विरोध चुने गए। उनके शासन काल में भारत का चतुर्दिक् विकास हुआ। धार्मिक स्वतंत्रता, वयस्क मताधिकार कानून के सामने सभी समान आदि नीतियों पर कार्य हुआ। बड़े-बड़े उद्योगों का राष्ट्रीयकरण करके उद्योग को नई दिशा दी। कृषि के विकास के लिए भी कई कृषि कॉलेज खोले गए, कई परियोजनाओं की शुरुआत की गई। गुटनिरपेक्षता की नीति पं. नेहरू की बड़ी देन है। आज भी भारत इसी नीति पर चलकर विश्व के देशों में मान-सम्मान पा रहा है। पंचवर्षीय योजना लागू की गई। पंचशील के सिद्धांतों का अनुकरण किया गया।

पं. नेहरू उपनिवेशवाद, विस्तारवाद, रंगभेद, साम्राज्यवाद आदि के कट्टर विरोधी थे और समाजवाद के समर्थक थे, लेकिन उनका समाजवाद चीन के समाजवाद थे भिन्न था। पूँजीवादी देशों से उनका संबंध उतना अच्छा नहीं कहा जा सकता। अपनी वैदेशिक नीति में वे सबसे मित्रता का व्यवहार चाहते थे, लेकिन रूस की ओर उनका झुकाव अधिक था।

पं. नेहरू कुशल राजनीतिज्ञ, सफल नेता आदि तो थे ही, वे मानवतावादी भी थे। राष्ट्रीयता से अधिक अंतरराष्ट्रीयता के पक्षधर थे। यही कारण है कि आज भी अंतरराष्ट्रीय जगत् में उनका नाम आदर के साथ लिया जाता है। प्रतिभा के वे धनी थे, कहते हैं कि उनके कपड़े पेरिस से धुलकर आते थे। ऐसे ऐशोआराम की जिंदगी छोड़कर मातृभूमि के लिए जेल की यातनाएँ सहीं, यह उनके त्याग और बलिदान का अद्भुत उदाहरण है। वे एक बड़े विद्वान् लेखक भी थे। 'डिस्कवरी ऑफ इंडिया' उनकी प्रसिद्ध पुस्तक है। प्रकृति के प्रति वे सहृदय थे। वे भावुक प्रवृत्ति के व्यक्ति थे। उनका मस्तिष्क विशाल था तो हृदय अथाह था। वे फूलों के शौकीन थे।

कुछ लोगों का कहना है कि पं. नेहरू धर्म के प्रति उदासीन थे, लेकिन यह सत्य नहीं है। धर्म को लेकर उनकी अलग मान्यता थी। वे धर्म के बाहरी स्वरूपों, पूजा-पाठ, दान-दक्षिणा आदि में विश्वास नहीं रखते थे। उनके लिए धर्म का अर्थ था—ईमानदारी, सच्चाई, मानव की सेवा, दृढ़ चरित्र और मन की स्वच्छता।

पं. नेहरू मानवतावादी थे और विश्व को मानवता का संदेश देना चाहते थे। अंतरराष्ट्रीयता के पक्ष में राष्ट्रीयता की अनदेखी उन्होंने की। यही कारण था कि उन्होंने कुछ ऐसी भूलें कर दी जिनका फल आज का भारत भुगत रहा है। देश के विभाजन के समय भी वे बँटवारे के पक्ष में तुरंत सहमत हो गए थे, जबकि गांधीजी ने जिन्ना को बहुत समझाया, उसे प्रधानमंत्री बनाने को भी सहमत हो गए, लेकिन पं. नेहरू यहाँ गांधीजी से सहमत नहीं हुए। यदि उस समय उतावलापन न दिखाकर थोड़ा धैर्य से काम लिया गया होता तो देश का बँटवारा रुक सकता था।

कश्मीर की समस्या को संयुक्त राष्ट्र में ले जाकर भी पं. नेहरू ने भूल की। चीन के साथ दोस्ताना भी देश को महँगा पड़ा। 'हिंदी–चीनी भाई–भाई' के फेर में पड़कर वे चीन की चाल नहीं समझ पाए और उनकी इस भूल का परिणाम यह हुआ कि आज तिब्बत भारत के साथ से निकल चुका है। कश्मीर से वर्तमान मोदीजी सरकार ने धारा 370 हटाकर उसे भारत का अभिन्न अंग बना दिया है फिर भी कश्मीर समस्या शासन और सरकार के लिए सिरदर्द बनी है। जो भी हो, पं. नेहरू की लोकप्रियता आज भी विश्व में कायम है।

पं. नेहरू बच्चों को बहुत प्यार करते थे। बच्चे आज भी उन्हें चाचा नेहरू कहकर याद करते हैं। 14 नवंबर 'बाल दिवस' के रूप में मनाया जाता है। ये सारे उदाहरण सिद्ध करते हैं कि पं. नेहरू राजनीतिज्ञ से ज्यादा मानवतावादी थे। राष्ट्रीय से ज्यादा अंतरराष्ट्रीय थे। 27 मई, 1964 को उनकी मृत्यु पक्षाघात के कारण हो गई।

संक्षेप में, नेहरू बुद्धिमत्ता और मनीषा की उपज थे। उस विलक्षता की उपज थे, जो विद्वान् की पहचान होती है, जो लेखक और लेखनी को जानती है, जो पठन और पाठन, ध्यान और शोधन, इतिहास और दर्शन के तेज और अधिकार को जानती है।

□

स्वामी विवेकानंद

भारत में समय-समय पर अनेक महान् पुरुषों ने जन्म लिया है और अपनी विद्वत्ता से संपूर्ण विश्व को चमत्कृत किया है। ऐसे ही महापुरुषों में स्वामी विवेकानंद सबसे महत्त्वपूर्ण हैं। वे एक महान् संत, विद्वान् और दार्शनिक थे। उनका जन्म 12 जनवरी, 1863 को हुआ था। इनके बचपन का नाम नरेंद्रनाथ दत्त था। उनके पिता एक प्रसिद्ध वकील थे। परिवार धनी था और माता आध्यात्मिक स्वभाव की थीं। उनकी आरंभिक शिक्षा घर पर ही हुई। पढ़ाई के साथ-साथ नाटक, खेल, कुश्ती आदि में भी वे रुचि रखते थे। संस्कृत भाषा पर उनकी गहरी पकड़ थी। बचपन से ही उनकी प्रतिभा बड़ी प्रखर थी।

बाद में कलकत्ता के प्रेसिडेंसी कॉलेज में उन्होंने अपना दाखिला लिया और दर्शनशास्त्र में अच्छा ज्ञान प्राप्त किया, लेकिन पिता की मृत्यु के बाद उन्होंने पढ़ाई छोड़ दी। उस समय उनका मन बड़ा अशांत था, तभी ये रामकृष्ण परमहंसजी के संपर्क में आए। रामकृष्ण परमहंस से प्रभावित होकर उनके परम शिष्य और भक्त बन गए। निर्विकल्प समाधि से गुजरने के बाद वे विवेकानंद कहलाने लगे। उनकी प्रतिभा को देखकर रामकृष्ण परमहंसजी भी अत्यंत प्रभावित हुए। उन्होंने जान लिया कि एक दिन यह व्यक्ति संसार का मार्गदर्शक बनेगा। उनका साथ विवेकानंद को ज्यादा दिन तक नहीं मिला, लेकिन पाँच वर्षों के संपर्क में ही विवेकानंद ने उनसे बहुत सारा ज्ञान हासिल कर लिया।

1885 में रामकृष्णजी कैंसर रोग से ग्रसित हुए। उस समस विवेकानंद ने अन्य शिष्यों के साथ मिलकर उनकी बड़ी सेवा की। कहते हैं, रामकृष्ण साक्षात् माँ काली से बातचीत करते थे। नरेंद्रनाथ पर भी माँ काली की कृपादृष्टि अवश्य पड़ी होगी। नरेंद्रनाथ ने रामकृष्णजी से अपनी इच्छा व्यक्त करते हुए कहा था कि वे समाधि में जाना चाहते हैं, लेकिन रामकृष्ण ने उन्हें ऐसा करने से रोका। वे जान गए थे कि नरेंद्र इस संसार में केवल अपनी मुक्ति के लिए नहीं बल्कि संपूर्ण मानवजाति को मुक्ति का रास्ता बताने के लिए आया है। उन्होंने नरेंद्रनाथ से कहा भी था—"तुम्हें तो विशाल वटवृक्ष की तरह होना पड़ेगा, जिसकी छाया में समस्त पृथ्वी के मनुष्य शांति लाभ प्राप्त करेंगे।"

16 अगस्त, 1886 को रामकृष्ण की मृत्यु हो गई। उनकी मृत्यु के बाद रामकृष्ण मठ के संचालन का भार नरेंद्रनाथ पर पड़ा, जिसका जीवन भर उन्होंने सफल संचालन किया। 1897 में रामकृष्ण मिशन की स्थापना की। वहाँ वैदिक धर्म की शिक्षा दी जाती थी। इस मिशन ने समाज में कई सुधारात्मक कार्य किए। गरीबों के कल्याण के लिए कई स्कूल, अस्पताल, अनाथालय आदि खोले गए। मिशन का उद्देश्य भारतीय संस्कृति के प्रति देशवासियों में जागरूकता पैदा करना भी था।

संक्षेप में विवेकानंद का प्रत्येक कार्य रामकृष्ण द्वारा निर्देशित था। रामकृष्ण सूत्र थे और विवेकानंद उसके भाव्य थे। संन्यासी गुरु भाइयों को लेकर एक संघ की प्रतिष्ठा का निर्देश भी रामकृष्ण ही दे गए थे। विवेकानंद ने देश के अधिकांश तीर्थों की यात्रा की। देश-विदेश सबका भ्रमण किया। विभिन्न जातियों और वर्गों के संपर्क में आए। ब्राह्मण से लेकर चांडाल तक सभी लोगों के साथ उनकी बातचीत हुई। उनकी समस्याओं से अवगत हुए।

1893 में विवेकानंद विश्व-भ्रमण को निकले। इसी यात्रा के दौरान विश्व उनकी प्रतिभा, विद्वत्ता एवं दार्शनिक विचारों से अवगत और प्रभावित हुआ। उसी क्रम में अमरीका के शिकागो में होनेवाली विश्व धर्म महासभा में भाग लेने को उन्हें आमंत्रित किया गया। वहाँ सबसे अंत में उन्हें बोलने का मौका दिया गया। अभी तक विदेशी भारतीयों को नीचा दिखाने का कोई अवसर छोड़ना नहीं चाहते थे, अतः उन्हें विषय भी 'जीरो' दिया गया। यद्यपि ऐसा विषय देने के पीछे विदेशियों का उद्देश्य उपहास करना था, लेकिन जब विवेकानंद ने 'जीरो' पर बोलना शुरू किया तो विदेशियों की आँखें आश्चर्य से खुली-की-खुली रह गईं। विवेकानंद कई दिनों तक 'जीरो' विषय पर बोलते ही चले गए, यहीं से विश्व उनकी प्रतिभा का कायल बना। फिर तो विवेकानंद जहाँ भी गए, लोगों ने श्रद्धा और भक्ति से उनका स्वागत किया।

4 जुलाई, 1902 को दीपावली के दिन विवेकानंद की जीवनलीला समाप्त हो गई। उनका जन्मदिवस 'भारतीय युवा दिवस' के रूप में मनाया जाता है।

□

राजा राममोहन राय

भारतीय इतिहास के समाज सुधारकों में राजा राममोहन राय का नाम श्रद्धा के साथ लिया जाता है। अंग्रेजों के शासनकाल में भारतीय समाज नाना रूढ़ियों, अंधविश्वासों, सड़ी-गली मान्यताओं, कुप्रथाओं आदि से जकड़ा था। राममोहन राय ने उसे दूर करने का बीड़ा उठाया। कितनी ही कठिनाइयों से जूझते हुए वे समाज में कई महत्त्वपूर्ण सुधार लाकर समाज को नवनिर्माण की ओर ले चलने में समर्थ हुए।

राजा राममोहन राय का जन्म 22 मई, 1772 को बंगाल के हुगली में हुआ था। अल्पायु से ही ये प्रतिभा-संपन्न थे। कम उम्र में ही बंगला, अरबी, फारसी और इस्लाम धर्म का गहरा अध्ययन कर अपनी प्रतिभा का परिचय दे दिया था। काशी जाकर वहाँ चार वर्षों तक भारतीय साहित्य और संस्कृति का भी अध्ययन किया। 14 वर्ष की उम्र में ही उनकी शादी हो गई। कुछ दिनों तक उन्होंने ईस्ट इंडिया कंपनी में किरानी का भी कार्य किया। बाद में समाज में प्रचलित कुप्रथाओं से ऊबकर उन्होंने घर छोड़ दिया।

राममोहन राय ने मुख्यतः समाज और धर्म सुधारक के रूप में ज्यादा ख्याति पाई। उनके संबंध में विलियम ने लिखा था—'राजा राममोहन राय संभवतः तुलनात्मक धर्मशास्त्र के प्रथम अन्वेषक थे।' उन दिनों सती प्रथा, जाति प्रथा, छुआछूत, बाल विवाह आदि कुप्रथाएँ समाज में कितनी ही विकृतियाँ पैदा कर रही थीं। खुद राजा साहब बाल विवाह के शिकार बने थे। बड़े भाई की मृत्यु के बाद अपनी आँखों के सामने उन्होंने अपनी भाभी को सती होते देखा था। इन घटनाओं का उनके दिल पर गहरा प्रभाव पड़ा था। इन कुप्रथाओं के विरुद्ध उन्होंने बुलंद आवाज उठाई। उनके ही अथक प्रयासों के कारण लॉर्ड विलियम बेंटिक ने 1829 में सती प्रथा के विरुद्ध कानून बनाकर उस पर रोक लगा दिया। छुआछूत और जाति प्रथा के विरुद्ध भी उन्होंने नारा बुलंद किया। उन्होंने एक बार स्वयं कहा था—"जाति भेद, जिसमें हिंदू समाज कई जातियों और उपजातियों में बँट गया है, हमारी गुलामी का प्रमुख कारण रहा है। एकता के अभाव में ही इस दासता की जंजीर में जकड़े रहे।"

राममोहन राय ने राजनीतिक दृष्टि से भी कई महत्त्वपूर्ण कार्य किए। वे भारत की स्वतंत्रता के हिमायती थे। अंग्रेजी शासन में भी बिना खौफ के वे राजनीतिक चेतना और जागृति लाने का प्रयास करते रहे। इस अर्थ में उन्हें भारतीय स्वतंत्रता का जनक कहना सही होगा। राममोहन राय अंग्रेजी शिक्षा के पक्षधर थे। उनकी मान्यता थी कि अंग्रेजी शिक्षा के द्वारा ही भारतीयों में जागृति लाई जा सकती है। कहीं-कहीं वे अंग्रेजी शासन के भी समर्थक थे, क्योंकि अंग्रेजी शासन में रहकर ही देश में सुधार और चेतना के कार्य हो सकते थे।

राममोहन राय उस समय भी शासन के विकेंद्रीकरण के पक्ष में थे। विशेषकर न्यायपालिका की स्वतंत्रता चाहते थे। उन्होंने ब्रिटिश सरकार के सामने कई ऐसे प्रस्ताव रखे जो आज की शासन पद्धति में भी उपयोगी सिद्ध हुए हैं। ज्यूरी प्रथा को वे लागू करने के पक्ष में थे। उनके अनुसार, न्यायालय के कार्य जनता के लिए खुले हों ताकि जनता न्याय कार्यों को देख सके। न्यायाधीश और मजिस्ट्रेट के अलग-अलग पद सृजन की उन्होंने सिफारिश की। शासन में भारतीयों को भी उच्च पद दिलाने में वे सक्रिय रहे। कानून निर्माण में भारतीयता को देखते हुए उसके अनुसार कानून बनाने पर बल दिया।

इन सभी दृष्टियों से राजा साहब एक महान् देशभक्त भी सिद्ध हो जाते हैं। देशभक्ति की भावना उनमें कूट-कूटकर भरी थी।

राजा राममोहन राय की गिनती एक प्रसिद्ध शिक्षाशास्त्री के रूप में भी होती है। उन्होंने 'संवाद कौमुदी' और 'मिरात-उल-अखबार' का बहुत दिनों तक संपादन भी किया। राजा साहब की एक बहुत बड़ी देन है—ब्रह्म समाज की स्थापना, बाद में चलकर ब्रह्म समाज ने कई सामाजिक-सांस्कृतिक सुधार के कार्य किए। बंगाल में ब्रह्म समाज की कभी काफी प्रतिष्ठा कायम थी। नारी शिक्षा पर राजा साहब ने काफी बल दिया। इसी उद्देश्य से 1835 में कलकत्ता हिंदू कॉलेज की स्थापना की गई।

संक्षेप में, राजा साहब समाज सुधारक, धर्म सुधारक, राजनीतिक युगपुरुष, शिक्षाविद् आदि कई रूपों में हमारे सामने उपस्थित हुए। उनके संबंध में एक अंग्रेज लेखक ने लिखा है—'राजा राममोहन राय एक युग प्रवर्तक और युग निर्माता थे।' उन्होंने जो ज्योति जलाई वह आज भी अनवरत जल रही है। 27 सितंबर, 1833 को इस महान् सुधारक की मृत्यु हो गई।

□

बिरसा मुंडा

बिरसा मुंडा आदिवासियों के सबसे बड़े नेता के रूप में जाने जाते हैं। इनका जन्म 15 नवंबर, 1875 को झारखंड राज्य के उलिहातु गाँव में हुआ था। आदिवासी समाज सदा से गरीबी की जिंदगी जीता रहा। भारतीय समाज में बहुत हद तक उपेक्षित भी रहा। बिरसा मुंडा मुंडा जाति के थे और उनका परिवार भी गरीबी और उपेक्षा का दंश झेल रहा था। फलतः बिरसा मुंडा बचपन से ही विद्रोही स्वभाव के बन गए थे।

उनके पिता फसल बटाईदार थे, अर्थात् दूसरे की जमीन बटाई पर लेकर खेती करते थे। जीविकोपार्जन का दूसरा कोई जरिया नहीं था। बिरसा मुंडा बचपन से ही पढ़ने-लिखने में विशेष रुचि रखते थे। कुंडी बारटोकी से उन्होंने निम्न प्राथमिक परीक्षा पास की। बाद में चाईबासा के एक मिशनरी स्कूल में पढ़ाई की। मुंडा बचपन से ही मजबूत शरीर के व्यक्ति थे। उनका बचपन ज्यादातर चलकंद गाँव में बीता।

बिरसा मुंडा जर्मन और कैथोलिक मतभेद से प्रभावित थे और उस विरोध में शामिल भी हो गए। यहीं से वे अंग्रेजों के विरुद्ध हो गए। आदिवासियों के पास वैसे भी जमीन बहुत कम थी। अंग्रेजी सरकार जनजातियों की कृषि प्रणाली में बदलाव लाना चाहती थी। उसे सामंती शासन के अंदर लाना चाहती थी। इसी बहाने अंग्रेज आदिवासियों की जमीन हड़पना चाहते थे। यहीं से बिरसा मुंडा ने अंग्रेजों का विरोध करना शुरू कर दिया। बिरसा जमीन का वास्तविक मालिकाना हक मुंडा लोगों को दिलाना चाहते थे। फलस्वरूप उन्होंने आदिवासी युवकों की एक सेना तैयार की। आदिवासियों में शिक्षा का प्रचार-प्रसार करना आरंभ किया। उन्हें अपने अधिकारों के प्रति सजग कराया। अन्याय के विरुद्ध उन्हें लड़ने को तैयार किया।

आज आदिवासी समाज शिक्षित है, अपने अधिकारों और कर्तव्यों के प्रति सजग है तो यह सब बिरसा मुंडा के कारण ही है इसीलिए आदिवासी बिरसा मुंडा को अपना भगवान् समझते हैं। उनके नाम के आगे भगवान् शब्द लगाकर उन्हें भगवान् बिरसा मुंडा कहकर पुकारते हैं।

आज झारखंड में हर चौक-चौराहे पर बिरसा मुंडा की तस्वीर या प्रतिमा स्थापित की गई है। उनके नाम से कितनी संस्थाएँ जुड़ी हुई हैं। यहाँ तक कि भारतीय संसद् के केंद्रीय सभा भवन में बिरसा मुंडा की तस्वीर लगाई गई है। बिरसा मुंडा हवाई अड्डा, बिरसा मुंडा केंद्रीय कारागार, बिरसा मुंडा कृषि विश्वविद्यालय आदि की स्थापना की गई है।

बिरसा मुंडा की गतिविधि को देखकर अंग्रेज शासक सशंकित थे। उनके विद्रोह को कुचलने के लिए उन्हें सेंट्रल जेल में बंद कर दिया गया। वहाँ उन्हें घोर यातनाएँ दी गईं, लेकिन आदिवासियों का विद्रोह बढ़ता ही गया। उनके पारंपरिक हथियार थे तीर-धनुष। भला बंदूक-तोप के आगे तीर कब तक टिकता! अतः उनका विद्रोह दबा दिया गया। अंत में बिरसा मुंडा की डायरिया के कारण 25 वर्ष की उम्र में ही जेल में मृत्यु हो गई, लेकिन आदिवासी समाज में वे आज भी अमर हैं।

□

वीर कुँवर सिंह

भारतीय स्वतंत्रता संग्राम में बिहार ने भी बढ़-चढ़कर हिस्सा लिया था। यहाँ भी कई ऐसे क्रांतिकारी पैदा हुए जिन्होंने अंग्रेजी शासन के छक्के छुड़ा दिए थे। डॉ. राजेंद्र प्रसाद, लोकनायक जयप्रकाश, डॉ. कृष्ण सिंह आदि क्रांतिकारियों ने ब्रिटिश शासन की बुनियाद हिलाकर रख दी थी। ऐसे ही रणबाँकुरों में वीर कुँवर सिंह का नाम सबसे ऊपर है।

कुँवर सिंह का जन्म 13 नवंबर, 1777 को आरा जिले के (आजकल का भोजपुर) जगदीशपुर गाँव में हुआ था। उनकी जन्मतिथि को लेकर इतिहासकारों में एकमत नहीं है। कुछ लोग यह तिथि 12 अप्रैल, 1782 तो कुछ 1778 के आसपास मानते है। कुँवर सिंह जमींदार परिवार से थे। कम समय में ही उनके कंधे पर जमींदारी सँभालने की जिम्मेदारी आ पड़ी। आय का साधन यह जमींदारी ही थी, जिससे सालाना छह लाख की आमदनी हो जाया करती थी। आरंभ में कुँवर सिंह अंग्रेजों के ही समर्थक थे। अंग्रेजी शासन में विश्वास रखते थे, लेकिन बाद में धीरे-धीरे अंग्रेजों की चाल उनकी समझ में आने लगी थी। अब वे सचेत हो चुके थे और उसके विरुद्ध अपना संगठन बनाने में लग गए थे।

1857 के विद्रोह में अंग्रेजों के पाँव उखड़ने लगे थे। संपूर्ण देश उनके विरुद्ध उठ खड़ा हुआ था। बिहार में वीर कुँवर सिंह के नेतृत्व में भी विद्रोह शुरू हो गया। उस समय कुँवर सिंह की उम्र लगभग 80 वर्ष थी, लेकिन उस उम्र में भी वह बूढ़ा शेर दहाड़ उठा था। उसकी गर्जना से सारा देश आंदोलित हो उठा।

कुँवर सिंह से अंग्रेजों का पहला युद्ध 1857 में ही सोन नदी के किनारे हुआ। कैप्टन डरबन के नेतृत्व में लगभग साढ़े चार सौ सिपाहियों की फौज नदी किनारे पहुँच गई। कुँवर सिंह पहले से तैयार बैठे थे। उनके सिपाहियों ने गोलियों की वर्षा शुरू कर दी। उस अचानक हमले से अंग्रेजी फौज घबरा उठी। इस युद्ध में डरबन मारा गया। इस घटना से अंग्रेजों पर कुँवर सिंह की वीरता की धाक जम गई।

कुँवर सिंह ने जगदीशपुर में गोला-बारूद और हथियार रखने का एक कारखाना भी खोल रखा था। कुँवर सिंह की बढ़ती ताकत से अंग्रेज घबरा गए थे। तभी मेजर आयर के नेतृत्व में एक सेना जगदीशपुर पहुँची। इस युद्ध में जगदीशपुर के किले पर अंग्रेजों का अधिकार हो गया। कुँवर सिंह मिर्जापुर पहुँचे। वहाँ के वर्धन राजपूत उनका साथ देने को तैयार हो गए। बाद में नाना साहेब और तात्या टोपे ने भी उनकी मदद का वादा किया। फलतः कुँवर सिंह ने अंग्रेजों के खिलाफ मोरचा खोल दिया। 23 अप्रैल, 1858 को लीग्रैंड की सेना से कुँवर सिंह का मुकाबला हुआ। लीग्रैंड युद्ध में मारा गया और कुँवर सिंह की शानदार विजय हुई।

कहते हैं कि एक बार जब कुँवर सिंह एक नदी पार कर रहे थे तो अंग्रेजों ने उन्हें घेर लिया और उन पर गोली चला दी। गोली उनकी बाईं बाँह में लगी। जहर फैलने के डर से कुँवर सिंह ने झट तलवार से अपनी बाँह काटकर 'ले गंगे' कहते हुए गंगा में प्रवाहित कर दिया। 26 अप्रैल, 1858 को कुँवर सिंह की मृत्यु हो गई, लेकिन कुँवर सिंह आज भी बिहारवासियों के दिलों में जिंदा हैं।

□

श्री नरेंद्र मोदी

आजादी के बाद से अब तक देश में कई प्रधानमंत्री हुए, लेकिन जो गौरव नरेंद्र मोदीजी को मिला, वह अन्य किसी को नहीं। प्रथम प्रधानमंत्री पं. नेहरू के समय में भारत के नवनिर्माण की ओर ध्यान दिया गया। कई सुधारात्मक कार्य हुए। योजनाएँ बनीं। लेकिन पं. नेहरू के बाद देश आजादी पाकर मानो सो गया, जितनी सरकारें आईं केवल अपना स्वार्थ साधा। देश-समाज के लिए कुछ भी नहीं किया। कुर्सी की राजनीति चली। राजनीति में केवल राज रह गया, नीति गायब हो गई। नीति और नीयत बेमेल हो गए। राजनीति के रंगमंच पर प्रत्येक पाँच वर्ष पर पात्र बदलते रहे, दृश्य नहीं बदला। कॉन्ग्रेस के लंबे शासनकाल में तुष्टीकरण की नीति के कारण भी देश में वैमनस्य की भावना बढ़ती रही। संक्षेप में, देश में राष्ट्रीयता का अभाव हो गया। धीरे-धीरे देश मानो आलस की नींद में ऊँघता रहा। पहली बार नरेंद्र मोदीजी के नेतृत्व में देश आलस से जगा है और नवनिर्माण के पथ पर चल पड़ा है।

नरेंद्र मोदीजी का जन्म 17 सितंबर, 1950 को गुजरात के वड़नगर में हुआ। उनके पिता की आर्थिक स्थिति अत्यंत कमजोर थी। चाय की एक दुकान खोलकर वे अपना गुजारा कर रहे थे। बचपन में नरेंद्र मोदीजी भी उनके कामों में सहायता करने के उद्‌देश्य से रेल की बोगियों में चाय बेचा करते थे, पढ़ने-लिखने में वे औसत दर्जे के छात्र थे, लेकिन वे एक अच्छे वक्ता उसी समय से थे। लगनशीलता उनका खास गुण था। बाद में उन्होंने राजनीतिशास्त्र में उच्च डिग्री हासिल की। नरेंद्र मोदीजी शुरू से ही कर्मठ और ईमानदार व्यक्ति थे। कम उम्र में ही वे राष्ट्रीय स्वयंसेवक संघ की सभाओं में भाग लेने लगे। उनकी कार्यकुशलता, संगठनात्म शक्ति और दूरदर्शी सोच के कारण उन्हें भारतीय जनता पार्टी की गुजरात इकाई के संगठन सचिव के रूप में चुना गया। बाद में 1995 में भारतीय जनता पार्टी के राष्ट्रीय सचिव चुने गए। उस समय उन्हें कुछ दिनों तक दिल्ली में ही रहना पड़ा। वहाँ अन्य नेताओं के संपर्क में आने से उनकी राजनीतिक प्रतिभा और निखर गई। फलतः 2001 में वे गुजरात के

मुख्यमंत्री भी चुन लिये गए। इस प्रकार चाय बेचने से लेकर मुख्यमंत्री बनने तक का सफर उन्होंने तय किया।

नरेंद्र मोदीजी के कुशल नेतृत्व में गुजरात प्रगति के पथ पर चल पड़ा, लेकिन इसी समय गुजरात में ऐसा कांड हुआ, जिसमें उनके विरोधियों ने उनकी छवि खराब करने की पूरी कोशिश की। बाबरी मस्जिद से संबंधित कुछ कारसेवक ट्रेन से अयोध्या जा रहे थे, तभी कुछ असामाजिक तत्त्व, कुछ लोगों के अनुसार मुसलमानों ने, गोधरा स्टेशन पर ट्रेन में आग लगा दी। इसमें कई कारसेवक जलकर मर गए। इस कांड की गुजरात में भीषण प्रतिक्रिया उत्पन्न हुई और गुजरात में हिंदू-मुस्लिम दंगा आरंभ हो गया। इस दंगे में बड़ी संख्या में मुसलमान मारे गए। उनके घर जला दिए गए। इस कांड में विरोधी दल ने नरेंद्र मोदीजी को घसीटना चाहा। उनकी काफी आलोचना हुई। मुकदमे दर्ज किए गए, लेकिन अभी हाल ही में उच्चतम न्यायालय ने मोदीजी को दोषरहित करार दे दिया है। विरोधियों को उच्चतम न्यायालय के फैसले से मुँह की खानी पड़ी है। गुजरात दंगे में मंत्रिमंडल ने अपना इस्तीफा दे दिया था।

लेकिन 2002 में भारतीय जनता पार्टी ने पुनः चुनाव में जीत हासिल कर ली और नरेंद्र मोदीजी दूसरी बार गुजरात के मुख्यमंत्री बने। एक बार पुनः गुजरात विकास के पथ पर अग्रसर हुआ। राज्य में अनेक आर्थिक और तकनीकी कार्य किए गए। पार्कों का निर्माण हुआ। बाहर के निवेशक गुजरात आने लगे। कृषि और जल संरक्षण परियोजनाओं को प्रोत्साहन मिला।

2014 से पूर्व सारा देश कॉन्ग्रेसी सरकार की अकर्मण्यता और तुष्टीकरण की नीति के कारण उसके खिलाफ उबल रहा था। देश परिवारवाद की नीति से भी असंतुष्ट था। इसी समय लोकसभा का चुनाव आया। चुनाव में कॉन्ग्रेस बुरी तरह पराजित हुई। भारतीय जनता पार्टी ने शानदार जीत हासिल की। नरेंद्र मोदीजी प्रधानमंत्री चुने गए। मोदीजी के नेतृत्व में एक नए भारत का निर्माण हो रहा है।

राष्ट्रीयता की भावना देश में प्रबल हुई है। हिंदुत्व को पनपने का मौका मिला है, लेकिन उसका यह अर्थ नहीं निकालना चाहिए कि मोदीजी अन्य जाति या धर्म के खिलाफ हैं। उनका नारा है—'सबका विकास, सबका विश्वास'। वे सबको लेकर चलनेवाले पहले प्रधानमंत्री हैं। अभी तक विदेशों में भारत को कोई खास महत्त्व नहीं दिया जाता रहा है, लेकिन मोदीजी ने आज विश्व के पटल पर भारत का नाम ऊँचा करके दिखा दिया है। अमरीका, यूरोप आदि सभी शक्तिशाली देश आज भारत का लोहा मानने लगे हैं। दुनिया के सभी देश आज मोदीजी की नीति की सराहना करते नहीं थकते। मोदीजी जहाँ भी जाते हैं, उनका शानदार स्वागत होता है। हर क्षेत्र में भारत आगे बढ़ रहा है, कई मिसाइलों का प्रयोग करके मोदीजी ने दुनिया को चौंका दिया है। सैन्य दृष्टि से

आत्मनिर्भर बनने की दिशा में कई कार्य हुए हैं। रूस, फ्रांस आदि देशों से हथियारों को खरीद, स्वदेश में भी विभिन्न अस्त्र-शस्त्रों का निर्माण हो रहा है। कल तक जो चीन हमें आँख दिखाता था, आज भारत से डरकर चुप बैठ गया है। इस प्रकार मोदीजी के कुशल नेतृत्व में आज भारत विश्व में चर्चा का विषय बना है। सभी देश भारत की राजनीतिक और आर्थिक नीति के समर्थक बने हैं।

नरेंद्र मोदीजी ने कश्मीर से धारा 370 हटाकर एक क्रांतिकारी कदम उठाया है। पाकिस्तान की सारी हेकड़ी गायब हो चुकी है। कश्मीर को भारत में पूरी तरह मिलाकर मोदीजी ने इतिहास की एक बड़ी भूल को सुधारा है। आतंकवादियों का सफाया हो चुका है। इस प्रकार नरेंद्र मोदीजी ने अपनी कूटनीति का परिचय देकर अपने दुश्मनों को पस्त कर दिया है। देश के अंदर भी विकास की कई योजनाएँ लागू की गई हैं। नारी शिक्षा की ओर ध्यान दिया गया है। 'बेटी बचाओ, बेटी पढ़ाओ' जैसे नारे गूँज रहे हैं। मोदीजी ने विदेश नीति में तटस्थता की नीति अपनाई है। 'मेक इन इंडिया', 'डिजिटल इंडिया' जैसी नीतियों की सराहना विदेशों में भी हो रही है। कालेधन के विरुद्ध नोटबंदी लागू कर मोदीजी ने एक साहसिक कदम उठाया है। 'उज्ज्वला योजना' के माध्यम से गाँव की औरतों को काफी लाभ हुआ है। छात्रावृत्ति आदि लागू कर स्त्री-शिक्षा की ओर विशेष ध्यान दिया गया है। किसानों और जवानों की दशा में उत्थान के लिए कई योजनाओं को आरंभ किया गया है। पाकिस्तान और चीन को मुँहतोड़ जवाब देकर मोदीजी ने उनकी बोलती बंद कर दी है। इन्हीं सब कारणों से मोदीजी को देश की जनता ने 2019 में दूसरी बार प्रधानमंत्री चुना है।

मोदीजी के विरोधियों की भी कमी नहीं है, लेकिन वे बड़े धैर्य के साथ उनका सामना करते हुए देश को प्रगति के पथ पर ले जा रहे हैं। आज एक मुहावरा जैसा ही बन गया है—'मोदी है तो मुमकिन है'। संक्षेप मे मोदीजी के सफल नेतृत्व में आज देश का चतुर्दिक् विकास हो रहा है।

विश्व में कोरोना जैसी महामारी फैली। भारत भी इससे अछूता न रहा। ऐसे समय नरेंद्र मोदीजी ने जिस कुशलता से इस महामारी से देश को बचाया और दुनिया के अन्य देशों की भी मदद की, उसकी सारी दुनिया ने प्रशंसा की और मोदीजी के प्रति अपना आभार जताया।

आज सारा विश्व मोदीजी के कुशल नेतृत्व में उभरते भारत को देख रहा है। भारत फिर से विश्वगुरु का दर्जा पानेवाला है। दुनिया के देश भारत से बहुत कुछ सीख रहे हैं। रूस, अमरीका जैसे शक्तिशाली देश भी मोदीजी को महत्त्व देते हैं।

□

प्रदूषण

प्रदूषण आज देश की बड़ी समस्या बन गई है। ज्यों-ज्यों शहरी सभ्यता का विकास हो रहा है, लाभ से अधिक हानि ही हो रही है। प्रदूषण के कारण आज मनुष्य के स्वास्थ्य पर बुरा प्रभाव पड़ रहा है। आदमी थका, ऊबा, चिड़चिड़ा-सा बनता जा रहा है, अतः आज आवश्यकता है प्रदूषण से होनेवाली हानियों को रोकने का उपाय करना।

वायु प्रदूषण

सबसे पहले हम वायु प्रदूषण को लें। सभी जानते हैं कि वायु हमारी जीवनरक्षक है। इसके अभाव में जिंदा रहना मुश्किल हो जाएगा, लेकिन आज हमारे चारों ओर की वायु भीषण रूप से प्रदूषित हो चुकी है। कल-कारखानों की बढ़ती संख्या व सड़क पर वाहनों की अधिकता आदि वायु प्रदूषण के सबसे बड़े कारण हैं। कल-कारखानों से निकलनेवाला धुआँ, कई प्रकार की जहरीली गैस आदि वायुमंडल में फैलकर वातावरण को दूषित कर देते हैं। उसी जहरीले धुएँ में हम साँस लेते हैं और बीमारियों के शिकार बन जाते हैं। इसके अलावा रेल, मोटर, हवाई जहाज आदि से निकलनेवाला धुआँ भी वातावरण को प्रदूषित बनाता है। बड़े-बड़े शहरों की सड़कों पर मोटरकार, ट्रक, बाइक आदि वाहनों की संख्या में काफी बढ़ोतरी हुई है, इसीलिए शहरों का वातावरण ग्रामीण क्षेत्रों की अपेक्षा ज्यादा दूषित है। हाल के एक सर्वे में दिल्ली दुनिया का सबसे प्रदूषित शहर माना गया है। इसका एक कारण यहाँ की सड़कों पर वाहनों की बढ़ती भीड़ भी कही जाएगी। इनसे कार्बन डाइऑक्साइड, सल्फर डाइऑक्साइड आदि विषैली गैसें निकलती हैं, जो वायुमंडल में फैलकर हृदय और फेफड़े पर बुरा प्रभाव डालती हैं। साँस लेने में कठिनाई का अनुभव होने लगता है। यही कारण है कि आज लोगों में साँस संबंधित रोग का प्रकोप बढ़ गया है। इसके अलावा औद्योगिक अपशिष्ट, रेडियो विकिरण, अधिक संख्या में वृक्षों का कटना आदि भी वायु प्रदूषण को बढ़ावा दे रहे हैं। कृषि के क्षेत्र में नए-नए उर्वरक, कीटनाशक दवाओं के प्रयोग से भी वायुमंडल प्रभावित हो रहा है।

कल-कारखानों के धुएँ से सारा आकाश आच्छादित रहता है। पराली जलाने के कारण भी वायुमंडल दूषित हुआ है। वृक्षों के कटने से वर्षा पर असर पड़ा है, आज समय पर बारिश नहीं होना, कभी अतिवृष्टि, कभी अनावृष्टि से कृषि पर बुरा असर हुआ है। इस प्रकार वायु के कारण कितनी हानियाँ हमें भुगतनी पड़ती हैं!

अब इधर सरकार ने भी इस ओर ध्यान दिया है। पेट्रोल से चलनेवाले वाहनों पर रोक लगाने की कोशिश हुई है। पुरानी गाड़ियों को बदलकर नई गाड़ी खरीदने को प्रेरित किया गया है। प्रदूषणरहित गाड़ियों को प्रमाण-पत्र देना आवश्यक किया गया है। बिजली से चलनेवाले वाहनों को प्रोत्साहित किया जा रहा है। रेल के क्षेत्र में विद्युत् इंजन लगाए जा रहे हैं। कल-कारखानों में भी कोयले का कम-से-कम प्रयोग हो, इसका उपाय किया जा रहा है। ऊँची-ऊँची चिमनियाँ बनाकर पृथ्वी के तल से दूर धुआँ और विभिन्न गैसों को निकालने की व्यवस्था की जा रही है। फिर भी अभी कई सावधानियों की जरूरत है। कल-कारखानों को आबादी से दूर स्थापित करने की जरूरत है। औद्योगिक संयंत्रों को भी घनी आबादी वाले इलाके से दूर स्थापित कर तथा प्रदूषण निवारक संयंत्र लगाकर वायु प्रदूषण में कमी लाई जा सकती है। वायु प्रदूषण को रोकने में पेड़-पौधे भी सहायक हो सकते हैं। अतः आवश्यकता है, बेकार पड़ी जमीनों पर अधिक-से-अधिक वृक्ष लगाए जाएँ। अब सरकार ने भी वृक्षारोपण को प्रोत्साहित करने की दिशा में कई योजनाएँ लागू की हैं।

जल प्रदूषण

कहावत है 'जल ही जीवन है'। जल का एक पर्यायवाची शब्द जीवन भी होता है। यह जल मनुष्य के लिए ही नहीं, पशु-पक्षियों, पेड़-पौधों सबके लिए आवश्यक है, लेकिन हवा के साथ-साथ आज जल भी दूषित हो गया है। बड़े-बड़े शहरों, खासकर औद्योगिक शहरों में कल-कारखानों की संख्या काफी बढ़ गई है। उन कारखानों के सारे अपशिष्ट पदार्थ नदियों में प्रवाहित कर दिए जाते हैं। गंगा जैसी पवित्र नदी भी इसका अपवाद नहीं है। कल तक जिस गंगा को हम मुक्तिदायिनी कहते थे, आज उसका जल पीने को कौन कहे, उसमें स्नान करना भी नाना रोगों को बुलावा देना है। अब इधर सरकार ने गंगा को स्वच्छ बनाने के लिए 'नमामि गंगे' जैसी योजनाएँ शुरू की हैं। इसमें करोड़ों रुपए की लागत लगाई गई है, लेकिन सरकार के पैसे की सफाई भले हो रही हो, गंगा आज भी मैली है।

नदी-तालाबों में स्नान करना भी जल प्रदूषण का कारण बन जाता है। खासकर ग्रामीण क्षेत्रों में आज भी लोग गाँव का कूड़ा-कचरा नदी-तालाबों में फेंक देते हैं। कई प्रकार के रोगी भी नदी-तालाबों में स्नान करते हैं। यहाँ तक कि हम गाँव के तालाबों

और नदियों में जानवरों को भी नहलाते हैं। नदी या तालाब किनारे ही शौच करते हैं। इन कारणों से जल प्रदूषण की अधिकता बढ़ जाती है। कुएँ के जल में भी कई हानिकारक तत्त्व पाए जाते हैं। आज भी दूर-दराज के ग्रामीण क्षेत्रों में औरतें नदी, तालाब, कुएँ आदि के जल से ही खाना पकाती हैं। फलतः लोग नाना प्रकार के रोगों का शिकार बनते हैं। दूषित जल में स्नान करने से चर्म रोग का प्रकोप ज्यादा होता है।

बहुत समय तक तालाब या कुएँ का जल स्थिर रहने से भी कीटाणु पैदा होते हैं। ऐसे दूषित जल से ही किसान खेतों की और फसलों की सिंचाई करते हैं। अतः हमारे प्रयोग में आनेवाले खाद्य पदार्थ भी दूषित हो जाते हैं। हाल के सर्वे में दिल्ली में यमुना के किनारे उगाई गई सब्जियों में कैंसर तक के जीवाणु मिले हैं। रेगिस्तानी इलाकों में गर्मी के मौसम में जल की कमी होने से लोग गंदा पानी पीने को मजबूर हो जाते हैं।

जल प्रदूषण को रोकने के लिए समय-समय पर कुओं-तालाबों में कीटाणुनाशक दवा छिड़कने की जरूरत है। नदी, तालाबों आदि में कूड़ा-कचरा फेंकने से बचना चाहिए। घरों में पीनेवाले जल को ढककर रखना चाहिए। शहरी क्षेत्रों में केंट आदि यंत्र द्वारा हम पानी साफ करके पीते हैं, लेकिन ग्रामीण क्षेत्रों में आज भी स्थिति भयानक है। संभव हो तो पीनेवाले पानी को उबाल लेना चाहिए। पानीवाली टंकियों की समय-समय पर सफाई होना भी आवश्यक है। सरकार को भी चाहिए कि वह औद्योगिक क्षेत्रों में कूड़े-कचरा को नदी में बहाने पर रोक लगाए। ग्रामीण क्षेत्र के लोगों में प्रचार द्वारा यह जागृति लाई जाए कि वे नदी, तालाबों के किनारे शौच न करें। जानवरों को उसमें नहलाएँ नहीं। ऐसा करनेवाले के विरुद्ध कठोर काररवाई होनी चाहिए।

ध्वनि प्रदूषण

वायु और जल प्रदूषण की तरह ध्वनि प्रदूषण भी आज आदमी के लिए बड़ी समस्या बन गई है। आज हमारे चारों ओर शोर-ही-शोर सुनाई दे रहा है। बड़े शहरों में तो सुबह से रात यानी 24 घंटे शोर-ही-शोर है।

नित दिन बढ़ते कल-कारखानों का शोर चैन की नींद सोने नहीं देता। ऊपर आसमान में वायुयानों की गर्जना, नीचे मोटरकारों या अन्य वाहनों की गर्जना हमें पागल बना रही है। कल तक जहाँ हम चिड़ियों के मधुर कलरव से, उनकी चहचहाहट से जगते थे, आज कारखानों के भोंपू से जगते हैं। सड़कों पर वाहनों की संख्या भी लगातार बढ़ती जा रही है। एक सर्वे के अनुसार मोटरकारों की संख्या सबसे ज्यादा दिल्ली में है, लेकिन मुंबई भी दिल्ली से कम नहीं। इन नाना वाहनों की चिल्ल-पों और शोर-शराबे से आदमी में कितनी ही विसंगतियाँ पैदा हो रही हैं।

कल तक ध्वनि हमारे लिए ज्यादा हानिकारक नहीं थी, लेकिन आज ध्वनि ने शोर का रूप ले लिया है। सड़कों पर वाहनों के भोंपू की आवाज गूँजती ही रहती है। आकाश में बादलों का गर्जन-तर्जन भी शोर का ही रूप ले लेता है। रेल के इंजन की सीटी, कारों के हॉर्न, वायुयानों की गर्जना ये सब मिलकर वातावरण को शोर-शराबे से भरे रहते हैं। मंदिर-मस्जिदों पर लगे लाउडस्पीकर तो और भी दिल-दिमाग को शून्य कर देते हैं। भजन-कीर्तन, नमाज, जुलूस आदि में लाउडस्पीकर का प्रयोग होता है। इधर कुछ राज्यों की सरकार ने लाउडस्पीकर के प्रयोग पर अंकुश लगाने का कार्य किया है। ग्रामीण क्षेत्रों में भी जोर-जोर से कीर्तन, अष्टयाम आदि में पाठ्य-यंत्रों का प्रयोग होता है। लोग गाड़ी या सार्वजनिक स्थानों पर डी.जे. बजाते हैं। सरकार ने डी.जे. पर भी आंशिक प्रतिबंध लगाया है।

ध्वनि प्रदूषण का बुरा असर आज हमारे स्वास्थ्य पर पड़ रहा है। आदमी चिड़चिड़ा बनता जा रहा है। कानों की सुनने की शक्ति क्षीण पड़ती जा रही है। आज बड़े शहरों के छोटे-छोटे बच्चे भी बहरेपन के शिकार हो रहे हैं। कई लोग मोबाइल आदि में गाने सुनने के लिए कान में एक प्रकार का यंत्र लगा लेते हैं, उसका भी सुनने की शक्ति पर बुरा प्रभाव पड़ता है। हम शांति और चैन की नींद सो नहीं पाते। मस्तिष्क पर इसका बुरा प्रभाव पड़ता है। पचास डेसीमल का शोर श्रवण शक्ति पर प्रतिकूल प्रभाव डालता है। आदमी क्रोधी बन जाता है। उसमें तनाव पैदा होता है। तनाव से दिल की बीमारी पैदा होती है। कॉलेस्टेरोल बढ़ जाता है और आदमी हृदय रोग का शिकार बन जाता है। बहरेपन की संख्या भी बहुत बढ़ गई है।

इतना ही नहीं, अत्यधिक शोर-शराबे के बीच रहनेवाली गर्भवती महिलाओं के गर्भ पर इसका प्रभाव पड़ता है। बिजली के पावर हाउस में काम करनेवाले कर्मचारी जल्द ही बहरेपन का शिकार बन जाते हैं।

इसके लिए आवश्यक है कि हम अपने घरों को कल-कारखानों, रेलवे स्टेशन, मुख्य सड़कों से दूर बनाएँ। लोगों में इसके प्रति जागरूकता पैदा करें। शादी-ब्याह, भजन-कीर्तन या अन्य समारोहों में लाउडस्पीकर, डी.जे. आदि बजाने से परहेज करें, टी.वी. या अन्य वाद्य यंत्रों आदि को धीमी आवाज में बजाएँ। अब राज्य सरकारों ने इससे संबंधित कई कानून भी बनाए हैं। आवश्यकता है, उसका सख्ती से पालन कराने की। □

समाचार-पत्र

समाज के विकास के साथ-साथ मनुष्य बुद्धिजीवी और विवेकशील होता गया। शिक्षा के प्रचार-प्रसार से सोचने-समझने का दायरा बढ़ता गया। आज का मनुष्य संपूर्ण विश्व का मनुष्य बनना चाहने लगा। इसके लिए उसे विश्व की जानकारी का होना आवश्यक हो गया। दुनिया के किस देश में क्या घटना घटी, यह जानने को वह उत्सुक हो उठा और यहाँ से समाचार-पत्र की कल्पना को साकार रूप मिलना शुरू हो गया। कहा गया है, मनुष्य एक सामाजिक प्राणी है। उसके भीतर भी जिज्ञासा और कौतूहल की भावना काम करती है। इस जिज्ञासा ने उसके भीतर अधिक जानने की इच्छा जाग्रत् की और इसी सबका फल समाचार-पत्र के रूप में सामने आया, और आज तो यह स्थिति बन गई है कि भोजन, वस्त्र की तरह समाचार-पत्र जरूरी आवश्यकता बन गया है।

एक समय था जब किसी समाचार को जानने का एकमात्र साधन संदेशवाहक था। लोगों को दूसरे देश की कौन कहे, अपने देश में घटित घटनाओं की भी जानकारी नहीं हो पाती थी। लेकिन आज समय बदल चुका है। समाचार-पत्र के माध्यम से हम विश्व के किसी भी कोने की खबर तुरंत जान लेते हैं। दुनिया का प्रथम समाचार-पत्र कौन सा था और किस देश में उसका पहला प्रकाशन हुआ—इस विषय पर विद्वानों में मतभेद है, लेकिन एक मान्यता के अनुसार 13वीं सदी में इटली के वेनिसनगर में इसका प्रकाशन हुआ, लेकिन कुछ विद्वानों के अनुसार समाचार-पत्र का प्रथम प्रकाशन 16वीं सदी में जर्मनी में हुआ। कुछ लोग इसकी शुरुआत चीन से बताते हैं। जो भी हो, भारत में पहली बार 1604 में 'इंडिया बजट' के नाम से पहले समाचार-पत्र का प्रकाशन हुआ। हिंदी में पहला समाचार-पत्र 'उदंत मार्तंड' के नाम से प्रकाशित हुआ। यह साप्ताहिक समाचार-पत्र था। बाद में राजा राममोहन राय ने 'कौमुदी' नामक एक समाचार-पत्र का प्रकाशन किया फिर ईश्वरचंद्र विद्यासागर ने 'प्रभाकर' नाम से एक पत्र निकाला। धीरे-धीरे समाचार-पत्रों की संख्या बढ़ती गई और आज तो दैनिक, साप्ताहिक, पाक्षिक, मासिक आदि कई प्रकार के समाचार-पत्र प्रकाशित हो रहे हैं।

आज के समय में सूचना के कई साधन उपलब्ध हैं—जैसे टेलीविजन, रेडियो, मोबाइल आदि, लेकिन समाचार-पत्र सबसे सस्ता साधन है। इसे अमीर-गरीब सभी खरीद सकते हैं। समाचार-पत्र विभिन्न प्रकार के समाचारों से भरे होते हैं। राजनीतिक, आर्थिक, सामाजिक, सांस्कृतिक सभी तरह के समाचारों से हम अवगत हो जाते हैं। यह शिक्षा का भी एक सशक्त साधन है। बड़े-बड़े विद्वानों, साहित्यकारों के लेख पढ़कर हमारा बौद्धिक विकास होता है। छात्रों के लिए ज्ञान की और जानकारी की कई बातें रहती हैं। राजनीतिज्ञ भी विभिन्न समस्याओं से परिचित रहते हैं। नेता इसमें छपी खबरों से देश के हालात से परिचित होते हैं और समस्या का समाधान ढूँढ़ते हैं। सामाजिक कार्यकर्त्ता समाज की बुराइयों से परिचित होकर उन्हें दूर करने का प्रयास करते हैं। व्यापारी वर्ग विभिन्न प्रकार के विज्ञापन द्वारा अपने व्यापार का प्रचार करते हैं। खिलाड़ी दुनिया के खिलाड़ियों से परिचित होते हैं। सिनेप्रेमी के लिए भी इसमें कई जानकारियाँ मिल जाती हैं, मनोरंजन के भी साधन उपलब्ध हो जाते हैं। इस प्रकार समाचार-पत्र सभी वर्गवालों के लिए समान उपयोगी सिद्ध होते हैं। बुद्धिजीवी वर्ग विद्वानों के मतों की जानकारी पाते हैं। संपादकीय पढ़कर अपना मत बनाते हैं। जनता विभिन्न चीजों के भाव जान पाती है। अनाज, सब्जी, सोना, चाँदी आदि के कब कितने भाव रहते हैं, इसकी जानकारी मिलती रहती है। ज्योतिष में विश्वास रखनेवाले अपना भविष्य देखते हैं। अध्यात्मवादी समय-समय पर धार्मिक जानकारी प्राप्त करते रहते हैं। कोई भी व्यक्ति अपने विचारों को समाचार-पत्र द्वारा व्यक्त कर सकता है। आम जनता भी देश में घटनेवाली रोज की घटनाओं से अवगत हो जाती है। टेलीविजन, रेडियो आदि द्वारा संक्षिप्त जानकारी मिलती है, लेकिन समाचार-पत्र द्वारा किसी भी विषय की विस्तृत जानकारी मिल जाती है। समाचार-पत्रों में छपी खबर को हम बहुत दिनों तक सुरक्षित भी रख सकते हैं। बेरोजगार लोग इसमें रोजगार के साधनों की जानकारी प्राप्त करते हैं। शादी-ब्याह से संबंधित लड़कियों-लड़कों की जानकारी भी प्राप्त होती है। विज्ञापन द्वारा हम नए वैज्ञानिक आविष्कारों से परिचित होते हैं। वाहनों के नई मॉडल, नए डिजाइन हमें प्रभावित करते हैं। इस प्रकार समाचार-पत्र से होनेवाले लाभों की संख्या बहुत अधिक है।

समाचार-पत्र को जनतंत्र का चौथा स्तंभ कहा गया है। यह लोकतंत्र का रक्षक है। जनता और सरकार के बीच पुल का काम करता है। जनता के विचारों से सरकार को और सरकार के विचारों से जनता को अवगत कराता है। कानून बनने की जानकारी पहले दे देते हैं और इस बहाने कानून पर जनता की राय का पता चल जाता है।

समाचार-पत्र समाज में क्रांति भी ला देता है। गोपाल सिंह नेपाली ने लिखा है—

हर क्रांति कलम से पूर्ण हुई
चट्टान जुल्म की
कलम चली तो चूर्ण हुई।

यह सामाजिक बुराइयों पर प्रहार करता है। भ्रष्ट नेताओं की पोल खोलता है। घोटालों से देश को परिचित कराता है।

स्वतंत्रता आंदोलन में समाचार-पत्रों का बड़ा सहयोग रहा था। इन समाचार-पत्रों ने जनता में राष्ट्रीय चेतना जगाई। इसमें 'अमृत बाजार पत्रिका' का नाम उल्लेखनीय है। यह बंगाल से निकलता था, जो उन दिनों स्वतंत्रता आंदोलन का गढ़ था।

आज समाचार-पत्रों की संख्या काफी बढ़ गई है। हिंदी, उर्दू, बँगला, मराठी, पंजाबी सभी भाषाओं में समाचार-पत्र उपलब्ध हैं। हिंदी में 'हिंदुस्तान', 'दैनिक जागरण', 'दैनिक भास्कर', आदि प्रमुख हैं तो अंग्रेजी में 'हिंदुस्तान टाइम्स', 'टाइम्स ऑफ इंडिया', 'इंडियन एक्सप्रेस' आदि प्रमुख हैं।

लेकिन कभी-कभी समाचार-पत्रों का दुरुपयोग भी हो जाता है। ऐसी खबरें छप जाती हैं जिनसे सांप्रदायिक दंगे तक हो जाते हैं। झूठी खबरों से जनता भ्रमित हो जाती हैं। गलत नेताओं की प्रशंसा कर जनता की नजरों में उन्हें ऊँचा उठा दिया जाता है। गलत प्रचार करके विरोधी दल सरकार और जनता को परेशानी में डाल देते हैं। यह सब लोकतंत्र के लिए घातक सिद्ध होता है। फिर भी आज समाचार-पत्रों की अनिवार्यता से इनकार नहीं किया जा सकता।

□

पुस्तकालय

शरीर को स्वस्थ रखने के लिए और शारीरिक विकास के लिए हम संतुलित और पौष्टिक भोजन करते हैं। उसी प्रकार मस्तिष्क के विकास के लिए पुस्तकें पढ़ना आवश्यक होता है। कहा भी है—स्वस्थ शरीर में ही स्वस्थ मस्तिष्क निवास करता है। मनुष्य के विकास के लिए शरीर और मन दोनों का विकसित होना जरूरी है। इसके लिए पुस्तकालय एक महत्त्वपूर्ण साधन बन जाता है।

पुस्तकालय का शाब्दिक अर्थ है—पुस्तकों का घर। पुस्तकालय में पुस्तकों का अंबार होता है। यहाँ सभी भाषाओं और विषयों की पुस्तकों की अमित संख्या होती है। किसी भी व्यक्ति के लिए यह संभव नहीं होता कि वह सभी प्रकार की पुस्तकों को खरीदकर पढ़ सके। यहीं पुस्तकालय की उपयोगिता सिद्ध हो जाती है।

पुस्तकालय निजी भी होता है और सार्वजनिक भी, साथ ही सरकारी भी। प्रत्येक स्कूल, कॉलेज, विश्वविद्यालय का अपना-अपना पुस्तकालय होता है। जहाँ सभी विषयों की पुस्तकों का भंडार होता है। यहाँ हम शांतचित्त होकर अपनी आवश्यकता की पुस्तकें पढ़ सकते हैं। पुस्तकालय हमारे ज्ञानवर्धन का सबसे सस्ता और आसान साधन है। पुस्तकालय के दो भाग होते हैं—पुस्तकालय और वाचनालय। पुस्तकालय में जहाँ पुस्तकें होती हैं वहाँ वाचनालय में विभिन्न प्रकार की पत्र-पत्रिकाएँ उपलब्ध होती हैं। वाचनालय में दैनिक समाचार-पत्र पढ़कर देश-दुनिया की रोजाना खबरों से वाकिफ होते हैं। यहाँ दैनिक, साप्ताहिक, मासिक सभी तरह की पत्रिकाएँ मिल जाती हैं। इनमें देश-विदेश के विद्वानों के विचार से हम अवगत होते हैं। पुस्तकालय में हम दुर्लभ पुस्तकें भी प्राप्त कर लेते हैं।

भारत में पुस्तकालय का इतिहास प्राचीन है। नालंदा, विक्रमशिला आदि विश्वविद्यालयों में पुस्तकों की संख्या असीमित थी। कहते हैं कि विदेशी हमलावरों के द्वारा नालंदा विश्वविद्यालय में जब आग लगा दी गई तो छह महीने तक पुस्तकें जलती रहीं। इससे हम अनुमान लगा सकते हैं कि उस पुस्तकालय में कितनी पुस्तकें रही

होंगी। आधुनिक काल में ज्यों-ज्यों मुद्रण कला का विकास होता गया है, पुस्तकालयों की संख्या बढ़ती गई है। दिल्ली में दिल्ली पब्लिक पुस्तकालय की कितनी ही शाखाएँ स्थापित हैं। दिल्ली में एक नेशनल पुस्तकालय भी है।

पुस्तकालय ज्ञान-विज्ञान के विकास का उत्तम साधन है। यहाँ हम प्राचीन पुस्तकों के द्वारा अपनी प्राचीन सभ्यता और संस्कृति से परिचित होते हैं। हम कौन थे और आज क्या हैं, साथ ही भविष्य में क्या होंगे—इन सब बातों की जानकारी पुस्तकें ही कराती हैं। आजादी के समय कई ऐसी पुस्तकों का प्रकाशन हुआ जिन्होंने हमारे भीतर स्वतंत्रता की ज्योति जगाई। किसी ने लिखा है—

हर क्रांति कलम से पूर्ण हुई
चट्टान जुल्म की
कलम चली तो चूर्ण हुई।

कहा भी है—'Pen is mightier than sword.' पुस्तकें हमारा ज्ञानवर्धन ही नहीं करतीं, मनोरंजन भी करती हैं। ये हमारे एकांत क्षण की सच्ची साथी हैं। ये निराश मन में आशा जगाती हैं। हमें अध्यात्म की ओर ले चलती हैं। समाज में हमारी सत्ता स्थापित करती हैं। अपनी ही नहीं, विश्व के देशों की सभ्यता-संस्कृति से भी हमें परिचित कराती हैं। किसी ने कहा है—'पुराना कोट पहनो और नई किताब पढ़ो'। यही कारण है कि हर स्कूल-कॉलेज छात्रों के ज्ञानवर्धन के लिए अपना पुस्तकालय रखते हैं। गरीब छात्र जो महँगी पुस्तकें खरीदने में असमर्थ हैं, वे इन पुस्तकालयों से मनपसंद पुस्तकें प्राप्त कर सकते हैं। बड़े-बड़े बुद्धिजीवी, कवि, लेखक, साहित्यकार अपने घर में निजी पुस्तकालय भी रखते हैं।

अब तो ग्रामीण क्षेत्रों में भी पुस्तकालय खोले जा रहे हैं। ये सार्वजनिक पुस्तकालय होते हैं। इन्हें सुचारु रूप से चलाने के लिए इनका सदस्य बनना पड़ता है। सदस्यता शुल्क के रूप में कुछ रकम ली जाती है। कभी-कभी कुछ पुस्तकालयों को सरकार अनुदान देती है।

संक्षेप में, पुस्तकालय ज्ञान का मंदिर है। ज्ञान का खजाना है।

□

वृक्षारोपण

मनुष्य और प्रकृति के बीच आदिकाल से तादात्म्य रहा है। आदिकाल का मानव प्रकृति के बीच ही विचरण करता था। वह जंगलों में रहता था। जंगल में ही जानवरों का शिकार करके और जंगल के ही कंद-मूल, फल खाकर अपना पेट पालता था। वृक्षों के पत्ते पहनता था। भीषण गर्मी से व्याकुल होकर वृक्षों की छाया में तो ही विश्राम करता था। हिंसक जानवरों के भय से वृक्षों पर चढ़कर प्राण-रक्षा करता था। इस प्रकार मनुष्य का शारीरिक और मानसिक विकास प्रकृति की गोद में ही हुआ। सांस्कृतिक क्षेत्र में भी प्रकृति से ही हमने बहुत कुछ सीखा है। हरियाली के बीच रहकर मानव आह्लादित हुआ। चिड़ियों के मधुर कलरव से प्रभावित हुआ। उनकी बोली के साथ मानव का भी कंठ फूटा। संक्षेप में, आदियुग से लेकर आधुनिक काल तक में मानव जीवन पर वृक्षों का ही प्रभाव है। आज भी मुद्रण कला के विकास के साथ कागज के लिए हम वनों और वृक्षों पर ही निर्भर हैं। हमारे प्राचीन ग्रंथ वृक्ष के पत्तों पर ही लिखे गए। भोजपत्र पर लिखी कई पांडुलिपियाँ आज भी उपलब्ध हैं। इस प्रकार हम कह सकते हैं कि शुरू से अब तक हमारे शारीरिक, मानसिक, सांस्कृतिक आदि विकास में वृक्षों और वनों का सहयोग रहा है।

वृक्षों का महत्त्व इस बात से भी सिद्ध होता है कि हम कई वृक्षों का संबंध देवी-देवताओं से जोड़ते हैं। उनकी पूजा-अर्चना करते हैं। गीता में स्वयं भगवान् कृष्ण ने कहा है—"वृक्षों में मैं पीपल हूँ।" देवदार वृक्ष का संबंध शिव-पार्वती से माना गया है। तुलसी का पौधा तो आज भारत के प्रत्येक हिंदू घरों में लगाया जाता है और उसकी पूजा की जाती है। बेलपत्र, धतूरा आदि का पत्र और फूल महादेव पर चढ़ाया जाता है। यहाँ तक कि शादी-ब्याह या अन्य धार्मिक कामों में दूब तक का प्रयोग किया जाता है। बरगद के पेड़ की पूजा भारतीय नारी धूमधाम से अपने सुहाग की रक्षा के लिए करती है। भगवान् बुद्ध को ज्ञान-प्राप्ति वृक्ष के नीचे ही हुई थी, जो आज बोधिवृक्ष के रूप में विद्यमान है।

वन और वृक्ष मानव के ही हित में नहीं हैं, पशु-पक्षियों के लिए भी आवश्यक हैं। वन में नाना प्रकार के जीव-जंतु, पशु-पक्षी पाए जाते हैं। उनका भरण-पोषण भी वन के वृक्षों द्वारा ही होता है। वन की लकड़ियाँ जलावन के काम आती हैं। यहाँ तक कि वृक्षों पर ही वर्षा निर्भर करती है और वर्षा पर भारत के किसान निर्भर करते हैं।

वन से हमें विभिन्न प्रकार की जड़ी-बूटियाँ प्राप्त होती हैं, जो औषधि के रूप में हमारे काम आती हैं। वृक्ष बाढ़ को भी रोकने में सक्षम होते हैं। पेड़ों से टकराकर जलप्रवाह की गति धीमी पड़ जाती है। वृक्षों से हमें ऑक्सीजन प्राप्त होती है। क्लोरोफिल भी हरी पत्तियों से प्राप्त होता है। वृक्ष एक ओर कार्बन डाइऑक्साइड जैसी विषैली गैस ग्रहण करते हैं और ऑक्सीजन त्यागते हैं, जिसे हम ग्रहण कर जीवन की रक्षा करते हैं।

वन और वृक्ष पर्यावरण को स्वच्छ रखते हैं। वैज्ञानिकों का मानना है कि पर्यावरण संतुलन के लिए कुल भू-भाग के क्षेत्र का 33 प्रतिशत भाग पेड़-पौधों से ढका होना चाहिए। इस प्रकार वृक्षों और वन क्षेत्रों के अनगिनत लाभ हैं।

लेकिन आधुनिक काल में मनुष्य की बढ़ती विभिन्न आवश्यकताओं ने वन क्षेत्र को बर्बाद कर दिया है। विकास के साथ मनुष्य की आवश्यकता भी बढ़ती गई। विशाल इमारतें बनाई जाने लगीं। इसके लिए लकड़ियों की जरूरत थी। फलतः धड़ल्ले से वृक्ष काटे गए और आज भी काटे जा रहे हैं। बड़ी इमारतों में कीमती सजावट के फर्नीचर, टेबल, मेज, कुर्सी, सोफा आदि के लिए भी लकड़ियाँ काटकर वन क्षेत्र को वीरान कर दिया गया। फलतः आज कई प्रकार की हानियों का सामना हमें करना पड़ रहा है। वृक्ष कटने से वर्षा कम हो गई। पर्यावरण में तपिश बढ़ गई। आज सूरज की किरणें सीधा तीर की तरह शरीर में प्रवेश करती हैं। वर्षा के अभाव में खेतों में दरार पड़ जाती है, फसलें सूख जाती हैं। महँगाई सताने लगती है। बाढ़ की विभीषिका बढ़ गई है। लकड़ी के तस्करों द्वारा भी कीमती लकड़ियाँ काटकर बेच दी जाती हैं। वायुमंडल में ताप बढ़ने से ग्लेशियर पिघल रहे हैं, जो भविष्य में मानवजाति को तबाह कर सकते हैं।

इन सारी बातों को ध्यान में रखकर अब सरकार ने इस ओर ध्यान दिया है। वृक्षारोपण को बढ़ावा दिया जा रहा है। 1952 में भारत सरकार ने 'राष्ट्रीय वन नीति' नामक एक योजना बनाई थी। उसके अनुसार सरकार ने माना कि देश के कुल भौगोलिक क्षेत्रफल के 33 प्रतिशत भाग में वन का होना आवश्यक है। पहाड़ी क्षेत्रों में 60 प्रतिशत भूमि पर वन लगाने का निश्चय किया गया। मैदानी क्षेत्र में इसका प्रतिशत 20 रखा गया।

आज देश के कुछ ही भागों में वन और वृक्षों की अधिकता है, जैसे—आसाम, हिमाचल प्रदेश, सिक्किम, त्रिपुरा आदि क्षेत्र वृक्ष से भरे हैं। लेकिन मैदानी क्षेत्र वाले भाग या प्रदेश आज वृक्षों की समस्या से जूझ रहे हैं। वन विभाग ने अपनी एक सर्वे रिपोर्ट में दावा किया है कि 1951 से 72 के बीच लगभग 24 लाख हेक्टेयर क्षेत्र में वन काट

डाले गए हैं। इससे मिट्टी का कटाव तेजी से हो रहा है। देश के पश्चिमी भाग राजस्थान, हरियाणा, गुजरात आदि राज्यों में रेगिस्तानों की संख्या बढ़ गई है।

पेड़ों की कटाई के कारण भूमि का जलस्तर बहुत नीचे चला गया है। सिंचाई की कौन कहे, पीने के पानी पर भी संकट आ गया है। मध्य प्रदेश जैसे राज्यों में आज भी महिलाओं को कोसों दूर से पीने का पानी लाना पड़ता है। वह भी पानी गंदा होता है, जिससे कई प्रकार की बीमारियों का प्रकोप बढ़ जाता है। वृक्षों की कटाई के कारण ही आज पहाड़ी क्षेत्रों में भूस्खलन हो रहा है। टेलीविजन, न्यूज पेपर आदि में हम ऐसे भूस्खलन होते हमेशा देखते हैं। उसमें कई जानें जाती हैं।

आज सरकार द्वारा इस दिशा में कई कार्य किए जा रहे हैं। वृक्षारोपण को एक पर्व के रूप में लिया जा रहा है। जनता में भी जागृति आ रही है। विशेष अवसरों पर हम वृक्ष लगाना आवश्यक समझने लगे हैं। कहते हैं कि देश में एक ऐसा गाँव है, जहाँ बेटी पैदा होने पर अभिभावक वृक्ष रोपते हैं। सरकार की ओर से मुफ्त पौधे बाँटे जा रहे हैं।

हमारे यहाँ यह भी मान्यता है कि वृक्षारोपण से नीच और मारक ग्रह शांत हो जाते हैं।

□

भारत में बेरोजगारी की समस्या

आजादी के बाद से ही देश छोटी-बड़ी कई समस्याओं से जूझ रहा है। इनमें आज सबसे बड़ी समस्या बेरोजगारी की है। चुनाव के समय हर राजनीतिक दल बेरोजगारी दूर करने का वादा करते हैं। जनता को क्या-क्या सब्जबाग दिखाकर वोट ले लेते हैं और सरकार बनाते ही कुर्सी से चिपक जाते हैं। लेकिन बेरोजगारी वादों से नहीं कम होनेवाली, इसके लिए ठोस कार्यक्रम बनाना होगा। इस बेरोजगारी के कई कारण हैं।

सबसे बड़ा कारण है जनसंख्या का विस्फोट। आजादी के समय भारत की जनसंख्या 33 करोड़ थी। लेकिन आज बढ़कर यह 140 करोड़ हो गई है। दिन-प्रतिदिन यह संख्या बढ़ती ही जा रही है। इसके पीछे वर्तमान शिक्षा पद्धति दोषी है। वर्तमान शिक्षा पद्धति में केवल किताबी ज्ञान दिया जाता है। उद्योग का इस शिक्षा पद्धति में कोई स्थान नहीं है। व्यावसायिक शिक्षा से छात्र केवल नौकरीपेशे पर ही निर्भर नहीं रहते। अगर इधर कुछ स्कूल-कॉलेजों में व्यावसायिक शिक्षा आरंभ भी हुई है तो केवल कागज पर। व्यवहार में यह समुचित प्रयोग में नहीं आती। प्रतिवर्ष स्कूल-कॉलेजों से हजारों छात्र ऊँची डिग्री लेकर निकलते हैं। सबको सरकारी नौकरी ही चाहिए, जो संभव नहीं होता। इस अर्थ में स्कूल-कॉलेज आज कारखाने बन गए हैं, जहाँ उत्पादन तो अधिक होता है, लेकिन खपत बहुत कम होती है। ऐसी स्थिति में बेरोजगारों का एक हुजूम बनता जा रहा है।

भारत कृषि-प्रधान देश है। यहाँ आय का प्रमुख साधन है खेती। लेकिन सबके पास खेती लायक जमीन नहीं है, जिनके पास है, वे खेतीबाड़ी से भागते हैं, क्योंकि उसमें मेहनत ज्यादा है या कहिए, लागत ज्यादा है, उत्पादन कम। अतः ग्रामीण इलाकों से भागकर नौकरी की खोज में युवा वर्ग शहर की ओर भागता है। फलतः शहरों पर जनसंख्या का बोझ बढ़ता जा रहा है। पढ़े-लिखे युवा खुरपी-कुदाल उठाने में अपनी तौहीन समझते हैं। ऐसे लोग भी शहरों की ओर ही भाग रहे हैं।

जनसंख्या वृद्धि पर कोई नियंत्रण नहीं है। सरकार कानून तो बनाती है, पर सख्ती से वह लागू नहीं हो पाता है। 'हम दो, हमारे दो' केवल नारा बनकर रह गया है। परिवार

नियोजन कार्यक्रम के लिए कम काम नहीं हुए हैं, पर उसका कोई ठोस परिणाम सामने नहीं आ पाया है।

अस्पतालों में ऐसी दवाएँ, उपकरण आदि उपलब्ध हैं जिनका प्रयोग कर जनसंख्या पर अंकुश लगाया जा सकता है। लेकिन भारतीय आज भी ऐसी रूढ़ि और अंधविश्वास के दलदल में फँसे हैं जिससे निकलना कठिन है। गाँव में आज भी बच्चे को भगवान् की देन कहकर संतान पैदा करने से नहीं हिचकते। गरीब इसलिए भी अधिक संतान पैदा करते हैं कि बड़ा होकर वह कमाएगा और उनकी आर्थिक स्थिति सुधरेगी। एक बात और है—लोग बेटे की चाहत में कई बेटियाँ पैदा कर लेते हैं और बाद में सिर धुनते हैं।

भारत में मुसलमानों की संख्या भी बढ़ रही है। ये भी भारत के ही नागरिक हैं, लेकिन परिवार नियोजन को ये इस्लाम धर्म के विरुद्ध समझते हैं। इनके धर्म में कई शादियाँ करने का विधान है। फलतः एक--एक मुसलमान दर्जनों बच्चे पैदा करता है और बेरोजगारी को बढ़ाने में सहायक सिद्ध होते हैं। एक सर्वे के अनुसार 1951 में बेरोजगारों की संख्या 33 लाख थी, जो बढ़कर आज 90 लाख के पार पहुँच चुकी है।

भारत में केंद्रीकरण का जो ढाँचा है, वह भी इसके लिए जिम्मेदार है। उत्पादन का ढाँचा केंद्रीकरण होने के कारण बहुराष्ट्रीय कंपनियाँ लाभ में रहती हैं, लेकिन देश के लोगों को इसमें रोजगार के अवसर नहीं मिलते। विश्व बैंक और मुद्रा कोष के इशारे पर आर्थिक नीतियाँ निर्धारित होने लगी हैं। इस आर्थिक नीति की आड़ में बेरोजगारी छिपी हुई है। इसके कारण उत्पादन में तो वृद्धि हुई है, लेकिन रोजगार के अवसर घटते गए हैं। कुछ सरकारी नीतियाँ भी बेरोजगारी का कारण हैं। सरकारी विभागों में, स्कूल-कॉलेजों में बड़ी संख्या में जगह खाली पड़ी रहती हैं, लेकिन नियम और कानूनी उल्लंघन में उन्हें भरा नहीं जाता।

कभी-कभी सरकारी महकमों और कंपनियों में भी कर्मचारियों की छँटनी हो जाती है। अभी हाल के दिनों में कोरोना महामारी के चलते कितनी ही कंपनियाँ अपने कर्मचारियों की छँटनी कर चुकी हैं। अभी हमारा पड़ोसी देश श्रीलंका दिवालिया हो चुका है। पाकिस्तान भी उसी राह पर चल रहा है। इन कारणों से भी देश ही नहीं, विदेशों में भी बेरोजगारी की समस्या उत्पन्न हो गई है।

आज का युग मशीनी युग है। इसका नाम ही है कलयुग, अर्थात् कल-पुर्जे यानी मशीन का युग। इन मशीन एवं अन्य वैज्ञानिक आविष्कारों का भी बेरोजगारी में सहयोग कहा जा सकता है। पहले जहाँ किसी काम को दस व्यक्ति मिलकर करते थे, वहाँ अब उस काम को एक मशीन कर लेती है और इस तरह नौ आदमी बेकार हो जाते हैं। उनके सामने रोजी-रोटी की समस्या उत्पन्न हो जाती है। ग्रामीण क्षेत्रों में शिक्षा का अभाव भी बेरोजगारी का कारण है।

बेरोजगारी दूर करने की दिशा में सरकार भी दिलचस्पी नहीं दिखाती। आजादी के बाद से ही जितनी भी सरकारें आईं, जनता से बेरोजगारी दूर करने का वादा किया, लेकिन बेरोजगारी ज्यों-की-त्यों बनी रही। अतः आज इसके कितने ही बुरे परिणाम समाज को भोगने पड़ रहे हैं। बेरोजगारी के चलते आज लूट-मार, चोरी-डकैती, रंगदारी आदि का चारों ओर बोलबाला है। बेरोजगार युवा वर्ग आज इन बुराइयों में लिप्त है। अपहरण, फिरौती आदि कांडों में पकड़े गए लोगों में ज्यादातर युवक ही दिखाई देते हैं। बेरोजगारी के कारण ही समाज में वेश्यावृत्ति जैसी बुराइयाँ फैल गई हैं। अनेक प्रकार की ठगी, घोटाले, भ्रष्टाचार, हत्या सबकी जड़ में बेरोजगारी है। अधिकांश गरीब परिवार कर्ज के बोज से दबे हैं। ऐसे भी समाचार पढ़ने और देखने को मिल जाते हैं कि कर्ज न चुका पाने की स्थिति में कई लोग आत्महत्या तक कर लेते हैं। बेरोजगारों के धरना-प्रदर्शन, तोड़-फोड़, सरकारी संपत्ति को नुकसान पहुँचाना आदि से आम लोगों के साथ सरकार भी परेशान हो जाती है। कभी-कभी तो बेरोजगारी के चलते सरकार का तख्ता भी पलट जाता है।

अतः इस बेरोजगारी को दूर करने के लिए सरकार को सूझबूझ से सही निर्णय लेना चाहिए। सरकारी नियम के कारण भी बेरोजगारी को बढ़ावा मिलता है। उदाहरण के लिए—हम आरक्षण को ले सकते हैं। इस आरक्षण के कारण कई पद खाली पड़े रह जाते हैं, लेकिन उस पर दूसरे वर्गवालों की नियुक्ति नहीं हो पाती। इससे एक ओर बेरोजगारी बढ़ती है, दूसरी ओर वर्ग-विभेद और लोगों में वैमनस्य भी बढ़ता है।

अब सरकार इस दिशा में दृढ़ता के साथ प्रयत्नशील है। मजदूरों के कल्याण के लिए कई नियम और योजनाएँ बनाई गई हैं। उनकी मजदूरी तय की गई है। काम के घंटे निश्चित किए गए हैं। 'मनरेगा', एन.जी.ओ. आदि के द्वारा ग्रामीण इलाकों में रोजगार के अवसर उपलब्ध कराए गए हैं। स्कूल-कॉलेजों में नरेंद्र मोदीजी ने 'मेक इन इंडिया' जैसी योजनाएँ लागू की हैं। कंपनी कानून में ऐसे सुधार किए गए हैं कि वहाँ नौकरी की गारंटी हो। लोगों में जागृति लानी होगी कि वे केवल नौकरी-पेशे पर ही निर्भर न रहें। शिल्प कला, हस्तकर्म कला, घरेलू उद्योग आदि की ओर भी अपना मन लगाएँ। सबको सरकारी नौकरी देना किसी भी सरकार के लिए मुमकिन नहीं है। यही कारण है कि वर्तमान सरकार विभिन्न रोजगारों के लिए कर्ज भी दे रहे है। बैंक भी इस दिशा में अपना सहयोग दे रही हैं। छोटे-छोटे उद्योगों को प्रोत्साहन मिल रहा है। यह सब शुभ लक्षण हैं, लेकिन इस दिशा में सतत प्रयासरत रहने की जरूरत है।

□

छात्र और अनुशासन

जानकीवल्लभ शास्त्री ने लिखा है—

जीना भी एक कला है।
बिना इसे जाने यह जीवन,
जीने कौन चला है!

सचमुच जीवन सफलतापूर्वक जीना एक कला है और अनुशासन इसी जीने की कला को सिखाता है। अनुशासन का अर्थ होता है—एक निश्चित नियम में बँधकर रहना। किसी सिद्धांत और आदेशों का निष्ठापूर्वक पालन करना। मनुष्य जीवन के प्रत्येक क्षेत्र में अनुशासन का पालन करना आवश्यक ही नहीं, अनिवार्य है।

सर्वप्रथम बच्चा परिवार में माता-पिता तथा अन्य बड़े जनों से अनुशासन की शिक्षा पाता है। वह देखता है कि किस प्रकार परिवार में सभी मिलजुलकर रहते हैं। परिवार के सभी सदस्य एक-दूसरे से प्रेम करते हैं। सभी सदस्य परिवार के मुखिया के आदेशों का पालन करते हैं। छोटे बच्चे बड़ों की आज्ञा मानते हैं, यह सब देखकर वह बच्चा भी बड़ों का आदर करना सीखता है। उनके आदेशों का पालन करने लगता है। इस अर्थ में अनुशासन की पहली शिक्षा बच्चों को परिवार में ही मिलती है।

बच्चा थोड़ा बड़ा होकर पाठशाला पहुँचता है। फिर आगे चलकर वह स्कूल-कॉलेजों में प्रवेश पाता है। वहाँ उसमें अनुशासन की परिपक्वता आती है। अनुशासन को समझने की, बूझने की क्षमता का विकास होता है। वहाँ उसे गुरुजनों का आदर करना होता है। उनके आदेशों का पालन करना होता है। न करने पर कभी-कभी दंड भी भोगना पड़ता है। इस प्रकार छात्र परिवार से आरंभ कर स्कूल-कॉलेजों में अनुशासन की शिक्षा पाता रहता है। वही छात्र जब आगे चलकर गृहस्थ आश्रम में प्रवेश करता है तो वहाँ तो वह पूरी तरह अनुशासित हो गया होता है। फिर उसका दायरा समाज, देश आदि तक बढ़ जाता है। एक अनुशासित व्यक्ति ही परिवार, समाज, राष्ट्र सभी क्षेत्र में शांति बनाए रखता है। उसे प्रगति पथ पर आगे बढ़ाने में सक्षम होता है।

हम प्रकृति से भी अनुशासन की शिक्षा लेते हैं। हम देखते हैं कि किस प्रकार यह विशाल प्रकृति भी नियम के बंधन में बँधकर काम करती है। सूरज, चाँद सभी अपनी राहों पर सतत अग्रसर होते रहते हैं। एक निश्चित समय पर उगते हैं और निश्चित समय पर ही डूबते हैं। पृथ्वी अपनी धुरी पर हमेशा घूमती रहती है। विराम नहीं लेती। ऋतुएँ अपने समय पर आती हैं आदि। इनकी गति में कभी कोई व्यवधान नहीं आता। जिस दिन कोई व्यवधान या व्यतिक्रम आ जाएगा, प्रकृति का सारा सौंदर्य ही विलुप्त हो जाएगा।

अनुशासित व्यक्ति ही बलवान बनता है और इतिहास में अमर हो जाता है। हम अपने महापुरुषों का इतिहास पढ़ें तो पाएँगे कि वे छात्र जीवन से ही अनुशासित रहे थे। वैलेंटाइन ने लिखा है—'अनुशासन बालक की चेतना का परिष्करण है। बालक की उत्तम प्रवृत्तियों और इच्छाओं को सुसंस्कृत करके हम अनुशासन के उद्देश्य को पूरा कर सकते हैं।'

प्राचीन काल में छात्र गुरुकुल में अध्ययन करते थे। वहाँ प्रकृति की स्वच्छंद गोद में विचरण करते थे। अतः प्रकृति से भी बहुत कुछ सीख जाते थे। गुरुजनों का आदेश उनके सिर-आँखों पर होता था। वहाँ उनका जीवन नियम से बँधा होता था। ठीक समय पर सोना, जागना, पाठ याद करना, गुरु की सेवा करना, खेलना-कूदना सब कुछ निश्चित समय और नियम से बँधकर होता था। अतः छात्र जाने-अनजाने स्वतः अनुशासित हो जाते थे। समय की उपयोगिता से भी परिचित हो पाते थे। साथ ही एक-दूसरे का आदर करना भी, जान जाते थे। वहाँ अनुशासन की जो नींव रखी जाती थी उसी पर उनके भविष्य की अट्टालिका खड़ी होती थी। यहाँ से निकलने वाले अनुशासित छात्र परिवार, समाज, राष्ट्र सबसे लिए उपयोगी सिद्ध होते थे।

आज छात्रावास गुरुकुल का ही दूसरा रूप है। छात्रावास में रहनेवाले और स्कूल-कॉलेजों के बाहर रहनेवाले छात्रों में अंतर होता है। बाहरी छात्रों से छात्रावास के छात्र ज्यादा अनुशासित होते हैं, क्योंकि वहाँ उन्हें नियम से बँधकर रहना पड़ता है। घंटी के अनुसार सारे कार्य करने पड़ते हैं। वहाँ उनका उद्देश्य केवल विद्योपार्जन करना होता है। उसी की पूर्ति में वे सतत प्रयत्नशील रहते हैं। वहाँ उनका शारीरिक, मानसिक, बौद्धिक विकास तो होता ही है, चरित्र का निर्माण भी होता है।

आज विकसित देशों का इतिहास पढ़ें तो पाएँगे कि उनकी प्रगति का सबसे बड़ा कारण वहाँ के नागरिकों का अनुशासित होना है। स्पष्ट है कि परिवार से लेकर विश्व तक के उत्थान में अनुशासन सबसे आवश्यक है। जिस देश के छात्र और नागरिक अनुशासनहीन हैं, वह देश उन्नति के उच्च्च शिखर पर चढ़ने के बजाय पतन के गहरे गर्त में गिर रहा है। कल्पना कीजिए, अगर स्कूल-कॉलेज, सरकारी महकमों, सेना, संसद्

सभी जगह लोग अनुशासन तोड़ने लगें तो देश का क्या होगा! इन सारी बातों से जीवन में अनुशासन के महत्त्व का परिचय मिल जाता है।

लेकिन 'जो देश ख्वाब निकला, जो सुना अफसाना था' के अनुसार अतीत जितना शानदार रहा हो, वर्तमान आज उतना ही पतित है। आज देश ही नहीं विदेशों तक में अनुशासनहीनता के लक्षण दिखाई दे रहे हैं। देश का छात्र और युवा वर्ग बिलकुल अनुशासनहीन बन चुके हैं। स्कूल-कॉलेजों में विद्योपार्जन नहीं होता। इसके विपरीत आंदोलन की कला छात्र सीखते हैं। स्कूल-कॉलेज आंदोलन की पाठशाला बन गए हैं। अनुचित माँगों को लेकर छात्र आंदोलित हो उठते हैं। फिर तोड़-फोड़ आरंभ हो जाता है। बिना विचारे नियमों-कानूनों को ताक पर रखकर अपनी माँग मनवाने को पदाधिकारियों को बाध्य करते हैं। उनके इनकार करने पर हो-हंगामा शुरू हो जाता है। वे सड़कों पर निकल आते हैं। दुकानों में तोड़-फोड़ शुरू हो जाती है। रेल, बस आदि सरकारी संपत्तियों में आग लगा देते हैं। जे.एन.यू. और अलीगढ़ मुस्लिम महाविद्यालय आदि जैसी शिक्षण संस्थाएँ भी आंदोलन का अखाड़ा बन गई हैं। अभी हाल के दिनों में इन कॉलेजों में छात्रों ने जो हंगामा मचाया, वह राष्ट्र के लिए महाघातक था।

कभी जयप्रकाश ने छात्रों को आंदोलन के लिए ललकारा था, जो 'छात्र आंदोलन' के रूप में प्रसिद्ध हुआ। लेकिन जयप्रकाश का उद्देश्य पवित्र था। उन्होंने देश को तानाशाही से बचाने के लिए छात्रों का आह्वान किया था। परंतु आज ये छात्र अपने स्वार्थ की पूर्ति के लिए हंगामा करते हैं। हिंसा को भी बढ़ावा देते हैं। इनके साथ कुछ देश-विरोधी ताकतें भी शामिल हो जाती हैं। विरोधी दल के नेताओं के बहकावे में भी आकर ये छात्र देश-विरोधी कार्य में शामिल हो जाते हैं।

आज हिंसा-प्रतिहिंसा का विचित्र माहौल देश में बनता जा रहा है। गुरु-शिष्य संबंध को भूलकर आज के छात्र गुरुजनों की ही पिटाई कर बैठते हैं। छात्रावास में पढ़ाई नहीं, दंगा-फसाद की नित नई योजना बनती है। वहाँ पढ़ाई की सामग्री नहीं, घातक हथियार रखे जाते हैं।

आज देश के नेतागण भी अनुशासनहीन बन गए हैं। संसद् और विधानसभा जैसे पवित्र संस्थानों में इनका आचरण देखकर ही बाहर छात्र प्रभावित होते हैं। आए दिन हम टेलीविजन पर इन नेताओं की अनुशासनहीनता के दृश्य देखते ही रहते हैं। कुछ ऐसे भी नेता हैं, जो अपने निजी स्वार्थसिद्धि के लिए छात्रों को बरगलाते हैं और उन्हें आंदोलन के लिए प्रेरित करते हैं। गुरुजन भी अपने स्वार्थ के लिए छात्रों का इस्तेमाल करते हैं। उनके लिए शिक्षा एक व्यवसाय बन गया है। वे छात्रों के चरित्र का निर्माण नहीं करते, उसे और पतन के रास्ते पर धकेल देते हैं।

आज हमारे देश का जो माहौल है, वह घातक है। हर तरफ पत्थरबाजी, आगजनी, तोड़-फोड़, हिंसा-प्रतिहिंसा का बाजार गर्म है। यदि समय रहते इसे रोका न गया तो हमारा प्रजातंत्र नष्ट हो जाएगा।

□

छात्र और राजनीति

एक समय था, जब छात्रों का कर्त्तव्य केवल विद्योपार्जन करना भर था। राजनीति से उन्हें दूर रखा जाता था। उनके जीवन का लक्ष्य था पढ़-लिखकर अच्छी नौकरी पाना, माता-पिता की इच्छाओं का पालन करना। यह भी सत्य है कि मेधावी छात्र राजनीति की ओर रुख करते भी नहीं थे। वैसे ही छात्र राजनीति में प्रवेश करते थे, जो पढ़ने में कमजोर हुआ करते थे। लेकिन आज समाज और देश की परिस्थिति बदल चुकी है। आज के छात्रों के कर्तव्यों की सीमा केवल घर-परिवार ही नहीं रहा, संपूर्ण राष्ट्र से उनका नाता जुड़ा है। आज के छात्र ही कल के नेता हैं। देश का भविष्य उनके कंधों पर टिका है। वे राजनीति से अपने को अलग नहीं रख सकते। देश को भी आज अपने भावी नेताओं पर अधिक विश्वास है। तभी तो गत लोकसभा चुनाव में युवा वर्ग ही अधिक संख्या में जीतकर संसद् में पहुँचा है।

अंग्रेजों के शासनकाल में हमारा जितना शोषण हुआ, उससे देश का छात्र भी प्रभावित हुआ। यही कारण था कि स्वतंत्रता संग्राम में बहुत से छात्र बीच में ही अपनी पढ़ाई छोड़कर स्वतंत्रता आंदोलन में कूद पड़े। लेकिन आजादी के बाद कुर्सी की राजनीति शुरू हो गई। राजनीति में राज तो रह गया, नीति गायब हो गई। नेता नेता कम अभिनेता अधिक हो गए। नीति और नीयत बेमेल होते गए। हर पाँच वर्ष पर राजनीति के रंगमंच पर केवल किरदार बदले, पर दृश्य एक ही चलता रहा। फलतः देश में नाना समस्याएँ जड़ जमाने लगीं। सारी व्यवस्था अस्त-व्यस्त हो गई। देश में तानाशाही प्रवृत्तियाँ सिर उठाने लगीं और एक बार फिर छात्रों ने ही प्रजातंत्र को खतरे से बचाया। लोकनायक जयप्रकाश ने छात्रों का आह्वान किया, उनकी एक आवाज पर सारे देश के छात्र आंदोलन में कूद पड़े। सरकार का तख्ता पलटकर रख दिया। यह आंदोलन मुख्य रूप से छात्रों का ही आंदोलन था, जो 'छात्र आंदोलन' के नाम से प्रचलित हुआ।

स्पष्ट है कि वर्तमान राजनीतिक अव्यवस्था में छात्र राजनीति से अपने को दूर नहीं रख सकते हैं। यही कारण है कि आज कॉलेजों में राजनीतिशास्त्र एक विषय के रूप

में रखा गया है। छात्र यहीं से राजनीति की शिक्षा ग्रहण करते हैं। इतना ही नहीं, शिक्षण संस्थानों में डम्मी पार्लियामेंट की भी स्थापना की गई है। उसमें छात्र स्वयं नेता, मंत्री, प्रधानमंत्री, स्पीकर आदि बनकर देश की शासन प्रणाली का ज्ञान प्राप्त करते हैं। अपने भावी राजनीतिक जीवन की तैयारी करते हैं।

आज राजनीति में कुर्सी के लिए नेताओं के बीच उठा-पटक चलती रहती है। उन्हें जनता से कुछ लेना-देना नहीं है। चुनाव के समय वे जनता को झूठे आश्वासन और प्रलोभन देकर उनका वोट प्राप्त करते हैं और फिर अपना घर भरने में जुट जाते हैं। देश में कितनी ही समस्याएँ मुँह बाए खड़ी हैं। बाढ़, अकाल, सूखा, भुखमरी, अशिक्षा, दरिद्रता आदि की ओर किसी का ध्यान नहीं है। ऐसी घड़ी में छात्र ही इस देश का कल्याण कर सकते हैं। वे ऊर्जावान हैं। कुछ करने की लगन और उत्साह है। उन्हें जनता के बीच आना चाहिए। उनमें चेतना और जागृति भरनी चाहिए। राजनीति को एक नई दिशा और दशा देनी होगी। कपटी नेताओं की करतूतों से जनता को अवगत कराना होगा। कुछ ऐसा कर दिखाना होगा कि जनता का विश्वास वे जीत सकें। संक्षेप में, उन्हें जनतंत्र का सजग और चेतन प्रहरी बनना होगा। महाविद्यालयों में जिस प्रकार छात्र संघ कायम करते हैं फिर प्रेसिडेंट, प्रधानमंत्री आदि का चुनाव करते हैं। अपने प्रतिनिधियों द्वारा महाविद्यालय के पदाधिकारियों तक अपनी माँग और आवाज पहुँचाते हैं, उसी प्रकार उन्हें देश और समाज में भी करना होगा। छात्र अपने छात्र संगठन द्वारा एक प्रकार से भावी राजनीति की ही ट्रेनिंग लेते हैं।

लेकिन छात्रों के बीच आज कुछ ऐसे अराजक तत्त्व प्रवेश कर गए हैं, जो पूरे छात्र समुदाय को बदनाम कर रहे हैं। ऐसे छात्र संगठन और आंदोलन के नाम पर उपद्रवी बन गए हैं। कॉलेजों में तोड़-फोड़, आगजनी, सरकारी संपत्ति को नष्ट करना, हिंसा-प्रतिहिंसा को बढ़ावा देना, शिक्षकों को भी मारना-पीटना—यह सब आम बात हो गई है। फलतः आम जनता में छात्र अपना विश्वास खोते जा रहे हैं। बहुत से छात्र महाविद्यालयों में पढ़ने के लिए नहीं आते। उनका उद्‌देश्य हुल्लड़बाजी करना होता है। ऐसे छात्रों को पहचानकर उनका बहिष्कार करने की जरूरत है। जे.एन.यू., अलीगढ़ मुस्लिम विश्वविद्यालय जैसी नामचीन शिक्षण संस्थाएँ भी गंदी राजनीति का अखाड़ा बन चुकी हैं। इनके छात्र देश-विरोधी गतिविधि में संलिप्त पाए गए हैं। देश-विरोधी ताकतें इनका इस्तेमाल करके अपना स्वार्थ सिद्ध करती हैं। विरोधी दल के नेता भी सरकार को बदनाम करने और उसे गिराने के लिए ऐसे ही छात्रों को उलटा-सीधा समझाकर, उन्हें उकसाकर, कभी प्रलोभन देकर उनसे आंदोलन करवा देते हैं। धरना, हड़ताल, प्रदर्शन ये सब आम बात हो गई है। ऐसे दिग्भ्रमित छात्रों को सही रास्ते पर लाने की जरूरत है। कॉलेजों के कुछ शिक्षक भी अपने हित में छात्रों का प्रयोग करते हैं। ऐसे छात्र अपने माता-पिता, परिवार, समाज और राष्ट्र सबके दुश्मन बन जाते हैं।

अतः आज छात्रों का राजनीति की शिक्षा के साथ-साथ मानसिक विकास होना चाहिए। उन्हें सही रास्ते पर लाना चाहिए। यदि वे अपनी ऊर्जा और शक्ति का प्रयोग देश के भ्रष्ट नेताओं पर करें तो भारत से कितनी ही बुराइयाँ खत्म हो जाएँगी। सरकार जहाँ अच्छे कार्य करती है, लोककल्याणकारी योजनाएँ बनाती है, वहाँ छात्रों को बहकावे में न आकर सरकार का सहयोग करना चाहिए। साथ ही सरकार की गलत नीतियों और मनमानी का विरोध भी उसी प्रकार होना चाहिए। राजनीति राष्ट्रहित में होनी चाहिए, न कि राष्ट्र के अहित में।

□

जनसंख्या की समस्या

राष्ट्र के चार आवश्यक तत्त्वों में एक जनसंख्या भी है, लेकिन यह जनसंख्या आज देश और राज्य सरकारों के लिए एक समस्या बन गई है। जनसंख्या की समस्या राष्ट्रीय ही नहीं, अंतरराष्ट्रीय है। आज दुनिया के अधिकांश देश अपनी बढ़ती जनसंख्या से त्रस्त हैं। और भारत तो गाँव का देश ही नहीं रहा, लोग इसे समस्याओं का देश कहने लगे हैं। बेरोजगारी की समस्या, बढ़ती जनसंख्या की समस्या, शिक्षा की समस्या, भ्रष्टाचार-घूसखोरी की समस्या, बस समस्या-ही-समस्या।

आजादी के समय भारत की जनसंख्या 33 करोड़ थी, जो आज बढ़कर 140 करोड़ के पास पहुँच गई है। एक सर्वे के अनुसार भारत में प्रति मिनट 23 बच्चे जन्म लेते हैं। जानकारों का कहना है कि एक ओर प्राकृतिक संसाधन घट रहे हैं और दूसरी ओर जनसंख्या बढ़ रही है। प्राकृतिक संसाधन तथा आर्थिक साधन गणितीय पद्धति से बढ़ते हैं, जबकि जनसंख्या ज्यामितीय पद्धति से बढ़ती है, अतः दोनों की गति में भारी अंतर है। यदि इसी प्रकार जनसंख्या बढ़ती गई तो रहने की कौन कहे, पृथ्वी पर खड़ा होना भी मुश्किल हो जाएगा।

जनसंख्या का यह विस्फोट भारत जैसे देश के हित में नहीं है, क्योंकि अन्य विकसित देशों की तुलना में भारत आज भी गरीब देश ही कहलाता है। जनसंख्या की दृष्टि से विश्व में भारत पहले नंबर पर पहुँच गया है। दूसरा नंबर चीन का है।

भारत में जनसंख्या विस्फोट के कई कारण हैं। यहाँ बच्चे का जन्म एक उत्सव के रूप में मनाया जाता है। भारत में आज भी संयुक्त परिवार का प्रचलन है। खासकर ग्रामीण क्षेत्रों में बड़े परिवार आज भी विद्यमान हैं। संयुक्त परिवार में सदस्यों की संख्या अधिक होती है, अतः वहाँ बच्चे का अधिक पैदा होना स्वाभाविक है। इसके विपरीत एकल परिवार में बच्चे कम पैदा होते हैं। यही कारण है कि एकल परिवार संयुक्त परिवार की तुलना में अधिक सुखी होता है। वहाँ कम आय में भी जीवन की अनिवार्य आवश्यकता की पूर्ति हो जाती है। संयुक्त परिवार में सदस्य बच्चा पैदा करने में हिचकते

नहीं हैं। वे समझते हैं कि उनके जीवित नहीं रहने पर भी अन्य सदस्य उनके बाल-बच्चों का भरण-पोषण करेंगे।

जनसंख्या विस्फोट का एक कारण अशिक्षा भी है। यद्यपि सरकार शिक्षा के विकास के प्रति सजग है, फिर भी ग्रामीण इलाकों में अधिकांश स्त्री-पुरुष अशिक्षित हैं। वे बच्चे का जन्म ईश्वरीय देन समझते हैं। वे मानते हैं कि ईश्वर जन्म देता है तो उसके आहार का प्रबंध भी वही करेगा। उनकी इस अशिक्षा और नादानी के कारण ग्रामीण क्षेत्रों में जन्म दर बढ़ती जा रही है। भारत में आज भी मनोरंजन के साधन सीमित हैं और जो हैं, वे महँगे हैं। मुख्य रूप से ग्रामीण क्षेत्रों में मनोरंजन का अभाव है, अतः वहाँ लोग बच्चा पैदा करना मनोरंजन का साधन समझ बैठते हैं।

भारत के गाँव गरीब हैं। वहाँ आय के साधन सीमित हैं। फलतः वहाँ लोग अधिक बच्चे पैदा करने के पीछे ऐसा समझ लेते हैं कि परिवार में कमानेवालों की संख्या बढ़ेगी तो आय भी अधिक होगी तभी तो आज बाल मजदूरी पर रोक के बावजूद शहरों के होटल, रेस्टोरेंट आदि में कम उम्र के बच्चे काम करते मिल जाएँगे। देश में ऐसे नेता भी हैं, जो मानते हैं कि जनसंख्या बढ़ेगी तो उनका वोट बैंक बढ़ेगा, अतः वे इसे रोकने के बजाय और प्रोत्साहन देते हैं।

भारत जैसे विशाल देश में अनेक धर्म, वर्ण और संप्रदाय के लोग बसते हैं। यहाँ मुसलमानों की संख्या भी दिन-प्रतिदिन बढ़ती जा रही है। 3.5 करोड़ से बढ़कर आज वे 30 करोड़ हो गए हैं। इस्लाम धर्म परिवार नियोजन को अपने विरुद्ध समझता है। वहाँ भी यही विश्वास हावी है कि बच्चा खुदा की देन है। साथ ही इस्लाम धर्म में एक व्यक्ति को चार-चार शादियाँ करने की छूट है। स्वाभाविक है कि वहाँ बच्चे ज्यादा पैदा होंगे। दुनिया के अन्य मुस्लिम देश भी अब अपने यहाँ जनसंख्या पर नियंत्रण लाने की बात सोच रहे हैं। लेकिन भारत की स्थिति दूसरी है। संभव है कि भारत के मुसलमान अधिक बच्चे पैदा कर देश की राजनीति में अपने को मजबूत बनाना चाहते हों।

भारत की जनसंख्या विस्फोट का सबसे बड़ा कारण है, विभिन्न कारणवश पड़ोसी देशों से शरणार्थियों का आना। बंगलादेश में हाल में जितनी घटनाएँ घटी हैं उससे प्रभावित होकर बड़ी संख्या में बंगलादेशी भारत में शरणार्थी के रूप में प्रवेश कर गए हैं। इन घुसपैठियों में कुछ ने वैध और कुछ ने अवैध तरीके अपनाकर देश की नागरिकता प्राप्त कर ली है। रोहिंग्या मुसलमान भी बड़ी संख्या में चोरी-छिपे देश में आ गए हैं। इन्हें देश के कुछ नेताओं का भी सहयोग मिल जाता है, क्योंकि नेता इसे अपना वोट बैंक समझते हैं। यदि समय रहते इन सब पर रोक नहीं लगाई गई तो सचमुच भारत बड़े संकट में पड़ जाएगा।

आज जनसंख्या विस्फोट के कई कुपरिणाम देश में दिखाई दे रहे हैं। बेरोजगारी, महँगाई, अनाज की कमी, लूट-खसोट, चोरी डकैती, हिंसा-प्रतिहिंसा आदि समाज में संक्रामक रोग की तरह फैल रहे हैं। देश की राजनीति में भी अस्थिरता व्याप्त हो गई है। सबको रहने के लिए जमीन भी नहीं मिल पाती, फलतः एक ओर जहाँ जमीन की कीमत आसमान छू रही है, वहीं लोग नदी, नालों आदि का अतिक्रमण पर घर बना लेते हैं। जंगल काटकर रहने लायक जमीन उपलब्ध करना चाहते हैं। इस सबका परिणाम भी बुरा होता है। बाढ़ का प्रकोप बढ़ता है। नदी के प्रवाह में रुकावट आने से नदी किनारे बसे घर बाढ़ में विलीन हो जाते हैं। संक्रामक रोगों का प्रकोप भी बढ़ जाता है। महामारी फैलने पर बड़ी संख्या में मौतें होती हैं। शहरों में सड़कों पर वाहनों का शोर बढ़ता है। आए दिन दुर्घटनाएँ होती हैं। रेल, बस, जहाज—आवागमन के सारे साधन आज बढ़ती भीड़ के सामने असहाय प्रतीत होते हैं।

हम शिक्षा का प्रचार-प्रसार कर जनसंख्या को बढ़ने से रोक सकते हैं। लोगों में इसके बुरे परिणाम बताकर जागरण ला सकते हैं। परिवार नियोजन कार्यक्रम को सख्ती से लागू कर सकते हैं। आज ऐसे वैज्ञानिक उपकरण उपलब्ध हैं, जिनका प्रयोग कर जन्म-दर कम की जा सकती है। 'हम दो, हमारे दो' केवल नारा बनकर ही न रह जाए, बल्कि इसके पालन के लिए कठोर नियम और काररवाई की भी जरूरत है।

□

टेलीविजन की उपयोगिता

टेलीविजन (दूरदर्शन) से लाभ और हानि

एक समय था, जब किसी समाचार को जानने के लिए हम संदेशवाहक या चिट्ठी-पत्री का सहारा लेते थे। लेकिन यह साधन जहाँ खर्चीला था, वहीं इसमें समय भी बहुत लगता था। कभी-कभी तो अति आवश्यक समाचार जानने से भी हम वंचित रह जाते थे। अति प्राचीन काल में तो पक्षियों द्वारा समाचार पहुँचाया जाता था। हम कबूतर के गले में पत्र लिखकर बाँध देते थे और कबूतर, जो ट्रेंड होता था, हमारे प्रियजनों तक समाचार पहुँचा देता था और उनका समाचार ले भी आता था। कुछ प्राचीन ग्रंथों में राजा-महाराजाओं से संबंधित ऐसी घटना का जिक्र हुआ है।

लेकिन आज के वैज्ञानिक युग में समाचार जानने के ऐसे-ऐसे साधनों का आविष्कार हो चुका है कि दुनिया के किसी कोने की घटना हम इन साधनों के माध्यम से मिनटों में जान लेते हैं। टेलीविजन, रेडियो, टेलीफोन आदि ऐसे ही साधन हैं। टेलीविजन इसमें सबसे सशक्त और प्रभावशाली साधन है। आज हर घर में छोटा या बड़ा टेलीविजन मिल जाएगा। टेलीविजन पर हम समाचार ही नहीं सुनते वरन् यह मनोरंजन का भी प्रभावशाली साधन है। इस पर कितने ही कार्यक्रम चौबीस घंटे चलते रहते हैं। नृत्य, संगीत, नाटक, फिल्म, प्रवचन आदि कार्यक्रमों से हमारा मनोरंजन होता रहता है। आज बच्चे से लेकर बूढ़े तक इसके प्रेमी बन गए हैं। कुछ लोग तो सारा दिन टेलीविजन से चिपके ही रहते हैं।

टेलीविजन का आविष्कार 19वीं सदी में महान् वैज्ञानिक जॉन लोगी बेयर्ड ने किया था। सर्वप्रथम 1925 में लंदन में टेलीविजन का प्रचलन हुआ। धीरे-धीरे बढ़ता हुआ यह संपूर्ण विश्व में फैल गया और आज तो शायद ही कोई घर मिले जिसमें छोटा या बड़ा टेलीविजन न हो। भारत में इसने 1959 से काम करना प्रारंभ किया।

दूरदर्शन आज के आदमी के जीवन में अपना आवश्यक स्थान बना चुका है। यह बच्चे-बूढ़े, महिलाओं, युवा सबको उनकी जरूरतों की चीजें देता है। समाचार-प्रेमी देश-दुनिया की हर छोटी-बड़ी घटनाओं की जानकारी प्राप्त करते हैं। खेल-प्रेमी, क्रिकेट,

फुटबॉल, हॉकी आदि खेल का आनंद लेते हैं। यह एक कमाल ही है कि मैच ऑस्ट्रेलिया के मैदान में हो रहा होता है और हम घर में बैठकर इस प्रकार देखते हैं, मानो हमारे सामने हो रहा है। फिल्म-प्रेमी कई चैनलों पर मनपसंद फिल्म देख पाते हैं। इतना ही नहीं, कई चैनल हमारे ज्ञानवर्धन की चीजें दिखाते हैं और सिखाते भी हैं। टेलीविजन पर हम विभिन्न देशों और विभिन्न जातियों, धर्मों की सभ्यता-संस्कृति, पहनावा, वेशभूषा आदि से भी परिचित होते हैं। 15 अगस्त या 26 जनवरी हम दिल्ली एवं अन्य राज्यों में स्वतंत्रता दिवस, गणतंत्र दिवस के सारे कार्यक्रम आराम से देख पाते हैं। नेताओं के भाषण सुनते हैं। बाढ़, महामारी, भूकंप आदि के दृश्य अपनी आँखों से देखते हैं।

टेलीविजन हमारे सामान्य ज्ञान को भी बढ़ाने में सहायक होता है। इस पर अब सभी भाषाओं में प्रसारण होता है, जिससे विभिन्न भाषा-भाषी भी अपने-अपने राज्यों के हालात से परिचित होते हैं। आरंभ में टेलीविजन पर सरकार का अधिकार था, लेकिन इन दिनों कितने निजी चैनलों का आरंभ हो गया है। इतना ही नहीं, आज अंतरिक्ष में जो उपग्रह छोड़े जा रहे हैं, उसका सजीव चित्र हमारे सामने होता है। मंगल चंद्रमा आदि की सतह को हम अपनी आँखों से देख सकते हैं। किस प्रकार मिसाइलों का परीक्षण होता है, उन्हें कैसे छोड़ा जाता है—सब कुछ साकार रूप से सामने आता है। युद्ध के दृश्य हम घर बैठे देख सकते हैं। महान् संगीतकारों के गीत सुनते हैं। विद्वानों के भाषण सुनते हैं। संसद्-विधानसभा की कारवाई देखते हैं। संक्षेप में, टेलीविजन मनोरंजन का साधन ही नहीं रहा, यह हमारे लिए ज्ञानवर्द्धक बन गया है।

आरंभिक काल में रेडियो और टेलीविजन मिल-जुलकर कार्यक्रम प्रसारित करते थे। इसका पहला प्रसारण 1959 में दिल्ली के आकाशवाणी केंद्र से ही हुआ था, लेकिन 1976 में ये दोनों माध्यम एक-दूसरे से अलग हो गए।

आज देश में टेलीविजन बड़ी तेजी से अपना प्रभाव फैला रहा है। देश में आज लगभग 300 ट्रांसमीटर रात-दिन कार्यरत हैं।

लेकिन जहाँ टेलीविजन इतना उपयोगी और लाभदायक है, कुछ अर्थों में यह महाविनाशकारी भी है। आज छात्रों का बहुत बड़ा वर्ग पढ़ना-लिखना छोड़कर रात-दिन टेलीविजन से चिपका रहता है। इससे एक ओर उनकी सेहत बिगड़ती है, तो दूसरी ओर पढ़ाई ठप होती है। लगातार टेलीविजन देखने वालों की आँखों पर इसका बुरा असर पड़ता है। आज छोटे बच्चे भी चश्मा लगाने लगे हैं। इसका एक कारण टेलीविजन भी है।

फिर टेलीविजन पर गलत समाचार, अफवाह आदि भी फैलाई जाती हैं। राष्ट्र-विरोधी तस्वीरें दिखाई जाती हैं। आंदोलन, उपद्रव, आगजनी, हत्या, लूट, चोरी-डकैती जैसे दृश्य देखकर युवा वर्ग बुरी तरह प्रभावित होता है। इन दृश्यों को देखकर वह भी वैसा करने की कोशिश करता है। आज देश में इतनी अराजकता व्याप्त है, वह टेलीविजन

के कारण ही है। आंदोलन, दंगे-फसाद किसी एक जगह होते हैं, लेकिन घंटे भर में वह पूरे देश में फैल जाता है। बहुत से नेता टेलीविजन पर उत्तेजक भाषण देकर युवा वर्ग को उकसाने का काम करते हैं। कई ऐसे चैनल हैं, जो तथ्यों को तोड़-मरोड़कर पेश करते हैं और जनता को गुमराह करते हैं। ससंद, विधानसभा आदि में जो अनुशासनहीनता के दृश्य आते हैं, उसका प्रभाव भी युवा वर्ग पर बुरा पड़ता है। आज ही क्षेत्र में जो अनुशासनहीनता के दृश्य हम देखते हैं, उसका एक कारण यह टेलीविजन भी है।

टेलीविजन पर अश्लील फिल्में दिखाई जाती हैं, उन्हें देखकर छोटे बच्चे भी अश्लील हरकत कर बैठते हैं। कई बार तो बैंक डकैती जैसे कांड टेलीविजन पर देखे गए दृश्यों से सीखकर ही हुए हैं। हत्या, अपहरण आदि के गुण भी टेलीविजन सिखाता है। कई चैनल भ्रामक खबर फैलाकर हिंदू-मुस्लिम दंगे भी करवा देते हैं। अतः आवश्यकता है टेलीविजन को देश-समाज के हित में उपयोग किया जाए न कि इसका प्रयोग राष्ट्र के अहित में करें।

□

मेरी प्रिय पुस्तक (रामचरितमानस)

पुस्तकें हमारे एकांत पल की सच्ची साथी होती हैं। ये हमारे मानसिक विकास की खुराक जुटाती हैं। हमें अज्ञान के अंधकार से निकालकर ज्ञान की प्रकाश भूमि पर रखती हैं। हममें नई चेतना और स्फूर्ति भरती हैं। अतीत का ज्ञान कराती हैं। वर्तमान में सचेत करती हैं और भविष्य के प्रति सावधान करती हैं। सामाजिक कुप्रथाओं के खिलाफ हममें विद्रोह का स्वर भरती हैं। राजनीतिक दृष्टि से हमें वर्तमान राजनीति के प्रति सजग और चेतन बनाती हैं। हममें ऊर्जा और स्फूर्ति भरती हैं। सांस्कृतिक दृष्टि से पुस्तकें हमें सभ्य और सुसंस्कृत बनाती हैं। कभी-कभी पुस्तकें अकेली ही बड़ी क्रांति ला देती हैं। समाज का नक्शा बदल देती हैं। राजनीति का तख्ता पलट देती हैं। आदमी के जीवन में उथल-पुथल मचा देती हैं। इस प्रकार पुस्तकें केवल ज्ञानवर्धन का साधन ही नहीं हैं, ये क्रांति की अग्रदूत हैं। जीवन में उदात्त गुणों की मार्गदर्शक भी हैं। संसार के कई विद्वानों की ऐसी पुस्तकें प्रकाशित हैं जिन्होंने मानव जीवन को प्रभावित, आंदोलित और अनुप्राणित किया है। ऐसी ही एक पुस्तक है—'रामचरितमानस', जिसे मैं बहुत पसंद करता हूँ।

रामचरितमानस की रचना भक्तिकाल में हुई थी। महाकवि तुलसीदास ने इसकी रचना विक्रम संवत् 1631 में रामनवमी के दिन आरंभ की थी और इसकी समाप्ति विक्रम संवत् 1633 में हुई थी। इस प्रकार इस महाकाव्य की रचना में दो वर्ष 8 महीने और 26 दिन लगे थे। 'रामचरितमानस' एक महाकाव्य है। यद्यपि यह श्रीराम के जीवन पर आधारित है और इस दृष्टि से यह एक धार्मिक ग्रंथ है। लेकिन इस महाकाव्य में तुलसीदासजी ने केवल धर्म को ही नहीं चुना है, वरन् इसमें राजनीति, समाज, पारिवारिक संबंध, देश आदि कई समस्याओं का समाधान ढूँढ़ा गया है। यह नीतिशास्त्र है। यह सदाचार की शिक्षा देता है। काम, क्रोध, लोभ, मोह सबका त्याग कर मनुष्य को परमात्मा की ओर ले चलनेवाला काव्य है। इसकी रचना के पीछे लोककल्याण की भावना निहित है।

'रामचरितमानस' की रचना उस काल में हुई थी, जब देश में मुगलों का शासन था। उनके शासन में समाज में शोषण का बाजार गर्म था। जनता उनके अत्याचार के तले दबी कराह रही थी। सामाजिक व्यवस्था छिन्न-भिन्न हो चुकी थी। हिंदुओं पर धार्मिक और आर्थिक अत्याचार हो रहे थे। उनका साहित्य, संस्कृति सब कुछ नष्ट कर देने की साजिश रची जा रही थी।

हर तरफ अनाचार-भ्रष्टाचार का माहौल व्याप्त था। मुगल शासक गद्दी पाने के लिए भाई-भाई की हत्या कर रहे थे। बाप बेटे की हत्या कर रहा था। बेटा बाप को जेल में डाल रहा था। ऐसे ही समय 'रामचरितमानस' की रचना हुई। महाकाव्य में तुलसीदासजी ने श्रीराम को मर्यादा पुरुषोत्तम के रूप में उपस्थित किया। यहाँ भाई भाई को गद्दी पर बैठाने के लिए अपना सब कुछ न्योछावर कर रहा था। पुत्र पिता के वचन की रक्षा के लिए वनवास का दु:ख झेलने को तैयार था। पत्नी पति के सुख-दु:ख में हाथ बँटाने को तत्पर थी। प्रजा श्रीराम जैसे राजा को पाने के लिए बेताब थी। इस प्रकार श्रीराम के बहाने तुलसीदासजी उस समय के समाज को मानो संदेश दे रहे थे। मानवता की प्रेरणा दे रहे थे। पिता का, पुत्र का, भाई का, पत्नी का, मित्र का, राजा का, प्रजा का, गुरु का, शिष्य आदि का एक-दूसरे के साथ कैसा संबंध हो—मानस में इसी की व्याख्या की गई है। संक्षेप में, रामचरितमानस मानवजाति को यह संदेश देती है कि उन्हें श्रीराम जैसा ही आचरण करना चाहिए। यही उनकी मुक्ति का मार्ग है। मोक्ष का साधन है। तुलसीदासजी के ही शब्दों में—

काम क्रोध मद मान न मोहा।
लोभ न छोभ, न राग न द्रोहा॥
जिन्ह कें कपट दंभ नहिं माया।
तिन्ह कें हृदय बसहुँ रघुराया॥

तत्कालीन समाज में ऊँच-नीच, छुआछूत आदि का भीषण प्रकोप व्याप्त था। यही कारण था कि समाज का बहुसंख्क वर्ग देश, समाज आदि की दशा से उदासीन था। राष्ट्रीय एकता का घोर अभाव था। इसी कमी के कारण भारत विदेशियों के शासन में शोषण झेल रहा था। राम ने केवट को गले लगाकर, शबरी के जूठे बेर खाकर, बंदर-भालुओं को अपना मित्र बनाकर रावण जैसे शत्रु पर विजय प्राप्त की। ऐसा करके वर्ण विभेद को मिटाने की कोशिश की है।

समाज के दलितों, पीड़ितों, उपेक्षितों को मुख्यधारा में जोड़ने का प्रयत्न किया है। इसी तरह रामकाव्य समन्वय का काव्य है। धर्म के क्षेत्र में भी शैव वैष्णव का द्वंद्व चल रहा था। श्रीराम ने स्वयं कहा—

सिव द्रोही मम दास कहावा।
सो नर मोहिं सपनेहुँ नहिं पावा॥

निर्गुण सगुण का संघर्ष भी समाज में व्याप्त था। यहाँ भी तुलसीदासजी ने 'सगुनहिं अगुनहि नहिंकछु भेदा' कहकर दोनों के बीच समन्वय लाने का प्रयास किया है। तत्कालीन राजनीतिक दशा भी विषम थी। चारों ओर लूट-खसोट की होड़ मची थी। गद्दी पाने के लिए छल, कपट, हिंसा-प्रतिहिंसा का बाजार गर्म था। राजा -प्रजा का संबंध केवल अत्याचार करना रह गया था। ऐसे समय तुलसी ने राम जैसे राजा की अवतारणा करके रामराज्य की जो कल्पना की, वह आज भी उतना ही आवश्यक है। तुलसी के ही शब्दों में—

दैहिक दैविक भैतिक तापा।
राम राज नहीं काहुहि ब्यापा॥

रामचरितमानस में मित्रता का भी अनुपम आदर्श प्रस्तुत किया गया है। शत्रु के भाई को भी मित्र बनाकर, उसे गले लगाकर प्रभु राम ने मित्रता का अद्‌भुत उदाहरण प्रस्तुत किया है। सुग्रीव की मित्रता को लेकर उन्होंने बालि का विनाश किया है। हनुमान जैसा भक्त और मित्र कहाँ मिलेगा! संक्षेप में, रामचरितमानस में भक्ति, वैराग्य और नीति का भी अनूठा संगम है। तभी तो आज प्रत्येक हिंदू परिवार में यह ग्रंथ परम पूजनीय माना जाता है। इस काव्य में शांत और श्रृंगार रस की प्रधानता है। कई स्थानों पर अन्य रस का भी पूर्ण परिपाक हुआ है। लंका कांड में रौद्र और वीभत्स रस भी आया है। सभी दृष्टि से अवधी भाषा का यह महाकाव्य श्रेष्ठ काव्यों में श्रेष्ठतम है। इन्हीं सब कारणों से मैं 'रामचरितमानस' का प्रिय पाठक हूँ।

□

कुर्सी की आत्मकथा

मेरे प्यारे देशवासियो और विद्यार्थियो, आप सभी मेरी आत्मकथा सुनने को बहुत दिनों से उत्सुक थे। लेकिन क्या करूँ, समयाभाव के कारण मैं अपनी आत्मकथा नहीं सुना पा रही थी। आज अवसर मिला है कि अपनी आत्मकथा आप सभी को सुनाऊँ और आपकी उत्सुकता शांत कर सकूँ। मेरी आत्मकथा शुरू से अंत तक पीड़ा और व्यथा से भरी पड़ी है। फिर भी आप सुनना ही चाहते हैं, तो सुनिए!

एक समय था, जब मैं जंगल में एक विशाल वृक्ष के रूप में खड़ी थी। मेरे वे दिन खुशियों से भरे थे। रोज सवेरे सूरज अपनी स्वर्णिम किरणों से गुदगुदाकर मुझे जगाता था। रात में चाँद अपनी स्निग्ध चाँदनी रस का लेप चढ़ाकर दिन भर की जलन मिटाता था। मेरी शाखाओं पर बैठकर रंग-बिरंगी चिड़ियाँ मुझे गीत सुनाती थीं। पवन हलके हाथों से मुक्त पंखा झलता था। कितनी खुश थी मैं उन दिनों जंगल में।

लेकिन एक दिन कुछ लोग जंगल में आए। मेरे मोटे शरीर पर उनकी नजर पड़ी। मेरा मोटा शरीर उनसे देखा न गया। मेरी खुशी उन्हें नहीं भायी। दूसरे ही दिन कुल्हाड़ी से मार-मारकर मुझे धरती से विलग कर दिया। मैं चीखती रही। दर्द से कराहती रही, पर उन कठोर हृदयवालों पर मेरी चीख का कोई प्रभाव नहीं पड़ा। फिर मेरे शरीर को कई टुकड़ों में काटकर एक गाड़ी पर लादकर मुझे एक कारखाने में पहुँचा दिया। इस कारखाने में भी मुझ पर इतने अत्याचार किए गए, इतने जुल्म ढाए गए कि मैं मरणासन्न हो गई या कहिए कि मैं मूर्च्छित हो गई। फिर मेरे शरीर के टुकड़े को मशीन पर चढ़ाकर मुझे आरी से चीरा गया। मैं छटपटाती रही, पर मशीनवाले मुझ पर सितम ढाते रहे।

इतने जुल्म ढाकर भी जब उन्हें संतोष नहीं हुआ तो फिर मुझे कभी हथौड़े से पीटा गया। मेरे सारे शरीर में बड़ी-बड़ी लोहे की कीलें ठोंक दी गईं, फिर रंदे से मेरे शरीर की ऊपरी सतह को छीला गया। इस प्रकार उस कारखाने में जो अत्याचार मुझ पर किए गए, उसे मैं कितना आपको सुनाऊँ! उन दिनों को याद कर मैं आज भी सिहर उठती हूँ। मुझे ठोंक-ठाककर एक नया आकार दिया गया, जिसे आप सभी 'कुर्सी' कहते हैं।

इसके बाद की मेरी कहानी दूसरा मोड़ लेती है। मुझे रंग-रोगन से सजाया गया। बढ़ई ने मुझे कई प्रकार के आकार दिए। मेरे ऊपर भाँति-भाँति की चित्रकारी की गई। फिर मुझे बाजार पहुँचाया गया। मैं अपने बदले स्वरूप पर खुश थी। मेरी कीमत लगाई जाने लगी और मैं बिककर आप सब के घर पहुँचती रही।

मैं प्राचीन काल के राजा-महाराजाओं के घर भी पहुँची। वहाँ मेरी बड़ी इज्जत की गई। मेरे शरीर को कभी सोने तो कभी चाँदी से मढ़ा गया। मुझ पर रंग-बिरंगे मोटे-मोटे, गुलगुले गद्दे बिछाए गए। तरह-तरह से मुझे सजाया गया। मैं अपनी पिछली जिंदगी भूल चुकी थी। अब मैं राजा-महाराजाओं के महल की शान थी। महलों की शोभा बढ़ा रही थी। यहाँ तक आकर मेरे कई प्रकार के आकार बन गए थे। कोई मुझे कुर्सी कहता, कोई आरामकुर्सी कहता, कोई सिंहासन कहता, मैं कई नामों में पुकारी जाने लगी।

दिन बीतते गए। मेरा स्वरूप बदलता गया। मेरा महत्त्व भी बढ़ता गया। आज तो मेरी यह स्थिति है कि कहीं भी आप जाएँगे, तो मुझे ही पाएँगे। मैं हर घर की शान हूँ। जिस घर में मैं नहीं, वह घर दरिद्र का घर समझा जाता है। समाज के लोग ऐसे व्यक्ति की खिल्ली उड़ाते हैं, जिसके पास मैं नहीं हूँ। आज सभा हो, सिनेमाघर हो, विवाह हो, कोई उत्सव हो, यहाँ तक कि श्राद्ध हो, सभी जगह मेरी उपस्थिति आवश्यक ही नहीं, अनिवार्य है। मेरे बिना आज कोई भी काम नहीं हो सकता। एक बार मैं देश के एक प्रधानमंत्री के स्वागत में मंच पर रखी गई थी। मेरा पूरा शरीर, शरीर का हर अंग चाँदी का बना था, लेकिन उस प्रधानमंत्री ने मुझे मंच से बाहर फेंक दिया। भरी सभा में अपनी इस बेइज्जती पर मुझे गुस्सा तो बहुत आया, पर क्या करती! प्रधानमंत्री वाली बात थी। मन तो हुआ, उसका मुँह नोच लूँ, पर मन मसोसकर रह गई। (बिहार के भागलपुर में पं. नेहरू ने अपने बैठने के लिए चाँदी की कुर्सी देखकर उसे बाहर फेंक दिया था।)

अब तो परिपाटी ही बन गई है कि लोग मुझे ही उठा-पटककर अपना विरोध प्रकट करने लगते हैं। संसद् हो या कोई विधानसभा या फिर कोई अन्य सभा—वहाँ मैं हथियार के रूप में प्रयोग की जाती हूँ। मुझे ही लोक-लोककर एक-दूसरे पर वार करते हैं। इसमें कभी-कभी मेरी कमर टूट जाती है, तो कभी बाँहें उखड़ जाती हैं। फिर मुझे बढ़ई के अस्पताल में ले जाया जाता है। कभी-कभी तो मैं इतनी बुरी तरह टूटकर बिखर जाती हूँ कि मुझे अनुपयोगी समझकर कबाड़खाने में डाल दिया जाता है।

कभी-कभी मैं यह देखकर बहुत दुःखी होती हूँ कि मेरे लिए आज के नेता क्या-क्या हथकंडे अपनाते हैं! आज हर कोई मुझे ही चाहता है। इसके लिए छल-कपट, बेईमानी, हिंसा-प्रतिहिंसा तक होती रहती है। बड़े-बड़े युद्ध लड़े जाते हैं। यह सब देखकर मुझे बड़ी ग्लानि होती है। जब कोई कपटी नेता मेरे ऊपर बैठता है, तो मेरी आत्मा छलनी

होने लगती है। लेकिन क्या करूँ, लाचार हूँ। हाँ, कभी क्रोध में आती हूँ तो ऐसे बुरे व्यक्ति का साथ भी छोड़ देती हूँ।

मैं कितना गिनाऊँ! जहाँ आज मेरी इज्जत बढ़ी है, वहीं मेरे कारण देश, समाज सब बेईमान हो रहे हैं। यह दुःख की बात है। जो भी हो, मेरा बदला हुआ रूप और स्वरूप मुझे भा रहा है। हर तरफ अपनी ही चर्चा सुन के मैं खुश होती हूँ। लेकिन अपने कारण लोगों को लड़ते देखकर रोती भी हूँ।

प्रिय देशवासियो, मेरी आत्मकथा बड़ी लंबी है। फिर कभी बची हुई व्यथा-कथा सुनाऊँगी। आज इतना ही काफी है।

□

काश! मैं प्रधानमंत्री होता

मेरे प्रिय पाठको! मेरी इस कपोल कल्पना पर आपको हँसी आ सकती है, क्योंकि प्रधानमंत्री बनने के लिए जिस क्षमता, कार्यकुशलता, अनुभव, राजनीति का ज्ञाता होना आदि गुणों की आवश्यकता होती है—मुझमें वैसा एक भी गुण नहीं है, अतः आप इसे मेरी नादानी समझकर मेरी खिल्ली उड़ा सकते हैं, लेकिन कल्पना करने में हर्ज क्या है! आखिर बचपन से इन गुणों को लेकर हर व्यक्ति पैदा नहीं होता है। हो सकता है, एक दिन मेरी कल्पना भी साकार हो जाए।

प्रजातंत्र और लोकतंत्र प्रणाली में प्रधानमंत्री का पद सर्वोच्च होता है। राष्ट्रपति केवल संवैधानिक प्रधान होते हैं। प्रजातांत्रिक व्यवस्था में प्रधानमंत्री पर ही दारोमदार होता है। वह राष्ट्र को उन्नति के उच्च शिखर पर पहुँचा सकता है और पतन के गर्त में भी गिरा सकता है। किसी भी राष्ट्र के विकास में प्रधानमंत्री का बहुत बड़ा सहयोग होता है। मैं भी प्रधानमंत्री बनकर अपने को गौरवान्वित समझता। लेकिन मेरा प्रधानमंत्री बनना तो भविष्य के गर्भ में छुपा है, अतः मैं कल्पना करके ही मन को शांत कर लेता हूँ। आप सोचते होंगे कि मैं प्रधानमंत्री होता तो क्या-क्या करता! तो सुन लीजिए, मैं क्या करता!

अगर मैं प्रधानमंत्री होता तो सबसे पहले देश की आंतरिक दशा सुधारने का प्रयास करता। आज हमारे देश में भुखमरी, गरीबी, बेरोजगारी कितनी ही समस्याएँ मुँह बाए खड़ी हैं। समाज कई बुरी प्रथाओं में जकड़ा है। दहेज प्रथा, बाल विवाह, नशाखोरी आदि का शिकार बना है। हर तरफ लूटपाट, हिंसा-प्रतिहिंसा का बाजार गर्म है। घूसखोरी, भ्रष्टाचार देश को खाए जा रहा है। मैं इन समस्याओं का निदान ढूँढ़ता। इन सभी समस्याओं की जड़ में हमारी गलत आर्थिक नीति है। मैं किसानों को वह हर सुविधा प्रदान करता, जिसमें वे लगन के साथ कृषि कार्य में ध्यान लगाएँ। अधिक उत्पादन के लिए उन्हें प्रोत्साहित करता, उन्हें कर्ज देता, कृषि की शिक्षा देता। आधुनिक वैज्ञानिक कृषि कार्य के उपकरण मुहैया कराता। लालबहादुर शास्त्री की तरह किसानों में ऐसा उत्साह भर देता और फिर से 'जय जवान, जय किसान' का नारा बुलंद करता, क्योंकि मैं जानता हूँ कि भारत

कृषि-प्रधान देश है। इसका वर्तमान और भविष्य कृषि पर आधारित है। हमारे पूर्व के प्रधानमंत्रियों ने इस ओर ध्यान नहीं दिया था। मैं उनकी गलतियों को उसी प्रकार सुधारता, जिस प्रकार वर्तमान प्रधानमंत्री मोदीजी सुधार रहे हैं।

हमारे देश में उद्योग-धंधों की भारी कमी है, जो थोड़े बहुत कल-कारखाने स्थापित हैं उनमें विदेशी धन लगा है। फलतः आय का बहुत बड़ा हिस्सा विदेश में ही चला जाता है। मैं इस दिशा में पहल करता। छोटे-छोटे घरेलू उद्योग-धंधों को हर तरह से प्रोत्साहित करता। हमें अपनी आवश्यकता की बहुत सी चीजें विदेशों से मँगानी पड़ती हैं। इसमें हमारा बहुत सारा धन खर्च हो जाता है। मैं वर्तमान प्रधानमंत्री की तरह 'मेक इन इंडिया' जैसी योजनाओं को सख्ती से लागू करता, ताकि देश का पैसा देश में ही रह जाए। सामाजिक बुराइयों को दूर करने की दिशा में कठोर कानून बनाता और कठोरता से उसका पालन करवाता। दहेज लेने-देनेवालों को कठोर सजा देता, शराबबंदी पर सख्ती से पेश आता। बिहार में वर्षों से शराबबंदी कानून लागू है, लेकिन इसका जो प्रभाव पड़ना चाहिए, वह समाज पर नहीं पड़ रहा है। चोरी-छिपे लोग शराब बेच रहे हैं, बना रहे हैं और पी रहे हैं। मैं ऐसी लचर व्यवस्था को कभी बरदाश्त नहीं करता।

आजादी के इतने सालों के बाद भी हमारे देश में शिक्षा की व्यवस्था दुरुस्त नहीं हो पाई है। पूर्व के प्रधानमंत्री ने शिक्षा के क्षेत्र में केवल प्रयोग किया है, जिससे शिक्षा व्यवस्था और चौपट हो गई है। मैं देश के युवाओं को केवल किताबी ज्ञान नहीं देता, उन्हें व्यावसायिक शिक्षा देता। शिक्षा नीति में आमूल परिवर्तन लाता। शिक्षित व्यक्ति ही उन्नत राष्ट्र का निर्माण कर सकता है। इस दिशा में चीन से मैं सबक लेता। शिक्षा को नौकरी का साधन नहीं बनने देता।

जनसंख्या का विस्फोट भी हमारे देश की बड़ी समस्या है। पूर्व के प्रधानमंत्रियों ने तुष्टीकरण की नीति अपनाकर परिवार नियोजन की ओर विशेष ध्यान नहीं दिया। फलतः अल्पसंख्यक धीरे-धीरे बहुसंख्यक बनते गए। मैं राजनीति में धर्म को कभी आने नहीं देता चाहे इसके लिए कोई भी कदम उठाने पड़ते। आज धर्म को लेकर एक खास वर्ग सरकार को सीधा नहीं चलने दे रहा है। मैं ऐसे देश-विरोधियों के साथ कठोरता से पेश आता।

आज देश की एक बहुत बड़ी समस्या है—संप्रदायवाद। हमारे संविधान में कुछ ऐसी बातों का उल्लेख है, जिनका फायदा उठाकर देश-विरोधी ताकतें आज सिर उठाने लगी हैं। अतः मैं संविधान में परिवर्तन लाता, समय और परिस्थिति के अनुसार मनुष्य की आवश्यकता बदलती रहती है। आज हमारी जो आवश्यकताएँ हैं, उसमें संविधान का बदलाव आवश्यक हो उठा है। मैं देश की परिस्थिति और आवश्यकता के अनुरूप संविधान में अवश्य बदलाव ला देता। पूर्व के प्रधानमंत्रियों ने यह नहीं सोचा और उसी के

फलरूप देश में अराजकता व्याप्त हो गई है। राष्ट्र–विरोधी ताकतें संविधान की कमजोरी का फायदा उठाकर अपना सिर उठाने लगी हैं। अगर समय रहते इन आंतरिक और बाहरी राष्ट्र–विरोधी ताकतों को कुचला नहीं गया तो देश एक बार पुनः गुलामी की जंजीर से जकड़ जाएगा। अगर मैं प्रधानमंत्री होता तो इन ताकतों को ऐसा कुचल देता कि सदियों तक उनमें उठने का साहस नहीं होता।

हमारे पड़ोसी देश भी आज हमारी कमजोरी का लाभ उठाकर हमारी प्रगति की राह में रोड़े अटका रहे हैं। इन पड़ोसियों को भी सबक सिखाता। आतंकवादी हमारे आतंक से आतंकित होते, न कि हम उनसे डरते। कभी गोपाल सिंह नेपाली ने लिखा था—

ओ राही दिल्ली जाना तो
कहना अपनी सरकार से
चरखा चलता है हाथों से
शासन चलता तलवार से।

मैं नेपालीजी की इस बात से पूर्ण सहमत हूँ और चाहता हूँ कि कलिंग के युद्ध में अशोक ने जो तलवार फेंक दी थी, आज देश का युवा उस तलवार को पुनः उठा ले, उसका जंग छुड़ा ले और राष्ट्र–विरोधियों का सिर कलम कर दे। आज एक नारा सुनाई दे रहा है—'मोदी है तो मुमकिन है'। पता नहीं, यह नारा सत्य भी होगा या नारा बनकर इतिहास के पन्नों में सिमट जाएगा!

तो पाठको, आप समझ गए होंगे कि अगर मैं प्रधानमंत्री होता, तो क्या करता! काश! मेरी कल्पना सत्य होगी या काल के अँधेरे में गुम हो जाएगी।

□□□